UM MUNDO À PARTE

JODI PICOULT

UM MUNDO À PARTE

Tradução
Cecília Camargo Bartalotti

1ª edição

Rio de Janeiro-RJ / Campinas-SP, 2013

VERUS editora

Editora: Raïssa Castro
Coordenadora Editorial: Ana Paula Gomes
Copidesque: Maria Lúcia A. Maier
Revisão: Aline Marques
Projeto Gráfico: André S. Tavares da Silva
Fotos da Capa: © Yolande de Kort /Trevillion Images

Título original: *House Rules*

ISBN: 978-85-7686-253-6

Verus Editora Ltda.
Rua Benedicto Aristides Ribeiro, 55, Jd. Santa Genebra II, Campinas/SP, 13084-753
Fone/Fax: (19) 3249-0001 | www.veruseditora.com.br

CIP-BRASIL. CATALOGAÇÃO NA FONTE
SINDICATO NACIONAL DOS EDITORES DE LIVROS, RJ

P666m

Picoult, Jodi, 1966-
Um mundo à parte / Jodi Picoult ; tradução Cecília Camargo Bartalotti. - 1. ed. - Campinas-SP : Verus, 2013.
23 cm.

Tradução de: House rules
ISBN 978-85-7686-253-6

1. Romance americano. I. Bartalotti, Cecília Camargo. II. Título.

13-03222 CDD: 813
CDU: 821.111(73)-3

Revisado conforme o novo acordo ortográfico

Para Nancy Friend Stuart (1949-2008)
e David Stuart

AGRADECIMENTOS

Como sempre, tenho muitas pessoas a agradecer.

À minha brilhante equipe jurídica: Jennifer Sternick e Lise Iwon, além de Jennifer Sargent, Rory Malone e Seth Lipschutz.

Aos investigadores de polícia que me permitiram acompanhá-los: cabo Claire Demarais, Betty Martin, Beth Anne Zielinski, Jim Knoll, tenente Dennis Pincince, tenente Arthur Kershaw, sargento Richard Altimari, tenente John Blessing, detetive John Grassel, sra. Robin Smith, dr. Thomas Gilson, dr. Peter Gillespie, detetive Patricia Cornell, da polícia de Providence, *trooper* aposentado Robert Hathaway, da polícia de Connecticut, tenente aposentado Ed Downing, da polícia de Providence, Amy Duhaime e Kim Freeland.

A Katherine Yanis e seu filho Jacob, cuja doação generosa para o Autism Speaks UK inspirou o nome de meu personagem de ficção, Jacob.

A Jim Taylor, que me ajudou com a terminologia de informática de Henry e que faz com que meu website seja o melhor que conheço de um escritor.

Ao chefe Nick Giaccone, pelos procedimentos policiais.

A Julia Cooper, pelos conhecimentos bancários.

À minha equipe editorial: Carolyn Reidy, Judith Curr, Kathleen Schmidt, Mellony Torres, Sarah Branham, Laura Stern, Gary Urda, Lisa Keim, Christine Duplessis, Michael Selleck, à equipe de vendas e a todos que, de alguma maneira, continuam encontrando leitores que ainda não me conhecem e convencendo-os a entrar para o time.

À minha editora, Emily Bestler, que me faz esquecer que escrever teoricamente é trabalho, e não diversão.

À minha relações-públicas, Camille McDuffie, que ainda fica tão entusiasmada quanto eu com boas críticas na imprensa.

À minha agente, Laura Gross, que pode perder cintos e BlackBerries (o que proporciona excelentes momentos de descontração durante viagens estressantes), mas nunca perdeu de vista o fato de que formamos uma equipe fenomenal.

À minha mãe. Nós não escolhemos nossos pais, mas, se pudéssemos fazer isso, seria ela mesma que eu escolheria.

Ao meu pai, a quem nunca agradeci formalmente por ter tanto orgulho de mim.

Às muitas pessoas com quem conversei que têm experiência pessoal com a síndrome de Asperger: Linda Zicko e seu filho Rich, Laura Bagnall e seu filho Alex Linden, Jan McAdams e seu filho Matthew, Deb Smith e seu filho Dylan, Mike Norbury e seu filho Chris, Kathleen Kirby e seu filho David, Kelly Meeder e seus filhos Brett e Derek, Catherine McMaster, Charlotte Scott e seu filho James, dr. Boyd Haley, Lesley Dexter e seu filho Ethan, Sue Gerber e sua filha Liza, Nancy Albinini e seu filho Alec, Stella Chin e seu filho Scott Leung, Michelle Destefano, Katie Lescarbeau, Stephanie Loo, Gina Crane e Bill Kolar e seu filho Anthony, Becky Pekar, Suzanne Harlow e seu filho Brad.

Agradeço especialmente a Ronna Hochbein, uma excelente escritora que trabalha com crianças autistas, e que foi não só fonte de informações a respeito de vacinas e autismo, como também arranjou várias entrevistas com crianças e pais.

Agradecimentos não são suficientes para Jess Watsky. Ela merece muito mais: gratidão, humildade, devoção servil. Adolescente com Asperger, ela não só permitiu que eu me intrometesse em sua vida e em sua mente e lhe roubasse lembranças e incidentes específicos para transformá-los em ficção, como também leu cada palavra deste livro com surpreendente velocidade, contou-me o que a fazia rir e alertou-me acerca do que era preciso corrigir. Ela é o coração deste romance; sem ela, eu nunca poderia ter criado um personagem como Jacob.

E por fim (mas nunca menos importante): a Tim, Kyle, Jake e Sammy. Se vocês fossem tudo o que eu tivesse na vida, eu já seria a mulher mais rica do planeta.

CASO 1: DURMA BEM

À primeira vista, ela parecia uma santa: Dorothea Puente alugava quartos para idosos e deficientes em Sacramento, Califórnia, na década de 1980. Mas, de repente, seus inquilinos começaram a desaparecer. Sete corpos foram encontrados enterrados no jardim, e a análise toxicológica forense detectou traços de remédios controlados para dormir nos restos mortais. Puente foi acusada de matar os inquilinos para se apossar de seus contracheques e, com o dinheiro, fazer cirurgias plásticas e comprar roupas caras para manter sua imagem de grande dama da sociedade de Sacramento. Foi acusada de nove assassinatos e condenada por três.

Em 1998, enquanto cumpria duas sentenças consecutivas de prisão perpétua, Puente começou a se corresponder com um escritor chamado Shane Bugbee e a lhe enviar receitas culinárias, que foram posteriormente publicadas em um livro chamado Cozinhando com uma serial killer.

Podem me chamar de louco, mas eu não tocaria nessa comida nem com uma vara de três metros.

Emma

Para onde quer que eu olhe, há sinais de luta. Vejo a correspondência toda espalhada pelo chão da cozinha, e os banquinhos caídos. O telefone foi derrubado da base e a bateria balança pendurada em um emaranhado de fios. Há uma única e leve pegada na porta da sala de estar, apontando para o corpo morto de meu filho, Jacob.

Ele está esparramado como uma estrela-do-mar na frente da lareira. Sangue cobre suas têmporas e mãos. Por um momento, não consigo me mover nem respirar.

De repente, ele se senta.

— Mãe — diz Jacob —, você não está nem *tentando.*

Isso não é real, lembro a mim mesma, enquanto o vejo deitar de novo exatamente na mesma posição: de costas, com as pernas dobradas para a esquerda.

— Humm, houve uma briga — digo.

Os lábios de Jacob mal se movem.

— E...?

— Você foi atingido na cabeça.

Então eu me ajoelho, como ele me instruiu centenas de vezes a fazer, e noto um pacote envolto em papel de embrulho me espiando de baixo do sofá. É pesado. Eu o pego com cuidado e vejo sangue em um dos cantos. Com o dedinho, toco o líquido e provo.

— Ah, Jacob, não vá me dizer que você usou todo o meu xarope de milho outra vez.

— Mãe! Foco!

Sento no sofá, com o pacote nas mãos.

— Ladrões entraram e você lutou com eles.

Jacob se senta e suspira. A mistura de corante alimentício e xarope de milho formou uma pasta em seus cabelos escuros; seus olhos brilham, embora não encontrem os meus.

— Você acha mesmo que eu ia encenar a mesma cena do crime duas vezes?

Ele abre uma das mãos e só então vejo um tufo de cabelos claros. O pai de Jacob tem cabelos cor de palha... ou pelo menos tinha quando nos abandonou quinze anos atrás, deixando-me com Jacob e Theo, seu loiro irmãozinho recém-nascido.

— O *Theo* matou você?

— Sério, mãe, até uma criança de jardim da infância teria resolvido esse caso — diz Jacob, levantando-se. Sangue falso escorre pela lateral de seu rosto, mas ele nem percebe; quando está intensamente focado na análise da cena de um crime, acho que uma bomba nuclear poderia explodir a seu lado que ele nem piscaria. Ele caminha até a pegada na borda do tapete e aponta. Agora, olhando melhor, reparo na sola quadriculada do tênis de skate Vans que Theo economizou durante meses para comprar e na última metade do logotipo da marca, NS, gravada na sola de borracha.

— Teve uma briga na cozinha — Jacob explica. — Terminou com o telefone sendo jogado em defesa e eu sendo perseguido até a sala, onde o Theo me empacotou.

Não pude conter um sorriso.

— Onde você ouviu esse termo?

— No *CrimeBusters*, episódio quarenta e três.

— Bom, só para você saber... isso significa matar alguém. Não acertar a pessoa com um pacote.

Jacob apenas pisca, sem expressão. Ele vive em um mundo literal; é uma das marcas distintivas de seu diagnóstico. Anos atrás, quando estávamos nos mudando para Vermont, ele perguntou como era o lugar. *Muito verde*, eu disse, *e colinas que sobem e descem como ondas*. Ao ouvir isso, ele se pôs a chorar. *Elas não vão machucar a gente?*

— Mas qual é o motivo? — pergunto, e, como para me dar a resposta, Theo desce as escadas furioso.

— Cadê o pirado? — ele grita.

— Theo, já falei para *não* chamar seu irmão...

— Que tal eu parar de chamá-lo de pirado quando ele parar de roubar coisas do meu quarto?

Entrei instintivamente entre ele e o irmão, embora Jacob seja uma cabeça mais alto que nós dois.

— Eu não roubei nada do seu quarto — Jacob diz.

— Ah, é? Que tal meu tênis?

— Eles estavam no *corredor* — Jacob especifica.

— Retardado — Theo diz baixinho, e vejo um brilho de fogo nos olhos de Jacob.

— Eu *não sou* retardado — ele grunhe e avança em direção ao irmão.

Com o braço estendido, eu o mantenho afastado.

— Jacob — digo —, você não deve pegar nada do Theo sem pedir permissão. E Theo, não quero ouvir essa palavra sair da sua boca outra vez ou *eu* vou pegar seu tênis e jogar no lixo. Fui clara?

— Vou sair — Theo murmura e se afasta batendo os pés. Um momento depois, escuto a porta da frente bater.

Sigo Jacob até a cozinha e o vejo se encolher em um canto.

— *O que temos aqui* — Jacob murmura, com a voz subitamente arrastada — *é... uma falha de comunicação* — e se agacha, abraçando os joelhos.

Quando não consegue encontrar as palavras para expressar como se sente, ele as toma emprestadas de alguém. Essas vêm do filme *Rebeldia indomável*; Jacob lembra os diálogos de todos os filmes que já viu.

Conheci muitos pais cujos filhos estão na extremidade inferior do espectro do autismo, crianças diametralmente opostas a Jacob, com seu Asperger. Eles me dizem que tenho sorte de ter um filho tão falante, incrivelmente inteligente, que pode desmontar o forno de micro-ondas e deixá-lo pronto para funcionar de novo uma hora mais tarde. Acham que não há inferno maior do que ter um filho trancado em seu próprio mundo, inconsciente de que há um universo mais amplo a explorar. Mas experimente ter um filho trancado em seu próprio mundo e que, mesmo assim, *quer* se conectar. Um filho que tenta ser como todo mundo, mas não sabe como.

Estendo a mão para confortá-lo, mas me detenho. Um leve toque pode fazer Jacob estourar. Ele não gosta de apertos de mão, palmadinhas nas costas ou que mexam em seu cabelo.

— Jacob — começo, e então percebo que ele não está amuado.

Ele levanta o receptor do telefone sobre o qual estava arqueado, para que eu possa ver uma mancha preta na lateral.

— Você também não viu esta impressão digital — diz ele, alegremente. — Não me leve a mal, mas você seria uma péssima investigadora de cenas de crime. — Ele tira uma folha de papel toalha do rolo e a mergulha na pia. — Não se preocupe, vou limpar todo o sangue.

— Você ainda não me contou o motivo do Theo para matar você.

— Ah. — Jacob me olha sobre o ombro, com um sorriso maroto no rosto. — Foi porque eu roubei o tênis dele.

Na minha cabeça, Asperger é um rótulo para descrever não os traços que Jacob *tem*, mas os que ele perdeu. Foi por volta dos dois anos de idade que ele começou a abandonar palavras, parar de fazer contato visual, evitar conexões com as pessoas. Ele não nos ouvia, ou não queria nos ouvir. Um dia, olhei para ele, deitado no chão ao lado de um caminhãozinho de brinquedo. Ele estava girando as rodinhas, com o rosto a poucos centímetros de distância de mim, e pensei: *Para onde você foi?*

Eu dava desculpas para seu comportamento: a razão de ele se encolher no fundo do carrinho toda vez que íamos fazer compras era que estava frio no supermercado. As etiquetas que eu tinha de cortar de suas roupas eram incomumente ásperas. Quando ele não conseguia fazer contato com nenhuma criança na pré-escola, organizei uma festa de aniversário completa para ele, com balões de água e brincadeira de espete o rabo no burrinho. Fazia mais ou menos meia hora que a festa havia começado quando, de repente, dei pela falta de Jacob. Eu estava grávida de seis meses e fiquei histérica. Outros pais começaram a procurá-lo no jardim, na rua, na casa. Fui eu que o encontrei, sentado no porão, inserindo e ejetando repetidamente uma fita de videocassete.

Quando ele foi diagnosticado, eu me acabei em lágrimas. Isso foi em 1995, e a única experiência que eu havia tido com autismo fora com Dustin Hoffman em *Rain Man*. De acordo com o primeiro psiquiatra que consultamos, Jacob sofria de um comprometimento da comunicação e do comportamento social, sem o déficit de linguagem que era a marca de outras formas de autismo. Ainda levou alguns anos até *ouvirmos* pela primeira vez a palavra *Asperger* — ela simplesmente ainda não estava no radar diagnóstico de ninguém. Mas então eu já tinha Theo, e Henry, meu ex, fora embora. Ele era programador de computadores, trabalhava em casa e não suportava os acessos de Jacob cada vez que a menor coisinha o irritava: uma luz brilhante no banheiro, o som da van no cascalho da entrada de casa, a textura do cereal no café da manhã. Nessa altura, eu já havia me dedicado inteiramente aos primeiros terapeutas intervencionistas de Jacob — um entra e sai de pessoas que vinham à nossa casa decididas a arrastá-lo para fora de seu mundinho particular. *Quero minha casa de volta*, Henry me disse. *Quero você de volta*.

Mas eu já havia notado que, com a terapia comportamental e a fonoaudiologia, Jacob tinha começado a se comunicar outra vez. Eu via o progresso. Ou seja, não havia uma escolha a ser feita.

Na noite em que Henry foi embora, Jacob e eu nos sentamos à mesa da cozinha e fizemos um jogo. Eu fazia uma expressão facial e ele tentava adivinhar qual era a emoção correspondente. Eu sorria, embora estivesse chorando, e esperava Jacob me dizer que eu estava feliz.

Henry mora com sua nova família no Vale do Silício. Ele trabalha na Apple e raramente fala com os meninos, embora envie um cheque religiosamente todos os meses para a pensão dos filhos. Mas Henry sempre foi mesmo bom com organização. E com números. Sua capacidade de memorizar um artigo do *New York Times* e repeti-lo palavra por palavra, que parecera tão academicamente sexy quando estávamos namorando, não era tão diferente assim do modo como Jacob conseguia memorizar toda a programação da TV aos seis anos. Foi só anos depois de Henry ter partido que eu o diagnostiquei com um leve traço de Asperger também.

Há muita discussão sobre se a síndrome de Asperger pertence ou não ao espectro do autismo, mas, para ser sincera, não importa. É um termo que usamos para obter para Jacob as adaptações de que ele precisa na escola, não um rótulo para explicar quem ele é. Se você o encontrasse agora, a primeira coisa que notaria é que ele talvez tenha se esquecido de trocar a camisa de ontem ou de pentear os cabelos. Se quiser falar com ele, você tem que iniciar a conversa. Ele não o olhará nos olhos. E, se fizer uma pausa para falar com outra pessoa por um breve momento, é bem capaz que, ao se virar de volta, descubra que Jacob foi embora da sala.

Aos sábados, Jacob e eu saímos para comprar comida.

É parte de sua rotina, o que significa que raramente nos desviamos disso. Qualquer novidade precisa ser introduzida com antecedência e ter uma preparação, seja uma consulta ao dentista, ou uma viagem de férias, ou um aluno novo transferido para sua classe de matemática no meio do ano. Eu sabia que sua cena do crime simulada estaria completamente limpa antes das onze horas, porque é então que a Moça das Amostras Grátis monta a mesa na frente da Townsend Food Co-op. Ela já reconhece Jacob assim que o vê e geralmente lhe dá dois minirrolinhos primavera, ou minibruschettas, ou o que quer que esteja oferecendo naquela semana.

Theo ainda não voltou, então deixei um bilhete, embora ele conheça a programação tão bem quanto eu. Enquanto pego o casaco e a bolsa, Jacob já está sentado no banco traseiro. Ele gosta de sentar ali, porque pode se esticar. Jacob não tem carteira de motorista, apesar de esse ser um motivo habitual de discussão, porque ele tem dezoito anos e já poderia ter tirado a habilitação dois anos atrás. Ele conhece todo o funcionamento mecânico de um semáforo e, provavelmente, poderia desmontar um e montá-lo de novo, mas não estou totalmente convencida de que, em uma situação com vários outros carros vindo de diferentes direções, ele seria capaz de se lembrar se deve parar ou seguir em um cruzamento.

— O que você ainda tem que fazer de lição de casa? — pergunto, enquanto saímos para a rua.

— Aquela idiotice de inglês.

— Inglês não é idiotice — digo.

— Mas meu *professor* de inglês é. — Ele faz uma careta. — O sr. Franklin mandou fazer uma redação sobre a nossa matéria favorita e eu queria escrever sobre sanduíche, mas ele não deixou.

— Por quê?

— Ele diz que sanduíche não é uma matéria.

Dou uma olhadinha para ele.

— E *não é.*

— Como não? — diz Jacob. — Sanduíche não tem substância? Ele devia saber disso.

Disfarço um sorriso. A leitura literal do mundo que Jacob faz pode ser, dependendo das circunstâncias, muito engraçada ou muito frustrante. Pelo espelho retrovisor, eu o vejo pressionar o polegar contra a janela do carro.

— Está frio demais para impressões digitais — digo naturalmente. Foi algo que ele mesmo me ensinou.

— Mas você sabe *por quê*?

— Humm... — Olho para ele. — Os sinais se desfazem quando está abaixo do ponto de congelamento?

— O frio estreita os poros que liberam suor — Jacob explica —, então as secreções são reduzidas, o que faz com que a matéria não se prenda à superfície e deixe uma impressão visível no vidro.

— Esse era o meu segundo palpite — brinco.

Eu costumava chamá-lo de meu geniozinho, porque, mesmo quando pequeno, ele vinha com explicações desse tipo. Lembro que, uma vez, aos quatro anos de idade, ele estava lendo a placa do consultório de um médico quando o carteiro passou e não pôde deixar de olhar com espanto, já que não é todo dia que se ouve uma criança dessa idade pronunciar a palavra *gastroenterologia* com absoluta clareza.

Entro no estacionamento. Ignoro uma vaga perfeita, porque ao lado havia um faiscante carro laranja, e Jacob não gosta da cor laranja. Posso senti-lo segurar a respiração até termos passado. Saímos do carro e ele corre para pegar um carrinho de compras; entramos, então, no supermercado.

O lugar que a Moça das Amostras Grátis costuma ocupar está vazio.

— Jacob — digo imediatamente —, não tem importância.

Ele olha para o relógio.

— São onze e quinze. Ela chega às onze e vai embora ao meio-dia.

— Deve ter acontecido alguma coisa.

— Cirurgia de joanete — informa um funcionário que está empilhando pacotes de cenoura nas proximidades. — Ela volta daqui a um mês.

A mão de Jacob começa a bater na perna. Olho em volta e calculo mentalmente se seria pior eu tentar tirá-lo dali antes que o movimento repetitivo se transforme em um surto ou se posso ajudá-lo a superar a situação.

— Lembra quando a sra. Pinham precisou se ausentar da escola por três semanas porque teve herpes e não pôde avisar com antecedência? É a mesma coisa.

— Mas são onze e quinze — insiste Jacob.

— A sra. Pinham sarou, certo? E tudo voltou ao normal.

O rapaz das cenouras já está olhando para nós. E como não olharia? Jacob *parece* um rapaz totalmente normal. Ele é visivelmente inteligente. Mas ver seu dia perturbado faz com que ele se sinta da mesma maneira que eu me sentiria se, de repente, me mandassem saltar de bungee jump do alto da Sears Tower.

Quando um grunhido baixo sai da garganta de Jacob, sei que passamos do ponto em que não há volta. Ele se afasta de mim e vai de costas contra uma prateleira cheia de frascos de picles e condimentos. Alguns frascos caem no chão e o barulho de vidro quebrado o descontrola de vez. De repente, Jacob está gritando, uma nota aguda e cortante, que é a trilha sonora da minha vida. Ele se move às cegas, batendo em mim quando tento segurá-lo.

São apenas trinta segundos, mas trinta segundos podem durar eternamente quando se é o centro da atenção de todos; quando se está lutando com seu filho de um metro e oitenta no chão de linóleo, segurando-o com todo o peso de seu corpo, o único tipo de pressão que pode acalmá-lo. Ponho os lábios no ouvido dele.

— *I shot the sheriff* — canto. — *But I didn't shoot no deputy...*

Desde que ele era pequeno, essa letra de Bob Marley o acalmava. Houve ocasiões em que toquei essa música vinte e quatro horas por dia, apenas para mantê-lo tranquilo; até o Theo conhecia a letra inteira antes de fazer três anos. De fato, a tensão vai deixando os músculos de Jacob, e os braços caem soltos ao seu lado. Uma lágrima corre do canto de seu olho.

— *I shot the sheriff* — ele murmura — *but I swear it was in self-defense.*

Seguro o rosto dele entre minhas mãos e o forço a encontrar meus olhos.

— Tudo bem agora?

Ele hesita, como se estivesse fazendo uma avaliação séria.

— Sim.

Eu me sento e ajoelho sem querer sobre a poça de picles derramados. Jacob se senta também e abraça os joelhos de encontro ao peito.

Uma multidão se formou em volta de nós. Além do rapaz das cenouras, o gerente da loja, vários clientes e duas menininhas gêmeas com iguais constelações de sardas no rosto estão todos olhando para Jacob com aquela mistura curiosa de horror e pena que nos segue como um cachorro mordiscando nossos calcanhares. Jacob não machucaria uma mosca, literal ou figurativamente. Eu o vi proteger uma aranha com as mãos durante uma viagem de carro de três horas só para poder soltá-la quando chegássemos a nosso destino. Mas, se você for um estranho e vir um homem alto e musculoso derrubando prateleiras, não vai olhar para ele e imaginar que está frustrado. Vai achar que ele é violento.

— Ele é autista — digo bruscamente. — Vocês têm alguma pergunta?

Descobri que ficar brava funciona melhor. É o choque de que as pessoas precisam para tirar os olhos do incidente. Como se nada tivesse acontecido, os clientes voltam a escolher laranjas e embalar pimentões. As duas menininhas desaparecem a toda pelo corredor de laticínios. O rapaz das cenouras e o gerente não olham para mim e acho muito melhor assim. Sei como lidar com sua curiosidade mórbida; é sua benevolência que poderia me quebrar.

Jacob vem arrastando os pés atrás de mim enquanto empurro o carrinho. Sua mão ainda se contrai ligeiramente do lado do corpo, mas ele está se controlando.

Minha maior esperança para Jacob é que momentos como esse não aconteçam.

Meu maior medo: que eles *aconteçam*, e que eu nem sempre esteja presente para impedir as pessoas de pensarem o pior dele.

Theo

Levei vinte e quatro pontos no rosto, graças ao meu irmão. Dez deles deixaram uma cicatriz que atravessa a sobrancelha esquerda, depois que Jacob derrubou meu cadeirão quando eu tinha oito meses. Os outros catorze pontos foram no queixo, no Natal de 2003, quando fiquei tão entusiasmado com um presente idiota qualquer que rasguei o papel e Jacob veio como um raio para cima de mim quando ouviu o barulho. Mas a razão de eu contar isso não tem nada a ver com meu irmão. É porque minha mãe vai dizer que Jacob não é violento, mas eu sou a prova viva de que ela está tentando se enganar.

Tenho que abrir exceções para Jacob; é uma de nossas regras não escritas. Então, quando precisamos desviar de uma placa de desvio (olha a ironia *disso*!) porque ela é laranja e faz Jacob surtar, isso é mais importante do que eu me atrasar dez minutos para a escola. E ele sempre toma banho primeiro, porque cem bilhões de anos atrás, quando eu ainda era bebê, Jacob tomava banho primeiro e ele não sabe lidar com mudanças na rotina. E, quando eu fiz quinze anos e marquei um teste para tirar minha carteira de motorista provisória — que acabou sendo cancelado quando Jacob teve um chilique porque queria comprar um tênis novo —, tive que entender que essas coisas acontecem. O problema é que algo aconteceu nas três vezes seguintes em que tentei fazer minha mãe me levar para tirar a carteira, até que cansei de continuar pedindo. Do jeito que as coisas vão, ainda vou estar andando de skate aos trinta anos.

Uma vez, quando Jacob e eu éramos pequenos, estávamos brincando em um lago perto de casa com um barco inflável. Era minha tarefa tomar conta dele, mesmo ele sendo três anos mais velho e tendo feito tantas aulas de natação quanto eu. Nós viramos o barco e nadamos para baixo dele, onde o ar era pesado e úmido. Jacob começou a falar de dinossauros, que era a mania dele na época, e não parava mais de falar. De repente, comecei a entrar em pânico. Ele estava consumindo todo o oxigênio daquele espaço minúsculo. Empurrei o barco, tentando tirá-lo de cima de nós, mas o plástico tinha produzido uma espécie de sucção sobre a superfície da água — o que me deixou ainda mais em pânico. Claro que, pensando agora, eu sei que poderia ter nadado para fora do barco, mas naquele momento isso nem me ocorreu. Tudo o que eu sabia, naquela hora, era que não conseguia respirar. Quando as pessoas me perguntam como é crescer com um irmão que tem Asperger, é nisso que eu sempre penso, embora a resposta que eu dê em voz alta seja que nunca conheci nada diferente.

Eu não sou santo. Tem horas que faço coisas para irritar Jacob, porque isso é muito fácil. Como quando fui até o armário dele e misturei todas as roupas. Ou quando escondi a tampa do tubo de pasta de dente para ele não poder colocá-la de volta no momento em que terminasse de escovar os dentes. Mas sempre acabo me sentindo mal pela minha mãe, que geralmente é quem paga o pato pelas crises de Jacob. Às vezes a ouço chorando, quando ela acha que eu e Jacob estamos dormindo. E então lembro que ela também não escolheu esse tipo de vida.

Por isso eu colaboro. Sou eu que tiro Jacob fisicamente de uma conversa quando ele começa a ser intenso demais e assustar as pessoas. Sou eu que digo a ele para parar de bater os braços quando ele fica nervoso no ônibus, porque isso o faz parecer um maluco total. Sou eu que passo nas aulas dele antes de ir às minhas para avisar aos professores que Jacob teve uma manhã difícil porque o leite de soja acabou sem percebermos. Em outras palavras, eu ajo como o irmão mais velho, mesmo não sendo. E, nas horas em que acho que isso não é justo, quando meu sangue parece ferver como lava, eu saio de perto. Se meu quarto não for longe o suficiente para mim, pego meu skate e me mando para algum lugar — qualquer um que não seja o que eu tenho que chamar de lar.

É o que estou fazendo esta tarde, depois que meu irmão resolveu me escalar como o assassino em sua simulação de cena de crime. Vou ser sincero: não foi por ele ter pegado meu tênis sem pedir nem por ter roubado cabelo da minha escova (o que, francamente, é sinistro no nível de *O silêncio dos inocentes*). Foi porque, quando vi Jacob na cozinha com aquele sangue de xarope de milho e todas as evidências apontando para mim, por um milésimo de segundo pensei: *Quem dera.*

Mas eu não tenho permissão para dizer que minha vida seria mais fácil sem Jacob. Não posso nem sequer pensar isso. É outra daquelas regras não escritas. Então pego meu casaco e vou na direção sul, mesmo com seis graus negativos aqui fora e o vento parecendo facadas no meu rosto. Paro um pouco no parque dos skates, o único lugar nesta cidade ridícula em que os policiais ainda deixam a gente andar de skate, embora isso seja totalmente inútil no inverno, que dura nove meses por ano em Townsend, Vermont.

Nevou ontem à noite, uns cinco centímetros, mas tem um cara com um skate de neve tentando fazer um *ollie* nas escadas quando eu chego lá. Seu amigo está segurando um celular e filmando a manobra. Eu os reconheço da escola, mas eles não estão na minha classe. Tenho meio que uma personalidade "antiskatista". Faço aulas avançadas de todas as matérias e minha média é 3,98, de um total de 4,0. Claro que isso me torna um esquisito no meio da comunidade do skate, da mesma forma que o jeito como me visto e o fato de eu gostar de skate me tornam um esquisito na comunidade dos melhores alunos.

O garoto que está no skate cai de bunda no chão.

— Vou pôr isso no YouTube, cara — diz o amigo dele.

Contorno o parque dos skates e sigo pela cidade, para essa rua que se enrola em curvas como um caracol. Bem no centro há uma casa toda diferente; parece que o estilo dela é chamado de vitoriano. É pintada de roxo e tem uma torre em um dos lados. Acho que foi isso que me fez parar da primeira vez: quem é que tem uma casa com *torre* além da Rapunzel? Mas a pessoa que mora nessa torre é uma menina de uns dez ou onze anos, com um irmão que deve ter metade disso. A mãe deles tem uma van Toyota verde e o pai é algum tipo de médico, porque já o vi chegar do trabalho duas vezes com roupa de cirurgia.

Tenho ido muito lá ultimamente. Geralmente agacho na frente da janela saliente que dá para a sala de estar. Dá para ver quase tudo de lá: a mesa da sala de jantar, onde as crianças fazem a lição de casa. A cozinha, onde a mãe prepara o jantar. Às vezes, ela abre um pouquinho a janela e eu quase posso sentir o gosto do que eles estão comendo.

Nessa tarde, porém, não tem ninguém em casa. Isso me deixa mais atrevido. Embora seja dia claro, e embora haja carros subindo e descendo a rua, vou até os fundos da casa e sento no balanço. Giro as correntes e deixo que elas se desenrolem, mesmo já estando muito velho para esse tipo de coisa. Depois vou até a varanda dos fundos e experimento a porta.

Ela abre.

Isso é errado, eu sei. Mas entro mesmo assim.

Tiro os sapatos, porque é a coisa mais educada a fazer, e os deixo sobre um capacho na entrada. Então vou para a cozinha. Há tigelas de cereal na pia. Abro a geladeira e dou uma olhada na pilha de potes de plástico. Tem uma sobra de lasanha.

Pego um frasco de pasta de amendoim e cheiro. É só minha imaginação ou ele cheira melhor do que aquele que temos na *nossa* casa?

Enfio o dedo e provo. Então, com o coração acelerado, levo o frasco até o balcão, com outro de geleia. Pego duas fatias de pão do pacote e procuro talheres nas gavetas. Preparo um sanduíche de pasta de amendoim e geleia como se fosse algo que faço nessa cozinha o tempo todo.

Na sala de jantar, sento na cadeira em que a menina sempre senta nas refeições. Como o sanduíche e imagino minha mãe vindo da cozinha com um grande peru assado em uma bandeja.

— Ei, pai — digo em voz alta para a cadeira vazia à minha esquerda, fingindo que tenho um pai de verdade em vez de um doador de esperma com sentimento de culpa que envia um cheque todos os meses.

Como vai a escola?, ele perguntaria.

— Gabaritei a prova de biologia.

Que maravilha! Não me surpreenderia se você acabasse na faculdade de medicina, como eu.

Sacudo a cabeça para remover os pensamentos. Ou eu me imaginei em uma série de TV ou tenho uma espécie de complexo de Cachinhos Dourados.

Jacob costumava ler para mim à noite. Bom, não exatamente. Ele lia para si mesmo, e não era tanto ler como recitar o que havia memorizado, e simplesmente acontecia de eu estar na mesma localização geográfica que ele e, portanto, tinha que ouvir. Mas eu gostava. Quando Jacob fala, sua voz sobe e desce, como se cada frase fosse uma melodia, o que soa estranho em uma conversa normal, mas funciona bem em um conto de fadas. Lembro de ouvir a história de "Cachinhos Dourados e os três ursos" e pensar que ela era uma otária. Se tivesse jogado direito, talvez pudesse ter ficado lá.

No ano passado, quando entrei no primeiro ano do ensino médio, tive a chance de recomeçar. Havia pessoas de outras cidades que não sabiam nada de mim. Comecei a andar com dois caras, Chad e Andrew. Eles estavam na minha classe de metodologia científica e pareciam bem legais, além disso moravam em Swanzey, e não em Townsend, e nunca tinham encontrado meu irmão. Nós ríamos da bainha curta demais da calça do professor de ciências e nos sentávamos juntos na cantina na hora do almoço. Até fizemos planos para ir ao cinema se tivesse algum filme bom no fim de semana. Mas então Jacob apareceu na cantina um dia, porque tinha terminado a lição de física em um tempo alucinadamente curto e o professor o havia dispensado da aula, e, é claro, ele veio direto até mim. Eu o apresentei e disse que ele estava uns anos à frente na escola. Pronto, esse foi meu primeiro erro. Chad e Andrew ficaram tão animados por ter a chance de fazer amizade com alguém de uma classe mais avançada que começaram a fazer perguntas a Jacob, como em que ano ele estava e se fazia parte de alguma equipe esportiva.

— Penúltimo ano — Jacob respondeu, e acrescentou que não gostava muito de esportes. — Gosto de ciência forense. Vocês já ouviram falar do dr. Henry Lee?

E desandou a falar por dez minutos sem parar sobre o patologista de Connecticut que tinha trabalhado em casos importantes, como os de O. J. Simpson, Scott Peterson e Elizabeth Smart. Acho que ele perdeu Chad e Andrew em algum momento do tutorial sobre padrões de respingos de sangue. Desnecessário dizer que, no dia seguinte, na hora de escolher os parceiros de laboratório em metodologia científica, eles se livraram rapidinho de mim.

Terminei meu sanduíche, então levanto da mesa da sala de jantar e subo as escadas. O primeiro quarto do andar de cima é o do menino e há figuras de dinossauros pregadas em todas as paredes. A roupa de cama é coberta de pterodáctilos fosforescentes e há um controle remoto em forma de *T. rex* caído de lado no chão. Por um momento, fico congelado. Houve um tempo em que Jacob era tão louco por dinossauros como hoje por ciência forense. Será que esse menino sabe falar sobre o therizinossauro encontrado em Utah, com garras de quarenta centímetros que parecem algo saído de um filme de terror adolescente? Ou que o primeiro esqueleto de dinossauro quase completo — um hadrossauro — foi encontrado em 1858 em New Jersey?

Não, ele é só uma criança — não uma criança com Asperger. Eu sei, só de olhar pela janela à noite e observar a família. Eu sei porque aquela cozinha, com suas aconchegantes paredes amarelas, é um lugar em que quero estar, não um lugar de onde quero fugir.

De repente, lembro de algo. Naquele dia em que Jacob e eu estávamos brincando no lago embaixo do barco inflável, quando eu me apavorei porque não conseguia respirar e o barco estava preso em cima da gente. Ele, de algum modo, quebrou o efeito de sucção do barco na superfície da água, abraçou meu peito e me segurou no alto para que eu pudesse dar grandes aspiradas de ar. Depois me arrastou até a margem e ficou sentado ao meu lado, tremendo, até eu encontrar voz para falar de novo. É a última vez em que me lembro de Jacob cuidando de mim, e não o contrário.

No quarto onde estou, há toda uma parede de prateleiras repletas de jogos eletrônicos. Wii e Xbox, em sua maioria, com alguns Nintendo DS no meio. Nós não temos nenhum console de jogo; não temos dinheiro para isso. As porcarias que Jacob precisa tomar no café da manhã, toda uma refeição extra de comprimidos, injeções e suplementos, custam uma fortuna, e sei que minha mãe às vezes passa noites fazendo trabalhos freelance de revisão para poder pagar Jess, a instrutora de habilidades sociais dele.

Ouço o ruído de um carro na rua silenciosa e, quando espio pela janela, eu a vejo: a van verde virando para entrar na casa. Desço as escadas voando, atravesso a cozinha e saio pela porta dos fundos. Mergulho entre os arbustos, onde seguro a respiração e vejo o menino sair da van primeiro, com roupa de hóquei. Depois sua irmã sai e, por fim, os pais. O pai tira uma sacola de equipamentos do porta-malas e todos eles desaparecem dentro da casa.

Vou para a rua e me afasto da casa vitoriana em meu skate. Debaixo do casaco está o jogo de Wii que peguei no último minuto — algum desafio do Super Mario. Sinto o coração batendo forte de encontro a ele.

Não posso jogá-lo. Na verdade, nem quero. Só o peguei porque sei que nem vão dar pela sua falta. Como *poderiam*, se têm tantos?

Jacob

Posso ser autista, mas não sei dizer em que dia da semana caiu o aniversário de trinta e dois anos da sua mãe. Não sei fazer logaritmos de cabeça. Não posso olhar para um punhado de solo e afirmar que ele contém 6.446 folhas de grama. Por outro lado, eu *posso* dizer tudo que você quiser saber sobre relâmpagos, reações em cadeia da polimerase, citações famosas de filmes e saurópodes do Cretáceo Inferior. Memorizei a tabela periódica sem nem tentar, aprendi sozinho a ler egípcio médio e ajudei meu professor de cálculo a consertar o computador dele. Poderia ficar falando eternamente sobre detalhes de cristas de fricção em análise de impressões digitais e se essa análise é uma arte ou uma ciência. (Por exemplo, o DNA de gêmeos idênticos é idêntico; sabemos disso com base em análise científica. Mas as impressões digitais de gêmeos idênticos diferem em seus detalhes de Galton – que tipo de prova *você* preferiria ter se fosse um promotor? Mas estou fugindo do assunto.)

Imagino que esses talentos fariam de mim um sucesso em um coquetel se (a) eu bebesse, o que não faço, ou (b) eu tivesse tido algum amigo que me convidasse para uma festa, coquetel ou não. Minha mãe me explicou isso desta maneira: imagine como é a sensação de ver uma pessoa com um olhar intenso vir até você e começar a falar sobre padrões de respingos de sangue em impactos de velocidade média causados por objetos que se movem entre 1,5 e 7,5 metros por segundo e como eles diferem de respingos de impactos de alta velocidade resultantes de tiros ou explosivos. Ou, pior ainda, imagine *ser* a pessoa que está falando e não perceber os sinais de quando a vítima de sua conversa está desesperadamente tentando escapar.

Fui diagnosticado com síndrome de Asperger muito antes de ela se tornar o transtorno de saúde mental da moda, usado em abundância por pais para descrever seus filhos mal-educados, para que as pessoas achem que eles são supergênios em vez de simplesmente antissociais. Para ser sincero, a maioria dos alunos da minha escola hoje sabe o que é Asperger, graças a uma candidata de *America's Next Top Model*. Tantas pessoas já me falaram dela que devem achar que temos alguma relação. Quanto a mim, procuro não dizer a palavra em voz alta. *Asperger*. Não parece um corte de carne de qualidade inferior? Asno em um churrasco?

Moro com minha mãe e meu irmão, Theo. O fato de termos saído do mesmo pool de genes é um mistério para mim, porque não poderíamos ser mais diferentes um do outro, nem se tivéssemos tentado ativamente. Parecemos opostos totais: o cabelo dele é fino e tão loiro que poderia passar por prateado; o meu é escuro e fica cheio demais se eu não o corto religiosamente a cada três semanas (na verdade, parte da razão de eu ir cortá-lo a cada três semanas é que três é um número bom e seguro, ao contrário de quatro, por exemplo, e a única maneira de eu conseguir lidar com alguém tocando meu cabelo é se souber com antecedência que isso vai acontecer). Theo é sempre surpreendido com o que as outras pessoas pensam dele, enquanto eu já *sei* o que elas pensam de mim — que sou um garoto esquisito que fica perto demais das pessoas e fala sem parar. Theo praticamente só ouve rap, o que me dá dor de cabeça. Ele anda de skate como se as rodinhas estivessem presas na sola dos pés, e digo isso como um elogio, porque mal consigo andar e mascar chiclete ao mesmo tempo. Ele tem que aguentar muita coisa, imagino. Eu fico perturbado se os planos não dão certo ou se alguma coisa muda na minha agenda, e às vezes simplesmente não consigo controlar o que acontece. Eu viro Hulk — grito, xingo, bato nas coisas. Nunca bati no Theo, mas já joguei coisas nele e já quebrei alguns objetos dele, principalmente um violão, que minha mãe depois me fez pagar em prestações por três anos seguidos. Theo também é quem mais sofre com a minha sinceridade:

EXEMPLO 1
Theo entra na cozinha com o jeans tão baixo que aparece a cueca, uma camiseta tamanho GG e uma medalha estranha no pescoço.
Theo: E aí?
Eu: Fala, bro, acho que você ainda não se tocou, mas nós moramos no subúrbio, não no gueto. É Dia de Homenagem ao Tupac ou algo assim?

Eu digo à minha mãe que nós não temos nada em comum, mas ela insiste que isso vai mudar. Acho que ela é maluca.

Não tenho nenhum amigo. O bullying começou na pré-escola, quando passei a usar óculos. A professora fez um menino popular usar óculos falsos para eu ter alguém com quem me relacionar, mas ele não queria discutir se o arqueópterix deveria ser caracterizado como uma ave pré-histórica ou como um dinossauro. Nem preciso dizer que a amizade durou menos de um dia. Agora, já me acostumei com os meninos me dizendo para sair de perto, para sentar em outro lugar. Nunca sou convidado para nada nos fins de semana. Não consigo entender os sinais sociais que as outras pessoas emitem. Então, se estou conversando com alguém na classe e ele diz: "Puxa, já é uma hora?", eu olho para o relógio e digo que sim, já *é* uma hora, quando, na verdade, ele está tentando encontrar uma maneira educada de se livrar de mim. Eu não compreendo por que as pessoas nunca dizem o que estão querendo dizer. É como um imigrante que vem para um país e aprende a língua, mas fica completamente confuso com as expressões idiomáticas. (Sério, como alguém que não é um falante nativo pode "quebrar um galho", por exemplo, e não imaginar que isso tenha a ver com plantas?) Para mim, estar em situações sociais, na escola, num jantar de Ação de Graças ou na fila do cinema, é como me mudar para a Lituânia sem ter estudado lituano. Se alguém me pergunta o que vou fazer no fim de semana, não consigo responder tão facilmente como Theo faria, por exemplo. Sei que vou me atrapalhar para perceber o que seria um excesso de informações e por isso, em vez de dar uma descrição detalhada de meus planos futuros, uso as palavras de alguma outra pessoa. Fazendo meu melhor De Niro em *Taxi Driver*, digo: "Está falando comigo?" Veja só, não são apenas meus colegas que eu entendo mal. Uma vez, minha professora de saúde pública teve que atender um telefonema no escritório e disse para os alunos: "Não se movam, nem sequer respirem". As crianças normais ignoraram a frase; alguns mais certinhos ficaram estudando em silêncio na carteira. E eu? Fiquei sentado como uma estátua, com os pulmões ardendo, até quase desmaiar.

Eu tive uma amiga. O nome dela era Alexa, e ela mudou de cidade no sétimo ano. Depois disso, decidi tratar a escola como um estudo antropológico. Tentei cultivar um interesse por assuntos sobre os quais as crianças normais conversavam. Mas era um tédio:

EXEMPLO 2
Menina: Ei, Jacob, esse MP3 player não é o máximo?
Eu: Deve ter sido feito por crianças chinesas.

Menina: Quer um gole do meu suco?
Eu: Compartilhar bebidas pode dar mononucleose. Beijar também.
Menina: Vou sentar em outro lugar...

Tenho culpa de tentar animar um pouco as conversas com meus colegas, falando de assuntos como o trabalho do dr. Henry Lee no assassinato de Laci Peterson? Eu acabei desistindo de participar das conversas mundanas; acompanhar uma discussão sobre quem estava saindo com quem era tão difícil para mim quanto catalogar os rituais de acasalamento de uma tribo nômade de Papua-Nova Guiné. Minha mãe às vezes diz que eu nem *tento*. Eu digo que tento o tempo todo e sempre sou rejeitado. E nem fico triste com isso, sério. Afinal, por que ia querer ser amigo de gente que trata mal pessoas como eu?

Estas são algumas coisas que eu não consigo mesmo suportar:

1. Som de papel sendo amassado. Não sei dizer por quê, mas isso me faz sentir como se alguém estivesse fazendo o mesmo com todos os meus órgãos internos.
2. Barulho demais ou luzes piscando.
3. Mudanças de planos.
4. Perder *CrimeBusters*, que passa na USA Network às quatro e meia da tarde todos os dias, graças às maravilhas da venda dos direitos de reexibição. Embora eu saiba todos os cento e catorze episódios de cor, vê-los diariamente é tão importante para mim quanto aplicar insulina seria para um diabético. Todo o meu dia é planejado em torno disso e, se eu não tiver a minha dose diária, começo a tremer.
5. Quando minha mãe guarda minhas roupas. Eu as deixo na ordem do arco-íris, VLAVAIV, e as cores não podem se tocar. Ela faz o melhor que pode, mas, da última vez, esqueceu completamente do índigo.
6. Se alguém dá uma mordida na minha comida, eu tenho que cortar a parte em que a saliva tocou antes de continuar comendo.
7. Cabelos soltos. Eles me dão nervoso, e é por isso que meu cabelo é curto, no estilo militar.
8. Ser tocado por alguém que não conheço.
9. Comidas com uma membrana em volta, como pudim; ou comidas que explodem na boca, como ervilhas.

10. Números pares.
11. Quando as pessoas me chamam de retardado, o que eu não sou.
12. A cor laranja. Ela significa perigo, e a palavra em inglês, "orange", não tem rima perfeita, o que a torna suspeita. (Theo quer saber por que eu tolero coisas prateadas, então, já que "silver" também não tem rima em inglês, mas não vou nem entrar nessa discussão.)

Passei boa parte dos meus dezoito anos aprendendo como existir em um mundo que é ocasionalmente laranja, caótico e muito barulhento. Entre as aulas, por exemplo, uso fones de ouvido. Antes eu usava fones bem grandes, que me faziam parecer um controlador de tráfego aéreo, mas Theo disse que todos riam de mim quando me viam nos corredores, então minha mãe me convenceu a usar fones pequenos. Quase nunca vou à cantina, porque (a) não tem ninguém para eu sentar junto, e (b) todas aquelas conversas cruzadas parecem facas na minha pele. Em vez disso, fico na sala dos professores, onde, se por acaso eu mencionar que Pitágoras não descobriu de fato o teorema de Pitágoras (os babilônios já o usavam milhares de anos antes de Pitágoras ser sequer um brilho sedutor nos olhos de seus pais gregos), eles não olham para mim como se eu fosse um monstro de duas cabeças. Quando as coisas ficam realmente ruins, alguma pressão ajuda — como deitar sob uma pilha de roupa lavada ou embaixo de um cobertor com um peso em cima (um cobertor com bolinhas de plástico no enchimento que o tornam mais pesado) —, porque o estímulo sensorial de toque profundo me acalma. Um dos meus terapeutas, um admirador de Skinner, me fez relaxar com músicas de Bob Marley. Quando fico perturbado, repito palavras seguidamente e falo com uma voz monotônica. Fecho os olhos e pergunto a mim mesmo: *O que o dr. Henry Lee faria?*

Não entro em apuros porque as regras me mantêm são. Regras significam que o dia vai passar exatamente do jeito como eu prevejo que ele vai ser. Faço o que me mandam; só queria que todos fizessem isso também.

Temos regras em nossa casa:

1. Limpar a própria bagunça.
2. Falar a verdade.
3. Escovar os dentes duas vezes por dia.
4. Não se atrasar para a escola.
5. Cuidar do seu irmão; ele é o único que você tem.

A maioria dessas regras é natural para mim. Bem, exceto escovar os dentes, que eu detesto, e cuidar do Theo. Digamos simplesmente que minha interpretação da regra número cinco nem sempre coincide com a interpretação do Theo. Veja hoje, por exemplo. Eu o incluí no papel de protagonista em minha cena do crime e ele ficou furioso. Ele foi escalado como executor do crime... como pôde não ver isso como a forma mais alta de honraria?

Minha psiquiatra, dra. Moon Murano, muitas vezes me pede para avaliar situações que produzem ansiedade em uma escala de um a dez.

> *EXEMPLO 3*
> *Eu: Minha mãe foi ao banco e disse que estaria de volta em quinze minutos. Quando deu dezessete minutos, comecei a entrar em pânico. Então telefonei para ela, que não atendeu o celular, e eu tive certeza de que ela estava morta em alguma vala por aí.*
> *Dra. Moon: Em uma escala de um a dez, como isso fez você se sentir?*
> *Eu: Nove.*
> (Nota: Na verdade era dez, mas esse é um número par, e dizê-lo em voz alta faria meu nível de ansiedade sair dos limites.)
> *Dra. Moon: Pode pensar em uma solução que talvez tivesse funcionado melhor do que telefonar para a emergência?*
> *Eu (fazendo minha melhor expressão de Cher em* Feitiço da lua*): Cai na real!*

Eu avalio meus dias, também, embora não tenha contado isso à dra. Moon ainda. Números altos são dias bons; números baixos são dias ruins. E hoje é um dia um, entre minha briga com Theo e, depois, a ausência da Moça das Amostras Grátis no supermercado. (Em minha defesa, tenho a dizer que fiz um algoritmo para prever o que ela vai servir, e talvez não tivesse ficado tão perturbado se hoje fosse o primeiro sábado do mês, quando ela distribui produtos vegetarianos. Mas era um dia de *sobremesa*, pelo amor de Deus.) Fiquei em meu quarto desde que chegamos em casa. Me enfiei embaixo das cobertas e pus o cobertor pesado por cima de tudo. Coloquei "I Shot the Sheriff" no iPod para tocar repetidamente e ouvi essa única música até as quatro e meia, quando é hora de ver *CrimeBusters* e tenho que ir para a sala, onde está a TV.

O episódio é o número oitenta e dois, um dos meus cinco favoritos de todos os tempos. Envolve um caso em que uma das investigadoras do CSI, Rhianna, não aparece no trabalho. Ela foi tomada como refém por um homem louco de dor pela morte recente da esposa. Rhianna deixa pistas para o resto da equipe solucionar, a fim de levá-los até onde ela está presa.

Naturalmente, descubro a conclusão muito antes do resto da equipe do CSI.

A razão de eu gostar tanto do episódio é que eles, na verdade, fizeram algo errado. Rhianna é arrastada para um restaurante por seu sequestrador e deixa um cupom de sua loja de roupas favorita sob o prato, quando termina de comer. Os colegas o encontram e precisam provar que é realmente dela. Eles o processam para encontrar impressões digitais, usando um reagente de pequenas partículas, seguido por ninidrina, quando, na verdade, deve-se usar a ninidrina primeiro. Ela reage com os aminoácidos e, depois, o reagente de pequenas partículas reage com gorduras. Se você usasse o reagente de pequenas partículas primeiro, como eles fizeram no episódio, isso arruinaria a superfície porosa para o procedimento com a ninidrina. Quando identifiquei o erro, escrevi para os produtores de *CrimeBusters*. Eles me enviaram uma carta de resposta e uma camiseta oficial. A camiseta não serve mais em mim, mas ainda está guardada em minha gaveta.

Depois de assistir ao episódio, meu dia definitivamente melhora de um para três.

— Ei — diz minha mãe, aparecendo na entrada da sala. — Como você está?

— Bem — respondo.

Ela se senta ao meu lado no sofá, e nossas pernas se tocam. Ela é a única pessoa que suporto ter perto de mim. Se fosse qualquer outra pessoa, eu já teria me afastado alguns centímetros.

— Então, Jacob — diz ela. — Eu só queria lembrar que você sobreviveu ao dia sem a amostra grátis de comida.

É em momentos como esse que fico feliz por não olhar as pessoas nos olhos. Se eu olhasse, com certeza elas iam morrer fulminadas com o raio de desprezo saindo dos meus olhos. É *claro* que eu sobrevivi. Mas a que custo?

— Momento para aprendizagem — minha mãe explica, dando uma palmadinha em minha mão. — Só estou falando.

— *Francamente, minha querida* — murmuro —, *eu não estou nem aí.*

Minha mãe suspira.

— Jantar às seis, Rhett — diz ela, embora seja sempre às seis e embora meu nome seja Jacob.

Em diferentes momentos, os meios de comunicação diagnosticaram postumamente algumas pessoas famosas com Asperger. Estes são apenas alguns exemplos:

1. Wolfgang Amadeus Mozart
2. Albert Einstein
3. Andy Warhol
4. Jane Austen
5. Thomas Jefferson

Tenho noventa e nove por cento de certeza que nenhum deles teve um surto em um supermercado e acabou quebrando uma prateleira inteira de potes de picles e condimentos.

O jantar acaba sendo uma situação difícil. Minha mãe parece decidida a iniciar uma conversa, embora nem Theo nem eu estejamos inclinados a lhe dar corda. Ela acabou de receber mais um pacote de cartas do *Burlington Free Press* que, às vezes, lê em voz alta no jantar, e damos respostas politicamente incorretas que minha mãe jamais, nem em um milhão de anos, escreveria em sua coluna de conselhos.

EXEMPLO 4
Cara Tia Em,
Minha sogra insiste em fazer rosbife toda vez que eu e meu marido vamos visitá-la, mesmo sabendo que eu sempre fui vegetariana. O que devo fazer na próxima vez em que isso acontecer?
Cozida no Vapor em South Royalton

Cara Cozida no Vapor,
Alfaça uma careta para ela e vá embora.

Às vezes as perguntas que ela recebe são muito tristes, como a mulher que havia sido abandonada pelo marido e agora não sabia como contar aos filhos. Ou a mãe que estava morrendo de câncer de mama e escreveu uma carta para sua filha, ainda bebê, ler quando crescesse, sobre como desejava ter podido estar presente na formatura dela na escola, em seu noivado, por ocasião do nascimento de seu primeiro filho. Na maioria das vezes, porém, as perguntas vêm de um punhado de idiotas que fizeram escolhas ruins. *Como faço para meu marido voltar, agora que percebo que não deveria tê-lo traído?* Tente ser fiel, minha senhora. *Qual é a melhor maneira de reconquistar um amigo que a gente magoou com um comentário agressivo?* Comece por não fazer comentários agressivos, ora. Juro que às vezes não consigo acreditar que minha mãe é *paga* para dizer o óbvio.

Esta noite, ela tem uma carta de uma menina adolescente. Sei disso porque a tinta da caneta é lilás e porque o *i* em *Tia Em* tem um coração no lugar do pingo.

— *Querida Tia Em* — ela lê, e, como sempre, imagino uma senhorinha de coque e sapatos baixos, e não minha própria mãe. — *Gosto de um garoto que já tem namorada. Sei que ele gosta de mim pq...* Meu Deus, não ensinam mais como escrever direito hoje em dia?

— Não — respondo. — Ensinam a usar o corretor ortográfico.

Theo levanta os olhos do prato para grunhir na direção do suco de uva.

— *Sei que ele gosta de mim porque* — minha mãe corrige — *ele me acompanha até em casa depois da escola e nós conversamos horas no telefone e ontem eu não aguentei mais e beijei ele e ele me beijou de volta...* Ah, por favor, alguém arruma uma vírgula para essa menina. — Então ela franze a testa para a folha de papel. — *Ele diz que não podemos ficar juntos mas podemos ser amigos coloridos. Acha que devo aceitar? Atenciosamente, Florzinha de Burlington.* — Minha mãe olha para mim. — O que é isso de amigos coloridos?

Olho de volta para ela com cara de quem não entendeu.

— Theo? — pergunta ela.

— É uma expressão — ele murmura.

— Que quer dizer o que exatamente?

O rosto de Theo fica muito vermelho.

— Procure no Google.

— Você não pode me dizer?

— É quando um cara e uma menina que não estão namorando ficam juntos, entendeu?

Minha mãe pensou um pouco.

— Você quer dizer... fazem sexo?

— Entre outras coisas...

— E aí o que acontece?

— Sei lá! — exclama Theo. — Eles voltam a se ignorar, eu acho.

Minha mãe fica boquiaberta.

— É a coisa mais degradante que já ouvi. Essa pobre menina não só devia dizer a esse sujeito para ir plantar batatas, mas também rasgar os quatro pneus do carro dele e... — De repente, ela fixa os olhos em Theo. — Você não tratou nenhuma menina desse jeito, não é?

Theo vira os olhos.

— Será que você não pode ser como as outras mães e só me perguntar se eu não estou fumando maconha?

— Você está fumando maconha? — ela pergunta.

— Não!

— Você tem amigas coloridas?

Theo afasta a cadeira e se levanta em um único movimento ágil.

— Tenho. Milhares. Elas fazem fila na porta da frente, ou você não reparou nisso ultimamente? — Ele põe o prato na pia e sobe a escada correndo.

Minha mãe pega um lápis que tinha prendido no rabo de cavalo (ela sempre usa rabo de cavalo, porque sabe como eu me sinto com cabelos soltos balançando sobre seus ombros) e começa a rabiscar uma resposta.

— Jacob — diz ela —, seja bonzinho e limpe a mesa para mim, pode ser?

E lá se vai minha mãe, defensora dos confusos, decana dos sem-noção. Salvando o mundo uma letra por vez. Eu me pergunto o que todos esses leitores devotos pensariam se soubessem que a verdadeira Tia Em tem um filho que é praticamente um sociopata e outro que é um desajustado social.

Eu gostaria de ter uma amiga colorida, embora seja algo que eu nunca admitiria para minha mãe.

Eu gostaria de ter um amigo, ponto.

No meu aniversário no ano passado, minha mãe me comprou o presente mais incrível de todos os tempos: um rádio scanner de polícia. Ele funciona recebendo frequências que rádios comuns não conseguem captar — frequências atribuídas pelo governo federal na faixa de VHF e UHF, acima das estações de FM, e que são usadas pela polícia, bombeiros e equipes de resgate. Sempre sei quando a patrulha rodoviária está enviando caminhões para jogar sal e areia nas pistas em dias de neve antes de eles chegarem ao local; recebo alertas especiais de clima quando uma tempestade está se aproximando. Mas, principalmente, ouço os chamados da polícia e do serviço de emergências, porque, mesmo em um lugar pequeno como Townsend, acontece uma cena de crime de vez em quando.

Só do Dia de Ação de Graças para cá, já fui a duas cenas de crimes. A primeira era um arrombamento em uma joalheria. Fui de bicicleta até o endereço que ouvi no scanner e encontrei vários policiais vasculhando a loja em busca de pistas. Foi a primeira vez em que vi cera em spray ser usada para fazer o molde de uma pegada na neve, o que foi verdadeiramente um ponto alto. A segunda cena do crime não era de fato uma cena de crime. Era a casa de um garoto que estuda na minha escola e é um imbecil comigo. A mãe dele tinha ligado para a emergência, mas, quando chegaram lá, ela estava de pé na porta da frente, com o nariz ainda sangrando, dizendo que não queria registrar queixa contra seu marido.

Esta noite, mal acabei de vestir o pijama quando ouço um código no scanner diferente de qualquer outro que já ouvi, e já ouvi muitos:

10–52 NECESSIDADE DE AMBULÂNCIA.
10–50 ACIDENTE COM VEÍCULO MOTORIZADO.
10–13 CIVIS PRESENTES E ESCUTANDO.
10–40 ALARME FALSO, LOCAL SEGURO.
10–54 ANIMAL NA PISTA.

Neste momento, porém, o que ouço é isto:

10–100

Que significa *Corpo encontrado.*

Acho que nunca me vesti tão rápido na vida. Pego um caderno usado, porque não quero perder tempo procurando um novo; anoto o endereço que é mencionado repetidamente no scanner. Depois desço as escadas na ponta dos pés. Com alguma sorte, minha mãe já deve estar dormindo e nem vai saber que eu saí.

Está um frio cortante aqui fora e tem uns cinco centímetros de neve no chão. Estou tão excitado por causa da cena do crime que saí de tênis em vez de botas. As rodas da minha mountain bike deslizam toda vez que faço uma curva.

O endereço é uma rodovia estadual, e sei que cheguei ao lugar certo porque tem quatro carros de polícia com as luzes azuis piscando. Tem uma estaca de madeira com uma fita da polícia (amarela, não laranja) flutuando ao vento e uma trilha visível de pegadas. Um carro abandonado, um Pontiac, está no acostamento da estrada, coberto de gelo e neve.

Pego meu caderno e escrevo: "Veículo abandonado há pelo menos doze horas, antes da tempestade".

Eu me agacho entre as moitas quando outro carro de polícia chega. Ele não tem nenhuma marca e é comum, exceto pelo luminoso preso magneticamente em cima. O homem que sai dele é alto e ruivo. Está usando um sobretudo preto e botas pesadas. Em uma das mãos, tem um band-aid de Dora, a Aventureira.

Anoto isso em meu caderno também.

— Capitão — diz um dos policiais, aparecendo entre as árvores. Ele está de uniforme, com luvas e botas pesadas também. — Desculpe por ter chamado o senhor.

O capitão sacode a cabeça.

— O que temos aqui?

— Um rapaz saiu para correr e encontrou um corpo no mato. O cara está seminu e cheio de sangue.

— Que maluco sai para correr à noite, em pleno inverno?

Eu os sigo para dentro do mato, com cuidado para ficar no escuro. Há holofotes iluminando a área em volta do corpo, para que todas as pistas possam ser coletadas.

O morto está de costas. Com os olhos abertos. Suas calças estão abaixadas em volta dos tornozelos, mas ele está de cueca. Há sangue nos nós dos dedos de suas mãos, assim como na parte inferior das palmas, nos joelhos e panturrilhas. O casaco está aberto, e um pé está sem sapato e sem meia. Ao redor dele, a neve está tingida de cor-de-rosa.

— Caramba — diz o capitão, ajoelhando-se e vestindo um par de luvas de borracha que tirou do bolso. Então examina o corpo com muita atenção.

Ouço os passos de mais duas pessoas, e outro homem aparece no meio da luzes, escoltado por um policial uniformizado. O policial uniformizado olha para o morto, fica totalmente pálido e vomita.

— Meu Deus! — o outro diz.

— E aí, chefe — o capitão o cumprimenta.

— Suicídio ou homicídio?

— Não sei ainda. Mas parece que foi violentado.

— Rich, o cara está coberto de sangue da cabeça aos pés e está deitado aqui só de cueca. Você acha que ele foi violentado e depois cometeu haraquiri? — O chefe de polícia faz um som de desdém. — Sei que não tenho sua vasta experiência de detetive depois de quinze anos de trabalho na metrópole de Townsend, mas...

Olho para minhas anotações no caderno. O que o dr. Henry Lee faria? Bem, ele examinaria os ferimentos com atenção. Analisaria por que havia apenas sangue superficial, aquelas manchas por contato rosadas na neve, sem nenhum respingo ou borrifo. Repararia nas pegadas na neve: um par de pegadas que combina com o único tênis que a vítima usava, e outro, que foi identificado como sendo do rapaz que encontrou o corpo. Perguntaria por que, depois de violentado, a vítima ainda estaria de cueca, se as outras peças de roupa continuavam largadas.

Tenho tanto frio que estou tremendo. Bato os pés, congelados dentro dos tênis. Então olho para o chão e, de repente, tudo fica perfeitamente claro.

— Na verdade — digo, saindo de meu esconderijo — os dois estão errados.

Rich

Não sei por que me engano achando que vou conseguir fazer alguma coisa nos fins de semana. Tenho as melhores intenções, mas sempre aparece algo para atrapalhar. Hoje, por exemplo, estava decidido a construir uma pista de gelo no quintal dos fundos para Sasha, minha filha de sete anos. Ela mora com minha ex, Hannah, mas veio ficar comigo de sexta à noite até domingo e, no momento, tem planos de entrar para a equipe americana de patinação artística (se não resolver ser uma veterinária cantora). Achei que ela ia se divertir me ajudando a encharcar a lona que estendi nos fundos, com uma borda de madeira que martelei a semana inteira, depois do trabalho, para fixá-la no chão e deixar tudo pronto. Prometi a ela que, quando acordasse no domingo de manhã, já poderia patinar.

Mas não tinha contado com o fato de que estaria tão terrivelmente frio lá fora. Sasha começou a choramingar assim que o vento aumentou, então cancelei os planos e a levei para jantar em Burlington — ela é fã de um lugar lá, em que se pode desenhar nas toalhas de mesa. Ela adormece no carro no caminho de volta para casa, enquanto ainda estou cantando as músicas de seu CD da Hannah Montana, e, quando chegamos, eu a carrego até o quarto dela, que é um paraíso cor-de-rosa em uma casa de solteiro. Durante a divisão dos bens, eu fiquei com a casa, mas Hannah ficou com quase tudo de dentro dela. É estranho pegar Sasha em sua outra casa e ver seu novo padrasto estendido em meu velho sofá.

Ela se mexe um pouco enquanto troco suas roupas por uma camisola, mas depois suspira e se enrola de lado sob as cobertas. Por um minuto, só fico olhando para ela. Na maior parte do tempo, ser o único detetive em uma cidadezinha de interior é uma batalha perdida. Ganho pouco; investigo casos que são tediosos demais até para entrar na seção policial do jornal local. Mas estou me esforçando para que o mundo de Sasha, ou pelo menos esse pequeno cantinho de seu mundo, seja um pouco mais seguro.

É isso que me faz ir em frente.

Bem... isso e meu bônus de aposentadoria aos vinte anos de serviço.

No andar de baixo, pego uma lanterna e vou para a pista de patinação abortada. Ligo a mangueira. Se ficar acordado por mais algumas horas, talvez consiga pôr água suficiente na lona para congelar durante a noite.

Não gosto de quebrar promessas; deixo isso para minha ex.

Não sou um sujeito amargo, não mesmo. Mas, em minha profissão, é muito mais fácil ver as ações como certas ou erradas, sem nuances de explicação entre esses extremos. Eu realmente não *precisava* saber como Hannah se deu conta de que sua alma gêmea não era o cara com quem ela se casara, mas aquele que consertava as máquinas de café na sala dos professores. "Ele começou a trazer avelãs para mim", disse ela, e, de alguma forma, eu deveria ser capaz de entender que isso significava *Eu não te amo mais.*

De volta à cozinha, abro a geladeira e pego uma garrafa de cerveja Sam Adams. Deito no sofá, ligo a TV em um jogo de hóquei do Bruins no canal NESN e pego o jornal. Enquanto a maioria dos homens vai para a página de economia ou de esportes, eu sempre procuro a seção de lazer, por causa da coluna de trás. Sou viciado em uma conselheira sentimental, daquelas que respondem a cartas com pedidos de conselhos. Ela usa o nome de Tia Em, e é meu prazer secreto.

Eu me apaixonei por meu melhor amigo e sei que nunca vou poder ficar com ele... Como faço para esquecê-lo?

Meu companheiro simplesmente foi embora e me deixou com um bebê de quatro meses. Socorro!

É possível estar deprimida com apenas catorze anos?

Há duas coisas que me agradam nessa coluna: que as cartas são um lembrete constante de que minha vida não é tão ruim quanto a de alguma outra pessoa e que existe pelo menos uma pessoa neste planeta que parece ter todas as respostas. Tia Em está eternamente aparecendo com as soluções mais práticas, como se a chave para os grandes enigmas da existência envolvesse extrair cirurgicamente o componente emocional e olhar apenas para os fatos.

Ela deve ter uns oitenta anos e viver com um bando de gatos, mas às vezes penso que ela daria uma ótima policial.

A última carta me pega de surpresa.

Sou casada com um homem excelente, mas não consigo parar de pensar no meu ex e de me perguntar se cometi um erro. Devo contar a ele?

Arregalo os olhos e os levo depressa para a assinatura. A autora da carta não mora em Strafford, como Hannah, mas em Stowe. *Menos, Rich*, digo silenciosamente a mim mesmo.

Pego a garrafa de cerveja e, quando estou prestes a tomar aquele primeiro e indescritível gole, meu celular toca.

– Matson – atendo.

– Capitão? Desculpe incomodá-lo em sua noite de folga...

É Joey Urqhart, um policial iniciante. Tenho certeza de que é minha imaginação, mas os novos policiais são mais novos a cada ano; esse provavelmente ainda usa fraldas de treinamento para dormir. Sem dúvida está me ligando para perguntar onde guardamos os lenços de papel no posto policial ou alguma outra coisa igualmente idiota. Os novos rapazes sabem que é melhor não amolar o chefe, e eu sou o segundo na linha de comando.

– ... mas é que recebemos um informe sobre um corpo e achei que o senhor gostaria de saber.

Fico alerta imediatamente. Acho melhor não fazer perguntas, como se há sinais de violência ou se estamos falando de suicídio. Vou descobrir isso por mim mesmo.

– Onde?

Ele me dá o endereço de uma rodovia estadual, perto de uma área de preservação. É um lugar muito frequentado por praticantes de esqui cross-country e de caminhadas com sapatos de neve nessa época do ano.

— Estou a caminho — digo, e desligo.

Dou uma última e longa olhada para a garrafa de cerveja que não bebi e a despejo na pia. Depois pego o casaco de Sasha pendurado no hall de entrada e procuro suas botas na sapateira. Não estão lá; também não estão no chão de seu quarto. Sento-me na beirada da cama e a balanço gentilmente para acordá-la.

— Ei, querida — sussurro. — O papai tem que ir trabalhar.

Ela pisca para mim.

— Está no meio da noite.

Tecnicamente, são só nove e meia da noite, mas o tempo é relativo quando se tem sete anos.

— Eu sei. Vou levar você para a casa da sra. Whitbury.

A sra. Whitbury provavelmente tem um primeiro nome, mas eu nunca o usei. Ela mora do outro lado da rua e é viúva de um cara que esteve nesse serviço por trinta e cinco anos, por isso compreende que emergências acontecem. Ela servia de babá para Sasha quando eu e Hannah estávamos juntos e, atualmente, quando Sasha está comigo e eu recebo uma ligação inesperada.

— A sra. Whitbury tem cheiro de pé.

Ela tem mesmo.

— Venha, Sasha. Eu preciso ir.

Ela se senta, bocejando, enquanto eu a visto com o casaco e o gorro.

— Onde estão suas botas?

— Não sei.

— Não estão lá embaixo. É melhor você encontrar, porque eu não consegui.

Ela sorri.

— E você é detetive?

— Obrigado pelo voto de confiança. — Eu a levanto nos braços. — Fique de chinelo mesmo. Eu a carrego até o carro.

Eu a prendo com o cinto de segurança, ainda que só tenhamos vinte metros a percorrer, e então as vejo — as botas, sobre o tapete de borracha no banco de trás. Ela deve tê-las tirado no caminho de Hanover para casa e eu nem notei, já que a carreguei no colo.

Se ao menos todos os mistérios fossem assim tão fáceis de resolver...

A sra. Whitbury abre a porta como se estivesse nos esperando.

— Sinto muitíssimo por incomodá-la — começo, mas ela me interrompe com um gesto.

— Não tem problema — diz. — Eu estava mesmo querendo companhia. Sasha, não lembro bem, você é fã de sorvete de chocolate ou de massa de cookies?

Coloco Sasha no chão, no hall de entrada.

— Obrigado — murmuro para a sra. Whitbury e me viro para ir embora, já mapeando mentalmente a rota mais rápida até o local do crime.

— Papai!

Eu me volto e vejo Sasha de braços estendidos.

Por um longo tempo depois do divórcio, Sasha não suportava que ninguém a deixasse. Inventamos um ritual que, de algum modo, acabou virando um gesto para dar boa sorte.

— Beijo, abraço, toca aqui — digo, abaixando e fazendo os movimentos correspondentes às palavras. E terminamos juntando os polegares. — Saquinho de amendoim.

Sasha apoia a testa na minha.

— Está tudo bem — dizemos juntos.

Ela acena para mim, e a sra. Whitbury fecha a porta.

Ponho o luminoso magnético no alto do carro e dirijo trinta quilômetros acima do limite de velocidade antes de me dar conta de que o morto não vai ficar mais morto se eu chegar cinco minutos mais tarde, e de que há gelo escuro sobre toda a pista.

O que me faz lembrar que não desliguei a mangueira e que, quando chegar em casa, a pista de patinação de Sasha pode bem ter se espalhado por todo o gramado dos fundos.

Cara Tia Em, penso.

Tive que fazer uma segunda hipoteca de minha casa para pagar a conta de água. O que devo fazer?

Atrapalhado em Townsend

Caro Atrapalhado,

Beba menos.

Ainda estou sorrindo quando paro no local em que uma fita amarela da polícia está marcando o lugar do crime. Urqhart vem ao meu encontro enquanto examino o carro abandonado, um Pontiac. Limpo um pouco a neve da janela, olho para dentro do veículo com uma lanterna e vejo um banco traseiro cheio de garrafas vazias de gim.

— Capitão. Desculpe por tê-lo chamado — diz ele.

— O que têm aqui?

— Um rapaz saiu para correr e encontrou um corpo no mato. O cara está seminu e cheio de sangue.

Eu o sigo por uma trilha marcada.

— Que maluco sai para correr à noite, em pleno inverno?

A vítima está seminua e congelada. As calças estão abaixadas em volta dos tornozelos. Faço uma apuração rápida com os outros policiais para saber que pistas eles encontraram — mínimas, por sinal. Exceto por todo o sangue nas extremidades do homem, não há marcas de luta. Há pegadas que combinam com o tênis em um só pé da vítima e outras pegadas que, aparentemente, foram feitas pelo rapaz que encontrou o corpo (e cujo álibi já o eliminou como suspeito), mas o criminoso ou eliminou suas próprias pegadas ou chegou até ali voando. Eu me abaixo para examinar as abrasões estriadas na parte inferior da palma esquerda da vítima quando o chefe chega.

— Meu Deus — diz ele. — Suicídio ou homicídio?

Não tenho certeza. Se foi homicídio, onde estão os sinais de luta? Ou os ferimentos de defesa nas mãos? É quase como se a pele tivesse sido raspada até ficar em carne viva em vez de arranhada, e não há traumatismos nos braços. Se foi suicídio, por que o cara está de cueca e como ele se matou? O sangue está nos nós dos dedos e nos joelhos, não nos pulsos. A verdade é que não vemos isso com frequência em Townsend, Vermont, para chegar a uma conclusão rápida.

— Não sei ainda — confesso. — Mas parece que foi violentado.

De repente, um adolescente sai do meio dos arbustos.

— Na verdade, os dois estão errados — diz ele.

— Quem é você? — o chefe pergunta, e dois dos policiais avançam e param um de cada lado do garoto.

— Ah, não, você outra vez — diz Urqhart. — Ele apareceu em um assalto cerca de um mês atrás. É uma espécie de fã de cenas de crime. Se manda, garoto. Aqui não é o seu lugar.

— Espere — digo, lembrando vagamente do adolescente no local daquele assalto. Nesse exato momento, estou jogando com a possibilidade de que aquele garoto talvez seja o criminoso e não quero que ele desapareça.

— É muito simples — o rapaz continua, olhando para o corpo. — No episódio vinte e seis da segunda temporada, toda a equipe de *CrimeBusters* foi enviada ao monte Washington para investigar um sujeito que foi encontrado pelado lá no alto. Ninguém podia imaginar o que um cara pelado estava fazendo no topo de uma montanha, mas acabaram descobrindo que tinha sido hipotermia. A mesma coisa aconteceu com este homem. Ele ficou desorientado e caiu. Como sua temperatura corporal central aumentou, ele tirou as roupas, porque sentiu calor... mas na verdade foi isso que fez com que ele congelasse até a morte. — Ele sorri. — Não acredito que vocês não sabiam disso.

O chefe aperta os olhos.

— Como é seu nome?

— Jacob.

Urqhart franze a testa.

— Pessoas que congelam até a morte não costumam sangrar por todo o corpo...

— Urqhart! — o chefe o repreende.

— Ele *não* sangrou por todo o corpo — diz Jacob. — Respingos de sangue apareceriam na neve, mas só há manchas por contato. Olhem para as feridas. São abrasões nos nós dos dedos, nos joelhos e na parte inferior das mãos. Ele caiu e raspou no chão. O sangue na neve foi porque ele se arrastou antes de perder a consciência.

Olhei para Jacob com atenção. Uma falha importante em sua teoria, claro, é que não se começa a sangrar espontaneamente apenas por se arrastar pela neve. Se fosse assim, haveria centenas de crianças se esvaindo em sangue nas férias durante os invernos em Vermont.

Há alguma coisa um pouquinho... *estranha* nele. Sua voz é monotônica e alta demais; ele não faz contato visual. Está balançando na ponta dos pés e acho que nem percebe.

No lugar onde ele estava pulando, a neve derreteu, revelando uma pequena moita de espinhos. Afasto a neve no chão com minhas botas e sacudo a cabeça. Aquele pobre coitado bêbado teve o azar de cair sobre um espinheiro.

Antes que eu possa dizer qualquer coisa, o médico-legista chega. Wayne Nussbaum frequentou uma escola de palhaços antes de estudar medicina, embora eu nunca tenha visto esse cara dar nem um sorriso durante meus quinze anos de serviço.

— Saudações a todos — diz ele, entrando na clareira de luz artificial. — Parece que temos um caso de assassinato aqui?

— Você acha que pode ser hipotermia? — pergunto.

Ele reflete, virando cuidadosamente a vítima e examinando a parte de trás da cabeça.

— Nunca vi isso pessoalmente... mas li a respeito. Certamente se encaixa nessas características. — Wayne ergue os olhos para mim. — Bom trabalho, mas não precisava me tirar do jogo dos Bruins fora do horário de expediente por causa de uma morte por causas naturais.

Olho para o lugar onde Jacob estava momentos atrás, mas ele sumiu.

Jacob

Pedalo para casa o mais rápido que posso. Estou ansioso para transcrever minhas anotações da cena do crime em um caderno novo. Pretendo fazer desenhos, usando lápis coloridos e mapas com escala. Entro em casa sorrateiramente pela garagem e estou tirando os tênis molhados quando a porta se abre novamente atrás de mim.

Congelo de imediato.

É Theo.

E se ele me perguntar o que eu estava fazendo?

Nunca fui bom para mentir. Se ele perguntar, vou ter que contar sobre o rádio scanner e o morto e a hipotermia. E isso me deixa furioso porque, nesse momento, quero guardar tudo para mim em vez de compartilhar. Enfio o caderno nas costas, dentro da calça, cubro-o com o blusão e cruzo as mãos atrás para escondê-lo.

— O que é isso, deu para me espionar agora? — diz Theo, tirando as botas. — Por que você não vai cuidar da sua vida?

Ele já está no meio da escada quando eu o olho e percebo como seu rosto está vermelho, como seu cabelo está despenteado pelo vento. Imagino onde ele pode ter ido, se a minha mãe sabe, mas o pensamento logo vai embora e é substituído pela visão da pele nua do homem morto, azul sob as luzes, e da neve manchada de rosa à volta dele. Tenho que me lembrar de tudo isso na próxima vez em que montar uma cena de crime. Eu poderia usar corante de alimentos misturado com água e borrifá-lo na neve do lado de fora. E posso pintar os nós dos dedos e os joelhos com caneta hidrográfica vermelha. Embora não seja muito agradável a ideia de deitar na neve de cueca, estou disposto a fazer esse sacrifício para um cenário que vai deixar minha mãe totalmente desorientada.

Ainda estou cantarolando baixinho quando entro no quarto. Tiro as roupas e visto o pijama. Depois, sento à mesa e corto cuidadosamente a página do caderno velho e usado, para não ter que ouvir o som de papel sendo amassado ou rasgado. Pego um caderno espiral novo e começo a desenhar a cena do crime.

Vai entender. Em uma escala de um a dez, esse dia acabou sendo um onze.

CASO 2: IRONIA BÁSICA

Imette St. Guillen era uma aluna brilhante tentando conseguir um diploma de justiça criminal em Nova York. Em uma noite de inverno em 2006, ela saiu para beber com amigos e acabou se separando deles e indo para o SoHo, de onde ligou para uma amiga para dizer que estava em um bar. Nunca mais voltou para casa. Seu corpo nu foi encontrado a mais de vinte quilômetros de distância, em uma área deserta perto do Belt Parkway, no Brooklyn, enrolado em uma colcha florida. O cabelo tinha sido cortado de um lado, as mãos e os pés estavam amarrados com fitas plásticas, ela havia sido amordaçada com uma meia e o rosto estava enrolado em fita adesiva grossa. Tinha sido estuprada, sodomizada e estrangulada.

Foi encontrado sangue em uma das fitas plásticas, mas o teste de DNA revelou que não pertencia à vítima. Em vez disso, correspondia ao de Darryl Littlejohn, um segurança que recebera a ordem de retirar a jovem bêbada do bar por volta das quatro da manhã. Testemunhas disseram que eles discutiram antes de sair do bar.

Também foram encontradas fibras na casa de Littlejohn que combinavam com as observadas na fita adesiva no corpo da vítima.

Littlejohn também foi acusado de um segundo rapto e agressão de outra universitária, que havia conseguido fugir depois de ele ter fingido ser um policial, a algemado e jogado dentro de sua van.

E Imette St. Guillen, tragicamente, deixou de ser uma estudante de justiça criminal e se tornou um caso para ilustrar as aulas de análise forense de DNA.

Emma

Eu costumava ter amigas. Antes de ter filhos, quando trabalhava em uma editora de livros escolares nas redondezas de Boston, eu saía com algumas colegas depois do expediente. A gente ia comer sushi, ou ver um filme. Quando conheci Henry — ele era consultor técnico de um livro sobre programação de computadores —, foram minhas amigas que me incentivaram a convidá-lo para sair, porque ele parecia tímido demais para tomar a iniciativa. Elas se encostavam na minha mesa, rindo, perguntando se ele tinha um lado Super-Homem por baixo de todo aquele Clark Kent. E, quando eu e Henry nos casamos, elas foram minhas madrinhas.

Então fiquei grávida e, de repente, as pessoas com quem eu podia me identificar estavam matriculadas em meu curso de parto, treinando respiração e falando sobre as melhores ofertas de fraldas. Depois que tivemos nossos bebês, três das outras mães e eu formamos um grupo. Cada vez uma recebia as outras em casa. Os adultos ficavam no sofá e fofocavam enquanto os bebês rolavam pelo chão com uma coleção de brinquedos.

Nossos filhos cresceram e começaram a brincar uns *com* os outros, e não apenas uns *ao lado* dos outros. Isto é, todos eles, exceto Jacob. Os meninos de minhas amigas faziam seus carrinhos Matchbox correrem por todo o tapete, mas Jacob os alinhava com precisão militar, para-choque contra para-choque. Enquanto as outras crianças coloriam fora das linhas, Jacob desenhava pequenos blocos ordenados, num perfeito espectro de arco-íris.

No começo, não notei quando minhas amigas se esqueciam de mencionar em que casa seria a próxima reunião do grupo. Não li nas entrelinhas quando fui a anfitriã de uma reunião e duas das mães se desculparam por não comparecer porque já tinham outro compromisso. Mas, naquela tarde, Jacob ficou irritado quando a filha de minha amiga pegou o caminhão, cujas rodinhas ele estava girando. Ele bateu nela com tanta força que ela caiu de encontro à mesinha de centro.

— Não posso mais fazer isso — minha amiga disse, pegando no colo a menina, que não parava de gritar. — Sinto muito, Emma.

— Mas foi um acidente! O Jacob não entende o que estava fazendo!

Ela me encarou.

— E *você*, entende?

Depois disso, não tive mais amigas. Quem tinha tempo para isso, com todos os especialistas que ocupavam cada minuto da vida de Jacob? Eu passava o dia inteiro no tapete com ele, forçando-o a interagir, e à noite ficava acordada lendo os livros mais recentes sobre pesquisas de autismo, como se eu pudesse encontrar uma solução que nem os especialistas encontravam. Acabei conhecendo outras famílias na pré-escola de Theo, que eram acolhedoras no início, mas se distanciavam quando conheciam o irmão mais velho dele; quando nos convidavam para jantar, e eu só sabia falar de como um creme de glutationa transdérmica havia ajudado algumas crianças autistas, que não conseguiam produzir quantidade suficiente dessa substância no organismo para se ligar às toxinas e removê-las do corpo.

Isolamento. Fixação em um só assunto. Incapacidade de se conectar socialmente.

Jacob foi o diagnosticado, mas eu bem que poderia ter Asperger também.

Quando desço às sete da manhã, Jacob já está sentado à mesa da cozinha, de banho tomado e vestido. Um adolescente comum dormiria até meio-dia em um domingo — Theo vai dormir, com certeza —, mas Jacob, é claro, não é comum. Sua rotina de levantar para ir à escola passa por cima do fato de que estamos no fim de semana e não há pressa para sair de casa. Mesmo quando é dia de nevasca e as aulas são canceladas, Jacob se veste em vez de voltar para a cama.

Ele está examinando atentamente o jornal de domingo.

— Desde quando você lê o jornal? — pergunto.

— Que mãe não quer que seu filho fique por dentro das notícias?

— É, mas essa não colou. Vamos ver se adivinho... você está cortando cupons de desconto para tubos de supercola? — Jacob usa esse material como água; faz parte do processo para obter impressões digitais de objetos, e é uma ocorrência comum nessa casa algo sumir, como as chaves do meu carro, a escova de dentes do Theo, e depois reaparecer sob o aquário virado ao contrário que Jacob usa para fazer a vaporização na busca das digitais.

Meço na cafeteira automática uma quantidade de café suficiente para me tornar humana e começo a preparar o café da manhã de Jacob. É um desafio: ele não come glúten nem caseína, o que significa, basicamente, que não pode comer trigo, aveia, centeio, cevada ou laticínios. Como ainda não há cura para o Asperger, tratamos os sintomas e, por alguma razão, se eu regular sua dieta, seu comportamento melhora. Quando ele come o que não deve, como fez no Natal, o retrocesso é visível, com movimentos repetitivos e crises nervosas. Francamente, com uma em cada cem crianças nos Estados Unidos sendo diagnosticada no espectro, aposto que eu poderia ter um programa de sucesso na Food Network: *Autismo alimentar*. Jacob não compartilha de meu entusiasmo culinário. Ele diz que sou o resultado da mistura entre a especialista em dieta Jenny Craig e Josef Mengele.

Em cinco dias da semana, além de ter as limitações dietéticas, Jacob come por cores. Não lembro bem como isso começou, mas é uma rotina: todas as segundas-feiras, a comida é verde, às terças, é vermelha, às quartas, é amarela, e assim por diante. Por alguma razão, isso ajudou seu senso de estrutura. Mas os fins de semana são livres, então, nesta manhã, minha mesa do café inclui muffins de mandioca caseiros descongelados e cereais matinais orgânicos com leite de soja. Frito um pouco de bacon de peru orgânico e coloco na mesa pasta de amendoim e pão sem glúten. Tenho uma pasta de sete centímetros de espessura cheia de rótulos de produtos alimentícios e números de contato com fabricantes que é minha Bíblia culinária. Também tenho suco de uva, porque Jacob o mistura com a glutationa encapsulada em lipossomas — uma colher de chá, mais um quarto de colher de chá de vitamina C em pó. Continua com gosto de enxofre, mas é melhor do que a alternativa anterior, um creme que ele esfregava nos pés e cobria com meias, porque o cheiro era horrível. As desvantagens da glutationa, porém, empalidecem diante das vantagens: ela se liga às toxinas e as elimina, o que Jacob não pode fazer por si só, e melhora sua acuidade mental.

A comida é só parte do cardápio.

Pego os potinhos de silicone que usamos para os suplementos de Jacob. Todos os dias, ele toma um multivitamínico, uma cápsula de taurina e um comprimido de ômega-3. A taurina evita crises emocionais; os ácidos graxos ajudam com a flexibilidade mental. Ele levanta o jornal na frente do rosto quando coloco na mesa os dois tratamentos que ele mais odeia: o spray nasal de oxitocina e a injeção de vitamina B12 que ele mesmo se aplica, que ajudam a controlar a ansiedade.

— Nem tente fugir — digo, baixando a ponta do jornal.

Seria de imaginar que a injeção fosse a pior parte, mas ele levanta a camisa e aperta a pele da barriga para inserir a agulha sem muito alarde. No entanto, para um garoto com problemas sensoriais, usar um spray nasal é quase um afogamento. Todos os dias vejo Jacob ficar olhando para aquele frasco e, por fim, convencer-se de que vai conseguir lidar com a sensação do líquido escorrendo pela garganta. E, todos os dias, isso me corta o coração.

Nem preciso dizer que nenhum desses suplementos, que custam centenas de dólares por mês, é coberto pelo seguro médico.

Ponho um prato de muffins em sua frente enquanto ele vira outra página do jornal.

— Escovou os dentes?

— Escovei — Jacob murmura.

Coloco a mão sobre o jornal, bloqueando a visão dele.

— Mesmo?

Nas poucas vezes em que Jacob mente, é tão óbvio para mim que só preciso levantar a sobrancelha e ele cede. As únicas ocasiões em que já o vi tentando sustentar uma mentira é quando lhe pedem para fazer algo que ele não quer fazer, como tomar seus suplementos ou escovar os dentes, ou para evitar conflito. Nesses casos, ele diz o que acha que eu quero ouvir.

— Vou escovar depois de comer — ele promete, e sei que vai cumprir. — Isso! — exclama ele de repente. — Está aqui!

— O quê?

Jacob se inclina para frente e lê em voz alta:

— A polícia de Townsend encontrou o corpo de Wade Deakins, de cinquenta e três anos, em um bosque na margem da Route 140. Deakins morreu de hipotermia. Não havia indícios de crime.

Ele faz um som de desdém e sacode a cabeça.

— Dá pra acreditar que isso ficou escondido na página A14?

— Dá — respondo. — É macabro. Por que alguém ia querer ler sobre um homem que morreu congelado? — De repente, paro no meio do ato de mexer meu café com creme. — Como você *sabia* que essa notícia ia estar no jornal esta manhã?

Ele hesita, ciente de que foi pego em flagrante.

— Foi só um palpite.

Cruzo os braços e olho firme para ele. Mesmo sem me encarar, ele pode sentir o calor do meu olhar.

— Está bem! — confessa. — Eu ouvi sobre isso no scanner ontem à noite.

Reparo no jeito como ele está balançando na cadeira e no rubor que continua subindo pelo seu rosto.

— E?

— Eu fui lá.

— *O quê?*

— Fui lá ontem à noite. Peguei minha bicicleta e...

— Você foi de bicicleta naquele frio congelante até a Route 140...

— Quer ouvir a história ou não? — pergunta Jacob, e eu paro de interromper. — A polícia encontrou um corpo na mata, e o detetive achava que era um caso de violência sexual e homicídio...

— Ah, meu Deus.

— ... mas os indícios não sustentavam essa hipótese. — Ele sorri. — Eu resolvi o caso para eles.

Minha boca se abre de espanto.

— E eles acharam que *tudo bem*?

— Bom... não. Mas eles precisavam de ajuda. Estavam indo totalmente na direção errada, a julgar pelas feridas no corpo...

— Jacob, você não pode se intrometer na cena de um crime! Você não é da polícia!

— Mas tenho um entendimento melhor de ciência forense do que a polícia daqui — ele argumenta. — Até deixei o detetive levar o crédito.

Tenho visões da polícia de Townsend aparecendo hoje em minha casa para me repreender (na melhor das hipóteses) e prender Jacob (na pior). Não é um delito perturbar uma investigação policial? Imagino as consequências, caso se torne de conhecimento público que a Tia Em, a especialista em aconselhamento, não sabe nem onde o próprio filho anda durante a noite.

— Escute — digo. — Você *não* vai mais fazer isso. Nunca mais. De jeito nenhum. E se *fosse* um homicídio, Jacob? E se o assassino tivesse vindo atrás de *você*?

Observo que ele está refletindo.

— Bom — ele responde, totalmente literal. — Acho que eu ia ter que correr bem depressa.

— Considere isso uma nova regra da casa. Você não pode mais sair escondido sem me avisar primeiro.

— Tecnicamente, isso não seria *sair escondido* — ele observa.

— Jacob, então me ajude...

Ele sacode a cabeça.

— Não sair escondido para ir a uma cena de crime. Entendido. — Em seguida ele olha diretamente para mim, algo que acontece com tão pouca frequência que até perco um pouco o fôlego. — Mas, mãe, sério, eu queria que você pudesse ter visto aquilo. As marcas nos tornozelos do cara e...

— Jacob, esse *cara* teve uma morte horrível e solitária e merece um pouco de respeito.

Mas, mesmo enquanto falo, sei que ele não pode compreender. Dois anos atrás, no funeral de meu pai, Jacob perguntou se o caixão poderia ser aberto antes do enterro. Achei que fosse para se despedir de um parente que ele amava, mas, em vez disso, Jacob pôs a mão na face fria e de pele muito fina de meu pai. *Eu só queria saber como é tocar um morto*, disse ele.

Pego o jornal e o dobro.

— Você vai escrever um bilhete para o detetive pedindo desculpas por ter se intrometido...

— Eu não sei o nome dele!

— Procure no Google — respondo. — Ah, e pode se considerar de castigo até eu avisar que está liberado.

— De castigo? Isso quer dizer que não posso sair de casa?

— Só para ir à escola.

Para minha surpresa, Jacob dá de ombros.

— Acho que você vai ter que avisar a Jess, então.

Droga. Tinha me esquecido de sua instrutora de habilidades sociais. Duas vezes por semana, Jacob se encontra com ela para praticar habilidades de interação social. Jess Ogilvy é uma aluna de pós-graduação na UVM que pretende dar aulas para crianças autistas e é incrível com Jacob. Ele a adora, na mesma medida em que odeia as coisas que ela lhe pede para fazer: olhar nos olhos de caixas de supermercado, iniciar conversas com estranhos no ônibus, pedir informações a pessoas na rua. Hoje, eles planejaram ir a uma pizzaria para Jacob praticar conversas informais.

Mas, para fazer isso, ele precisa de permissão para sair de casa.

— Quer um muffin? — ele pergunta inocentemente, estendendo-me o prato.

Odeio quando ele sabe que está certo.

Pergunte à mãe de uma criança autista se vacinas tiveram alguma coisa a ver com a condição de seu filho e ela responderá veementemente que sim.

Pergunte a outra mãe qualquer e ela responderá com igual veemência que não.

Ainda não há uma sentença em relação a isso. Embora vários pais tenham processado o governo, alegando que vacinações causaram o autismo de seus filhos, ainda não recebi meu cheque pela ação judicial coletiva, e não estou contando com ele.

Os fatos são estes:

1. Em 1988, os Centros de Controle de Doenças (CDCs) recomendaram uma mudança nos calendários de vacinação de bebês nos Estados Unidos, acrescentando três doses de vacina contra hepatite B (incluindo uma ao nascer) e três doses de vacina para hemófilos B, todas aplicadas antes de o bebê completar seis meses de idade.
2. As companhias farmacêuticas atenderam ao aumento da demanda fornecendo frascos com doses múltiplas de vacinas e usando como conservante o timerosal, um antibacteriano constituído de quarenta e nove por cento de etilmercúrio.

3. Embora os efeitos do envenenamento por mercúrio tenham sido identificados na década de 1940, a Food and Drug Administration e os CDCs não consideraram os efeitos da dosagem que os recém-nascidos iriam receber por causa dessas vacinas. As empresas farmacêuticas também não emitiram nenhum sinal de alerta, embora o novo calendário significasse que uma criança média de dois meses de idade em uma consulta pediátrica de rotina receberia em um único dia uma dose de mercúrio cem vezes maior do que o nível de exposição segura de longo prazo definido pelo governo.
4. A sintomatologia do autismo tem forte semelhança com a sintomatologia do envenenamento por mercúrio. Para dar um exemplo: quando os cientistas estudaram a migração de mercúrio no cérebro de primatas, notaram que estes começaram a evitar contato visual.
5. Entre 1999 e 2002, o timerosal foi silenciosamente removido da maioria das vacinas infantis.

Há o argumento do outro lado também. De que o etilmercúrio, o tipo contido nas vacinas, é eliminado do corpo mais rapidamente que o metilmercúrio, o tipo venenoso. De que, apesar de a maioria das vacinas atualmente não conterem mais mercúrio, o autismo continua em ascensão. De que os CDCs, a Organização Mundial de Saúde e o Instituto de Medicina concluíram cinco grandes estudos, nenhum dos quais encontrou uma ligação entre vacinas e autismo. Esses fatos são argumentos fortes, mas tudo que eu precisava para me convencer de que há algum tipo de ligação se resume nisto:

1. Meu filho se parecia com qualquer outra criança de dois anos até que tomou uma rodada de vacinas que incluiu DTPa, Hib e hepatite B.

Não acho que exista uma ligação causal. Afinal, de cem crianças que seguem o mesmo calendário de vacinas, noventa e nove nunca se tornarão autistas. Mas, do mesmo modo como todos nós provavelmente temos marcadores de câncer em nossos genes, se você fumar dois maços de cigarros por dia terá mais probabilidade de desenvolver a doença do que se não fizer isso. Crianças com certa predisposição em seus genes não conseguem se livrar do mercúrio tão facilmente quanto a maioria de nós e, como resultado, acabam entrando no espectro.

Não sou daquelas mães que mudam tão extremamente para o outro lado que passam a rejeitar completamente a imunização. Quando Theo nasceu, ele tomou as vacinas. Na minha opinião, os benefícios da vacinação ainda superam os riscos.

Eu acredito nas vacinas, acredito mesmo. Apenas acho que elas não deveriam ser tomadas todas ao mesmo tempo.

Foi por causa de Jess Ogilvy que Jacob foi ao baile de formatura do ensino médio.

Não era algo que eu tinha alguma expectativa de que ele fizesse, para ser sincera. Há muitos momentos que eu costumava considerar "definidos" para um filho meu que, depois do diagnóstico de Jacob, se transformaram apenas em "desejos". Entrar na faculdade. Ter um emprego. Encontrar alguém que o ame. Imagino que Theo carregue o peso de todos os meus sonhos. Tenho esperança de que Jacob conviva no mundo com mais naturalidade, mas que seu irmão deixe uma marca no mundo.

É por isso que, quando Jacob anunciou no ano passado que pretendia ir ao Baile de Primavera, eu fiquei surpresa.

— Com quem? — perguntei.

— Bom — disse Jacob. — Jess e eu ainda não decidimos esse ponto.

Eu entendia por que Jess tinha feito a sugestão: as fotografias, as danças, as conversas à mesa — tudo isso eram habilidades que ele precisava conhecer. Eu concordava com ela, mas também não queria que Jacob se magoasse. E se ninguém aceitasse o convite dele?

Não pense que sou uma mãe ruim; sou apenas uma mãe realista. Eu sabia que Jacob era bonito, divertido e tão inteligente que às vezes me deixava com a cabeça girando. Mas era difícil para os outros vê-lo dessa maneira. Para eles, Jacob só parecia esquisito.

Naquela noite, fui ao quarto de Jacob. O prazer tão pouco comum de vê-lo animado com a ideia de iniciar uma interação social se misturava ao pensamento de uma fila de garotas rindo dele.

— Então — eu disse, sentando-me na beirada da cama. Esperei que ele baixasse o que estava lendo: o *Journal of Forensic Sciences*. — Vai ao baile, hein?

— Sim — ele respondeu. — A Jess acha que é uma boa ideia.

— E você? Também acha que é uma boa ideia?

Jacob deu de ombros.

— Acho que sim. Mas estou um pouco preocupado...

Eu aproveitei a oportunidade.

— Com o quê?

— O vestido da minha acompanhante — Jacob disse. — Se for laranja, acho que não consigo lidar.

Um sorriso curvou minha boca.

— Confie em mim. Nenhuma menina vai de laranja a um baile. — E comecei a enrolar um fio do cobertor dele entre os dedos. — Tem alguma menina em especial que você esteja pensando em convidar?

— Não.

— Não?

— Assim eu não me decepciono — disse ele, simplesmente.

Hesitei.

— Acho fantástico você estar tentando fazer isso. E, mesmo que não dê certo...

— Mãe — Jacob interrompeu —, é *claro* que vai dar certo. Há quatrocentas e duas meninas na minha escola. Pressupondo que uma delas me ache remotamente atraente, a probabilidade de que uma delas diga sim está estatisticamente a meu favor.

Ele acabou tendo que convidar apenas oitenta e três. Uma finalmente disse sim: Amanda Hillerstein, que tinha um irmão mais novo com síndrome de Down e era gentil o suficiente para ver além do Asperger de Jacob, pelo menos por uma noite.

O que se seguiu foram duas semanas de um curso intensivo de etiqueta para bailes. Jess trabalhou com Jacob como conversar durante o jantar. (Adequado: *Você vai visitar alguma faculdade no verão?* Inadequado: *Sabia que tem um lugar no Tennessee chamado Body Farm onde a gente pode estudar como os corpos se decompõem?*) Quanto a mim, trabalhei com ele todo o resto. Treinamos como andar perto de uma menina em vez de manter uma distância de trinta centímetros. Treinamos como olhar para a câmera quando alguém tira uma fotografia. Treinamos como perguntar à sua companhia se ela quer dançar, embora Jacob tenha vetado músicas lentas ("Eu tenho mesmo que *tocar* nela?").

No dia anterior ao baile, mil dificuldades passaram pela minha cabeça. Jacob nunca tinha vestido um smoking; e se a gravata-borboleta o incomodasse e ele se recusasse a usá-la? Ele odiava jogar boliche porque não gostava da ideia de colocar seus pés em sapatos que haviam alojado os pés de outra pessoa momentos antes. E se ele tivesse uma crise com relação a seus sapatos de verniz alugados, por essa mesma razão? E se o comitê de decoração do baile tivesse desistido do tema marinho que estava planejado e o mudasse para uma festa disco, com luzes piscando e bolas de cristal espelhadas que estimulariam excessivamente os sentidos de Jacob? E se Amanda usasse o cabelo solto e Jacob desse uma olhada nela e corresse de volta para o quarto?

Amanda, bendita seja, se ofereceu para dirigir, uma vez que Jacob não podia. Ela chegou com seu Jeep Cherokee às sete em ponto. Jacob estava à espera dela com um bracelete de flores que pegara na florista aquela tarde. Ficara de pé junto à janela, esperando, desde as seis horas.

Jess tinha trazido uma câmera de vídeo para registrar o evento para a posteridade. Todos nós seguramos a respiração quando Amanda saiu do carro em um vestido longo cor de pêssego.

— Você disse que ela não ia usar laranja — Jacob sussurrou.

— É pêssego — corrigi.

— É da *família* do laranja — ele disse, e foi só o que teve tempo de fazer antes de ela bater. Jacob abriu a porta. — Você está linda — ele anunciou, como havíamos ensaiado.

Quando tirei a foto deles no gramado da frente, Jacob até olhou para a câmera. Essa é, até hoje, a única foto que tenho dele fazendo isso. Admito que chorei um pouco quando o vi oferecer o braço dobrado para acompanhar sua dama até o carro. Eu poderia desejar um resultado melhor? Jacob poderia fazer um trabalho mais perfeito de lembrar todas as lições que havíamos treinado tão diligentemente?

Jacob abriu a porta para Amanda e, então, deu a volta para o lado do passageiro.

Ah, não, pensei.

— Esquecemos totalmente disso — disse Jess.

E não deu outra. Enquanto Jess e eu observávamos, Jacob se acomodou em sua posição habitual no carro, no banco de trás.

Theo

— É aqui — digo, e minha mãe para o carro na frente de uma casa qualquer que nunca vi na vida.

— A que horas você quer que eu venha te buscar? — ela pergunta.

— Não sei. Não sei quanto tempo vamos levar para terminar o registro do laboratório — respondo.

— Bom, você está com o celular. Ligue quando terminar.

Eu concordo com a cabeça e saio do carro.

— Theo! — ela grita. — Você não esqueceu nada?

Uma mochila. Se vou fazer um trabalho de escola com um parceiro de laboratório imaginário, devia pelo menos ser esperto o bastante para ter trazido uma droga de um caderno.

— O Leon tem todo o material — digo. — Está no computador dele.

Ela dá uma olhada para a porta da frente da casa.

— Tem certeza de que ele está esperando você? Não parece ter ninguém em casa.

— Mãe, eu já te disse. Falei com o Leon dez minutos antes de sairmos. Ele me disse para entrar pelos fundos. Relaxe, está bem?

— Não se esqueça de ser educado — diz ela, enquanto fecho a porta do carro. — Por favor e...

— *Obrigado* — murmuro.

Cruzo a calçada e começo a seguir a trilha que leva aos fundos da casa. Assim que viro a esquina, ouço minha mãe sair com o carro.

Claro que parece que não tem ninguém na casa. Foi assim que planejei.

Não tenho um registro de laboratório para fazer nem conheço ninguém chamado Leon.

Esta é uma região nova para mim. Muitos professores que trabalham na UVM moram aqui. As casas são antigas e têm plaquinhas de bronze com o ano em que foram construídas. O legal mesmo nessas casas antigas é que elas têm fechaduras muito ruins. Na maioria das vezes, dá para abri-las deslizando um cartão de crédito pela fresta da porta do jeito certo. Eu não tenho cartão de crédito, mas o cartão de identificação da escola funciona igualmente bem.

Sei que não tem ninguém em casa porque não há pegadas na entrada depois da neve que caiu ontem à noite, algo que minha mãe não notou. Bato a neve dos meus tênis na varanda e entro. A casa tem cheiro de gente velha — aveia e naftalina. E há uma bengala encostada ao lado da porta de entrada. Mas, estranho, há também um casaco com capuz da Gap pendurado. Talvez uma neta tenha esquecido aqui.

Como da última vez, vou primeiro à cozinha.

A primeira coisa que vejo é uma garrafa de vinho tinto no balcão. Está mais ou menos na metade. Abro a rolha, tomo um gole e quase cuspo aquela porcaria por toda a bancada. Como as pessoas bebem, se o gosto é esse? Enquanto limpo a boca, remexo a despensa em busca de alguma coisa para me fazer esquecer o gosto do vinho e encontro uma caixa de biscoitos. Abro e como alguns. Então confiro o que tem na geladeira e faço um sanduíche de presunto defumado alemão e queijo cheddar com ervas numa baguete. Nada de presunto e queijo comum nesta casa. Ela é muito elegante até para mostarda amarela normal. Tenho que usar mostarda de champanhe, seja lá o que for isso. Por um instante, tenho medo de que o gosto seja como o do vinho, mas, se tem álcool nisso, nem parece.

Deixando uma trilha de migalhas, vou para a sala de estar. Não tirei os tênis, então estou deixando uma trilha de neve derretida também. Finjo que sou sobre-humano. Posso enxergar através de paredes; posso ouvir um pingo caindo. Ninguém poderia me pegar de surpresa.

A sala de estar é exatamente o que se esperaria. Sofás de couro rachado e pilhas de papel por toda parte, tantos livros empoeirados que, mesmo que eu não tenha asma, sinto dificuldade para respirar.

Uma mulher e um homem moram aqui. Sei disso porque há livros sobre jardinagem e pequenas garrafinhas de vidro alinhadas na prateleira sobre a lareira. Imagino que eles se sentam nesta sala e conversam sobre seus filhos, relembrando. Aposto que completam as frases um do outro.

Lembra quando o Louis encontrou um pedaço de feltro na entrada da casa depois do Natal...

... e o levou para a escola para apresentar como prova da existência do Papai Noel?

Sento no sofá. O controle remoto da televisão está na mesinha de café, então eu o pego. Ponho o sanduíche ao meu lado no sofá e ligo o sistema multimídia, que é muito melhor do que se imaginaria para um casal de velhinhos. Eles têm prateleiras de CDs, de todo tipo de música que se pode pensar. E uma HDTV de tela plana de última geração.

Também têm gravador de vídeo digital TiVo. Aperto os botões até chegar à tela que mostra o que eles gravaram.

Antiques Roadshow.

Os Três Tenores, na Vermont Public TV.

E praticamente tudo do History Channel.

Também gravaram um jogo de hóquei da NESN e um filme que passou no último fim de semana — *Missão impossível III.*

Dou um duplo clique nesse, porque é difícil acreditar que o sr. e sra. Professor queiram ver Tom Cruise arrebentando, mas, sim, é isso mesmo.

Decido deixá-los com esse. O resto, eu apago.

Então, começo a acrescentar programas à fita.

The Girls Next Door
My Super Sweet 16
South Park

E, para completar, vou para a HBO e adiciono uma boa dose de *Borat*.

Quando esse filme entrou em exibição, estava passando no mesmo cinema que *Piratas do Caribe 3*. Eu queria ver *Borat*, mas minha mãe disse que eu ainda teria que esperar bem uma década para isso. Então ela nos comprou ingressos para os *Piratas* e disse que nos encontraria no estacionamento depois do filme, porque ia aproveitar esse tempo para ir ao supermercado. Eu sabia que Jacob jamais sugeriria isso, então eu disse que queria que ele fizesse parte de um segredo, mas ele tinha que prometer que não contaria nada para a nossa mãe. Ele ficou tão alucinado com essa história de segredo que nem se importou de estarmos quebrando as regras e, quando entrei disfarçadamente na outra sala do cinema depois dos créditos iniciais, ele veio atrás de mim. E, de certa forma, acho que ele manteve a promessa — de fato, ele nunca contou para a nossa mãe que tínhamos ido ver *Borat*.

Mas ela adivinhou quando ele começou a citar falas do filme, como sempre faz. *Muito bom, muito bom, quanto é? Eu gosto de fazer momento sexy!*

Acho que fiquei de castigo uns três meses.

Tenho uma súbita visão da sra. Professor ligando seus programas gravados no TiVo, vendo as coelhinhas da *Playboy* em *The Girls Next Door* e tendo um ataque cardíaco. E de seu marido tendo um derrame quando a encontra.

Imediatamente, eu me sinto um merda.

Apago toda a programação e ponho de volta os programas originais. *Pronto. Essa é a última vez que invado uma casa*, digo a mim mesmo, enquanto outra parte de mim sabe que não é verdade. Sou um viciado, mas, em vez do barato que algumas pessoas têm se picando ou cheirando, preciso de uma dose de sensação de lar.

Pego o telefone, pensando em ligar para minha mãe e pedir para ela vir me buscar, mas mudo de ideia e desligo. Não quero deixar nenhum sinal de mim. Quero que pareça que nunca estive aqui.

Então, deixo a casa mais limpa do que estava quando entrei. E começo a andar pelo caminho de volta. São treze quilômetros, mas posso tentar pegar uma carona quando chegar à rodovia estadual.

Afinal, Leon tem o tipo de pais que não se importariam de me levar para casa.

Oliver

Estou me sentindo muito bem, porque, nesta sexta-feira, ganhei minha ação judicial contra o porco.

Bem, tecnicamente, não foi o porco que iniciou a ação. Essa honra pertence a Buff (abreviação de Buffalo, e juro que não estou inventando isso) Wings, um motociclista de cento e quarenta quilos que estava dirigindo sua Harley vintage por uma estrada em Shelburne quando um gigantesco porco solitário saiu do acostamento e entrou direto em seu caminho. Como resultado do acidente, o sr. Wings perdeu um olho — o que ele mostrou ao júri à certa altura, levantando o tampão de cetim preto, ao que, é claro, eu objetei.

Enfim, quando Wings saiu do hospital, ele processou o proprietário das terras de onde o porco tinha vindo. Mas as coisas acabaram se revelando mais complicadas do que isso. Elmer Hodgekiss, o dono do porco, só estava alugando a propriedade de uma senhora de oitenta anos chamada Selma Frack, que morava em Brattleboro. No contrato de Elmer havia uma cláusula específica proibindo bichos de estimação ou qualquer animal. Mas Elmer defendeu sua criação de porcos proibida (e sua igualmente subversiva criação de galinhas, aliás) com base no argumento de que Selma estava em uma casa de repouso e nunca visitava a propriedade, e o que os olhos não veem o coração não sente.

Eu estava representando Selma Frack. Sua cuidadora no Lar de Idosos Green Willow me contou que Selma me escolheu na lista telefônica por causa do meu anúncio nas Páginas Amarelas:

"Oliver O. Bond", dizia, com um padrão gráfico que lembrava o logotipo com a arma do 007, exceto por ser OOB, minhas iniciais. "Quando precisar de um advogado que ninguém abala nem cala."

— Obrigado — eu disse. — A ideia foi toda minha.

A cuidadora só olhou para mim sem entender muito bem.

— Ela gostou de poder ler a fonte. A maioria dos advogados usa letras muito pequenas.

Buff Wings queria que o seguro de Selma cobrisse as despesas médicas dele, mas eu tinha dois trunfos em meu favor.

1. O argumento confuso de Buff Wings de que Selma deveria ser considerada responsável embora (a) não soubesse sobre o porco, (b) tivesse proibido expressamente o porco e (c) tivesse despejado Elmer Hodgekiss assim que soube que ele havia soltado seu porco assassino sobre a população.
2. Buff Wings havia decidido ser seu próprio defensor.

Citei especialistas para refutar as alegações de Wings sobre danos, tanto emocionais como físicos. Por exemplo, sabia que um homem em Ohio é especialista em dirigir com um só olho? E que, em quase todos os estados, é possível continuar dirigindo, mesmo motocicletas, desde que o outro olho tenha visão perfeita? E que, em algumas circunstâncias, o termo *ponto cego* pode ser politicamente incorreto?

Depois que o juiz decidiu em nosso favor, acompanhei Selma e sua cuidadora até o elevador do tribunal.

— Bom — disse a cuidadora. — Tudo está bem quando acaba bem.

Dei uma olhada para Selma, que ficara dormindo a maior parte do tempo.

— Olho por olho e o mundo acabará cego — respondi. — Por favor, transmita meus cumprimentos à sra. Frack por sua vitória no tribunal.

Então, desci correndo as escadas para o estacionamento e dei um soco no ar.

Tenho cem por cento de sucesso em meus processos.

E daí que só tive um caso?

Ao contrário do que as pessoas pensam, a tinta ainda não está secando em meu diploma de advogado.

É molho de pizza.

Mas foi um acidente inocente. Como meu escritório fica em cima da cantina local e Mama Spatakopoulous rotineiramente bloqueia minha subida pela escada para enfiar um prato de espaguete ou uma torta de cebola e cogumelos em minhas mãos, seria rude de minha parte recusar. Associe-se a isso o fato de que não tenho mesmo dinheiro para comer, e me opor a comida grátis seria uma idiotice. É verdade que foi burrice minha improvisar um guardanapo com um dos papéis empilhados em minha mesa, mas a probabilidade de que fosse meu diploma (e não meu pedido de comida chinesa para viagem) era muito pequena.

Se algum novo cliente pedir para ver meu diploma, é só eu dizer que ele está sendo emoldurado.

Como de hábito, quando estou entrando de volta em casa, Mama S. me encontra com um calzone.

— Você devia usar um chapéu, Oliver.

Meu cabelo ainda está pingando do banho no vestiário do colégio. O gelo começou a se formar nele.

— Você vai cuidar de mim quando eu tiver pneumonia, não vai? — brinco.

Ela ri e empurra a caixa para mim. Enquanto corro escada acima, Thor começa a latir como um louco. Abro a porta só um pouquinho, para ele não sair aos pulos.

— Calma — digo. — Só fiquei fora quinze minutos.

Ele lança todos os seus cinco quilos sobre mim.

Thor é um poodle toy. Ele não gosta que o chamem de poodle e logo começa a rosnar, mas quem pode culpá-lo? Que cachorro macho quer ser um poodle? Esse nome devia ser só para fêmeas, na minha opinião.

Faço o melhor que posso por ele. Dei-lhe o nome de um guerreiro poderoso. Deixo seu pelo crescer, mas, em vez de torná-lo menos afeminado, só faz parecer que ele tem um esfregão na cabeça.

Eu o pego e o coloco sob o braço como se fosse uma bola de futebol e, então, reparo que há penas espalhadas por todo o escritório.

— Ah, não — digo. — O que você fez, Thor?

Eu o ponho no chão e examino o estrago.

— Que beleza. Muito obrigado, poderoso cão de guarda, por me proteger de meu próprio travesseiro.

Puxo o aspirador para fora do armário e começo a aspirar os resíduos. É minha culpa, eu sei, por não guardar a roupa de cama antes de sair para cuidar de meus afazeres. No momento, meu escritório está sendo minha casa também. Isso não é para sempre, é claro, mas tem ideia de como é caro pagar o aluguel de um escritório de advocacia *e* de um apartamento? Além disso, estando no centro, posso andar até o colégio todos os dias, e o zelador de lá tem sido muito legal me deixando usar o vestiário como meu chuveiro pessoal. Eu lhe dei alguns conselhos gratuitos sobre seu divórcio, e essa é sua maneira de me agradecer.

Costumo dobrar o cobertor e enfiá-lo com o travesseiro no armário. Escondo minha pequena TV de treze polegadas dentro de um móvel de arquivo cavernosamente vazio. Assim, se um cliente chegar para contratar meus serviços, não vai sentir o clima de que eu sou terrivelmente malsucedido.

Sou novo na cidade, só isso. Essa é a razão de eu passar mais tempo organizando clipes de papel em minha mesa do que fazendo algum trabalho jurídico.

Eu me formei com louvor na Universidade de Vermont sete anos atrás, com graduação em inglês. E aqui vai uma pequena pérola de sabedoria para você, caso esteja interessado: não dá para exercer essa profissão no mundo real de um país da língua inglesa. Que habilidades eu tinha, honestamente? Podia ler mais depressa que qualquer pessoa em uma disputa de quem é mais rápido no gatilho? Podia escrever um ensaio analítico totalmente chocante sobre as sugestões homoeróticas de sonetos de Shakespeare?

Sim, isso e mais um dólar e meio e dá para comprar uma xícara de café.

Então, decidi que precisava parar de viver no teórico e começar a experimentar o prático. Respondi a um anúncio que encontrei na seção de classificados do *Burlington Free Press* para ser aprendiz de ferrador. Andei pelos campos e aprendi a identificar o que era uma andadura normal para um cavalo e o que não era. Estudei como aparar os cascos de um burro e como modelar uma ferradura em uma bigorna, fixá-la com os cravos, limá-la e ver o animal sair andando outra vez.

Eu gostava de ser ferrador. Gostava da sensação de setecentos quilos de cavalo pressionados contra meu ombro quando eu dobrava a perna para examinar o casco. Mas, depois de quatro anos, fiquei impaciente. Decidi estudar direito, pela mesma razão pela qual todos vão para a faculdade de direito: porque não tinha ideia do que mais poderia fazer.

Vou ser um bom advogado. Talvez até um ótimo advogado. Mas aqui estou eu, aos vinte e oito anos, e meu medo secreto é ser apenas mais um sujeito que passa a vida inteira ganhando dinheiro fazendo algo que nunca gostou realmente de fazer.

Acabo de guardar o aspirador de volta no armário quando ouço uma batida hesitante à porta. Encontro um homem parado ali de macacão, deslizando as mãos pela costura de um gorro preto de lã. Ele cheira a fumaça.

— Pois não? — pergunto.

— Queria falar com o advogado.

— Sou eu. — No sofá, Thor começa a rosnar, e eu lhe lanço um olhar hostil. Se ele começar a afugentar meus clientes potenciais, vai acabar sem teto.

— É mesmo? — diz o homem, apertando os olhos para me examinar. — Você não parece ter idade suficiente para ser advogado.

— Tenho vinte e oito anos — respondo. — Quer ver minha carteira de motorista?

— Não, não — o homem diz. — Eu, hã... estou com um problema.

Eu o convido a entrar no escritório e fecho a porta.

— Sente-se, por favor, sr...

— Esch — diz ele, acomodando-se. — Homer Esch. Hoje eu estava no meu quintal queimando mato e o fogo saiu do controle. — Ele olha para mim enquanto me sento atrás da mesa. — E meio que queimou a casa do meu vizinho.

— Meio? Ou queimou?

— Queimou. — Ele levanta o queixo. — Mas eu tinha licença para queimada.

— Ótimo. — Registro em um bloco de notas: "LICENÇA PARA QUEIMAR". — Houve alguma vítima?

— Não. Eles não moram mais ali. Construíram outra casa do outro lado do terreno. Essa não passava muito de um galpão. Meu vizinho jura que vai me processar por cada centavo que ele gastou naquele lugar. Por isso vim procurá-lo. Você é o primeiro advogado que encontrei que está aberto aos domingos.

— Certo. Bom, posso ter que fazer alguma pesquisa antes de aceitar seu caso — digo, mas já estou pensando: *Ele queimou a casa do cara. Não tem como ganhar essa.*

Esch tira uma fotografia do bolso interno do macacão e a empurra para mim sobre a mesa.

— O lugar é este aqui no fundo, atrás da minha esposa. Meu vizinho diz que são vinte e cinco mil dólares que eu vou ter que pagar.

Dou uma olhada na foto. Chamar esse lugar de galpão é generosidade. Eu teria dito um barraco.

— Sr. Esch — digo —, acho que podemos definitivamente baixar isso para quinze.

Jacob

Estas são todas as razões para eu odiar Mark, o namorado de Jess, desde setembro:

1. Ele a faz chorar às vezes.
2. Uma vez eu vi hematomas nela e acho que foi ele quem fez.
3. Ele sempre usa um enorme moletom laranja do Bengals.
4. Ele me chama de Chefe, mesmo eu já tendo explicado mil vezes que meu nome é Jacob.
5. Ele acha que sou retardado, embora o diagnóstico de retardo mental seja reservado para pessoas com uma pontuação abaixo de setenta em um teste de QI e a minha pontuação seja cento e sessenta e dois. Na minha opinião, o fato de Mark não conhecer esse critério de diagnóstico sugere que ele esteja muito mais perto que eu do retardo mental.
6. No mês passado, vi Mark na farmácia com outros caras e Jess não estava junto. Eu disse "oi", mas ele fingiu que não me conhecia. Quando contei a Jess e ela o confrontou, ele negou. O que significa que ele é hipócrita e mentiroso.

Eu não esperava que ele fosse estar na aula de hoje e, por essa razão, começo a me sentir nervoso na hora, embora a presença de Jess geralmente me acalme. A melhor maneira de descrever isso é como de repente você se ver no meio de uma enchente. Você pode ter noção de que vai acontecer uma catástrofe; pode sentir até o mais ínfimo sinal de umidade no rosto. Mas, quando vê aquela muralha de água vindo velozmente em sua direção, você sabe que é incapaz de se mover um centímetro.

– Jacob! – Jess me chama assim que entro, mas vejo Mark do outro lado da sala sentado em um banco e, na mesma hora, já mal posso escutar a voz dela.

– O que *ele* está fazendo aqui?

– Você sabe que ele é meu namorado, Jacob. E ele quis vir hoje. Para ajudar.

Certo. E eu quero ser arrastado e esquartejado, só por diversão.

Jess passa o braço dela pelo meu. Demorei um tempo para me acostumar com isso, e com o perfume que ela usa, que não é muito forte, mas, para mim, cheirava como uma overdose de flores.

– Vai dar tudo certo – diz ela. – Além disso, combinamos que íamos treinar ser sociáveis com pessoas que não conhecemos, certo?

– Eu conheço o Mark – respondo. – E não gosto dele.

– Mas eu gosto. E faz parte da sociabilidade ser educado com pessoas de quem não gostamos.

– Isso é idiotice. O mundo é enorme. Por que não se levantar e ir embora?

– Porque isso não é educado – Jess explica.

– Eu acho que não é educado grudar um sorriso na cara e fingir que a gente gosta de conversar com alguém quando preferiria, na verdade, estar enfiando lascas de bambu embaixo das unhas.

Jess ri.

– Jacob, um dia, quando acordarmos no mundo dos supersinceros, *você* pode ser *meu* instrutor.

Um homem vem descendo pela escada que dá na entrada da cantina. Ele traz um cachorro pela coleira, um poodle toy. Eu me ponho em seu caminho e começo a agradar o cachorro.

– Thor! Desce! – ele diz, mas o cachorro não dá atenção.

– Sabia que os poodles não são franceses? Na verdade, o nome *poodle* vem da palavra alemã *Pudel*, que é uma redução de *Pudelhund*, ou cachorro chafurdador. A raça era um cachorro de água.

– Não sabia – diz o homem.

Eu sei porque, antes de estudar ciência forense, estudei cães.

– Um poodle foi o vencedor de uma exposição em Westminster em 2002 – acrescento.

– Certo. Bom, este poodle vai fazer uma poça aqui mesmo se eu não o levar para fora logo – diz o homem, forçando a passagem por mim.

– Jacob – diz Jess –, a gente não aborda alguém desse jeito e começa a despejar fatos.

— Ele se interessa por poodles! Ele *tem* um!

— Sim, mas você *poderia* ter começado dizendo: "Que belo cachorrinho".

Fiz um som de desdém.

— Isso não é informativo.

— Não, mas é *educado*...

No início, quando Jess e eu começamos a trabalhar juntos, eu costumava ligar para ela uns dias antes de nossa aula só para ter certeza de que continuava confirmada: que ela não estava doente ou esperando ter alguma emergência. Ligava sempre que essa ideia ficava me obcecando e, às vezes, isso acontecia às três da manhã. Se ela não atendesse o celular, eu entrava em pânico. Uma vez, telefonei para a polícia para dar parte de seu desaparecimento e depois soube que ela estava em uma festa. Por fim, concordamos que eu ligaria para ela às dez da noite nas quintas-feiras. Como a encontro nos domingos e terças, isso faz com que eu não tenha que passar quatro dias sem contato e me preocupando.

Esta semana, ela se mudou do alojamento universitário para a casa de um professor. Foi contratada para tomar conta da casa, o que me parece uma imensa perda de tempo, porque a casa não vai pôr a mão no forno quando estiver quente, ou comer alguma coisa venenosa, ou cair de suas próprias escadas. Ela vai passar o semestre ali. Portanto, na próxima semana, será lá nosso encontro para a aula. Tenho o endereço em minha carteira, além do número de telefone e um mapa especial que ela desenhou, mas estou um pouco nervoso com isso. Provavelmente o lugar vai ter cheiro de outra pessoa, e não de Jess e de flores. Além do mais, não tenho a menor ideia de como é lá e detesto surpresas.

Jess é bonita, embora diga que nem sempre foi assim. Ela perdeu muito peso dois anos atrás, depois de fazer uma operação. Vi fotos dela antes, quando era obesa. Ela diz que é por isso que quer trabalhar com pessoas que se tornam alvo de outras por causa de suas dificuldades, porque se lembra de ter sido assim com ela também. Nas fotos, ela parece Jess, mas escondida dentro de alguém maior e mais inchado. Agora, ela é curvilínea, mas só nos lugares certos. Tem cabelos loiros que estão sempre lisos, ainda que ela tenha que se esforçar bastante para isso. Eu a vi usar aquele aparelho chamado chapinha, que parece uma prensa de sanduíche, mas, na verdade, frita seus cabelos encaracolados molhados e os deixa lisos e brilhantes. Quando ela entra em algum lugar, as pessoas sempre olham, e eu gosto disso, porque significa que não estão olhando para mim.

Nos últimos tempos, venho pensando que ela talvez pudesse ser minha namorada.

Isso faz sentido:

1. Ela já me viu usar a mesma camisa duas vezes seguidas e não se incomoda.
2. Ela está fazendo mestrado em pedagogia e escrevendo um trabalho enorme sobre síndrome de Asperger, então eu sou um material de pesquisa pronto para ela.
3. Ela é a única mulher, exceto minha mãe, que pode pôr a mão em meu braço para obter minha atenção sem me dar a sensação de um choque.
4. Ela prende o cabelo em um rabo de cavalo sem eu nem ter que pedir.
5. Ela é alérgica a manga e eu não gosto dessa fruta.
6. Eu poderia ligar para ela quando quisesse, não só nas quintas-feiras.
7. Eu a trataria muito melhor do que Mark.

E, claro, a razão mais importante de todas:

8. Se eu tivesse uma namorada, pareceria mais normal.

– Vamos lá – Jess diz, dando um tapinha no meu ombro. – Temos trabalho a fazer. Sua mãe disse que aqui serve pizza sem glúten. Eles fazem com um tipo especial de massa.

Eu sei o que é o amor. Quando você encontra a pessoa que deverá amar, sinos tocam e fogos de artifício estouram em sua cabeça e você não consegue achar as palavras e pensa na pessoa o tempo todo. Quando você encontrar a pessoa que deverá amar, saberá disso quando a olhar profundamente nos olhos.

E com isso termina a conversa para mim.

É difícil explicar por que é tão difícil olhar nos olhos das pessoas. Imagine como seria se alguém abrisse seu peito com um bisturi e remexesse dentro de você, apertando seu coração, pulmões e rins. Esse nível de invasão completa é a sensação que eu tenho quando faço contato visual. A razão que *eu* escolho para não olhar para as pessoas é que não acho educado me intrometer nos pensamentos dos outros, e os olhos poderiam muito bem ser janelas de vidro, de tão transparentes que são.

Eu sei o que é o amor, mas apenas teoricamente. Não o sinto da maneira como as outras pessoas sentem. Em vez disso, eu o disseco: *Ah, minha mãe está me abraçando e dizendo como tem orgulho de mim. Ela está me oferecendo sua última batata frita, embora eu saiba que ela quer comer. Se* p, *então* q. *Se ela age dessa maneira, então ela deve me amar.*

Jess passa um tempo comigo que ela poderia, se não fosse isso, passar com Mark. Ela não fica brava comigo, exceto na vez em que tirei todas as roupas do guarda-roupa dela no alojamento e tentei organizá-las como as minhas. Ela assiste a *CrimeBusters* quando estamos juntos, embora fique com tontura quando vê sangue.

Se *p*, então *q*.

Talvez eu conte minha ideia para Jess hoje. E ela dirá sim para ser minha namorada e nunca mais teremos que ver Mark.

Em teoria psicanalítica, há um fenômeno chamado transferência. O terapeuta se torna uma tela em branco em que o paciente projeta algum incidente ou sentimento que começou na infância. Por exemplo, no caso de um paciente que passa sessões em silêncio, o terapeuta pode perguntar se há uma razão para ele não se sentir à vontade ao fazer associações livres. É porque tem medo que o terapeuta ache seus comentários idiotas? E, então, eis que o paciente desmorona. *Era disso que meu pai me chamava. Idiota.* De repente, com a represa rompida, o paciente começa a lembrar todo tipo de memória de infância reprimida.

Minha mãe nunca me chamou de idiota; no entanto, não seria muito difícil alguém olhar para meus sentimentos por Jess e considerar que, no contexto de nosso relacionamento de instrutora e aluno, eu não estou apaixonado.

É só um processo de transferência.

— Uma pizza média sem glúten — digo para a mulher grande como uma montanha na caixa registradora, que é grega. Se ela é grega, por que tem um restaurante italiano?

Jess me cutuca.

— Por favor — acrescento.

— Contato visual — Jess murmura.

Eu me forço a olhar para a mulher. Ela tem pelos sobre o lábio superior.

— Por favor — repito, e lhe entrego o dinheiro.

Ela me dá o troco.

— Eu levo quando estiver pronta — a mulher diz, virando-se para a bocarra do forno, enfiando uma enorme pá lá dentro, como uma língua, e tirando um calzone.

— Como vai a escola? — Jess pergunta.

— Tudo bem.

— Você fez sua lição de casa?

Ela não está falando da minha lição escolar, que eu *sempre* faço. Está se referindo à minha lição de casa de habilidades sociais. Faço uma careta, pensando em nossa aula anterior.

— Não muito.

— Jacob, você prometeu.

— Eu não prometi. Eu *disse* que ia tentar começar uma conversa com alguém da minha idade e fiz isso.

— Que ótimo! — exclama Jess. — E o que aconteceu?

Eu tinha ido ao laboratório de informática e havia um garoto sentado ao meu lado. Owen está em minha classe de física avançada, que é uma preparação para o exame chamado AP, ou Advanced Placement. Ele é superquieto e muito inteligente e, se quer saber, acho que tem um pouco de Asperger. É como o radar dos gays; eu olho e sei.

Só por diversão, eu estava em uma ferramenta de busca pesquisando sobre a interpretação de padrões de fraturas de crânio e como se pode diferenciar entre trauma por força contundente e trauma por arma de fogo usando fraturas concêntricas, e essa informação aleatória pareceu ser o pretexto perfeito para iniciar uma conversa. Mas lembrei de Jess dizendo que nem todos se impressionam com alguém que é o equivalente humano a um banco de dados de curiosidades. Então, em vez disso, eu disse o seguinte:

Eu: Você vai fazer o teste de AP em maio?
Owen: Não sei. Acho que sim.
Eu (rindo baixinho): Espero que eles não encontrem sêmen!
Owen: Hã?
Eu: O teste de AP, ou teste de fosfatase ácida, é usado com uma fonte de luz forense para pesquisar a presença de sêmen. Não é tão conclusivo quanto o teste de DNA, mas, se acontecer de o estuprador ter feito vasectomia, não vai ter nenhum espermatozoide, e, se um teste de AP e uma fonte de luz de quinhentos e trinta nanômetros forem tudo o que estiver disponível...
Owen: Cai fora, maluco de merda.

Jess está vermelha.

— O bom disso — diz ela, sem alterar o tom de voz — é que você tentou iniciar uma conversa. É um grande passo. O fato de você ter escolhido discutir sêmen não foi muito feliz, mas valeu mesmo assim.

Nesse momento, chegamos à mesa nos fundos em que Mark nos espera. Ele está mascando chiclete com a boca muito aberta e usando aquele ridículo blusão laranja.

— E aí, Chefe — ele diz.

Sacudo a cabeça e dou um passo para trás. Aquele blusão, ele não o estava usando na hora em que o avistei. Aposto que o vestiu de propósito porque sabe que eu não gosto.

— Mark — diz Jess, depois de dar uma olhadinha para mim —, o blusão. Tire.

Ele sorri para ela.

— É mais divertido quando você faz isso, gata — ele responde e segura Jess, puxando-a praticamente para o seu colo no banco.

Quero esclarecer que não entendo essa coisa de sexo. Não compreendo como alguém como Mark, que parece completamente obcecado por trocar fluidos corporais com Jess, não fica igualmente entusiasmado para falar sobre o fato de que muco nasal, alvejante e raiz-forte podem dar falso positivo em testes presuntivos para detecção de sangue. E não entendo por que caras neurotípicos são doidos por seios femininos. Acho que seria um enorme incômodo ter aquilo se projetando na sua frente o tempo todo.

Felizmente, Mark tira o blusão laranja e Jess o dobra e o coloca no banco em um lugar onde eu não posso enxergá-lo. Já é ruim o bastante só saber que ele está ali, sinceramente.

— Você pediu de cogumelo para mim? — Mark pergunta.

— Você sabe que o Jacob não gosta de cogumelo...

Há muita coisa que eu faria por Jess, mas não comer cogumelos. Mesmo que eles estejam tocando a massa no lado oposto da pizza, posso ter que vomitar.

Ela tira o celular da bolsa e o coloca sobre a mesa. Ele é cor-de-rosa e tem meu nome e número registrados na memória. Talvez seja o único celular que tem o meu nome nele. Mesmo na agenda de minha mãe, nosso número está registrado como CASA.

Olho fixo para a mesa, ainda pensando no blusão de Mark.

— Mark — murmura Jess, puxando a mão dele que estava em suas costas, por dentro da blusa. — Pare com isso. Estamos em público. — Então ela se vira para mim. — Jacob, enquanto esperamos a comida, vamos treinar.

Treinar para esperar? Não preciso. Sou bem especialista nisso.

— Quando acontece uma parada na conversa, você pode lançar um assunto que faça as pessoas falarem de novo.

— É — diz Mark. — Por exemplo: pé de moleque não é pé nem é moleque. Discutam.

— Você não está ajudando — Jess sussurra. — Está planejando algo para a escola esta semana, Jacob?

Claro. Rejeição desenfreada e humilhação abjeta. Em outras palavras, o de sempre.

— Em física, tenho que explicar gravidade para o resto da classe — digo. — A nota vai ser metade pelo conteúdo e metade pela criatividade, e acho que encontrei a solução perfeita.

Demorei algum tempo para pensar nisso, mas, quando a ideia veio, fiquei surpreso por não ter me ocorrido antes.

— Vou deixar minha calça cair — conto para ela.

Mark cai na gargalhada e, por um segundo, penso que talvez eu tenha feito juízo errado dele.

— Jacob — diz Jess —, você *não vai* deixar sua calça cair.

— Isso explica completamente a lei de Newton e...

— Não importa se isso explica o sentido da vida! Pense em como seria inadequado. Você deixaria seu professor não só constrangido como bravo, além de ter que ouvir as gozações de todos os outros alunos.

— Não sei, Jess... Você sabe o que dizem de caras com uma educação especial grande... — observa Mark.

— Mas *você* não tem educação especial — Jess responde, sorrindo. — Então lá se vai sua teoria.

— Você deve saber, gata.

Não tenho a menor ideia do que eles estão falando.

Quando Jess for minha namorada, vamos comer pizza sem cogumelos todos os domingos. Vou mostrar a ela como melhorar o contraste de impressões digitais em fita adesiva grossa e vou deixar que ela leia meus diários do *CrimeBusters*. Ela vai confessar que tem algumas esquisitices também, como o fato de ter uma cauda escondida dentro do jeans.

Não, talvez não uma cauda. Ninguém quer uma namorada com uma cauda.

— Tenho uma coisa para falar — digo. Meu coração começa a bater mais depressa e minhas mãos ficam suadas. Analiso isso do modo como o dr. Henry Lee analisaria qualquer outra pista forense e a guardaria para uso futuro: *Convidar garotas para sair pode causar alterações no sistema cardiovascular.* — Eu queria saber, Jess, se você quer ir comigo ao cinema na próxima sexta-feira.

— Jacob, muito bem! Já faz um mês que não treinamos isso!

— Na quinta-feira vou procurar saber os filmes que estão em cartaz. Posso olhar na internet. — Dobro meu guardanapo em oito. — Eu posso sair no sábado em vez de sexta, se for melhor para você.

Vai ter maratona de *CrimeBusters*, mas estou disposto a fazer esse sacrifício. Com certeza isso vai mostrar a ela como estou levando a sério esse relacionamento.

— Caraca! — Mark diz, sorrindo. Posso sentir seus olhos sobre mim. (Isso é mais uma coisa sobre olhos; eles podem ser quentes como lasers, e como saber se estão prestes a ser ligados com força total? É melhor não arriscar e evitar contato visual.) — Ele não está demonstrando uma habilidade de comunicação, Jess. O retardado está convidando você para sair.

— Mark! Por favor, não o chame de...

— Não sou retardado — interrompo.

— Você está enganado. O Jacob sabe que somos apenas amigos — diz ela.

Mark faz um som de desdém.

— Você é *paga* para ser amiga dele!

Eu me levanto abruptamente.

— Isso é verdade?

Acho que nunca tinha pensado a respeito. Minha mãe arrumou para eu me encontrar com Jess. Pressupus que Jess quisesse fazer isso porque (a) está escrevendo aquele trabalho e (b) gosta da minha companhia. Mas agora posso ver minha mãe destacando mais uma folha de cheque do talão e reclamando, como sempre, que não temos o bastante para cobrir nossas despesas. Posso ver Jess abrindo o envelope em seu alojamento e colocando o cheque no bolso de trás do jeans.

Posso imaginá-la convidando Mark para comer uma pizza e usando o dinheiro que veio da conta da minha mãe.

Pizza de cogumelos rica em glúten.

— Isso não é verdade — diz Jess. — Eu *sou* sua amiga, Jacob...

— Mas não estaria saindo com o Forrest Gump se não recebesse aquele lindo cheque todos os meses — interrompe Mark.

Jess vira para ele.

— Mark, vá embora.

— Você disse mesmo o que eu estou achando que ouvi? Está ficando do lado *dele*?

Começo a balançar para frente e para trás.

— *Ninguém deixa Baby de lado* — cito baixinho.

— Isso não tem nada a ver com lados — diz Jess.

— Certo — Mark retruca. — Tem a ver com prioridades. Eu quero te levar para esquiar à tarde e você me dispensa...

— Eu não te dispensei. Convidei você para vir junto a um compromisso que já estava marcado e que eu não podia mudar de última hora. Já te expliquei como planos são importantes para alguém com Asperger.

Jess segura o braço de Mark, mas ele se solta.

— Isso é um monte de merda. É como se eu estivesse comendo a madre Teresa.

Ele sai furioso da pizzaria. Não entendo o que Jess gosta nele. Ele faz pós-graduação em administração e joga hóquei. Mas, toda vez que está junto, a conversa sempre tem que ser sobre ele, e eu não sei por que isso não é problema quando é Mark que fala, mas é errado quando sou eu.

Jess apoia a cabeça nos braços cruzados. O cabelo dela está todo espalhado pelos ombros, como se fosse uma capa. Pelo jeito que seus ombros se movem, ela deve estar chorando.

— Annie Sullivan — digo.

— O quê? — Jess levanta a cabeça. Seus olhos estão vermelhos.

— Madre Teresa salvava os pobres e os doentes, e eu não sou pobre nem doente. Annie Sullivan teria sido um exemplo melhor para usar, porque ela é uma professora famosa.

— Ah, meu Deus. — Jess esconde o rosto nas mãos. — Não consigo lidar com isso agora.

Há uma parada na conversa, então eu a preencho.

— Agora você vai estar livre na sexta-feira?

— Você não pode estar falando sério.

Eu reflito sobre isso. Na verdade, falo sério o tempo todo. Geralmente me acusam de não ter senso de humor, embora eu também seja capaz disso.

— Não importa para você que o Mark foi o primeiro cara que disse que eu sou bonita? Ou que eu realmente o *amo*? — A voz dela está subindo, cada palavra num tom mais alto que o anterior. — Você pelo menos se importa se eu estou feliz?

— Não... não... e sim. — Estou ficando nervoso. Por que ela está me perguntando tudo isso? Mark já foi embora e podemos voltar ao que estávamos fazendo. — Então, eu fiz uma lista das coisas que as pessoas às vezes dizem que, na verdade, significam que elas estão cansadas de ouvir a gente falar, mas não sei se está certo. Você pode conferir?

— Pelo amor de Deus, Jacob! — Jess grita. — Dá um tempo!

As palavras dela são enormes e preenchem toda a cantina. Todos estão olhando.

— Preciso ir falar com ele. — Ela se levanta.

— Mas e a minha aula?

— Por que você não pensa no que aprendeu e depois me conta?

Então ela sai do restaurante e me deixa sozinho à mesa.

A moça da pizza traz a comida, que só eu vou comer agora.

— Espero que esteja com fome — ela diz.

Não estou, mas pego uma fatia assim mesmo, dou uma mordida e engulo. Tem gosto de papelão.

Algo cor-de-rosa pisca para mim do outro lado do porta-guardanapos. Jess esqueceu o celular. Eu ligaria para avisar que estou com ele, mas, obviamente, isso não vai adiantar.

Eu o guardo no bolso e faço uma nota mental. Vou devolver a ela quando nos encontrarmos na terça-feira, quando eu tiver descoberto o que é que eu deveria ter aprendido.

Já faz mais de dez anos que sempre recebemos um cartão de Natal de uma família que não conhecemos. Eles o endereçam para os Jenning, que moravam na casa antes de nós. Geralmente há uma cena de neve na capa e, dentro, um texto impresso em letras douradas: "BOAS FESTAS. COM CARINHO, FAMÍLIA STEINBERG".

Os Steinberg também incluem um texto fotocopiado que traz um relato de tudo o que eles vêm fazendo ao longo dos anos. Li sobre a filha deles, Sarah, desde as aulas de ginástica até depois, quando ingressou no Colégio Vassar, e depois, quando entrou para uma firma de consultoria, e depois, quando se mudou para um *ashram* na Índia e adotou um bebê. Soube dos grandes períodos de licença de Marty Steinberg na Lehman Brothers e de seu choque ao ficar desempregado em 2008, quando a empresa faliu; e como ele foi dar aulas de negócios em uma faculdade comunitária no norte do estado de Nova York. Vi Vicky, sua esposa, passar de mãe e dona de casa a empresária que vende cookies com desenhos de cachorros de raça. (Houve um ano em que eles mandaram amostras!) Este ano, Marty pediu uma licença no trabalho, e ele e Vicky saíram em um cruzeiro para a Antártida, aparentemente um sonho de toda a vida que agora se tornou possível porque a Eukanuba comprou a empresa de Vicky. Sarah e sua companheira, Inez, se casaram na Califórnia, e vi uma fotografia de Raita, hoje com três anos, como dama de honra.

Todo ano, na época do Natal, eu tento pegar a carta dos Steinberg antes de minha mãe. Ela a joga no lixo, dizendo coisas como: *Essas pessoas não desconfiam quando os Jenning nunca mandam um cartão de volta?* Eu pesco a carta no lixo e a coloco em uma caixa de sapatos que reservei especialmente para os Steinberg em meu guarda-roupa.

Não sei por que me sinto bem quando leio esses cartões de Natal, do mesmo jeito que me sinto quando me deito embaixo de uma pilha quente de roupas lavadas ou quando pego o dicionário de sinônimos e leio todas as palavras de uma das letras em uma única sentada. Mas, hoje, depois que chego em casa de meu encontro com Jess, enfrento a conversa obrigatória com minha mãe (Mãe: *Como foi?* Eu: *Bem*) e, então, subo direto para o meu quarto. Como um viciado que precisa de uma dose, pego as cartas dos Steinberg e as releio, da mais antiga até a mais recente.

Fica um pouco mais fácil respirar outra vez e, quando fecho os olhos, não vejo o rosto de Jess no fundo de minhas pálpebras, granuloso como um desenho em uma lousa mágica. É como um tipo de criptograma em que um *A* na verdade significa um *Q*, e um *Z* na verdade significa um *S*, e assim por diante, portanto o movimento da boca de Jess e o tom estranho que surgiu em sua voz são o que ela de fato queria dizer, em vez das palavras que usou.

Eu me deito e imagino aparecer na porta de Sarah e Inez.

Que bom vê-las, eu diria. *Vocês são exatamente como eu imaginei.*

Finjo que Vicky e Marty estão sentados no convés do navio. Marty está bebendo um martíni enquanto Vicky escreve num cartão-postal que tem uma foto de Valletta, em Malta.

Ela escreve: *Queria que você estivesse aqui.* E, dessa vez, ela o endereça diretamente para mim.

Emma

Ninguém sonha ser uma conselheira sentimental quando crescer.

Secretamente, todos nós lemos as colunas de conselhos nos jornais e revistas. Quem nega isso? Mas ficar remexendo os problemas de outras pessoas para ganhar a vida? Não, obrigada.

Achei que, a essa altura, eu seria uma escritora de verdade. Teria livros na lista do *New York Times* e seria festejada pelos críticos literários por minha capacidade de inserir temas importantes em livros com os quais a população em geral conseguia se identificar. Como muitos outros pretendentes a escritor, eu tinha seguido a rota alternativa da edição — livros didáticos, no meu caso. Eu gostava de editar. Havia sempre uma resposta certa e uma resposta errada. E havia planejado voltar ao trabalho quando Jacob estivesse na escola em período integral, mas isso foi antes de eu saber que ser uma defensora da educação de seu filho autista é, por si só, uma profissão de quarenta horas por semana. Todo tipo de adaptação tinha que ser pleiteado com argumentos e monitorado vigilantemente: uma autorização para Jacob sair um pouco da sala de aula se alguma situação ficasse excessiva para ele; uma sala de descanso sensorial; um profissional que pudesse ajudá-lo, no ensino fundamental, a expressar seus pensamentos por escrito; um plano de educação individualizado; um orientador escolar que não fizesse cara de desespero cada vez que Jacob tivesse uma crise.

Eu fazia alguns trabalhos freelance de revisão à noite, encaminhados a mim por um ex-chefe que compreendia minha situação, mas isso não era suficiente para nos sustentar. Então, quando o *Burlington Free Press* abriu um concurso para uma nova coluna, resolvi tentar. Como eu não sabia nada de fotografia, xadrez ou jardinagem, escolhi algo que eu conhecia: criação de filhos. Minha primeira coluna perguntava por que, por mais que nos esforcemos como mães, sempre sentimos que não estamos fazendo o suficiente.

O jornal teve um retorno de mais de trezentas cartas em resposta a essa coluna de teste e, de repente, eu me tornei a especialista em conselhos sobre criação de filhos. Isso se ampliou para conselhos para pessoas sem filhos, para os que queriam ter filhos, para os que não queriam. As assinaturas aumentaram quando minha coluna passou a sair duas vezes por semana em vez de uma. E esta é a coisa realmente notável: todas essas pessoas que confiam em mim para dar um jeito nas dificuldades de sua vida supõem que eu tenha alguma pista quando se trata de dar um jeito em minha própria vida.

A pergunta de hoje vem de Warren, Vermont.

Socorro! Meu maravilhoso, educado e doce filho de doze anos se transformou em um monstro. Já tentei lhe dar castigos, mas nada funciona. Por que ele é tão difícil?

Eu me inclino sobre o teclado e começo a escrever.

Sempre que uma criança se comporta mal, há alguma coisa mais profunda que motiva a ação. É claro que você pode dar castigos, cortando privilégios, mas isso é como pôr um band-aid sobre uma ferida aberta. Você vai ter que dar uma de detetive e descobrir o que realmente o está perturbando.

Releio o que escrevi e apago o parágrafo inteiro. Quem estou tentando enganar?

Bom, toda a região de Burlington, parece.

Meu filho sai de casa escondido à noite para ir a cenas de crimes, e eu sigo meu próprio conselho? Não.

Sou salva de minha hipocrisia pelo som do telefone tocando. É segunda-feira à noite, um pouco depois das oito, então imagino que seja para Theo. Ele atende na extensão no andar de cima e, um momento depois, aparece na cozinha.

— É pra você — Theo diz. Ele espera até eu atender e desaparece no santuário de seu quarto novamente.

— Aqui é Emma — digo no fone.

— Sra. Hunt? É Jack Thornton... O professor de matemática do Jacob.

Tremo por dentro. Há alguns professores que veem a parte melhor em Jacob, apesar de todas as suas esquisitices, e há outros que simplesmente não o entendem e não fazem questão de tentar. Jack Thornton esperava que Jacob fosse um gênio em matemática, quando isso nem sempre é parte do Asperger, apesar do que Hollywood parece pensar. Em vez disso, ele se frustrou com um aluno que tem uma caligrafia ruim, troca números de lugar ao fazer cálculos e é literal demais para compreender alguns dos conceitos teóricos da matemática, como números imaginários e matrizes.

Se Jack Thornton está me telefonando, não podem ser boas notícias.

— O Jacob lhe contou o que aconteceu hoje?

Jacob tinha mencionado alguma coisa? Não, eu lembraria. Mas é verdade que ele provavelmente não confessaria, a menos que lhe fosse perguntado diretamente. Era mais provável que eu tivesse lido as pistas pelo seu comportamento, que teria parecido um pouco incomum. Geralmente, quando Jacob está ainda mais arredio ou com movimentos repetitivos, ou, inversamente, falante demais ou muito agitado, eu sei que há algo errado. Ou seja, sou uma cientista forense melhor do que Jacob poderia imaginar.

— Pedi ao Jacob para vir até a lousa escrever a resposta da lição de casa — Thornton explica — e, quando eu lhe disse que estava malfeito, ele me empurrou.

— *Empurrou?*

— Sim — diz o professor. — A senhora pode imaginar a reação do resto da classe.

Bem, isso explica por que não vi uma piora no comportamento de Jacob. Quando a classe começou a rir, ele deve ter imaginado que tinha feito uma coisa boa.

— Sinto muito — respondo. — Vou conversar com ele.

Mal desligo o telefone e Jacob aparece na cozinha e pega um pacote de leite na geladeira.

— Aconteceu alguma coisa na aula de matemática hoje? — pergunto.

Os olhos de Jacob se alargam.

— *Você não aguenta a verdade* — diz ele, em uma imitação precisa de Jack Nicholson, sinal garantido de que está constrangido.

— Já falei com o sr. Thornton. Jacob, você não pode ficar empurrando os professores.

— Foi ele que começou.

— Ele não empurrou você!

— Não, mas ele disse: "Jacob, meu filho de três anos escreve melhor do que isso". E *você* sempre diz que, quando alguém fizer piada comigo, eu tenho que me defender.

A verdade é que eu *disse* mesmo isso a Jacob. E há uma parte de mim se alegrando por *ele* ter iniciado uma interação com outro ser humano, em vez do contrário — ainda que a interação não tenha sido socialmente apropriada.

O mundo, para Jacob, é verdadeiramente preto e branco. Uma vez, quando ele era menor, o professor de ginástica telefonou porque Jacob teve uma crise durante um jogo de queimada, quando uma criança jogou a grande bola vermelha nele para eliminá-lo. *Não se deve jogar coisas nas pessoas*, Jacob explicou, chorando. *É uma regra!*

Por que uma regra que funciona em uma situação não deveria funcionar em outra? Se alguém metido a besta o provoca e eu lhe digo que é certo revidar — porque às vezes essa é a única maneira de fazer esses garotos o deixarem em paz —, por que ele não deveria fazer o mesmo com um professor que o humilha em público?

— Professores merecem respeito — explico.

— Por que eles merecem de graça se todas as outras pessoas têm que fazer por merecer?

Eu pisco diante dele, sem saber o que dizer. *Porque o mundo não é justo*, penso, mas Jacob já sabe disso melhor do que a maioria de nós.

— Está brava comigo? — Imperturbável, ele pega um copo e despeja nele o leite de soja.

Acho que esse é o atributo que mais sinto falta de ver em meu filho: empatia. Ele se preocupa em não me magoar ou não me deixar aborrecida, mas isso não é a mesma coisa que sentir visceralmente a dor da outra pessoa. Ao longo dos anos, ele aprendeu empatia da maneira como eu poderia aprender grego: traduzindo uma imagem ou situação no banco de trocas de seu cérebro e tentando vincular o sentimento apropriado a ela, mas nunca se tornando realmente fluente no idioma.

Na primavera passada, estávamos na farmácia comprando os remédios de uma de suas receitas e notei um estande de cartões do Dia das Mães.

— Só uma vez, eu gostaria que você comprasse um desses para mim — eu disse.

— Por quê? — Jacob perguntou.

— Para eu saber que você me ama.

Ele deu de ombros.

— Você já sabe disso.

— Mas seria bom acordar no Dia das Mães e, como todas as outras mães neste país, receber um cartão do meu filho.

Jacob refletiu um pouco.

— Quando é o Dia das Mães?

Eu disse a ele, depois me esqueci dessa conversa, até 10 de maio. Nesse dia, quando desci e comecei minha rotina de preparar o café da manhã de domingo, encontrei um envelope apoiado na garrafa térmica de café. Nele, havia um cartão de Dia das Mães.

Não dizia *Querida mamãe.* Não estava assinado. Na verdade, não tinha nada escrito, porque Jacob tinha feito apenas o que eu lhe dissera para fazer e nada mais.

Naquele dia, eu me sentei à mesa da cozinha e ri. Ri até começar a chorar.

Agora, olho para meu filho, que não está olhando para mim.

— Não, Jacob — digo —, não estou brava com você.

Uma vez, quando Jacob tinha dez anos, estávamos andando pelos corredores de uma loja de brinquedos em Williston quando um menininho pulou do fim de uma estante usando uma máscara de Darth Vader e brandindo um sabre de luz. "Bang, você está morto!", o menino gritou, e Jacob acreditou. Ele começou a gritar e a balançar o corpo, e derrubou com o braço os produtos de uma prateleira. Estava fazendo isso para se certificar de que não era um fantasma, para ter certeza de que ainda podia ter um impacto neste mundo. Ele virou e saiu batendo os braços e pisando em caixas enquanto corria de mim.

Quando consegui alcançá-lo na seção de bonecas, ele estava completamente descontrolado. Tentei cantar Bob Marley. Gritei com ele para fazê-

-lo reagir à minha voz. Mas Jacob estava em seu próprio pequeno mundo e, por fim, o único jeito que tive de acalmá-lo foi me tornar um cobertor humano, segurá-lo de encontro ao piso da loja com os braços e pernas abertos.

Nessa altura, a polícia havia sido chamada por suspeita de maus-tratos contra uma criança.

Levei quinze minutos para explicar aos policiais que meu filho era autista e que eu não estava tentando machucá-lo, mas ajudá-lo.

Muitas vezes, desde então, pensei no que aconteceria se Jacob fosse parado pela polícia quando estivesse sozinho, como nos domingos, em que ele vai de bicicleta para a cidade para se encontrar com Jess. Como os pais de muitos autistas, fiz o que os grupos de discussão sugerem: na carteira de Jacob há um cartão que informa que ele é autista e explica ao policial que todos os comportamentos que ele está apresentando — expressão facial limitada, incapacidade de olhar nos olhos, até mesmo uma reação de fuga — são características da síndrome de Asperger. E, mesmo assim, eu me perguntava o que aconteceria se a polícia entrasse em contato com um garoto de um metro e oitenta e três de altura e mais de oitenta quilos, descontrolado, que levasse a mão ao bolso de trás da calça. Esperariam que ele mostrasse a identidade, ou atirariam primeiro?

É em parte por isso que Jacob não tem permissão para dirigir. Ele decorou o manual para motoristas desde os quinze anos, e eu sei que ele respeitaria as leis de trânsito como se sua vida dependesse disso. Mas e se ele fosse parado por um policial? *Você sabe o que estava fazendo?*, o policial perguntaria, e Jacob responderia: *Dirigindo.* Então seria tachado de insolente na hora, quando, na verdade, estava apenas respondendo à pergunta literalmente.

Se o policial lhe perguntasse se ele tinha passado um sinal vermelho, Jacob diria que sim, mesmo que isso tivesse acontecido seis meses antes, quando o policial nem estava por perto.

Sei perfeitamente que não devo perguntar a ele se meu bumbum fica muito gordo em determinada calça jeans, porque ele vai me dizer a verdade. Um policial não teria esse histórico para ajudá-lo a entender a resposta de Jacob.

Bem, de qualquer modo, não é provável que o parem enquanto ele estiver indo para a cidade de bicicleta — a menos que fiquem com pena dele por estar tão frio. Aprendi há muito tempo a parar de perguntar a Jacob se ele quer uma carona. A temperatura importa menos para ele do que sua independência, nessa única pequena coisa.

Levo o cesto de roupas lavadas para o quarto de Jacob e coloco suas roupas dobradas sobre a cama. Quando ele chegar da escola, se encarregará de guardá-las ele mesmo, com os decotes todos precisamente alinhados e as bermudas arrumadas por estampa (listras, cor lisa, bolinhas). Sobre sua mesa há um aquário virado ao contrário com um pequeno aquecedor de xícara de café, um prato de alumínio e um de meus batons dentro dele. Suspirando, levanto a câmara de vaporização de impressões digitais e tiro minha maquiagem, com cuidado para não mexer no resto dos objetos, precisamente organizados.

O quarto de Jacob tem a precisão ordenada de uma edição da *Architectural Digest*: tudo tem seu lugar; a cama é impecavelmente arrumada; os lápis sobre a mesa ficam em ângulos retos perfeitos com as riscas da madeira. O quarto de Jacob é o lugar em que a entropia morre.

Por outro lado, Theo é bagunceiro o suficiente pelos dois. Mal consigo encontrar espaço para atravessar a trilha de roupas usadas jogadas pelo tapete e, quando coloco o cesto sobre a cama, alguma coisa range. Também não guardo as roupas de Theo, mas é porque não suporto ver as gavetas entupidas de qualquer jeito com roupas que eu me lembro distintamente de ter dobrado sobre o balcão da lavanderia.

Dou uma olhada em volta e vejo um copo com algo verde apodrecendo dentro, ao lado de um pote de iogurte tomado pela metade. Coloco-os no cesto vazio para levar para baixo e, então, em um acesso de bondade, tento puxar a roupa de cama para dar alguma aparência de ordem. É quando sacudo a fronha para encaixá-la direito no travesseiro que a caixa plástica cai e bate em meu tornozelo.

É um jogo, algo chamado Naruto, com um personagem de mangá brandindo uma espada na capa.

É jogado em Wii, um console de jogo que nunca tivemos.

Eu poderia perguntar a Theo por que ele tem isso aqui, mas algo me diz que não quero ouvir a resposta. Não depois desse fim de semana, quando soube que Jacob vem fugindo de casa à noite. Não depois da noite passada, quando seu professor de matemática me telefonou para dizer que ele tem se comportado mal na classe.

Às vezes, acho que o coração humano é apenas uma prateleira. Há uma quantidade limitada que se pode empilhar sobre ele antes que algo caia por uma das bordas e a gente tenha que recolher os cacos.

Fico olhando para o jogo de videogame por um momento, depois o recoloco dentro da fronha antes de sair do quarto de Theo.

Theo

Eu ensinei a meu irmão como se defender.

Aconteceu quando éramos menores: eu tinha onze anos, e ele, catorze. Eu brincava no trepa-trepa do playground, e ele estava sentado na grama, lendo uma biografia que a bibliotecária tinha comprado só para ele sobre Edmond Locard, o pai da análise de impressões digitais. Nossa mãe estava lá dentro, em mais uma de um zilhão de reuniões de educação especial para garantir que a escola de Jacob fosse um lugar tão seguro para ele quanto sua casa.

Aparentemente, isso não incluía o playground.

Dois meninos com skates incrivelmente irados estavam fazendo manobras nas escadas quando avistaram Jacob. Foram até ele e um deles puxou seu livro.

— É meu — Jacob disse.

— Então vem pegar — o garoto respondeu, jogando o livro para seu colega, que o jogou de volta. Eles ficaram brincando de bobinho com Jacob, que, no meio, se esforçava para alcançá-lo. Mas como ele não tem exatamente vocação para atleta, não estava se saindo bem.

— É um livro da *biblioteca*, seus cretinos — Jacob disse, como se isso pudesse fazer alguma diferença. — Assim vai estragar!

— Ah, isso é mau. — E o menino jogou o livro em uma enorme poça de lama.

— É melhor você salvar o livro — seu amigo acrescentou, e Jacob correu para pegá-lo.

Eu o chamei, mas era tarde demais. Um dos garotos pôs a perna na frente do pé dele e o fez aterrissar de cara na poça. Ele se sentou, encharcado, cuspindo lama.

— Boa leitura, retardado — o primeiro garoto disse, e os dois riram e foram embora em seus skates.

Jacob não se moveu. Ficou sentado na poça, segurando o livro de encontro ao peito.

— Levante — eu disse, dando-lhe a mão para ajudá-lo.

Com um gemido, Jacob ficou em pé. Ele tentou virar as páginas do livro, mas elas estavam grudadas com o barro.

— Vai secar — falei. — Quer que eu vá chamar a mamãe?

Ele sacudiu a cabeça.

— Ela vai ficar brava comigo.

— Não vai, não — respondi, embora ele provavelmente estivesse certo. Suas roupas estavam totalmente destruídas. — Jacob, você tem que aprender a se defender. Faça o que eles fizerem, mas dez vezes pior.

— Empurrá-los em uma poça?

— Bem, não. Você pode... sei lá. Chamá-los de nomes feios.

— O nome deles é Sean e Amahl — Jacob disse.

— Não esses nomes. Tente *Seu imbecil.* Ou *Pare com isso, seu merda.*

— Isso é palavrão...

— É, mas assim eles vão pensar duas vezes antes de zoar você outra vez.

Jacob começou a balançar o corpo.

— Durante a Guerra do Vietnã, a BBC ficou sem saber como pronunciar o nome de uma aldeia bombardeada, Phuoc Me, sem ofender os ouvintes. Eles decidiram usar o nome de uma aldeia vizinha no lugar dessa. Infelizmente, ela se chamava Ban Me Tuat.*

— Bom, talvez na próxima vez que um valentão segurar sua cabeça dentro de uma poça de lama, você possa gritar os nomes de aldeias vietnamitas.

— *Eu vou pegar você, gracinha, e seu cachorrinho também!* — Jacob citou.

— É melhor alguma coisa mais dura — sugeri.

Ele pensou por um momento.

— *Yippee ki yay, desgraçado!*

— Ótimo. Então, da próxima vez que um menino como aquele pegar seu livro, o que você vai dizer?

— Seu cuzão filho de uma égua, me devolva isso agora mesmo!

Eu caí na gargalhada e disse:

---

* A pronúncia dos nomes das cidades soa como expressões chulas em inglês. (N. da T.)

— Jacob, você tem talento pra isso.

Sinceramente, não tenho nenhuma intenção de entrar em outra casa. Mas, na terça-feira, meu dia na escola é absolutamente podre. Primeiro, tiro 7,9 em um teste de matemática, e eu nunca tiro C; segundo, sou o único aluno cujo fungo não cresce na experiência de laboratório que estamos fazendo em biologia; e terceiro, acho que estou ficando gripado. Saio antes da última aula, porque quero me enfiar na cama com uma xícara de chá. Na verdade, é o desejo de chá que me faz pensar na casa daquele professor em que estive na semana passada e, por acaso, estou a apenas três quarteirões de lá quando a ideia me vem à cabeça.

Ainda não há ninguém na casa e nem tenho que arrombar a porta dos fundos; ela está destrancada. A bengala ainda está encostada no hall de entrada e aquele mesmo casaco de capuz continua pendurado, mas agora há um casaco de lã também e um par de botas de trabalho. Alguém terminou a garrafa de vinho tinto. Há um aparelho de som estéreo no balcão que não estava lá na semana passada e um iPod Nano rosa-choque está carregando no suporte.

Aperto o botão para ligar o iPod e vejo que Ne-Yo é o próximo da lista de reprodução.

Ou esses são os professores mais moderninhos que já existiram ou seus netos precisam parar de deixar suas coisas espalhadas por aí.

A chaleira está no fogão, então eu a encho de água e ligo o fogo, depois procuro um saquinho de chá nos armários. Eles estão escondidos em uma prateleira atrás de um rolo de papel-alumínio. Escolho um chá de manga e, enquanto a água esquenta, dou uma olhada no iPod. Estou impressionado. Minha mãe mal consegue entender como usar o iTunes e aqui está um casal de velhos professores craques em tecnologia.

Acho que eles não podem ser tão *velhos*. Eu os tinha imaginado assim, mas talvez a bengala seja por causa de uma cirurgia artroscópica, porque o professor joga hóquei nos fins de semana e detonou o joelho como goleiro. Vai ver que eles têm a idade da minha mãe, e o casaco de capuz é da filha deles, que tem a minha idade. Talvez ela seja da minha escola, e até se sente do meu lado na aula de biologia.

Enfio o iPod no bolso, despejo na xícara a água da chaleira chiante, e então ouço um chuveiro ligado no andar de cima.

Esqueço o chá, entro silenciosamente na sala de estar, passo pelo sistema multimídia gigante e subo as escadas.

O som de água vem do banheiro da suíte principal.

A cama está desarrumada. Há uma colcha toda de rosas bordadas e uma pilha de roupas sobre uma cadeira. Pego um sutiã rendado e corro os dedos pelas alças.

É quando percebo que a porta do banheiro está totalmente aberta e que posso ver mais ou menos o chuveiro refletido no espelho.

Meu dia melhorou consideravelmente nos últimos trinta segundos.

Há vapor, então só consigo distinguir as curvas quando ela se vira, e que seu cabelo vai até os ombros. Ela está cantarolando e é terrivelmente desafinada. *Vire*, peço em silêncio. *De frente.*

— Ah, droga — a mulher diz e, de repente, abre a porta do chuveiro. Vejo seu braço aparecer enquanto ela procura cegamente pela toalha, que está pendurada em um cabide, ao lado da porta do boxe. Ela enxuga os olhos e prendo a respiração, olhando para os ombros dela e depois para seus seios.

Ainda piscando, ela larga a toalha e vira.

Nesse segundo, nossos olhares se encontram.

Jacob

O tempo todo as pessoas dizem coisas que querem dizer, mas os neurotípicos conseguem entender a mensagem mesmo assim. Por exemplo, a Mimi Scheck, na escola. Ela disse que morreria se Paul McGrath não a convidasse para o Baile de Inverno, mas, na verdade, ela não teria morrido – só teria ficado muito triste. Ou o jeito como o Theo às vezes bate no ombro de outro garoto e diz: "Para com isso!", quando na verdade isso significa que ele quer que seu amigo continue falando. Ou a vez em que minha mãe murmurou: "Ah, que maravilha", quando furou um pneu de nosso carro na estrada, embora claramente não fosse nenhuma maravilha, mas uma amolação colossal.

Então, talvez quando Jess me disse para dar um tempo no domingo, ela estivesse de fato querendo dizer alguma outra coisa.

Acho que posso estar morrendo de meningite. Dor de cabeça, confusão mental, rigidez no pescoço, febre alta. Tenho dois dos quatro sintomas. Não sei se deveria pedir à minha mãe para ir fazer uma punção lombar ou se simplesmente vou levando até morrer. Já preparei um bilhete explicando como gostaria de estar vestido em meu funeral, como precaução.

É igualmente possível, imagino, que a razão de eu estar com uma dor de cabeça terrível e com rigidez do pescoço seja o fato de não ter conseguido dormir desde domingo, quando vi Jess pela última vez.

Ela não me enviou as fotos de sua nova casa com antecedência, como tinha prometido. Eu lhe mandei quarenta e oito e-mails ontem para lembrá-la, e ela não respondeu a nenhum deles. Não posso ligar para lembrá-la de me enviar as fotos porque o celular dela ainda está comigo.

Ontem à noite, por volta das quatro da manhã, eu me perguntei o que o dr. Henry Lee faria, caso se visse diante das evidências de que:

1. Nenhuma foto chegou por e-mail.
2. Nenhuma de minhas quarenta e oito mensagens foi respondida.

A Hipótese Um seria que a conta de e-mail de Jess não está funcionando, o que parece improvável, porque é a mesma conexão de toda a UVM. A Hipótese Dois seria que ela escolheu não se comunicar comigo, o que indicaria raiva ou desgosto (vide acima: *Dá um tempo*). Mas isso não faz sentido, já que ela me disse claramente em nosso último encontro que eu deveria contar a ela o que eu tinha aprendido... o que implica um novo encontro.

A propósito, fiz uma lista do que aprendi em nosso último encontro:

1. Pizza sem glúten tem um gosto nojento.
2. Jess não está disponível para ir ao cinema na próxima sexta-feira à noite.
3. O telefone dela faz um som como o gorjeio de um passarinho quando é desligado.
4. Mark é um babaca imbecil. (Embora, na verdade, isso seja (a) redundante e (b) algo que eu já sabia.)

A única razão de eu ter ido para a escola hoje, sentindo-me assim tão mal, é que, se eu ficasse em casa, sei que minha mãe insistiria para que eu faltasse à aula com Jess também, e não posso fazer isso. Tenho que devolver seu celular, afinal. E, se eu a vir cara a cara, posso perguntar por que ela não respondeu meus e-mails.

Normalmente é responsabilidade do Theo me acompanhar até o campus da UVM, que fica a apenas oitocentos metros da escola. Ele vai comigo até o alojamento de Jess, que ela sempre deixou destrancado para mim, assim posso ficar esperando até que ela saia de sua aula de antropologia. Às vezes, faço minha lição de casa enquanto a espero, e às vezes olho os papéis em cima de sua mesa. Uma vez borrifei o perfume dela em minhas roupas e andei cheirando como ela pelo resto do dia. Então Jess chega, e vamos até a biblioteca para trabalhar, ou ao centro acadêmico, ou a um café na Church Street.

Acho que conseguiria chegar ao alojamento de Jess mesmo em estado de coma, mas hoje, quando realmente preciso da ajuda do Theo para encontrar o caminho para o novo local, ele sai da escola mais cedo porque está doente. Ele me procura depois da penúltima aula e me avisa que está se sentindo um lixo e vai para casa morrer.

— Não — digo a ele. — Isso ia aborrecer muito a nossa mãe.

Meu primeiro instinto é perguntar a ele como vou chegar à casa de Jess se ele for embora doente, mas então me lembro de Jess dizendo que nem tudo gira em torno de mim e que se colocar na pele dos outros (não literalmente, claro) faz parte das interações sociais. Daí digo ao Theo que desejo que ele melhore e, em seguida, procuro a orientadora, a sra. Grenville. Examinamos o mapa que Jess me deu e decidimos que devo pegar o ônibus H-5 e descer na terceira parada. Ela até desenha uma rota em caneta marca-texto da parada de ônibus até a casa.

O mapa acaba se revelando muito bom, embora não tenha sido desenhado em escala. Depois que saio do ônibus, viro à direita no hidrante de incêndio e, então, conto seis casas à esquerda. O novo lar temporário de Jess é uma velha casa de tijolos com trepadeiras nas laterais. Eu me pergunto se ela sabe que as gavinhas de trepadeiras podem quebrar argamassa e tijolos. Não sei se devo avisar a ela. Se alguém me contasse, eu ia ficar na cama à noite imaginando se a casa inteira ia desabar à minha volta.

Ainda estou muito nervoso quando toco a campainha na porta da frente, porque nunca vi o interior dessa casa e isso me faz sentir como se meus ossos tivessem virado geleia.

Ninguém atende, então vou até os fundos.

Olho para baixo na neve e tomo nota mentalmente do que vejo, mas isso não é de fato importante, porque A Porta Está Destrancada, o que deve significar que Jess está me esperando. Já me sinto relaxar: é como em seu alojamento na universidade; vou entrar e esperar e, quando ela chegar, tudo vai voltar ao normal.

Jess ficou brava comigo só duas vezes, e ambas aconteceram enquanto eu a esperava. A primeira vez foi quando tirei todas as roupas dela do armário e as organizei de acordo com o espectro eletromagnético de cores, como as minhas. A segunda foi quando me sentei à mesa dela e reparei nos problemas de cálculo em que ela estava trabalhando. Ela tinha errado metade dos problemas, então eu corrigi.

Theo é a pessoa que me fez entender que as regras da violência são baseadas em ameaça. Se há um problema real, existem apenas duas opções:

1. Retaliação
2. Confronto

Isso me arrumou confusão.

Fui mandado para a sala do diretor por bater em um menino que jogou um aviãozinho de papel em mim durante a aula de inglês. Quando Theo arruinou uma de minhas experiências forenses em andamento, eu fui ao quarto dele com uma tesoura e piquei sistematicamente em pedacinhos sua coleção de gibis. Uma vez, no oitavo ano, descobri que um grupo de meninos estava rindo de mim e, como se alguém tivesse ligado um interruptor elétrico em meu interior, tive um ataque de fúria. Eu me enfiei em um cubículo na biblioteca da escola e fiz uma lista das pessoas que eu odiava e como eu gostaria que a vida delas terminasse: facada no vestiário do ginásio, bomba dentro do armário na escola, cianeto na Diet Coke. Como é da natureza do Asperger, sou fanaticamente organizado em algumas coisas e desorganizado em outras, e, por um acaso do destino, eu perdi aquele papel. Imaginei que alguém (talvez eu) o tivesse jogado fora, mas meu professor de história o encontrou e o entregou ao diretor, que chamou minha mãe.

Ela gritou comigo por setenta e nove minutos seguidos, basicamente sobre como se sentia violentada por minhas ações, e depois ficou ainda mais irritada porque eu não conseguia entender como algo que *eu* tinha feito *a* incomodava. Então ela pegou dez de meus cadernos do *CrimeBusters* e os passou pelo triturador de papel, folha por folha, e de repente seu argumento ficou perfeitamente claro. Aquilo me deixou tão furioso que, naquela noite, despejei todo o cesto de papel triturado em cima da cabeça da minha mãe enquanto ela dormia.

Por sorte, não fui suspenso — a maioria da administração da escola me conhecia suficientemente bem para saber que eu não era uma ameaça à segurança pública —, mas a lição de minha mãe bastou para me fazer ver por que eu jamais poderia fazer algo como aquilo de novo.

Digo tudo isso como uma explicação: a impulsividade é parte do que significa ter Asperger.

E nunca acaba bem.

Emma

Eu posso trabalhar em casa para escrever minha coluna, mas, todas as tardes de terça-feira, tenho que ir à cidade me encontrar com minha editora. É basicamente uma sessão de terapia: ela me conta o que está errado em sua vida e espera que eu lhe distribua conselhos, como faço com o público no jornal.

Não me importo, porque acho que uma hora por semana de aconselhamento é uma troca justa por um salário e um seguro-saúde. Mas também significa que, às terças-feiras, quando Jacob se encontra com Jess, ela é responsável por levá-lo de volta para casa.

Nesta terça, assim que entro em casa, encontro Theo na cozinha.

— Como está se sentindo? — pergunto, levando a mão à testa dele. — Está com febre?

Eu tinha ligado de Burlington, como sempre faço antes de sair do escritório, e fiquei sabendo que Theo estava doente e desesperado por ter ido embora da escola sem se lembrar de que hoje é o dia em que ele leva Jacob à consulta com Jess. Um segundo telefonema, agora para a coordenação da escola, evitou que eu entrasse em pânico: a sra. Grenville havia conversado com Jacob sobre como pegar o ônibus para a nova casa de Jess e disse que ele estava se sentindo seguro para ir sozinho.

— É só um resfriado — diz Theo, esquivando-se de mim. — Mas o Jacob ainda não chegou em casa, e já passa das quatro e meia.

Ele não precisa dizer mais nada: Jacob preferiria decepar um braço com uma faca de cozinha a perder um episódio de *CrimeBusters*. Mas Jacob está apenas quinze minutos atrasado em relação a seu horário normal.

— Bem, ele encontrou a Jess em um lugar novo hoje. Vai ver que é um pouco mais longe que o antigo alojamento dela.

— Mas e se ele nem tiver chegado lá? — diz Theo, visivelmente nervoso. — Eu devia ter ficado na escola e ido junto com ele, como sempre.

— Querido, você estava doente. Além disso, a sra. Grenville achou que essa poderia ser uma boa oportunidade para Jacob ser independente. E acho que tenho o novo número de telefone da Jess em meu e-mail. Posso ligar para ela, se isso fizer você se sentir melhor. — Envolvo Theo em meus braços. Faz muito tempo que não o abraço; aos quinze anos, ele se esquiva de qualquer demonstração física de afeto. Mas é bom vê-lo preocupado com Jacob. Pode haver atrito entre eles, mas, em seu coração, Theo o ama. — Tenho certeza de que o Jacob está bem, mas fico contente por ele ter você, que se preocupa. — Nesse instante, tomo a súbita decisão de valorizar os bons sentimentos de Theo por Jacob. — Vamos sair para jantar comida chinesa hoje — sugiro, embora comer fora seja um luxo com o qual não podemos arcar; além disso, é mais difícil encontrar comida que Jacob possa comer se não for preparada por mim.

Uma expressão indecifrável passa pelo rosto de Theo, mas então ele concorda.

— Seria legal — diz rispidamente, escapando de meu abraço.

A porta da frente se abre.

— Jacob? — chamo, e vou encontrá-lo.

Por um momento, fico sem fala. Os olhos dele estão arregalados, o nariz, escorrendo. Ele levanta e abaixa as mãos ao lado do corpo, enquanto me empurra para a parede e sobe correndo para o quarto.

— Jacob!

A porta do quarto dele não tem fechadura; eu a tirei anos atrás. Empurro a porta e encontro Jacob dentro do armário, sob os tentáculos das mangas de camisa e das calças de moletom, balançando para frente e para trás e emitindo um som alto e agudo da garganta.

— O que aconteceu, meu querido? — digo, enquanto fico de quatro e entro no armário também. Eu o abraço com força e começo a cantar: — *I shot the sheriff... but I didn't shoot the deputy.*

As mãos de Jacob estão balançando com tanta força que ele me machuca.

— Fale comigo. Aconteceu alguma coisa com a Jess?

Ao som do nome dela, ele arqueia o corpo para trás como se tivesse sido atingido por um tiro. Começa a bater a cabeça na parede com tanta força que faz uma marca no estuque.

— Não faça assim — imploro, usando toda a minha força para puxá-lo para a frente e não deixar que se machuque.

Lidar com um surto autista é como lidar com um tornado. Quando se está perto o bastante para vê-lo chegando, não há nada mais a fazer a não ser enfrentar. Ao contrário de uma criança com um ataque de birra, Jacob não se importa se seu comportamento está provocando alguma reação em mim. Ele não toma cuidado para não se machucar. Não está fazendo isso para conseguir alguma coisa. Na verdade, ele não tem nenhum controle de si mesmo. E, ao contrário de quando ele tinha quatro ou cinco anos, não sou mais suficientemente forte para controlá-lo.

Levanto, apago todas as luzes, fecho as cortinas e ponho o CD de Bob Marley para tocar. Então, começo a tirar as roupas dos cabides e a empilhá-las sobre o corpo dele, o que, a princípio, o faz gritar ainda mais, mas depois, conforme o peso aumenta, passa a acalmá-lo. Quando ele finalmente adormece em meus braços, minha blusa e minhas meias estão rasgadas. O CD já tocou inteiro quatro vezes. O visor digital de seu despertador marca 20h35.

— O que desençadeou isso? — murmuro. Pode ter sido qualquer coisa: uma discussão com Jess, ou o fato de ele não ter gostado da disposição da cozinha em sua nova casa, ou a constatação tarde demais de que estava perdendo seu programa de TV favorito. Beijo a testa de Jacob. Então, com cuidado, eu me solto do nó de seus braços e o deixo enrolado no chão, com um travesseiro sob a cabeça. Eu o cubro com a colcha de retalhos com as cores do arco-íris que estava dobrada dentro do armário.

Com os músculos endurecidos, desço as escadas de novo. As luzes estão todas apagadas, exceto uma na cozinha.

Vamos sair para jantar comida chinesa hoje.

Mas isso foi antes de eu saber que seria sugada pelo buraco negro que Jacob pode se tornar a qualquer momento.

Há uma tigela de cereal matinal no balcão, com uma poça de leite de soja ainda no fundo. A caixa de cereal está ao lado dela, como uma acusação.

Ser mãe é uma tarefa de Sísifo. Você termina de fechar uma costura e outro rasgo aparece. Passei a acreditar que essa vida que estou vestindo nunca vai estar na medida exata.

Levo a tigela para a pia e engulo as lágrimas que descem pela minha garganta. *Ah, Theo, me desculpe.*

Mais uma vez.

CASO 3: ALARDEOU, TROÇOU, MIOU

Dennis Rader era um homem casado com dois filhos já crescidos, ex-líder dos escoteiros e presidente de sua igreja luterana. Também era — como trinta e um anos de investigações revelaram — o serial killer conhecido como ATM, abreviatura de Amarra, Tortura e Mata, seu método para assassinar dez pessoas na região de Wichita, Kansas, entre 1974 e 1991. Depois das mortes, cartas eram enviadas à polícia gabando-se dos assassinatos e oferecendo detalhes macabros. Depois de vinte e cinco anos de silêncio, cartas e pacotes reapareceram em 2004, reivindicando a responsabilidade por um assassinato do qual ele não havia sido suspeito. Foi feito um teste de DNA com uma amostra recolhida de baixo das unhas de uma vítima, e as autoridades coletaram mil e cem amostras de DNA, na tentativa de encontrar o serial killer.

Em uma das comunicações de ATM, um disquete de computador enviado pelo correio para a KSAS-TV, metadados do documento em Microsoft Word revelaram que o autor era alguém chamado Dennis, além de indicar uma ligação com a Igreja Luterana. Por meio de buscas na internet, a polícia conseguiu encontrar um suspeito: Dennis Rader. Depois de obter o DNA de sua filha e compará-lo com as amostras de DNA encontradas nas vítimas, a polícia conseguiu fazer uma correspondência familiar que lhe deu motivo suficiente para uma ordem de prisão. Ele foi sentenciado a prisão perpétua.

Portanto, para todos vocês que surfam pela internet procurando pornografia ou passam o tempo livre escrevendo manifestos anarquistas: cuidado. Você nunca pode se livrar de fato de algo que foi feito em seu computador.

Rich

Já enfrentei muitas situações angustiantes em meus vinte anos no trabalho: suicídios, criminosos em fuga depois de um assalto à mão armada, estupros nos quais as vítimas ficam traumatizadas demais para contar a história. Nada disso, porém, se compara a ter que trabalhar com um público composto de crianças de sete anos de idade.

— Pode mostrar sua arma outra vez? — uma criança pede.

— Acho melhor não — respondo, dando uma olhada para a professora, que já tinha me pedido para tirar o coldre e o revólver antes de entrar na classe para a palestra do Dia do Trabalho, o que tive que recusar porque, tecnicamente, estou em horário de trabalho.

— Você já atirou com ela?

Olho para o resto da classe por sobre a cabeça do menino obcecado por munições.

— Mais alguma pergunta?

Uma menininha levanta a mão. Eu a reconheço; pode ter ido a alguma das festas de aniversário de Sasha.

— Vocês sempre pegam os bandidos? — ela pergunta.

Não há como explicar para uma criança que a linha entre o bem e o mal não é tão nítida quanto um conto de fadas nos leva a acreditar; que uma pessoa comum pode se transformar em um vilão, sob certas circunstâncias; que, às vezes, nós, os matadores de dragões, fazemos coisas de que não nos orgulhamos.

Eu a olho nos olhos.

— Nós tentamos — respondo.

No bolso de minha calça, o telefone celular começa a vibrar. Eu o abro, vejo o número da delegacia e me levanto.

– Vou ter que encerrar por aqui... Então, mais uma vez: qual é a regra número um nas cenas de crimes?

A classe me responde em uníssono:

– Não toque em nada molhado se não for seu!

Quando a professora pede que todos agradeçam com aplausos, eu agacho ao lado da carteira de Sasha.

– O que acha? Eu te envergonhei demais?

– Você foi bem – diz ela.

– Não posso ficar para almoçar com você – desculpo-me. – Tenho que ir para a delegacia.

– Tudo bem, papai. – Sasha dá de ombros. – Já estou acostumada.

Que droga. O que me mata é decepcionar minha filha.

Eu a beijo no alto da cabeça e a professora me acompanha até a porta. Depois sigo direto para a delegacia e recebo um relato rápido do sargento que recebeu a queixa.

Mark Maguire, aluno de pós-graduação da UVM, está desmazeladamente sentado na sala de espera. Usa um boné de beisebol puxado baixo sobre a testa e balança a perna para cima e para baixo, em um movimento nervoso. Eu o observo por um segundo pela janela antes de ir encontrá-lo.

– Sr. Maguire? – digo. – Sou o detetive Matson. Como posso ajudá-lo?

Ele se levanta.

– Minha namorada está desaparecida.

– Desaparecida – repito.

– É. Liguei para ela ontem à noite e ninguém atendeu. E, hoje de manhã, fui à casa dela e não a encontrei lá.

– Quando você a viu pela última vez?

– Terça de manhã – responde Mark.

– Poderia ter acontecido alguma emergência? Ou algum compromisso que ela não lhe contou?

– Não. Ela nunca sai sem a bolsa, e a bolsa ainda está na casa... e o casaco dela também. Está muito frio lá fora. Por que ela teria saído sem o casaco? – A voz dele é tensa, preocupada.

— Vocês brigaram?

— Ela ficou meio brava comigo este fim de semana — ele admite. — Mas já conversamos sobre isso. Estamos bem de novo.

Sei, penso.

— Você tentou falar com algum amigo dela?

— Ninguém a viu. Nem os amigos nem os professores. E ela não é o tipo de pessoa que mata aulas.

Não costumamos abrir casos de pessoa desaparecida antes de se passarem trinta e seis horas, embora essa não seja uma regra rígida. A extensão das providências a serem tomadas é determinada pela situação da pessoa desaparecida: em perigo, ou em nenhum perigo aparente. E, no momento, há alguma coisa nesse rapaz — é só uma intuição — que me faz pensar que ele não está contando toda a história.

— Sr. Maguire — digo —, por que não saímos para dar uma volta?

Jess Ogilvy está se saindo muito bem para uma aluna de pós-graduação. Mora em um bairro fino cheio de casas de tijolos à vista e BMWs.

— Há quanto tempo ela mora aqui? — pergunto.

— Só uma semana. Ela está cuidando da casa de um de seus professores, que vai passar o semestre na Itália.

Estacionamos na rua e Maguire me conduz até a porta dos fundos, que não está trancada. Isso não é uma ocorrência incomum por aqui. Apesar de todas as minhas advertências de que é melhor prevenir do que remediar, muitas pessoas fazem a pressuposição incorreta de que crimes não podem acontecer e não acontecem nesta cidade.

Na entrada, há uma variedade de objetos: do casaco que deve pertencer à moça a uma bengala e um par de botas de homem. A cozinha está arrumada e há uma caneca na pia com um saquinho de chá dentro.

— Eu não toquei em nada — diz Maguire. — Isso tudo estava aqui quando cheguei esta manhã.

A correspondência está ordeiramente empilhada sobre a mesa. Há uma bolsa do lado, eu a abro e encontro uma carteira com duzentos e treze dólares dentro.

— Você deu falta de alguma coisa? — pergunto.

— Sim — diz Maguire. — Lá em cima. — Ele me leva até um quarto de hóspedes onde as gavetas de uma cômoda estão semiabertas, com roupas saindo para fora. — Ela é maníaca por organização — diz ele. — Nunca deixaria a cama desarrumada ou as roupas pelo chão desse jeito. E essa caixa com embalagem de presente... Tinha uma mochila dentro que desapareceu. Ainda estava com a etiqueta. A tia dela lhe deu de Natal e ela odiou.

Vou até o armário. Dentro há vários vestidos, além de algumas camisas masculinas e uma calça jeans.

— Isso é meu — Maguire diz.

— Você mora aqui também?

— Não oficialmente, até onde o professor sabe. Mas, sim, tenho ficado quase todas as noites. Pelo menos até ela me pôr para fora.

— Ela pôs você para fora?

— Eu disse, tivemos uma briga. Ela não quis falar comigo domingo à noite. Mas na segunda-feira a gente se acertou.

— Defina isso — digo.

— Nós fizemos sexo — Maguire responde.

— Consensual?

— Ei, cara, que tipo de pessoa você acha que eu sou? — Ele parece sinceramente ofendido.

— E a maquiagem dela? Os produtos de higiene?

— Está faltando a escova de dentes — Maguire diz. — Mas a maquiagem está aqui. Olha, você não devia chamar reforço ou algo assim? Ou emitir um alerta de desaparecimento?

Eu o ignoro.

— Você já tentou entrar em contato com os pais dela? Onde eles moram?

— Já liguei para eles. Estão em Bennington e não tiveram notícias dela. E agora estão em pânico também.

Que ótimo, penso.

— Ela já desapareceu assim antes?

— Não sei. Estou saindo com ela faz só alguns meses.

— Escute — digo —, se você ficar por aqui, ela provavelmente vai ligar ou simplesmente voltar para casa. Está me parecendo que ela só precisava de um tempo para esfriar a cabeça.

— Você deve estar brincando — diz Maguire. — Se ela tivesse feito isso de propósito, por que ia esquecer a carteira, mas lembrar do celular? Por que usaria uma mochila que ela mal podia esperar para ir trocar na loja?

— Não sei. Para despistar você, talvez?

Os olhos de Maguire faíscam e percebo o momento em que ele vai pular em cima de mim. Eu o domino com um movimento rápido e seguro seu braço nas costas.

— Cuidado — murmuro. — Eu poderia prender você por isso.

Sinto Maguire ficar tenso.

— Minha namorada desapareceu. Eu pago o seu salário e você não vai nem investigar?

Tecnicamente, se Maguire é estudante, ele não paga meu salário, mas não vou discutir esse ponto.

— Tudo bem — digo, soltando-o. — Vou dar mais uma olhada por aí.

Entro no quarto principal, mas, claramente, Jess Ogilvy não tem dormido aqui; está tudo intocado. O banheiro principal revela toalhas ligeiramente molhadas, mas o piso do chuveiro já está seco. No andar inferior, não há nenhum sinal de desordem na sala de estar. Dou a volta por fora da casa e verifico a caixa de correio. Dentro dela há um bilhete, impresso por computador, pedindo ao carteiro que guarde a correspondência até receber novo aviso.

Quem digita um bilhete para o carteiro?

Visto um par de luvas e coloco o bilhete em um saco plástico de evidências. Vou pedir que o laboratório faça um teste de ninidrina em busca de impressões digitais.

Nesse momento, meu palpite é que, se elas não forem de Jess Ogilvy, serão de Mark Maguire.

Emma

Não sei o que esperar quando entro no quarto de Jacob na manhã seguinte. Ele dormiu a noite toda — eu chequei de hora em hora —, mas sei, por experiências passadas, que ele não será expressivo até que esses neurotransmissores parem de correr sem controle por sua corrente sanguínea.

Liguei para Jess duas vezes, em seu celular e no fixo da nova residência, mas só obtive caixa postal. Mandei um e-mail para ela, pedindo que me contasse o que aconteceu na sessão de ontem, se houve algo fora do habitual. Mas, enquanto não recebo alguma notícia dela, tenho que lidar com Jacob.

Quando espio, às seis horas da manhã, ele não está mais dormindo. Está sentado na cama com as mãos no colo, olhando fixo para a parede em frente.

— Jacob? — digo, hesitante. — Querido? — Chego mais perto e o sacudo com delicadeza.

Jacob continua olhando fixamente para a parede, em silêncio. Balanço a mão diante de seu rosto, mas ele não reage.

— Jacob! — Seguro seus ombros e o sacudo. Ele cai para o lado e fica imóvel, na posição em que caiu.

O pânico começa a subir pela minha garganta.

— Fale comigo — peço. Penso em catatonia. Penso em esquizofrenia. Penso em todos os lugares perdidos para onde Jacob poderia deslizar em sua própria mente e não voltar mais.

Subo na cama com uma perna de cada lado de seu grande corpo e bato-lhe no rosto com força suficiente para deixar a marca vermelha de meus dedos ali, mas ainda assim ele não reage.

— Não — digo, começando a chorar. — Não faça isso comigo.

Ouço uma voz na porta.

— O que aconteceu? — Theo pergunta, com a expressão ainda confusa de sono e o cabelo levantado como espinhos de ouriço.

Nesse instante, percebo que Theo talvez possa ser meu salvador.

— Diga alguma coisa que possa irritar seu irmão — ordeno.

Ele me olha como se eu estivesse louca.

— Tem algo errado com ele — explico, minha voz falhando. — Só quero que ele volte. Eu *preciso* fazê-lo voltar.

Theo olha para o corpo largado de Jacob, seus olhos vazios, e percebo que fica apavorado.

— Mas...

— Faça isso, Theo — digo.

Acho que é o tremor em minha voz, e não a ordem, que o faz concordar. Hesitante, Theo se inclina para perto de Jacob.

— Acorde!

— Theo — suspiro. Nós dois sabemos que ele está se controlando.

— Você vai chegar atrasado na escola — ele diz.

Observo atentamente, mas não há sinal de entendimento nos olhos de Jacob.

— Vou entrar no banho primeiro — Theo acrescenta. — E depois vou misturar todas as roupas no seu armário.

Como Jacob continua em silêncio, a raiva que Theo costuma manter escondida o arrebata como um tsunami.

— Seu maluco! — ele grita, tão alto que os cabelos de Jacob se agitam com a força de sua respiração. — Maldito maluco idiota!

Jacob nem pisca.

— Por que você não pode ser normal? — Theo grita, batendo no peito do irmão. Ele bate de novo, mais forte desta vez. — Só quero que você seja normal! — ele continua a gritar, e percebo as lágrimas descendo pelo seu rosto. Por um momento, ficamos presos naquele inferno, com Jacob inerte entre nós.

— Pegue o telefone — digo, e Theo sai correndo pela porta.

Quando desabo ao lado de Jacob, o peso de seu corpo oscila sobre mim. Theo reaparece com o telefone e ligo para o pager da psiquiatra de Jacob, dra. Murano. Ela retorna a ligação em trinta segundos, com a voz ainda rouca de sono.

— Emma — diz ela. — O que foi?

Explico o surto de Jacob na noite passada e sua catatonia esta manhã.

— E você não sabe o que desencadeou isso? — ela pergunta.

— Não. Ele teve uma sessão com a instrutora de habilidades sociais ontem. — Olho para Jacob, e ele tem uma linha de saliva escorrendo pelo canto da boca. — Telefonei para ela, mas ainda não tive retorno da ligação.

— Ele parece estar com alguma dor física?

Não, penso. *Essa seria eu.*

— Não sei... Acho que não.

— Está respirando?

— Sim.

— Ele sabe quem você é?

— Não — admito, e isso é o que realmente me apavora. Se ele não sabe quem eu sou, como posso ajudá-lo a lembrar quem *ele* é?

— Confira os batimentos cardíacos e a respiração.

Largo o telefone, olho para o relógio de pulso e faço uma contagem.

— Noventa de pulsação e vinte de frequência respiratória.

— Emma — a médica diz —, estou a uma hora de distância. Acho que você precisa levar o Jacob ao pronto-socorro.

Eu sei o que vai acontecer nesse caso. Se Jacob não conseguir acordar, será internado na ala psiquiátrica do hospital.

Desligo e ajoelho na frente de Jacob.

— Meu querido, só me dê um sinal. Só me mostre que está aí.

Jacob nem pisca.

Enxugando os olhos, vou para o quarto de Theo. Ele se entrincheirou lá dentro. Tenho que bater forte na porta para que ele me ouça por sobre as batidas da música. Quando ele finalmente abre, está com os olhos vermelhos e a boca tensa.

— Preciso de ajuda para carregar seu irmão — digo simplesmente, e desta vez Theo não reclama. Juntos, tentamos puxar o grande corpo de Jacob para fora da cama, para o andar de baixo e para o carro. Eu pego os braços; Theo segura as pernas. Arrastamos, empurramos, puxamos. Quando chegamos à porta de entrada, estou molhada de suor e as pernas de Theo estão machucadas das duas vezes em que ele tropeçou sob o peso de Jacob.

— Vou abrir a porta do carro — Theo diz, e corre pela frente da casa, com as meias rangendo levemente na neve.

Juntos, conseguimos pôr Jacob no carro. Ele não faz nenhum barulho, nem quando seus pés descalços tocam o chão gelado. Nós o colocamos no banco de trás, a cabeça primeiro, e então faço força para levantá-lo até que fique sentado, e praticamente subo em seu colo para prender o cinto de segurança. Com a cabeça pressionada no peito de Jacob, ouço o clique do fecho de metal.

— *Aquiiiiiii está Johnny.*

As palavras não são dele. São de Jack Nicholson, em *O iluminado.* Mas a voz é dele, sua voz bela, instável e áspera.

— Jacob? — Seguro o rosto dele entre as mãos.

Ele não está olhando para mim, mas, enfim, ele nunca olha para mim.

— Mãe — diz Jacob —, meus pés estão muito frios.

Começo a chorar e o abraço com força.

— Ah, meu amor. Vamos cuidar disso agora mesmo.

Jacob

É para aqui que eu vou, quando vou:

Um quarto sem janelas e sem portas, e com paredes finas o bastante para eu poder ver e ouvir tudo, mas muito grossas para quebrar.

Estou lá, mas não estou lá.

Estou batendo para me tirarem de lá, mas ninguém me escuta.

É para aqui que eu vou, quando vou:

Para um país em que o rosto de todo mundo parece diferente do meu, e a língua é o ato de não falar, e o barulho está por toda parte no ar que respiramos. Estou tentando fazer como os romanos fazem em Roma; estou tentando me comunicar, mas ninguém se preocupou em me contar que essas pessoas não podem ouvir.

É para aqui que eu vou, quando vou:

Um lugar completamente, indescritivelmente laranja.

É para aqui que eu vou, quando vou:

Para o lugar em que meu corpo se torna um piano, só de teclas pretas, os sustenidos e os bemóis, quando todo mundo sabe que, para tocar uma música que as outras pessoas queiram ouvir, precisamos de algumas teclas brancas.

É por isso que eu volto:

Para encontrar essas teclas brancas.

Não estou exagerando quando digo que minha mãe está olhando fixamente para mim há quinze minutos.

— Você não tem alguma outra coisa para fazer? — pergunto, por fim.

— É, tem razão — diz ela, mas não vai embora.

— Mãe — eu gemo. — Tem que existir algo mais fascinante do que ficar me vendo comer. — Como ver a tinta secar, por exemplo. Ou ficar olhando o ciclo da máquina de lavar roupa.

Sei que dei um baita susto nela hoje, por causa do que aconteceu esta manhã. Isso é evidente em (a) sua incapacidade de sair do meu lado por mais de três segundos, e (b) sua disposição de fazer batatas fritas no café da manhã. Ela até obrigou o Theo a pegar o ônibus hoje, em vez de levá-lo de carro como sempre, porque não queria me deixar em casa sozinho. E também decidiu que eu faltaria na aula por motivo de saúde.

Francamente, não entendo por que ela está tão aflita, se fui eu que fiquei desaparecido.

Francamente, eu me pergunto quem foi Franca e por que ela tem um advérbio só para si.

— Vou tomar banho — anuncio. — Você vem junto?

Isso, finalmente, dá uma sacudida nela.

— Tem certeza que está se sentindo bem?

— Tenho.

— Vou voltar para dar uma olhada em você daqui a pouco, então.

Assim que ela sai, coloco o prato de batatas fritas na mesinha de cabeceira. Vou mesmo tomar banho; só tenho algo a fazer primeiro.

Tenho minha própria câmara de vaporização. Já foi o lar do meu peixinho, Arlo, antes de ele morrer. O aquário agora está em cima da minha cômoda, virado de boca para baixo. Dentro dele, há um aquecedor de xícaras de café. Eu costumava usar uma espiriteira, mas minha mãe não gostava muito da ideia do fogo (mesmo queimando bem baixo) em meu quarto, então mudei para o aquecedor elétrico. Sobre ele, coloco um barquinho feito de papel-alumínio e espremo dentro uma gota de supercola do tamanho de uma moedinha pequena. Pego a caneca de chocolate quente (sem lactose, claro) que minha mãe me trouxe e a coloco na câmara também. Ela dará umidade ao ar, mas não vou mais querer beber depois da vaporização, quando tiver espuma branca flutuando na superfície. Por fim, ponho dentro da câmara o copo que contém uma amostra conhecida — minha impressão digital de teste — para ter certeza de que tudo está funcionando.

Só falta uma coisa, mas isso faz meu estômago se apertar.

Tenho que me forçar para procurar nas roupas que estava usando ontem o objeto que quero vaporizar, o que eu trouxe da casa dela. E isso, claro, me faz pensar em tudo o mais, o que significa que os cantos de minha mente começam a ficar escuros.

Preciso trabalhar para não ser sugado para aquele buraco outra vez.

Mesmo através da luva de látex que estou usando, posso sentir como é frio o metal. Como tudo era frio ontem à noite.

No chuveiro, eu me esfrego com toda força, até a pele ficar muito vermelha e os olhos arderem de olhar para o fluxo de água. Lembro de tudo.

Mesmo não querendo.

Uma vez, quando eu estava no terceiro ano, um menino fez piada com o meu jeito de falar. Eu não entendia por que aquela imitação de mim, com as palavras soando planas como panquecas, seria engraçada para alguém. Não entendia por que ele ficava toda hora dizendo coisas como *Leve-me até seu líder.* Só sabia que ele ficava me seguindo pelo playground e, para todo lugar onde eu ia, as pessoas riam de mim.

– Qual é o seu problema? – perguntei por fim, virando e o encontrando grudado nas minhas costas.

– *Qual é o seu problema?* – ele imitou.

– Eu gostaria muito que você encontrasse outra coisa para fazer – eu disse.

– *Eu gostaria muito que você encontrasse outra coisa para fazer.*

E, antes que eu tivesse noção do que estava planejando, meus dedos se fecharam e eu o soquei bem no meio da cara.

O sangue se espalhou para todo lado. Não gostei de ter o sangue dele em minha mão. Não gostei de tê-lo em minha blusa, que deveria ser amarela.

O menino caiu desmaiado, e eu fui levado para a diretoria e suspenso por uma semana.

Não gosto de falar sobre esse dia, porque me faz sentir como se eu estivesse cheio de vidro quebrado.

Nunca pensei que fosse ver tanto sangue outra vez em minhas mãos, mas estava enganado.

Só leva dez minutos para o cianoacrilato – a supercola – funcionar adequadamente. Os monômeros em seus vapores polimerizam na presença de água, aminas, amidas, hidroxila e ácido carboxílico, todos eles presentes na gordura deixada por impressões digitais. Eles se ligam a essas gorduras, criando uma imagem latente, que pode ficar mais visível com a aplicação de pó. Então, a imagem pode ser fotografada, redimensionada e comparada com a amostra conhecida.

Ouço uma batida à porta.

— Tudo bem aí?

— Não, estou me enforcando em um varão do armário — digo.

Isso não é verdade.

— Não tem graça, Jacob — minha mãe responde.

— Tudo bem, estou me vestindo.

Isso não é verdade também. Estou de cueca e camiseta neste momento.

— Certo — diz ela. — Chame quando tiver acabado.

Espero até os passos dela sumirem no fim do corredor e, então, removo o copo de dentro do aquário. Como esperado, há várias impressões nele. Aplico um pó de duplo objetivo, que tem contraste tanto para superfícies brancas como pretas. Em seguida, aplico pó nas impressões do segundo objeto também.

Eu as fotografo de perto com a câmera digital que ganhei de Natal dois anos atrás e carrego as imagens em meu computador. É sempre uma boa ideia fotografar as impressões latentes antes de coletá-las, como uma precaução para o caso de elas serem destruídas durante o processo. Mais tarde, no Adobe Photoshop, posso inverter as cores das cristas e redimensionar as impressões. Posso começar uma análise.

Cubro a impressão cuidadosamente com fita adesiva para preservá-la, com a intenção de esconder o que trouxe da casa dela em um lugar onde ninguém jamais vai encontrar.

Minha mãe, nessa altura, está cansada de esperar e abre a porta.

— Jacob, vista a calça!

Ela põe a mão na frente dos olhos, mas entra em meu quarto mesmo assim.

— Ninguém disse para você entrar — falo.

Ela cheira.

— Você usou supercola outra vez, não é? Eu já lhe disse que não quero que faça vaporização enquanto estiver dentro do quarto. Isso não deve fazer bem. — Ela faz uma pausa. — Por outro lado, se você estava fazendo vaporização, deve estar se sentindo melhor.

Não digo nada.

— É seu chocolate quente ali dentro?

— É — respondo.

Ela sacode a cabeça.

— Vamos descer — minha mãe suspira. — Vou preparar outro para você.

Eis alguns fatos sobre ciência forense:

1. A ciência forense é definida como os métodos e técnicas científicos usados no processo de detecção em um crime.
2. A palavra *forense* vem do latim *forensis*, que significa "diante do fórum". Nos tempos romanos, uma acusação criminal era apresentada na frente de um grupo público no fórum. O acusado e a vítima davam testemunho e aquele com o melhor argumento vencia.
3. O primeiro relato escrito de ciência forense para resolver casos foi durante a dinastia Song na China, em 1248. Depois que uma pessoa foi morta com uma foice, um investigador mandou que todos trouxessem suas foices a um lugar específico e, quando as moscas foram atraídas para uma delas por causa do cheiro de sangue, o assassino confessou.
4. A ocorrência mais antiga de uso de impressões digitais para determinar identidade foi no século VII, quando as digitais de um devedor foram anexadas a uma conta como prova da dívida a ser paga ao emprestador.
5. A ciência forense é muito mais facilmente utilizada quando não se está pessoalmente envolvido.

As pontas dos dedos, as palmas das mãos e as solas dos pés não são lisas. A pele tem cristas de fricção, séries de linhas com contornos e formas, como um mapa topográfico. Ao longo dessas linhas há poros e, se eles ficarem contaminados com suor, tinta, sangue ou sujeira, deixarão uma reprodução das linhas no objeto que tiverem tocado. Ou, em termos menos complicados, uma impressão digital.

Se a impressão puder ser vista, ela pode ser fotografada. Se puder ser fotografada, pode ser preservada e comparada com uma amostra conhecida. Essa é uma arte tanto quanto uma ciência: como eu não tenho um terminal de impressões digitais AFIS em minha casa para escanear a impressão latente e encontrar cinquenta candidatos com similaridades correspondentes, preciso me basear no olho nu. A meta é encontrar de dez a doze similaridades entre a amostra conhecida e a impressão latente. Isso é o que a maioria dos examinadores concluiria ser uma correspondência.

Na tela de meu computador, exibo as imagens das duas impressões digitais. Coloco o cursor no núcleo, a parte mais central da impressão. Observo um delta — uma pequena formação triangular à esquerda do núcleo. Noto as cristas finais e bifurcações e um verticilo circular. Uma bifurcação, depois duas cristas, e outra bifurcação para baixo.

Exatamente como eu tinha imaginado. É uma correspondência.

Isso me faz ter vontade de vomitar, mas engulo e me forço a fazer o que precisa ser feito.

Como ontem.

Sacudo a cabeça para clarear as ideias, pego um pequeno pote plástico que tirei da cozinha e coloco a evidência dentro. Então procuro em meu armário até encontrar a Pata Jemima. Ela é um bichinho de pelúcia que dormia comigo quando eu era pequeno e, como é branca, fica guardada no alto, em uma prateleira acima do resto de minhas roupas que têm pigmentação de fato. Eu a ponho de cara para baixo no meu colo e, usando um estilete, faço uma incisão no lugar onde ela poderia ter tido um coração.

O pote plástico tem que ser espremido lá dentro, e isso faz Jemima parecer ter uma caixa torácica esquisita, mas dá certo. Eu a suturo com a mesma linha que usei na semana passada para remendar um buraco em minha meia. Não sou muito bom nisso, eu me pico quase a cada ponto, mas consigo fazer o serviço.

Em seguida, pego um caderno e começo a escrever.

Quando termino, deito em minha cama. Gostaria de estar na escola. É mais difícil quando não estou trabalhando em alguma coisa.

— *I shot the sheriff* — murmuro. — *But I swear it was in self-defense.*

Muitas vezes pensei em como uma pessoa poderia cometer o crime perfeito.

Todos sempre falam da proverbial estaca de gelo — depois de golpear alguém, a arma do crime derreterá —, mas é um tiro no escuro supor que (a) você vai conseguir segurar essa estaca de gelo tempo suficiente para produzir um ferimento, e (b) ela não vai quebrar quando atingir a pele, antes de perfurá-la. Mescalina salpicada na salada da vítima seria mais sutil: o pó marrom ficaria praticamente indistinguível misturado com molho vinagrete, e o sabor amargo ficaria disfarçado, especialmente se houvesse chicória ou rúcula na mistura. Mas e se você só fizesse sua vítima ter uma bad trip em vez de morrer? Além disso, onde conseguiria a droga? Poderia levar alguém para velejar e empurrá-lo do barco, de preferência depois de embriagá-lo, e dizer que ele caiu acidentalmente, mas seria preciso ter um barco. Uma mistura de Vicodin e álcool reduziria os batimentos cardíacos excessivamente, mas a vítima teria que ser muito baladeira para um detetive não achar isso suspeito. Ouvi de pessoas que tentam queimar uma casa depois de cometer assassinato, mas é algo que nunca funciona de fato. Os investigadores de incêndios criminosos conseguem determinar onde um incêndio começou. Além disso, um corpo precisa estar queimado sem chance de reconhecimento, inclusive dentário, para não apontar um dedo para você. Eu também não recomendaria nada que deixe sangue. Faz muita sujeira; você precisaria de litros de água sanitária para limpá-lo e sempre pode ficar alguma gota para trás.

O quebra-cabeça do crime perfeito é complicado, porque se safar de um assassinato tem muito pouco a ver com o mecanismo da morte e tudo a ver com o que você faz antes e depois. A única maneira de realmente encobrir um crime é não contar para ninguém. Nem para sua esposa, nem para sua mãe, nem para um padre. E, claro, você tem que ter matado o tipo certo de pessoa — alguém que não vá ser procurado. Alguém que ninguém queira ver outra vez.

Theo

Uma vez, uma menina veio até mim na cantina e me perguntou se eu queria ir ao Acampamento de Jesus. *Você será salvo*, ela me disse, e, cara, fiquei tentado a ir. Quer dizer, está bem claro para mim já há algum tempo que vou para o inferno, por causa de todos os pensamentos secretos que eu não deveria ter sobre Jacob.

A gente sempre lê esses livros sobre garotos que têm irmãos autistas e que estão constantemente cuidando deles, que os amam até a morte, que sabem lidar com seus surtos melhor que os adultos. Bom, eu não sou uma dessas pessoas. É verdade que, quando Jacob costumava sair andando a esmo e se perder, eu sentia um frio no estômago, mas não era por estar preocupado com ele. Era porque eu tinha que ser um irmão muito ruim para estar pensando o que eu pensava: *Quem sabe ele nunca seja encontrado e eu possa seguir com a minha vida.*

Eu às vezes sonhava que meu irmão era normal. Sabe como é, que nós podíamos brigar por causa de coisas comuns, como de quem é a vez de usar o controle remoto da televisão, ou quem ia sentar no banco da frente no carro. Mas nunca tive permissão para brigar com Jacob. Nem quando eu me esquecia de trancar a porta do meu quarto e ele entrava e roubava meus CDs para algum projeto forense; nem quando éramos pequenos e ele andava em volta da mesa na *minha* festa de aniversário comendo bolo do prato dos meus amigos. Minha mãe dizia que era uma regra da casa e a explicava assim: *Jacob é diferente de nós.* Dá para acreditar? E, a propósito, desde quando ser diferente lhe garante um passe livre na vida?

O problema é que a diferença de Jacob não se restringe a Jacob. É como naquela vez em que saiu tinta da blusa vermelha de minha mãe na máquina de lavar e todas as minhas roupas ficaram cor-de-rosa: o Asperger de meu irmão fez com que *eu* ficasse diferente também. Eu nunca podia trazer amigos em casa — e se Jacob tivesse um surto? Se eu achava estranho ver meu irmão fazendo xixi no aquecedor para observar o vapor subindo, o que alguém da escola iria pensar? Sem dúvida que eu também era um maluco, por associação.

Confissão da verdade número um: quando estou andando por um corredor na escola e vejo Jacob do outro lado, desvio do caminho intencionalmente para evitá-lo.

Confissão da verdade número dois: uma vez, quando um bando de meninos de outra escola começou a zoar Jacob enquanto ele tentava jogar beisebol — e era mesmo a coisa mais bizarra do universo —, fingi que não o conhecia e ri junto com eles.

Confissão da verdade número três: eu realmente acredito que isso tudo é pior para mim do que para Jacob, porque ele, na maior parte do tempo, nem se dá conta de que as pessoas não querem nada com ele; mas eu estou cem por cento consciente de que todos estão olhando para mim e pensando: *Ah, é o irmão daquele menino esquisito.*

Confissão da verdade número quatro: eu não fico normalmente pensando em ter filhos, mas, quando isso acontece, me dá um puta medo. E se meu filho acabar sendo como Jacob? Já passei minha infância inteira lidando com autismo; não sei se consigo lidar com isso pelo resto da vida.

Toda vez que penso em uma dessas coisas, me sinto um lixo. Na verdade, eu sou bem inútil: não sou pai de Jacob nem um de seus professores. Só estou aqui como uma referência, para que minha mãe possa olhar de Jacob para mim e medir a distância entre um garoto com síndrome de Asperger e outro considerado normal.

Quando aquela menina me convidou para ir ao Acampamento de Jesus, eu perguntei a ela se Jesus ia estar lá. Ela pareceu confusa e disse que não.

— Bom — respondi —, isso não é mais ou menos como ir para um acampamento de hóquei e não jogar hóquei?

Enquanto eu me afastava, a menina disse que Jesus me amava.

— Como você sabe? — perguntei.

Uma vez, depois de Jacob ter entrado no meu quarto com a fúria de uma tempestade tropical e destruído a maior parte das coisas que eram importantes para mim, minha mãe veio se compadecer.

— No fundo, ele ama você — ela disse.

— Como você sabe? — perguntei.

— Eu não sei — ela admitiu. — Mas é nisso que preciso acreditar para seguir em frente.

Procurei na minha jaqueta, nas calças. Vasculhei a entrada da casa, mas não consigo encontrar o iPod. Isso significa que o perdi em algum lugar entre aqui e a casa dela.

E se ela souber que eu tentei pegá-lo?

E se contar para alguém?

Quando chego em casa da escola, a vida está de volta ao normal. Minha mãe está escrevendo em seu laptop na mesa da cozinha e Jacob está no quarto com a porta fechada. Preparo macarrão instantâneo e como no meu quarto, com Coldplay tocando no máximo enquanto faço a lição de francês.

Minha mãe vive me dizendo que não posso ouvir música enquanto faço a lição de casa. Uma vez, ela entrou de repente e me acusou de não fazer meu trabalho de inglês quando era exatamente isso que eu tinha estado fazendo. *E como pode sair alguma coisa boa*, disse ela, *se você não se concentra?*

Eu falei para ela sentar e ler o maldito trabalho no meu computador.

Ela leu e calou a boca rapidinho. Tirei um A naquele projeto, pelo que me lembro.

Acho que, por alguma razão, o pool de genes em nossa família se misturou todo e, como resultado, Jacob só consegue focar uma coisa, uma obsessão extrema, enquanto eu posso fazer dezesseis mil coisas ao mesmo tempo.

Quando termino a lição de casa, ainda estou com fome, então desço as escadas. Minha mãe não está em nenhum lugar à vista, e não tem nenhuma droga de comida em casa, só para variar, mas vejo Jacob sentado na sala de estar. Olho para o relógio, mas nem precisava: se são quatro e meia em nossa casa, só pode ser *CrimeBusters*.

Hesito na porta, vendo-o debruçado sobre seus cadernos. Metade de mim está decidida a escapar sem ser visto por Jacob, mas a outra metade lembra como ele estava esta manhã. Apesar de tudo o que eu disse sobre querer que ele nunca tivesse nascido, vê-lo daquele jeito — meio como se a luz tivesse sumido de dentro dele — me fez sentir como se estivesse levando socos no estômago.

E se eu tivesse nascido primeiro e fosse eu que acabasse com Asperger? Ele também estaria aqui parado, desejando que eu não o notasse?

Antes mesmo de eu ter a chance de me sentir culpado, Jacob começa a falar. Ele não olha para mim — ele nunca olha — mas isso provavelmente significa que todos os seus outros sentidos estão mais aguçados.

— É o episódio vinte e dois hoje — ele diz, como se estivéssemos no meio de uma conversa. — É antigo, mas é bom.

— Quantas vezes você já viu esse? — pergunto.

Ele dá uma olhada no caderno.

— Trinta e oito.

Não sou muito fã de *CrimeBusters*. Para começar, acho as atuações ruins. Em segundo lugar, esse deve ser o laboratório forense mais rico de todos os tempos, com toda aquela parafernália. Algo me diz que a câmara de vaporização do laboratório estadual em Vermont é bem mais parecida com o velho aquário de peixes remendado com fita adesiva de Jacob do que com a versão de *CrimeBusters*, que é toda incrementada com luzes neon azuis e muito material cromado. Além disso, os investigadores parecem passar muito mais tempo decidindo quem vai para a cama com quem do que resolvendo crimes.

Mesmo assim, sento ao lado de meu irmão no sofá. Há um bom palmo de espaço entre nós, porque Jacob não gosta da ideia de ser tocado. Sei que não devo falar no meio do programa, por isso, limito meus comentários aos momentos dos comerciais de remédios para disfunção erétil e produtos de limpeza.

O enredo envolve uma garota que foi encontrada morta depois de um acidente em que o motorista fugiu sem prestar socorro. Há uma mancha de tinta em sua motocicleta, então a policial sexy leva a amostra ao laboratório. Enquanto isso, o cara que faz as autópsias encontra um hematoma no corpo da moça que parece uma impressão digital. O policial velho mal-humorado a fotografa, leva ao laboratório e encontra uma correspondência: um funcionário público aposentado, que está bebendo suco de ameixa quando Mal-Humorado e Sexy chegam. Os policiais perguntam se ele sofreu algum acidente de carro ultimamente e ele diz que seu carro foi roubado. Infelizmente para ele, os policiais o encontram estacionado na garagem ao lado da casa. Pego em flagrante, ele admite que estava dirigindo e que apertou o acelerador em vez do freio. Porém, quando Sexy examina o carro, percebe que o banco do motorista está posicionado muito para trás para a altura do velho funcionário público e que o som estéreo está sintonizado em hip-hop. Sexy pergunta se mais alguém dirige o carro do vovô bem no momento em que um garoto adolescente entra. Vovô admite que, depois de atingir a garota na moto, ele bateu a cabeça, então seu neto o levou para casa. Nem é preciso dizer que ninguém acredita, mas é a palavra dele contra a dos policiais, até que Mal-Humorado encontra um fragmento de dente preso no volante, que combina com o do neto. O garoto é preso e seu avô é libertado.

Durante todo o tempo em que estou assistindo a isso, Jacob escreve em seus cadernos. Ele tem prateleiras cheias deles, todos preenchidos com cenários de crimes que apareceram nessa série de TV.

— O que você escreve aí? — pergunto.

Jacob dá de ombros.

— As evidências. Então tento deduzir o que vai acontecer.

— Mas você já viu esse trinta e oito vezes — digo. — Já sabe como vai acabar.

A caneta de Jacob continua correndo pela página.

— Mas talvez acabe diferente desta vez — diz ele. — Talvez hoje o garoto não seja pego.

Rich

Na quinta-feira de manhã, meu telefone toca.

— Matson — atendo.

— Os CDs estão em ordem alfabética.

Franzo a testa ao ouvir a voz desconhecida. Parece uma espécie de senha. *Os CDs estão em ordem alfabética. E o pássaro azul usa meias arrastão.* E isso libera a entrada no santuário sagrado.

— O quê? — pergunto.

— A pessoa que levou a Jess ficou tempo suficiente para pôr os CDs em ordem alfabética.

Agora reconheço a voz. Mark Maguire.

— Imagino que a sua namorada ainda não tenha aparecido — digo.

— Eu estaria ligando se ela tivesse voltado?

Pigarreio.

— Me conte o que você encontrou.

— Deixei cair umas moedas no tapete hoje de manhã e, quando abaixei para pegar, vi que o móvel tipo torre onde ficam os CDs tinha sido movido de lugar. Tinha uma marca mais funda no tapete, entende?

— Certo.

— Esses professores aqui têm centenas de CDs. E eles ficam nessa torre de quatro lados que gira. Então eu vi que todos os *Ws* estavam organizados juntos. Richard Wagner, Dionne Warwick, Dinah Washington, The Who, John Williams, Mary Lou Williams. E depois Lester Young, Johann Zumsteeg...

— Eles ouvem The Who?

— Olhei os quatro lados. E absolutamente todos os CDs estão em ordem.

— É possível que eles já estivessem assim e você não tenha notado? — pergunto.

— Não, porque no último fim de semana, quando eu e a Jess estávamos procurando uma música decente para ouvir, com certeza não estavam desse jeito.

— Sr. Maguire — digo —, ligo de volta daqui a pouco.

— Ei, espere aí, agora já faz dois dias...

Desligo e massageio o dorso do nariz. Em seguida ligo para o laboratório estadual e falo com Iris, uma perita criminal com jeito de vovó e uma quedinha por mim que eu aproveito quando preciso que alguma prova seja processada depressa.

— Iris — digo —, como vai a garota mais bonita do laboratório?

— Eu sou a única garota do laboratório — ela ri. — Está ligando por causa do bilhete na caixa de correio?

— Sim.

— Totalmente limpo. Nenhuma digital.

Agradeço a ela e desligo. Imagino que um criminoso que coloque CDs em ordem alfabética seja inteligente o bastante para usar luvas ao deixar um bilhete. Provavelmente também não conseguiremos digitais no teclado do computador.

Por outro lado, os temperos talvez estejam organizados por região de origem.

Se Mark Maguire estiver envolvido no desaparecimento da namorada e quiser nos encaminhar para um perfil do criminoso muito diferente, ele poderia colocar os CDs em ordem alfabética: a coisa menos provável que eu esperaria de Mark Maguire.

O que também poderia explicar por que ele levou mais vinte e quatro horas para fazer isso.

Seja como for, vou dar uma olhada nesses CDs pessoalmente. E no conteúdo da bolsa de Jess Ogilvy. E em qualquer outra coisa que possa indicar onde ela está e por quê.

Levanto, pego meu casaco e estou passando pelo controle para avisar para onde vou quando um dos policiais de plantão puxa minha manga.

— Este é o detetive Matson — diz ele.

— Ótimo — o outro homem troveja. — Agora sei quem devo mandar o chefe pôr na rua.

Atrás dele, uma mulher chorosa torce as alças de couro da bolsa.

— Desculpe — digo, sorrindo educadamente. — Acho que não ouvi seu nome.

— Claude Ogilvy — ele responde. — *Senador* Claude Ogilvy.

— Senador, estamos fazendo todo o possível para encontrar sua filha.

— Acho difícil acreditar nisso — diz ele — se o senhor nem sequer designou alguém do departamento para investigar o caso.

— Na verdade, senador, eu estava justamente de saída para a casa da sua filha.

— E imagino, claro, que esteja indo se encontrar com o resto da força policial lá. Porque certamente não quero descobrir que dois dias inteiros se passaram sem que esse departamento de polícia tenha levado o desaparecimento da minha filha a sério...

Eu o interrompo no meio da frase, segurando-o pelo braço e conduzindo-o para minha sala.

— Com o devido respeito, senador, prefiro que o senhor não me diga como fazer meu próprio trabalho...

— Pois eu vou dizer o que quiser, *na hora* que quiser, até que a minha filha seja trazida de volta em segurança!

Eu o ignoro e ofereço uma cadeira para sua esposa.

— Sra. Ogilvy — digo —, a Jess tentou fazer algum contato?

Ela sacode a cabeça negativamente.

— E eu não consigo ligar para ela. A caixa postal está cheia.

O senador balança a cabeça.

— Isso é porque aquele idiota do Maguire não para de deixar mensagens...

— Ela já fugiu de casa antes? — pergunto.

— Não, ela nunca faria isso.

— Ela tem estado ansiosa ultimamente? Preocupada com alguma coisa?

A sra. Ogilvy sacode a cabeça.

— Ela estava tão entusiasmada com a mudança para aquela casa... Dizia que era tão melhor que o alojamento...

— E o relacionamento dela com o namorado?

O senador fica em perfeito e pétreo silêncio. Sua esposa lhe lança um olhar rápido.

— O amor não tem explicação — diz ela.

— Se ele a machucou — Ogilvy murmura —, se ele encostou um dedo nela...

— Se for o caso, vamos descobrir e cuidar disso — interrompo calmamente. — A prioridade agora é localizar a Jess.

A sra. Ogilvy se inclina para a frente. Seus olhos estão vermelhos.

— O senhor tem filha, detetive? — ela pergunta.

Uma vez, em um parque de diversões, Sasha e eu estávamos caminhando juntos quando um grupo de adolescentes turbulentos se enfiou entre nós e separou nossas mãos. Tentei mantê-la à vista, mas ela era muito pequena e, quando o grupo se foi, Sasha tinha ido também. E lá estava eu no meio do parque, virando em círculos e gritando o nome dela, enquanto, em toda a minha volta, brinquedos giravam rapidamente, fiapos de algodão-doce voavam de seus discos de metal formando cilindros e o barulho de motosserras cortando madeira anunciava o início da competição de lenhadores. Quando finalmente a encontrei, acariciando o focinho de um bezerro em um cercadinho de um programa educativo, fiquei tão aliviado que minhas pernas amoleceram e eu, literalmente, caí de joelhos.

Não cheguei nem a responder, mas a sra. Ogilvy põe a mão no braço do marido e murmura:

— Viu, eu lhe disse, Claude. Ele entende.

Jacob

A sala de descanso sensorial na escola tem um balanço pendurado no teto. Ele é feito de corda e um material azul flexível e, quando a gente se senta, ele nos envolve como um casulo. É possível juntar as laterais, de modo que não se veja ninguém de fora e ninguém veja dentro, e girar em círculos. Há também tapetes de diferentes texturas, sininhos de vento, um ventilador. Há um abajur de fibra óptica com centenas de pontos de luz que mudam de verde para roxo e depois para rosa. Há esponjas e bolinhas fluffy de pelos de borracha e escovas e plástico-bolha e cobertores com pesos. Há uma máquina de ruídos que só um auxiliar tem autorização para ligar, e pode-se escolher ouvir ondas, ou chuva, ou ruído branco, ou uma floresta. Há um tubo de bolhas de mais ou menos um metro de altura com peixes de plástico que se movimentam em círculos preguiçosos.

Na escola, minha educação especial inclui um passe para acalmar os sentidos. Se eu precisar, a qualquer momento, mesmo durante um exame, meus professores me deixam sair da classe. Às vezes o mundo exterior fica difícil demais para mim e eu preciso de um lugar para relaxar. Posso vir para a sala de descanso sensorial, mas a verdade é que raramente faço isso. As únicas crianças que usam essa sala são as que têm necessidades especiais, e passar por aquela porta é quase a mesma coisa que pregar um grande rótulo em mim mesmo dizendo que eu não sou normal.

Então, na maioria das vezes em que preciso de um descanso, fico andando pelos corredores. Às vezes vou à cantina pegar uma garrafa de Vitaminwater. (O melhor sabor? Foco, de kiwi e morango, com vitamina A e luteína para dar clareza de raciocínio. O pior? Essencial. Laranja com laranja. Preciso dizer mais alguma coisa?) Outras vezes vou para a sala dos professores e jogo xadrez com o sr. Pakeeri ou ajudo a sra. Leatherwood, a secretária da escola, a colocar cartas em envelopes. Mas, nesses dois últimos dias, quando saio da classe vou direto para a sala de descanso sensorial.

A auxiliar que fica na sala, srta. Agworth, também é professora da aula de perguntas e respostas de conhecimentos gerais. Todo dia, às 11h45, ela sai para fazer fotocópias do material que vai usar na aula mais tarde. Por essa razão, decidi usar meu passe às onze e meia nos últimos dois dias. Isso me tira da aula de inglês, o que é uma bênção, porque estamos lendo *Flores para Algernon* e, na semana passada, uma menina perguntou (não por maldade, mas por curiosidade mesmo) se havia alguma pesquisa em andamento que pudesse curar pessoas como eu.

Hoje, entro na sala de descanso sensorial e vou direto para as bolinhas de borracha. Segurando uma em cada mão, abro caminho até o balanço e fecho as laterais azuis em minha volta.

— Bom dia, Jacob — diz a srta. Agworth. — Precisa de alguma coisa?

— Agora não — murmuro.

Não sei por que pessoas com Asperger são tão sensíveis a coisas como texturas, cores, sons e luz. Quando não olho alguém nos olhos, e quando as outras pessoas desviam intencionalmente os olhos de mim para não parecer que estão encarando, às vezes me pergunto se realmente existo. Os objetos nessa sala são os equivalentes sensoriais do jogo Batalha Naval. Em vez de tentar achar coordenadas — B-4, D-7—, tento achar outra sensação física. Cada vez que sinto o peso de um cobertor em meu braço, ou o estouro do plástico-bolha sob meu corpo ao rolar sobre ele, é um tiro certeiro. E, no fim de meu descanso sensorial, em vez de afundar meu couraçado, o que encontrei foi um modo de localizar a mim mesmo na grade de coordenadas desse mundo.

Fecho os olhos e giro lentamente dentro dessa bola fechada e escura.

— *Não preste atenção no homem atrás da cortina* — murmuro.

— O que foi, Jacob? — a srta. Agworth pergunta.

— Nada — grito, e espero até completar mais três giros lentos antes de sair.

— Como está indo hoje? — ela indaga.

Essa pergunta parece bem gratuita, pois eu não estaria nessa sala se tivesse conseguido tolerar ficar sentado na classe como um neurotípico. Mas, quando não respondo, ela não insiste. Só continua lendo seus livros de curiosidades e fazendo anotações.

O maior peixe do mundo é o tubarão-baleia, com quinze metros de comprimento.

São produzidos quatro milhões de coelhinhos de marshmallow por dia.

(Isso meio que me faz pensar em quem nesse mundo estaria comprando tantos coelhinhos quando *não* é Páscoa.)

Um homem adulto leva em média treze minutos para jantar.

— Tenho uma para sua lista, srta. Agworth — digo. — A palavra *jumento* aparece na Bíblia cento e setenta vezes.

— Obrigada, Jacob, mas não sei se é adequado. — Ela remexe em seus papéis e olha para o relógio. — Acha que ficaria bem aqui por alguns minutos se eu correr até o escritório para tirar umas cópias?

Tecnicamente, ela não deveria me deixar sozinho. E sei que jamais deixaria de ficar vigiando com olhos de gavião outras crianças autistas que usam a sala sensorial: Mathilda, por exemplo, provavelmente faria um nó de forca com a corda do balanço; Charlie começaria a arrancar as prateleiras das paredes. Mas eu sou seguro.

— Sem problema, srta. A — respondo.

Na verdade, estou contando com isso. E, no momento em que a porta se fecha atrás dela, tiro o celular do bolso. Assim que o abro e pressiono o botão, ele se acende: pequenos quadrados azuis em torno de cada número e uma foto de Jess e Mark no protetor de tela.

Cubro o rosto de Mark com o polegar.

É quinta-feira e hoje tenho permissão de ligar para ela. Já quebrei as regras e liguei duas vezes desse telefone antes da hora — discando o próprio número de celular dela, mesmo sabendo que a ligação cairia automaticamente na caixa postal. *Oi, aqui é a Jess e você sabe o que fazer.*

Já estou começando a esquecer as notas da melodia de sua voz.

Hoje, porém, em vez de ouvir a mensagem dela, escuto uma vozinha miúda me avisando que a caixa postal desse cliente está cheia.

Estou preparado para isso. Memorizei o número de telefone que ela me deu uma semana atrás, o que pertence à nova casa. Faço a ligação, embora tenha que digitar duas vezes, porque não estou habituado a ele e os números se confundem em minha cabeça.

Uma secretária eletrônica atende. *Oi, aqui é a Jess na casa dos Robertson. Eles estão fora da cidade, mas você pode deixar um recado para mim!*

Desligo e ligo de novo.

Oi, aqui é a Jess na casa dos Robertson.

Espero até ouvir o bipe e desligo. Desligo o celular também. Só então falo minha mensagem, as mesmas palavras que digo a ela toda quinta-feira: *Vejo você daqui a três dias.*

Emma

Na quinta-feira, Jacob já está com a aparência do Jacob de sempre, mas ainda não voltou ao normal. Sei pelo jeito como está distraído — coloco o prato de jantar cheio à sua frente na mesa e ele não começa a comer até eu o lembrar de que está na hora de pegar o garfo e usá-lo — e pelos momentos em que o pego balançando o corpo ou subindo e descendo na ponta dos pés. Seus remédios não parecem estar ajudando.

E soube pelos professores da escola que ele tem passado quase metade do período de aulas na sala de descanso sensorial.

Liguei duas vezes para Jess Ogilvy, mas sua caixa postal está lotada. Tenho receio de mencionar o nome dela para Jacob, mas não sei mais o que fazer. Assim, depois do jantar na quinta-feira, bato na porta de seu quarto e entro.

— Oi — digo.

Ele levanta os olhos do livro que está lendo.

— Oi.

Levei dois anos para perceber que Jacob não havia aprendido a ler com o restante de sua classe da pré-escola. Sua professora dizia que ele estava entre os melhores alunos de leitura e, de fato, todas as noites ele pegava um livro de um grande cesto que havia em seu quarto e o lia em voz alta. Mas, um dia, notei que o que todos acreditavam que fosse leitura era, na verdade, apenas a memória fotográfica de Jacob. Se ouvisse o livro uma vez, ele podia recitá-lo.

— Leia isto — eu lhe disse, entregando-lhe um livro do dr. Seuss, e ele o abriu e começou a história.

Eu o interrompi e apontei para uma letra.

— Que letra é esta?

— Um *B*.

— E que som tem um *B*?

Ele hesitou e disse:

— Buzz.

Agora, sento ao lado dele na cama.

— Como está se sentindo?

— Interrompido — Jacob diz.

Tiro o livro de suas mãos.

— Podemos conversar? — pergunto. Ele faz que sim com a cabeça e eu prossigo. — Você e a Jess brigaram terça-feira?

— Não.

— Quando você foi à casa dela, ela disse alguma coisa que o aborreceu?

Ele sacode a cabeça.

— Não, ela não disse nada.

— Bom, é que estou um pouco perdida, Jacob, porque você voltou para casa de sua aula de orientação muito perturbado... e acho que ainda tem alguma coisa que o está incomodando.

Essa é uma característica da síndrome de Asperger: Jacob não mente. Então, quando ele diz que não brigou com Jess, acredito nele. Mas isso não significa que não esteja traumatizado por causa de algo relacionado a ela. Talvez a tenha encontrado fazendo sexo com o namorado. Talvez tenha entrado em pânico por causa de sua nova residência.

Ou talvez não tenha nada a ver com Jess e ele tenha dado de cara com uma faixa laranja de interdição em alguma construção que o obrigou a fazer um desvio.

Então suspiro.

— Você sabe que estou aqui quando quiser falar sobre isso. E a Jess também. Ela está lá se você precisar.

— Vou vê-la outra vez domingo.

— *Na mesma bat-hora, no mesmo bat-canal* — digo.

Devolvo-lhe o livro e percebo que ele está com a velha Pata Jemima, o brinquedo que costumava carregar quando criança, enfiada embaixo do braço. Jacob a segurava com tanta força que tive que costurar uma capa de tecido de oncinha em suas costas de tanto que a pelúcia havia ficado gasta. Era um objeto ritual, segundo a dra. Murano — algo que Jacob podia segurar para se acalmar. Ela descreveu o brinquedo como uma maneira de ele se reinicializar, de lembrar que estava tudo bem. Ao longo dos anos, Jemima foi aposentada para dar espaço a objetos mais discretos que pudessem ser colocados nos bolsos: uma tirinha de fotos de nós dois, daquelas tiradas em uma cabine, tão dobrada e gasta que mal dava para ver nosso rosto; uma pedrinha verde que uma professora lhe trouxe de Montana; um pedacinho de vidro do mar que Theo lhe deu de Natal certa vez. Na verdade, eu não via esse bichinho de pelúcia há séculos; ele estava enfiado no armário de Jacob.

É difícil ver seu filho de dezoito anos agarrado a um brinquedo de pelúcia. Mas o autismo é assim, uma encosta escorregadia. Em um minuto, você se convence de que já está tão no alto da colina que não pode mais ver a base, e, no seguinte, o chão está coberto de um gelo tão liso que faz você deslizar como um raio lá para baixo.

Coluna da Tia Em, quinta-feira, 14 de janeiro, Edição Adolescentes:

Os melhores conselhos para pais que já recebi foram de uma enfermeira obstetra que me disse o seguinte:

1. Depois que seu bebê chegar, o cachorro será apenas um cachorro.
2. Os terríveis dois anos continuam nos três.
3. Nunca faça a seu filho uma pergunta aberta, como: "Quer ir para a cama agora?" Você não vai querer ouvir a resposta, acredite em mim. "Quer que eu o leve para cima ou prefere subir as escadas sozinho para ir dormir?" Desse modo, você consegue o resultado que deseja e a criança sente que tem poder.

Agora que meus filhos são mais velhos, as coisas não mudaram muito.

Exceto por não termos um cachorro.

Os terríveis dois anos continuam até os dezoito.

E as perguntas ainda não devem ser abertas, porque não vou receber uma resposta para "Onde você esteve ontem até as duas da madrugada?" ou "Como você tirou um D na prova de matemática?".

Há duas deduções a se tirar disso. Que *maternidade* não é um fato, mas um processo contínuo. E que, por mais anos que se tenha nesse trabalho, a curva de aprendizagem é, bem, quase plana.

Saio do quarto de Jacob com a intenção de assistir ao telejornal da noite. Mas, quando chego à sala, Theo está sintonizado em um programa podre da MTV sobre meninas mimadas que são mandadas por seus pais para países do terceiro mundo para aprender sobre humildade.

— Você não tem lição de casa para fazer? — pergunto.

— Já fiz.

— Eu quero ver o jornal.

— Cheguei primeiro.

Fico olhando enquanto uma menina recolhe cocô de elefante com uma pá para colocar em um grande saco plástico em Burma.

— *Eca* — ela geme, e eu me viro para Theo.

— Por favor, diga que você prefere abrir sua mente para assuntos atuais em vez de ver isso.

— Mas eu tenho que falar a verdade — Theo diz, sorrindo. — Regras da casa.

— Certo, então vamos tentar assim: se eu assistir a esse programa com você, talvez fique suficientemente convencida a mandar *você* para Burma para ampliar seus horizontes limpando cocô de elefante.

Ele me joga o controle remoto.

— Isso é chantagem.

— Mas funcionou — digo, mudando de canal para um noticiário local. Um homem está gritando em um microfone.

— *Tudo o que eu sei* — ele grita — *é que é um crime o departamento de polícia ficar fazendo corpo mole com o desaparecimento de uma jovem em vez de conduzir uma investigação séria!*

Um letreiro branco aparece no rodapé: SENADOR CLAUDE OGILVY.

— Ei — diz Theo. — Esse não é o nome...

— Shhh...

O rosto da repórter preenche a tela.

— *O chefe de polícia de Townsend, Fred Huckins, diz que o desaparecimento de Jess Ogilvy é prioridade e solicita que qualquer pessoa que tenha alguma informação entre em contato com o departamento pelo telefone 802-555-4490.*

E uma fotografia da instrutora de habilidades sociais de Jacob aparece, com o número de telefone embaixo.

Theo

— *Ao vivo de Townsend* — a repórter conclui. — *Eu sou Lucy McNeil.*

Olho para minha mãe.

— É a Jess — digo o óbvio.

— Ah, meu Deus — ela murmura. — Pobre menina.

Eu não entendo. Eu não consigo entender.

Minha mãe segura meu braço.

— Essa informação não pode sair daqui — diz ela.

— Você acha que o Jacob não vai descobrir? Ele lê os jornais. Ele navega na internet.

Ela massageia o dorso do nariz.

— Ele está muito frágil, Theo. Não posso jogar isso em cima dele agora. Só preciso de um tempo para pensar como fazer.

Pego o controle remoto da mão dela e desligo a TV. Então, murmuro uma desculpa sobre um trabalho de escola, corro para o meu quarto e tranco a porta.

Fico andando em círculos, com os braços cruzados atrás da cabeça, como se estivesse me recuperando depois de correr uma maratona. Rememoro tudo que ouvi aquele senador dizer, e a repórter. O chefe de polícia, caramba, que disse que o desaparecimento é uma *prioridade*.

Seja lá que merda isso signifique.

Fico imaginando se tudo não vai acabar se revelando uma grande farsa, como aquela universitária que desapareceu e depois disse que tinha sido sequestrada e, no fim, descobriram que ela havia inventado toda a história só para chamar atenção. Eu meio que espero que seja assim, porque a outra hipótese é algo que não quero nem pensar.

Isto é tudo que realmente preciso saber: Jess Ogilvy está desaparecida, e eu fui uma das últimas pessoas a vê-la.

Rich

Na secretária eletrônica na casa dos Robertson há seis mensagens. Uma é de Mark Maguire, pedindo que Jess ligue para ele quando chegar. Uma é de uma lavanderia avisando que a saia dela está pronta. Uma aparece no identificador de chamadas como sendo de E. Hunt. A mensagem diz: "Oi, Jess, aqui é a mãe do Jacob. Você poderia me ligar?" As outras três ligações foram interrompidas sem deixar mensagem, e todas elas vêm do número do telefone celular registrado em nome de Jess Ogilvy.

Isso me diz que ou ela é uma mulher que sofreu agressão, se escondeu e agora está tentando, sem sucesso, arrumar coragem para ligar para o namorado, ou seu namorado está querendo despistar a polícia depois de matá-la acidentalmente.

Passo a sexta-feira riscando os nomes da agenda eletrônica de Jess Ogilvy. Minha primeira visita é para as duas moças cujos nomes aparecem com mais frequência no histórico dos últimos meses. Alicia e Cara são alunas de pós-graduação, como Jess. Alicia usa tranças-raiz nos cabelos que descem até a cintura, e Cara é uma loirinha miúda com calça cargo camuflada e botinas pretas. Enquanto tomamos um café no centro estudantil, elas admitem que não veem Jess desde terça-feira.

— Ela faltou em um exame da Górgona — diz Cara. — Ninguém falta a um exame da Górgona.

— Górgona?

— Professora Górgona — ela explica. — É um curso-seminário sobre educação especial.

"GÓRGONA", escrevo em minhas anotações.

— Jess já se ausentou por alguns dias antes?

— É, uma vez — responde Alicia. — Ela foi passar um fim de semana prolongado em Cape Cod e não avisou a gente.

— Mas ela foi com o Mark — acrescenta Cara, torcendo o nariz.

— Parece que você não é muito fã de Mark Maguire.

— Alguém é? — Alicia diz. — Ele não a trata direito.

— Como assim?

— Se ele diz "Pula", ela nem pergunta "A que altura?" Já vai e compra logo um pula-pula.

— Nós não a vemos muito desde que eles começaram a namorar — diz Cara. — O Mark gosta de ter a Jess só para ele.

Como a maioria dos parceiros abusivos, penso.

— Detetive Matson, vai ficar tudo bem com ela, não é? — pergunta Alicia.

Uma semana atrás, Jess Ogilvy provavelmente estava onde estou agora, tomando café com as amigas e nervosa com o exame da Górgona.

— Espero que sim — respondo.

As pessoas não desaparecem simplesmente. Há sempre um motivo, ou um inimigo ressentido. Há sempre um fio solto que começa a se desenrolar.

O problema é que Jess Ogilvy é, aparentemente, uma santa.

— Fiquei surpresa por ela faltar no exame — diz a professora Górgona. Uma mulher pequena, com um coque de cabelos brancos e um vestígio de sotaque estrangeiro, ela não parece nem um pouco tão ameaçadora quanto Alicia e Cara fizeram crer. — É minha aluna mais notável, na verdade. Está fazendo o mestrado e escrevendo uma tese ao mesmo tempo. Ela se graduou com a nota máxima na Bates e trabalhou dois anos para a Teach for America antes de decidir que seguiria carreira na área de educação.

— Alguém poderia ter inveja por ela se sair tão bem nos estudos? — pergunto.

— Não que eu tenha reparado — responde a professora.

— Ela conversou com a senhora sobre algum problema pessoal?

— Eu não sou exatamente o tipo acolhedor — a professora diz, sobriamente. — Nossa comunicação era estritamente de orientadora-orientanda, em um sentido acadêmico. As únicas atividades extracurriculares de que eu sei que ela participava eram relacionadas à educação: ela organiza a Olimpíada Especial aqui na cidade e faz o acompanhamento de um menino autista. – De repente, a professora franze a testa. – Alguém já o avisou? Será muito difícil para ele lidar com o fato de Jess não aparecer em um compromisso agendado. Mudanças de rotina são muito traumáticas para garotos como Jacob.

– Jacob? – repito, e abro a agenda eletrônica de Jess.

Esse é o garoto cuja mãe deixou uma mensagem na secretária eletrônica da casa dos Robertson. O menino cujo nome estava marcado na agenda de compromissos de Jess no dia em que ela desapareceu.

– Professora – digo –, por acaso a senhora sabe onde ele mora?

Jacob Hunt e sua família moram em uma parte de Townsend que é um pouco mais decadente que o resto da cidade. A parte que se tem de olhar com mais atenção para encontrar por trás do parque municipal de cartão-postal e das majestosas casas em estilo clássico da Nova Inglaterra. A residência deles fica logo atrás dos condomínios que são ocupados pelos recém-separados, perto dos trilhos de uma ferrovia da Amtrak, há muito tempo desativada.

A mulher que abre a porta tem uma mancha azul na blusa, cabelos escuros presos em um nó descuidado e os olhos mais lindos que já vi. São claros, como os de uma leoa, quase dourados, mas também parecem já ter tido sua cota de lágrimas. E todos nós sabemos que um céu com nuvens é muito mais interessante do que um céu sem nenhuma nuvem. Eu lhe daria uns quarenta e poucos anos. Está segurando uma colher, cujo conteúdo pinga no chão.

– Não quero nada – ela diz, começando a fechar a porta.

– Não sou vendedor – aviso. – A colher... hã, está pingando.

Ela olha para baixo e enfia a colher na boca.

Então me lembro por que estou ali e mostro meu distintivo.

– Sou o detetive Rich Matson. A senhora é a mãe do Jacob?

– Ah, meu Deus – ela murmura. – Achei que ele já tivesse ligado para pedir desculpas.

– Desculpas?

– Não é culpa dele – ela intervém. – Claro que eu devia saber que ele andava saindo escondido, mas esse hobby é quase uma patologia para ele. Se tiver alguma maneira de eu convencer o senhor a abafar essa história... Não suborno, claro, mas talvez um acordo de boa vontade... Entenda que, se isso vier a público, minha carreira pode ser prejudicada, e eu sou uma mãe sozinha e mal consigo sustentar a casa do jeito que as coisas estão...

Nem sei do que ela está falando com aquele palavrório todo. Mas o fato é que reparei na palavra *sozinha*.

— Desculpe, sra. Hunt...

— Emma.

— Está bem, Emma. Eu... não tenho ideia do que você está falando. Vim aqui porque seu filho faz acompanhamento terapêutico com Jess Ogilvy...

— Ah — ela diz, acalmando-se. — Ouvi sobre a Jess no jornal. Seus pobres pais devem estar desesperados. A polícia já tem alguma pista?

— É por isso que estou aqui para falar com seu filho.

Os olhos dela ensombrecem.

— O senhor não pode estar pensando que o Jacob tem alguma coisa a ver com o desaparecimento dela, não é?

— Não, mas o último compromisso marcado na agenda dela no dia em que ela desapareceu era com seu filho.

Ela cruza os braços.

— Detetive Matson, meu filho tem síndrome de Asperger.

— Certo. — E eu sou daltônico para vermelho e verde. Continuo na mesma.

— É um autismo de alto nível funcional. Ele nem sabe ainda que a Jess está desaparecida. Não tem estado muito bem atualmente e a notícia poderia ser devastadora para ele.

— Posso tratar do caso com sensibilidade.

Ela me mede com o olhar por um momento. Depois se vira e entra na casa, esperando que eu a siga.

— Jacob — ela chama, quando chegamos à cozinha.

Fico parado à porta, esperando que uma criança apareça. Afinal, Jess Ogilvy é educadora e a professora Górgona falou do menino com quem ela estava trabalhando. Em vez disso, um adolescente grandão, mais alto que eu e provavelmente mais forte, entra na cozinha arrastando os pés. *Este* é o garoto que Jess Ogilvy orientava? Olho com atenção para ele por um segundo, tentando entender por que tenho a sensação tão clara de já tê-lo visto em algum outro lugar e, de repente, me lembro: o homem hipotérmico. Esse garoto identificou a causa da morte antes do médico--legista.

— *Você?* — digo. — *Você* é Jacob Hunt?

Agora os pedidos de desculpa apressados de sua mãe fazem sentido. Ela provavelmente achou que eu ia multar o garoto, ou prendê-lo, por interferir em uma cena de crime.

— Jacob — ela diz secamente —, acho que você já conhece o detetive Matson.

— Oi, Jacob. — Estendo a mão. — É um prazer conhecê-lo oficialmente.

Ele não a aperta. Nem sequer me olha nos olhos.

— Eu vi a notícia no jornal — diz, com uma voz plana e robótica. — Estava enfiada nas páginas de trás. Se quer minha opinião, alguém que morre de hipotermia merece pelo menos a segunda página. — Ele avança um passo. — Os resultados completos da autópsia já chegaram? Seria interessante saber se o álcool baixou o ponto de congelamento do corpo ou se não houve alteração significativa.

— Bem, Jake... — começo.

— Jacob. Meu nome é Jacob, não Jake.

— Certo, Jacob. Eu gostaria de lhe fazer algumas perguntas. Pode ser?

— Se forem sobre ciência forense — ele responde, animando-se —, fico mais do que feliz em ajudar. Já ouviu falar da pesquisa que acabou de ser feita em Purdue sobre ionização de dessorção por eletrospray? Eles descobriram que o suor dos poros dos dedos corrói ligeiramente superfícies de metal. Pode ser qualquer coisa, de uma bala a um pedaço de bomba. Se você borrifar as impressões digitais com água positivamente carregada, as gotículas dissolvem as substâncias químicas nas digitais e liberam quantidades minúsculas que podem ser analisadas por um espectrômetro de massas. Já imaginou como seria útil obter não só imagens das impressões digitais, mas também identificar as substâncias químicas presentes nelas? Você poderia não apenas associar um suspeito a uma cena de crime, mas conseguir uma prova de que ele manuseou explosivos.

Olho para Emma Hunt, implorando ajuda.

— Jacob, o detetive Matson precisa falar com você sobre outra coisa. Quer se sentar um minuto?

– Um minuto. Porque são quase quatro e meia.

E o que, eu me pergunto, *acontece às quatro e meia?* A mãe dele não mostra nenhuma reação ao comentário. Eu me sinto um pouco como Alice no País das Maravilhas, no vídeo da Disney que Sasha gosta de ver nos fins de semana comigo, quando todos estão na rotina do Desaniversário, menos eu. Na última vez em que assistimos, percebi que ser pai não era assim tão diferente disso. Vivemos blefando e fingindo que sabemos das coisas, quando, na maior parte do tempo, estamos apenas rezando para não errar feio demais.

– Bom – digo para Jacob. – Então é melhor começarmos logo.

Emma

A única razão de eu ter deixado Rich Matson entrar em minha casa é porque ainda não estou totalmente segura de que ele não quer castigar Jacob por aparecer naquela cena de crime no fim de semana passado, e vou fazer o que for preciso para que todo esse pesadelo acabe de uma vez.

— Jacob — digo —, o detetive Matson precisa falar com você sobre outra coisa. Quer se sentar um minuto?

Estamos correndo contra o relógio; não que Matson vá entender.

— Um minuto. Porque são quase quatro e meia — Jacob me diz.

Não sei como alguém pode olhar para Jacob e imaginar que ele seria uma testemunha viável. É verdade que ele tem uma mente afiada. Mas, na metade do tempo, não há como entrar nela.

O detetive se senta à mesa da cozinha. Eu baixo o fogo das panelas e me sento também. Jacob está se esforçando para olhar na direção de Matson, mas suas pálpebras ficam oscilando como se ele estivesse olhando para o sol e, por fim, ele desiste e deixa o olhar se desviar.

— Você tem uma amiga chamada Jess, certo? — o detetive pergunta.

— Sim.

— O que você e a Jess fazem juntos?

— Praticamos habilidades sociais. Conversas. Despedidas. Coisas assim. — Ele hesita. — Ela é minha melhor amiga.

Isso não me surpreende. A definição de amigo de Jacob não é legítima. Para ele, um amigo pode ser um garoto que tem o armário ao lado do dele na escola e que, por isso, tem uma interação pelo menos uma vez por dia para dizer: *Você poderia me dar licença?* Um amigo é alguém que ele não conhece diretamente, mas que não o provoca ativamente na escola. Jess pode ser paga por mim para se encontrar com Jacob, mas isso não anula o fato de que ela se interessa sinceramente por ele e consegue se conectar.

O detetive olha para Jacob que, claro, não está olhando para ele. Vejo todo o tempo as pessoas hesitarem ao demonstrar essa cortesia normal de comunicação. Depois de alguns instantes, a pessoa fica com a sensação de que está encarando e desvia o olhar, imitando o comportamento de Jacob. E, dito e feito, Matson não demora a baixar os olhos para a mesa, como se houvesse algo fascinante na textura da madeira.

— Jacob, acontece que, neste momento, a Jess está desaparecida. E é meu trabalho encontrá-la.

Eu levo um susto.

— *Isso* é o que o senhor chama de sensibilidade?

Mas Jacob não parece surpreso, o que me faz imaginar se ele viu o noticiário, ou leu sobre o desaparecimento nos jornais online.

— A Jess se foi — ele diz.

O detetive se inclina para frente.

— Você deveria encontrar com ela na terça-feira passada?

— Sim — responde Jacob. — Às duas e trinta e cinco.

— E encontrou?

— Não.

De repente, a crise de Jacob faz perfeito sentido. Ir até a nova residência desconhecida de Jess — o que já devia estar disparando seus alarmes — e ela não aparecer... Eis a crise perfeita para um garoto com Asperger.

— Ah, Jacob. Foi por isso que você teve um surto?

— Surto? — Matson repete.

Dou uma olhada rápida para ele.

— Quando a rotina de Jacob é perturbada, ele fica muito agitado. Esse foi um golpe duplo e, quando ele chegou em casa... — Eu me interrompo, lembrando de repente de outra coisa. — Você veio andando da casa da Jess até aqui? Sozinho?

Não é que ele não pudesse saber o caminho. Jacob é um verdadeiro GPS humano: basta uma olhada em um mapa para memorizá-lo. Mas saber a geografia e saber seguir direções são duas coisas muito diferentes. Ir do ponto A ao ponto B ao ponto C com certeza o confunde.

— Vim — Jacob diz. — Não foi tão ruim.

Foram quase treze quilômetros. Em um frio congelante. Imagino que devo considerar que tivemos sorte: para completar a situação, Jacob ainda poderia ter tido uma pneumonia.

— Quanto tempo você esperou por ela?

Jacob olha para o relógio e começa a esfregar as pontas dos dedos nos polegares, para frente e para trás.

— Tenho que ir agora.

Noto o detetive olhando com curiosidade para Jacob enquanto este se agita na cadeira e sei muito bem o que ele está pensando.

— Imagino que, quando você vê alguém que não faz contato visual e que não consegue ficar quieto, imediatamente entende isso como um sinal de culpa — digo. — Quanto a mim, vejo como um sinal de que ele está no espectro.

— São quatro e meia. — A voz de Jacob é mais alta, mais urgente.

— Pode ir ver *CrimeBusters* — eu lhe digo, e ele corre para a sala.

O detetive olha para mim, estupefato.

— Desculpe, mas eu estava no meio de um interrogatório.

— Eu achei que isso *não era* um interrogatório.

— A vida de uma jovem pode estar em perigo e a senhora acha mais importante que seu filho veja um programa de televisão?

— Acho — respondo rispidamente.

— Não lhe parece estranho que seu filho não esteja perturbado pelo desaparecimento da orientadora dele?

— Meu filho não ficou perturbado nem quando meu pai morreu — respondo. — Foi uma aventura forense para ele. Ele vai sentir o desaparecimento da Jess apenas pelo modo como isso o afetar, que é como ele mede tudo. Quando ele se der conta de que a sessão de domingo com a Jess não vai acontecer, *aí* ele vai ficar perturbado.

O detetive olha para mim por um longo momento. Penso que vai me fazer uma preleção sobre obstrução da justiça, mas, em vez disso, ele inclina a cabeça para o lado, pensativo.

— Isso deve ser difícil para a senhora.

Não lembro quando foi a última vez que alguém me disse essas palavras. Eu não trocaria Jacob por nada neste mundo — sua ternura, seu cérebro incrível, sua devoção por seguir regras —, mas isso não significa que tenha sido fácil. Uma mãe comum não se preocupa se o fato de as pessoas evitarem seu filho em um concerto da escola dói nele tanto quanto dói em mim. Uma mãe comum não telefona para a companhia elétrica quando a luz acaba para dizer que um dos moradores da casa tem um problema de saúde que requer intervenção imediata — porque perder *CrimeBusters* de fato se enquadra nessa situação no que se refere a Jacob. Uma mãe comum não fica acordada à noite imaginando se Theo um dia vai aceitar o irmão a ponto de cuidar dele quando ela tiver partido.

— É a minha vida — digo, dando de ombros.

— A senhora trabalha fora?

— Está me interrogando também?

— Só estou puxando conversa até o intervalo na televisão — ele diz, sorrindo.

Eu o ignoro, me levanto e mexo os mirtilos que estou cozinhando para o recheio da torta que vou servir no jantar.

— Seu filho nos pegou de surpresa naquela noite — Matson continua. — Não estamos acostumados a ver menores aparecendo no meio de nossas cenas de crime.

— Tecnicamente, ele não é menor. Tem dezoito anos.

— Bom, ele tem mais conhecimento científico forense do que alguns caras que eu conheço e que são quatro vezes mais velhos.

— Me conte algo que eu não saiba.

— Você tem olhos lindos — o detetive diz.

Atrapalhada, derrubo a colher dentro da panela.

— O que você falou?

— Você ouviu — Matson responde, e vai para a sala esperar que os créditos de abertura de *CrimeBusters* terminem.

Jacob

Nunca fui um grande fã de *I Love Lucy*. Dito isso, toda vez que vejo o episódio em que Lucy e Ethel estão trabalhando em uma fábrica de balas e ficam atrasadas no processo de embrulhar os produtos, isso me faz rir. O jeito como elas enfiam doces na boca e dentro do uniforme... Bom, a gente já sabe que vai terminar com Lucy dando seu famoso gemido.

Minha sensação com o detetive Matson me fazendo essas perguntas é como Lucy na fábrica de balas. No início, consigo acompanhar o ritmo, principalmente depois que percebo que ele não está bravo comigo porque eu apareci na cena do crime do homem hipotérmico. Mas depois começa a ficar mais complicado. As perguntas se acumulam como os doces. Quando ainda estou tentando lidar com a pergunta anterior, a próxima já está vindo em minha direção. Tudo o que quero fazer é pegar as palavras dele e enfiá-las em algum lugar onde eu não tenha mais que ouvi-las.

O detetive Matson está parado à minha frente assim que entra o primeiro comercial. É do Pedi Paws, um novo e incrível cortador de unhas de animais de estimação. Isso me faz pensar no poodle toy que vimos na cantina, e isso me faz pensar em Jess, e isso me faz sentir como se houvesse um peso dentro do meu peito.

O que ele diria se soubesse que, nesse exato momento, dentro do meu bolso, está o celular cor-de-rosa de Jess?

— Só mais algumas perguntas, Jacob — ele promete. — Vou me esforçar para terminar em noventa segundos.

Ele sorri, mas não é porque está contente. Tive um professor de biologia assim uma vez. Quando corrigi alguns erros do sr. Hubbard na classe, ele sorriu com o lado esquerdo da boca. Tomei aquilo como uma indicação de que estava agradecido. Mas aquele meio sorriso estranho aparentemente significava que ele estava irritado comigo, apesar de que, se alguém sorri, supostamente deveria querer dizer que está satisfeito. E fui mandado para a sala do diretor por mau comportamento quando, na verdade, foi só porque as expressões no rosto das pessoas nem sempre refletem como elas se sentem por dentro.

Ele dá uma olhada no meu caderno.

– O que é isso?

– Eu faço anotações sobre os episódios – explico. – Tenho mais de cem.

– Episódios?

– Cadernos.

Ele faz um sinal de anuência com a cabeça.

– Mark estava na casa de Jess quando você chegou lá?

– Não. – Agora, o comercial na televisão é de uma pasta para dentaduras. Secretamente, tenho muito medo de perder todos os meus dentes. Às vezes sonho que acordo e os sinto todos rolando em volta da minha língua como bolinhas de gude. Fecho os olhos para não ter que ver o comercial. – Você conhece o Mark?

– Nós nos encontramos – o detetive diz. – Você e a Jess conversaram alguma vez sobre ele?

Meus olhos continuam fechados, então talvez seja por isso que eu vejo o que vejo agora: Mark com a mão deslizando por dentro da blusa de Jessica na cantina. Seu detestável blusão laranja. O brinco em sua orelha esquerda. Os hematomas que vi uma vez na lateral do corpo de Jessica quando ela esticou o braço para pegar um livro em uma prateleira alta, duas marcas ovais arroxeadas irregulares, como selos de qualidade em um corte de carne. Ela me disse que tinha caído de uma escada, mas desviou os olhos ao dizer isso. E, ao contrário de mim, que desvio os olhos por uma questão de conforto, *ela* faz isso em momentos de desconforto.

Vejo Mark sorrindo com apenas metade da boca também.

Agora o comercial é de *Law & Order: SVU*, um vídeo promocional, o que significa que a próxima imagem na tela será *CrimeBusters* outra vez. Pego minha caneta e viro a página do caderno.

– A Jess e o Mark brigaram? – o detetive pergunta outra vez.

Na TV, Rhianna está no bosque com Kurt e eles estão investigando um cachorro morto que foi encontrado com um dedo humano não digerido no estômago.

— Jacob?

— *Hasta la vista, baby* — murmuro, e decido que, seja o que for que esse detetive diga para mim, não vou falar mais nada até meu programa terminar.

Theo

Estou descendo as escadas para pegar alguma coisa para comer quando ouço uma voz na cozinha que não reconheço. E isso é muito incomum, porque eu não sou o único que não tem amigos como resultado do Asperger de Jacob; provavelmente posso contar nos dedos de uma só mão o número de pessoas em quem minha mãe já confiou o bastante para convidar à nossa casa. O fato de ser uma voz *masculina* é ainda mais bizarro. E então ouço minha mãe se referir a ele como detetive Matson.

Droga.

Corro de volta para cima e me tranco no quarto. Ele está aqui por causa de Jess Ogilvy e estou oficialmente em pânico.

E, a propósito, ainda com fome.

Isto é o que sei com certeza: Jess estava viva e bem por volta da uma da tarde de terça-feira. Sei disso porque a vi. Vi *toda* ela. Seus peitos, por sinal, têm uma pontuação bem alta na escala das obras-primas de arte.

Eu diria que ficamos igualmente surpresos quando ela pegou a toalha, enxugou os olhos e se virou para o espelho. Ela certamente não esperava dar de cara com um menino dentro de sua casa, vendo-a sem roupa. E eu com toda certeza não esperava que o objeto de meu desejo momentâneo fosse a instrutora do meu irmão.

— Ei! — ela gritou e, em um único movimento rápido, pegou a toalha e enrolou no corpo. Eu, enquanto isso, fiquei totalmente paralisado. Continuei ali parado como um idiota até perceber que ela estava muito brava e vindo em minha direção.

A única razão de eu ter escapado é que o chão do banheiro estava molhado. Quando ela escorregou e caiu, saí voando da suíte e desci as escadas.

Na pressa, bati em parte da mobília e derrubei um monte de papéis do balcão da cozinha, mas nem me importei. Só queria sair logo daquela casa e entrar para um mosteiro ou em um avião para a Micronésia — qualquer coisa que me fizesse estar bem longe na hora em que Jess Ogilvy perguntasse a meu irmão e a minha mãe se eles sabiam que Theo Hunt era um voyeur, um pervertido total.

Mas, em algum momento depois disso, Jess Ogilvy se vestiu, saiu de casa e desapareceu. Será que ela está andando por aí com amnésia? Ou escondida e tramando algum tipo de vingança contra mim?

Eu não sei.

Mas não posso contar aos policiais sem me incriminar.

Passa um pouco das cinco e meia quando tomo coragem para sair do quarto. Sinto cheiro de torta de mirtilo cozinhando (a única coisa boa nas Sextas-Feiras de Comida Azul, se quer saber) e sei que vai estar pronta às seis — como tudo o mais, comemos em horas certas para manter Jacob calmo.

A porta do quarto dele está aberta e ele está de pé sobre uma cadeira, guardando um de seus diários de *CrimeBusters* em seu lugar predeterminado em uma prateleira.

— Oi — digo.

Ele não responde. Em vez disso, senta na cama com as costas apoiadas na parede e pega um livro na mesinha de cabeceira.

— Vi que os policiais estiveram aqui.

— Policial — Jacob murmura. — Singular.

— Do que ele queria falar?

— Da Jess.

— O que você disse a ele?

Jacob puxa os joelhos de encontro ao peito.

— *Se você construir, ele virá.*

Meu irmão pode não se comunicar como o resto de nós, mas, depois de todo esse tempo, aprendi a entendê-lo claramente. Quando ele não está com vontade de falar, esconde-se atrás das falas de outra pessoa.

Sento ao lado dele e fico só olhando para a parede enquanto ele lê. Quero lhe contar que vi Jess viva na terça-feira. Quero lhe perguntar se ele também a viu, e se essa é parte da razão de também não querer falar com a polícia.

Eu me pergunto se ele também tem alguma coisa a esconder.

Pela primeira vez na vida, Jacob e eu podemos ter algo em comum.

Emma

Tudo começa com um camundongo.

Depois de nossa excursão de compras semanal de sábado (felizmente, a Moça das Amostras Grátis foi substituída temporariamente por uma adolescente toda séria, que distribui salsichas tipo aperitivo vegetarianas na porta do supermercado), deixo Jacob sentado à mesa da cozinha comendo o resto de seu almoço enquanto faço uma limpeza rápida em seu quarto. Ele se esquece de trazer copos e tigelas de cereal para a cozinha e, se eu não atuar como intermediária nisso, acabamos cultivando colônias de fungos que se fixam à minha louça como concreto. Pego um punhado de canecas em sua mesa e avisto a carinha miúda de um camundongo lutando para sobreviver ao inverno em uma residência improvisada atrás do computador de Jacob.

Admito, constrangida, que tenho uma reação tipicamente feminina e perco todo o controle. Infelizmente, estou segurando um copo cheio até a metade de leite de soja com chocolate, e boa parte do conteúdo cai no edredom de Jacob.

Bem, é preciso lavá-lo, embora seja fim de semana, o que torna a situação complicada. Jacob não gosta de ver sua cama desfeita; exceto quando ele a está usando, a cama tem que estar sempre arrumada. Costumo lavar seus lençóis enquanto ele está na escola. Com um suspiro, tiro lençóis limpos do armário e puxo o edredom de inverno para fora da cama. Ele pode se arranjar por uma noite com o cobertor de verão, uma velha colcha de retalhos nas cores do arco-íris — VLAVAIV — em ordem correta, que minha mãe costurou para ele antes de morrer.

A colcha de verão fica guardada em um saco de lixo preto na prateleira superior do armário. Eu o puxo para baixo e sacudo para tirar a colcha de dentro.

Uma mochila que estava enrolada nela cai no chão.

Ela claramente não pertence aos meninos. Bege com listras vermelhas e pretas, parece tentar ser uma imitação barata da Burberry, mas as listras são largas demais e as cores muito vivas. Ainda há uma etiqueta da loja na alça, com o preço arrancado.

Dentro dela há uma escova de dentes, um blusão acetinado, um short e uma camiseta amarela. O blusão e o short são de tamanho grande. A camiseta é muito menor e diz OLIMPÍADAS ESPECIAIS na frente e APOIO atrás.

Bem no fundo da mochila, encontro um cartão ainda dentro do envelope, que está rasgado. Há uma foto de uma paisagem nevada e, dentro, o texto em uma caligrafia miúda: "Feliz Natal, Jess. Com amor, tia Ruth".

— Meu Deus — murmuro. — O que você fez? — Fecho os olhos por um instante e, em seguida, grito o nome de Jacob. Ele vem correndo para o quarto e para abruptamente quando me vê segurando a mochila nos braços.

— Opa — diz.

O jeito dele é como se eu o houvesse pegado em uma mentirinha boba:

Jacob, você lavou as mãos antes do jantar?

Lavei, mãe.

Então como o sabonete está seco?

Opa.

Mas isso não é uma mentirinha boba. Trata-se de uma moça que está desaparecida. Uma moça que pode até estar morta. Uma moça cuja mochila e cujas roupas estão inexplicavelmente com meu filho.

Jacob se vira para descer as escadas, mas eu o agarro pelo braço para detê-lo.

— De onde veio isso?

— De uma caixa na casa da Jess — ele diz mecanicamente, fechando os olhos com força até eu soltá-lo.

— Quer me dizer por que está com isso aqui? Porque tem um monte de gente procurando pela Jess e isso não parece nada bom.

Sua mão começa a se contrair ao lado do corpo.

— Eu lhe disse que fui à casa dela terça-feira, como estava marcado. E as coisas não estavam certas.

— Como assim?

— Tinha bancos derrubados na cozinha e papéis espalhados pelo chão, e todos os CDs estavam jogados no tapete. Não estava certo, não estava certo...

— Jacob — digo. — Foco. Como você pegou essa mochila? A Jess sabe que você está com ela?

Há lágrimas em seus olhos.

— Não. Ela já tinha ido. — Ele começa a andar em um pequeno círculo, com as mãos ainda balançando. — Eu entrei, e toda aquela bagunça... fiquei apavorado. Não sabia o que tinha acontecido. Eu a chamei e ela não respondia e vi a mochila e as outras coisas e as peguei. — A voz dele é como uma montanha-russa saindo dos trilhos. — *Houston, temos um problema.*

— Tudo bem — digo, abraçando-o com uma pressão profunda, como uma ceramista que molda a argila no torno.

Mas não está tudo bem. Não vai estar, até que Jacob conte tudo isso para o detetive Matson.

Rich

Eu *não* estou de bom humor.

É sábado e, embora seja meu fim de semana com Sasha, tive de cancelar assim que ficou evidente que tínhamos uma investigação em andamento que exigia todos os meus esforços. Basicamente, vou comer, dormir e respirar Jess Ogilvy até encontrá-la, viva ou morta. Não que isso parecesse impressionar minha ex, que fez questão de me dar um sermão de quinze minutos sobre responsabilidades paternas. Além do mais, como ela poderia levar sua vida adiante se minhas emergências estavam sempre interrompendo? Não compensava ressaltar que essa não era, tecnicamente, uma emergência minha, ou que o desaparecimento de uma jovem poderia ser mais importante do que ter que remarcar um programa noturno com seu novo esposo, o sr. Café. Digo a mim mesmo que perder um único fim de semana com Sasha vale a pena se eu conseguir garantir que Claude Ogilvy possa ter mais um fim de semana com *sua* filha.

A caminho da casa de Jess, onde uma equipe de investigadores está entrincheirada, recebo um telefonema do agente de campo local do FBI, que estava tentando localizar o telefone celular da moça.

— Você não está conseguindo um sinal — repito. — O que isso significa?

— Várias coisas — o agente explica. — O localizador por GPS só funciona quando o telefone está ativado. O aparelho pode estar no fundo de um lago neste momento. Ou ela pode estar viva e bem, e apenas ter ficado sem bateria.

— Bom, e como posso saber qual é a opção certa?

— Acho que, quando você encontrar o corpo, isso ficará bem claro — ele diz, e em seguida entro em uma das famosas áreas sem sinal de Vermont e a ligação cai.

Quando o telefone toca outra vez, ainda estou xingando o FBI (que só é bom para uma única coisa: perturbar investigações locais perfeitamente bem conduzidas), então imagine minha surpresa quando escuto Emma Hunt do outro lado da linha. Deixei meu cartão com ela ontem, para o caso de alguma necessidade.

— Gostaria que o senhor voltasse à minha casa — diz ela. — O Jacob tem algo que precisa lhe contar.

Tenho uma equipe de investigadores à minha espera no local da ocorrência. Tenho um namorado grosseirão que pode ser um assassino e um senador bufando no pescoço do meu chefe e cobrando o meu emprego se eu não encontrar sua filha desaparecida. Mas ponho o luminoso azul em cima do carro e faço uma conversão proibida.

— Estarei aí em dez minutos — digo a ela.

Estou com um humor ligeiramente melhor agora.

Tenho, felizmente, três horas inteiras antes de *CrimeBusters* começar. Estamos sentados na sala, Emma e Jacob em um sofá, e eu em uma poltrona.

— Conte ao detetive tudo que você contou para mim, Jacob — Emma diz.

Ele volta os olhos para cima, como se estivesse lendo algo impresso no teto.

— Fui à casa dela na terça-feira, como estava marcado. E as coisas não estavam certas. Tinha bancos derrubados na cozinha e papéis espalhados pelo chão, e todos os CDs estavam jogados no tapete. Não estava certo, não estava certo. — A voz dele parecia quase computadorizada de tão mecânica. — Ela já tinha ido. Eu entrei, e toda aquela bagunça... fiquei apavorado. Não sabia o que tinha acontecido. Eu a chamei e ela não respondia e eu vi a mochila e as outras coisas e as peguei. *Houston, temos um problema.* — Ele balança a cabeça para baixo, satisfeito. — É isso.

— Por que você mentiu para mim sobre ter ido encontrar com a Jess? — pergunto.

— Eu não menti — diz ele. — Eu lhe disse que não tive minha sessão com ela.

— Você não me contou sobre a mochila também — observo. Ela está entre nós, na mesinha de centro.

Jacob concorda com a cabeça.

— Você não perguntou.

Espertinho, penso, e Emma se interpõe nesse momento.

— Um garoto com Asperger, como o Jacob, é terrivelmente literal — diz ela.

— Então, se eu o questionar diretamente, ele responderá diretamente?

— *Ele* — Jacob intervém, com irritação — está presente na conversa.

Isso me faz sorrir.

— Desculpe — digo, dirigindo-me a ele. — Como você entrou na casa da Jess?

— Ela sempre deixava a porta do alojamento aberta para mim e, quando cheguei lá, a porta estava aberta também. Então eu entrei para esperar.

— O que você viu quando entrou?

— A cozinha estava uma bagunça. Os bancos estavam caídos e a correspondência toda espalhada pelo chão.

— E a Jess? Ela estava lá?

— Não. Eu a chamei e ela não respondeu.

— O que você fez?

Ele dá de ombros.

— Eu arrumei as coisas.

Eu me ajeito melhor nas almofadas da poltrona.

— Você... arrumou as coisas.

— Isso, exatamente.

Só consigo pensar em todas as provas destruídas, sacrificadas às tendências obsessivo-compulsivas de Jacob Hunt.

— Você sabe tudo sobre preservar provas em cenas de crimes — digo. — A troco de que iria destruí-las?

Emma pula no mesmo instante.

— Meu filho está lhe fazendo um favor de lhe contar tudo isso, detetive. Nós não *precisávamos* ter ligado para lhe dar essas informações.

Contenho meu aborrecimento.

— Então, você arrumou toda a bagunça que viu no andar de baixo?

— Isso — diz Jacob. — Levantei os bancos e arrumei a correspondência sobre o balcão da cozinha. E coloquei em ordem alfabética todos os CDs que estavam derrubados.

— Ordem alfabética — repito, lembrando do telefonema de Mark Maguire e de minha teoria sobre um raptor com complexo anal. — Você deve estar brincando.

— É assim no quarto dele — diz Emma. — O Jacob adora que tudo esteja em seu devido lugar. Para ele, esse é o equivalente espacial de saber o que vem em seguida.

— E quando você pegou a mochila?

— Depois de arrumar.

A mochila ainda estava com a etiqueta, como Maguire tinha dito.

— Você se importaria se eu a levasse, para usar no caso?

De repente, Jacob se ilumina.

— Você *precisa* levá-la. Vai precisar fazer testes de DNA nas alças e pode fazer um AP na roupa que está aí dentro. Talvez valha a pena borrifar tudo com Luminol, na verdade. E provavelmente vai conseguir alguma impressão digital no cartão aí dentro usando ninidrina, mas vai ter que compará-las com as da minha mãe, porque ela pegou no cartão quando encontrou a mochila. O que me lembra que você pode começar a dar uma olhada agora mesmo se quiser. Tenho luvas de látex lá em cima, no meu quarto. Você não tem alergia a látex, não é? — Ele já está saindo da sala quando se vira para nós de novo. — Temos uma sacola plástica em algum lugar por aqui, não temos? Assim o detetive Matson pode levar os objetos para o laboratório.

Ele corre para cima e eu me viro para Emma.

— Ele é sempre assim?

— E mais um pouco. — Ela me olha. — Alguma coisa que o Jacob disse pode ser útil?

— É tudo material para analisar — respondo.

— Tudo muda se houver sinais de luta — ela comenta.

Levanto a sobrancelha.

— Você é uma investigadora disfarçada também?

— Não, apesar de todos os esforços do Jacob para me ensinar. — Ela olha para fora da janela por um momento. — Tenho pensado na mãe da

Jess — diz. — A última vez que ela falou com a filha, será que foi sobre alguma coisa boba qualquer? Será que brigaram porque ela nunca telefonava, ou porque ela havia esquecido de mandar um cartão de agradecimento para a tia? — Ela olha para mim. — Eu costumava dizer *Eu te amo* toda vez que colocava meus meninos na cama para dormir à noite. Mas agora eles vão para a cama depois de mim.

— Meu pai dizia que viver com arrependimentos é como dirigir um carro que só anda em marcha à ré. — Sorrio de leve. — Ele teve um derrame alguns anos atrás. Antes disso, eu nem sempre atendia seus telefonemas, porque não tinha tempo para ficar discutindo se os Sox iam conseguir passar para as finais. Mas depois *eu* comecei a ligar para ele. Todas as vezes, terminava dizendo que o amava. Nós dois sabíamos por quê; e não soava muito bem depois de todo o tempo em que eu *não* havia dito isso. Era como tentar baldear um oceano com uma colher de chá. Ele morreu oito meses atrás.

— Sinto muito.

Rio, um pouco tenso.

— Nem sei por que estou lhe contando isso.

Nesse momento, Jacob reaparece, segurando um par de luvas de látex. Eu as pego e levanto a mochila com cuidado, bem quando meu celular toca.

— Matson — atendo.

É um dos tenentes do departamento, perguntando quanto tempo eu vou demorar.

— Tenho que correr. — Ergo o saco plástico nos braços.

Jacob baixa a cabeça.

— Estou interessado em saber os resultados dos testes, naturalmente.

— Naturalmente — respondo, embora não tenha a menor intenção de compartilhá-los. — Então, o que vai passar em *CrimeBusters* hoje?

— Episódio sessenta e sete. Em que uma mulher mutilada é encontrada em um carrinho de compras do lado de fora de uma grande loja.

— Eu me lembro desse. Fique de olho no...

— ... gerente da loja — Jacob termina. — Eu também já vi.

Ele me acompanha até a porta, com a mãe atrás.

— Obrigado, Jacob. E, Emma? — Espero até ela me olhar. — Você pode dizer quando os acordar de manhã.

Quando chego à casa de Jess Ogilvy, os dois investigadores que examinaram o lugar estão parados do lado de fora, no frio cortante, olhando para um rasgo na tela de uma janela.

— Alguma digital? — pergunto, minha respiração produzindo vapor no ar gelado.

Mas já sei a resposta. Aliás, Jacob também saberia. As chances de ter digitais preservadas em temperaturas tão baixas assim são muito remotas.

— Não — responde a primeira investigadora. Marcy é um mulherão com um corpo sensacional, QI cento e cinquenta e cinco e uma namorada que provavelmente poderia arrancar meus dentes com um soco. — Mas descobrimos que a janela foi forçada para abrir a trava e encontramos uma chave de fenda no meio das plantas.

— Bom. Então a questão é: isso foi um caso de arrombamento e roubo que não deu certo? Ou a tela foi cortada para nos fazer pensar assim?

Basil, o segundo investigador, sacode a cabeça.

— Nada lá dentro indica arrombamento e roubo.

— Sim, só que isso não é necessariamente verdade. Acabei de falar com uma testemunha que viu uma situação diferente e, hã... arrumou as coisas.

Marcy olha para Basil.

— Então é um suspeito, não uma testemunha.

— Não. É um garoto autista. Uma longa história. — Olho para o corte na tela. — Que tipo de faca foi usado?

— Provavelmente uma da cozinha. Pegamos um punhado delas para levar ao laboratório e verificar se alguma tem traços de metal na lâmina.

— Conseguiu alguma impressão digital lá dentro?

— Sim, no banheiro e no computador, mais algumas parciais na cozinha.

Mas, nesse caso, as digitais de Mark Maguire não significarão muita coisa; ele admitiu que estava morando aqui em tempo parcial com Jess.

— Temos também a impressão parcial de uma bota — diz Basil. — A compensação por estar um tempo horrível para digitais na janela é que esse tempo é perfeito para impressões de calçados.

Sob a saliência da calha, vejo a mancha vermelha da cera em spray que ele usou para fazer um molde. Teve sorte de ter encontrado uma borda protegida; de terça-feira para cá nevou outra vez. É um calcanhar e há uma estrela no centro, cercada pelo que parecem raios de uma bússola. Depois que Basil a fotografar, podemos introduzir a imagem em um banco de dados para verificar que tipo de bota é essa.

O som de um carro descendo a rua termina com a batida de uma porta. Depois passos se aproximam, fazendo ruído na neve.

— Se for a imprensa — digo a Marcy —, atire primeiro.

Mas não é a imprensa. É Mark Maguire, com aparência de que não dormiu desde a última vez que o vi.

— Já estava mais do que na hora de começarem a procurar minha namorada — ele grita e, mesmo a alguma distância, o cheiro de álcool em sua respiração chega até mim.

— Sr. Maguire — digo, caminhando lentamente em direção a ele. — Por acaso sabe se esta tela sempre esteve cortada?

Observo-o com atenção para ver sua reação. Mas a verdade é que posso reunir todas as provas que quiser contra Mark Maguire e, ainda assim, não terei nenhuma base para prendê-lo, a menos que um corpo seja encontrado.

Ele aperta os olhos fitando a janela, mas o sol está de frente, além do reflexo brilhante da neve no chão. Então ele se aproxima mais um pouco e, aproveitando a chance, Basil dá a volta por trás e lança um jato de cera em spray na impressão que sua bota havia deixado.

Mesmo dessa distância, posso identificar a estrela e os raios de um compasso.

— Sr. Maguire — digo —, vamos ter que levar suas botas.

Jacob

A primeira vez em que vi uma pessoa morta foi no funeral de meu avô.

Foi depois da cerimônia, quando o pastor já tinha lido em voz alta um trecho da Bíblia, embora meu avô não fosse rotineiramente à igreja nem se considerasse religioso. Estranhos se levantaram e falaram sobre meu avô, chamando-o de Joseph e contando histórias sobre partes de sua vida que eram novidade para mim: seu serviço militar durante a Guerra da Coreia, sua infância em Lower East Side, seu começo de namoro com minha avó em uma barraca de beijos de uma festa do colégio. Todas aquelas palavras desceram sobre mim como vespas, e eu não conseguiria fazê-las ir embora até poder ver o avô que eu conhecia e de quem eu me lembrava, em vez desse impostor de que todos estavam falando.

Minha mãe nem estava bem chorando, ela estava mais se dissolvendo; essa é a única maneira de eu descrever o fato de que lágrimas haviam se tornado tão normais para ela que parecia estranho ver seu rosto liso e seco.

Deve ser destacado que eu nem sempre consigo entender a linguagem corporal. Isso é muito normal para alguém com Asperger. Não adianta esperar que eu olhe para uma pessoa e saiba como ela está se sentindo simplesmente porque seu sorriso está muito tenso e ela está com o corpo arqueado e apertando os braços em torno de si, da mesma forma como não adiantaria esperar que um surdo ouvisse uma voz. O que significa que, quando pedi para abrirem o caixão de meu avô, ninguém pode me culpar pelo fato de eu não ter percebido que aquilo entristeceria minha mãe ainda mais.

Eu só queria ver se o corpo lá dentro ainda era o meu avô, ou talvez o homem que aqueles oradores haviam conhecido, ou algo inteiramente diferente. Sou cético quanto a luzes, túneis e vida após a morte, e essa parecia a maneira mais lógica de testar minhas teorias.

O que eu aprendi foi isto: um morto não tem a ver com anjos ou fantasmas. É um estado físico de falência, uma mudança em todos aqueles átomos de carbono que criam a morada temporária de um corpo, para que eles retornem a seu estágio mais elemental.

Não entendo realmente por que isso assusta tanto as pessoas, já que é o ciclo mais natural do mundo.

O corpo no caixão ainda parecia o de meu avô. Quando toquei seu rosto, porém, com suas rugas raiadas, a pele não parecia mais pele humana. Era fria e ligeiramente firme, como pudim que ficou tempo demais na geladeira e criou uma espécie de couro, formando uma crosta na superfície.

Posso não compreender as emoções, mas me sinto culpado por não compreendê-las. Então, quando finalmente consegui cercar minha mãe, horas depois de ela ter saído correndo aos soluços para não me ver mais cutucando o rosto da Coisa-Que-Antes-Era-Meu-Avô, tentei explicar por que ela não deveria chorar.

— Ele não é o vovô — eu lhe disse. — Eu verifiquei.

É notável que isso não a tenha feito se sentir melhor.

— Isso não faz com que a perda dele seja menos triste para mim — minha mãe disse.

A pura lógica sugere que, se a entidade que está no caixão não é fundamentalmente a pessoa que conhecíamos, não podemos sentir falta dela. Porque não é uma perda; é uma mudança.

Minha mãe sacudiu a cabeça.

— Jacob, o que me dá essa sensação de perda é que nunca mais vou ouvir a voz dele. Nunca mais vou poder falar com ele.

Isso não era realmente verdade. Tínhamos a voz do vovô imortalizada em velhos vídeos de família, que eu às vezes gostava de ver quando não conseguia dormir à noite. E não era não poder falar com ele que minha mãe achava difícil de aceitar; era que ele não poderia mais responder.

Minha mãe suspirou.

— Você vai entender um dia. Espero.

Gostaria de poder dizer a ela que, sim, agora eu entendo. Quando alguém morre, parece com o buraco na gengiva quando um dente cai. A gente pode mastigar, comer, há dentes de sobra, mas a língua continua voltando para aquele lugar vazio, onde todos os nervos ainda estão um pouco à mostra.

Estou indo para meu encontro com Jess.

Estou atrasado. São três horas da madrugada, o que de fato é segunda-feira, não domingo. Mas não há outra hora para eu ir, com minha mãe de olho em mim. E, embora ela provavelmente vá dizer que eu quebrei uma regra da casa, tecnicamente não fiz isso. Não estou saindo escondido para uma cena de crime. A cena do crime fica a trezentos metros do lugar para onde estou indo.

Minha mochila está cheia de artigos necessários; minha bicicleta sussurra na calçada enquanto pedalo depressa. É mais fácil não estar a pé desta vez, não ter que sustentar mais do que meu próprio peso.

Bem atrás do quintal da casa para onde Jess se mudou, tem um pequeno bosque abandonado. E, bem atrás dele, está a Route 115. Ela atravessa uma ponte sobre a galeria pluvial que faz o escoamento dos bosques na primavera, quando o nível da água está alto. Reparei nisso na última terça-feira, quando peguei o ônibus da escola até a nova residência de Jess.

Minha mente está cheia de mapas — de fluxogramas sociais (*A pessoa está franzindo a testa ⟶ A pessoa fica tentando interromper ⟶ A pessoa dá um passo para trás = A pessoa quer desesperadamente sair da conversa*) a esquemas de relatividade, como uma versão interpessoal do Google Earth. (*O garoto me diz: "Você joga beisebol? Em que posição? Meia-boca?" e faz todo o resto da classe cair na risada. O garoto é uma pessoa em 6,792 bilhões de seres humanos neste planeta. Este planeta é apenas um oitavo do sistema solar, cujo sol é um de dois bilhões de estrelas na galáxia Via Láctea. Nessa perspectiva, o comentário perde a importância.*)

Mas minha mente também funciona geograficamente e topograficamente, de modo que, a qualquer momento, posso me localizar (este chuveiro está no andar superior da casa da Birdseye Lane, 132, Townsend, Vermont, Estados Unidos, América do Norte, hemisfério ocidental, planeta Terra). Então, quando cheguei à nova casa de Jess terça-feira passada, entendi perfeitamente onde ela estava localizada em relação a todos os outros lugares onde eu já havia estado.

Jess está no mesmo lugar onde a deixei cinco dias atrás, apoiada na úmida parede de pedra.

Encosto a bicicleta na ponta da galeria pluvial, agacho e jogo o facho da lanterna no rosto dela.

Jess está morta.

Quando toco seu rosto com os nós dos dedos, sinto como se fosse mármore. Isso me faz me lembrar: abro a mochila e tiro o cobertor. É uma coisa boba, eu sei, mas também é bobo deixar flores em um túmulo, e isso parece fazer mais sentido. Eu o enrolo nos ombros de Jess e o arrumo, para que ele a cubra até os pés.

Então, eu me sento ao lado dela. Visto um par de luvas de látex e seguro a mão de Jess por um momento antes de pegar meu caderno. Nele, começo a anotar os sinais físicos.

Os hematomas sob os olhos.

O dente faltando.

As contusões na parte superior dos braços, que estão, claro, cobertas por seu moletom agora.

Os arranhões amarelados e endurecidos na parte inferior de suas costas, que também estão cobertos por esse moletom.

Para falar a verdade, estou um pouco desapontado. Esperava que a polícia fosse capaz de ler as pistas que deixei. Mas eles não encontraram Jess e, portanto, o próximo passo tem que ser meu.

O telefone dela ainda está no meu bolso. Eu o levo para toda parte comigo, embora só o tenha ligado cinco vezes. A essa altura, o detetive Matson já deve ter requisitado os registros das ligações feitas com o celular de Jess; eles vão ver as ligações que fiz para sua casa para ouvir sua voz na secretária eletrônica, mas vão imaginar que tenha sido a própria Jess quem fez os telefonemas.

Ele provavelmente também tentou localizá-la pelo GPS, que quase todos os telefones têm hoje e que pode ser acessado pelo FBI usando um programa de computador que detecta um telefone ativo com uma precisão de poucos metros. Esse recurso começou a ser utilizado em programas de serviços de emergência, ou seja, telefonemas para o 911. Assim que a mesa de controle atende do outro lado, eles começam a rastrear, para o caso de ser necessário enviar um policial ou uma ambulância.

Decido facilitar as coisas para eles. Eu me sento ao lado de Jess outra vez, com os nossos ombros se tocando.

— Você foi a melhor amiga que já tive — digo a ela. — Queria que isso nunca tivesse acontecido.

Jess, claro, não responde. Não sei se ela deixou de existir ou se isso é apenas seu corpo, e aquilo que faz com que Jess seja Jess foi para algum outro lugar. O que me faz pensar em meu surto: na sala sem janelas, sem portas, no país onde ninguém fala com ninguém, no piano só de teclas pretas. Talvez seja por isso que as canções fúnebres sejam sempre em tom menor; estar do outro lado da morte não é assim tão diferente de ter Asperger.

Seria incrível ficar e observar. Não há nada que eu gostaria mais de fazer do que ver a chegada das forças policiais para salvar Jess. Mas isso seria muito arriscado; sei que vou simplesmente pegar minha bicicleta e estar bem e aconchegado em minha cama antes que o sol ou minha mãe se levantem para o novo dia.

Mas, primeiro, ligo o Motorola cor-de-rosa. Tenho a sensação de que deveria dizer algo, um tributo ou uma oração.

— *E.T., telefone, minha casa* — digo por fim, então digito 911 e coloco o pequeno aparelho na pedra, ao lado dela.

Pelas saídas de som, ouço a voz do outro lado.

— *Qual é a emergência?* — diz a voz. — *Alô? Tem alguém na linha?*

Já estou na metade do bosque quando vejo as luzes piscando a distância na Route 115 e sigo sorrindo por todo o resto do caminho até minha casa.

CASO 4: O MAR NÃO ESTÁ PARA PEIXE

Algo que Stella Nickell amava: peixes tropicais. Ela tinha o sonho de abrir sua própria loja.

Algo que Stella Nickell não amava: seu marido, que ela envenenou em 1986 com cápsulas de Excedrin que havia adulterado com cianeto, a fim de ficar com o seguro de vida.

Primeiro ela tentou envenenar Bruce Nickell com cicuta e dedaleira, mas nenhuma funcionou nele. Então resolveu contaminar as cápsulas de Excedrin. Para encobrir qualquer pista que apontasse em sua direção, também introduziu algumas caixas de Excedrin envenenado em três lojas diferentes, o que ocasionou a morte de Sue Snow, que teve o azar de ter comprado em uma delas. Os fabricantes do remédio emitiram um comunicado com os números dos lotes dos comprimidos para alertar os consumidores, e foi então que Stella Nickell se apresentou e contou às autoridades que tinha dois frascos de comprimidos contaminados que haviam sido comprados em duas lojas diferentes. Isso parecia improvável, uma vez que, das centenas de frascos que tinham sido analisadas naquela região, em apenas cinco foram encontradas cápsulas adulteradas. Quais eram as chances de Stella ter dois desses?

Ao examinar as cápsulas de Excedrin, o laboratório do FBI encontrou uma pista fundamental: havia cristais verdes misturados com o cianeto. Descobriu-se que estes eram Algae Destroyer, um produto usado em tanques de peixes. Stella Nickell tinha um aquário e havia comprado Algae Destroyer na loja de peixes local. De acordo com a polícia, Stella esmagara alguns comprimidos de algas para seus amados peixes em uma vasilha e, mais tarde, usara a mesma vasilha para misturar o cianeto. A filha distanciada de Stella compareceu posteriormente à polícia e testemunhou que sua mãe vinha planejando matar Bruce Nickell há anos.

Isso sim era uma dor de cabeça que nenhum remédio poderia curar.

Rich

Às vezes, chego atrasado demais.

No ano passado, um dia depois do Natal, uma menina de treze anos chamada Gracie Cheever não chegou a descer de seu quarto. Foi encontrada pendurada em uma corda, amarrada em um varão do armário. Quando cheguei com os investigadores que fotografaram a cena, a primeira coisa que notei foi a bagunça que era o quarto de Gracie – tigelas de cereal matinal acumuladas em uma pilha alta, papéis e roupa suja jogados pelo chão. Ninguém jamais dizia a essa criança para arrumar o quarto. Dei uma olhada em seu diário e descobri que Gracie se cortava; ela odiava sua vida e a si mesma; ela odiava seu rosto e se achava gorda, anotava cada coisinha que comia e todas as vezes em que quebrava a dieta. E então, em uma página: "Sinto falta da minha mãe". Perguntei a um dos policiais se a mãe dela tinha morrido, e ele sacudiu a cabeça.

– Ela está na cozinha – disse.

Gracie era a mais velha de duas filhas. Tinha uma irmã mais nova com síndrome de Down e, sem brincadeira, sua mãe vivia para essa criança. Ela a educava em casa; fazia a fisioterapia da menina em tapetes na sala de estar. E, enquanto a mãe estava ocupada sendo uma santa, o pai de Gracie a molestava.

Levei o diário de Gracie para a delegacia e fiz duas fotocópias dele. Estava cheio de sangue, porque, enquanto escrevia, ela estava se cortando. Uma das cópias, eu entreguei ao legista. A segunda, levei para o chefe.

– Alguém dessa família precisa saber o que estava acontecendo – eu lhe disse.

Depois do enterro de Gracie, liguei para sua mãe e pedi para me encontrar com ela. Nós nos sentamos na sala de estar, diante de uma lareira acesa. Nesse encontro, eu lhe entreguei uma cópia do diário e disse que havia marcado as páginas que ela realmente deveria ler. Ela me fitou com olhos frios e contou que a família estava recomeçando a vida. Agradeceu-me e, diante de meus olhos, jogou o diário no fogo.

Estou pensando em Gracie Cheever agora, enquanto contorno cautelosamente a galeria onde o corpo de Jess Ogilvy foi localizado. Ela está envolta em um cobertor e totalmente vestida. Há um fino brilho de geada sobre suas roupas e sua pele. Wayne Nussbaum retira as luvas de látex que usou para examinar o corpo e instrui seus assistentes a esperar que os investigadores terminem de fotografar a cena antes de transportar a vítima para o hospital para a autópsia.

— Primeira impressão? — pergunto.

— Ela está morta há algum tempo. Dias, imagino, embora seja difícil dizer. O frio produz um belo necrotério improvisado. — Ele enfia as mãos nuas sob as axilas. — Duvido que tenha sido morta aqui. Os arranhões nas costas dela sugerem que o corpo foi arrastado depois da morte. — Como um pensamento que lhe ocorreu naquele momento, ele pergunta: — Algum de seus homens encontrou um dente?

— Por quê?

— Porque está faltando um nela.

Tomo nota mental de pedir a meus investigadores que o procurem.

— Você acha que foi arrancado com um soco? Ou tirado como um troféu depois da morte?

Ele sacode a cabeça.

— Rich, não vou ficar fazendo jogo de suposições com você às quatro da manhã. Depois telefono com o laudo.

Enquanto ele se afasta, o flash da máquina fotográfica de um investigador ilumina a noite.

Naquele instante, parecemos todos fantasmas.

Mark Maguire engole em seco quando vê a mochila que voltou do laboratório.

— Foi essa que a tia deu para ela — murmura.

Ele está em estado de choque. Não só soube que sua namorada estava morta como também, segundos depois, foi preso por seu assassinato. Eram sete horas da manhã quando os policiais apareceram em seu apartamento para trazê-lo. Agora, durante o interrogatório, ele ainda veste as roupas com que foi dormir na noite passada: calça de moletom e uma camiseta desbotada da UVM. De tempos em tempos, ele treme na fria sala de conferências, mas isso só me faz pensar na pele azulada de Jess Ogilvy.

Minha cronologia está tomando forma. Do modo como a imagino, Maguire estava brigando com Jess e deu um soco nela, arrancando um dente e matando-a sem querer. Em pânico, limpou as provas e, depois, tentou fazer com que parecesse um sequestro: a tela cortada, a torre de CDs e os bancos da cozinha derrubados, o bilhete na caixa de correio, a mochila cheia de roupas de Jess.

Tiro as roupas da mochila: a maioria é grande demais para a constituição miúda de Jess.

— Um criminoso mais esperto que estivesse deixando uma pista falsa teria pegado roupas que servissem nela — pondero. — Mas enfim, Mark, você não é muito esperto, é?

— Eu já lhe disse, não tive nada a ver com...

— Você arrancou um dente dela quando estavam brigando? — pergunto. — É assim que um cara como você se excita? Batendo na namorada?

— Eu não bati nela...

— Mark, você não tem como escapar. Achamos o corpo dela e há hematomas nítidos nos braços e no pescoço. Quanto tempo você acha que vai demorar até fazermos a ligação dessas marcas com você?

Ele estremece.

— Eu já disse. Estávamos brigando, eu a segurei mesmo pelos braços e a apertei contra a parede. Eu queria... queria lhe dar uma lição.

— E a lição foi um pouco longe demais, não foi?

— Eu não matei a Jess. Juro por Deus.

— Por que você levou o corpo dela para o bosque?

Ele olha direto para mim.

— Por favor, você tem que acreditar em mim.

Eu me levanto e me inclino sobre ele.

— Eu não tenho que acreditar em nada que você diz, seu imbecil. Você já mentiu para mim sobre ter brigado com ela no fim de semana, e agora descobrimos que brigou com ela na terça-feira também. Tenho a marca de suas botas do lado de fora da janela com a tela cortada, suas impressões digitais na garganta dela e uma garota morta que foi limpa e removida do local. Pode perguntar a qualquer júri deste país como isso tem uma tremenda cara de um sujeito que matou a namorada e depois tentou esconder o crime.

– Eu não cortei aquela tela. Não sei quem fez isso. E não bati nela. Fiquei com raiva e a empurrei... e fui embora.

– Certo. E depois voltou e a matou.

Os olhos de Maguire se encheram de lágrimas. Eu me pergunto se ele está realmente sofrendo pela morte de Jess Ogilvy ou apenas por ter sido pego.

– Não – ele diz, com a voz rouca. – Não, eu amava a Jess.

– Você chorou assim enquanto estava limpando o sangue dela no banheiro? E quando teve que limpar todo o sangue do rosto dela?

– Quero vê-la – Maguire pede. – Me deixe ver a Jess.

– Você devia ter pensado nisso antes de matá-la – digo.

Quando me afasto um pouco, com a intenção de deixá-lo remoer a própria culpa por alguns minutos antes de voltar para forçar a confissão, Maguire apoia o rosto nas mãos. É quando percebo que elas estão completamente íntegras: nenhuma contusão, nenhum corte, que seriam de esperar quando se soca alguém com força suficiente para arrancar um dente.

Theo

Aos cinco anos, eu já sabia que havia diferenças entre mim e Jacob.

Eu tinha que comer tudo que estivesse no prato, mas Jacob podia deixar coisas como ervilhas e tomates, porque não gostava da sensação delas dentro da boca.

Qualquer fita de música infantil que eu estivesse ouvindo no carro tinha que dar preferência a qualquer música de Bob Marley.

Eu precisava recolher todos os meus brinquedos depois de terminar de brincar, mas a fila de dois metros de carrinhos Matchbox que Jacob tinha passado o dia organizando em uma reta perfeita podia ficar estendida pelo corredor um mês inteiro, até que ele se cansasse dela.

Na maior parte do tempo, porém, eu tinha consciência de ser o deslocado na família. Porque, no minuto em que Jacob tinha qualquer tipo de crise — e isso acontecia constantemente —, minha mãe largava tudo e corria para ele. E, de modo geral, quem ela largava era eu.

Uma vez, quando eu tinha uns sete anos, minha mãe me prometeu que nos levaria para ver *Pequenos espiões 3D* em uma tarde de sábado. Passei a semana toda muito entusiasmado, porque não era frequente irmos ao cinema, quanto mais para ver filmes 3D. Não tínhamos dinheiro para isso, mas consegui um óculos 3D grátis em uma caixa de cereal matinal e implorei muito até que minha mãe concordasse. No entanto — que grande surpresa —, tudo acabou dando em nada. Jacob tinha acabado de ler todos os seus livros de dinossauros e começou a bater as mãos e a balançar o corpo diante da ideia de não ter algo novo para ler na hora de dormir, e minha mãe tomou a decisão prática de nos levar à biblioteca em vez de ao cinema.

Talvez eu até tivesse aceitado bem isso, mas, na biblioteca, havia uma grande e vistosa estante que fazia uma associação do tema do filme com a leitura em geral. SEJA UM PEQUENO ESPIÃO!, dizia no alto, e estava cheia de livros como *A espiã* e histórias sobre os Hardy Boys e Nancy Drew. Vi minha mãe levar Jacob para a seção de não ficção: número 567 no mundo da classificação decimal de Dewey, que até *eu* sabia que significava dinossauros. Eles se sentaram bem à vontade ali no corredor, como se me arrastar para a biblioteca e arruinar meu dia não tivesse nenhuma importância, e começaram a ler um livro sobre ornitópodes.

De repente, eu soube o que deveria fazer.

Se minha mãe só tinha olhos para Jacob, então era isso que eu ia me tornar.

Provavelmente foram sete anos de frustração que explodiram naquele momento, pois não posso explicar de fato por que fiz o que fiz. Quer dizer, eu sabia bem que não deveria ter feito.

Bibliotecas são lugares onde se deve ficar em silêncio.

Livros de biblioteca são sagrados e não pertencem a nós.

Em um minuto, eu estava sentado na sala infantil, na confortável poltrona verde que parecia o punho de um gigante, e, no minuto seguinte, estava gritando com toda a força de meus pulmões, puxando livros das prateleiras e arrancando páginas, e, quando a bibliotecária disse: *De quem é essa criança?*, eu chutei seus tornozelos.

Eu tinha talento para ficar fora de controle. Afinal, passei minha vida toda observando um mestre.

Uma multidão se juntou. Outros bibliotecários correram para ver o que estava acontecendo. Eu só hesitei uma vez durante meu acesso, e foi quando vi o rosto de minha mãe aparecendo no meio do grupo que olhava para mim. Ela ficou branca, como uma estátua.

Obviamente, ela teve que me tirar dali. E, obviamente, isso significou que Jacob não pôde escolher os livros que queria levar para casa. Ela o segurou pelo pulso enquanto ele começava a ter sua própria crise, e me ergueu no colo com o outro braço. Meu irmão e eu fomos nos debatendo e gritando durante todo o caminho até o estacionamento.

Quando chegamos ao carro, ela me pôs no chão. Eu fiz o que já tinha visto Jacob fazer mil vezes: fiquei mole como um espaguete e desabei no piso do estacionamento.

De repente, ouvi algo que nunca tinha ouvido antes. Era mais alto que os meus gritos e os de Jacob combinados e vinha da boca da minha mãe.

Ela gritou e bateu os pés no chão. *Aaaaaaaaaaaaaah*, berrou, agitando os braços, dando chutes e balançando a cabeça para frente e para trás. As pessoas no estacionamento inteiro olhavam espantadas para ela.

Eu parei na mesma hora. A única coisa pior do que ver o mundo inteiro olhando para *mim* em meio a um acesso de loucura era ver o mundo inteiro olhando para minha *mãe* em meio a um acesso de loucura. Fechei os olhos, desejando fervorosamente que o chão se abrisse e me engolisse ali mesmo.

Jacob, por outro lado, continuou gritando e tendo seu ataque.

— Você acha que *eu* não tenho vontade de perder o controle de vez em quando? — minha mãe gritou e, então, se recompôs e afivelou um esperneante Jacob em seu assento no carro. Depois me levantou do chão e fez o mesmo comigo.

Mas não estou contando essa história por causa disso. É porque esse foi o primeiro dia em que minha mãe chorou na minha frente, em vez de tentar bravamente conter tudo dentro de si.

Emma

Da coluna da Tia Em:

Quando foi que pararam de pôr brinquedos nas caixas de cereal matinal?

Quando eu era pequena, lembro de andar pelo corredor dos cereais (que, certamente, é uma instituição tão americana quanto os fogos de artifício no 4 de Julho) e escolher meu café da manhã com base no brinde que vinha dentro. Um frisbee com o rosto do coelho do cereal Trix. Adesivos holográficos com o duende do cereal Lucky Charms. Um disco de decodificação de mensagens secretas. Podia passar um mês me sacrificando para engolir farelo de trigo com passas se isso significasse ganhar um anel mágico no fim.

Isso não é algo que eu possa admitir em voz alta. Em primeiro lugar, espera-se que sejamos supermães hoje em dia, em vez de reconhecer que temos falhas. É tentador acreditar que todas as mães acordam se sentindo renovadas a cada manhã, nunca levantam a voz, só cozinham alimentos orgânicos e tiram de letra o trabalho e a educação dos filhos.

Vou contar um segredo: essas mães não existem. A maioria de nós, mesmo que nunca confessemos, sofre com o farelo de trigo na esperança de avistar aquele anel mágico.

Pareço muito boa no papel. Tenho uma família e escrevo uma coluna no jornal. Na vida real, tenho que limpar supercola do tapete, raramente lembro de tirar os congelados do freezer antes da hora do jantar e pretendo entalhar PORQUE EU ESTOU MANDANDO em meu túmulo.

Mães de verdade se perguntam como os especialistas que escrevem para as revistas de orientação para pais e donas de casa — e, por que não?, para o *Burlington Free Press* — parecem ter sempre tudo sob controle enquanto elas mesmas mal conseguem manter a cabeça fora da água nos mares turbulentos da maternidade.

Mães de verdade não ficam ouvindo com humilde constrangimento a senhora mais velha que oferece conselhos não solicitados na fila do caixa do supermercado quando seu filho está tendo um acesso de birra. Nós pegamos a criança, pomos dentro do carrinho de compras da mulher e dizemos: "Ótimo, então quem sabe *a senhora* consiga fazer melhor".

Mães de verdade sabem que tudo bem comer pizza fria no café da manhã.

Mães de verdade admitem que é mais fácil falhar nesse trabalho do que ter sucesso.

Se a maternidade for uma caixa de cereal, então as mães de verdade sabem que a proporção entre os flocos e a diversão é terrivelmente desequilibrada. Para cada momento em que seu filho lhe faz confidências, ou diz que a ama, ou faz algo não solicitado para proteger o irmão, e você por acaso presencia, há muito mais momentos de caos, erro e dúvida em relação a si mesma.

Mães de verdade podem não expressar em voz alta essa heresia, mas elas às vezes, secretamente, gostariam de ter escolhido para o café da manhã outra coisa que não aquele cereal que não acaba nunca.

Mães de verdade temem que outras mães encontrem aquele anel mágico, enquanto *elas* vão continuar procurando e procurando durante séculos.

Fiquem tranquilas, mães de verdade. O simples fato de vocês se preocuparem em ser boas mães significa que *já são.*

Durante um momento de bloqueio criativo, preparo um sanduíche de atum e escuto o noticiário da tarde. O canal local é tão ruim que gosto de vê-lo só para me divertir. Se eu ainda estivesse na faculdade, faria um jogo de tomar um gole de cerveja cada vez que os âncoras pronunciassem errado uma palavra ou derrubassem seus papéis. Meu erro favorito mais recente foi quando o âncora anunciou a proposta de um senador de Vermont de fazer uma reestruturação no programa de saúde pública. Em vez de cortar para o discurso do parlamentar, mostraram o vídeo de um grupo de octogenários locais mergulhando na água no meio do gelo.

A matéria principal de hoje, porém, não tem graça nenhuma.

— *No início da manhã desta segunda-feira* — o âncora lê — *o corpo de Jessica Ogilvy foi encontrado no bosque atrás de sua residência. A pós-graduanda da UVM, de vinte e três anos, estava desaparecida desde a última terça-feira.*

O prato em meu colo cai no chão quando me levanto, com lágrimas nos olhos. Embora eu soubesse que havia essa possibilidade — uma probabilidade, de fato, com os dias passando sem que ela aparecesse —, isso não torna sua morte mais fácil de aceitar.

Muitas vezes eu me perguntei como seria o mundo se houvesse mais pessoas como Jess, moças e rapazes que pudessem ver alguém como Jacob e não rir de suas esquisitices e falhas e, em vez disso, celebrar as coisas que o faziam interessante e digno de admiração. Imaginava os meninos que estariam um dia em uma classe em que Jess fosse professora e que não teriam que lutar com os problemas de autoestima e bullying que Jacob precisou enfrentar na escola fundamental. E, agora, nada disso ia acontecer.

A imagem na televisão muda para uma repórter, perto do local onde o corpo de Jess foi encontrado.

— *Neste triste desfecho do caso* — diz ela, com expressão sóbria —, *os investigadores atenderam uma ligação para a emergência feita do celular de Ogilvy e rastrearam o telefonema até este local, uma galeria pluvial atrás de sua residência.*

A filmagem foi feita quase ao amanhecer; há faixas rosadas no céu. Ao fundo estão os investigadores, posicionando marcadores e tirando medidas e fotos.

— *Pouco depois* — a repórter continua — *as autoridades prenderam o namorado de Ogilvy, Mark Maguire, de vinte e quatro anos. O laudo da autópsia ainda não está pronto...*

Se eu tivesse piscado, provavelmente nunca teria visto. Se a repórter não tivesse mudado a posição dos pés, eu nunca teria visto. A imagem foi *muito* rápida, um instante absolutamente fugaz na lateral da tela antes de desaparecer.

Uma colcha de retalhos com as cores do arco-íris, VLAVAIV repetido em toda a extensão.

Congelo a imagem — um recurso moderno do sistema de satélite que usamos —, faço voltar para trás e reproduzo novamente. Dessa vez, talvez perceba que foi só uma ilusão de óptica, um reflexo do lenço no pescoço da repórter que eu confundi com outra coisa.

Ainda está lá, então volto a imagem para trás de novo.

Uma vez vi definirem loucura como fazer a mesma coisa repetidamente e esperar resultados diferentes. Meu coração está batendo com tanta força agora que posso senti-lo na base de minha garganta. Subo correndo até o armário de Jacob, onde havia encontrado a mochila de Jess alguns dias antes, enrolada na colcha com as cores do arco-íris.

Que não está lá.

Desabo sobre a cama e aliso com a mão o travesseiro dele. Neste instante, 12h45, Jacob está na aula de física. Ele me contou esta manhã que estão fazendo um experimento no laboratório sobre o princípio de Arquimedes, tentando determinar a densidade de dois materiais desconhecidos. Que massa, quando inserida em um determinado meio, faz com que este se desloque? O que flutua e o que afunda?

Irei até a escola pegar os meninos, inventando uma desculpa qualquer — uma consulta no dentista, um horário no cabeleireiro. Mas, em vez de vir para casa, seguiremos pela estrada até atravessar a fronteira com o Canadá. Vou arrumar as malas deles e nunca mais voltaremos.

Enquanto penso nisso, sei que nunca daria certo. Jacob não entenderia o conceito de nunca mais voltar para casa. E, em algum lugar, em uma delegacia, o namorado de Jess está levando a culpa quando talvez seja inocente.

No andar de baixo, com os dedos amortecidos, remexo a pilha de contas que não examinei ainda. Sei que está aqui em algum lugar... e então o encontro, embaixo da segunda notificação de atraso da companhia telefônica. O cartão profissional de Rich Matson, com seu número de celular escrito atrás.

Para o caso de alguma necessidade, ele dissera.

Para o caso de você achar que seu filho talvez esteja envolvido em um assassinato. Para o caso de se ver diante de provas flagrantes de que fracassou como mãe. Para o caso de ficar dividida entre o que quer e o que deve fazer.

O detetive Matson foi honesto comigo; serei honesta com ele.

A ligação cai direto na caixa postal. Na primeira vez, eu desligo, porque todas as palavras que pretendia dizer ficaram empastadas em minha boca. Na segunda, pigarreio.

— Aqui é Emma Hunt — digo. — Eu... preciso muito falar com você.

Ainda segurando o fone como um amuleto, volto para a sala. O noticiário na TV já terminou; há uma novela passando agora. Volto a imagem até a parte sobre Jess Ogilvy outra vez. Mantenho os olhos deliberadamente no outro lado da tela, mas ainda está ali: como uma bandeira no campo de visão, um nanossegundo de verdade em todos os tons do espectro de cores.

Por mais que eu me esforce, não consigo deixar de ver aquela maldita colcha.

Jacob

Jess está morta.

Minha mãe me conta depois da escola. Ela fica olhando firme para mim enquanto fala, como se estivesse tentando encontrar pistas em minha expressão, da mesma maneira como fico atento à inclinação das sobrancelhas de alguém, à posição de sua boca e ao tamanho de suas pupilas para tentar associá-los a uma emoção. Por um instante, penso: *Será que* ela *tem Asperger também?* Mas aí, quando parece que ela está analisando minha expressão, a dela muda, e não sei dizer o que está sentindo. Seus olhos parecem tensos nos cantos e a boca está apertada. Ela está brava comigo ou apenas chateada pela morte de Jess? Quer que eu reaja à notícia que já sei? Eu poderia agir como se estivesse chocado (queixo caído, olhos arregalados), mas isso também significaria que estou mentindo e, então, minha cara de mentira (olhos fitando o teto, dentes mordendo o lábio inferior) faria uma invasão hostil em minha cara de choque. Além disso, mentir está no topo da lista das Regras da Casa. Recapitulando:

1. Limpar a própria bagunça.
2. Falar a verdade.

Quanto à morte de Jess: eu fiz as duas coisas.

Imagine como seria se você fosse repentinamente jogado do Brasil em Portugal. De repente, *comboio* seria um trem, e não mais um agrupamento de carros se movendo juntos. *Vender a retalho* não seria vender pedaços de pano, mas a varejo. *Rato*, além do roedor, é também o mouse do computador. *Talho* não é só um corte, mas açougue; *frigorífico* é uma geladeira e *telemóvel* é celular.

Se o largassem em Portugal e você fosse, digamos, coreano ou inglês, sua confusão seria esperada. Afinal, você não fala a língua. Se fosse brasileiro, no entanto, a língua tecnicamente seria a mesma. Mas você se vê no meio de conversas em que não encontra sentido e pede para as pessoas repetirem mil vezes na esperança de que as palavras desconhecidas acabem se encaixando.

É essa a sensação do Asperger. Tenho que dedicar muito esforço a coisas que são naturais para os outros, porque sou como um turista aqui.

E esta é uma viagem só de vinda.

Estas são as coisas de que vou me lembrar sobre Jess:

1. No Natal, ela me deu um pedaço de malaquita do tamanho e da forma exatos de um ovo de galinha.
2. Ela é a única pessoa que já conheci que nasceu em Ohio.
3. Seu cabelo era diferente dentro e fora de casa. Quando estava no sol, era menos amarelo e mais cor de fogo.
4. Ela me mostrou *A princesa prometida*, que talvez seja um dos melhores filmes da história do cinema.
5. Sua caixa postal na UVM era número 5995.
6. Ela desmaiava quando via sangue, mas mesmo assim, no outono passado, foi à minha apresentação de física sobre padrões de respingos de sangue e ficou de costas durante os slides em PowerPoint.
7. Embora algumas vezes ela provavelmente ficasse enjoada de me ouvir falar, nunca, jamais me disse para calar a boca.

Sou a primeira pessoa a dizer para você que, na verdade, não entendo o amor. Como se pode amar seu novo corte de cabelo, seu trabalho e sua namorada, tudo ao mesmo tempo? É evidente que a palavra não significa a mesma coisa em diferentes situações e é por isso que nunca consegui compreendê-la usando a lógica.

O lado físico do amor me aterroriza, para ser sincero. Quando já se é hipersensível à sensação de qualquer coisa roçando sua pele ou a pessoas paradas perto o bastante para tocá-lo, não há absolutamente nada em uma relação sexual que faça dela uma experiência que se deseje experimentar.

Menciono isso como uma ressalva à última coisa de que me lembrarei sobre Jess:

8. Eu poderia tê-la amado. Talvez já amasse.

Se eu fosse criar uma série de ficção científica na televisão, seria sobre um sensitivo, uma pessoa que consegue naturalmente ler a aura das emoções das pessoas e, com um único toque, absorver seus sentimentos também. Seria tão fácil se eu pudesse olhar para alguém que estivesse feliz, tocar seu braço e, de repente, sair também borbulhando de alegria, em vez de me angustiar sem saber se interpretei errado suas ações e reações.

Qualquer um que chora em filmes é um sensitivo enrustido. O que está acontecendo naquela tela vaza pelo celuloide de forma suficientemente real para evocar a emoção. Por que outro motivo a gente se veria rindo das palhaçadas de dois atores que, fora das telas, não se suportam? Ou chorando pela morte de um ator que, quando a câmera é desligada, sacode a poeira da roupa e pega um hambúrguer para jantar?

Quando eu assisto a filmes, é um pouco diferente. Cada cena se torna um catálogo de possíveis situações sociais em minha mente. *Se você um dia estiver discutindo com uma mulher, experimente beijá-la para deixá-la desconcertada. Se estiver no meio de uma batalha e seu companheiro levar um tiro, amizade significa que você deve voltar sob fogo para resgatá-lo. Se quiser ser o centro da festa, diga: "Toga!"*

Se, mais tarde, eu me encontrar nessa situação específica, posso procurar em minhas fichas de interações cinematográficas, imitar o comportamento e saber, pelo menos dessa vez, que estou dando a resposta certa.

A propósito, nunca chorei em um filme.

Uma vez, eu estava contando a Jess tudo o que eu sabia sobre cachorros.

1. Eles evoluíram de um pequeno mamífero arborícola chamado *miacis*, que viveu quarenta milhões de anos atrás.
2. Eles começaram a ser domesticados pelos homens das cavernas na era Paleolítica.
3. Qualquer que seja a raça, um cachorro tem trezentos e vinte e um ossos e quarenta e dois dentes permanentes.
4. Dálmatas nascem inteiramente brancos.
5. A razão de eles girarem em círculo antes de se deitarem é que, quando eram animais selvagens, isso ajudava a achatar a grama longa para que ela servisse de cama.
6. Cerca de um milhão de cachorros foram colocados como beneficiários principais no testamento do dono.

7. Eles suam pelas patas.
8. Cientistas descobriram que cachorros podem identificar pelo cheiro a presença de autismo em crianças.

— Você está inventando isso — ela disse.

— Não. É sério.

— E por que você não tem um cachorro?

Havia tantas respostas para essa pergunta que eu realmente não sabia por onde começar. Minha mãe, por exemplo, que dizia que alguém que não consegue se lembrar de escovar os dentes duas vezes por dia não tinha a firmeza de espírito para cuidar de outra criatura viva. Meu irmão, que era alérgico a quase tudo que tivesse pelo. O fato de que cachorros, que haviam sido minha paixão depois dos dinossauros, mas antes da análise de cenas de crime, haviam perdido sua relevância.

A verdade é que eu, provavelmente, nunca ia querer um cachorro. Cachorros são como os garotos na escola que eu não suporto: aqueles que ficam em volta, mas vão embora assim que percebem que não vão conseguir o que querem ou precisam com a conversa. Eles andam em grupos. Lambem a gente e achamos que é porque gostam de nós, mas, na verdade, é só porque nosso dedo ainda está com o cheiro do sanduíche de peru que comemos.

Por outro lado, acho que gatos têm Asperger.

Como eu, eles são muito inteligentes.

E, como eu, às vezes simplesmente precisam que os deixem em paz.

Rich

Enquanto deixo Mark Maguire remoer a própria consciência por alguns minutos, pego um copo de café na sala de descanso e verifico meu correio de voz. Tenho três novas mensagens. A primeira é de minha ex, me lembrando que amanhã é a noite de atividades abertas na escola de Sasha, um evento que, pelo jeito, vou ter que perder outra vez. A segunda é de meu dentista, confirmando uma consulta. E a terceira é de Emma Hunt.

— Emma — digo, retornando a ligação. — Você me ligou?

— Eu... eu vi que vocês encontraram a Jess. — A voz dela está rouca, cheia de lágrimas.

— Sim. Sinto muito. Sei que vocês eram próximas.

Ouço soluços do outro lado da linha.

— Você está bem? — pergunto. — Precisa de alguma ajuda?

— Ela estava enrolada em uma colcha — Emma diz, arfando.

Às vezes, quando se faz o que eu faço como trabalho, é fácil esquecer que, depois que arquivamos um caso, há pessoas que sofrem com os efeitos pelo resto da vida. Elas se lembrarão de um pequeno detalhe sobre a vítima: um sapato perdido no meio da estrada, a mão ainda segurando uma Bíblia ou, nesse caso, a justaposição entre ser ternamente enrolada em uma colcha e ser assassinada. Mas não há nada que eu possa fazer por Jess Ogilvy agora, exceto levar à justiça a pessoa que a matou.

— Essa colcha — Emma soluça — é do meu filho.

Congelo no ato de misturar o creme no café.

— Do Jacob?

— Eu não sei... não entendo o que isso significa...

— Emma, escute. Pode não significar nada. Ou então o Jacob deve ter uma explicação.

— O que eu faço? — ela chora.

— Nada — digo a ela. — Deixe comigo. Você pode trazê-lo aqui?

— Ele está na escola...

— Depois da escola — respondo. — E, Emma, fique calma. Nós vamos descobrir o que aconteceu.

Assim que desligo, pego meu copo cheio de café e o despejo na pia; isso mostra como fiquei perturbado. Jacob Hunt admitiu ter estado na casa. Estava com uma mochila cheia de roupas de Jess Ogilvy. Foi a última pessoa que a teria visto viva.

Jacob pode ter síndrome de Asperger, mas isso não elimina a possibilidade de ele ser um assassino.

Penso nas negações taxativas de Mark Maguire de ter machucado sua namorada, em suas mãos sem ferimentos, em seu choro. Então penso em Jacob Hunt, que limpou a casa de Jess quando o local parecia ter sido um palco de vandalismo. Teria deixado de mencionar o detalhe intrínseco de ter sido *ele* quem causou a destruição?

Por um lado, tenho um namorado que é um cafajeste, mas que está sofrendo. Tenho as marcas de sua bota do lado de fora da janela com a tela cortada.

Por outro lado, tenho um garoto que é obcecado por análises de cenas de crime. Um garoto que não gosta de Mark Maguire. Um garoto que saberia como pegar um assassinato e fazer parecer que Mark Maguire o houvesse cometido e, depois, tentar encobrir seus rastros.

Tenho um garoto com um histórico de aparecer em cenas de crime.

Tenho um homicídio e tenho um cobertor que liga Jacob Hunt a ele.

A linha entre ser um observador e um participante é quase invisível; pode-se cruzá-la antes mesmo de perceber que se pisou nela.

Emma

No caminho da escola para casa, seguro o volante com tanta força que minhas mãos tremem. De tempos em tempos, olho para Jacob pelo espelho retrovisor. Ele parece igualzinho a como estava hoje cedo: a camiseta verde-clara, o cinto de segurança firmemente preso sobre o peito, o cabelo escuro caindo nos olhos. Não apresenta movimentos repetitivos, não está retraído nem exibe qualquer sinal típico de comportamento que dá o alerta para o fato de algo o estar incomodando. Isso significa que ele não teve nada a ver com a morte de Jess? Ou teve, mas isso simplesmente não o afeta da maneira como afetaria outra pessoa?

Theo está falando sobre matemática; um problema que ele solucionou e ninguém mais na classe tinha conseguido entender. Não estou absorvendo nem uma palavra.

— O Jacob e eu temos que dar uma passada na delegacia — digo, controlando a voz para ser o mais natural possível. — Então, Theo, vou deixá-lo em casa primeiro.

— Para quê? — Jacob pergunta. — O detetive já tem os resultados sobre a mochila?

— Ele não disse.

Theo olha para mim.

— Mãe, tem alguma coisa acontecendo?

Por um momento, tenho vontade de rir: tenho um filho que não consegue me ler de jeito nenhum e outro que me lê bem até demais. Não respondo enquanto paro o carro em frente à nossa caixa de correio.

— Theo, pegue a correspondência e entre. Volto assim que puder.

Eu o deixo parado no meio da calçada e saio com Jacob.

Mas, em vez de ir para a delegacia, paro no estacionamento de um conjunto de lojas.

— Vamos comer alguma coisa? — Jacob pergunta. — Estou morrendo de fome.

— Talvez mais tarde. — Saio do banco do motorista e me sento ao lado dele no banco de trás. — Quero te contar uma coisa. Uma notícia muito ruim.

— Como quando o vovô morreu.

— É, mais ou menos isso. Você sabe que a Jess está desaparecida há um tempo e por isso vocês não puderam se encontrar no domingo, certo? A polícia achou o corpo. Ela está morta. — Eu o observo com atenção enquanto falo, pronta para um pestanejar dos olhos ou um tremor da mão que eu possa ler como um sinal. Mas Jacob, completamente impassível, só olha para o encosto do banco à sua frente.

— Está bem — ele diz após um momento.

— Você tem alguma pergunta?

Jacob faz que sim com a cabeça.

— Podemos comer alguma coisa agora?

Olho para meu filho e vejo um monstro. Só não tenho certeza se esse é seu rosto verdadeiro ou se é uma máscara feita de Asperger.

Sinceramente, nem sei se isso importa.

Quando chego à delegacia com Jacob, meus nervos estão tão tensos quanto as cordas de um violino. Eu me sinto uma traidora, trazendo meu próprio filho para o detetive Matson, mas havia outro jeito? Uma jovem está morta. Eu não poderia viver comigo mesma, carregando esse segredo, se não prestasse contas do envolvimento de Jacob.

Antes mesmo de eu pedir para chamá-lo, o detetive entra na recepção da delegacia.

— Jacob — cumprimenta ele e, então, vira-se para mim. — Emma. Obrigado por trazê-lo.

Não tenho nada para dizer. Em vez disso, só desvio o olhar.

Como Jacob.

O detetive pousa a mão em meu ombro.

— Sei que isso não é fácil... mas foi a coisa certa.

— Então por que não parece ser? — murmuro.

— Confie em mim — diz Matson.

E porque eu quero, porque eu *preciso* que outra pessoa assuma a direção por apenas um momento enquanto tento respirar, faço um sinal afirmativo com a cabeça.

Ele vira para Jacob.

— A razão de eu ter pedido para sua mãe trazê-lo — diz Matson — é que quero conversar com você. Seria muito bom ter sua ajuda em alguns casos.

Minha boca se abre de espanto. Isso é uma completa mentira.

Previsivelmente, Jacob se enche de orgulho.

— Acho que tenho algum tempo para isso.

— Ótimo — Matson responde —, porque estamos empacados. Temos alguns casos arquivados, e alguns casos pendentes também, que nos deixaram num beco sem saída. Depois de ter visto você chegar àquelas conclusões sobre o homem hipotérmico, sei que é incrivelmente entendido em criminologia forense.

— Tento me manter atualizado — diz Jacob. — Assino três periódicos.

— É mesmo? Impressionante. — Matson abre a porta que leva para os fundos da delegacia. — Por que não vamos para algum lugar mais reservado?

Usar o amor de Jacob pela investigação policial para induzi-lo a dar uma declaração sobre a morte de Jess é como mostrar uma seringa de heroína para um viciado. Estou furiosa com Matson por ser tão traiçoeiro; estou furiosa comigo mesma por não ter percebido que ele teria suas próprias prioridades, como eu tive as minhas.

Vermelha de raiva, cruzo a porta para segui-los, mas sou impedida pelo detetive.

— Na verdade, Emma — diz ele —, você vai ter que esperar aqui.

— Eu preciso ir junto. Ele não vai entender suas perguntas.

— Legalmente, ele já é adulto. — Matson sorri, mas o sorriso não chega aos seus olhos.

— Por favor, mãe — Jacob intervém, com a voz cheia de importância. — Está tudo bem.

O detetive olha para mim.

— Você é guardiã legal dele?

— Eu sou *mãe* dele

— Não é a mesma coisa — Matson diz. — Sinto muito.

Pelo quê?, eu me pergunto. Por induzir Jacob a acreditar que estão do mesmo lado? Ou por fazer o mesmo comigo?

— Então nós vamos embora — insisto.

Matson aceita com a cabeça.

— Jacob, a decisão é sua. Você quer ficar comigo ou quer ir para casa com a sua mãe?

— Está *brincando*? — Jacob diz, radiante. — É claro que quero conversar com você.

Antes que a porta se feche atrás deles, saio correndo como uma louca para o estacionamento.

Rich

Tudo é válido no amor, na guerra e no interrogatório. Com isso quero dizer que, se eu conseguir convencer um suspeito de que sou a reencarnação de sua avó morta há muito tempo e que o único caminho para a salvação é se confessar comigo, que assim seja. Nada disso explica o fato de que não consigo tirar da cabeça o rosto de Emma Hunt no minuto em que ela percebeu que eu a havia traído e que não ia deixá-la acompanhar minha conversinha com seu filho.

Não posso levar Jacob para a sala de interrogatório, porque Mark Maguire ainda está lá esquentando a cadeira. Eu o deixei com um sargento que está fazendo um estágio de seis meses comigo para decidir se quer ou não fazer o teste para detetive. Não posso liberar Mark até saber com certeza se tenho o suspeito certo sob minha mira.

Então levo Jacob para minha sala. Não é muito maior que um armário, mas tem caixas de arquivos de casos por todos os lados e algumas fotos de cenas de crimes pregadas no painel de cortiça atrás da minha cabeça — o que deve ser bom para estimular sua adrenalina.

— Quer uma Coca-Cola ou outra coisa? — pergunto, fazendo um sinal para ele se acomodar na única outra cadeira livre na sala.

— Não estou com sede — Jacob diz. — Mas gostaria de algo para comer.

Procuro nas gavetas algum doce de emergência. Se aprendi alguma coisa nesse trabalho é que, quando tudo parece estar indo de mal a pior, às vezes um chocolate pode ajudar a vislumbrar uma saída. Eu lhe jogo um pacote de meu estoque de sobras do Halloween e ele franze a testa.

— Esse tem glúten — Jacob diz.

— E isso é ruim?

— Você não tem Skittles?

Não posso acreditar que estamos negociando doces, mas procuro dentro da vasilha e encontro um pacote de Skittles.

— Beleza! — exclama Jacob, rasgando um canto da embalagem e colocando a ponta direto na boca.

Recosto-me na cadeira.

— Você se importa se eu gravar a conversa? Assim posso mandar digitar depois, para o caso de termos alguma ideia fantástica.

— Ah, tudo bem. Se isso for útil.

— Será — digo e aperto o botão do gravador. — Como você sabia, afinal, que aquele homem tinha morrido de hipotermia?

— Fácil. Não havia nenhum ferimento de defesa nos braços dele; havia sangue, mas não feridas abertas... e, claro, o fato de ele estar de cueca foi um sinal evidente.

Sacudo a cabeça.

— Você me fez parecer um gênio na frente do legista — digo.

— Qual é o caso mais estranho que você já ouviu?

Penso por um momento.

— Um rapaz pula do alto de um prédio, em uma tentativa de suicídio, mas passa por uma janela aberta no exato momento em que disparam um tiro lá de dentro.

Jacob sorri.

— Isso é lenda urbana. Esse fato foi desmentido pelo *Washington Post* em 1996 como parte de um discurso feito por um ex-presidente da Academia Americana de Ciências Forenses, para mostrar as complicações jurídicas da análise forense. Mas é uma história boa mesmo assim.

— E você?

— Charles Albright, que ficou conhecido como Assassino do Globo Ocular, no Texas. Ele dava aula de ciências, matava prostitutas e removia o globo ocular delas cirurgicamente como troféu. — Ele faz uma careta. — Obviamente é por isso que eu nunca gostei muito do meu professor de ciências.

— Tem muitas pessoas neste mundo que a gente nunca imaginaria que pudessem ser assassinos — comento, observando Jacob com atenção. — Você não acha?

Por um centésimo de milésimo de segundo, uma sombra passa por seu rosto.

— Você deve saber melhor do que eu — diz ele.

— Jacob, estou com uma dificuldade. Gostaria de usar seu cérebro para um caso atual.

— Jess — ele pronuncia.

— Sim. Mas é complicado, porque você a conhecia. Então, se vamos conversar abertamente, você vai ter que abdicar de seu direito de *não* falar sobre esse assunto. Entende o que estou dizendo?

Ele faz que sim com a cabeça e começa a recitar o Aviso de Miranda.

— Eu tenho o direito de permanecer calado. Qualquer coisa que eu disser pode e será usado contra mim em um tribunal. Tenho o direito de ter um advogado presente durante o interrogatório. Se eu não puder pagar um advogado, vão me indicar um...

— Exatamente — murmuro. — Na verdade, tenho uma cópia do texto aqui. Se puder rubricar nesse espaço e assinar no fim, posso provar para o meu chefe que você não decorou simplesmente, mas entendeu o significado.

Jacob pega a caneta que lhe entrego e assina rapidamente seu nome no documento que preparei.

— Podemos conversar agora? — ele pergunta. — O que vocês já têm?

— Bom, a mochila foi uma decepção.

— Nenhuma impressão digital?

— Só as da própria Jess — digo. — Outra coisa interessante apareceu na casa: há uma tela cortada e a janela foi arrombada.

— Você acha que foi assim que o criminoso entrou?

— Não, porque a porta não estava trancada. Mas encontramos impressões de bota sob a janela que correspondem às do namorado da Jess.

— Teve um episódio incrível em *CrimeBusters* em que as impressões de pegadas no lado de fora não apareceram até que nevou... — Jacob se interrompe e volta ao assunto. — Então, o Mark mata a Jess e depois tenta fazer parecer que foi outra coisa, um assalto, cortando a tela e derrubando os bancos, a correspondência e os CDs?

— Mais ou menos isso. — Olho para as mãos dele. Como as de Maguire, não há nenhum ferimento nelas. — O que você acha? Seria muito difícil reorganizar a cena do crime para confundir os investigadores?

Antes de ele responder, meu celular toca. Reconheço o número; é Basil, que acompanhou o médico-legista no hospital.

— Pode me dar licença um minuto? — peço a Jacob e saio no corredor, fechando a porta atrás de mim antes de atender. — O que encontraram?

— Além dos arranhões nas costas e das contusões na garganta e na parte superior dos braços, há mais algumas na região periorbital...

— Em linguagem de gente, Basil.

— Hematomas em volta dos olhos — ele diz. — Ela teve o nariz quebrado e fratura no crânio. A causa da morte é hematoma subdural.

Tento imaginar Jacob Hunt dando um gancho de direita no rosto de Jess Ogilvy com força suficiente para quebrar seu crânio.

— Ótimo. Obrigado.

— Tem mais — Basil continua. — A roupa de baixo estava vestida ao contrário, mas não há sinais de violência sexual. O rosto dela foi lavado. Há traços de sangue na linha de implantação dos cabelos. E aquele dente faltando? Nós o encontramos.

— Onde?

— Embrulhado em papel higiênico e guardado no bolso da frente da calça dela — Basil responde. — Quem fez isso não largou simplesmente Jess Ogilvy naquele lugar. Ele cuidou dela.

Desligo o telefone e penso imediatamente em Sasha, que perdeu um dente um mês atrás quando estava em minha casa. Nós o embrulhamos em um lenço de papel e o colocamos em um envelope com o nome da Fada dos Dentes, para garantir. Claro que tive que ligar para minha ex e saber qual era o valor atual: cinco dólares, pode acreditar, o que significa que minha boca inteira vale cento e sessenta dólares. Depois que Sasha dormiu e eu troquei o envelope por uma nota de cinco dólares estalando de nova, eu o segurei pensando o que deveria fazer com um dente de leite. Imaginei a Fada dos Dentes com um daqueles abajures feitos de jarras de vidro vazias com conchas do mar dentro, só que o dela contém milhares de pequenos dentinhos. Como não me agrada esse tipo de decoração, pensei em simplesmente jogar aquela coisa fora, mas, no último minuto, não consegui. Era a infância de minha filha, guardada em um envelope. Quantas chances eu ainda teria de me segurar a um pedaço da vida dela?

Teria Jacob Hunt se sentido da mesma maneira quando segurou o dente de Jess?

Respiro fundo e volto à minha sala. O tempo das sutilezas acabou.

– Você já esteve em uma autópsia, Jacob?

– Não.

Eu me sento novamente atrás da mesa.

– A primeira coisa que o médico-legista faz é pegar uma agulha enorme e espetá-la no globo ocular para coletar o humor vítreo. Quando se faz uma análise toxicológica desse material, é possível identificar o que estava no organismo da vítima no momento da morte.

– Que tipo de teste toxicológico? – Jacob pergunta, nem um pouquinho abalado pela imagem macabra que acabei de apresentar. – Álcool? Remédios controlados? Ou drogas ilegais?

– Depois o legista abre o tronco com uma incisão em Y e afasta a pele. Ele serra as costelas para cortar uma pequena cúpula que possa ser levantada como a tampa de um frasco e então começa a tirar os órgãos, um por um... pesando-os... cortando fatias para poder examinar em um microscópio.

– *Um pesquisador do censo uma vez tentou me testar. Eu comi o fígado dele com feijão preto e um bom Chianti.*

– Em seguida, o legista pega a serra, corta todo o alto do crânio e o abre com um formão. Enfia a mão lá dentro e puxa o cérebro para fora. Você sabe o som que um cérebro faz quando está sendo puxado para fora de um crânio, Jacob? – Eu imito, como um lacre sendo rompido.

– Então ele é pesado, certo? – Jacob pergunta. – O cérebro humano médio pesa um quilo e meio, mas o maior já registrado tinha dois quilos e trezentos.

– Todas essas coisas que acabei de descrever – digo, inclinando-me para a frente –, todas elas acabaram de acontecer com sua amiga Jess. O que você pensa disso?

Jacob afunda mais na cadeira.

– Eu *não* quero pensar nisso.

– Quero lhe contar algumas coisas que foram encontradas na autópsia da Jess. Talvez você possa me dizer como elas teriam acontecido.

Ele se anima consideravelmente, pronto para jogar.

– Havia hematomas indicando que alguém a agarrou pelos braços e a sufocou, apertando o pescoço dela.

— Bom — Jacob reflete —, havia impressões de pontas de dedo ou de mão?

— Me diga você, Jacob. Foi você quem agarrou a Jess pelos braços, não foi?

Ao perceber que caiu em uma armadilha, o rosto dele fica muito parecido com o de sua mãe. Suas mãos se enroscam nos braços da cadeira e ele sacode a cabeça.

— Não.

— E quanto a sufocá-la? Você não vai mentir para mim sobre ter feito isso, vai?

Ele fecha os olhos e faz uma careta, como se estivesse sentindo dor.

— Não...

— O que fez você sufocá-la?

— Nada!

— Vocês brigaram? Ela disse alguma coisa que você não gostou? — pressiono.

Jacob fica na ponta da cadeira e começa a balançar o corpo. Ele não me olha nos olhos, por mais que eu levante a voz. Gostaria de ter tido a ideia de filmar essa conversa em vez de gravá-la. Se o comportamento desse garoto não for uma declaração de culpa, francamente, não sei o que mais seria.

— Nada me fez sufocar a Jess — Jacob diz.

Ignoro isso completamente.

— Você a sufocou até ela parar de respirar?

— Não...

— Você deu um soco no rosto dela?

— O quê? Não!

— Então como ela perdeu o dente?

Ele olha para mim e isso me pega de surpresa. O olhar dele é direto, aberto, com a emoção em estado tão bruto que me sinto compelido a desviar o olhar, como ele geralmente faz.

— Isso foi um acidente — Jacob confessa baixinho, e só então percebo que eu estava segurando a respiração.

Oliver

Hoje de manhã, consegui ensinar Thor a equilibrar um clipe de papel na ponta do focinho.

— Muito bem — digo —, vamos tentar de novo. — Pelos meus planos, se eu conseguir ensiná-lo a equilibrar *e* fazer outra coisa ao mesmo tempo, como rolar, ou latir ao som de "Dixie", podemos chegar ao programa do Letterman.

Acabo de colocar o clipe de papel sobre seu focinho outra vez quando uma mulher entra como louca.

— Preciso de um advogado — ela anuncia, sem fôlego.

Deve ter por volta de quarenta anos, a julgar por algumas linhas em torno da boca e uns poucos fios brancos nos cabelos escuros, mas seus olhos a fazem parecer mais jovem. São como caramelo, ou caramelo com manteiga, mas a troco de que estou olhando para uma cliente potencial e fazendo associações com coberturas de sorvete?

— Pode entrar! — Eu me levanto e lhe ofereço uma cadeira. — Sente-se e conte qual é o problema.

— Não temos tempo para isso. Você precisa vir comigo agora mesmo.

— Mas eu...

— Meu filho está sendo interrogado na delegacia e você precisa ir lá fazê-los parar. Eu estou contratando você em nome dele.

— Fantástico — digo, e Thor derruba o clipe de papel. Eu o recolho para que ele não o engula em minha ausência e pego o casaco.

Sei que isso é totalmente mercenário de minha parte, mas estou esperando que ela me conduza ao BMW estacionado na frente da cantina. Em vez disso, ela vira à direita e para diante do Volvo detonado que provavelmente já rodou uns quinhentos mil quilômetros. Eis o motivo por que cobro meus honorários em dinheiro. Entro no assento do passageiro e estendo a mão.

— Sou Oliver Bond.

Ela não retribui o cumprimento. Em vez disso, coloca a chave na ignição e sai com tanta imprudência que me deixa de boca aberta.

— Emma Hunt — diz.

Ela faz uma curva e os pneus de trás derrapam.

— Hã... você poderia me contar um pouco mais sobre o que está acontecendo... — Perco o ar quando ela corta um sinal vermelho.

— O senhor assiste aos noticiários, sr. Bond?

— Oliver, por favor. — Aperto o cinto de segurança. A delegacia fica a apenas dois ou três quilômetros, mas gostaria de estar vivo quando chegar lá.

— Acompanhou a história sobre a estudante da UVM que estava desaparecida?

— Aquela cujo corpo acabou de ser encontrado?

O carro para com um rangido dos pneus diante da delegacia.

— Acho que talvez o meu filho seja o responsável — diz ela.

Perguntaram certa vez a Alan Dershowitz, o famoso advogado judeu, se ele aceitaria defender Adolf Hitler.

— Sim — disse ele. — E eu ganharia.

Quando adormeci durante a aula de responsabilidade civil, o professor, que falava em um tom monótono e tornava o direito um pouco menos atraente do que ficar vendo tinta secar, despejou uma garrafa de água em minha cabeça. "Sr. Bond", ele salmodiou, "macacos me mordam se o senhor não for o tipo de aluno com quem uma vaga no curso não deveria ter sido desperdiçada."

Endireitei o corpo, encharcado e cuspindo água. "Com o devido respeito, senhor, eles vão ter que morder com mais força", respondi, para aclamação geral de meus colegas.

Conto esses casos para o júri proverbial como exemplos do fato de que nunca vivi minha vida fugindo de desafios e não vou começar agora.

— Vamos. — Emma Hunt desliga o motor.

Ponho a mão no braço dela.

— Talvez você pudesse começar me dizendo o nome do seu filho.

— Jacob.

— Quantos anos ele tem?

— Dezoito — responde ela. — Ele tem síndrome de Asperger.

Já ouvi esse termo, mas não vou fingir que sou um especialista.

— Quer dizer que ele é autista?

— Tecnicamente sim, mas não como em *Rain Man*. Ele tem alto nível funcional. — Ela olha ansiosa para a delegacia. — Podemos discutir isso depois?

— Não se você quiser que eu represente o Jacob. Como ele veio parar aqui?

— Eu o trouxe. — Ela solta uma respiração longa e trêmula. — Quando estava assistindo ao noticiário hoje e eles falavam direto do local do crime, vi uma colcha ali que pertence ao Jacob.

— É possível que outras pessoas tenham uma igual? Que alguém por acaso tenha comprado uma numa liquidação de um grande magazine na última estação?

— Não. Ela é feita à mão. Estava no armário do quarto dele, ou eu achei que estivesse. E então ouvi a repórter dizer que haviam prendido o namorado da Jess pelo assassinato.

— O Jacob era namorado dela?

— Não. Era um rapaz chamado Mark. Eu não o conheço, mas não pude suportar a ideia de vê-lo indo para a prisão por algo que não fez. Liguei para o detetive encarregado do caso e ele me disse que, se eu trouxesse o Jacob aqui, teria uma conversa com ele e cuidaria de tudo. — Ela esconde o rosto nas mãos. — Eu não percebi que era uma armadilha para o Jacob. Ou que ele fosse me dizer que eu não podia acompanhar o interrogatório.

— Se ele tem dezoito anos, é assim mesmo — confirmo. — O Jacob concordou em conversar com ele?

— Ele praticamente correu para a delegacia quando lhe disseram que poderia ajudar a analisar uma cena de crime.

— Por quê?

— Seria como se você pegasse um caso de assassinato de uma grande celebridade depois de passar anos atuando apenas em direitos de propriedade.

Ah. Bom, *isso* eu podia entender.

— A polícia lhe disse que o Jacob estava detido?

— Não.

— Então você o trouxe aqui voluntariamente?

Ela desmorona na minha frente.

— Achei que só iam conversar com ele. Não sabia que ele seria considerado suspeito logo de cara. — Emma Hunt está chorando agora e eu sei menos o que fazer com uma mulher chorando do que com um leitãozinho escorregadio correndo por uma estação de metrô em Nova York. — Só tentei fazer a coisa certa — ela soluça.

Quando eu era ferrador, trabalhei com uma égua que teve uma fratura no osso da pata. Semanas de descanso não a haviam ajudado; os donos estavam falando em sacrificá-la. Eu os convenci a me deixar fixar a quente uma ferradura de barra reta no casco, e a prendi com fitas adesivas em vez de pregos. A princípio, a égua não queria andar, e quem poderia culpá-la? Foi preciso uma semana de convencimento para fazê-la dar um passo para fora do estábulo e, então, trabalhei com ela durante trinta minutos por dia até que, um ano depois, eu a levei para um campo e a vi voar pelo espaço aberto, rápida como o vento.

Às vezes, é preciso que outra pessoa nos ajude a dar o primeiro passo.

Ponho a mão sobre o ombro dela; ela pula ao contato e me olha com aqueles seus loucos olhos ardentes.

— Vamos ver o que podemos fazer — digo, e torço fervorosamente para ela não notar que meus joelhos estão trêmulos.

Na recepção, pigarreio antes de falar.

— Estou à procura de um policial...

— Qual deles? — pergunta o entediado oficial de plantão.

Meu rosto fica quente.

— O que está interrogando Jacob Hunt — digo. Por que não pensei em perguntar a ela o nome do sujeito?

— Ah, o detetive Matson?

— Sim. Gostaria que você interrompesse o interrogatório que ele está fazendo.

O oficial de plantão dá de ombros.

— Não vou interromper nada. Pode esperar aqui. Eu aviso quando ele tiver terminado.

Emma não está ouvindo. Ela se afastou de mim, em direção a uma porta que leva ao corredor do departamento de polícia e que é fechada por um mecanismo de trava controlado pela mesa da recepção.

— Ele está lá dentro — ela murmura.

— Bom, acho que, neste momento, a melhor estratégia é jogar conforme as regras até que...

De repente, a porta faz um zumbido e se abre. Um secretário entra na sala de espera carregando uma caixa da FedEx para ser recolhida.

— Agora — diz Emma. Ela agarra meu pulso, me puxa pela oportunidade inesperada daquela passagem aberta e, lado a lado, começamos a correr.

Jacob

Estou aqui como prova viva para lhe dizer que sonhos podem se tornar realidade.

1. Estou sentado com o detetive Matson, batendo papo.
2. Ele está me contando detalhes de uma investigação em andamento.
3. Ele não bocejou nem uma vez, nem olhou para o relógio, nem indicou que não está gostando de conversar longamente comigo sobre a investigação da cena do crime.
4. Ele quer falar comigo sobre a cena do crime associada ao desaparecimento de Jess – uma cena de crime que eu organizei.

Sério, não dá para ficar muito melhor do que isso.

Pelo menos é o que eu acho até que ele começa a disparar perguntas contra mim como balas de revólver. E sua boca está sorrindo pela metade, e eu não consigo lembrar se isso significa que ele está feliz ou não. E a conversa muda do prático – o peso do cérebro humano, a natureza dos testes toxicológicos *post-mortem* – para o pessoal.

O fascínio de preparar uma lâmina de fígado para examinar ao microscópio perde algo de seu valor de entretenimento quando o detetive Matson me força a lembrar que o fígado em questão pertenceu a alguém que eu de fato conhecia, alguém com quem eu ria e que ficava ansioso para ver, o que é muito diferente de como me sinto com a maioria das interações sociais. Por mais teórica que eu queira que a morte seja, há uma diferença significativa quando é xarope de milho e corante alimentício em vez da coisa real. Embora eu possa entender logicamente que Jess se foi, o que significa, portanto, que não adianta nada desejar que ela não tivesse ido, uma vez que ela não pode reverter a situação, isso não explica o fato de que eu sinto como se houvesse um balão de hélio preso dentro de mim que não para de inflar cada vez mais e que ele pode realmente acabar me rasgando.

E bem quando eu acho que as coisas não podem ficar piores do que estão, o detetive Matson me acusa de ser a pessoa que machucou Jess.

— Foi você quem agarrou a Jess pelos braços, não foi?

Não fui eu. E digo isso a ele.

— E quanto a sufocá-la? Você não vai mentir para mim sobre ter feito isso, vai?

Eu sei a resposta, claro, mas ela empaca na sintaxe. É como quando alguém lhe pergunta no jantar: *Você não quer esse último pedaço de carne, não é?*, quando é claro que você *quer*. Se você disser *sim*, está dizendo que quer o último pedaço de carne? Ou que *não* quer?

— O que fez você sufocá-la? Vocês brigaram? Ela disse alguma coisa que você não gostou?

Se Jess estivesse aqui, ela me diria para respirar fundo. *Diga para a pessoa que você precisa que ela fale mais devagar*, ela diria. *Diga-lhe que não está entendendo.*

Só que Jess não está aqui.

— Nada me fez sufocar a Jess — consigo dizer por fim, o que é a absoluta verdade. Mas meu rosto está vermelho e minha respiração parece serragem saindo de dentro de mim.

Uma vez, quando éramos pequenos e Theo me chamou de nanico mental, joguei uma almofada nele e, em vez de acertá-lo, ela derrubou um abajur que minha mãe tinha herdado de sua avó.

— Como isso aconteceu? — minha mãe perguntou, quando conseguiu recuperar o poder da fala.

— Uma almofada derrubou o abajur da mesa.

Era inequivocamente a verdade, mas a mão de minha mãe desceu com força sobre mim. Não me lembro de ter doído. Lembro de ter ficado tão constrangido que achei que minha pele poderia derreter. E, embora ela tenha pedido desculpas depois, sempre houve uma desconexão para mim: dizer a verdade deveria ser libertador, não é? Então como isso me trouxe problemas quando eu disse a uma mãe que tinha acabado de dar à luz que seu bebê parecia um macaco? Ou quando li o trabalho de outro aluno na classe durante uma correção entre colegas e falei que estava uma porcaria? Ou quando disse à minha mãe que eu me sentia como um alienígena que havia sido enviado para analisar famílias, já que nunca parecia ser realmente parte da nossa?

Ou agora?

— Você a sufocou até ela parar de respirar? Você deu um soco no rosto dela?

Penso em Lucy e Ethel naquela fábrica de doces. Em uma vez em que entrei no mar e não conseguia escapar das ondas que se aproximavam antes que a anterior me jogasse de joelhos. Em *CrimeBusters*, no final, quando os investigadores interrogam os suspeitos e estes sempre desabam diante das provas duras e frias.

Nada disso está acontecendo do jeito que eu tinha planejado.

Ou talvez simplesmente meu plano esteja funcionando um pouco bem demais.

Jamais quis machucar Jess e é por isso que a pergunta seguinte me perfura como uma lança.

— Então como ela perdeu o dente? — o detetive Matson indaga.

Vejo tudo se desenrolando diante de mim, um replay invisível instantâneo. Arrastar Jess escada abaixo, deixá-la cair no último degrau. *Desculpe!*, eu gritei, embora isso não fosse necessário; ela não podia mais me ouvir.

Qualquer palavra que eu use, porém, não está adiantando, porque o detetive Matson não me entende. Então decido tomar uma medida drástica, para mostrar a ele o interior de minha mente aqui mesmo, neste instante. Respiro fundo e olho diretamente em seus olhos.

É como ter tiras de pele arrancadas pelo lado de dentro. Como agulhadas em cada centro nervoso do cérebro.

Nossa, como dói.

— Isso foi um acidente — murmuro. — Mas eu o guardei. Coloquei no bolso dela.

Outra verdade, mas que o faz pular na cadeira. Tenho certeza de que ele pode ouvir minha pulsação tão alto quanto eu. Esse é um sinal de arritmia. Espero não morrer bem aqui, na sala do detetive Matson.

Meus olhos deslizam para a esquerda dele, para a direita, depois para o alto — qualquer lugar, para que eu não tenha que vê-lo diretamente outra vez. É quando noto o relógio e percebo que são 16h17.

Sem trânsito, são dezesseis minutos para chegar da delegacia até minha casa. Isso significa que não vamos chegar lá antes das 16h33, e *CrimeBusters* começa às quatro e meia. Fico em pé, com as duas mãos flutuando na frente do peito como beija-flores, mas nem me preocupo mais em tentar pará-las. Parece o momento na série de TV em que o culpado finalmente desiste e cai sobre a mesa de metal, soluçando de culpa. Quero estar assistindo a esse programa de TV e não o vivendo.

— Já terminamos? — pergunto. — Porque eu preciso ir.

O detetive Matson se levanta e acho que talvez ele vá abrir a porta para mim, mas, em vez disso, ele bloqueia minha saída e chega mais perto, até estar perto demais para eu respirar. E se eu acabar inalando algum ar que ele tiver exalado?

— Você sabia que fraturou o crânio da Jess? — ele diz. — Isso aconteceu ao mesmo tempo em que arrancou o dente dela?

Fecho os olhos.

— Não sei.

— E a roupa de baixo dela? Você a colocou ao contrário, não é?

Diante disso, minha cabeça levanta.

— Estava *ao contrário*? — Como eu poderia saber? Não havia nenhuma etiqueta, como as que existem em minhas cuecas. O desenho da borboleta não devia ser na frente?

— Você tirou a roupa de baixo dela também?

— Não, você acabou de dizer que estava nela...

— Você tentou fazer sexo com ela, Jacob? — o detetive pergunta.

Fico em silêncio total. Só de pensar nisso minha língua se enrola como um nó de marinheiro.

— Responda, porra! — ele grita.

Procuro palavras, qualquer palavra, porque não quero que ele grite comigo outra vez. Vou dizer a ele que fiz sexo com Jess oitenta vezes naquela noite, se é isso que ele precisa ouvir, se é isso que o fará abrir a porta.

— Você mudou a Jess de lugar depois que ela morreu, não é?

— Sim! Claro que eu a mudei de lugar! — Isso não é óbvio?

— Por quê?

— Eu precisava montar a cena do crime, e era lá que ela devia estar. — De todas as pessoas, ele devia entender isso.

O detetive Matson inclina a cabeça.

— Foi por esse motivo que você fez isso? Queria cometer um crime e ver se conseguia escapar?

— Não, não foi...

— Então o que foi? — ele interrompe.

Tento encontrar uma maneira de colocar em palavras todas as razões para eu ter feito o que fiz. Mas, se existe um assunto que eu não entendo — nem por dentro e muito menos por fora — são os vínculos que nos unem uns aos outros.

— *Amar é nunca ter que pedir perdão* — murmuro.

— Isso é uma brincadeira para você? Uma grande piada? Porque eu não vejo desse modo. Uma jovem está morta e não tem nada de engraçado nisso.

Ele chega mais perto, até que seu braço roça o meu, e mal posso me concentrar por causa do zumbido em minha cabeça.

— Diga, Jacob — continua ele. — Diga por que você matou a Jess.

De repente, a porta se abre violentamente e o acerta no ombro.

— Não responda — grita um homem desconhecido. Atrás dele está minha mãe e, atrás dela, dois policiais uniformizados que acabaram de chegar correndo.

— Quem é você? — pergunta o detetive Matson.

— Sou o advogado de Jacob.

— Ah, é mesmo? — diz ele. — Jacob, este é o seu advogado?

Olho para o homem. Ele usa calça e camisa sociais, mas está sem gravata. Tem cabelos claros que me lembram os de Theo e parece jovem demais para ser um advogado de verdade.

— Não — respondo.

O detetive sorri, triunfante.

— Ele tem dezoito anos, doutor. Ele diz que o senhor não é advogado dele, e ele não pediu um advogado.

Não sou burro. Já vi muitos episódios de *CrimeBusters* para saber onde isso vai dar.

— Quero um advogado — anuncio.

O detetive Matson lança as mãos para cima.

— Estamos indo embora. — Minha mãe abre passagem e se aproxima. Pego meu casaco, que ainda está sobre o encosto da cadeira.

— Senhor... qual é o seu nome? — o detetive pergunta.

— Bond — meu novo advogado responde. — Oliver Bond. — Ele sorri para mim.

— Sr. Bond, o seu cliente está sendo acusado pelo assassinato de Jessica Ogilvy — diz o detetive Matson. — Ele não vai a lugar nenhum.

CASO 5: UM MÉDICO NÃO TÃO BOM

Kay Sybers tinha cinquenta e dois anos e, pelos padrões de qualquer pessoa, não era saudável. Tinha sido fumante anos atrás e estava acima do peso. Mas não aparentava sinais de problemas médicos até uma noite, em 1991, em que (depois de um jantar de costela bovina e Chardonnay) teve dificuldade para respirar e começou a sentir uma dor aguda descendo pelo braço esquerdo. Esses são sinais clássicos de ataque cardíaco — algo que seu marido, Bill, deveria ter reconhecido. Afinal, ele era médico na Flórida, além de legista do condado. Em vez de chamar uma ambulância ou levá-la ao pronto-socorro, ele tentou tirar sangue do braço dela para fazer alguns exames naquele dia, no trabalho, segundo contou. Horas depois, porém, Kay estava morta. Concluindo que ela havia morrido de isquemia coronariana, Bill Sybers decidiu dispensar a autópsia.

Um dia depois, com base em uma denúncia anônima de atividade suspeita, foi solicitada uma autópsia em Kay Sybers. Os laudos toxicológicos se mostraram inconclusivos e Kay foi enterrada. No entanto, suspeitas surgiram novamente quando começaram a circular boatos de que Bill Sybers estava mantendo relações íntimas com uma técnica de laboratório em seu local de trabalho. O corpo de Kay foi exumado e o toxicologista forense Kevin Ballard fez testes para succinilcolina, uma droga que aumenta a liberação de potássio e paralisa os músculos, inclusive o diafragma. Nos tecidos, ele encontrou succinilmonocolina, um subproduto da succinilcolina e prova da presença do veneno no corpo de Kay.

Ironicamente, embora Bill Sybers estivesse apressado para enterrar a esposa e esconder as provas, o processo de embalsamamento ajudou a preservar a succinilmonocolina, tornando-a mais fácil de ser detectada.

Rich

No minuto em que decreto a prisão de Jacob Hunt, o mundo cai. Sua mãe protesta em voz alta e começa a gritar no momento em que ponho a mão no ombro de Jacob para conduzi-lo à sala em que tiramos as impressões digitais e fotos; mas, pela reação dele, é como se eu o tivesse transpassado com uma espada. Ele vira um soco em mim, o que alarma seu advogado, que, sendo advogado, sem dúvida já está pensando em como impedir seu cliente de ser denunciado por agressão a um policial também.

— Jacob! — sua mãe grita e segura meu braço. — Não toque nele. Ele não gosta de ser tocado.

Testo cuidadosamente meu queixo onde ele me acertou.

— Bom, e eu não gosto de ser socado — murmuro, e viro os braços de Jacob para trás e o algemo. — Preciso digitar alguns papéis para seu filho. Depois nós o levaremos ao tribunal para a audiência preliminar.

— Ele não consegue lidar com isso — Emma argumenta. — Pelo menos me deixe ir junto, para ele saber que vai estar tudo bem...

— Não posso — digo categoricamente.

— Você não interrogaria alguém surdo sem um intérprete!

— Com todo o respeito, senhora, seu filho não é surdo. — Eu a olho de frente. — Se não sair, vou prendê-la também.

— Emma — o advogado murmura, segurando seu braço.

— Me largue — diz ela, soltando-se. Ela dá um passo na direção do filho, que não para de se debater, mas um policial a detém.

— Tire-os daqui — ordeno, enquanto começo a arrastar Jacob pelo corredor até a sala de processamento da ficha policial.

É como tentar enfiar um touro no banco de trás de um carro.

— Escute — digo —, você tem que se acalmar. — Mas ele ainda está lutando para se livrar de minha mão quando o empurro para dentro do pequeno espaço. Há um scanner de impressões digitais lá dentro e uma câmera que usamos para as fotos da ficha policial, equipamentos caros que já estou imaginando esmigalhados pelo chilique de Jacob.

— Fique parado ali — digo, apontando para uma linha branca no chão. — Olhe para a câmera.

Jacob levanta o rosto e fecha os olhos.

— Abra os olhos — ordeno.

Ele abre e os vira para o teto. Depois de um minuto, tiro a droga da foto assim mesmo e, em seguida, as fotos de perfil.

É quando ele vira para a direita que percebe o scanner de impressões digitais e fica totalmente quieto.

— Isso é uma LiveScan? — Jacob murmura, as primeiras palavras coerentes que disse desde que eu lhe dei voz de prisão.

— É. — De pé em frente ao teclado, percebo de repente que há uma maneira bem mais fácil de fazer a ficha de Jacob. — Quer ver como funciona?

É como se eu tivesse acionado um interruptor, e o turbilhão descontrolado se transforma em um garoto curioso. Ele chega mais perto.

— São arquivos digitais, certo?

— Sim. — Digito o nome de Jacob no teclado. — Qual é a inicial de seu nome do meio?

— T.

— Data de nascimento?

— Vinte e um de dezembro de 1991 — ele responde.

— Por acaso você sabe sua identidade?

Ele dispara uma fileira de números, olhando sobre meu ombro qual é o próximo item.

— Peso: oitenta e quatro quilos — diz Jacob, cada vez mais animado. — Profissão: estudante. Local de nascimento: Burlington, Vermont.

Pego um frasco de loção que usamos para garantir que as cristas fiquem ligeiramente úmidas e todas as linhas de fricção sejam capturadas e percebo que as mãos de Jacob ainda estão algemadas nas costas.

— Quero lhe mostrar como essa máquina funciona — digo lentamente —, mas não posso fazer isso se você estiver com algemas.

— Claro, eu entendo — diz Jacob, mas seu olhar está fixo na LiveScan e acho que, se eu tivesse lhe dito que precisaria abdicar de um de seus membros para ver o scanner em ação, ele aceitaria ansiosamente.

Abro as algemas e umedeço seus dedos com a loção antes de segurar sua mão direita.

— Primeiro, fazemos os polegares planos — digo, pressionando os de Jacob, um por vez. — Depois, fazemos as impressões planas dos outros dedos. — É uma impressão simultânea, com os quatro dedos de cada mão pressionados ao mesmo tempo na superfície do vidro. — Depois que elas estiverem carregadas no computador, ele faz a correspondência com as outras imagens. Os dedos são rolados lado a lado, os polegares para dentro, os outros dedos para fora — explico, ilustrando com o primeiro dos dedos dele e seguindo com o resto.

Quando a máquina rejeita uma das impressões roladas, Jacob ergue as sobrancelhas.

— Isso é incrível — diz ele. — O scanner não aceita uma impressão ruim?

— Não. Ele avisa quando levantei o dedo cedo demais, ou se a impressão ficou muito escura, para eu refazer a imagem. — Ao terminar os dedos, pressiono sua palma sobre a superfície. É um tipo de impressão que encontramos com mais frequência em vidraças, se um criminoso tiver ficado observando o lado de dentro. Depois escaneio uma impressão do lado externo da mão, que é a borda da mão em curva da ponta do dedo mínimo até o pulso. Quando mudo para a mão esquerda de Jacob, ele já está praticamente fazendo sozinho. — Viu, é fácil — digo, enquanto as imagens se alinham na tela.

— Depois você vai enviar uma solicitação de busca no AFIS direto daqui? — Jacob pergunta.

— Esta é a ideia. — Ter um LiveScan digital que se conecta com o AFIS, ou Sistema Automatizado de Identificação de Impressões Digitais, é uma bênção; tenho idade suficiente para lembrar de quando era muito mais complicado do que hoje. As impressões são enviadas para o banco de dados central do Estado, que documenta a prisão e envia o arquivo para o FBI. Depois que eu estiver com Jacob preso, vou voltar aqui para verificar se há algum outro crime em seu passado pelo qual ele tenha sido fichado.

Não acredito que haverá outro registro, mas isso não significa que tenha sido a primeira ação de Jacob. Quer dizer apenas que é a primeira vez que ele foi pego.

A impressora solta uma ficha que vou pôr na pasta de Jacob, junto com as fotografias. No alto, estão todas as informações biográficas dele. Abaixo, há dez pequenos quadrados, cada um com uma impressão rolada. Sob eles, estão as dez digitais planas, alinhadas como um exército de soldados.

Nesse instante, reparo por acaso no rosto de Jacob. Seus olhos estão brilhando, e sua boca se curva em um sorriso. Ele foi preso por assassinato, mas está nas nuvens porque pôde ver um sistema LiveScan funcionando ao vivo.

Aperto um botão e um segundo cartão é impresso.

— Tome. — Eu o entrego a ele.

Jacob começa a balançar nas pontas dos pés.

— Quer dizer... que eu posso ficar com ele?

— Por que não? — digo. Enquanto ele está hipnotizado pela ficha impressa, seguro em seu cotovelo para conduzi-lo à cela. Desta vez, ele não entra em surto quando o toco. Na verdade, nem percebe.

Uma vez, fui chamado para um caso de suicídio. O cara tinha tomado uma overdose de comprimidos para dormir quando deveria estar servindo de babá para os gêmeos de sua irmã. Os meninos de dez anos eram um completo terror. Quando não conseguiram acordar o tio, decidiram brincar com ele. Cobriram seu rosto de chantili e puseram uma cereja em seu nariz, que foi a primeira coisa que notei quando vi o corpo estendido no sofá da sala de estar.

Aqueles meninos em nenhum momento se deram conta de que o cara estava morto.

Claro que, mais tarde, devem ter contado a eles. E, embora meu trabalho tenha terminado nesse ponto, pensei muito nos gêmeos. Dá para imaginar que eles nunca mais foram os mesmos depois de saberem. Provavelmente fui uma das últimas pessoas a ver aqueles meninos quando eles ainda eram apenas duas crianças, quando a morte era a coisa mais distante da mente deles.

Isso é o que me assombra à noite. Não os mortos que encontro, mas os vivos que deixo para trás.

Quando fecho Jacob na cela, ele não reage, e isso me assusta mais do que seu acesso anterior.

— Já volto para buscar você — digo. — Só tenho que terminar a papelada, e então vamos para o tribunal. Está bem?

Ele não responde. Em sua mão direita, segura com força a ficha com as impressões digitais. A mão esquerda está batendo contra a coxa.

— Por que não se senta? — sugiro.

Em vez de se sentar no banco, Jacob imediatamente desce até o chão de concreto.

Temos uma câmera de vídeo apontada para a cela, para que alguém sempre vigie o preso. Eu deveria estar cuidando da papelada, que leva um século, mas, em vez disso, vou até a sala de controle olhar o monitor. Por dez minutos inteiros, Jacob Hunt não se mexe, a não ser que se conte o modo como sua mão balança. Então, muito lentamente, ele recua até encostar na parede, pressionado contra o canto da cela. Sua boca está se mexendo.

— O que ele está falando? — pergunto ao agente do controle.

— Sei lá.

Saio da sala e abro uma fresta da porta que leva à cela. A voz de Jacob soa baixinho:

All around in my hometown,
They're trying to track me down.
They say they want to bring me in guilty
For the killing of a deputy.

Abro a porta e caminho até a cela. Jacob ainda está cantando, sua voz subindo e descendo. Meus passos ecoam no concreto, mas ele não para, nem mesmo quando estou de pé diante das barras, diretamente à sua frente, de braços cruzados.

Ele canta o refrão mais duas vezes antes de parar. Não olha para mim, mas sei pelo modo como seus ombros se endireitam que ele sabe que estou aqui.

Com um suspiro, percebo que não vou deixar esse garoto sozinho outra vez. E não vou terminar os papéis a menos que possa convencê-lo de que essa é mais uma lição de procedimentos policiais.

— Então — digo, abrindo a porta da cela —, já preencheu alguma vez um formulário de admissão?

Oliver

Assim que ouço o detetive dizer que vai prender Emma Hunt se ela não calar a boca, sou arrancado do pânico em que me encontro, um pânico induzido pela frase que ele disse só um pouquinho antes disso: *Depois nós o levaremos ao tribunal para a audiência preliminar.*

Que droga eu sei sobre audiências preliminares?

Ganhei uma ou outra ação civil. Mas uma audiência criminal é um bicho totalmente diferente.

Estamos no carro de Emma, indo para o tribunal, mas foi uma luta. Ela não queria sair da delegacia sem Jacob; o único jeito de eu conseguir convencê-la a ir embora foi virando-a na direção para onde seu filho seria levado.

— Eu devia estar com ele — diz Emma, passando um sinal vermelho. — Sou mãe dele, pelo amor de Deus. — Como se isso acionasse um botão em sua mente, ela faz uma careta. — Theo. Ah, meu Deus, Theo... Ele nem sabe que estamos aqui...

Eu não sei quem é Theo e, para ser sincero, não tenho tempo para me importar agora. Estou ocupado pensando em onde devo me posicionar no tribunal.

O que devo dizer?

Eu falo primeiro? Ou primeiro é o promotor?

— Isso é um mal-entendido total — Emma insiste. — O Jacob nunca machucou ninguém. Não pode ser culpa dele.

Na verdade, nem sei para qual sala do tribunal devo ir.

— Por acaso você está me *ouvindo*? — Emma diz, e percebo nesse instante que ela deve ter me feito alguma pergunta.

— Sim — digo, imaginando que tenho cinquenta por cento de chance de estar certo.

Ela aperta os olhos.

— Esquerda ou direta? — repete.

Estamos parados em um cruzamento.

— Esquerda — murmuro.

— O que acontece na audiência preliminar? — ela pergunta. — Jacob não vai ter que falar, vai?

— Não. É o advogado que fala. Quero dizer, *eu* falo. A função de uma audiência preliminar criminal é apenas ler as acusações e definir a fiança. — Isso pelo menos eu me lembrava das aulas de direito.

Mas não é a coisa certa a dizer para Emma.

— *Fiança?* — ela repete. — Eles vão prender o Jacob?

— Não sei — respondo, com total sinceridade. — Vamos deixar para pensar nisso quando acontecer.

Emma estaciona no tribunal.

— Quando ele vai chegar aqui?

Não sei. O que *sei* é que está quase no fim do horário de expediente e, se o detetive Matson não tirar logo a bunda da cadeira, Jacob vai ter que passar a noite na cela da delegacia. Mas *isso* eu não vou dizer a Emma de jeito nenhum.

Está tudo quieto dentro do tribunal; quase todo o trabalho do dia já terminou. O meu, porém, está só começando e preciso de um curso emergencial de direito criminal antes que minha cliente descubra que sou uma fraude total.

— Por que não espera aqui? — sugiro, apontando uma cadeira no saguão.

— Aonde você vai?

— Cuidar de... hã... papéis que precisam ser protocolados antes de Jacob chegar — digo, tentando parecer o mais confiante possível. Em seguida, vou direto para a sala dos escrivães.

É como em um hospital, onde as enfermeiras tendem a saber mais do que os médicos na maior parte do tempo; se você realmente quiser a resposta para uma dúvida sobre o tribunal, deve passar mais tempo adulando os escrivães que os juízes.

— Oi — digo para a mulher miúda de cabelos escuros que olha para a tela de um computador. — Estou aqui para uma audiência preliminar criminal.

Ela dá uma olhada rápida para mim.

— Bom para você — responde secamente.

Reparo em uma plaquinha com seu nome sobre a mesa.

— Eu queria saber, Dorothy, se você por acaso pode me informar em que sala isso deve acontecer?

— O tribunal criminal seria uma boa aposta...

— Claro. — Sorrio, como se soubesse disso o tempo todo. — E o juiz...?

— Se é segunda-feira, é o juiz Cuttings — diz ela.

— Obrigado. Muito obrigado — respondo. — Foi um grande prazer conhecê-la.

— A melhor coisa do meu dia — Dorothy diz sem entusiasmo.

Estou prestes a sair, mas me viro no último momento.

— Mais uma dúvida...

— Sim?

— Eu... hã... vou ter que dizer alguma coisa?

Ela levanta os olhos do computador.

— O juiz vai perguntar se seu cliente se considera culpado ou inocente — responde Dorothy.

— Ótimo — digo. — Muito grato.

No saguão, encontro Emma desligando o celular.

— E então? — ela pergunta.

Eu me sento na cadeira vazia ao seu lado.

— Tudo beleza — digo, esperando poder convencer a mim mesmo.

Emma e eu assistimos a três acusações por posse de drogas, uma por arrombamento e invasão e uma de atentado ao pudor antes de Jacob ser trazido para a sala. De minha posição na galeria, vejo o momento em que Emma percebe que ele está aqui: ela se senta um pouco mais reta e sua respiração fica presa na garganta.

Se você já tiver passado algum tempo em uma sala de tribunal, deve saber que jogadores de futebol americano no colégio, aqueles mais durões e sem pescoço, crescem e se tornam oficiais de justiça. Dois desses mastodontes estão rudemente segurando Jacob, que faz tudo o que pode para escapar de suas mãos. Ele estica o pescoço repetidamente, olhando para as pessoas presentes na sala, e, assim que avista Emma, todo o seu corpo relaxa de alívio.

Levanto e me dirijo para a frente da sala, porque é hora do show, e percebo tarde demais que Emma está me seguindo.

— Você tem que ficar aqui atrás — sussurro sobre o ombro, enquanto ocupo meu lugar na mesa do réu, ao lado de meu cliente.

— Oi — digo baixinho a Jacob. — Meu nome é Oliver. Sua mãe me contratou para ser seu advogado e tenho tudo sob controle. Não diga nada ao juiz. Deixe isso comigo.

Durante todo o tempo em que falo, Jacob está olhando para o colo. No minuto em que termino, ele se agita no assento.

— Mãe — ele chama alto —, o que está acontecendo?

— Doutor — o oficial de justiça mais grandalhão me diz —, faça seu cliente fechar a boca ou ele vai voltar para a cela.

— Acabei de lhe dizer para não falar com ninguém — aviso Jacob.

— Você me disse para não falar com o juiz.

— Você não pode falar com *ninguém* — esclareço. — Entendeu?

Jacob olha para a mesa.

— Jacob? *Alô?*

— Você me disse para não falar com ninguém — ele murmura. — Quer decidir de uma vez?

O juiz Cuttings é um sujeito com expressão dura que cuida de uma fazenda de lhamas no tempo livre e, na minha opinião, ele próprio se parece um pouco com uma lhama. Acabou de anunciar o nome de Jacob quando Dorothy, a escrivã, entra por uma porta lateral e lhe passa um bilhete. Ele o examina sob o nariz longo e suspira.

— Tenho duas audiências preliminares para o sr. Robichaud que precisam ser feitas em outra sala. Como ele está aqui no momento com seus clientes, vou fazer isso primeiro, depois cuido do caso do prisioneiro.

No minuto em que ele diz a palavra *prisioneiro*, Jacob levanta de um pulo.

— Preciso de um descanso sensorial — ele anuncia.

— Fique *quieto* — murmuro.

— Preciso de um descanso sensorial!

Dezenas de pensamentos estão correndo pela minha mente: *Como faço esse garoto parar de falar? Como faço o juiz se esquecer de tudo o que está acontecendo diante de seus olhos? Como um advogado experiente lidaria com uma situação dessas, quando um cliente fica fora de controle? Quanto tempo até eu ser experiente o bastante para parar de duvidar de mim mesmo?*

No minuto em que Jacob dá um passo, dois oficiais de justiça já estão em cima dele. Ele começa a gritar, um som agudo e choroso.

— Larguem meu filho! — Emma grita atrás de mim. — Ele não entende! Ele tem autorização para se levantar na escola quando não aguenta!

— Isto não é uma escola — o juiz esbraveja. — Este é o meu tribunal e a senhora vai ter que se retirar.

O segundo oficial de justiça solta Jacob e vai para a galeria tirar Emma da sala.

— Eu posso explicar — ela grita, mas sua voz vai ficando mais fraca conforme vai sendo obrigada a se afastar pelo corredor.

Meu olhar volta dela para meu cliente, que ficou completamente mole e está sendo arrastado por outra porta.

— *Tire suas patas fedorentas de cima de mim, seu maldito macaco sujo!* — Jacob berra.

O juiz aperta os olhos em minha direção.

— É de *O planeta dos macacos* — murmuro.

— *Estou furioso como o diabo e não vou mais aceitar isso* — ele responde. — É de *Rede de intrigas.* Recomendo muito que o senhor assista a esse filme depois que conseguir controlar seu cliente.

Abaixo a cabeça e me apresso a sair da sala. Emma está do lado de fora da porta, vermelha e enfurecida, lançando faíscas com o olhar para o oficial de justiça.

— Seu garoto pode esperar até que a sala do tribunal esteja vazia — ele me diz. — Então faremos a audiência. E a mãe não pode voltar lá para dentro antes disso.

Ele entra na sala outra vez, e a porta se abre com uma arfada. Isso me deixa sozinho no corredor com Emma, que agarra minha mão e me puxa para a escada.

— O que... o que você está fazendo?

— Ele está lá embaixo, não está? Venha.

— Espere aí. — Firmo os pés no chão e cruzo os braços. — O que foi tudo aquilo?

— Detesto dizer "eu avisei", mas eu avisei. Aquilo é Asperger. Às vezes o Jacob parece totalmente normal, até brilhante, e às vezes a menor perturbação pode desencadear um surto total.

— Bom, ele não pode se comportar assim em um tribunal. Achei que ele soubesse tudo sobre cenas de crime, policiais e procedimentos legais. Ele tem que ser respeitoso e ficar em silêncio, ou isso vai ser um desastre.

— Ele está tentando — Emma insiste. — Foi por isso que pediu um descanso sensorial.

— Um o quê?

— Um lugar onde ele possa se afastar de todo o barulho e confusão, para poder se acalmar. Na escola, essa é uma das adaptações especiais que ele recebe... Escute, podemos deixar essa conversa para mais tarde e ir vê-lo agora?

Jacob estava tendo seu descanso sensorial... em uma cela de detenção provisória.

— Você não pode entrar lá.

Ela recua o corpo, como se eu a tivesse socado.

— E *você*, pode? — Emma pergunta.

Para ser sincero, não tenho certeza. Olho para dentro da sala do tribunal. O oficial de justiça está bem ao lado da porta, com os braços cruzados.

— Posso ir falar com meu cliente? — sussurro.

— Pode, vá em frente — ele responde.

Espero que ele me leve até Jacob, mas o homem nem se mexe.

— Obrigado — digo. Saio novamente, passo por Emma e desço as escadas.

Espero que as celas fiquem lá.

Depois de cinco minutos de buscas erradas pelo depósito da manutenção e pela sala das caldeiras, encontro o que estou procurando. Jacob está sentado no canto da cela, com uma das mãos flutuando como um pássaro, os ombros caídos e a voz fraca cantando Bob Marley.

— Por que você está cantando essa música? — pergunto, parando diante das barras.

Ele faz uma pausa no meio do refrão.

— Ela faz eu me sentir melhor.

Penso um pouco sobre isso.

— Conhece alguma do Dylan? — Como ele não responde, vou direto ao assunto. — Escute, Jacob. Sei que você não sabe o que está acontecendo. E, para ser sincero, eu também não sei. Nunca fiz isso antes. Mas vamos descobrir juntos. Só preciso que você me prometa uma coisa: deixe que só eu fale. — Espero que Jacob faça um movimento de cabeça, que demonstre de alguma maneira ter entendido, mas isso não acontece. — Você confia em mim?

— Não. Não confio. — Ele se levanta. — Você pode dar um recado para a minha mãe?

— Claro.

Ele segura as barras com as mãos. Seus dedos são longos e elegantes.

— *A vida é como uma caixa de bombons* — ele sussurra. — *Você nunca sabe o que vai encontrar.*

Eu rio, pensando que o garoto não pode estar tão mal, se ainda consegue fazer piada. Mas então percebo que ele não está brincando.

— Vou dizer a ela.

Quando volto, Emma está andando de um lado para o outro.

— Ele está bem? — pergunta, no momento em que apareço. — Está respondendo?

— Sim e sim — garanto-lhe. — Talvez o Jacob seja mais forte do que você pensa.

— Você está baseando esse diagnóstico nos cinco minutos que passou com ele? — Ela revira os olhos. — O Jacob tem que comer às seis horas. Se não comer...

— Vou pegar alguma coisa para ele nas máquinas.

— Não pode ter caseína nem glúten.

Não tenho a menor ideia do que isso significa.

— Emma, você tem que se acalmar.

Ela se volta contra mim.

— Meu filho mais velho, que é autista, acabou de ser preso por assassinato. Ele está enfiado em uma cela em algum lugar no porão, pelo amor de Deus! Não *ouse* pedir para eu me acalmar.

— É que não vai fazer nenhum bem para Jacob se você perder o controle na sala do tribunal outra vez. — Ao ver que ela não vai responder, eu me sento em um banco no corredor. — Ele pediu que eu lhe dissesse uma coisa.

A esperança no rosto dela é tão explícita que sinto necessidade de desviar o olhar.

— *A vida é como uma caixa de bombons* — recito.

Com um suspiro, Emma se senta ao meu lado.

— *Forrest Gump.* É um dos favoritos dele.

— Ele é fã de cinema?

— Muito. É quase como se estivesse estudando para um exame que vai ter que fazer mais tarde. — Ela me olha. — Quando ele se sente sobrecarregado, nem sempre encontra as palavras para dizer, então cita as palavras de outra pessoa.

Penso em Jacob despejando Charlton Heston quando o oficial de justiça o segurou e abro um largo sorriso.

— Ele monta cenas de crimes para mim — Emma diz, suavemente. — Para eu examinar as provas forenses e fazer a reconstituição. Mas eu devia olhar para o que acontece à frente e não para o que aconteceu atrás. Nunca conversamos de fato sobre o que acontece depois. O que acontece *agora.*

— Sei que você está aflita, mas temos muito tempo para resolver isso. A audiência de hoje é apenas um procedimento de rotina.

Ela olha fixamente para mim. Quando eu estava na faculdade, as meninas que sempre me deixavam babando eram as que tinham pingos de pasta de dente no queixo, ou que enfiavam lápis nos cabelos desarrumados para impedir que caíssem no rosto. Essas que me atraíam estavam tão distantes de se preocupar com a aparência que faziam o caminho contrário em direção a uma beleza natural, sem artifícios. Emma Hunt podia ser uma década mais velha do que eu, mas ainda era um arraso.

— Quantos anos você tem? — ela pergunta depois de um instante.

— Não acho que a idade cronológica seja uma boa medida de...

— Vinte e quatro — ela chuta.

— Vinte e oito.

Ela fecha os olhos e sacode a cabeça.

— Eu tive vinte e oito uns mil anos atrás.

— Então você está incrível para sua idade — digo.

Ela pisca e foca intensamente em mim.

— Prometa — ela me pede —, prometa que vai tirar meu filho daqui.

Eu concordo com a cabeça e, por um momento, quero ser um cavaleiro galante; quero ser capaz de dizer a ela que conheço o direito tão bem quanto sei ferrar uma égua arredia, e não quero que isso seja uma mentira. É quando o oficial de justiça aparece na quina do corredor.

— Estamos prontos — ele diz.

Só queria poder dizer o mesmo.

A sala do tribunal é diferente quando está vazia. Grãos de poeira flutuam no ar e meus passos soam como tiros no piso de assoalho. Emma e eu caminhamos até a frente da galeria, onde a deixo sentada logo atrás da balaustrada e atravesso para me sentar à mesa da defesa.

É um *déjà vu.*

Jacob é conduzido pelos oficiais de justiça. Está algemado, e ouço Emma puxar o fôlego atrás de mim quando percebe. Mas ele estava violento quando saiu da sala; não há razão para pressupor que não aprontaria a mesma confusão outra vez. Quando ele se senta ao meu lado, as algemas retinem em seu colo. Ele aperta os lábios em uma linha plana, como se tentasse me mostrar que se lembra de minhas instruções.

— Todos de pé — o oficial de justiça diz e, quando me levanto, seguro a manga de Jacob para que ele se levante também.

O juiz Cuttings entra e se senta pesadamente em sua cadeira, com a túnica ondeando à sua volta como uma tempestade.

— Suponho que o senhor tenha conversado com seu cliente sobre o comportamento no tribunal?

— Sim, Excelência — respondo. — Sinto muito por aquele acesso. O Jacob é autista.

O juiz franze a testa.

— O senhor está preocupado quanto à imputabilidade penal?

— Sim — respondo.

— Muito bem, sr. Bond, seu cliente está aqui para uma audiência preliminar referente a uma denúncia de homicídio qualificado de acordo com o VSA capítulo 13, seção 2.301. O senhor dispensa a leitura dos direitos dele neste momento?

— Sim, Excelência.

O juiz assente com a cabeça.

— Vou registrar a alegação de inocência em nome dele, devido à questão da imputabilidade.

Por um momento, eu hesito. Se o juiz está registrando a alegação, isso significa que eu não preciso fazê-lo?

— Há alguma outra questão referente à denúncia na posição em que se encontra no momento, sr. Bond?

— Creio que não, Excelência...

— Ótimo. O caso fica pendente para uma audiência de perícia médica judicial daqui a catorze dias, às nove horas da manhã. Até lá, sr. Bond.

O oficial de justiça mais forte se aproxima da mesa e levanta Jacob. Ele solta um grito agudo e então, lembrando as regras do tribunal, se contém.

— Ei, espere aí — interrompo. — Excelência, o senhor não acabou de dizer que podíamos ir?

— Eu disse que *o senhor* podia ir, doutor. Seu cliente foi denunciado por assassinato e será mantido sob custódia até a perícia médica judicial, por sua própria solicitação.

Enquanto ele deixa a mesa para voltar aos seus aposentos, enquanto Jacob é tirado da sala outra vez, em silêncio agora, para ser levado a uma estada de duas semanas em uma cela, reúno coragem para me virar e confessar a Emma Hunt que acabei de fazer tudo o que havia dito a ela que não faria.

Theo

Minha mãe não chora com muita frequência. A primeira vez, como eu disse, foi na biblioteca, quando eu resolvi ter um chilique em vez de Jacob. A segunda vez foi quando eu estava com dez anos e Jacob com treze, e ele tinha uma lição de casa para sua aula de habilidades de vida — um curso extracurricular que ele odiava, porque havia apenas mais um menino autista e o outro não tinha Asperger, mas era mais baixo no espectro e passava a maior parte da aula alinhando lápis de cera em fila, ponta com ponta. As outras três crianças na classe tinham síndrome de Down ou problemas de desenvolvimento. Por causa disso, boa parte do tempo era gasta com temas como higiene pessoal, coisa que Jacob já sabia fazer, e um pouco de habilidades sociais inseridas no meio. E, um dia, sua professora deu à classe a tarefa de fazer um amigo antes da próxima aula.

— Não se *faz* um amigo — Jacob disse com desdém. — Eles não vêm com instruções como as que a gente encontra em uma caixa de macarrão com queijo.

— Você só tem que lembrar as orientações da sra. LaFoye — minha mãe contemporizou. — Olhe alguém nos olhos, diga-lhe seu nome e pergunte se ele quer brincar.

Mesmo com dez anos, eu sabia que esse esquema certamente resultaria em um chega pra lá, mas não ia dizer isso a Jacob.

Então, nós três caminhamos até o parquinho do bairro e eu sentei ao lado de minha mãe em um banco enquanto Jacob tentava fazer um amigo. O problema era que não havia ninguém de sua idade ali. O menino mais velho que eu podia ver era mais ou menos da minha idade e estava pendurado de cabeça para baixo nas barras da escada horizontal. Jacob foi até ele e dobrou o corpo para poder olhá-lo nos olhos.

— Meu nome é Jacob — ele disse, com sua voz familiar, mas que é estranha para todos os outros, plana como uma folha de alumínio, mesmo nos lugares onde deveria haver um ponto de exclamação. — Quer brincar?

O menino deu uma cambalhota perfeita até o chão.

— Você é meio... assim... retardado?

Jacob refletiu sobre isso.

— Não.

— Então tenho uma notícia — o menino disse. — Você é.

O menino saiu correndo e deixou Jacob parado, sozinho, embaixo das barras de ferro. Quase levantei para ir resgatá-lo, mas ele começou a girar em um círculo lento. Não entendi o que ele estava fazendo, até perceber que ele gostava do som que o tênis fazia quando esmagava uma folha seca sob a sola.

Ele foi caminhando na ponta dos pés, acertando precisamente as folhas, até chegar à caixa de areia. Duas meninas pequenas, uma loira e a outra de marias-chiquinhas ruivas, estavam ocupadas fazendo pizzas de areia.

— Mais uma — a primeira menina disse, e largou uma bolota de areia sobre a prancha de madeira para que a outra decorasse com pedrinhas de calabresa e grama de mozarela.

— Oi, eu sou o Jacob — meu irmão disse.

— Eu sou a Annika e vou ser um unicórnio quando crescer — a loirinha respondeu.

A de marias-chiquinhas falou sem levantar os olhos de sua linha de montagem de pizzas.

— Meu irmãozinho vomitou no banheiro e escorregou e caiu de bumbum.

— Vocês querem brincar? — Jacob perguntou. — Podíamos cavar para procurar dinossauros.

— Não tem dinossauros na caixa de areia, só pizza — Annika disse. — A Maggie põe o queijo e os outros recheios, mas você pode ser o garçom.

Jacob parecia um gigante na caixa de areia ao lado daquelas duas meninas. Notei que uma mulher o fuzilava com o olhar e teria apostado cinquenta dólares que era a mãe de Annika ou de Maggie, se perguntando se o garoto de treze anos que estava brincando com sua preciosa filhinha poderia ser um pervertido. Jacob pegou um pedacinho de pau e começou a desenhar um esqueleto na areia.

— O alossauro tinha uma fúrcula, ou osso da sorte, como outros dinossauros carnívoros — disse ele. — Como o que a gente encontra em uma galinha.

— Mais uma — Annika anunciou, e derrubou uma pilha de areia na frente de Maggie. Quase se podia traçar uma linha entre as menininhas e Jacob. Eles não estavam brincando juntos, mas ao lado uns dos outros.

Jacob levantou os olhos nesse momento e sorriu para mim. Ele inclinou a cabeça na direção das meninas, como se dissesse: *Ei, olha só, fiz duas amigas.*

Olhei para minha mãe e foi então que a vi chorando. Lágrimas corriam por seu rosto e ela não fazia nada para tentar enxugá-las. Era quase como se não soubesse que elas estavam ali.

Houve muitas outras vezes em minha vida em que teria feito mais sentido minha mãe chorar: quando ela precisava ir à escola conversar com o diretor sobre algo errado que Jacob tinha feito, por exemplo. Ou quando ele tinha um de seus acessos no meio de um lugar cheio de gente, como no ano passado, na frente do estande do Papai Noel no shopping, enquanto um zilhão de crianças, pais e mães assistiam ao desenvolvimento de sua explosão nuclear. Mas, nessa hora, minha mãe ficou com os olhos secos e o rosto limpo de qualquer expressão. Na verdade, durante esses momentos, minha mãe parecia um pouco com Jacob.

Não sei por que ver meu irmão com duas menininhas em uma caixa de areia foi a gota que fez transbordar o copo para ela. Só sei que, naquele instante, lembro que me senti como se o mundo tivesse virado de cabeça para baixo. É o filho que geralmente chora, e é a mãe que faz tudo parecer melhor, não o contrário. É por isso que as mães movem céus e terras para manter o controle diante dos próprios filhos.

Naquele momento eu soube que, se Jacob era quem a fazia chorar, era a mim que cabia consolá-la.

Claro que sei onde eles estão; minha mãe me ligou do tribunal. Mas isso não me impede de ser incapaz de me concentrar em geometria ou cidadania até que eles voltem para casa.

Fico me perguntando se meus professores vão aceitar como justificativa: *Desculpe não ter feito a lição de casa; é que meu irmão estava como réu em uma audiência no tribunal.*

Claro, meu professor de geometria vai dizer. *Como se eu já não tivesse ouvido* essa *mil vezes.*

No minuto em que ouço a porta se abrir, corro para saber o que aconteceu. Minha mãe entra, sozinha, e se senta no banco onde costumamos deixar nossas mochilas de escola.

— Onde está o Jacob? — pergunto e, muito lentamente, ela levanta os olhos para mim.

— Na cadeia — ela murmura. — Ah, meu Deus, ele está na cadeia — e se inclina para a frente até ficar totalmente dobrada.

— Mãe? — Toco seu ombro, mas ela não se mexe. Isso é apavorante, e sinistramente familiar.

Levo um segundo para situar a sensação: o jeito como ela está olhando para o espaço, o modo como não responde: era assim que Jacob estava na semana passada, quando não conseguíamos trazê-lo de volta para nós.

— Vem, mãe. — E então eu a seguro pela cintura e a levanto. Ela parece um saco de ossos. Eu a ajudo a subir as escadas, imaginando por que diabos Jacob estaria na cadeia. Todos têm garantido o direito a um julgamento rápido, certo? Mas pode ter sido *tão* rápido assim? Se ao menos eu tivesse feito minha lição de casa de cidadania, talvez entendesse o que havia acontecido, mas uma coisa eu sei: não vou perguntar para minha mãe.

Eu a sento na cama, então ajoelho e tiro seus sapatos.

— Deite e descanse — sugiro, o que parece algo que ela diria se os papéis estivessem trocados. — Vou trazer uma xícara de chá para você, está bem?

Na cozinha, ponho água para ferver na chaleira e tenho um tsunami de *déjà vus*: a última vez em que fiz isso — pôr água para ferver, pegar um saquinho de chá e pendurá-lo na borda de uma caneca com a etiqueta de papel para fora — foi na casa de Jess Ogilvy. É realmente só uma questão de sorte que seja Jacob sentado dentro de uma cela agora e que eu esteja aqui. Poderia facilmente ter sido o contrário.

Parte de mim está aliviada com isso, o que faz com que eu me sinta um lixo total.

O que será que o detetive disse para Jacob? Por que minha mãe o levou até lá, para começar? Talvez por isso ela esteja tão perturbada agora: não porque esteja sentindo dor, mas culpa. Isso eu entendo bem. Se eu tivesse procurado a polícia e contado que tinha visto Jess viva e nua mais cedo naquele dia, isso teria piorado as coisas para Jacob? Ou melhorado?

Não sei direito como minha mãe costuma tomar seu chá, então coloco leite e açúcar e o levo para cima. Ela está sentada agora, com os travesseiros empilhados nas costas. Quando me vê, desaba em lágrimas.

— Meu menino — diz, enquanto me sento a seu lado. Ela segura meu rosto entre as mãos. — Meu menino lindo.

Ela poderia estar falando de mim, como poderia estar falando de Jacob. Decido que isso não importa.

— Mãe — pergunto —, o que está acontecendo?

— O Jacob tem que ficar na cadeia... por duas semanas. Então vão levá-lo ao tribunal outra vez para decidir se ele é capaz de enfrentar um julgamento.

Certo, posso não ser um gênio da ciência, mas manter fechado em uma cela alguém que talvez não seja capaz de enfrentar um julgamento não me parece a melhor maneira de ver se ele é capaz de enfrentar um julgamento. Quero dizer, se você não consegue enfrentar um julgamento, como poderia enfrentar ficar trancado na prisão?

— Mas... ele não fez nada errado — digo, e olho com atenção para minha mãe, para ver se ela sabe mais do que eu.

Se ela sabe, não está demonstrando.

— Parece que isso não importa.

Hoje, na aula de cidadania, falamos sobre a base do sistema jurídico de nosso país: a pessoa é inocente até que se prove o contrário. Prender alguém enquanto se tenta descobrir o que fazer depois não parece dar o benefício da dúvida a essa pessoa. Parece que já se está pressupondo que ela está ferrada, então é bom que ela já vá se acostumando com seus futuros aposentos.

Minha mãe me conta como Jacob foi induzido a conversar com o detetive. Como ela correu para encontrar um advogado. Como Jacob foi preso na frente dela. Como ele lutou com os oficiais de justiça quando eles tentaram segurar os braços dele.

Não entendo por que esse advogado não conseguiu que Jacob fosse liberado para voltar para casa. Leio romances de Grisham o suficiente para saber o que sempre acontece, especialmente com pessoas que não têm antecedentes criminais.

— E o que vai acontecer agora? — pergunto.

E não me refiro apenas a Jacob, mas a nós. Todos esses anos eu desejei que Jacob não existisse e, agora que ele não está em casa, é como se a verdade aparecesse embaixo do meu nariz. Como posso abrir uma lata de sopa para o jantar, sabendo que meu irmão está em uma cela sabe lá onde? Como posso levantar de manhã, ir para a escola e fingir que está tudo bem?

— Oliver, o advogado, diz que é comum soltarem o suspeito quando a polícia obtém uma nova prova.

Ela está se agarrando a isso como se fosse um talismã, um pé de coelho, um amuleto. Jacob vai ser solto e todos nós vamos poder voltar a ser como éramos. Não importa que o modo como éramos não fosse maravilhoso, ou que *ser solto* não signifique passar uma borracha em tudo e esquecer o que aconteceu. Imagine ficar vinte anos na prisão por um crime que você não cometeu, antes de ser absolvido graças a um exame de DNA. Claro, você está livre agora, mas não recupera aqueles vinte anos. Jamais deixa de ser "aquele cara que esteve na prisão".

Por não saber como dizer isso a ela, e por ter *certeza* de que ela, de qualquer forma, não ia querer ouvir, pego o controle remoto na mesinha de cabeceira e ligo a TV que está sobre a cômoda do outro lado do quarto. Está passando o noticiário, com o homem do tempo prevendo uma tempestade para a próxima semana.

— *Obrigado, Norm* — diz o âncora. — *E há novidades no caso do assassinato de Jessica Ogilvy... A polícia prendeu o jovem Jacob Hunt, de dezoito anos, residente em Townsend, Vermont, em associação com o crime.*

Ao meu lado, minha mãe congela. A foto escolar de Jacob preenche a tela. Ele está usando uma camisa azul listrada e, como de hábito, não olha direto para a câmera.

— *Jacob está no último ano do colégio local de Townsend e fazia sessões de orientação pessoal com a vítima.*

Merda.

— *Vamos acompanhar o desenvolvimento dessa história* — o âncora promete.

Minha mãe levanta o controle remoto. Imagino que vá desligar a televisão, mas, em vez disso, ela o arremessa em direção à tela. Ele se quebra em pedaços, e a tela da TV se racha. Então vira de lado na cama.

— Vou pegar a vassoura — digo.

No meio da noite, ouço barulho na cozinha. Desço as escadas com cuidado e dou de cara com minha mãe, remexendo uma gaveta à procura da lista telefônica.

Ela está com os cabelos soltos, os pés descalços, e há uma mancha de pasta de dentes na blusa.

— Por que não está em "governo"? — ela murmura.

— O que está fazendo?

— Tenho que ligar para a prisão — ela diz. — Ele não gosta quando está escuro. Posso levar um abajur para ele. Quero dizer para os policiais que posso levar um abajur, se acharem que isso ajuda.

— Mãe — eu digo.

Ela pega o telefone.

— Mãe... você precisa ir dormir.

— Não — ela corrige. — Preciso ligar para a prisão e...

— São três horas da manhã. Eles estão dormindo. — Olho para ela. — O Jacob está dormindo.

Ela se volta para mim.

— Você acha mesmo?

— Acho — digo, mas a palavra tem que se espremer para passar pelo nó em minha garganta. — Acho mesmo.

Estas são as coisas de que tenho medo:

Que o assunto que Jacob mais ama deixe de ser um interesse e se transforme em uma obsessão.

Que isso seja o que o levou a estar agora na cadeia.

Que, quando ele esteve pela última vez com Jess, algo o tenha feito se sentir com medo, ou acuado, e que tenha sido isso que o fez surtar.

Que se possa amar e odiar alguém ao mesmo tempo.

Que idade não tenha nada a ver com quem é o irmão mais velho.

Se você acha que ter um irmão com Asperger já me torna um pária, imagine ter um irmão na cadeia. No dia seguinte, estou na escola — sim, mais sobre isso depois — e, por onde passo, ouço os sussurros.

Ouvi dizer que ele cortou o dedo dela com uma faca e o guardou.

Parece que ele a acertou com um bastão de beisebol.

Eu sempre achei aquele garoto meio assustador.

A razão de eu estar ocupando espaço em minhas aulas hoje (e, pode acreditar, isso é tudo que estou fazendo, já que meu cérebro está ocupado demais bloqueando os cochichos por toda parte) é que minha mãe achou que essa era a melhor decisão.

— Preciso ir até a prisão — ela disse, o que eu já tinha imaginado que iria acontecer. — Você não pode ficar em casa por duas semanas. Vai ter que voltar em algum momento.

Eu sabia que ela estava certa, mas ela não percebia que as pessoas iriam perguntar sobre Jacob? Tirar conclusões? E não só os alunos. Os professores viriam até mim supersimpáticos, quando o que realmente queriam era uma fofoca para levar para a sala dos professores. Tudo isso fazia eu me sentir nauseado.

— O que devo dizer se alguém perguntar?

Minha mãe hesitou.

— Responda que o advogado de seu irmão disse que você não pode falar sobre o assunto.

— Isso é verdade?

— Não tenho a menor ideia.

Respirei fundo. Ia abrir o jogo, contar a ela sobre ter invadido a casa de Jess.

— Mãe, tenho que conversar com você sobre uma coisa...

— Podemos adiar isso um pouco? — ela pediu. — Quero estar lá quando o portão abrir, às nove horas. Há bastante cereal para o café da manhã e você pode pegar o ônibus, está bem?

Agora, estou sentado na aula de biologia ao lado de Elise Howath, que é uma ótima parceira de laboratório, mesmo sendo menina, quando ela passa um bilhete para mim.

"Sinto muito pelo seu irmão."

Tenho vontade de agradecer a ela, por ser gentil. Por ser a primeira pessoa a se importar um pouco com Jacob em vez de crucificá-lo, como a mídia e aquele estúpido tribunal, pelo que ele fez.

O que ele fez.

Pego minha mochila e corro para fora da sala, embora o sr. Jennison ainda esteja falando sem parar, e ele nem comenta (o que me diz, mais do que qualquer coisa, que isto não é minha vida, mas um universo paralelo). Continuo seguindo pelo corredor sem uma autorização e ninguém me para. Nem quando passo na frente da sala da diretoria ou da coordenação. Nem quando atravesso as portas duplas perto do ginásio para a luz cegante da tarde e começo a andar.

Aparentemente, nas escolas públicas, quando se tem um parente preso por assassinato, a administração e os professores fingem que você é invisível.

O que, para ser sincero, não é assim tão diferente do jeito como eu era tratado antes.

Queria ter meu skate comigo. Aí eu poderia me mover mais rápido, talvez deixar para trás os fatos que insistem em rodar na minha cabeça.

Que vi Jess Ogilvy viva e que ela estava bem. E que, pouco depois disso, Jacob foi à casa dela.

E agora ela está morta.

Vi meu irmão jogar uma cadeira na parede e quebrar uma janela com a mão. Já estive no caminho dele, algumas vezes, durante um surto. Tenho cicatrizes para provar.

É só somar dois mais dois.

Meu irmão é um assassino. Testo as palavras baixinho e, imediatamente, sinto uma dor no peito. Não se pode dizer isso do mesmo modo como se diz: *Meu irmão tem um metro e oitenta de altura* ou *Meu irmão gosta de ovos mexidos*, ainda que todos sejam fatos reais. Mas o Jacob que eu conhecia uma semana atrás não é diferente do Jacob que vi esta manhã. Então isso significa que fui idiota demais para notar alguma falha de caráter importante em meu irmão? Ou que qualquer um, mesmo Jacob, pode de repente se transformar em uma pessoa que nunca imaginamos?

Eu, com certeza, me qualifico nisso.

Toda a minha vida, achei que não tivesse nada em comum com meu irmão e, de repente, acontece que nós dois somos criminosos.

Mas você não matou ninguém.

A voz ecoa em minha cabeça, como uma desculpa. Até onde eu sei, Jacob tem suas razões também.

Isso me faz correr mais depressa. Mas eu poderia ser uma maldita bala de revólver e ainda não conseguiria escapar do triste fato de que não sou melhor do que aqueles imbecis na escola: já pressupus que meu irmão é culpado.

Atrás da escola, indo suficientemente longe, chega-se a um lago. É um lugar muito frequentado pela comunidade no inverno. Nos fins de semana, alguém acende uma fogueira e traz marshmallows para assar; e alguns pais entusiasmados e fanáticos por hóquei limpam o gelo com grandes pás para que jogos possam acontecer em toda a sua superfície. Piso no gelo, embora não esteja de patins.

O local não é muito movimentado durante a semana. Algumas mães com crianças pequenas empurram engradados para aprender a patinar. Um homem mais velho com um daqueles patins pretos de patinação artística que sempre me fazem pensar na Holanda ou em Jogos Olímpicos. Ele está fazendo oitos com os patins. Largo minha mochila na borda da neve e vou arrastando os pés pouco a pouco até ficar de pé bem no centro.

Todos os anos há uma competição em Townsend para ver quando o gelo vai derreter totalmente. Eles fincam uma estaca no gelo, que é ligada a algum tipo de relógio digital, e, quando o gelo derrete o suficiente para a estaca se inclinar, isso aciona um interruptor e registra o momento preciso. As pessoas apostam dinheiro no dia e na hora em que o gelo vai derreter, e o apostador que chegar mais perto leva tudo. No ano passado, acho que foram uns quatro mil e quinhentos dólares.

E se o momento em que o gelo derretesse fosse exatamente agora?

E se eu afundasse?

Será que essas crianças patinando por aqui ouviriam o barulho na água? Será que o homem viria me salvar?

Meu professor de inglês diz que uma pergunta retórica é uma que se faz sem esperar uma resposta: *O papa é católico?* Ou *O urso caga no mato?*

Eu acho que é uma pergunta cuja resposta a gente não quer realmente ouvir.

Esse vestido me faz parecer gorda?

Você é mesmo assim tão burro?

Se o gelo derreter e ninguém me vir afundar, será que eu existiria de fato?

Se fosse eu que estivesse na cadeia, Jacob acreditaria no pior a meu respeito?

De repente, sento no meio do lago, no gelo. Sinto o frio penetrar através de meu jeans. Eu me imagino congelando de dentro para fora. Vão me encontrar e eu serei uma escultura, uma estátua.

— Ei, garoto, você está bem? — um homem me pergunta, patinando até mim. — Precisa de ajuda?

Como eu disse: uma resposta que você não quer realmente ouvir.

Não dormi muito na noite passada, mas, quando dormi, eu sonhei. Sonhei que estava resgatando Jacob da cadeia. Fiz isso lendo todos os seus cadernos de *CrimeBusters* e copiando o comportamento de ladrões furtivos. Quando contornei a quina da parede e surgi no lugar onde Jacob se encontrava na cela, ele estava pronto. *Jacob*, eu disse, *você tem que fazer exatamente o que eu lhe disser*, e ele fez, e foi assim que eu soube que era um sonho. Ele ficou quieto, seguiu minhas orientações e não fez perguntas. Passamos na ponta dos pés pela guarita e pulamos dentro de uma lata de lixo gigante, onde nos cobrimos de papel e lixo. Por fim, o encarregado da manutenção veio e nos transportou através dos alarmes e do portão trancado e, quando ele estava prestes a despejar o conteúdo da lata de lixo gigante na caçamba do lado de fora, eu gritei, *Agora!*, e Jacob e eu pulamos e começamos a correr. Corremos por horas, até que as únicas coisas que nos seguiam eram estrelas cadentes, e então, finalmente, paramos em um campo de grama alta e deitamos de costas no chão.

Eu não fiz aquilo, Jacob me disse.

Eu acredito em você, respondi, e era realmente verdade.

Naquele dia em que Jacob tinha que fazer um amigo como lição de casa, as duas menininhas que ele havia conhecido na caixa de areia precisaram ir embora. Elas saíram correndo sem dizer tchau e deixaram meu irmão de treze anos sozinho, cavando na areia.

Tive medo de olhar para minha mãe outra vez. Então, em vez disso, fui até a caixa de areia e sentei na borda. Meus joelhos chegavam até o queixo; eu era grande demais para aquele espaço. Era muito doido ver meu irmão espremido ali dentro. Peguei uma pedra e comecei a raspar a areia com ela.

— O que você está procurando? — perguntei.

— Alossauro — Jacob respondeu.

— Como vamos saber se encontrarmos um?

O rosto de Jacob se iluminou.

— Bom, suas vértebras e seu crânio não são tão pesados como os de outros dinossauros. Isso é o que o nome significa: *lagarto diferente*.

Imaginei qualquer garoto da idade de Jacob vendo-o brincar de paleontólogo em uma caixa de areia e me perguntei se ele um dia teria um amigo.

— Theo — ele sussurrou de repente —, você sabe que não vamos *realmente* encontrar alossauros aqui, não é?

— É, eu sei. — E ri. — Mas, se encontrássemos, ia ser uma notícia e tanto, hein?

— Os furgões dos noticiários iam vir — Jacob disse.

— Que noticiários, que nada! A gente ia aparecer na *Oprah* — eu disse a ele. — Dois garotos que encontraram um esqueleto de dinossauro em uma caixa de areia. Podíamos acabar até em uma caixa de cereais matinais.

— Os fabulosos irmãos Hunt — Jacob sorriu. — É assim que iam nos chamar.

— Os fabulosos irmãos Hunt — repeti, enquanto observava Jacob cavar até o fundo com sua pá. E me perguntei quanto tempo iria demorar até eu ficar mais velho que ele.

Jacob

Não entendo bem o que está acontecendo.

A princípio, pensei que talvez esse fosse o protocolo, como quando minha mãe teve que sair do hospital de cadeira de rodas depois do nascimento do Theo, embora pudesse tranquilamente ter saído andando, com ele nos braços. Talvez fosse uma questão de responsabilidade, e é por isso que os oficiais de justiça tinham que me tirar da sala do tribunal (desta vez, eles ficaram um pouco mais hesitantes para me tocar). Achei que iam me conduzir até a frente do prédio, ou talvez para um ponto de embarque em que os réus pudessem ser pegos e levados para casa.

Em vez disso, fui enfiado na parte de trás de um carro de polícia e viajei por duas horas e trinta e oito minutos até uma prisão.

Não quero estar na prisão.

Os policiais que me deixaram aqui não são os mesmos que me levaram para a cadeia. Esse outro usa um uniforme de cor diferente e me faz as mesmas perguntas que o detetive Matson fez na delegacia. Há luzes fluorescentes no teto, como no Walmart. Não gosto de ir ao Walmart exatamente por essa razão: as lâmpadas estalam e zumbem de vez em quando por causa dos transformadores e tenho medo de que o teto possa cair em cima de mim. Mesmo agora, não consigo falar sem espiar o teto a cada poucos instantes.

— Eu gostaria de telefonar para minha mãe agora — digo ao policial.

— E eu gostaria de ter um bilhete de loteria premiado, mas algo me diz que nenhum de nós vai conseguir o que quer.

— Não posso ficar aqui — falo.

Ele continua digitando em seu computador.

— Não me lembro de ter pedido sua opinião.

Será que esse homem é particularmente tapado? Ou está tentando me irritar?

— Sou estudante — explico, da mesma maneira que poderia explicar espectrometria de massas para alguém que não tivesse a menor ideia de análise de traços de substâncias. — Preciso estar na escola às 7h47 da manhã ou não terei tempo de passar em meu armário antes da aula.

— Considere-se em férias de inverno — o policial diz.

— As férias de inverno só começam em 15 de fevereiro.

Ele aperta um botão no teclado.

— Muito bem. Levante-se — ele ordena, e eu obedeço. — O que tem nos bolsos?

Baixo os olhos para o meu casaco.

— Minhas mãos.

— É metido a espertinho, hein? Esvazie, vamos logo.

Confuso, estendo as mãos abertas à minha frente. Não há nada nelas.

— Os bolsos.

Tiro uma barra de chiclete, uma pedra verde, um pedaço de vidro do mar, uma tira de fotografias de minha mãe e eu e minha carteira. Ele recolhe tudo.

— Ei...

— O dinheiro vai ser registrado na sua conta — ele diz.

Eu o observo fazer anotações em uma folha de papel e, em seguida, ele abre minha carteira e tira meu dinheiro e minha foto do dr. Henry Lee. Ele começa a contar o dinheiro e, por acidente, derruba a pilha. Quando a pega de volta, as notas estão fora de ordem.

O suor começa a molhar minha testa.

— O dinheiro — digo.

— Não peguei nada, se é com isso que você está preocupado.

Vejo uma nota de vinte esfregando em uma nota de um dólar, e a nota de cinco está ao contrário, com o presidente Lincoln virado para baixo.

Em minha carteira, sempre faço questão de que tudo esteja em ordem, do menor valor para o maior, e todas as notas na posição certa, em pé. Nunca tiro dinheiro da carteira de minha mãe sem permissão dela, mas, às vezes, quando ela não está olhando, pego sua carteira na bolsa e organizo as notas. Não gosto da ideia de todo aquele caos; o porta-níqueis já é confusão suficiente.

— Você está bem? — o policial pergunta, e me dou conta de que ele está olhando fixo para mim.

— O senhor poderia... — Mal posso falar, de tão apertada que está minha garganta. — Poderia apenas colocar as notas em ordem?

– O quê?

Com a mão fechada junto do peito, aponto um único dedo para a pilha de notas.

– Por favor – sussurro. – As menores ficam em cima.

Se pelo menos o dinheiro estiver do jeito que deve estar, já é algo que não vai ser preciso mudar.

– Não acredito nisso – o policial resmunga, mas faz como eu pedi.

Depois que vejo aquela nota de vinte repousando em segurança na base da pilha, solto a respiração que vinha segurando.

– Obrigado – digo, embora tenha reparado que pelo menos duas das notas ainda estão de cabeça para baixo.

Jacob, digo a mim mesmo, *você consegue. Não importa que esteja em outra cama esta noite que não a sua. Não importa se eles não o deixarem escovar os dentes. No esquema maior das coisas, o mundo não vai parar de girar.* (Essa é uma frase que minha mãe gosta de usar quando eu fico nervoso com alguma mudança na rotina.)

Enquanto isso, o policial me leva para outra sala, não muito maior do que um armário.

– Tire tudo – ele diz e cruza os braços.

– Tirar o quê? – pergunto.

– Tudo. A roupa de baixo também.

Quando entendo que ele quer que eu tire minha roupa, fico tão surpreso que minha boca abre sem querer.

– Não vou me trocar na sua frente – digo, incrédulo. Não me troco nem no vestiário para a aula de ginástica. Tenho um certificado médico da dra. Moon dizendo que não preciso fazer isso, que posso participar da aula usando minhas roupas comuns.

– Mais uma vez – o policial diz –, eu não estou perguntando se você quer.

Na televisão, vi presos usando macacões, embora nunca tenha pensado muito no que aconteceu com suas roupas. Mas o que estou lembrando agora é ruim. Muito Ruim, com iniciais maiúsculas. Na televisão, esses macacões são sempre laranja. Às vezes isso basta para me fazer mudar de canal.

Sinto o pulso acelerar só de pensar em todo aquele laranja tocando minha pele. Ou nos outros presos, usando a mesma cor. Seríamos como um oceano de alertas de risco, um mar de perigo.

– Se não tirar a roupa – o policial avisa –, vou ter que fazer isso por você.

Viro de costas para ele e tiro o casaco. Puxo a camiseta sobre a cabeça. Minha pele é branca como uma barriga de peixe, e não tenho músculos abdominais definidos como os modelos da Abercrombie & Fitch; isso me deixa envergonhado. Abro o zíper do jeans e o tiro, puxo a cueca para baixo e então lembro das meias. Depois, agacho enrolado como uma bola e organizo cuidadosamente minhas roupas, de modo que a calça verde-oliva fique por baixo, depois a camiseta verde e por fim a cueca e as meias verdes.

O policial pega as roupas e as sacode.

— Braços estendidos para os lados — ele ordena.

Fecho os olhos e faço o que ele manda, mesmo quando ele me faz virar e inclinar para baixo, sentindo seus dedos separando as minhas partes. Uma sacola de tecido mole bate em meu peito.

— Vista-se de novo.

Dentro da sacola há roupas, mas não são as minhas. Em vez disso, há três pares de meias, três cuecas, três camisetas, calças térmicas, uma blusa térmica, três calças azul-escuras e blusas da mesma cor, sandálias de dedo de borracha, um casaco, um gorro, luvas, uma toalha.

É um enorme alívio. Não vou ter que usar roupa laranja, afinal.

Só dormi uma vez fora de casa em minha vida. Foi na casa de um menino chamado Marshall, que depois se mudou para San Francisco. Marshall tinha um problema de visão chamado ambliopia e, como eu, muitas vezes era alvo das piadas dos colegas no ensino fundamental. Foram nossas mães que organizaram aquela noite fora, depois de minha mãe saber que Marshall também conhecia os nomes da maioria dos dinossauros do período cretáceo.

Minha mãe e eu conversamos por duas semanas inteiras sobre o que poderia acontecer se eu acordasse no meio da noite e quisesse voltar para casa (eu telefonaria para ela). O que aconteceria se a mãe de Marshall servisse algo no café da manhã que eu não gostasse (eu diria: *Não, obrigado*). Conversamos sobre como Marshall talvez não tivesse suas roupas organizadas no armário do mesmo jeito que eu, e sobre o fato de ele ter um cachorro e de que cachorros às vezes deixam pelos no chão sem querer.

Na noite em que eu ia dormir fora, minha mãe me deixou na casa dele depois do jantar. Marshall perguntou se eu queria ver *Jurassic Park* e eu disse que sim. Mas, quando comecei a informar durante o vídeo o que era anacrônico e o que era pura ficção, ele ficou bravo, me disse para calar a boca e foi brincar com o cachorro.

O cachorro era um yorkshire terrier com um laço cor-de-rosa na cabeça, embora fosse macho. Tinha uma língua cor-de-rosa muito pequena e lambeu a minha mão, o que eu achava que seria bom, mas me fez querer lavar imediatamente.

Naquela noite, quando fui dormir, a mãe de Marshall pôs um cobertor enrolado entre nós para dividir a cama larga. Ela lhe deu um beijo na testa e depois me beijou também, o que foi estranho, porque ela não era minha mãe. Marshall me disse que, de manhã, se acordássemos cedo, poderíamos ver TV antes que a mãe dele levantasse e nos pegasse. Então ele dormiu, mas eu não. Estava acordado quando o cachorro entrou no quarto e se enfiou sob as cobertas, me arranhando com suas minúsculas unhas pretas. E ainda estava acordado quando Marshall molhou a cama durante o sono.

Levantei e liguei para minha mãe. Eram 4h24.

Quando ela chegou, bateu na porta e a mãe de Marshall atendeu, de roupão. Minha mãe agradeceu por mim.

— Parece que o Jacob acorda cedo — disse. — *Muito* cedo. — Ela tentou rir um pouco, mas soou como um tijolo caindo.

Quando entramos no carro, ela disse:

— Desculpe.

Mesmo sem olhar para ela, eu a sentia olhando para mim.

— Nunca mais faça isso comigo — respondi.

Tenho que preencher um formulário para visitantes. Não imagino quem possa querer vir, então escrevo o nome de minha mãe e o nome de meu irmão, nosso endereço e a data de nascimento deles. Acrescento o nome de Jess também, embora saiba que ela não pode me visitar, obviamente, mas aposto que teria querido vir.

Então uma enfermeira me examina, tira minha temperatura e mede minha pulsação, como no consultório médico. Quando ela me pergunta se estou tomando algum medicamento, respondo que sim, mas ela fica brava porque eu não sei o nome dos suplementos, porque só posso lhe dizer as cores ou se vêm em uma seringa.

Por fim, sou levado ao lugar onde vou ficar. O policial me acompanha por um corredor até chegarmos a uma cabine. Dentro dela, outro policial aperta um botão e uma porta de metal à nossa frente se abre. Recebo outra sacola de roupas, esta com dois lençóis, dois cobertores e uma fronha.

As celas ficam do lado esquerdo de um corredor que tem uma grade metálica no lugar do piso. Cada cela tem duas camas, uma pia, um vaso sanitário e uma televisão. Cada cela também tem dois homens dentro. Eles parecem pessoas comuns, exceto, claro, pelo fato de que todos fizeram algo ruim.

Bem, talvez não. Afinal, *eu* estou aqui também.

— Você vai ficar aqui por uma semana enquanto é avaliado — o policial diz. — Dependendo do seu comportamento, pode ser transferido para a área de segurança mínima. — E faz um sinal com a cabeça indicando uma cela que, ao contrário das outras, tem uma janela menor. — Aqui é o chuveiro — explica.

Como vou ter certeza de tomar banho primeiro se tem tanta gente aqui?

Como vou escovar os dentes se não tenho minha escova comigo?

Como vou tomar minha injeção de manhã e meus suplementos?

Enquanto penso nesses detalhes, sinto que estou começando a perder o controle.

Não é como um tsunami, embora eu tenha certeza de que é assim que parece para alguém de fora. É mais como um pacote de cartas preso bem justo com várias voltas de um elástico. Quando o elástico se parte, ele continua no lugar — por hábito, ou por aprendizado motor, não sei —, mas basta um mínimo movimento do pacote e ele começa a desenrolar. Antes que se perceba, já não há mais nada segurando o pacote de cartas.

Minha mão começa a se mover um pouco, e meus dedos batem um ritmo em minha coxa.

Jess está morta e eu estou na cadeia e perdi *CrimeBusters* hoje e meu olho direito tem um tique que não consigo fazer parar.

Paramos de andar quando chegamos à cela no fim do corredor.

— Lar, doce lar — o policial diz. Então abre a porta e espera até que eu entre.

No minuto em que ele tranca a porta outra vez, agarro as barras. Ouço as lâmpadas zumbindo sobre minha cabeça.

Butch Cassidy e Sundance Kid não foram para a cadeia; eles pularam de um penhasco.

— *Kid, da próxima vez que eu disser "Vamos para a Bolívia"* — murmuro —, *vamos mesmo.*

Minha cabeça dói e, no canto dos olhos, estou enxergando vermelho. Eu os fecho, mas os sons continuam lá, e minhas mãos parecem grandes demais para meu corpo e minha pele está ficando mais apertada. Eu a imagino se estendendo tanto até se romper.

— Não se preocupe — uma voz diz. — Você se acostuma.

Eu me viro e mantenho as mãos presas uma na outra na frente do peito, do jeito que eu às vezes costumava andar quando não estava me concentrando em parecer como todas as outras pessoas. Achei que o policial me havia posto em uma cela especial para pessoas que tinham que estar na prisão, mas não deveriam de fato estar lá. Não havia percebido que eu, como todos os demais, tinha um companheiro de quarto.

Ele está vestido com todas as suas roupas azuis, mais o casaco e o gorro, puxado baixo sobre as sobrancelhas.

– Como é seu nome?

Examino o rosto dele sem olhar em seus olhos. Ele tem uma pinta alta na face esquerda e nunca gostei de pessoas com pintas altas.

– *Eu sou Spartacus.*

– Tá brincando? Então espero que esteja aqui por matar seus pais. – Ele levanta do banco e fica atrás de mim. – Que tal eu te chamar de Puta em vez disso? – Minhas mãos apertam as barras com mais força. – Vamos acertar umas coisas desde já, que é para a gente poder se dar bem aqui. Eu fico com a cama de baixo. Eu saio para o pátio primeiro para fazer exercícios. Eu escolho o canal da TV. Você não me fode e eu não fodo você.

Há um comportamento comum em cachorros que são postos juntos em um espaço pequeno. Um vai avançar no outro até o cachorro beta saber que o cachorro alfa deve ser obedecido.

Eu não sou cachorro. Nem esse homem é. Ele é mais baixo que eu. A pinta no rosto dele é alta e tem a forma de uma colmeia.

Se a dra. Moon estivesse aqui, ela perguntaria: *Qual é o número?*

Dezesseis. Em uma escala de um a dez, sendo dez o mais alto, meu nível de ansiedade é dezesseis. Que é o pior número, porque (a) é par, (b) tem raiz quadrada par, e (c) sua raiz quadrada par tem uma raiz quadrada par.

Se minha mãe estivesse aqui, ela começaria a cantar "I Shot the Sheriff". Enfio os dedos nos ouvidos para não poder ouvi-lo e fecho os olhos para não poder vê-lo e começo a repetir o refrão sem nenhuma pausa entre as palavras, apenas um encadeamento de som que posso imaginar me circulando como um campo de força.

De repente, ele segura meu ombro.

– Ei – ele diz, e eu começo a gritar.

O gorro dele caiu, de modo que posso ver que ele é ruivo, e todo mundo sabe que pessoas ruivas não têm de fato cabelos vermelhos, mas laranja. E, pior, seu cabelo é comprido. Cai em volta do rosto e sobre os ombros e, se ele se inclinar um pouco mais, pode encostar em mim.

Os sons que eu faço são agudos e penetrantes, mais altos que as vozes de todos que me dizem para *calar a droga dessa boca*, mais altos que o policial que me avisa que vai me dar uma advertência por mau comportamento se eu não parar. Mas eu não consigo, porque agora o som já está transbordando por todos os meus poros e, mesmo quando fecho os lábios com força, meu corpo está gritando. Agarro as barras da porta da cela — *contusões são causadas por vasos sanguíneos que se rompem como resultado do golpe* — e bato a cabeça contra elas — *contusão cerebral acompanhada de hematoma subdural no lobo frontal está associada a mortalidade* — e de novo — *cada glóbulo vermelho é composto de um terço de hemoglobina* — e então, como eu previa, minha pele não pode conter o que está acontecendo dentro de mim e se rompe, e o sangue corre pelo meu rosto e para os meus olhos e boca.

Escuto:

— Tirem a porra desse maluco da minha casa.

E:

— Se ele tiver aids, vou processar o Estado e arrancar tudo que puder.

Meu sangue tem gosto de moeda, de cobre, de ferro — *O sangue constitui sete por cento do peso corporal total...*

— Quando eu contar até três — escuto. Duas pessoas agarram meus braços e estou me movendo, mas meus pés não parecem pertencer a mim e está amarelo demais sob as luzes e há metal em minha boca e metal em meus pulsos, e então não vejo, nem ouço, nem sinto o gosto de mais nada.

Acho que posso estar morto.

Faço essa dedução a partir dos seguintes fatos:

1. A sala em que estou é monocromática: chão, paredes, teto, tudo tem uma cor pálida de pele.
2. A sala é macia. Quando ando, parece que estou andando sobre uma língua. Quando me apoio nas paredes, elas se apoiam em mim também. Não consigo alcançar o teto, mas tudo leva a crer que seja igual. Há uma única porta, sem nenhuma janela ou maçaneta.
3. Não há nenhum barulho, exceto minha respiração.
4. Não há mobília. Só um pequeno colchão, que também tem cor de pele e é macio.
5. Há uma grade no meio do chão, mas, quando olho para baixo através dela, não vejo nada. Talvez seja o túnel que leva de volta à Terra.

Mas há também outros fatores que me levam a acreditar que talvez eu não esteja realmente morto, afinal.

1. Se eu estivesse morto, por que estaria respirando?
2. Não deveria haver outras pessoas mortas em volta?
3. Pessoas mortas não têm fortes dores de cabeça, têm?
4. O céu provavelmente não tem porta, mesmo sem maçaneta.

Levo a mão à testa e encontro um curativo em forma de borboleta. Há sangue em minha blusa, que secou e está marrom e duro. Meus olhos estão inchados e há pequeninos cortes em minhas mãos.

Caminho em volta da grade, fazendo um círculo amplo. Depois deito no colchão, com os braços cruzados sobre o peito.

Era assim que meu avô estava, no caixão.

Não era assim que Jess estava.

Talvez seja ela que esteja dentro daquela grade. Talvez ela esteja do outro lado daquela porta. Será que ela ficaria feliz de me ver? Ou brava? Será que eu olharia para ela e saberia dizer a diferença?

Queria poder chorar, como outros humanos fazem.

Emma

Os remédios e suplementos de Jacob enchem completamente duas bolsas plásticas com fecho zip de quatro litros. Alguns são remédios com prescrição médica, como os medicamentos antiansiedade receitados pela dra. Murano, e outros, como a glutationa, eu compro para ele pela internet. Estou esperando para entrar e visitar meu filho na prisão, segurando essas embalagens, quando a porta se abre.

Minha mãe costumava me contar que, quando ela era pequena, teve um rompimento do apêndice. Isso foi na época antes de os pais terem autorização para ficar com seus filhos durante as hospitalizações, então minha avó chegava quatro horas antes do início do horário de visitas e ficava de pé na frente de uma fila isolada por uma corda, que minha mãe podia enxergar de sua cama de hospital. Minha avó simplesmente ficava ali, sorrindo e acenando, até que a deixassem entrar.

Se Jacob souber que estou esperando por ele, se souber que eu o verei todos os dias às nove horas... bem, isso é uma rotina em que ele pode se apoiar.

Eu imaginava que haveria mais pessoas esperando comigo a abertura da porta da frente, mas, talvez para o resto das mães que vêm à prisão visitar seus filhos isso já seja coisa antiga. Talvez elas estejam acostumadas com a rotina. Há apenas uma pessoa esperando comigo, um homem de terno carregando uma pasta. Deve ser um advogado. Ele bate os pés no chão.

— Está frio aqui fora — ele diz, com um sorriso apertado.

Sorrio de volta.

— Está mesmo. — Deve ser um advogado de defesa, que veio visitar seu cliente. — O senhor... hã... sabe como isso funciona?

— Ah, é a primeira vez? É simples. Você entra, apresenta sua identidade e passa pelos detectores de metal. Meio como se fosse entrar em um avião.

— Exceto que não se vai a lugar nenhum — pondero.

Ele olha para mim e ri.

— É, com certeza.

Um agente penitenciário aparece do outro lado da porta de vidro e vira a chave na fechadura.

— E aí, Joe — o advogado cumprimenta, e o agente resmunga uma resposta. — Viu os Bruins ontem à noite?

— Vi. Agora me diga uma coisa: como pode os Patriots e os Sox ganharem campeonatos e os Bruins continuarem esse lixo?

Eu os sigo até uma cabine de controle, onde o agente entra. O advogado, então, lhe apresenta sua licença de motorista, depois escreve algo em uma prancheta e entrega suas chaves ao agente. Em seguida, passa por um detector de metal e continua por um corredor onde eu o perco de vista.

— Pois não, senhora? — o agente penitenciário diz.

— Vim visitar meu filho. Jacob Hunt.

— Hunt. — Ele examina uma lista. — Ah, sim, Hunt. Certo. Ele chegou ontem à noite.

— Sim.

— Bem, a senhora ainda não foi aprovada.

— Para o quê?

— Para a visita. Provavelmente vai estar tudo certo até sábado. Que é o dia de visitas mesmo.

— Sábado? — repito. — Você quer que eu espere até *sábado*?

— Desculpe, senhora. Até que esteja liberada, não há nada que eu possa fazer.

— Meu filho é autista. Ele precisa me ver. Quando sua rotina é alterada, ele pode ficar incrivelmente perturbado. Até violento.

— Então acho que é bom que ele esteja atrás das grades — o agente diz.

— Mas ele precisa dos remédios dele... — Levanto as duas bolsas plásticas e as coloco sobre o balcão.

— Nossa equipe médica pode administrar os remédios — o agente responde. — Eu lhe dou um formulário para preencher com as informações.

— Há suplementos dietéticos também. E ele não pode comer glúten e caseína...

— Peça para o médico dele entrar em contato com a administração da prisão.

Só que a dieta e os suplementos de Jacob não foram receitados por um médico. Foram apenas dicas, como centenas de outras, que mães de autistas aprenderam ao longo dos anos e transmitem a outras que se encontram no mesmo barco, como *algo que pode funcionar.*

— Quando o Jacob sai da dieta, o comportamento dele fica muito pior...

— Talvez a gente devesse adotar essa dieta para todos os detentos, então — o agente diz. — Olha, eu sinto muito, mas, se não houver uma recomendação médica, não podemos passar para o preso.

Por acaso era culpa minha se a comunidade médica não endossava tratamentos comprovados por pais de autistas? Se o dinheiro para pesquisas sobre autismo sempre foi tão pouco que, mesmo que muitos médicos concordem que esses suplementos de fato ajudam Jacob a manter o foco ou amenizar sua hipersensibilidade, eles não podiam explicar cientificamente a razão disso? Se eu tivesse esperado que médicos e cientistas me dissessem conclusivamente como ajudar meu filho, ele ainda estaria trancado em seu próprio pequeno mundo como quando tinha três anos, isolado e sem reação ao ambiente externo.

Não muito diferente, me dou conta, de uma cela de prisão.

Lágrimas enchem meus olhos.

— Não sei o que fazer.

Eu devo ter parecido prestes a desmoronar, porque a voz do agente penitenciário fica mais gentil.

— Seu filho tem advogado? — ele pergunta.

Faço que sim com a cabeça.

— Pode ser um bom começo — ele sugere.

Da coluna da Tia Em:

O que Sei Agora que Gostaria de Saber Antes de Ter Filhos:

1. Se você enfiar um pedaço de pão em um videocassete, ele não sairá intacto.
2. Sacos de lixo não funcionam como paraquedas.
3. *Seguro para crianças* é um termo relativo.
4. Um acesso de birra é como um ímã: olhares não conseguem deixar de se fixar em você e em seu filho quando isso acontece.
5. Legos não são absorvidos pelo aparelho digestivo.
6. Neve é um grupo alimentar.
7. Crianças sabem quando você não está ouvindo o que elas falam.
8. Couve-de-bruxelas coberta com queijo continua sendo couve-de--bruxelas.
9. O melhor lugar para chorar é nos braços de uma mãe.
10. Você nunca será uma mãe tão boa quanto quer ser.

De meu carro, ligo para Oliver Bond.

— Eles não querem me deixar ver o Jacob — digo.

Ao fundo, escuto um cachorro latindo.

— Certo.

— Certo? Não posso ver meu filho e você acha que está tudo certo?

— Não, eu quis dizer *certo* como em *e o que mais?* Não *certo* como em... Enfim, me conte o que eles falaram.

— Eu não estou em uma tal lista de visitantes aprovados — grito. — Você acha que o Jacob faz ideia de que precisa avisar quem pode e quem não pode visitá-lo?

— Emma — o advogado diz. — Respire fundo.

— Não posso respirar fundo. O Jacob não tem condições de ficar na cadeia.

— Eu sei. Sinto muito que...

— Não sinta — interrompo. — *Faça* alguma coisa. Consiga que eu visite o meu filho.

Ele fica em silêncio por um momento.

— Tudo bem — Oliver diz por fim. — Vou ver o que posso fazer.

Não posso dizer que seja uma surpresa encontrar Theo em casa, mas estou tão mentalmente esgotada que não tenho forças para perguntar por que ele está aqui e não na escola.

— Eles não me deixaram ver o Jacob — digo.

— Por quê?

Em vez de responder, apenas sacudo a cabeça. Na luz amarelada de fim da manhã, posso ver um princípio muito fino de barba no rosto e no queixo de Theo. O que me lembra da primeira vez em que notei que estavam crescendo pelos nas axilas de Jacob e isso me deixou nervosa. Era uma coisa ter uma criança precisando tão intensamente de mim, e outra ter que cuidar de um homem adulto.

— Mãe? — Theo diz, hesitante. — Você acha que ele fez isso mesmo?

Sem pensar, viro um tapa com força no rosto dele.

Ele vai para trás, desequilibrado, com a mão pressionando o rosto. Depois sai correndo pela porta da frente.

— Theo! — eu o chamo. — Theo! — Mas ele já está no meio do quarteirão.

Eu deveria segui-lo; deveria pedir desculpas. Deveria confessar que a razão de ter batido nele não foi o que ele disse, mas o fato de ter dado voz a todos os pensamentos inconfessáveis que venho tendo.

Será que *eu* acredito que Jacob é capaz de cometer um assassinato?

Não.

A resposta fácil, a reação por reflexo. É do meu filho que estamos falando. Aquele que ainda me pede para arrumar seu cobertor à noite.

Mas também me lembro de Jacob derrubando o cadeirão de Theo quando eu disse a ele que não podia tomar mais um copo de leite de soja com chocolate. Lembro de quando ele abraçou um hamster até a morte.

Mães devem ser as maiores incentivadoras de seus filhos. Mães devem acreditar em seus filhos, haja o que houver. Mães são capazes de mentir para si mesmas, se necessário, para fazer isso.

Saio e caminho pela calçada, na direção em que Theo correu.

— Theo — chamo, mas minha voz não parece minha.

Rodei trezentos e dez quilômetros hoje com meu carro, dirigindo até Springfield, de volta para casa e para cá outra vez. Às cinco e meia da tarde, estou de novo no saguão da entrada dos visitantes na prisão, com Oliver Bond de pé ao meu lado. Ele deixou uma mensagem em meu celular me instruindo a encontrá-lo aqui, com a explicação de que havia conseguido uma visita especial para mim enquanto organizava os planos de visitas a longo prazo.

Fiquei tão feliz com a notícia que nem dei muita atenção ao termo *longo prazo.*

Ao chegar, mal reconheço Oliver. Ele não está de terno, como estava ontem, mas de jeans e camisa de flanela. Isso o faz parecer ainda mais jovem. Olho para minhas próprias roupas, que parecem algo que eu usaria em uma reunião da equipe no jornal. O que me fez pensar que tinha que me arrumar para vir à cadeia?

Oliver me conduz até a cabine.

— Nome? — o agente pergunta.

— Emma Hunt — digo.

Ele levanta os olhos.

— Não, o nome da pessoa que a senhora vai visitar.

— Jacob Hunt — Oliver intervém. — Obtivemos uma visita especial por meio da superintendência.

O agente concorda com a cabeça e me passa uma prancheta para que eu assine a ficha. Depois pede minha identidade.

— Entregue as chaves para ele — Oliver orienta. — Ficarão aqui enquanto você estiver lá dentro.

Eu as passo ao agente penitenciário e depois atravesso o detector de metais.

— Você não vem?

Oliver sacode a cabeça.

— Vou esperar aqui.

Um segundo agente penitenciário chega e me conduz pelo corredor. Mas, em vez de entrar em uma sala onde há mesas e cadeiras, ele vira no fim da parede e me leva para um pequeno cubículo. A princípio, penso que é um armário, depois me dou conta de que é uma cabine de visita. Um banquinho é colocado sob uma janela que dá para uma imagem especular dessa saleta onde estou. Há um fone preso à parede.

— Acho que há algum engano — digo.

— Não há engano — o agente responde. — Apenas visitas sem contato são permitidas para detentos sob custódia de proteção.

Ele me deixa na salinha minúscula. Será que Oliver sabia que eu não poderia ver Jacob de perto? Será que ele não me contou porque sabia que isso ia me perturbar ou porque nem ele tinha essa informação? E o que é custódia de proteção?

A porta do outro lado do vidro se abre e, de repente, Jacob está ali. O agente penitenciário que o trouxe aponta para o telefone na parede, mas Jacob me vê através do vidro e pressiona as palmas abertas contra a janela.

Há sangue em sua blusa e em seu cabelo. A testa está coberta por uma linha de contusões arroxeadas. Os nós dos dedos estão machucados e ele está fazendo movimentos repetitivos como um louco — a mão se agita ao lado do corpo como um pequeno animal, o corpo inteiro sobe e desce sobre as pontas dos pés.

— Ah, meu querido — murmuro, apontando para o fone em minha mão e, em seguida, para o lugar onde deve estar o receptor dele.

Mas ele não o pega e apoia as palmas das mãos novamente contra o vidro que nos separa.

— Pegue o fone — grito, embora ele não possa me ouvir. — Pegue-o, Jacob!

Em vez disso, ele fecha os olhos, balança para a frente, apoia o rosto na janela e estende os braços para os lados o máximo possível.

Percebo que ele está tentando me abraçar.

Largo o fone e me aproximo da janela. Imito a posição dele, de modo que somos espelhos um do outro, com um muro de vidro entre nós.

Talvez isso seja como sempre é para Jacob, que tenta se conectar com as pessoas e jamais consegue de verdade. Talvez a membrana entre alguém com Asperger e o resto do mundo não seja um feixe invisível de elétrons em movimento, mas uma partição através da qual se pode enxergar, mas que só permite a ilusão de sentimento, e não o sentimento real.

Jacob se afasta da janela e senta no banco. Pego o fone, esperando que ele acompanhe meu gesto, mas ele não está fazendo contato visual. Por fim, ele pega o receptor e, por um momento, vejo algo da alegria que costumava se espalhar por seu rosto quando descobria algo surpreendente e vinha compartilhar a descoberta comigo. Ele vira o receptor nas mãos e então o segura junto à orelha.

— Vi isso em *CrimeBusters*. No episódio em que acabam descobrindo que o suspeito era um canibal.

— Oi, meu amor — digo e me esforço para sorrir.

Ele está balançando o corpo sobre o banco. Sua mão livre, a que não está segurando o fone, flutua no ar como se ele estivesse tocando um piano invisível.

— Quem machucou você?

Ele leva os dedos hesitantemente à testa.

— Mamãe? Podemos ir para casa agora?

Sei precisamente a última vez em que Jacob me chamou assim. Foi depois de sua formatura no fundamental, aos catorze anos. Ele havia recebido um diploma. *Mamãe*, ele disse, correndo para me mostrar. Os outros meninos ouviram e caíram na risada. *Jacob*, provocaram, *sua mamãe está aqui para levar você para casa*. Tarde demais, ele aprendeu que, aos catorze anos, parecer descolado na frente dos amigos é mais importante do que o entusiasmo espontâneo.

— Logo — digo, mas a palavra sai como uma pergunta.

Jacob não chora. Ele não grita. Apenas deixa o fone cair da mão e abaixa a cabeça.

Estendo o braço automaticamente na direção dele e minha mão bate no vidro.

A cabeça de Jacob levanta alguns centímetros e cai. Sua testa bate no metal do balcão. Então ele repete o gesto.

— Jacob! Não! — Mas, claro, ele não pode me ouvir. Seu fone balança, pendurado no suporte de metal, de onde caiu quando ele o soltou.

Ele continua batendo a cabeça, de novo e de novo. Abro a porta da cabine de visita. O agente que me trouxe está de pé do lado de fora.

— Me ajude! — grito, e ele olha sobre meu ombro para ver o que Jacob está fazendo, depois corre para intervir.

Pela janela da cabine de visita, vejo quando ele e um segundo agente seguram Jacob pelos braços e o puxam para longe da janela. A boca de Jacob está torta, mas não sei dizer se ele está gritando ou soluçando. Seus braços são segurados atrás do corpo para que ele possa ser algemado e, então, um dos agentes o empurra por trás para fazê-lo andar.

Esse é o meu filho, e eles o estão tratando como um criminoso.

O agente penitenciário retorna pouco depois, para me levar de volta ao saguão.

— Ele vai ficar bem — diz. — A enfermeira lhe deu um sedativo.

Quando Jacob era mais novo e mais sujeito a acessos, um médico lhe receitou olanzapina, um antipsicótico. Isso o livrou dos acessos. Também o livrou de sua personalidade, ponto. Eu o encontrava sentado no chão do quarto com um sapato calçado e o outro ainda ao lado dele, o olhar vazio, fixo na parede. Quando ele começou a ter convulsões, tiramos o remédio e nunca mais experimentamos nenhum outro.

Imagino Jacob deitado de costas no chão de uma cela, com as pupilas dilatadas e sem foco, entrando e saindo do estado de consciência.

Assim que chego ao saguão, Oliver se aproxima com um largo sorriso no rosto.

— Como foi? — ele pergunta.

Abro a boca para responder e desabo a chorar.

Eu brigo pela educação especial de Jacob e luto para segurá-lo no chão quando ele perde o controle em um lugar público. Moldei minha vida em torno de fazer o que precisa ser feito, porque, por mais que se grite e esperneie, no fim, quando termina, continua-se enfiada até os tornozelos na mesma situação. Sou eu quem é forte, para que Jacob não precise ser.

— Emma — Oliver diz, e imagino que esteja tão constrangido quanto eu por me ver soluçando na sua frente. Mas, para minha surpresa, ele me envolve em um abraço e afaga meus cabelos. Mais surpreendentemente ainda... por um momento, eu permito.

Isso é o que não se pode explicar para uma mãe que não tem um filho autista: claro que amo meu filho. Claro que jamais ia querer uma vida sem ele. Mas isso não significa que eu não esteja exausta a cada minuto do dia. Que não me preocupe com o futuro dele, e com a falta de um para mim. Que às vezes, antes que possa evitar, eu imagine como minha vida teria sido se Jacob não tivesse Asperger. Que, como Atlas, eu pense que seria bom, uma única vez, ter alguém para suportar o peso do mundo de minha família sobre os ombros no meu lugar.

Por cinco segundos, Oliver Bond se torna essa pessoa.

— Desculpe — digo, afastando-me dele. — Molhei toda a sua camisa.

— É, essa flanela é muito delicada. Vou acrescentar a conta da lavanderia em meus honorários. — Ele vai até a cabine de controle e pega de volta minha identidade e minhas chaves, depois me acompanha ao sair. — Bem... o que aconteceu lá dentro?

— O Jacob se machucou. Ele deve estar batendo a cabeça em alguma coisa. A testa dele está cheia de manchas roxas e havia curativos e sangue. Ele começou a fazer isso de novo agora mesmo, na cabine de visita, e lhe deram um tranquilizante. Não querem lhe dar os suplementos e eu não sei o que ele está comendo, *se* está comendo, e... — Paro e o olho de frente. — Você não tem filhos, não é?

Ele enrubesce.

— Eu? Filhos? Hã... não.

— Vi meu filho ir embora uma vez, Oliver. Lutei muito para trazê-lo de volta e não vou deixá-lo ir de novo. Se Jacob *tiver* capacidade de enfrentar um julgamento, não terá mais depois de duas semanas nessa situação. Por favor — imploro —, você não pode fazer nada para tirá-lo daqui?

Oliver olha para mim. No ar frio, sua respiração toma forma entre nós dois.

— Não — diz ele. — Mas acho que *você* pode.

Jacob

1

1

2

3

5

8

13

E assim por diante.

Essa é a sequência de Fibonacci. Ela pode ser definida explicitamente:

$$a(n) = \left(\frac{5+\sqrt{5}}{10}\right)\left(\frac{1+\sqrt{5}}{2}\right)^n + \left(\frac{5-\sqrt{5}}{10}\right)\left(\frac{1-\sqrt{5}}{2}\right)^n$$

E recursivamente também:

$$a_0 = 1$$
$$a_1 = 1$$
$$a_n = a_{n-2} + a_{n-1}$$

Isso significa que essa é uma equação baseada em seus valores anteriores.

Estou me forçando a pensar em números, porque ninguém parece entender o que digo quando falo em nossa língua. É como um episódio de *Além da imaginação* em que as palavras subitamente mudaram de significado: digo *pare*, mas a coisa não para; peço para sair, mas eles me prendem ainda mais. Isso me leva a duas conclusões:

1. Estou sendo alvo de uma *pegadinha*. No entanto, não acho que minha mãe fosse deixar a brincadeira ir tão longe, o que me leva a pensar:
2. Não importa o que eu diga, não importa a clareza com que eu diga, ninguém me entende. O que significa que preciso encontrar um método melhor de comunicação.

Números são universais, uma linguagem que transcende o espaço e o tempo. Este é um teste: se alguém, uma só pessoa que seja, puder me entender, então há esperança de que ela entenda o que aconteceu na casa de Jess também.

Podem-se ver números de Fibonacci na florescência de uma alcachofra ou nas escamas de uma pinha. Pode-se usar sua sequência para explicar como os coelhos se reproduzem. Conforme *n* se aproxima do infinito, a razão de *a(n)* para *a(n - 1)* se aproxima de *fi*, a razão áurea — 1,618033989 —, que foi usada para construir o Partenon e aparece em composições de Bartók e Debussy.

Estou caminhando e, a cada passo, deixo outro número da sequência de Fibonacci vir à minha cabeça. Eu me movimento em círculos cada vez menores até o meio da sala e, quando chego lá, começo de novo.

1
1
2
3
5
8
13
21
34
55
89
144

Um guarda entra trazendo uma bandeja. Atrás dele está uma enfermeira.

— Ei, garoto — ele diz, abanando a mão à minha frente. — Diga alguma coisa.

— Um — respondo.

— Hã?

— Um.

— Um o quê?

— Dois — digo.

— É hora do jantar — o guarda avisa.

— Três.

— Você vai comer ou jogar fora outra vez?

— Cinco.

— Acho que é pudim hoje — o guarda diz, levantando a tampa da bandeja.

— Oito.

Ele inala profundamente.

— Humm, que delícia.

— Treze.

Por fim, ele desiste.

— Eu disse. É como se ele estivesse em outro planeta.

— Vinte e um — digo.

A enfermeira dá de ombros e levanta uma agulha.

— Blackjack — ela diz, e enfia a seringa em minha nádega enquanto o guarda me segura.

Depois que eles vão embora, deito no chão e, com o dedo, escrevo a equação da sequência de Fibonacci no ar. Faço isso até ela ficar embaçada, até meu dedo ficar mais pesado que um tijolo.

A última coisa que me lembro de pensar antes de desaparecer é que números fazem sentido. Não se pode dizer o mesmo de pessoas.

Oliver

A defensoria pública de Vermont não é chamada de defensoria pública, mas de algo que parece ter sido tirado de um romance de Dickens: Repartição da Defensoria Geral. No entanto, como em qualquer defensoria pública, os funcionários são sobrecarregados e sub-remunerados. É por isso que, depois de instruir Emma sobre a lição de casa dela, vou para meu apartamento-escritório fazer a minha.

Thor me recebe pulando sobre mim e me unhando bem na virilha.

— Valeu, amigão — arquejo, afastando-o. Mas ele está com fome, então lhe dou sobras de macarrão misturado com ração, enquanto procuro as informações de que preciso na internet e faço um telefonema.

Embora sejam sete horas da noite, muito depois da hora de expediente, uma mulher atende.

— Alô — digo. — Meu nome é Oliver Bond. Sou um advogado novo em Townsend.

— Já estamos fechados...

— Eu sei. É que sou amigo de Janice Roth e estou tentando encontrá-la...

— Ela não trabalha mais aqui.

Sei disso. Na verdade, também sei que Janice Roth se casou recentemente com um cara chamado Howard Wurtz e que eles se mudaram para o Texas, onde ele tinha uma oferta de emprego na NASA. Buscas nos arquivos públicos são o melhor amigo do advogado de defesa.

— Ah, que droga. É mesmo? Puxa, que pena. Sou amigo dela da faculdade de direito.

— Ela se casou — a mulher informa.

— Sim, com o Howard, certo?

— Você o conheceu?

— Não, mas sei que ela era louca por ele — digo. — Por acaso você é defensora pública também?

— Infelizmente, sim — ela suspira. — Você está na advocacia privada? Acredite, não está perdendo nada.

— Que é isso, você vai ganhar o céu muito antes de mim — brinco. — Olha, eu tenho uma pergunta bem rápida. Sou novato em direito penal aqui em Vermont e ainda estou aprendendo como as coisas funcionam.

Sou novato em direito penal, ponto. Mas não quero contar isso a ela.

— Claro. O que quer saber?

— Meu cliente é um garoto de dezoito anos, autista. Ele meio que surtou no tribunal durante a audiência preliminar e agora está preso até a data agendada para a audiência da perícia psicológica. Mas ele não se adapta à cadeia. Fica tentando se machucar. Há alguma maneira de acelerar o funcionamento da justiça por aqui?

— Vermont é absolutamente terrível na atenção psiquiátrica aos detentos. Antes usavam o hospital estadual como detenção provisória para exames periciais, mas ele perdeu o financiamento, então agora Springfield recebe a maior parte dos casos, porque eles têm a melhor estrutura médica — ela explica. — Uma vez tive um cliente aguardando perícia psicológica que gostava de se lambuzar da cabeça aos pés. Ele fez isso na primeira noite com uma barra de meio quilo de manteiga, e com desodorante antes de uma visita minha.

— Uma visita com contato?

— Sim, os agentes penitenciários não se importaram. Devem ter pensado que o pior que ele poderia fazer seria esfregar alguma coisa em mim. Enfim, com esse cliente, eu protocolei uma petição de arbitramento de fiança — a advogada diz. — Isso leva você novamente para diante do juiz. Ponha o psicólogo ou o orientador psicológico dele no banco de testemunhas para corroborar sua história. Mas dispense o comparecimento de seu cliente, para não correr o risco de ele repetir um comportamento no tribunal que possa irritar o juiz. Seu principal trabalho é convencer o juiz de que ele não é um perigo se não estiver preso e, se ele começar a correr como um lunático no meio da sala, isso vai estragar o argumento.

"Petição de arbitramento de fiança", anoto em um bloco na minha frente.

— Obrigado — digo. — Você foi ótima.

— Tudo bem. Ei, você quer o e-mail da Janice?

— Claro — minto. Ela o lê para mim e finjo anotá-lo.

Quando desligo, vou até a geladeira e pego uma garrafa de água mineral. Despejo metade na vasilha de Thor e, em seguida, levanto a garrafa em um brinde.

— A Janice e Howard — exclamo.

— Sr. Bond — diz o juiz Cuttings no dia seguinte —, não estamos aguardando a avaliação pericial nesse caso?

— Excelência — respondo —, acho que não podemos esperar.

O tribunal está vazio, exceto por Emma, a dra. Murano e a promotora, uma mulher chamada Helen Sharp que tem cabelos ruivos muito curtos e dentes caninos pontudos que me fazem pensar em um vampiro ou em um pit bull. O juiz olha para ela.

— Sra. Sharp? Qual é a sua opinião?

— Não sei nada sobre esse caso, Excelência — diz ela. — Fiquei sabendo da audiência esta manhã. O réu é acusado de assassinato, Vossa Excelência ordenou uma perícia psicológica e é posição do Estado que ele permaneça sob custódia até lá.

— Com o devido respeito, Excelência — respondo —, acho que o tribunal deveria ouvir a mãe e a psiquiatra do meu cliente.

O juiz me faz um sinal para prosseguir e, com um gesto, chamo Emma para vir até o banco de testemunhas. Ela tem manchas escuras sob os olhos e suas mãos estão trêmulas. Eu a vejo movê-las do parapeito para o colo, para que o juiz não possa vê-las.

— Por favor, diga seu nome e endereço — peço.

— Emma Hunt, Birdseye Lane, 132, Townsend.

— Jacob Hunt, o réu neste caso, é seu filho?

— Sim.

— Pode nos dizer a idade dele?

Emma pigarreia.

— Ele fez dezoito anos em dezembro.

— Onde ele mora?

— Comigo, em Townsend.

— Ele está na escola? — pergunto.

— Sim, ele frequenta o colégio local de Townsend; está no último ano.

Olho diretamente para ela.

— Sra. Hunt, o Jacob tem algum problema médico que a leve a se preocupar com a segurança dele enquanto estiver na prisão?

— Sim. O Jacob foi diagnosticado com síndrome de Asperger. É um autismo de alto nível funcional.

— Como o Asperger afeta o comportamento do Jacob?

Ela faz uma pausa e baixa os olhos.

— Quando ele decide fazer alguma coisa, precisa fazer imediatamente — Emma diz. — Se não puder, fica muito agitado. Quase nunca demonstra emoções, de alegria ou tristeza, e não consegue se integrar nas conversas de meninos da idade dele. Ele entende as palavras de forma muito, muito literal. Se você lhe pedir para comer com a boca fechada, por exemplo, ele diria que isso é impossível. Ele tem problemas de hipersensibilidade: luzes brilhantes, barulhos altos e toques leves podem ser suficientes para ele perder o controle. Ele não gosta de ser o centro das atenções. Precisa saber exatamente quando algo vai acontecer e, se a rotina é quebrada, fica extremamente ansioso e age de uma maneira que o faz se destacar ainda mais: batendo as mãos nas laterais do corpo, ou falando consigo mesmo, ou repetindo falas de filmes sem parar. Quando as coisas ficam além do que pode suportar, ele procura um lugar para se esconder, como o armário, ou embaixo da cama, e para de falar.

— Muito bem — diz o juiz Cuttings. — Então seu filho é temperamental, literal e quer fazer as coisas do seu próprio jeito e seguindo seus próprios horários. Isso parece muito a descrição de um adolescente.

Emma sacode a cabeça.

— Não estou conseguindo explicar direito. É mais do que apenas ser literal ou querer uma rotina. Um adolescente comum decide não interagir... Para o Jacob, isso não é uma escolha.

— Que tipo de alterações a senhora notou desde a prisão de seu filho? — pergunto.

Os olhos de Emma se enchem de lágrimas.

— Ele não é o Jacob — ela responde. — Está se machucando de propósito. Está regredindo na fala. Começou a fazer movimentos repetitivos outra vez: bater as mãos, subir e descer sobre os dedos dos pés, andar em círculos. Passei quinze anos tentando fazer com que o Jacob fosse parte deste mundo, em vez de deixar que ele se isolasse... e um único dia nessa cela reverteu tudo. — Ela olha para o juiz. — Só quero que meu filho volte, antes que seja tarde demais para alcançá-lo.

— Obrigado — digo. — Sem mais perguntas.

Helen Sharp se levanta. Ela tem pelo menos um metro e oitenta de altura. Eu não notei isso quando ela entrou?

— Seu filho... ele já foi condenado à prisão antes?

— Não! — Emma responde.

— Ele nunca foi preso antes?

— Não.

— Houve outras ocasiões em que a senhora já presenciou alguma regressão no comportamento de seu filho?

— Sim — Emma diz. — Quando planos mudam de última hora. Ou quando ele está perturbado e não consegue verbalizar isso.

— Então não é possível que seu comportamento atual não tenha nada a ver com a prisão e tudo a ver com sentimento de culpa por ter cometido um crime horrível?

O rosto de Emma fica vermelho.

— Ele nunca faria o que a senhora o está acusando de fazer.

— Talvez, senhora, mas neste momento seu filho está sendo acusado de homicídio qualificado. A senhora compreende isso, não é?

— Sim — Emma diz, rígida.

— E seu filho está sob custódia de proteção, portanto a segurança dele não está em risco...

— Se a segurança dele não estivesse em risco, ele precisaria ter sido colocado em uma cela acolchoada? — Emma interrompe, e tenho vontade de correr até lá e bater minha mão na dela em aprovação.

— Sem mais perguntas — a promotora diz.

Levanto novamente.

— A defesa chama a dra. Moon Murano.

O nome da psiquiatra de Jacob pode sugerir alguém que cresceu em uma colônia comunitária, mas isso foram seus pais. Ela deve ter se rebelado e entrado para os Jovens Republicanos, porque apareceu no tribunal em um tailleur poderoso, saltos altos matadores e um coque tão preso que quase funciona como um lifting facial. Faço as perguntas de identificação iniciais e, então, indago como ela conhece Jacob.

— Trabalho com ele há quinze anos — ela responde. — Em associação com o diagnóstico de Asperger.

— Conte-nos um pouco sobre o Asperger — digo.

— Bem, a síndrome foi descoberta pelo dr. Hans Asperger em 1944, mas não era conhecida no mundo de língua inglesa até o final da década de 1980 e só foi classificada como um transtorno psiquiátrico em 1994. Tecnicamente, é um distúrbio neurobiológico que afeta várias áreas do desenvolvimento. Diferentemente de outras crianças no espectro do autismo, crianças com Asperger são muito inteligentes, verbais e buscam aceitação social... elas só não sabem como consegui-la. Suas conversas podem ser unilaterais; podem focar em um tópico de interesse muito estreito; podem usar linguagem repetitiva ou uma voz monotônica. Pacientes assim não são capazes de ler pistas sociais ou linguagem corporal, então não sabem identificar os sentimentos das pessoas à sua volta. Por causa disso, alguém com Asperger é com frequência considerado esquisito ou excêntrico, o que leva ao isolamento social.

— Doutora, há muitas pessoas no mundo que são esquisitas ou excêntricas e não foram diagnosticadas com Asperger, certo?

— Claro.

— Então *como* diagnosticá-las?

— É teoria da mente: a criança que escolhe a privacidade *versus* a criança que não consegue se conectar, mas quer isso desesperadamente, e não consegue se colocar no lugar da outra para entender melhor como facilitar a interação. — Ela olha para o juiz. — Asperger é um distúrbio de desenvolvimento, mas é um problema pouco visível. Ao contrário, por exemplo, de uma criança com deficiência mental, uma criança com Asperger pode ter uma aparência normal, e mesmo soar bastante normal e parecer incrivelmente competente, mas terá dificuldades incapacitantes no que se refere à comunicação e à interação social.

— Doutora, com que frequência a senhora vê o Jacob? — pergunto.

— Eu o via todas as semanas quando ele era mais novo, mas agora nos encontramos uma vez por mês.

— E ele está no último ano na escola?

— Exato.

— Então ele não tem nenhum atraso educacional devido ao Asperger?

— Não — a dra. Murano responde. — Na verdade, o QI de Jacob provavelmente é mais alto que o seu, sr. Bond.

— Não duvido — Helen Sharp murmura.

— O Jacob tem alguma adaptação especial na escola?

— Ele tem um plano de educação individualizado, ou IEP, que é uma exigência legal para crianças com necessidades especiais. A sra. Hunt e eu nos reunimos com o diretor e com os professores do Jacob quatro vezes por ano para examinar estratégias que o ajudem a funcionar bem na escola. O que é normal para alguns alunos de ensino médio pode fazê-lo entrar em parafuso.

— O quê, por exemplo?

— Agitação excessiva em uma sala de aula é uma sobrecarga para o Jacob. Luzes piscando. O fato de ser tocado. De amassarem papel. Algo que seja inesperado em termos de sensação, como a escuridão que antecede a exibição de um vídeo ou filme, é difícil para Jacob se ele não souber com antecedência o que vai acontecer — Murano diz.

— Então as adaptações na escola têm o objetivo de evitar que ele fique superestimulado?

— Exatamente.

— Como ele está indo na escola este ano?

— Todas as notas A, e um B no primeiro semestre — a dra. Murano responde.

— Antes de ele ser preso — pergunto —, quando foi a última vez que a senhora viu o Jacob?

— Três semanas atrás, para uma consulta de rotina.

— Como ele estava?

— Muito, muito bem — a psiquiatra diz. — Na verdade, comentei com a sra. Hunt que o Jacob iniciou uma conversa comigo, em vez de ter sido eu a começar.

— E hoje de manhã?

— Hoje de manhã, quando vi o Jacob, fiquei horrorizada. Não o via em um estado como esse desde que ele tinha três anos. É preciso entender que isso é algo químico em seu cérebro, uma espécie de envenenamento por mercúrio, causado por vacinações...

Ah, essa não.

— ... e foram apenas o cuidadoso tratamento bioquímico e o comprometimento de Emma Hunt com as interações sociais de seu filho que trouxeram o Jacob até o ponto em que ele estava antes da prisão. Sabem quem *realmente* deveria ser jogado na cadeia? As companhias farmacêuticas que estão ficando ricas com vacinas que desencadearam uma onda de autismo na década de 1990.

— Protesto! — exclamo.

— Sr. Bond — diz o juiz —, o senhor não pode protestar contra sua própria testemunha.

Sorrio, mas é mais uma careta.

— Dra. Murano, obrigado por sua opinião política, mas não acho que ela seja necessária neste momento.

— Mas é. Venho observando o mesmo padrão: uma criança doce, social e interativa de repente se isola, para de ser estimulada, não interage com as pessoas. Não sabemos o suficiente sobre o cérebro autista para compreender o que traz essas crianças de volta para nós e por que apenas algumas delas conseguem retornar. Mas sabemos que um incidente seriamente traumático, como a prisão, pode levar a uma regressão permanente.

— A senhora tem motivo para acreditar que, se o Jacob for liberado para a custódia de sua mãe, ele poderia ser um perigo para si mesmo ou para os outros?

— De forma alguma — a dra. Murano diz. — Ele segue as regras com precisão. Na verdade, esse é um traço do Asperger.

— Obrigado, doutora — encerro.

Helen Sharp tamborila a caneta na mesa à sua frente.

— Dra. Murano, a senhora acabou de se referir a Jacob como um menino, não foi?

— Sim, acho que sim.

— Bem, na verdade ele tem dezoito anos.

— Correto.

— Ele é legalmente adulto — Helen diz. — É responsável pelas próprias ações, não é?

— Todos nós sabemos que há um abismo entre responsabilidade jurídica e capacidade emocional.

— O Jacob tem um tutor legal? — Helen pergunta.

— Não, ele tem uma mãe.

— A mãe dele solicitou a tutela legal?

— Não — a dra. Murano responde.

— A *senhora* solicitou a tutela legal?

— O Jacob fez dezoito anos no mês passado.

A promotora se levanta.

— A senhora disse que é muito importante que o Jacob tenha uma rotina estável.

— É fundamental — a psiquiatra responde. — Não saber o que está acontecendo com ele neste momento provavelmente foi o que levou ao colapso.

— Então o Jacob precisa ser capaz de prever sua agenda, para se sentir seguro?

— Exato.

— Bem, e se eu lhe dissesse, doutora, que, na Unidade Correcional Southern State, o Jacob acordará à mesma hora todos os dias, fará as refeições à mesma hora todos os dias, tomará banho à mesma hora todos os dias, irá à biblioteca à mesma hora todos os dias, e assim por diante? Por que isso não está perfeitamente de acordo com aquilo a que o Jacob está acostumado?

— Porque ele *não está* acostumado com isso. É um desvio tão grande da rotina normal, uma interrupção não planejada tão intensa, que me preocupo que possa tê-lo afetado de maneira irreversível.

Helen dá um sorriso desdenhoso.

— Mas, dra. Murano, a senhora compreende que o Jacob foi acusado do assassinato de sua instrutora de habilidades sociais?

— Compreendo — diz ela — e acho muito difícil de acreditar.

— Sabe quais são as provas contra o Jacob neste momento? — Helen pergunta.

— Não.

— Então está baseando sua suposição de culpa ou inocência no que conhece do Jacob, e não nas provas.

A dra. Murano ergue uma sobrancelha.

— E a senhora está baseando *sua* suposição nas provas, sem nunca sequer ter visto o Jacob.

Toma!, penso, sorrindo.

— Sem mais perguntas — Helen murmura.

O juiz Cuttings observa enquanto a dra. Murano deixa o banco das testemunhas.

— A acusação tem alguma testemunha?

— Excelência, gostaríamos de um adiamento, uma vez que não houve tempo suficiente...

— Pode fazer um pedido de revisão se quiser, sra. Sharp, supondo que cheguemos até esse ponto — o juiz diz. — Agora quero ouvir seus argumentos, doutores.

Eu me levanto.

— Excelência, continuamos querendo a perícia psicológica, e a fiança pode ser revisada depois de estabelecida. Mas, neste momento, tenho um jovem que está se deteriorando psicologicamente a cada minuto. Peço que Vossa Excelência defina as restrições para ele, para sua mãe, para sua psiquiatra, até para mim. Quer que ele se apresente aqui, diante de Vossa Excelência, todos os dias? Perfeito, eu o trarei. Jacob Hunt tem o direito constitucional a uma fiança, mas também tem direitos humanos, Excelência. Se ele for mantido na prisão por muito mais tempo, acredito que isso vá destruí-lo. Estou pedindo, não, estou *implorando* que seja arbitrada uma fiança de valor razoável e que meu cliente seja liberado até a audiência da perícia psicológica.

Helen olha para mim e revira os olhos.

— Excelência, Jacob Hunt foi acusado pelo homicídio qualificado de uma jovem que ele conhecia e de quem supostamente gostava. Ela era professora dele, eles passavam tempo juntos, e os fatos que cercam o crime, sem entrar em detalhes, incluem declarações incriminadoras do réu feitas à polícia e fortes indícios forenses que o ligam à cena do crime. Acreditamos que haja argumentos muito, muito fortes para o Estado. Se o réu já está enfrentando esse período tão mal, antes mesmo da audiência de arbitramento de fiança, imagine quanto incentivo ele terá para fugir da jurisdição se deixá-lo sair agora, Excelência. Os pais da vítima já estão devastados pela perda da filha e aterrorizados pela possibilidade de que este jovem, que já vem exibindo comportamento violento dentro de uma cela de prisão e que não sabe distinguir o certo do errado, possa ser libertado. Solicitamos que não seja arbitrada fiança antes da conclusão da perícia psicológica.

O juiz olha para Emma na galeria.

— Sra. Hunt — ele diz —, a senhora tem mais filhos?

— Sim, Excelência. Tenho um filho de quinze anos.

— Presumo que ele requeira atenção, além de alimentação e transporte.

— Sim.

— A senhora compreende que, se o réu for liberado sob sua custódia, terá que se responsabilizar por ele vinte e quatro horas por dia e que isso poderia afetar significativamente sua própria liberdade de movimento, bem como suas responsabilidades com seu filho mais novo?

— Farei o que for preciso para levar o Jacob para casa — Emma diz.

O juiz Cuttings tira os óculos de leitura.

— Sr. Bond, vou liberar seu cliente sob certas condições. Primeiro, a mãe dele terá que empenhar a casa da família como garantia da fiança. Segundo, vou exigir que o réu fique sob monitoramento eletrônico, que não vá à escola e permaneça dentro de casa o tempo todo, e que sua mãe ou outro adulto com mais de vinte e cinco anos esteja com ele em todos os momentos. Ele não tem permissão para deixar o Estado. Deverá assinar uma renúncia de extradição, consultar-se com a dra. Murano e seguir todas as determinações dela, incluindo no que se refere à medicação. Por fim, deverá se submeter à avaliação pericial quando ela for marcada, e o senhor entrará em contato com a promotoria para saber quando e onde ela vai ocorrer. A promotoria não precisa protocolar uma petição; eu mesmo vou determinar que este caso seja revisto no dia em que receber a avaliação pericial.

Helen junta suas coisas.

— Aproveite o adiamento — ela me diz. — Vou esmagar você com um só dedo neste caso.

— É grande, mas não é dois — murmuro.

— O quê?

— Eu disse que isso vamos ver depois.

Ela aperta os olhos e sai da sala.

Atrás de mim, Emma está abraçada com Moon Murano. Ela me olha.

— Muito obrigada — diz, com a voz quebrando como ondas sobre as sílabas.

Eu dou de ombros, como se fizesse isso todo o tempo. Na verdade, molhei toda a camisa de suor.

— Às ordens — respondo.

Levo Emma à secretaria para preencher a papelada e pegar os documentos que Jacob precisa assinar.

— Eu encontro você no saguão — digo.

Embora Jacob não estivesse na sala do tribunal, ele tinha que estar aqui enquanto deliberávamos sobre seu caso. E, agora, precisa assinar as condições de sua liberação e a renúncia de extradição.

Não o vi ainda. Com toda sinceridade, estou com um pouco de medo disso. Os testemunhos de sua mãe e de Moon Murano o apresentaram como um vegetal.

Quando me aproximo da cela de detenção provisória, ele está deitado no chão, com os joelhos dobrados de encontro ao peito. Há um curativo em sua cabeça. A pele em torno dos olhos é preta e arroxeada e os cabelos estão grudados.

Meu Deus, se ele tivesse aparecido na sala do tribunal, teria saído da prisão em dez segundos.

— Jacob — digo baixinho. — Jacob, sou eu, Oliver. Seu advogado.

Ele não se mexe. Seus olhos estão muito abertos, mas não piscam quando chego mais perto. Faço um sinal para o agente abrir a porta da cela e agacho ao lado dele.

— Tenho alguns papéis que você precisa assinar — digo-lhe.

Ele sussurra alguma coisa e eu me inclino mais.

— Um? — repito. — Na verdade, são vários. Mas, ei, você não vai ter que voltar para a prisão, colega. Essa é uma boa notícia.

Por enquanto, pelo menos.

Jacob solta um som muito baixo e arfado. Parece *um, dois, três, cinco.*

— Você está contando. Foi a nocaute? — Olho atentamente para ele. Isso é como brincar de mímica com alguém sem braços nem pernas.

— Oito — Jacob diz, alto e claro.

O que ele está querendo dizer, afinal?

— Jacob. — Minha voz é mais firme. — Vamos. — Estendo a mão para ele, mas vejo todo o seu corpo ficar tenso dois centímetros antes de meus dedos fazerem contato.

Então recuo e sento no chão a seu lado.

— Um — digo.

Seus olhos piscam uma vez.

— Dois.

Ele pisca três vezes.

É quando percebo que estamos tendo uma conversa. Apenas não estamos usando palavras.

Um, um, dois, três. Por que cinco, e não quatro?

Pego a caneta no bolso e escrevo os números na mão até enxergar o padrão. Por isso ele disse *oito.*

— Onze — digo, olhando para Jacob. — Dezenove.

Ele rola em minha direção.

— Assine isto — peço — e levarei você até a sua mãe. — Empurro os papéis e rolo a caneta para ele no chão.

A princípio, Jacob não se mexe.

E então, muito lentamente, começa a reagir.

Jacob

Uma vez Theo me perguntou se, caso houvesse um antídoto para o Asperger, eu ia querer tomá-lo.

Respondi a ele que não.

Não sei com certeza quanto de mim está preso na parte que é Asperger. E se eu perdesse parte de minha inteligência, por exemplo, ou meu sarcasmo? E se ficasse com medo de fantasmas no Halloween *em vez* da cor das abóboras? O problema é que não me lembro de quem eu era sem Asperger, então quem sabe o que iria sobrar? Comparo isso a um sanduíche de pasta de amendoim e geleia que a gente abre no meio. Não é possível se livrar totalmente da pasta de amendoim sem levar alguma geleia junto, não é mesmo?

Vejo minha mãe. É como o sol quando se está sob a água e se tem coragem suficiente para abrir os olhos. Ela está desfocada e um pouco fluida e brilhante demais para ver claramente. Eu estou muito abaixo da superfície.

Minha garganta dói de gritar tão alto; tenho contusões que chegam até o osso. Nas poucas vezes em que dormi, acordei chorando. Tudo o que eu queria era alguém que entendesse o que fiz, e por quê. Alguém que se importasse tanto quanto eu.

Quando eles me deram aquela injeção na cadeia, sonhei que meu coração tinha sido arrancado do peito. Os médicos e os guardas da prisão o passaram de mão em mão como em um jogo de Batata Quente e, depois, tentaram costurá-lo de volta no lugar, mas isso só me fez ficar parecendo o monstro Frankenstein. Olhem, eles todos exclamaram, não dá nem para perceber, e, como isso era uma mentira, eu não podia acreditar em mais nada que dissessem.

Eu não queria ficar com a geleia sem a pasta de amendoim, mas às vezes me pergunto por que não pude ser carne fatiada, que todo mundo prefere.

Antes havia uma teoria de que o cérebro autista não funcionava direito por causa dos intervalos entre os neurônios, da falta de conectividade. Agora há uma nova teoria de que o cérebro autista funciona bem demais, que há tanta coisa acontecendo em minha cabeça ao mesmo tempo que preciso trabalhar horas extras para filtrar tudo e, às vezes, o mundo comum acaba virando o bebê jogado fora com a água do banho.

Oliver, que diz que é meu advogado, falou comigo na linguagem da natureza. Isso é tudo que eu sempre quis: ser tão orgânico quanto o verticilo de sementes em um girassol ou a espiral de uma concha. Quando é preciso se empenhar com tanto esforço para ser normal, quer dizer que não se é.

Minha mãe avança. Ela está chorando, mas há um sorriso em seu rosto. Meu Deus, é alguma surpresa que eu não consiga nunca entender o que as pessoas estão sentindo?

Geralmente, quando eu vou para onde vou, é uma sala sem portas nem janelas. Mas na cadeia esse era o mundo, então eu tinha que ir para outro lugar. E era para uma cápsula de metal, caída no fundo do mar. Se alguém tentasse vir me pegar, com uma faca, ou um formão, ou uma crosta de esperança, o oceano sentiria a mudança e o metal implodiria.

O problema era que as mesmas regras se aplicavam a mim, que tentava sair.

Minha mãe está a cinco passos de distância. Quatro. Três.

Quando eu era muito pequeno, assisti em uma manhã de domingo a um programa de televisão cristão feito para crianças. Era sobre um menino com necessidades especiais que brincava de esconde-esconde com outras crianças em um ferro-velho. As outras crianças se esqueceram dele e, um dia depois, a polícia o encontrou sufocado em uma geladeira velha. Não entendi uma mensagem religiosa nisso, como a Regra de Ouro ou a salvação eterna. Entendi: *Não se esconda em geladeiras velhas.*

Dessa vez, quando eu fui para onde fui, pensei que tinha ido longe demais. Não havia mais dor e nada importava, é verdade. Mas ninguém ia me encontrar e iam acabar desistindo de procurar.

Agora, porém, minha cabeça está começando a doer outra vez e meus ombros também doem. Posso sentir o cheiro de minha mãe: baunilha e frésia e o xampu que ela usa que vem em um frasco verde. Sinto seu calor, como asfalto no verão, no minuto em que os braços dela me envolvem.

— Jacob — ela diz.

Meu nome sobe na montanha-russa de um soluço. Meus joelhos cedem de alívio com o conhecimento de que eu não desapareci, afinal.

CASO 6: MORDE E ASSOPRA

Você provavelmente sabe quem é Ted Bundy — um famoso serial killer que foi ligado à morte de trinta e seis vítimas, embora muitos especialistas acreditem que o número seja mais próximo de cem. Ele se aproximava de uma mulher em um lugar público, ganhava sua confiança fingindo estar machucado ou se passando por uma pessoa de autoridade e então a raptava. Depois que a vítima estava no carro, ele golpeava seu crânio com um pé de cabra. Estrangulou todas as suas vítimas, exceto uma. Muitos corpos foram levados para quilômetros de distância do lugar do desaparecimento. No corredor da morte, Bundy admitiu que havia decapitado mais de uma dúzia de vítimas e guardado a cabeça delas por algum tempo. Ele visitava os corpos e aplicava maquiagem ou praticava atos sexuais. Guardava lembranças: fotos, roupas de mulheres. Até hoje, muitas de suas vítimas continuam desconhecidas.

É amplo consenso que o testemunho pericial do dr. Richard Souviron, um dentista forense, foi o que garantiu a condenação e a posterior execução de Bundy. Marcas de mordidas foram encontradas nas nádegas da vítima Lisa Levy. A primeira era uma marca de mordida completa. A segunda foi girada, de modo que havia duas impressões dos dentes inferiores. Isso deu às autoridades mais pontos para comparar os registros dentários com a marca, o que aumentou as chances de encontrar compatibilidade.

A análise das marcas de mordida só foi possível porque um investigador particularmente perspicaz da cena do crime, que estava tirando fotos no local, incluiu uma régua na foto da marca de mordida para mostrar a escala. Sem essa fotografia, Bundy talvez tivesse sido absolvido.

A marca de mordida havia se degradado até não ser mais identificável no momento em que o caso foi apresentado no tribunal, portanto a única prova útil de seu tamanho e forma originais era essa fotografia.

Rich

– Quer fazer as honras? – Basil me pergunta.

Estamos amontoados no banheiro de Jessica Ogilvy: eu e os dois investigadores que estiveram procurando provas pela casa inteira. Marcy vedou as janelas com papel preto e está pronta com sua câmera. Basil preparou o Luminol para borrifar na banheira, no chão, nas paredes. Apago a luz, e mergulhamos em escuridão.

Basil borrifa a solução e, de repente, o banheiro se ilumina como uma árvore de Natal, com o reboco entre os azulejos refulgindo em um brilhante azul fluorescente.

– Isso aí – Marcy murmura. – Adoro quando estamos certos.

O Luminol brilha quando encontra o catalisador correto: nesse caso, o ferro da hemoglobina. Jacob Hunt pode ter sido esperto o bastante para limpar a sujeira que havia deixado depois de matar Jess Ogilvy, mas ainda havia vestígios de sangue que poderiam ser muito importantes para convencer um júri de sua culpa.

– Bom trabalho – digo, enquanto Marcy tira uma fotografia atrás da outra. Pressupondo que o sangue corresponda ao da vítima, essa peça mais recente do quebra-cabeça me ajuda a reconstruir o crime. – Jacob Hunt vem para sua aula com a vítima – reflito, pensando em voz alta. – Eles discutem, talvez derrubando a estante de CDs, a correspondência e alguns bancos, e ele a encurrala... bem aqui, ao que parece. Bate nela e acaba acertando um soco que a mata. – Quando o Luminol perde o brilho, acendo novamente a luz. – Ele limpa o banheiro, depois limpa a vítima, a veste e a arrasta até a galeria pluvial.

Olho para o chão. Com a luz acesa, não se pode ver o produto químico nem sangue nenhum.

— Mas o Jacob é fanático por investigações criminais — digo.

Basil sorri.

— Li um artigo na *Esquire* dizendo que as mulheres nos acham mais sensuais do que os bombeiros...

— Nem todas as mulheres — Marcy ressalva.

— E então — continuo, ignorando-os —, ele volta para a cena do crime e decide encobrir as pistas. A questão é que ele é inteligente... e resolve apontar para Mark Maguire. Aí ele pensa consigo mesmo: *Se Mark tivesse feito isso, como ele tentaria encobrir?* Fazendo parecer um sequestro. Então ele calça as botas de Mark Maguire e pisa do lado de fora da casa, depois corta a tela das janelas. Arruma os CDs, as cartas e os bancos caídos. Mas ele também sabe que o Mark seria esperto o bastante para querer confundir um pouco os investigadores, então digita o bilhete para o carteiro e leva consigo uma mochila cheia de roupas da vítima, para fazer parecer que a Jess foi embora por vontade própria.

— Já me perdi nessa história — Marcy diz.

— Jacob Hunt montou a cena do crime para parecer que havia sido cometido por outra pessoa, a qual, por sua vez, também montaria uma cena para ocultar seu envolvimento. É uma sacada brilhante — suspiro.

— E o que você acha que foi? — Basil pergunta. — Briga de amantes?

Sacudo a cabeça.

— Não sei. — Ainda.

Marcy dá de ombros.

— É uma pena que os criminosos nunca estejam a fim de falar.

— O bom é que as vítimas falam — digo.

Wayne Nussbaum está com os braços enterrados até os cotovelos na cavidade torácica de um homem morto de Swanton quando visto uma máscara e sapatos descartáveis e entro na sala.

— Não posso mais ficar esperando — digo, depois de ter passado quarenta e cinco minutos plantado na sala de Wayne.

— Nem ele — Wayne responde, e reparo nas marcas de costura em volta do pescoço do homem. — Não dava para eu prever que um assassinato-suicídio ia alterar minha agenda. — Ele levanta um órgão vermelho brilhante nas mãos e seus olhos dançam. — Seja compreensivo, detetive. Estou com o coração na mão.

Não dou nenhum sorriso.

— Esse é o tipo de coisa que vocês aprendem na escola de palhaços?

— É. Vem logo depois de Lançamento de Tortas 1. — Ele vira para sua assistente, uma jovem que o auxilia durante as autópsias. Seu nome é Lila e ela uma vez tentou dar em cima de mim convidando-me para uma rave em South Burlington. Em vez de me agradar, isso só fez com que eu me sentisse muito velho. — Lila — ele diz —, volto em dez minutos.

Ele tira as luvas, o avental e os sapatos assim que saímos da atmosfera esterilizada e caminha pelo corredor ao meu lado em direção à sua sala, onde remexe entre as pastas sobre a mesa até que eu veja uma com o nome de Jess Ogilvy na aba.

— Não sei o que mais posso lhe dizer que meu laudo já não tenha deixado bem claro — Wayne diz, sentando-se. — A causa da morte foi um hematoma subdural, devido a uma fratura basilar do crânio. Ele bateu com tanta força que fez o crânio dela entrar no cérebro, e isso a matou.

Disso eu já sabia. Mas não foi realmente por isso que Jess Ogilvy morreu. Foi porque ela disse alguma coisa a Jacob Hunt que o descontrolou. Ou talvez tenha se recusado a dizer algo a ele — como *Eu sinto o mesmo por você.*

Seria bastante simples supor que um garoto que se apaixonou por sua orientadora, e foi rejeitado por ela, poderia descontar sua raiva na moça.

Wayne vai passando os olhos pelo laudo.

— As lacerações nas costas, marcas de ter sido arrastada, foram feitas depois da morte. Eu diria que ocorreram quando o corpo foi movido. Mas havia hematomas anteriores à morte. Os faciais, claro. E alguns nos braços e no pescoço.

— E sêmen?

Wayne sacode a cabeça.

— *Niente.*

— Ele pode ter usado camisinha?

— Altamente improvável — o legista diz. — Não havia nenhum pelo pubiano e nenhum outro indício compatível com estupro.

— Mas a roupa de baixo dela estava ao contrário.

— Sim, mas isso só prova que o criminoso nunca comprou lingerie. Não que ele é um estuprador.

— Esses hematomas... Você pode dizer quanto tempo eles tinham?

— Com uma precisão de um dia, mais ou menos — Wayne responde. — Não há uma técnica totalmente confiável para determinar a idade de uma contusão além da cor e de métodos imuno-histoquímicos. O fato é que as pessoas cicatrizam em velocidades diferentes, então, embora eu possa olhar para duas contusões e dizer que uma ocorreu uma semana antes da outra, não tenho como olhar para duas contusões e afirmar que uma ocorreu às nove horas da manhã e a outra ao meio-dia.

— Então é possível que as marcas de sufocamento em volta do pescoço e as marcas de dedos nos braços tenham acontecido minutos antes de ela morrer?

— Ou horas — diz Wayne, jogando a pasta sobre uma pilha na lateral da mesa. — Ele pode tê-la ameaçado e, depois, voltado para agredi-la até a morte.

— Ou podem ter sido duas pessoas diferentes em dois momentos diferentes. — Meu olhar encontra o dele.

— Então Jessica Ogilvy teve realmente um péssimo dia — o legista diz. — Suponho que você poderia denunciar o namorado por agressão. Mas parece uma complicação desnecessária, se o autor do crime já confessou ter movido o corpo.

— É, eu sei. — Eu só não entendia por que aquilo me incomodava tanto. — Posso lhe perguntar uma coisa?

— Claro.

— Por que você deixou de ser palhaço?

— Não era mais divertido. Crianças gritando na minha cara, vomitando o bolo de aniversário no meu colo... — Wayne dá de ombros. — Meus clientes aqui são muito mais previsíveis.

— Imagino.

O legista me examina por um longo momento.

— Sabe qual foi o caso mais difícil que já tive? Um acidente de carro. Mulher sai com sua van para a rua e seu bebê cai da cadeirinha, sofre lesões sérias na coluna e morre. Trouxeram o assento inteiro do carro para o necrotério. Tive que pôr aquele bebê morto de volta no assento, mostrar como a mãe não o havia afivelado do modo correto e que tinha sido por isso que o bebê tinha caído. – Wayne se levanta. – Às vezes é preciso ficar lembrando a si mesmo que estamos nisso pela vítima.

Concordo com a cabeça. E me pergunto por que a palavra me faz pensar não em Jess Ogilvy, mas em Jacob Hunt.

O menino que atende a porta na casa dos Hunt não é nada parecido com o irmão, mas, no momento em que lhe mostro meu distintivo, a cor some de seu rosto.

– Sou o detetive Matson – digo. – Sua mãe está em casa?

– Eu... hã... eu invoco a quinta emenda – o garoto responde.

– Que ótimo – digo a ele. – Mas essa não foi uma pergunta particularmente invasiva.

– Quem é? – escuto, e então Emma Hunt aparece em minha linha de visão. No minuto em que me reconhece, seus olhos se apertam. – Veio ver se estou cumprindo as ordens? Pois bem, estou aqui com os meninos, como o juiz mandou. Feche a porta, Theo. E *você* – ela acrescenta – pode falar com o nosso advogado.

Consigo enfiar o pé na fresta da porta pouco antes que ele a feche.

– Tenho um mandado de busca. – Mostro o papel que me dá autorização para revistar o quarto de Jacob e levar o que puder constituir uma prova.

Ela pega o papel da minha mão, dá uma olhada nele e deixa a porta abrir outra vez. Sem dizer nada, vira as costas para mim. Eu a sigo para dentro da casa, parando quando ela pega o telefone na cozinha e liga para seu advogado com cara de bebê.

– Sim, ele está aqui agora – diz, fechando a mão em concha em volta do bocal do telefone. – E me deu o papel.

Emma desliga um momento depois.

– Parece que não tenho escolha.

– Eu poderia ter lhe dito isso – respondo com um tom alegre, mas ela se vira e sobe as escadas.

Fico alguns passos atrás até que ela abre uma porta.

– Jacob? Querido?

Espero no corredor e a deixo falar baixinho com o filho. Ouço palavras como *obrigatório* e *legal*, e então ela reaparece com Jacob a seu lado.

Aquilo me pega de surpresa. O rosto todo do garoto está preto e arroxeado; há um curativo que desaparece sob a linha dos cabelos.

— Jacob — digo. — Como vai?

— Como você *acha* que ele vai? — Emma responde com rispidez.

Fiquei sabendo por Helen Sharp que Jacob tinha sido liberado para a custódia de sua mãe enquanto aguardava a perícia. Ela disse que, aparentemente, Jacob não tinha se dado bem com a cadeia. Nós dois rimos com isso. *Quem* se dá bem com a cadeia?

Meu trabalho como detetive é andar nos bastidores e descobrir quais são as cordas que estão controlando as marionetes. Às vezes, isso significa coletar provas, ou obter mandados de prisão, ou conseguir informações de apoio, ou fazer interrogatórios. Mas geralmente também significa que perco o que está acontecendo no palco. Foi uma coisa prender Jacob e enviá-lo para sua audiência preliminar, e é outra coisa bem diversa ver esse garoto novamente na minha frente nessa condição.

Ele não parece o rapaz que interroguei uma semana atrás. Não é surpresa que sua mãe queira a minha cabeça.

Emma segura a mão de Jacob para conduzi-lo pelo corredor, mas somos todos parados pelo som fraco e agudo da voz dele.

— Espere — Jacob sussurra.

Emma se vira e seu rosto se ilumina.

— Jacob? Você disse alguma coisa?

Tenho a sensação de que, *se* ele vem dizendo alguma coisa, não deve ser muito. Ele faz um gesto afirmativo com a cabeça, sua boca trabalhando por um momento antes que outra sílaba se forme.

— Eu quero...

— O que você quer, meu bem? Eu pego para você.

— Quero ver.

Emma olha para mim, com as sobrancelhas levantadas em uma interrogação.

— Não dá — digo simplesmente. — Ele pode ficar na casa, mas não pode ficar perto do quarto.

— Posso falar com você um momento? — ela pergunta com voz calma, e entra no quarto de Jacob, deixando-o no corredor. — Você tem alguma ideia do inferno que é ver seu filho se tornar completamente alheio ao mundo?

— Não, mas...

— Pois esta é a *segunda* vez para mim. Não consegui nem tirá-lo da cama — ela diz. — E, se bem me lembro, a última coisa que você me disse foi que eu devia confiar em você. Eu confiei, e você me apunhalou pelas costas e prendeu meu filho, depois de eu o ter oferecido em uma bandeja de prata. Até onde sei, meu filho não estaria se equilibrando por um fio se não fosse por sua causa. Então, se ficar olhando enquanto você enche suas malditas caixas com as coisas dele é o que o traz de volta ao mundo dos vivos, espero que, por mera questão de decência, você simplesmente o deixe entrar.

Quando ela termina, seus olhos estão brilhando, e suas faces, coradas. Abro a boca, pronto para falar sobre busca, apreensão e Suprema Corte, mas mudo de ideia.

— Jacob? — Olho pela porta para o corredor. — Entre.

Ele se senta na cama e Emma fica apoiada no batente da porta com os braços cruzados.

— Eu, hã, só vou dar uma olhada — digo.

Jacob Hunt é um total maníaco por organização. Um fim de semana com Sasha e passo a vida inteira encontrando pequeninas meias enfiadas no sofá ou pisando em cereal matinal na cozinha ou descobrindo livros espalhados pelo chão da sala. Mas algo me diz que isso não acontece com Jacob. Sua cama está arrumada com precisão militar. Seu armário é tão organizado que parece ter saído de uma propaganda. Eu o encaixaria em um caso sério de TOC, exceto pelo fato de haver exceções à regra: seu caderno de matemática, que está aberto, é um desastre: folhas soltas enfiadas no meio de qualquer jeito, papéis caindo, uma ortografia tão confusa que parece arte moderna. O mesmo acontece com um quadro de avisos em uma parede, repleto de papéis, figuras e fotografias, todos por cima uns dos outros. Pratos e canecas sujos ocupam sua escrivaninha.

Bem na frente dela, há uma mesa pequena com um aquário virado ao contrário, que foi adaptado como uma câmara de vaporização. Jacob vê que eu a estou observando.

— De onde você pega digitais? — pergunto.

— Não responda, Jacob — Emma intervém.

— Escovas de dentes — ele responde. — Canecas. Uma vez consegui obter uma impressão parcial em um envelope de papel pardo com pó magnético.

Sua mãe e eu o olhamos com ar surpreso: Emma porque ele provavelmente falou mais nesse segundo que nos últimos três dias; e eu porque há investigadores que nem sequer conhecem essa técnica para obter impressões digitais em uma superfície porosa.

Pego a lata de lixo atrás da escrivaninha e começo a examiná-la. Há vários rascunhos de um trabalho de inglês. Uma embalagem de chiclete. O extraordinário no conteúdo não é *o que* as coisas são, mas *como* elas estão: em vez de estar tudo misturado ou amassado, cada pedaço de lixo foi dobrado perfeitamente em oito. Até o pequeno papel de chiclete. O lixo está empilhado, como roupa para lavar.

O primeiro item que pego é o rádio scanner de polícia de Jacob. Agora sei como ele conseguiu chegar à cena do crime daquele homem hipotérmico. A mão de Jacob começa a bater um pouco mais forte.

— Isso... é meu.

Emma põe a mão em seu ombro.

— Lembra do que eu disse?

Recolho rapidamente os itens que estão na câmara de vaporização: uma caneca, um espelho, o próprio aquário. Olho debaixo da cama de Jacob, mas há apenas um par de chinelos e duas caixas plásticas: uma cheia de edições anteriores do *Journal of Forensic Sciences*, a outra cheia de Legos. De sua estante, pego a série completa de DVDs de *CrimeBusters*, e então vejo os cadernos. Ele me contou que tem mais de cem e não estava mentindo. Pego o primeiro deles.

— Você não pode pegar isso — Jacob grita.

— Sinto muito, Jacob. — "Episódio 74", leio. "Testemunha silenciosa, 4/12/08. Dois adolescentes fazendo farra com um carro atropelam um homem surdo, que depois se descobre que já estava morto."

A isso se segue uma lista de provas. "Solucionado", diz, "0:36."

Emma inclinou a cabeça para bem perto de Jacob agora. Ela está murmurando, mas não consigo ouvir as palavras. Dando as costas para eles, vou virando as páginas. Alguns são episódios repetidos; Jacob parece ter escrito sobre cada um deles quando era exibido, mesmo que já tivesse visto o programa antes. Alguns traziam a observação de que Jacob não havia conseguido solucionar o crime antes dos detetives da TV.

Há raptos. Facadas. Assassinatos em cultos rituais. Um episódio chama minha atenção: "Joffrey calça as botas do namorado dela e deixa impressões no barro atrás da casa para confundir os investigadores".

Enfiada entre as páginas há uma ficha cor-de-rosa e, ao passar os olhos por ela, percebo que é uma nota que Jacob escreveu para si mesmo:

"Estou muito infeliz. Não aguento mais.

As pessoas que deveriam se importar não se importam.

Alimento minhas esperanças e todos acabam me decepcionando. Finalmente sei o que está errado comigo: todos vocês. Todos vocês que acham que eu sou apenas um garoto autista, então quem se importa? Pois eu odeio vocês. Odeio todos vocês. Odeio o jeito como eu choro à noite por causa de vocês. Mas vocês são só pessoas. SÓ PESSOAS.

Então por que fazem com que eu me sinta tão pequeno?"

Será que isso foi escrito uma semana atrás, um mês, um ano? Teria sido em reação a bullying na escola? À crítica de um professor? A algo que Jess Ogilvy disse?

Quem sabe aponte para o motivo. Fecho depressa o caderno e o jogo dentro da caixa. Não se pode mais ver aquela ficha, mas sei que ela está ali, e me parece íntima demais, sincera demais para ser considerada simplesmente uma prova. De repente, sou inundado pela imagem de Jacob Hunt encolhido em seu quarto depois de um dia inteiro tentando sem sucesso se integrar com as centenas de alunos de sua escola. Quem, entre todos nós, já não se sentiu marginalizado em algum momento? Quem não se sentiu deslocado?

Quem não tentou... e fracassou?

Eu fui o garoto gordo, o que sempre tinha que ficar no gol nas aulas de futebol na educação física e fazia o papel de pedra nas peças teatrais da escola. Fui chamado de Bolachinha, Gordola, Menino Terremoto e outros tantos. Na oitava série, depois da cerimônia de formatura, um menino veio até mim. *Nunca soube que seu nome de verdade era Rich*, ele disse.

Quando meu pai foi demitido e tivemos que nos mudar para Vermont por causa de seu novo emprego, passei o verão me reinventando. Comecei a correr, quinhentos metros no primeiro dia, depois um quilômetro, e aumentando gradualmente. Só comia coisas verdes. Fazia quinhentos abdominais todas as manhãs antes mesmo de escovar os dentes. Ao chegar à nova escola, eu era um menino totalmente diferente e nunca mais olhei para trás.

Jacob Hunt não pode se exercitar para ganhar uma nova personalidade. Não pode se mudar para outra escola e começar de novo. Sempre será o garoto com Asperger.

A menos que, em vez disso, se transforme no garoto que matou Jess Ogilvy.

— Terminei por aqui — digo, empilhando as caixas. — Só preciso que você assine o recibo pelos objetos para depois poder pegá-los de volta.

— E quando vai ser isso?

— Quando o promotor de justiça tiver terminado. — Viro para me despedir de Jacob, mas ele está com os olhos fixos no lugar vazio onde antes ficava sua câmara de vaporização.

Emma me acompanha até o andar de baixo.

— Está perdendo seu tempo — diz ela. — Meu filho não é um assassino.

Passo a ela o recibo pelos objetos, em silêncio.

— Se eu fosse os pais da Jess, ia querer saber que a polícia está se esforçando para tentar encontrar a pessoa que matou minha filha, em vez de basear todo o seu caso na ideia ridícula de que um garoto autista sem nenhum antecedente criminal, um garoto que adorava a Jess, a matou. — Ela assina o recibo e, em seguida, abre a porta da frente. — Está pelo menos ouvindo? — ela pergunta, levantando a voz. — Você pegou a pessoa errada.

Houve ocasiões, embora muito raras, em que desejei que fosse assim. Quando algemei uma esposa vítima de maus-tratos que foi atrás do marido com uma faca, por exemplo. Ou quando prendi um rapaz que havia invadido um supermercado para roubar uma lata de leite para seu bebê porque não tinha dinheiro para comprá-la. Mas, como nesses casos, não posso contradizer as provas que tenho na minha frente. Posso me sentir mal por alguém que cometeu um crime, mas isso não significa que a pessoa não o tenha cometido.

Pego as caixas e, no último momento, viro novamente.

— Sinto muito — digo. — Se é que adianta dizer... sinto realmente.

Ela me fuzila com o olhar.

— Você *sente muito*? Pelo quê, exatamente? Por mentir para mim? Por mentir para o Jacob? Por jogá-lo na cadeia sem pensar por um instante em suas necessidades especiais?

— Tecnicamente, foi o juiz que...

— Como *ousa*? — Emma grita. — Como ousa vir aqui como se estivesse do nosso lado e depois nos dar as costas e fazer isso com meu filho?

— Não é uma questão de lados — grito de volta. — O fato é que uma menina morreu sozinha e assustada e foi encontrada uma semana depois totalmente congelada. Eu tenho uma menina também. E se tivesse sido ela? – Meu rosto está afogueado. Estou a centímetros de Emma. – Não fiz isso com o seu filho – digo mais suavemente. – Fiz isso pela *minha* filha.

A última coisa que vejo é Emma Hunt boquiaberta. Ela não diz nada enquanto ajeito as caixas mais firmemente nos braços e caminho até o carro, mas o fato é que nunca são as diferenças entre as pessoas que nos surpreendem. São as coisas que, contra todas as expectativas, temos em comum.

Jacob

Minha mãe e eu estamos indo de carro para o consultório do psiquiatra do Estado, que, por acaso, trabalha em um hospital. Estou nervoso com isso porque não gosto de hospitais. Estive neles duas vezes: uma quando caí de uma árvore e quebrei o braço e outra quando Theo se machucou porque eu derrubei seu cadeirão. O que eu me lembro de hospitais é que eles têm um cheiro branco e rançoso, as luzes são muito brilhantes e sempre que eu estive em um senti dor, ou vergonha, ou talvez ambos.

Isso faz meus dedos começarem a balançar sobre minha perna e eu olho para eles como se estivessem desconectados de meu corpo. Nos três últimos dias, venho melhorando. Estou tomando meus suplementos de novo, e minhas injeções, e já não me sinto mais tanto como se estivesse constantemente nadando dentro de uma bolha de água que dificulta ainda mais entender o que as pessoas dizem ou focá-las em minha visão.

Acredite, eu sei que não é normal bater as mãos ou andar em círculos ou repetir palavras continuamente, mas, às vezes, essa é a maneira mais fácil de eu me sentir melhor. É mais ou menos como um motor a vapor: agitar as mãos na frente do rosto ou batê-las nas pernas é minha válvula de escape e, talvez pareça estranho, mas é só comparar com as pessoas que se voltam para o álcool ou para a pornografia para aliviar a pressão.

Não saí mais de casa desde que deixei a prisão. Mesmo a escola é proibida agora, então minha mãe arrumou livros didáticos e está dando aulas em casa para mim e para Theo. Até é bom, para falar a verdade, não ter que me estressar pensando na próxima vez em que outro aluno vier falar comigo e eu tiver que interagir; ou se um professor disser algo e eu não entender; ou se eu sentir necessidade de usar meu passe para sair da sala e parecer um fracasso total na frente de meus colegas. Eu me pergunto por que nunca pensamos nisso antes: aprender sem socialização. É o sonho de todo Asperger.

Vez por outra, minha mãe olha para mim pelo espelho retrovisor.

— Lembra do que vai acontecer, certo? — ela pergunta. — O dr. Cohn vai fazer perguntas. Você só tem que dizer a verdade.

Essa é a outra razão de eu estar nervoso: na última vez em que saí para responder a perguntas sem minha mãe, acabei na prisão.

— Jacob — minha mãe diz —, você está agitando a mão.

Seguro com a mão livre a outra que está flutuando.

Quando chegamos ao hospital, caminho com a cabeça abaixada para não ter que ver pessoas doentes. Não vomito desde os seis anos de idade; só de pensar nisso já começo a suar. Uma vez, quando Theo ficou gripado, tive que pegar meu saco de dormir e meu cobertor e ficar na garagem, com medo de pegar também. E se vir aqui para essa porcaria de exame de perícia acabar sendo muito pior do que todo mundo imagina?

— Não entendo por que ele não pôde vir nos ajudar — murmuro.

— Porque ele não está do nosso lado — minha mãe diz.

O jeito que a perícia funciona é assim:

1. O Estado de Vermont contrata um psiquiatra, que vai me entrevistar e dizer ao juiz tudo que o promotor público quer ouvir.
2. Meu advogado rebaterá isso com a dra. Moon, minha própria psiquiatra, que dirá ao juiz tudo o que Oliver Bond quer ouvir.

Francamente, eu não entendo para que serve tudo isso, já que todos sabemos que é assim que vai ser mesmo.

O consultório do dr. Martin Cohn não é tão bonito quanto o da dra. Moon. A decoração da dra. Moon é em tons de azul, porque essa cor é comprovadamente relaxante. A decoração do dr. Martin Cohn é em cinza industrial. A mesa de sua secretária parece a do meu professor de matemática.

— Pois não? — ela nos atende.

Minha mãe se aproxima.

— Jacob Hunt está aqui para a consulta com o dr. Cohn.

— Pode entrar. — Ela aponta para outra porta.

Na dra. Moon é assim também. A gente entra no consultório dela por uma porta e sai pela outra, para que ninguém que esteja na sala de espera nos veja.

Sei que a ideia é manter a privacidade, mas, se quer saber, é como se os próprios psiquiatras estivessem aceitando a crença idiota de que terapia é algo que se deve esconder.

Ponho a mão na maçaneta e respiro fundo. *Desta vez você vai voltar*, prometo a mim mesmo.

Uma piada:

Um homem está voando em um balão de ar quente e se perde. Ele baixa o balão sobre um campo de milho e grita para uma mulher:

— A senhora pode me dizer onde estou e para onde estou indo?

— Claro — a mulher responde. — O senhor está quarenta e um graus, dois minutos e catorze segundos ao norte, cento e quarenta e quatro graus, quatro minutos e dezenove segundos a leste, a uma altitude de setecentos e sessenta e dois metros acima do nível do mar e, neste instante, está pairando, mas estava em um vetor de duzentos e trinta e quatro graus a doze metros por segundo.

— Incrível! Obrigado! A propósito, a senhora tem síndrome de Asperger?

— Tenho! — a mulher responde. — Como o senhor sabe?

— Porque tudo o que a senhora disse é verdadeiro, é muito mais detalhado do que eu preciso e não vai ter nenhuma utilidade para mim.

A mulher franze a testa.

— Humm... O senhor é psiquiatra?

— Sou — o homem diz. — Como a senhora sabe?

— O senhor não sabe onde está. Não sabe para onde está indo. Chegou até onde está todo cheio de vento. Coloca rótulos nas pessoas depois de fazer umas poucas perguntas e continua exatamente no mesmo lugar onde estava cinco minutos atrás, mas isso de repente é culpa minha!

O dr. Martin Cohn é mais baixo que eu e tem barba. Usa óculos sem aros e, assim que entro na sala, vem ao meu encontro.

— Olá — ele diz. — Sou o dr. Cohn. Puxe uma cadeira para você.

As cadeiras são estruturas de metal com almofadas de couro sintético. Uma é laranja, e está totalmente fora de questão. A outra é cinza e tem um círculo afundado no meio, como se a almofada tivesse cedido.

Quando eu era mais novo e alguém me dizia para puxar uma cadeira, eu a puxava pela sala. Agora sei que isso significa que devo me sentar. Há muitas afirmações que não significam o que dizem: *Pode escrever o que estou dizendo. Vá ver se eu estou na esquina. Só um segundo. Largue do meu pé.*

O psiquiatra tira uma caneta do bolso. Ele se senta também e coloca um bloco de notas amarelo no colo.

— Como é seu nome?

— Jacob Thomas Hunt — respondo.

— Quantos anos você tem, Jacob?

— Dezoito.

— Você sabe por que está aqui?

— *Você* não sabe?

Ele anota algo no papel.

— Você sabe que está sendo acusado de um crime?

— Sim. Estatuto de Vermont, capítulo 13, seção 2.301. Homicídio cometido por meio de envenenamento, ou tocaia, ou por ato intencional, deliberado e premeditado, ou cometido durante perpetração ou tentativa de perpetração de incêndio criminoso, estupro, estupro qualificado, roubo ou violação de propriedade, será homicídio qualificado. Todos os outros tipos de homicídio serão privilegiados.

Achei que citar o estatuto inteiro impressionaria o dr. Cohn, mas ele não demonstra nenhuma emoção.

Vai ver ele também tem Asperger.

— Você entende se essa é uma acusação grave ou não, Jacob?

— É um delito que envolve uma sentença mínima de trinta e cinco anos a prisão perpétua.

O dr. Cohn olha por cima dos óculos.

— E quanto à suspensão condicional da pena? — ele indaga. — Você sabe o que é?

— É quando a pessoa tem que comparecer diante do juiz de tempos em tempos — digo. — Tem que seguir regras e apresentar relatórios, precisa ter um emprego, morar em endereço fixo e conhecido, não se envolver em problemas, não ingerir álcool...

— Certo — o dr. Cohn interrompe. — Diga-me, Jacob, em que seu advogado deve focar para defendê-lo?

Ergo os ombros.

— Em minha inocência.

— Você entende o que significa uma confissão da acusação ou uma negação da acusação?

— Sim. A *confissão* significa que você admite que cometeu o crime e que deve ser punido por ele. A *negação da acusação* significa que você não admite que cometeu o crime e não acha que deve ser punido por ele... mas isso não é o mesmo que ser inocente, porque, no nosso sistema jurídico, a pessoa é considerada culpada ou não culpada. Não é considerada inocente, mesmo que seja, como eu.

O dr. Cohn olha atentamente para mim.

— O que é um acordo com a promotoria?

— Quando o promotor conversa com o advogado e eles concordam quanto a uma sentença, e então ambos a comunicam ao juiz para ver se ele aceita o acordo também. Isso significa que não é preciso ter um julgamento, porque a pessoa já admitiu o crime ao aceitar o acordo.

Todas essas perguntas são fáceis, porque, no final de cada episódio de *CrimeBusters*, há um julgamento em que as provas são apresentadas a um juiz e ao júri. Se eu soubesse que as perguntas seriam tão simples assim, não teria ficado tão nervoso. Eu estava esperando que o dr. Cohn fosse me perguntar sobre Jess. Sobre o que aconteceu naquela tarde.

E, claro, eu não poderia contar a ele, o que significaria que eu teria que mentir, e isso seria quebrar as regras.

— O que é uma alegação de inimputabilidade? — o dr. Cohn pergunta.

— Quando a pessoa afirma que não é culpada porque estava dissociada da realidade no momento em que cometeu o crime e não pode ser legalmente responsabilizada por suas ações. Como Edward Norton em *As duas faces de um crime*.

— Ótimo filme — o psiquiatra diz. — Jacob, se seu advogado achar que você não deveria depor, você concordaria com isso?

— Por que eu não iria querer depor? Vou dizer a verdade.

— Quando você pode falar no tribunal?

— Não posso. Meu advogado me disse para não falar com ninguém.

— Quais você acha que são suas chances de não ser considerado culpado?

— Cem por cento — digo —, já que eu não fiz aquilo.

— Você sabe como as evidências contra você são fortes?

— Obviamente não, uma vez que eu não vi a exibição de provas...

— Você sabe o que é uma exibição de provas? — o dr. Cohn pergunta, surpreso.

Reviro os olhos.

— De acordo com a Regra Dezesseis das Regras de Exibição de Provas de Vermont, Regras de Procedimento para o Tribunal de Primeira Instância, a promotoria é obrigada a apresentar antecipadamente todas as provas que tem no caso, incluindo fotografias, documentos, declarações, exames físicos e qualquer outro material que pretenda usar no julgamento e, se isso não for feito, eu posso sair livre.

— Você entende a diferença entre defesa, promotoria, juiz, júri, testemunhas...?

Faço um sinal afirmativo com a cabeça.

— A defesa é a minha equipe: meu advogado, as testemunhas e eu, porque estamos nos defendendo contra o crime de que a promotoria me acusou. O juiz é o homem ou a mulher que tem autoridade sobre todos no tribunal. Ele dirige o julgamento, ouve as provas e toma decisões sobre a lei, e o juiz com quem estive alguns dias atrás não foi muito bom e me mandou para a cadeia. — Paro para respirar. — O júri é um grupo de doze pessoas que ouvem os fatos e as provas e argumentos dos advogados e, então, vão para uma sala onde ninguém pode ouvi-los ou vê-los e decidem o resultado do caso. — Pensando melhor, eu acrescento: — O princípio do júri é que o acusado seja julgado por seus pares, mas, tecnicamente, isso significaria que todos os doze jurados deveriam ter síndrome de Asperger, porque assim eles poderiam *realmente* me compreender.

O dr. Cohn faz outra anotação.

— Você confia em seu advogado, Jacob?

— Não — digo. — Na primeira vez em que o encontrei, acabei na prisão por três dias.

— Você concorda com a forma como ele está lidando com o caso?

— Obviamente não. Ele precisa dizer a verdade para que as acusações sejam retiradas.

— Não é assim que funciona — diz o dr. Cohn.

— Funcionou assim em *Meu primo Vinny* — eu lhe digo. — Quando Joe Pesci diz ao tribunal que o carro não é o mesmo que foi identificado pela testemunha porque os pneus são diferentes. E funcionou assim em *CrimeBusters*, episódio oitenta e oito. Quer que eu conte como foi?

— Não, não há necessidade — o dr. Cohn responde. — Jacob, o que você faria se uma testemunha dissesse uma mentira no tribunal?

Sinto meus dedos começarem a se agitar, então os prendo com a outra mão.

— Como eu poderia saber? — digo. — Só o mentiroso sabe que está mentindo.

Oliver

No papel, Jacob Hunt não só parece capaz de enfrentar um julgamento como poderia bem passar por um estudante de direito, provavelmente mais qualificado para defender a si próprio do que eu.

Só o mentiroso sabe que está mentindo.

É a terceira vez que leio as respostas de Jacob para o dr. Cohn, o psiquiatra do Estado, e a terceira vez que essa afirmação salta diante de mim. Será que Jacob Hunt é mesmo um garoto brilhante com uma memória fotográfica que teria sido muito útil para mim na faculdade de direito? Ou será que está apenas enrolando sua mãe... e todo mundo?

Seja como for, enquanto termino de ler o laudo pela última vez, admito que não tenho a mais ínfima chance de questionar sua competência, especialmente em um lugar como Vermont. Se alguém está se sentindo incompetente neste momento, sou eu — porque tenho de dizer a Emma que não vou nem brigar com o Estado quanto a essa questão.

Pego meu carro e vou até a casa dos Hunt. Como Emma e Jacob estão basicamente em prisão domiciliar, não posso lhes pedir que me encontrem no escritório. Thor está em meu colo, meio enfiado embaixo do volante.

Paro diante da casa, desligo o motor, mas não me mexo para sair do carro.

— Se ela ficar muito brava — digo ao cachorro —, conto com você para me defender.

Como é um dia frio — dezessete graus negativos —, ponho Thor dentro do casaco e me dirijo à porta da frente. Emma atende antes mesmo de eu bater.

— Oi — diz ela. — É bom te ver. — Ela até sorri um pouco, o que lhe dá uma expressão muito suave. — Sinceramente, quando se está presa dentro de casa, até a visita do leitor do relógio de luz é um grande acontecimento.

— E eu que pensei que você estava começando a gostar de mim. — Thor enfia a cabeça entre os botões de meu casaco. — Tudo bem trazê-lo para dentro? Está muito frio no carro.

Ela examina o cachorro com ar preocupado.

— Ele não vai fazer xixi no meu tapete?

— Só se você continuar olhando para ele desse jeito.

Ponho Thor no chão e o observo entrar.

— Não gosto de pelo de cachorro — Emma murmura.

— Que sorte você não ter nascido um spaniel, hein? — Tiro o casaco e o dobro no braço. — Recebi o laudo da perícia psicológica.

— E? — Em um piscar de olhos, Emma está focada, intensa.

— O Jacob é capaz de enfrentar um julgamento.

Ela sacode a cabeça, como se não tivesse ouvido direito.

— Você viu o que aconteceu na audiência preliminar!

— Sim, mas essa não é a definição jurídica de incapacidade e, de acordo com o psiquiatra do Estado...

— Pouco me importa o psiquiatra do Estado. Claro que eles vão encontrar alguém que diga o que a promotora quer. Você não vai nem recorrer?

— Você não está entendendo — digo-lhe. — Em Vermont, acho que até Charlie Manson seria considerado capaz de enfrentar um julgamento. — Sento-me em um dos bancos perto da porta da entrada. — Já ouviu falar de um cara chamado John Bean?

— Não.

— Em 1993, ele amarrou a mãe e construiu uma pira fúnebre para ela com a mobília da casa, que havia cortado em pedaços. Ele jogou água sanitária nos olhos dela, que conseguiu escapar. Em sua primeira apresentação no tribunal, Bean anunciou ao juiz que era a reencarnação de Jesus Cristo. O juiz decidiu que as declarações dele eram confusas e indicavam incapacidade de compreender o que estava acontecendo. Quando foi denunciado por sequestro pelo mesmo evento, ele recusou advogado e quis se declarar culpado, mas o juiz não aceitou e lhe foi designada uma defensora pública. Bean contou a um avaliador que achava que era pai dos filhos da defensora pública e que ela era autora de uma história em quadrinhos e um cruzamento de Janet Reno com Janet Jackson. Nos oito anos que se seguiram, ele nunca discutiu o caso com a advogada, que solicitou ao tribunal que o declarasse incapaz...

— Não entendo o que isso tem...

— Calma, ainda não terminei — digo. — O psiquiatra da defesa disse que Bean afirmava ter chips de computador no corpo que permitiam que ele fosse programado. O psiquiatra do Estado o diagnosticou como psicótico. Durante o julgamento, Bean arrancou o aquecedor da parede, jogou no chão a televisão do tribunal e pegou o revólver de um dos oficiais de justiça. Disse à advogada que estava vendo serpentes saindo da cabeça das pessoas na sala e que anjos estavam controlando a testemunha. Foi condenado e, antes da definição da sentença, disse ao tribunal que uma pedra comemorativa tinha sido erguida em Riverside Park em nome da Fundação Freddie Mercury depois que o cantor matou um padre católico. Depois disso, falou que Tony Curtis disse que era pai dele e usou o poder maior do Porco Simon, o mesmo poder que havia criado o governo nazista, para levá-lo à sua casa e alimentá-lo com carne humana. Ah, e um gato falou com ele subliminarmente.

Emma fica olhando para mim.

— Nada disso tem a ver com o Jacob.

— Tem, sim — respondo —, porque, no estado de Vermont, apesar de tudo que acabei de lhe contar, John Bean foi considerado capaz de enfrentar um julgamento. *Isso* é um precedente jurídico.

Emma cai pesadamente no banco ao meu lado.

— Ah — diz, com a voz fraca. — Então o que vamos fazer agora?

— Eu... hã... acho que devemos alegar insanidade.

Ela levanta a cabeça na mesma hora.

— O quê? Do que você está falando? O Jacob não é insano!

— Você acabou de me dizer que ele não é capaz de enfrentar um julgamento e agora diz que ele é capaz demais para usar uma estratégia de defesa por insanidade. Não dá para ser as duas coisas! — argumento de volta. — Podemos analisar a exibição de provas quando ela chegar... Mas, pelo que você me contou, os argumentos contra o Jacob são bem fortes, incluindo uma confissão. Eu realmente acredito que essa é a melhor maneira de mantê-lo fora da cadeia.

Emma se põe a andar de um lado para o outro. Uma risca de sol bate em seu cabelo e em seu rosto, e de repente me lembro de um curso de história da arte que fiz na faculdade: na *Pietà*, de Michelangelo, em *A virgem com o menino*, de Rafael, em *A virgem dos rochedos*, de Da Vinci, Maria nunca estava sorrindo. Seria por saber o que vinha pela frente?

— Se a defesa por insanidade funcionar — Emma pergunta —, ele vem para casa?

— Depende. O juiz tem o direito de mandá-lo para uma unidade psiquiátrica de custódia até ter certeza de que o Jacob não vai machucar mais ninguém.

— Como assim, *unidade psiquiátrica de custódia*? Está falando de hospital psiquiátrico?

— É, por aí — admito.

— Então meu filho pode ir ou para a cadeia ou para um hospital psiquiátrico? E quanto à terceira opção?

— Que terceira opção?

— Ficar livre — diz Emma. — Ser absolvido.

Abro a boca para dizer a ela que essa é uma aposta muito alta, que ela teria uma chance maior se ensinasse Thor a tricotar, mas em vez disso respiro fundo.

— Por que não perguntamos ao Jacob?

— De jeito nenhum — Emma responde.

— Infelizmente, essa não é uma escolha sua. — Levanto e caminho até a cozinha. Jacob está com uma vasilha de mirtilos, escolhendo os menores para Thor.

— Sabia que ele gosta de frutas? — pergunta Jacob.

— Ele come qualquer coisa que não esteja pregada no chão — digo. — Temos que conversar sobre o seu caso, cara.

— Cara? — Emma entra e para atrás de mim, com os braços cruzados.

Eu a ignoro e me aproximo de Jacob.

— Você passou no teste de capacidade.

— Ah, é? — diz ele, radiante. — Fui bem mesmo?

Emma chega mais perto.

— Você foi *ótimo*, querido.

— Precisamos começar a pensar em sua defesa — digo.

Jacob larga a vasilha de mirtilos.

— Tenho algumas ideias muito boas. Teve uma vez em *CrimeBusters* que...

— Isso aqui não é um programa de TV, Jacob — eu o interrompo. — É muito importante. É a sua *vida.*

Ele senta à mesa da cozinha e pega Thor no colo.

— Você sabia que o cara que inventou o Velcro teve a ideia quando levou o cachorro para passear nos Alpes? Quando viu os carrapichos grudarem no pelo do cachorro, ele pensou em como algo com ganchos poderia se prender em algo com anéis.

Eu me sento na frente dele.

— Você sabe o que é uma defesa afirmativa?

Ele faz que sim com a cabeça e solta a definição jurídica:

— É uma razão para considerar que o réu não é culpado, como legítima defesa, defesa de outra pessoa ou insanidade. O réu precisa alegá-la algum tempo antes do julgamento, geralmente por escrito.

— O que eu estava pensando, Jacob, é que sua melhor chance nesse julgamento seria uma defesa afirmativa

Seu rosto se ilumina.

— Sim! Claro! Em defesa de outra pessoa...

— Quem você estava defendendo? — interrompo.

Jacob baixa os olhos para Thor e brinca com as plaquinhas de identificação em sua coleira.

— *Você não pode estar falando sério* — diz ele. — *Estou falando sério... e não me chame de Shirley.*

— Você acha mesmo que é hora de fazer piadas?

— É de *Apertem os cintos, o piloto sumiu* — Jacob responde.

— Tá, mas não tem graça. O Estado tem provas muito fortes contra você, Jacob, e por isso acho que precisamos usar a defesa por insanidade.

Ele levanta a cabeça depressa.

— Eu não sou louco!

— Não significa isso.

— Eu sei o que significa — diz ele. — Significa que uma pessoa não é responsável pela conduta criminal se, como resultado de doença ou distúrbio mental, não tivesse capacidade de diferenciar o certo do errado no momento em que o ato foi cometido. — Ele se levanta, derrubando Thor no chão. — Eu não tenho uma doença ou um distúrbio mental. Eu tenho uma peculiaridade. Certo, mãe?

Olho para Emma.

— Isso *só pode* ser brincadeira.

Ela ergue um pouquinho o queixo.

— Sempre dissemos que o Asperger não é um mau funcionamento... é só um funcionamento *diferente*.

— Ah, que ótimo — digo. — Bom, Jacob, ou eu uso a defesa por insanidade ou você pode levar essa sua peculiaridade diretamente de volta para a prisão.

— Só que não é bem assim. No estado de Vermont, você não pode alegar defesa por insanidade se eu lhe disser que não quero — Jacob responde. — Está tudo no caso Estado contra Bean na Suprema Corte de Vermont, Arquivos de Vermont 171 290, Relatos de Jurisprudência Atlantic 762, segunda série, 1259, arquivado no ano 2000.

— Caramba, você *conhece* esse caso?

— Você *não*? — Ele levanta as sobrancelhas. — Por que não pode simplesmente dizer a verdade para eles?

— Certo, Jacob. Qual é a verdade?

Nem bem fiz a pergunta e já me dei conta de meu erro. Qualquer advogado sabe que deve ter cuidado com o que pergunta ao representar um réu em um processo criminal, já que qualquer coisa que ele disser pode incriminá-lo. Se o réu chegar no tribunal mais tarde e negar o que lhe disse antes, você fica em um dilema e tem que decidir entre se retirar do caso (o que prejudicaria o réu) ou dizer ao juiz que ele não está falando a verdade (o que o prejudicaria ainda mais). Em vez de perguntar *o que aconteceu*, deve-se dançar em torno da verdade e dos fatos. Pergunta-se ao cliente como ele responderia a determinadas perguntas.

Ou, em outras palavras, eu simplesmente fiz merda. Agora que lhe perguntei a verdade, não posso deixar que ele suba ao tribunal e incrimine a si mesmo.

Por isso eu o impeço de responder.

— Espere, eu não quero ouvir — digo.

— Como assim não quer ouvir? Você é meu *advogado*!

— Nós não podemos apenas dizer a verdade ao juiz, porque os fatos falam muito mais alto em um tribunal.

— *Você não consegue lidar com a verdade* — Jacob grita. — Eu não sou culpado. E *definitivamente* não sou insano!

Pego Thor no colo e saio, com Emma atrás de mim.

— Ele está certo — diz ela. — Por que tem que alegar insanidade? Se Jacob não é culpado, o juiz não deveria ouvir isso?

Viro tão depressa que ela se desequilibra.

— Quero que você pense em uma coisa. Digamos que você esteja no júri deste caso e tenha acabado de ouvir uma longa lista de fatos que associam Jacob ao assassinato de Jess Ogilvy. Aí você vê o Jacob lá na frente explicando sua versão da verdade. Em que história *você* acreditaria?

Ela engole em seco, em silêncio, porque este ponto (pelo menos) ela não pode contestar: Emma sabe muito bem a impressão que Jacob produz nas outras pessoas, embora o próprio Jacob não saiba.

— Escute — eu lhe digo —, o Jacob tem que aceitar que a defesa por insanidade é a melhor chance que temos.

— Como você vai convencê-lo?

— Eu não vou — respondo. — *Você* vai.

Rich

Todos os professores do Colégio Townsend conhecem Jacob Hunt, mesmo os que não deram aula para ele. Isso se deve em parte a sua infâmia atual, mas tenho a impressão de que, mesmo antes de ser preso por homicídio, ele era o tipo de garoto que todos identificavam nos corredores, porque ele se destacava como um farol. Depois de interrogar os funcionários por várias horas e saber que Jacob costumava ficar sentado sozinho no almoço e que se deslocava de uma classe para outra usando enormes fones de ouvido para bloquear o barulho (e os comentários rudes dos colegas), parte de mim está se perguntando como Jacob conseguiu esperar dezoito anos para cometer um assassinato.

O que descobri é que Jacob dava um jeito de inserir no seu trabalho de escola a sua paixão por investigadores policiais. Na aula de inglês, quando teve que ler uma biografia e apresentá-la oralmente para a classe, ele escolheu o cientista forense Edmond Locard. Em matemática, seu projeto independente de pesquisa envolvia o ângulo de impacto do ponto de origem de respingos de sangue.

Sua orientadora educacional, Frances Grenville, é uma mulher magra e pálida, com uma constituição que parece uma roupa que, de tão lavada, perdeu a cor original.

— O Jacob faria qualquer coisa para se integrar — diz ela, enquanto folheio o arquivo de Hunt, sentado em sua sala. — Isso com muita frequência o tornava alvo de piadas. De certa maneira, ele estaria condenado se tentasse se encaixar e condenado se não tentasse. — Ela se agita na cadeira, um pouco incomodada. — Eu às vezes tinha medo que ele trouxesse uma arma para a escola qualquer dia, para se vingar. Como aquele garoto em Sterling, New Hampshire, alguns anos atrás.

— O Jacob fez isso alguma vez? Se vingar, quero dizer.

— Ah, não. Sinceramente, ele é um menino muito doce. Às vezes vinha aqui em seus períodos livres e fazia a lição de casa na sala ao lado. Uma vez ele consertou meu computador quando deu um problema e até recuperou o arquivo em que eu estava trabalhando. A maioria dos professores gosta muito dele.

— E os outros?

— Bem, alguns são melhores com alunos com necessidades especiais do que outros, mas não diga que lhe falei isso. Um aluno como o Jacob pode ser um desafio, para dizer o mínimo. Há algumas pessoas paradas no tempo nesta escola, se entende o que quero dizer, e, quando se pega um garoto como o Jacob, que questiona um plano de aulas que você foi preguiçoso demais para adaptar nos últimos vinte anos, e quando a verdade é que ele está *certo*... bom, isso nem sempre é muito palatável. — Ela dá de ombros. — Mas pode perguntar à equipe docente. De modo geral, o Jacob interagia muito mais naturalmente com os professores do que com seus colegas. Ele não estava interessado nos dramas adolescentes comuns do ensino médio. Em vez disso, queria falar de política, ou de descobertas científicas, ou se *Eugene Onegin* foi de fato a obra máxima de Pushkin. Em vários aspectos, ter o Jacob por perto era como conversar com outro professor. — Ela hesita. — Não, na verdade era como conversar com o tipo de acadêmico ilustrado que os professores *gostariam* de ter sido, antes que as contas, as prestações do carro e as consultas ao dentista entrassem no caminho.

— Se o Jacob queria tanto se integrar com os outros alunos, por que ficava na sala dos professores? — pergunto.

Ela sacode a cabeça.

— Imagino que haja um limite para quanto você aguenta ser rejeitado antes de procurar alguma aprovação — a sra. Grenville diz.

— O que a senhora sabe sobre a ligação dele com Jessica Ogilvy?

— Ele gostava muito de estar com ela. Referia-se a ela como uma amiga.

Levanto os olhos.

— E como namorada?

— Não que eu saiba.

— O Jacob já teve alguma namorada na escola?

— Acho que não. Ele levou uma menina ao baile no ano passado, mas me falou mais sobre a Jess, que foi quem o incentivou a fazer isso, do que sobre a garota.

— Com quem mais o Jacob andava? — indago.

A sra. Grenville franze a testa.

— Aí é que está — diz ela. — Se você pedisse ao Jacob uma lista de seus amigos, ele provavelmente lhe daria essa lista. Mas, se pedisse a essas mesmas pessoas que fizessem sua lista de amigos, o Jacob não estaria nelas. O Asperger o leva a confundir proximidade com ligação emocional. Então, por exemplo, o Jacob diria que é amigo da menina que faz dupla com ele no laboratório de física, mesmo que esse não seja um sentimento recíproco.

— E ele não tinha problemas disciplinares?

A sra. Grenville aperta os lábios.

— Não.

Coloco o arquivo escolar aberto sobre a mesa dela e aponto para uma anotação dentro dele.

— Então por que Jacob Hunt foi suspenso por agressão no ano passado?

Mimi Scheck é o tipo de garota por quem eu babava no colégio, ainda que ela nem sequer reparasse que eu frequentava o mesmo prédio durante quatro anos. Tem cabelos pretos compridos e um corpo feito para ser cultuado, exposto com arte em roupas que revelam apenas um centímetro ou dois de pele sobre a linha da cintura do jeans quando ela levanta os braços ou se inclina. Também parece tão nervosa que sairia correndo se a sra. Grenville não tivesse acabado de fechar a porta de sua sala.

— Oi, Mimi — digo, sorrindo. — Como vai?

Ela olha de mim para a orientadora com os lábios apertados. Depois desaba no sofá, angustiada.

— Eu juro que não sabia nada sobre a vodca até chegar na casa da Esme.

— Humm, muito interessante... mas não foi por isso que pedi para falar com você.

— Não? — Mimi sussurra. — Ah, droga.

— Queria lhe perguntar sobre Jacob Hunt.

O rosto dela fica vermelho como fogo.

— Eu não o conheço muito bem.

— Você esteve envolvida em um incidente no ano passado que levou à suspensão dele, certo?

— Ah, foi só uma brincadeira — diz ela, revirando os olhos. — Como eu ia saber que ele não podia nem aceitar uma brincadeira?

— O que aconteceu?

Ela se afunda mais no sofá da sra. Grenville.

— Ele estava sempre me rodeando. Era sinistro, sabe? Quer dizer, eu estava conversando com as minhas amigas e ele ali parado, como se estivesse escutando o que a gente falava. Aí um dia eu tirei um quatro em um teste de matemática, porque o sr. LaBlanc é o maior imbecil de todos os tempos, e fiquei muito irritada e pedi licença para ir ao banheiro. Mas não fui para o banheiro. Só virei no fim do corredor e comecei a chorar, porque, se eu repetisse em matemática outra vez, meus pais iam me tirar o celular *e* me fazer apagar a conta no Facebook. Aí o Jacob veio andando até mim. Acho que ele devia ter saído da classe para um daqueles seus intervalos esquisitos ou algo assim e estava voltando. Ele não disse nada, só ficou me olhando, e eu falei para ele sumir da minha frente. Então ele disse que ia ficar comigo, porque é isso que amigos fazem, e eu falei que, se ele realmente queria ser meu amigo, tinha que ir até a classe de matemática e dizer para o sr. LaBlanc se foder. — Mimi hesitou. — E ele foi.

Eu dei uma olhada para a orientadora.

— E foi por isso que ele foi suspenso?

— Não. Ele levou uma advertência por isso.

— E depois? — pergunto.

Mimi desvia o olhar.

— No dia seguinte, a gente estava em um grupo conversando no pátio quando o Jacob apareceu. Eu acho que meio que o ignorei. Quer dizer, não é que eu estivesse exatamente sendo *má* com ele ou algo assim. E ele enlouqueceu e veio para cima de mim.

— Ele bateu em você?

Ela sacode a cabeça.

— Não, ele me segurou e me empurrou contra os armários. Podia ter me matado, viu, se um professor não o tivesse impedido.

— Pode me mostrar como ele segurou você?

Mimi olha para a sra. Grenville, que faz um gesto de incentivo com a cabeça. Nós dois ficamos de pé e Mimi dá um passo à frente até me fechar de costas para a parede. Ela precisa levantar os braços, porque sou mais alto que ela, e, hesitante, coloca a mão direita sobre minha garganta.

— Assim — diz. — Fiquei com marcas no pescoço por uma semana.

As mesmas marcas, constato, que Jess Ogilvy apresentava em sua autópsia.

Emma

Como se, depois da visita de Oliver Bond, eu ainda precisasse de mais um lembrete de que minha vida não é e nunca mais será a mesma, minha editora telefona.

— Eu queria saber se você pode dar uma passada aqui esta tarde — diz Tanya. — Tem algo que precisamos discutir.

— Eu não posso.

— Amanhã de manhã?

— Tanya — digo —, o Jacob está em prisão domiciliar. Eu não tenho permissão para sair.

— Bom, é mais ou menos por isso que eu quero conversar... Nós achamos que talvez seja melhor para todos neste momento se você tirasse uma licença da coluna.

— Melhor para todos? — repito. — Como perder o emprego pode ser melhor para mim?

— É temporário, Emma. Só até que tudo isso... passe. Tenho certeza que você entende — Tanya explica. — Não podemos endossar conselhos de...

— De uma escritora cujo filho foi acusado de homicídio? — completo. — Eu escrevo *anonimamente.* Ninguém sabe sobre mim, muito menos sobre o Jacob.

— Por quanto tempo? Estamos no ramo das notícias. Alguém vai escavar essa informação, e então seremos nós que vamos ficar com cara de idiotas.

— Ah, mas é claro que não íamos querer que vocês ficassem com cara de idiotas — digo, soltando fumaça.

— Não estamos te cortando. O Bob concordou em manter você com metade do salário, mais os benefícios, se você fizer a revisão da seção de domingo como freelance.

— Essa é a parte em que eu devo cair de joelhos em gratidão? — pergunto.

Ela fica em silêncio por um momento.

— Com toda sinceridade, Emma — Tanya diz —, você é a última pessoa no mundo que merece isso. Já tem sua cruz para carregar.

— O Jacob não é uma cruz para carregar. Ele é meu filho. — Minha mão que segura o fone está tremendo. — Revise você mesma sua merda de seção de domingo — digo e desligo o telefone.

Um gemido baixo escapa da minha garganta quando me dou conta da magnitude do que acabei de fazer. Sou uma mãe sozinha; o dinheiro que ganho já é pouco; não posso trabalhar fora de casa no momento. Como vou viver sem um emprego? Poderia ligar para meu antigo chefe na editora de livros didáticos e implorar alguns trabalhos como freelance, mas já faz vinte anos que saí de lá. Poderia economizar o dinheiro que temos guardado, até acabar.

E quando será isso?

Admito que avaliei mal o sistema judiciário. Eu achava que os inocentes venciam e que os culpados recebiam o que lhes era devido. Mas vejo agora que não é tão simples quanto dizer que não se é culpado quando não se é culpado. Como Oliver Bond ressaltou, o júri precisa ser convencido. E a interação com estranhos é o ponto mais fraco de Jacob.

Fico o tempo todo esperando acordar. Que alguém me surpreenda com a câmera oculta e me diga que foi tudo uma grande brincadeira: que *é claro* que Jacob está livre para sair, que *é claro* que houve um engano. Mas ninguém me surpreende, e eu acordo a cada manhã e nada mudou.

A pior coisa que poderia acontecer seria Jacob ir para a prisão outra vez, porque não o entendem lá. Por outro lado, se ele for hospitalizado, vai estar com médicos. Oliver disse que Jacob seria mantido em uma unidade psiquiátrica de custódia até o juiz ter certeza de que ele não machucaria mais ninguém. O que significa que teria uma chance, por menor que fosse, de que ele saísse de lá um dia.

Subo as escadas pesadamente, como se meus pés estivessem cheios de chumbo. Na porta do quarto de Jacob, paro e bato. Ele está sentado na cama, com *Flores para Algernon* fechado sobre o peito.

— Terminei — diz ele.

Como parte de nosso novo sistema de educação domiciliar, preciso garantir que ele acompanhe o currículo escolar, e esse romance era o primeiro a ser lido para a aula de inglês.

— E?

— É idiota.

— Sempre pensei que fosse triste.

— É idiota — Jacob reitera —, porque ele nunca deveria ter feito aquela experiência.

Eu me sento a seu lado. Na história, Charlie Gordon, um homem com deficiência mental, passa por um procedimento cirúrgico que triplica seu QI, mas a experiência acaba dando errado e o deixa com inteligência subnormal outra vez.

— Por que não? Ele quis ver o que estava perdendo.

— Mas, se ele nunca tivesse tentado esse procedimento, nunca *saberia* que estava perdendo algo.

Quando Jacob diz coisas como essa, verdades tão cruas que a maioria de nós não admite nem em silêncio, quanto mais em voz alta, ele parece mais lúcido que qualquer pessoa que eu conheço. Não acredito que meu filho seja insano. E também não acredito que seu Asperger seja uma deficiência. Se Jacob não tivesse Asperger, ele não seria o menino que eu amo tão intensamente: o que assiste a *Casablanca* comigo e sabe de cor todos os diálogos de Bogart; o que se lembra da lista do supermercado de cabeça quando eu, por distração, a esqueço no balcão da cozinha; o que nunca me ignora se eu lhe peço para pegar minha carteira na bolsa ou correr até lá em cima e trazer um pacote de papel para a impressora. Será que eu preferiria ter um filho que não tivesse que lutar tanto, que pudesse seguir seu caminho no mundo enfrentando menos resistência? Não, porque esse filho não teria sido Jacob. As crises podem ser o que fica mais marcado em minha mente quando penso nele, mas os momentos intermediários são os que eu não perderia por nada neste mundo.

Ainda assim, sei por que Charlie Gordon fez a experiência. E sei por que estou prestes a ter uma conversa com Jacob que faz meu coração parecer ter se consumido em cinzas. É porque, sempre que possível, os humanos erram para o lado da esperança.

— Quero conversar com você sobre o que o Oliver disse — começo.

Jacob se senta mais ereto.

— Eu não sou louco. Não vou deixar que ele diga isso de mim.

— Só me escute...

— Não é a verdade — Jacob diz. — E devemos sempre dizer a verdade. Regras da casa.

— Você está certo. Mas, às vezes, é permitido contar uma mentirinha pequena, se ela puder nos levar à verdade no longo prazo.

Ele pisca.

— Dizer que eu sou louco não é uma mentirinha pequena.

Olho para ele.

— Eu sei que você não matou a Jess. Acredito em você. Mas precisamos conseguir que doze estranhos em um júri acreditem também. Como você vai fazer isso?

— Vou lhes dizer a verdade.

— Muito bem. Então vamos fingir que estamos no tribunal e diga a verdade para mim.

Seu olhar passa rápido pelo meu rosto e, em seguida, se fixa na janela.

— *A primeira regra do Clube da Luta é: você não fala sobre o Clube da Luta.*

— É exatamente isso que quero dizer. Você não pode usar citações de filme em um tribunal para dizer o que aconteceu... Mas *pode* usar um advogado. — Eu o seguro pelos braços. — Quero que você me prometa que vai deixar o Oliver dizer o que for preciso para você ganhar este caso.

Ele abaixa o queixo.

— *Um martíni, por favor* — murmura. — *Batido, não mexido.*

— Vou tomar isso como um sim — digo.

Theo

Se um dia de escola tem sete horas de duração, seis delas são consumidas em blocos de tempo cheios de inutilidades: professores gritando com alunos que se comportam mal, fofocas a caminho do armário, recapitulação de um conceito de matemática que você entendeu da primeira vez que foi explicado. O que aprender em casa me ensinou, mais do que qualquer outra coisa, foi a perda de tempo que é o ensino médio na escola.

Quando somos apenas eu e Jacob, sentados à mesa da cozinha, consigo acabar meu trabalho em cerca de meia hora se deixar as leituras para antes de dormir. Também ajuda o fato de minha mãe questionar bastante o currículo. ("Vamos pular essa parte. Se números imaginários fossem para ser aprendidos, eles iam dar um jeito de se tornar reais", ou "Caramba, quantas vezes você já estudou os puritanos desde o primeiro ano? Umas cem? Vamos passar direto para a Reforma.") Seja como for, eu *gosto* de estudar em casa. Por definição, já se é um marginalizado mesmo, então não é preciso se preocupar por parecer burro se der a resposta errada ou se aquela menina gata de sua sala de inglês vai ficar te analisando quando você for até a lousa escrever sua equação da lição de casa de matemática. Nem *temos* uma lousa aqui.

Como Jacob trabalha com um conteúdo diferente do meu, ele está ocupado com sua lição de um lado da mesa e eu do outro. Termino antes dele, mas já era assim mesmo quando fazíamos nossa lição de casa comum antes. Ele pode ser incrivelmente inteligente, mas, às vezes, o que acontece em seu cérebro não se traduz bem no papel. Acho que é um pouco como ser o trem-bala mais rápido do mundo, mas as rodas não se encaixarem nos trilhos.

Assim que acabo minha lição de francês (*Que fait ton frère? Il va à la prison!*), fecho o livro. Minha mãe levanta os olhos de sua xícara de café. Ela geralmente está digitando sem parar em seu computador, mas não conseguiu nem se concentrar nisso hoje.

— Terminei — anuncio.

Ela alarga os lábios e sei que isso pretende ser um sorriso.

— Muito bem.

— Quer que eu faça alguma coisa? — pergunto.

— Voltar o tempo seria bom.

— Eu estava pensando em algo como supermercado — sugiro. — Nós, hã... não temos nada para comer aqui.

É verdade e ela sabe disso. Ela não pode sair de casa enquanto Jacob estiver retido aqui e isso significa que estamos caminhando a passos lentos para morrer de fome, a menos que eu faça alguma coisa a respeito.

— Você não pode dirigir — diz ela.

— Posso ir de skate.

Ela levanta uma sobrancelha.

— Theo, não dá para andar de skate com as compras do supermercado.

— Por que não? Posso usar aquelas sacolas ecológicas, prender no ombro e não comprar nada pesado.

Não demoro muito a convencer minha mãe, mas aí a gente esbarra em outro problema: ela só tem dez dólares na carteira e eu não posso fingir ser Emma Hunt quando entregar ao caixa seu cartão de crédito.

— Ei, Jacob — digo. — Precisamos de algum dinheiro emprestado.

Ele não levanta os olhos de seu livro de história.

— Eu tenho cara de banco?

— Está de gozação? — Tenho certeza de que meu irmão guardou cada dólar que já ganhou de aniversário, Natal, o que for. Só o vi gastar dinheiro uma vez, para comprar um chiclete de trinta e cinco centavos.

— Deixe — minha mãe diz baixinho. — Não vamos aborrecê-lo. — Em vez disso, ela procura na carteira e tira o cartão do banco. — Pare no banco do shopping e saque algum dinheiro. Minha senha é 4550.

— Jura? — digo, sorrindo. — Você está me dando sua senha?

— Estou, e não faça eu me arrepender disso.

Pego o cartão e vou saindo da cozinha.

— Essa é sua senha do computador também?

— Leite de soja — diz ela. — E pão sem glúten e presunto sem sal. E qualquer outra coisa que você queira.

Tomo a decisão prática de não levar meu skate e, em vez disso, vou andando para o banco. Afinal, são só uns três quilômetros. Mantenho a cabeça abaixada e digo a mim mesmo que é por causa do vento, mas, na verdade, é porque não quero me encontrar com ninguém que eu conheça. Passo por dois praticantes de esqui *cross-country* no campo de golfe e por uma dupla correndo. Quando chego ao banco, vejo que já está fechado e eu não sei como entrar no pequeno saguão onde estão os caixas eletrônicos. Em vez disso, dou a volta até os fundos do prédio, onde há um caixa para motoristas. Fico atrás de um Honda e espero minha vez.

DIGITE A QUANTIA, diz a tela. Digito 200, então hesito e cancelo a transação. Em vez de fazer o saque, dou uma olhada no saldo.

Será possível que só temos 3.356 dólares na poupança? Tento lembrar se minha mãe recebe extratos de mais algum banco além desse. Ou se há algum cofre em casa onde ela guarda dinheiro.

Sei que o Hotel Townsend contrata meninos de quinze anos como ajudantes de garçom para o restaurante. E tenho certeza de que, se conseguir uma carona até Burlington, poderia trabalhar no McDonald's. É evidente que, se alguém precisa arrumar um trabalho, esse alguém sou eu, já que minha mãe não pode sair de casa no momento e Jacob já se mostrou patologicamente incapaz de se manter em um emprego.

Ele teve três. O primeiro foi trabalhando em um pet shop na cidade, na época em que estava obcecado por cachorros. Foi demitido por dizer à sua chefe que ela era burra de guardar os sacos de ração nos fundos da loja, já que eles eram tão pesados. O segundo emprego que ele teve foi como embalador em uma cooperativa de alimentos, onde os caixas lhe diziam para "apertar o passo" conforme os itens iam chegando na esteira e ficavam furiosos porque ele não obedecia, quando, na verdade, Jacob provavelmente apenas não tinha entendido o que era para fazer. O terceiro emprego foi como ajudante em uma lanchonete durante o verão na piscina municipal. Acho que tudo funcionou bem por uma ou duas horas, mas, quando chegou a hora do almoço e seis crianças começaram a gritar na frente dele pedindo sorvete e cachorro-quente e nachos, todas ao mesmo tempo, ele tirou o avental e simplesmente foi embora.

Um carro para atrás de mim, e me sinto um idiota. Constrangido, aperto o botão de saque, depois digito 200 no teclado. Quando o dinheiro sai da máquina, eu o enfio no bolso. E então ouço meu nome sendo chamado.

— Theo? Theo Hunt, é você?

Eu me sinto culpado, como se tivesse sido pego fazendo algo que não deveria. Mas não é ilegal estar *a pé* em um caixa eletrônico para carros, é?

A porta do carro atrás de mim se abre e dele sai meu professor de biologia, sr. Jennison.

— Como vai? — ele pergunta.

Lembro que uma vez, quando minha mãe se zangou com Jacob porque ele se recusava a falar com os parentes no casamento de uma prima distante, ele disse que teria perguntado à tia Marie como ela estava se realmente se importasse com isso... mas não se importava, então fingir que estava interessado seria uma grande mentira.

Há ocasiões em que o mundo de Jacob faz muito mais sentido para mim do que aquele em que o resto de nós vive. Por que perguntamos às pessoas como elas têm passado se não estamos nem aí para a resposta? O sr. Jennison está me fazendo essa pergunta porque se preocupa comigo ou porque é algo para preencher o vazio entre nós?

— Tudo bem — digo, por força do hábito. Se eu fosse como Jacob, teria respondido diretamente: *Não consigo dormir à noite. E às vezes, quando corro depressa demais, não consigo respirar.* Mas, na realidade, alguém que lhe pergunta como você está não quer ouvir a verdade. Ele quer a resposta pronta, a resposta esperada, para poder continuar em seu caminho feliz.

— Precisa de uma carona? Está congelando aqui fora.

Há alguns professores de que eu realmente gostava, e outros de que eu realmente não gostava, mas o sr. Jennison não está em nenhuma dessas duas categorias. Ele é indiferente, de seu cabelo ralo às suas aulas, o tipo de professor cujo nome provavelmente já vou ter esquecido quando entrar na faculdade. Tenho certeza de que, até recentemente, ele podia dizer o mesmo de mim: eu era o aluno mediano da classe, que não era bom nem ruim o bastante para causar uma impressão. Até, claro, tudo isso acontecer.

Agora, eu sou o menino no centro dos seis graus de separação: *Ah, sim, minha tia foi professora do Theo no terceiro ano.* Ou *Eu sentei atrás dele em uma reunião da escola uma vez.* Eu sou o menino cujo nome vai aparecer em coquetéis daqui a anos: *Aquele garoto autista assassino? Eu estudei com o irmão dele no Colégio Townsend.*

— Minha mãe está parada em fila dupla do outro lado da rua — murmuro, percebendo tarde demais que, se nosso carro estivesse mesmo aqui, provavelmente estaria neste caixa agora. — Obrigado mesmo assim — digo, e saio tão apressado que quase me esqueço de pegar o recibo da transação.

Corro todo o caminho até o supermercado, como se estivesse esperando que o sr. Jennison me seguisse com seu carro e me chamasse de mentiroso na minha cara. Só uma vez penso em pegar os duzentos dólares, entrar em um ônibus e ir embora para sempre. Eu me imagino sentado no banco de trás, ao lado de uma garota bonita que divide seus amendoins comigo, ou de uma velha senhora que está tricotando um gorrinho para seu neto recém-nascido e me pergunta para onde vou.

Imagino dizer a ela que estou indo visitar meu irmão mais velho na faculdade. Que somos muito próximos e que sinto muito sua falta quando ele está longe.

Imagino como seria legal se as conversas não fossem mentiras.

Quando estou me aprontando para dormir naquela noite, dou por falta de minha escova de dentes. Furioso — não é a primeira vez que isso acontece, acredite —, vou pelo corredor até o quarto de meu irmão. Jacob está ouvindo uma fita do quadro "Who's on First", de Abbott e Costello, em um velho toca-fitas.

— O que você fez com a minha escova de dentes dessa vez? — pergunto.

— Nem toquei na sua droga de escova de dentes.

Mas não acredito nele. Olho na direção do velho aquário que ele usa como câmara de vaporização, mas não está lá. Foi levado como prova.

As vozes de Abbott e Costello são tão baixinhas que mal posso distinguir as palavras.

— Você está escutando alguma coisa? — pergunto.

— Está bom assim.

Lembro de uma vez, no Natal, em que minha mãe comprou um relógio para Jacob e depois teve que devolvê-lo, porque o tique-taque o enlouquecia.

— Eu não sou louco — Jacob diz e, por um segundo, eu me pergunto se falei em voz alta.

— Eu nunca disse que você era!

— Disse, sim — Jacob responde.

Provavelmente ele está certo. Jacob tem uma memória de elefante.

— Considerando todas as coisas que você rouba do meu quarto para sua câmara de vaporização e suas cenas de crimes, acho que podemos nos considerar quites.

Qual é o nome do cara na primeira base?
Não. Qual está na segunda.
Quem está na segunda não me importa.
Quem está na primeira.
Não sei.
Ele está na terceira, não estamos falando dele.

Sei que algumas pessoas acham esse quadro hilariante, mas nunca fui uma delas. Acho que a razão de Jacob gostar tanto é que faz perfeito sentido para ele, porque os nomes são tomados literalmente.

— Vai ver que jogaram fora — diz Jacob e, a princípio, acho que é uma fala de Costello, até perceber que ele se refere à minha escova de dentes.

— Foi você? — pergunto.

Jacob olha diretamente para mim. Sempre me dá um choque quando isso acontece, porque ele passa tanto tempo *não* me olhando nos olhos.

— Foi você? — ele responde.

De repente, não tenho certeza do que estamos falando, mas não acho que seja de higiene bucal. Antes que eu possa responder, minha mãe aparece na porta.

— De quem é isto? — ela pergunta, segurando minha escova de dentes. — Estava no meu banheiro.

Eu a pego da mão dela. No toca-fitas, Abbott e Costello continuam discutindo na mesma trilha de comédia enlatada.

Essa é a primeira coisa certa que você disse.
Eu nem sei do que estou falando!

— Eu te falei — Jacob diz.

Jacob

Quando eu era pequeno, convenci meu irmão de que eu tinha superpoderes. Por que outro motivo eu seria capaz de ouvir o que nossa mãe estava fazendo lá em cima quando estávamos no andar de baixo? Por que não dizer que a razão de as lâmpadas fluorescentes me deixarem tonto era minha hipersensibilidade à luz? Quando eu perdia alguma pergunta que Theo me fazia, dizia a ele que era porque eu podia ouvir tantas conversas e sons de fundo ao mesmo tempo que, às vezes, era difícil focar em apenas um som por vez.

Por um tempo, isso funcionou. Depois meu irmão descobriu que eu não era dotado de percepção extrassensorial. Eu era apenas estranho.

Ter Asperger é como ter o volume da vida no máximo o tempo todo. É como uma ressaca permanente (embora eu admita que só fiquei bêbado uma vez, quando experimentei vodca pura para ver o efeito que teria em mim e descobri com grande decepção que, em vez de ficar com vontade de rir, como todo mundo na televisão que bebe demais, só me senti mais deslocado e desorientado, e o mundo só ficou mais confuso e indefinido). Sabe todas essas crianças autistas que você vê batendo a cabeça na parede? Elas não fazem isso porque são loucas. Fazem isso porque o resto do mundo é tão barulhento que chega a doer, e elas estão tentando se livrar dessa sensação.

E não são só a visão e o som que parecem ampliados. Minha pele é tão sensível que identifico se a camisa é de algodão ou de poliéster só pela sua temperatura em minhas costas. Tenho que cortar todas as etiquetas das roupas para que não fiquem roçando minha pele, porque elas parecem ásperas como lixa. Se alguém me toca quando não estou esperando, eu grito. Não é de medo, mas porque às vezes parece que minhas terminações nervosas estão do lado de fora do corpo, e não dentro.

E não é só meu corpo que é hipersensível: minha mente está quase sempre em ritmo acelerado. Sempre achei estranho quando alguém me descreve como robótico ou inexpressivo, porque, na verdade, estou sempre em pânico com alguma coisa. Não gosto de interagir com as pessoas se não puder prever como elas vão responder. Nunca imagino como eu pareço pelo ponto de vista de outra pessoa e jamais teria sequer *pensado* em considerar isso se minha mãe não tivesse me alertado a respeito.

Se eu faço um elogio, não é porque essa é a coisa certa a dizer, mas porque é verdade. Mesmo a linguagem rotineira não vem com facilidade para mim. Se você disser *obrigado*, tenho que remexer no banco de dados de meu cérebro para encontrar *de nada*. Não consigo conversar sobre o tempo só para preencher o silêncio. Fico continuamente pensando: *Isso é tão falso*. Se você estiver errado em algo, eu o corrijo; não porque quero fazê-lo se sentir mal (na verdade, nem sequer estou pensando em você), mas porque fatos são muito importantes para mim, mais importantes que pessoas.

Ninguém jamais pergunta ao Super-Homem se a visão de raio X é um saco; se ele enjoa de olhar para prédios de tijolos e ver homens batendo nas esposas, ou mulheres solitárias se consumindo, ou fracassados surfando por sites de pornografia. Ninguém jamais pergunta ao Homem Aranha se ele tem vertigem. Se seus superpoderes forem um pouco como os meus, não é de espantar que eles estejam sempre se pondo em perigo. Provavelmente contam com a esperança de uma morte rápida.

Rich

Mama Spatakopoulous não aceita falar comigo até que eu concorde em comer alguma coisa, e é assim que acabo com um prato cheio de espaguete e almôndegas à minha frente enquanto lhe faço perguntas sobre Jess Ogilvy.

— A senhora se lembra desta moça? — pergunto, mostrando-lhe uma foto de Jess.

— Sim, coitadinha. Vi na televisão o que aconteceu.

— Eu soube que ela esteve aqui uns dias antes de ser morta, não é?

A mulher concorda com a cabeça.

— Com o namorado e aquele outro.

— Jacob Hunt? — Mostro-lhe uma foto de Jacob também.

— É, é ele.

— A senhora tem alguma câmera de segurança aqui?

— Não. Por quê? Esta área é perigosa?

— Só pensei que talvez eu pudesse ver como foi naquela noite — respondo.

— Ah, eu posso lhe contar — Mama Spatakopoulous diz. — Foi uma briga e tanto.

— O que aconteceu?

— A menina ficou muito perturbada. Estava chorando e acabou indo embora. Largou o garoto Hunt com a conta e a pizza inteira.

— A senhora sabe por que ela ficou perturbada? — pergunto. — Por que eles estavam brigando?

— Bom, não deu para ouvir tudo — a mulher diz —, mas parecia que ele estava com ciúmes.

— Sra. Spatakopoulous — eu me inclino para a frente —, isso é muito importante: a senhora ouviu alguma coisa que o Jacob tenha dito que fosse ameaçadora para a Jess? Ou o viu agredi-la fisicamente de alguma maneira?

Ela arregala os olhos.

— Ah, não era o Jacob que estava com ciúmes. Era o outro. O namorado.

Quando intercepto Mark Maguire, ele está saindo do centro estudantil com dois colegas.

— Como foi o almoço, Mark? — pergunto, afastando-me do poste de luz em que estava encostado. — Pediu pizza? Estava tão boa quanto a da Mama Spatakopoulous?

— Que palhaçada é essa? — diz ele. — Não vou falar com você.

— Eu achei que, como o namorado de luto, você devia estar querendo conversar.

— Sabe o que eu quero fazer? Arrancar seu couro em um processo por danos morais pelo que você me fez!

— Eu soltei você — digo, dando de ombros. — Pessoas são soltas o tempo todo. Acabei de ter uma conversa muito interessante com a senhora da pizzaria. Ela parece lembrar de você e a Jess brigando quando estiveram lá.

Mark começa a andar e eu caminho a seu lado.

— E daí? Nós brigamos. Eu já lhe disse isso.

— Por que vocês brigaram?

— Jacob Hunt. A Jess achava que ele era um bobo inocente, e o tempo todo ele usava esse showzinho para atrair o interesse dela.

— Que tipo de interesse?

— Ele *queria* a Jess — Mark diz. — Ficava se fazendo de patético para tê-la na palma da mão. No restaurante, teve o desplante de convidá-la para sair. Na minha frente, como se eu não estivesse ali. Tudo que eu fiz foi colocar o Hunt em seu devido lugar... e lembrar que a mamãe dele estava lhe comprando a companhia da Jess

— Como ela reagiu?

— Ficou furiosa. — Ele para e me encara. — Olha, talvez eu não seja o cara mais sensível...

— Puxa, nem dá para notar.

Mark me fuzila com o olhar.

— Estou tentando deixar isso claro. Eu disse e fiz coisas de que não me orgulho. Sou ciumento; queria ser o número um na lista da Jess. Talvez eu tenha ultrapassado os limites algumas vezes por causa disso. Mas nunca a teria machucado, nunca. A razão de eu ter começado a briga na pizzaria foi para protegê-la. Ela confiava em todo mundo, só via o bem nas pessoas. Mas eu podia ler aquelas ceninhas do Hunt, embora a Jess não pudesse.

— Como assim?

Ele cruza os braços.

— Meu colega de quarto no primeiro ano ainda brincava com cartas do Pokémon. Nunca tomava banho e praticamente vivia no laboratório de informática. Eu não devo ter dito mais de dez frases para ele o ano inteiro. Ele era muito inteligente; se formou antes do tempo e foi projetar sistemas de mísseis para o Pentágono ou algo assim. Provavelmente tinha Asperger também, mas ninguém nunca pregou outro rótulo nele além de nerd. Só estou dizendo que tem uma diferença entre ser mentalmente retardado e ser socialmente retardado. Um tem uma deficiência. O outro só se aproveita da situação.

— Acho que a psiquiatria atual pode contradizer você, Mark. Tem uma diferença entre ser socialmente inadequado e ser clinicamente diagnosticado com Asperger.

— É. — Ele me encara. — Isso é o que a Jess dizia, e agora ela está morta.

Oliver

Quando entro na cozinha da casa dos Hunt pelo segundo dia seguido, Emma prepara algo no fogão, enquanto Jacob está sentado à mesa. Olho do rosto dele, inclinado sobre uma coleção macabra de fotografias de cenas de crimes, para o de sua mãe.

— Continue — Emma diz.

— A Lei de Americanos com Deficiência proíbe discriminação pelo Estado ou pelos governos locais, incluindo os tribunais — Jacob recita, em seu tom uniforme. — Para ser protegido pela Lei de Americanos com Deficiência, é preciso ter uma deficiência ou ter relação com alguém com deficiência. Uma pessoa com deficiência é definida como alguém com um comprometimento físico ou mental que limite substancialmente uma ou mais atividades vitais importantes... como comunicação... ou uma pessoa que seja percebida pelos outros como tendo tal comprometimento.

Ele vira a página; agora, as imagens são de corpos em um necrotério. Mas quem publica esse tipo de livro?

— A dra. Moon e minha mãe dizem que eu tenho peculiaridades, mas outras pessoas, como meus professores e os alunos na escola e aquele juiz, podem pensar que eu tenho uma deficiência — Jacob acrescenta.

Eu sacudo a cabeça.

— Não estou entendendo.

— Há uma razão jurídica lógica e válida para você falar por mim — Jacob diz. — Pode usar a defesa por insanidade, se acha que vai funcionar melhor durante o julgamento. — Ele se levanta e coloca o livro sob o braço. — Mas que fique registrado que eu, pessoalmente, defendo a ideia de que *normal* é apenas um ajuste da secadora de roupas.

Concordo com a cabeça, pensando naquelas palavras.

— De que filme é?

Jacob revira os olhos.

— Nem tudo é de um filme — diz ele, e sai da cozinha.

— Uau. — Caminho em direção a Emma. — Não sei como você fez isso, mas obrigado.

— Não me subestime — responde ela e, com uma espátula, vira o peixe que está fritando na frigideira.

— Essa foi a única razão de ter me chamado?

— Achei que fosse o que você queria — diz Emma.

— E era. Até sentir o cheirinho do que você está cozinhando. — Eu sorrio. — Faço um desconto de dez dólares em meus honorários se você me oferecer almoço.

— Não tem uma cantina descendo as escadas do seu escritório?

— A gente enjoa de molho de tomate de vez em quando — digo. — Ah, vamos lá. Aposto que você ia gostar de conversar um pouco com um adulto depois desse tempo presa em casa.

Emma olha em volta.

— Sim, mas... onde está o outro adulto?

— Sou dez anos mais velho que o Jacob — lembro a ela. — E então, o que vamos comer?

— Robalo com alho.

Eu me sento em um dos banquinhos e fico observando enquanto ela leva uma panela de algo fervente até a pia e despeja o conteúdo em uma peneira. O vapor cacheia os cabelos em torno de seu rosto.

— Um dos meus favoritos — digo. — Fico contente por você ter me convidado.

Ela suspira.

— Tudo bem, pode ficar.

— Eu fico, mas só se você conseguir conter o entusiasmo pela minha companhia.

Ela sacode a cabeça.

— Então faça alguma coisa útil e arrume a mesa.

Há uma intimidade em estar na cozinha de outra pessoa que me faz ter saudade de casa — não de meu apartamento em cima da cantina, mas de minha casa de infância. Eu era o mais novo de uma família grande em Buffalo; às vezes ainda hoje sinto falta do som do caos.

— Minha mãe costumava fazer peixe às sextas-feiras — digo, enquanto abro e fecho gavetas à procura dos talheres.

— Você é católico?

— Não... norueguês. Peixe é um afrodisíaco escandinavo.

Emma enrubesce.

— E funcionava?

— Meus pais tiveram cinco filhos — respondo e faço um gesto na direção do robalo. — Preliminares na mesa de jantar.

— Acho que entendo essa metáfora — Emma murmura. — A comida feita pelo meu ex poderia ser considerada um anticoncepcional.

— Seria muita intromissão perguntar há quanto tempo você se separou?

— Seria — diz Emma. — Mas a resposta curta é: desde o diagnóstico do Jacob. — Ela pega leite na geladeira e despeja em uma frigideira, depois começa a bater com um mixer de mão. — Ele não participa da vida do Jacob nem do Theo, exceto pela pensão mensal.

— Você deve ter orgulho de conseguir fazer tudo sozinha.

— É, eu tenho. E tenho um filho acusado de homicídio. Que mãe não se consideraria um enorme sucesso depois disso?

Olho bem para ela.

— Acusado — repito. — Não condenado.

Por um longo momento, ela mantém meu olhar, como se tivesse medo de acreditar que mais alguém acredite que Jacob talvez não seja culpado. Em seguida, começa a preparar pratos individuais.

— Jacob, Theo! — grita, e os meninos vêm para a cozinha.

Jacob pega seu prato e volta imediatamente para a sala e a televisão. Theo desce correndo as escadas, dá uma olhada para mim sentado à mesa e franze a testa.

— Não é ele quem devia estar pagando almoço para *a gente*? — pergunta.

— É um prazer te ver outra vez também — respondo.

Ele me olha.

— Que seja.

Enquanto ele volta para cima com sua refeição, Emma arruma os pratos para nós dois.

— Nós geralmente sentamos juntos no jantar — diz ela —, mas às vezes é bom cada um ficar no seu canto também.

— Imagino que seja difícil, com vocês todos em prisão domiciliar.

— É bem triste quando o ponto alto do meu dia é caminhar até a calçada para pegar a correspondência na caixa de correio. — Ela se inclina e coloca um prato na minha frente.

Há um bloco de peixe branco, purê de batatas branco de tão cremoso e uma pequena colina de arroz branco.

— Suspiros de sobremesa? — arrisco.

— Pão de ló.

Experimento a textura da comida com o garfo. Ela franze a testa.

— O peixe está mal cozido?

— Não, não. Está ótimo. Eu só... hã... nunca vi ninguém combinar as cores de uma refeição antes.

— Ah, é que é 1º de fevereiro — diz ela, como se isso explicasse tudo. — Dia 1º de cada mês é o Dia da Comida Branca. Faço isso há tanto tempo que esqueço que não é normal.

Provo a batata; é algo de outro mundo.

— O que você faz no dia 31? Queima tudo até ficar preto e torradinho?

— Não dê ideias ao Jacob — diz Emma. — Quer leite?

Ela me serve um copo.

— Mas não entendo. Qual é a importância da cor da comida para ele?

— Por que a textura do veludo o deixa em pânico? Por que ele não suporta o zumbido de uma máquina de café expresso? Há um milhão de perguntas para as quais não tenho resposta — diz Emma —, então o mais fácil é ter jogo de cintura e evitar que ele tenha uma crise.

— Como ele teve no tribunal — digo. — E na prisão.

— Exatamente. Portanto, a comida na segunda-feira é verde, na terça é vermelha, na quarta é amarela... Acho que você já pegou o espírito.

Penso por um momento.

— Não me entenda mal, mas às vezes parece que o Jacob é mais adulto que eu ou você e, outras vezes, ele fica totalmente sem controle da situação.

— Esse é o Jacob. Realmente acho que ele é mais inteligente que qualquer pessoa que eu já tenha conhecido, mas também é mais inflexível. E leva muito a sério a mínima coisa que aconteça, porque ele é o centro de seu próprio universo.

— E do seu — comento. — Ele é o centro do seu universo também.

Ela baixa a cabeça.

— Acho que sim.

Talvez meus pais escandinavos soubessem o que estavam fazendo, porque talvez seja o peixe, talvez seja o jeito dela neste momento — surpresa e um pouco perturbada —, mas, para meu espanto, percebo que estou com vontade de beijá-la. Só que não posso, porque ela é mãe do meu cliente, e porque ela provavelmente ia me dar um direto no queixo.

— Imagino que você tenha um plano de ataque — diz ela.

Arregalo os olhos. Será que ela está pensando a mesma coisa sobre mim? Reprimo uma imagem em que me vejo segurando-a de encontro à mesa.

— Quanto mais rápido, melhor — Emma diz, e meu coração se acelera. Ela olha sobre o ombro para a sala, onde Jacob está lentamente enfiando arroz na boca. — Só quero que todo esse pesadelo termine.

E, com essas palavras, ela me joga de volta à minha triste e pequena realidade. Pigarreio, totalmente profissional.

— A prova mais prejudicial é a confissão que o Jacob fez. Precisamos tentar nos livrar disso.

— Achei que eu poderia ficar com ele na sala de interrogatório. Se eu estivesse lá, ele nunca teria ido tão longe, eu sei disso. Eles devem ter feito perguntas que ele não compreendia, ou mandado perguntas uma atrás da outra, como uma metralhadora.

— Temos uma transcrição. As perguntas foram bastante diretas. Você contou ao Matson que o Jacob tinha Asperger antes de eles começarem a conversar?

— Sim, quando ele veio interrogar o Jacob pela primeira vez.

— Primeira vez?

— O detetive estava examinando a agenda da Jess, e o horário da sessão de habilidades sociais do Jacob estava lá, então ele veio fazer algumas perguntas.

— Você estava presente para ajudar a traduzir?

— Exatamente aqui na mesa da cozinha — diz Emma. — O Matson agiu como se compreendesse totalmente as dificuldades do Jacob. Foi por isso que, quando ele me disse para levar o Jacob à delegacia, achei que seria o mesmo tipo de interrogatório e que eu poderia participar.

— Isso é bom, na verdade — digo a ela. — Provavelmente vamos poder pedir uma exclusão de provas.

— O que é isso?

Antes que eu possa responder, Jacob entra na cozinha com o prato vazio. Ele o coloca na pia, depois se serve de um copo de Coca-Cola.

— De acordo com a quinta emenda à Constituição dos Estados Unidos, você tem o direito de permanecer calado, a menos que renuncie a esse direito, e, em certas circunstâncias, se a polícia não ler para você os direitos de Miranda ou não pedir de maneira adequada que você renuncie a eles, qualquer coisa que for dita poderá ser usada contra você. Um advogado de defesa pode solicitar uma exclusão de provas para evitar que essas provas sejam levadas ao tribunal. — Em seguida, ele retorna à sala.

— Isso está totalmente errado — murmuro.

— Está?

— Claro! — digo. — Por que *ele* pode beber Coca-Cola em um Dia de Comida Branca?

Leva um momento, mas então, pela primeira vez, ouço a música da risada de Emma Hunt

Emma

Eu não esperava oferecer um almoço para o advogado de Jacob.

Também não esperava gostar tanto da companhia dele. Mas, quando ele faz uma piada sobre o Dia de Comida Branca — que, convenhamos, é tão ridículo quanto todo mundo no conto de fadas fingindo que o imperador está belamente vestido, quando ele está nu em pelo —, não posso evitar e começo a rir. E, antes que me dê conta, estou rindo tanto que até perco o ar.

Porque, pensando bem, é engraçado quando pergunto a meu filho: *Como passou a noite?*, e ele responde: *Deitado na cama.*

É engraçado quando digo a Jacob que vou voltar em um minuto e ele começa a fazer a contagem regressiva a partir de sessenta.

É engraçado como Jacob vinha segurar na minha roupa toda vez que eu chegava para buscá-lo na escola: sua interpretação de "te pego mais tarde".

É engraçado quando ele me pede para comprar um livro de ciência forense na Amazon.com, eu lhe pergunto o valor e ele diz: *Muito educativo.*

E é engraçado quando movo céus e terra para dar a Jacob comida branca no dia primeiro do mês e ele pega tranquilamente um copo de Coca-Cola.

É verdade quando se diz que o Asperger afeta a família inteira. Faço isso há tanto tempo que me esqueço de imaginar o que alguém de fora pensaria de nosso arroz e de nosso peixe sem cor, de nossas rotinas consagradas, da mesma forma que Jacob não tem a capacidade de se colocar no lugar das outras pessoas. E, como Jacob aprendeu de rejeição em rejeição, o que parece lastimável por um ângulo é absolutamente hilário por outro.

— A vida não é justa — digo a Oliver.

— É por isso que existem advogados de defesa — ele responde. — E, a propósito, o Jacob está certo sobre aquele jargão jurídico. Vou solicitar a exclusão de provas porque a polícia tinha ciência de não estar lidando com uma pessoa mentalmente capaz de compreender de fato seus direitos de Miranda...

— Eu conheço meus direitos de Miranda! — Jacob grita da outra sala. — Você tem o direito de permanecer calado! Qualquer coisa que disser será usada contra você no tribunal...

— Já entendi, Jacob, tudo bem — Oliver grita de volta, levantando e pondo seu prato na pia. — Obrigado pelo almoço. Eu aviso você sobre a audiência.

Eu o acompanho até a porta e o observo quando ele abre o carro. Em vez de entrar, porém, ele pega algo no banco de trás e vem de novo até mim, com o rosto sério.

— Só mais uma coisa — diz. Ele segura minha mão e coloca nela um chocolate em miniatura. — Para o caso de você querer dar uma escapadinha antes de chegar a Quinta-Feira Marrom — ele sussurra, e, pela segunda vez nesse dia, me faz sorrir.

CASO 7: VÍNCULOS DE SANGUE

A irmã de Ernest Brendel não acreditou no amigo de seu irmão, que veio lhe dizer, em um dia de outono em 1991, que Ernest havia sido sequestrado — com a esposa, Alice, e a pequena filha, Emily — como parte de um esquema da máfia. Mas Christopher Hightower insistiu que precisavam de dinheiro para o resgate e, como prova, a levou para ver o Toyota de Ernest, o carro com que ele próprio tinha ido até lá. Apontou para o banco traseiro, ensopado de sangue. Havia mais sangue no porta-malas. A polícia viria a comprovar que o sangue pertencia a Ernest Brendel. Mas acabou provando também que Hightower — e não a máfia — era o culpado pela morte de Brendel.

Para a maioria das pessoas, Chris Hightower era um corretor de commodities com fortes vínculos com sua comunidade de Rhode Island. Dava aulas na escola dominical e trabalhava com crianças em situação de risco. Mas, em um dia de outono em 1991, protagonizou um massacre, matando seu amigo Ernest Brendel e a família dele. Vendo-se em apuros financeiros e com problemas conjugais, Hightower comprou uma besta e foi até a casa de Brendel. Escondeu-se na garagem e lançou uma flecha contra o peito de Brendel quando este chegou em casa. Enquanto tentava escapar, Brendel foi atingido mais duas vezes. Ele conseguiu se arrastar até o segundo carro na garagem, um Toyota, onde Hightower esmagou seu crânio com uma barra de ferro.

Hightower, então, pegou Emily em uma atividade após a escola na ACM, apresentando a carteira de motorista de Brendel como prova de que era um amigo da família e de confiança para levar a menina para casa. Quando Alice Brendel chegou em casa naquela noite, ela e Emily foram drogadas com comprimidos para dormir. Essa foi a última vez em que alguém da família Brendel foi visto vivo.

No dia seguinte, Hightower comprou um esfregão, uma mangueira, ácido clorídrico e um saco de vinte quilos de cal. Esfregou a garagem com o ácido para remover o sangue. Limpou o carro com bicarbonato de sódio e lavou boa parte do sangue.

Seis semanas depois, uma mulher que passeava com um cachorro tropeçou em duas covas rasas. Uma abrigava os restos de Ernest Brendel. A segunda continha Alice Brendel — encontrada com um lenço enrolado no pescoço — e Emily, que se acreditou ter sido enterrada viva. Na cova, havia um saco vazio de cal. No Toyota que Hightower vinha dirigindo, a polícia encontrou a ponta rasgada desse saco, bem como o recibo da loja pela compra da cal e do ácido clorídrico.

Hightower foi condenado e está cumprindo três sentenças de prisão perpétua. Com amigos como esse, quem precisa de inimigos?

Theo

A matemática da situação é clara: sou eu que vou acabar tendo que cuidar do meu irmão.

Não me entenda mal. Eu não sou um imbecil tão completo a ponto de pensar em ignorar Jacob quando formos adultos e quando (não posso nem imaginar isso) minha mãe não estiver mais aqui. Mas o que me irrita é a certeza silenciosa de que, quando minha mãe não puder mais resolver as confusões de Jacob, três chances para adivinhar quem vai ter que assumir.

Uma vez li uma história na internet sobre uma mulher na Inglaterra que tinha um filho retardado — retardado mesmo, não deficiente do mesmo jeito que Jacob, mas incapaz de escovar os próprios dentes ou de se lembrar de ir ao banheiro quando tinha necessidade. (Só uma observação: se um dia Jacob acordar precisando de uma fralda para adultos, garanto que, nem que eu seja a última pessoa na terra, não vou ser eu quem vai trocá-lo.) Enfim, essa mulher tinha enfisema e estava morrendo lentamente. Chegou a um ponto em que mal conseguia ficar sentada em uma cadeira de rodas o dia todo, quanto mais ajudar o filho. Então havia uma foto dela com o filho. Eu estava esperando um garoto da minha idade, mas Ronnie tinha facilmente uns cinquenta anos. Havia pelos grossos de barba por fazer em seu queixo e uma barriga volumosa aparecendo por baixo de sua camiseta do Power Rangers, e ele olhava para a mãe com um sorriso grande e meloso enquanto a abraçava na cadeira de rodas, onde ela estava sentada com tubos entrando pelo nariz.

Eu não conseguia tirar os olhos de Ronnie. Foi quando, de repente, me dei conta de que um dia, quando eu estivesse casado, com uma casa cheia de pirralhos e trabalhando em uma empresa, Jacob talvez ainda estivesse assistindo a seus episódios idiotas de *CrimeBusters* e comendo comidas amarelas nas quartas-feiras. Minha mãe e a dra. Moon, a psiquiatra de Jacob, sempre falaram sobre isso abstratamente, como prova de por que elas achavam que as vacinas tinham algo a ver com o autismo e por que o autismo era um fenômeno relativamente novo. ("Se sempre existiu, então onde estão todas as crianças autistas que cresceram e se tornaram adultos? Porque, acredite, mesmo que elas tivessem sido diagnosticadas com alguma outra coisa, nós saberíamos quem elas são.") Mas, até aquele exato segundo, eu não tinha feito a conexão de que, um dia, Jacob seria um desses adultos com autismo. Claro que ele podia ter a sorte de obter e manter um emprego, como todos aqueles Aspergers no Vale do Silício, mas, quando ele tivesse uma crise e começasse a destruir sua sala nesse emprego, todos nós sabemos quem seria a primeira pessoa que eles iriam chamar.

Ronnie claramente nunca havia crescido e nunca iria crescer, e foi por isso que sua mãe apareceu nesse jornal, o *Guardian*: ela pôs um anúncio pedindo uma família que cuidasse de Ronnie e o tratasse como um dos seus quando ela morresse. Ele era um garoto muito doce, dizia ela, embora ainda molhasse a cama.

Boa sorte aí, pensei. Quem assume o problema de outra pessoa de boa vontade? Imaginei que tipo de pessoa responderia à mãe de Ronnie. Tipo madre Teresa, talvez. Ou aquelas famílias que a gente sempre vê nas últimas páginas da revista *People*, que adotam vinte crianças deficientes e, de alguma forma, conseguem transformar isso em uma família. Ou, pior, talvez algum velho pervertido solitário que imaginasse que um sujeito como Ronnie nem perceberia se ele desse umas apalpadas de vez em quando. A mãe de Ronnie disse que um lar comunitário não era uma opção, porque ele nunca estivera em um desses antes e não conseguiria se adaptar nessa altura da vida. Tudo que queria era alguém que pudesse amá-lo como ela o amava.

Seja como for, o artigo me fez pensar em Jacob. Ele talvez pudesse se adaptar a um lar comunitário, se ainda o deixassem tomar banho primeiro de manhã. Mas, se eu o jogasse em um desses lugares (e nem me pergunte como se faz para conseguir um), o que isso diria sobre mim? Que eu era egoísta demais para ser o guardião de meu irmão, que eu não o amava.

Bom, ainda assim, uma vozinha disse em minha cabeça, *eu nunca pedi por isso.*

Então eu percebi: nem minha mãe, mas isso não fazia com que seu amor por Jacob fosse menor.

Portanto, o fato é este: eu sei que, lá para frente, Jacob será responsabilidade minha. Quando eu conhecer uma menina com quem queira casar, vou ter que fazer o pedido com uma condição: de que somos Jacob e eu; é preciso aceitar o pacote. Quando eu menos esperar, posso ter que me desculpar por ele, ou ajudá-lo a sair de uma de suas sessões de histeria, como minha mãe faz.

(Não digo isso em voz alta, mas há uma parte de mim pensando que, se Jacob for condenado por homicídio, se ficar preso pelo resto da vida, bem... a minha talvez seja um pouco mais fácil.)

Eu me odeio até por pensar isso, mas não vou mentir.

E acho que não importa se for culpa que me levar a cuidar de Jacob no futuro, ou amor, porque farei isso de qualquer maneira.

Só que seria bom se alguém me perguntasse, sabe?

Oliver

Mama Spatakopoulous está parada à porta do meu escritório-apartamento com a oferta do dia.

— Sobrou um pouco de rigatoni — diz ela. — E você anda trabalhando tanto que parece cada dia mais magro.

Eu rio e pego o recipiente de suas mãos. O cheiro é fantástico e Thor começa a pular em volta de meus calcanhares para garantir que eu não me esqueça de dar a ele sua cota do tesouro.

— Obrigado, sra. Spatakopoulous — digo, e, quando ela vira para ir embora, eu a chamo de volta. — Ei, que comida a senhora conhece que é amarela? — Estava pensando no sistema de cores que Emma usa para alimentar Jacob. Ah, droga, eu estava pensando em Emma, ponto-final.

— Tipo ovo mexido?

Estalo os dedos.

— Boa — digo. — Omelete com queijo suíço.

Ela franze a testa.

— Quer que eu faça uma omelete para você?

— Não, não. O rigatoni está ótimo. — Antes que eu possa explicar o resto, o telefone de meu escritório começa a tocar. Peço licença, corro para dentro e o atendo. — Escritório de Oliver Bond.

— Um conselho — Helen Sharp responde. — Essa frase é um pouco mais eficiente quando você contrata alguém para dizê-la.

— Minha, hã... secretária saiu um pouquinho para ir ao banheiro.

Ela desdenha.

— Sim, e eu sou a miss Estados Unidos.

— Parabéns — digo, com a voz gotejando de sarcasmo. — Qual é o seu talento? Fazer malabarismos com cabeças de advogados de defesa?

Ela me ignora.

— Estou ligando por causa da audiência de exclusão de provas. Você intimou Rich Matson?

— O detetive? Ora... sim. — Quem *mais* eu poderia ter intimado, afinal, em uma petição para tentar desconsiderar a confissão de Jacob na delegacia?

— Você não precisa intimá-lo. Eu preciso do Matson presente e a iniciativa é minha.

— Como assim, a iniciativa é sua? A petição é minha.

— Eu sei, mas esse é um daqueles casos incomuns em que, embora a petição seja sua, o Estado tem o ônus da prova e nós temos que buscar todas as evidências que possam provar que a confissão é válida.

Para praticamente qualquer outra petição, o processo é o inverso: se quiser uma decisão judicial em meu favor, tenho que fazer o diabo para provar por que eu mereço isso. Como eu ia saber a exceção à regra?

Ainda bem que Helen não está aqui na sala comigo, porque meu rosto deve estar vermelho como um pimentão.

— Ah, *não diga* — respondo, fingindo indiferença. — Eu sei disso. Só queria ver se você estava ligada.

— Aproveitando que estamos ao telefone, Oliver, preciso lhe dizer que não acho que você vai poder jogar pelos dois lados neste caso.

— Como assim?

— Você não pode afirmar que seu cliente é insano *e* que ele não compreendia seus direitos de Miranda. Ele os recitou de cor, pelo amor de Deus.

— Onde está o conflito? — pergunto. — Quem memoriza o Aviso de Miranda palavra por palavra? — Thor começa a mordiscar meus calcanhares e eu despejo um pouco de rigatoni em seu prato de comida. — Escute, Helen. O Jacob não aguentou três dias na cadeia. Ele certamente não aguenta trinta e cinco anos. Vou negociar esse caso de todas as maneiras que puder para garantir que ele não seja preso outra vez. — Hesito um instante. — Imagino que você não consideraria a ideia de simplesmente deixar o Jacob morando com a mãe? Você sabe, colocá-lo em condicional a longo prazo?

— Ah, claro. Já ligo de volta para você com a resposta, assim que acabar meu almoço com o Coelhinho da Páscoa, a Fada dos Dentes e o Papai Noel — diz Helen. — Trata-se de *homicídio*, ou será que já esqueceu? Você pode ter um cliente com autismo, mas eu tenho uma garota morta, e parentes em luto, e isso passa por cima de *tudo.* Talvez se possa usar o rótulo de necessidades especiais por aí para conseguir descontos em escolas ou acomodações especiais, mas isso não exclui a culpa. Te vejo no tribunal, Oliver.

Bato o telefone e baixo os olhos para Thor, que está deitado de lado em um satisfeito coma de macarrão. Quando o telefone toca outra vez, atendo irritado.

— O que é? — pergunto. — Mais algum procedimento jurídico que eu errei e você queria me avisar que vai fofocar com o juiz?

— Não — Emma diz, hesitante. — Mas que procedimento jurídico você errou?

— Ah, desculpe. Pensei que fosse... outra pessoa.

— Parece que sim. — Um momento de silêncio. — Está tudo bem com o caso do Jacob?

— Não poderia estar melhor — digo a ela. — A acusação está até fazendo a lição de casa por mim. — Quero mudar de assunto o mais rápido possível, então pergunto de Jacob. — Como estão as coisas na casa dos Hunt hoje?

— Bom, é meio por isso que estou ligando. Será que você poderia me fazer um favor?

Uma dezena de favores passam pela minha mente, a maioria dos quais beneficiaria imensamente a mim e à minha atual falta de vida amorosa.

— O que é?

— Preciso de alguém para ficar com o Jacob enquanto cuido de uma questão.

— Que questão?

— É pessoal. — Ela respira fundo. — Por favor?

Tem que haver algum vizinho ou parente mais adequado para a tarefa do que eu. Por outro lado, talvez Emma não tenha mais ninguém a quem possa pedir. Pelo que vi nos últimos dias, aquela é uma família muito solitária. Ainda assim, não resisto a perguntar.

— Por que eu?

— O juiz disse que tinha que ser alguém com mais de vinte e cinco anos.

Eu sorrio.

— Então, de repente, eu *sou* velho o bastante para você?

— Quer saber? Esqueça que eu pedi.

— Estarei aí em quinze minutos — digo.

Emma

Pedir ajuda não é fácil para mim, então, pode acreditar, se cheguei a esse ponto, é porque já esgotei todas as outras opções. E é por isso que não me agrada ficar ainda mais em dívida com Oliver Bond, pedindo-lhe para fazer companhia a Jacob enquanto saio de casa para esse compromisso. Pior ainda foi marcar esse compromisso, que parece a manifestação física da aceitação da derrota.

O banco está tranquilo em uma quarta-feira. Há alguns aposentados preenchendo meticulosamente fichas de depósito e um dos caixas está conversando com outro sobre por que Cabo é um destino de férias melhor do que Cancún. Fico parada no meio do saguão, olhando para a propaganda de depósitos a prazo fixo e para uma pequena mesa cheia de objetos com logotipo — uma manta, uma caneca, um guarda-chuva —, que podem ser meus se eu abrir uma nova conta-corrente.

— Posso ajudar? — pergunta uma mulher.

— Eu tenho uma reunião com Abigail LeGris — digo.

— Sente-se, por favor — diz ela, apontando para um conjunto de cadeiras do lado de fora de um compartimento. — Vou avisar que a senhora está aqui.

Nunca fui rica, e nunca precisei ser. De alguma forma, os meninos e eu sempre nos viramos com a renda de meus textos e trabalhos de revisão e com os cheques que Henry envia religiosamente todos os meses. Não precisamos de muito. Moramos em uma casa modesta; não saímos ou tiramos férias com frequência. Faço compras em uma loja de departamentos e em um brechó que virou moda entre os adolescentes recentemente.

A maior parte de minhas despesas envolve Jacob, seus suplementos e suas terapias, que não são cobertos pelo seguro de saúde. Acho que me acostumei tanto a fazer essas acomodações financeiras que parei de vê-las como acomodações e elas passaram a ser a norma. Mas, dito isso, às vezes fico acordada à noite e imagino o que aconteceria se, Deus me livre, acontecesse um acidente de carro e tivéssemos despesas médicas estratosféricas. Se surgisse alguma nova terapia notável para Jacob que exigisse um investimento que nós não pudéssemos fazer.

Em minha lista de contingências, nunca pensei em incluir honorários de advogado para quando meu filho fosse acusado de homicídio.

Uma mulher de cabelos tingidos muito pretos e um tailleur que a veste, em vez do contrário, sai do compartimento. Tem um nariz muito pequeno e não aparenta muito mais de vinte anos. Talvez seja isso o que acontece com as meninas do snowboard que ficam com artrite nos joelhos, com as garotas góticas cujo delineador agrava a síndrome dos olhos secos: elas são forçadas a crescer, como o resto de nós.

— Sou Abby LeGris — diz ela.

Quando aperta minha mão, a camisa de colarinho abre um pouco e posso ver a ponta de uma tatuagem celta em seu pescoço.

Ela me conduz a sua baia e faz um gesto para que eu me sente.

— Em que posso ajudar?

— Eu queria falar sobre uma segunda hipoteca. Estou, hã... precisando de algum dinheiro extra. — Enquanto digo essas palavras, imagino se ela vai me perguntar em que vou usar o dinheiro; se é ilegal mentir a um banco sobre esse tipo de coisa.

— Então, basicamente, a senhora está procurando uma linha de crédito — diz Abigail. — Assim só terá de nos pagar a quantia que usar.

Bem, parece razoável.

— Há quanto tempo a senhora mora nessa casa? — indaga ela.

— Dezenove anos.

— Sabe quanto ainda está devendo da hipoteca atual?

— Não exatamente — digo. — Mas fizemos o empréstimo aqui.

— Vou consultar — diz Abigail, e me pede para soletrar meu nome para me localizar pelo computador. — Sua casa vale trezentos mil dólares, e a primeira hipoteca foi de duzentos e vinte mil dólares. Confere?

Não me lembro. Tudo o que posso ver é a noite em que Henry e eu dançamos pela casa que agora era nossa, nossos pés nus ecoando no chão de madeira.

— Funciona assim: os bancos emprestam uma parte do valor da casa, por volta de oitenta por cento. O que dá, portanto, duzentos e quarenta mil dólares. Então subtraímos a quantia do primeiro empréstimo e... — Ela levanta os olhos da calculadora. — Podemos lhe oferecer uma linha de crédito de vinte mil dólares.

Olho fixamente para ela.

— Só isso?

— No mercado atual, é importante o cliente manter uma parte da propriedade da casa. Isso torna a inadimplência menos provável. — Ela sorri para mim. — Vamos preencher mais alguns detalhes. Começamos pelo seu empregador?

Li estatísticas que dizem que as referências não são conferidas em mais de cinquenta por cento dos casos, mas, com certeza, um banco deve estar na outra metade. E, assim que ligarem para Tanya e ficarem sabendo que eu me demiti, vão começar a achar que não tenho condições de pagar nem *uma* hipoteca, quanto mais *duas*. Dizer que estou compensando a falta do emprego com trabalho autônomo também não vai ajudar. Fui revisora freelance tempo suficiente para saber que, para instituições como bancos e futuros empregadores, *autônomo* traduz-se como "praticamente sem trabalho, mas me virando".

— Estou desempregada no momento — admito baixinho.

Abigail se recosta na cadeira.

— Bem, e a senhora tem alguma outra fonte de renda? Aluguel de propriedade? Dividendos?

— Pensão alimentícia dos meus filhos — digo com dificuldade.

— Vou ser muito sincera — ela diz. — Não é provável que consiga um empréstimo sem outra fonte de renda.

Não consigo nem olhar para ela.

— Eu preciso muito, muito mesmo do dinheiro.

— Há outras fontes de crédito — sugere Abigail. — Empréstimos com garantia do carro, agiotagem, cartões de crédito... mas as taxas de juros vão matá-la no longo prazo. É melhor pedir a alguém próximo. Não tem algum membro da família que possa ajudar?

Mas meus pais já se foram, e é um membro da família que estou *tentando* ajudar. Sou eu, sempre eu, que cuido de Jacob quando as coisas estão difíceis.

— Gostaria que houvesse algo que eu pudesse fazer — diz Abigail. — Talvez quando a senhora conseguir outro emprego...

Murmuro um agradecimento e saio da baia enquanto ela ainda está falando. No estacionamento, fico sentada no carro por uns minutos. Minha respiração flutua no ar frio, como balões de pensamento de todas as coisas que eu gostaria de poder explicar a Abigail LeGris.

— Gostaria que houvesse algo que eu pudesse fazer também — digo em voz alta.

Não é justo com Jacob nem com Oliver, mas não vou direto para casa. Em vez disso, passo na frente da escola primária. Faz muito tempo que não tenho motivo para ir lá. Afinal, meus meninos estão crescidos agora. Mas, no inverno, eles transformam um campo na frente em pista de patinação e as crianças vêm brincar com seus patins. Durante o recreio, menininhas giram em círculos sobre o gelo; meninos empurram discos de hóquei de um lado para o outro.

Paro do outro lado da rua, de onde posso observar. Os meninos que estão brincando ali ao ar livre são bem pequenos, eu diria que de segundo ano, e parece impossível Jacob já ter sido pequeno assim. Quando ele estudava aqui, sua auxiliar o trazia para a pista de patinação com um par de patins emprestados e fazia Jacob andar pelo gelo empurrando dois engradados empilhados. Esse era o modo como a maioria das crianças pequenas aprendia a patinar; depois avançavam rapidamente para o método do tripé, em que um bastão de gelo proporciona uma terceira perna para ajudar no equilíbrio, antes de sentir confiança suficiente para patinar sem nenhum apoio. Mas Jacob nunca passou daqueles engradados. Na patinação, como na maioria das atividades físicas, ele era desajeitado. Lembro de vir assisti-lo e de ver seus pés escaparem sob ele, fazendo-o aterrissar com tudo no gelo. *Se não fosse tão escorregadio, eu não ia cair tanto*, ele me dizia, com as faces vermelhas e a respiração ofegante depois do recreio, como se ter algo em que pôr a culpa fizesse toda a diferença.

Uma batidinha firme em minha janela me faz dar um pulo. Desço o vidro e vejo um policial parado ao lado do carro.

— Senhora — diz ele —, está com algum problema?

— Eu só... entrou alguma coisa no meu olho — minto.

— Se a senhora já estiver bem agora, tenho que lhe pedir para sair daqui. Esta é uma área destinada aos ônibus. Não pode ficar parada aqui.

Dou uma olhada para as crianças no gelo outra vez. Elas parecem moléculas colidindo.

— Não — digo baixinho. — Não posso.

Quando volto para casa e abro a porta, ouço o som de alguém sendo espancado. *Uhh. Aiii. Uuf.* E então, para meu horror, a risada de Jacob.

— Jacob? — chamo, mas ninguém responde. Sem tirar o casaco, corro para dentro de casa na direção dos sons de luta.

Jacob está de pé, perfeitamente saudável, na frente da televisão da sala de estar. Segura o que parece ser um controle remoto branco. Oliver, de pé a seu lado, tem um controle remoto igual. Theo está estendido no sofá atrás deles.

— Vocês são péssimos nisso — diz ele. — Os dois.

— Oiê! — Dou um passo para dentro da sala, mas todos eles têm os olhos colados na televisão. Na tela, dois personagens 3D estão boxeando. Observo quando Jacob move seu controle remoto e o personagem na tela balança o braço direito e nocauteia o outro personagem.

— Ha! — exclama Jacob. — Acabei com você.

— Ainda não — diz Oliver. Ele balança o braço sem olhar antes e me acerta.

— Ai! — digo, esfregando o ombro.

— Opa, desculpe. — Oliver larga seu controle remoto. — Não vi você aí.

— Percebi.

— Mãe — diz Jacob, com o rosto animado como não vejo há semanas —, isso é legal demais! Dá para jogar golfe, e tênis, e boliche...

— E atacar pessoas — interrompo.

— Tecnicamente, é boxe — Oliver intervém.

— E de onde veio isso?

— Ah, eu trouxe. Todo mundo gosta de jogar Wii.

Olho espantada para ele.

— Quer dizer que você achou que não havia nada de errado em trazer um jogo violento para a minha casa sem pedir minha permissão?

Oliver dá de ombros.

— Você teria autorizado?

— Não!

— Então, pronto — ele sorri. — Além disso, não estamos jogando Call of Duty, Emma. É só boxe. É um *esporte*.

— Um esporte *olímpico* — Jacob completa.

Oliver joga o controle remoto para Theo.

— Assuma o meu posto — diz, e me leva para a cozinha. — Como foi seu compromisso?

— Foi... — Começo a responder, mas me distraio com o estado da cozinha. Não percebi quando entrei correndo tentando encontrar a fonte dos gemidos e grunhidos que estava ouvindo, mas agora vejo que há vasilhas e panelas acumuladas dentro da pia e quase todas as minhas tigelas estão empilhadas sobre o balcão. Uma panela ainda está no fogão. — O que aconteceu aqui?

— Eu vou limpar — Oliver promete. — Só me distraí jogando com o Theo e o Jake.

— Jacob — corrijo automaticamente. — Ele não gosta de apelidos.

— Ele não pareceu se importar quando o chamei assim — diz Oliver. Ele passa pela minha frente até o fogão e aperta botões para desligá-lo, antes de alcançar um pegador de panela colorido que Theo fez de presente para mim em um Natal quando era pequeno. — Sente-se. Guardei o seu almoço.

Desabo em uma cadeira. Não porque ele me disse para fazer isso, mas porque, sinceramente, não me lembro de quando foi a última vez que alguém cozinhou para mim, e não o contrário. Ele transfere a comida aquecida para um prato que tira da geladeira. Quando Oliver se inclina para colocá-lo na minha frente, sinto o cheiro do seu xampu — pinheiros e grama recém-cortada.

Há omelete com queijo suíço. Abacaxi. Broa de milho. E, em um prato separado, um bolo amarelo.

Olho para ele.

— O que é isso?

— É uma de suas misturas de bolo — responde ele. — Sem glúten. Mas a cobertura fomos eu e o Jake que fizemos.

— Eu não estava falando do bolo.

Oliver se senta à mesa da cozinha e estende o braço para pegar um pedaço de abacaxi do prato.

— Hoje é Quarta-Feira Amarela, não é? — ele responde com naturalidade. — Agora coma antes que a omelete esfrie.

Experimento um pedaço, depois outro. Como todo o pedaço de broa de milho antes de me dar conta de como estou com fome. Oliver me observa, sorrindo, e de repente se levanta de um pulo, como seu personagem havia feito na tela da televisão depois de Jacob o derrubar, e abre a geladeira.

— Suco de tangerina? — pergunta.

Eu baixo o garfo.

— Oliver, escute.

— Não precisa me agradecer — ele interrompe. — Sério, isso foi muito mais divertido para mim do que ler uma exibição de provas.

— Tenho algo que preciso lhe dizer. — Espero que ele se sente. — Não sei como vou lhe pagar.

— Não se preocupe. Meus honorários de babá são bem baratos.

— Não estou falando disso.

Ele desvia os olhos.

— Daremos um jeito.

— Como? — pergunto.

— Não sei. Vamos passar pelo julgamento e aí podemos pensar...

— *Não.* — Minha voz cai como um machado. — Não quero sua caridade.

— Ótimo, porque eu também não tenho condições de oferecê-la — diz Oliver. — Talvez você possa fazer algum trabalho paralegal para mim, uma revisão, ou qualquer outra coisa.

— Não sei nada sobre direito.

— Somos dois — ele responde, depois sorri. — *Brincadeira.*

— Estou falando sério. Não vou deixar você levar esse caso até o fim se não pudermos organizar um tipo de cronograma de pagamentos.

— *Tem* uma coisa em que você poderia me ajudar — Oliver admite. Ele parece um gato que devorou toda a caixa de leite. Ou um homem sob as cobertas, assistindo enquanto uma mulher se despe.

De onde fui tirar *essa* ideia?

De repente, sinto o rosto em brasas.

— Espero que não esteja sugerindo que a gente...

— Jogue uma partida virtual de tênis? — Oliver interrompe e mostra um pequeno cartucho de jogo eletrônico que tirou do bolso. Ele arregala os olhos, a própria imagem da inocência. — O que você *achou* que eu ia dizer?

— É bom você saber — digo, pegando o cartucho da mão dele — que eu tenho um saque diabólico.

Oliver

Na delegacia, Jacob admitiu que o dente arrancado de Jess Ogilvy foi um acidente. E que ele moveu o corpo e montou uma cena de crime em volta.

Qualquer jurado que ouvir isso vai tirar a conclusão muito simples e lógica de que ele confessou o assassinato. Afinal, não se encontram corpos por aí à vontade para satisfazer as paixões de garotos autistas obcecados por criminologia.

E é por isso que minha melhor esperança de manter Jacob fora da prisão é eliminar todo esse interrogatório policial antes que ele possa ser aceito como prova. Para isso, precisamos de uma audiência de exclusão de provas, o que significa que, mais uma vez, Emma, Jacob e eu teremos que enfrentar o juiz.

O único problema é que, na *última* vez em que estive com Jacob em um tribunal, as coisas não foram exatamente tranquilas.

É por isso que estou tenso como uma mola apertada ao lado de meu cliente enquanto vemos Helen Sharp fazer a inquirição do detetive.

— Como foi o início de seu envolvimento neste caso? — ela pergunta.

— Na manhã de quarta-feira, 13 de janeiro, recebi a informação do desaparecimento de Jess Ogilvy por meio do namorado dela, Mark Maguire. Fiz as investigações e, em 18 de janeiro, após intensas buscas, o corpo da srta. Ogilvy foi encontrado em uma galeria pluvial. Ela havia morrido de hemorragia interna como resultado de um golpe na cabeça, apresentava múltiplas contusões e abrasões e estava enrolada na colcha do réu.

Jacob escreve algo furiosamente no bloco de notas que coloquei na frente dele e o vira para mim. "Ele está errado."

Pego o bloco dele, com uma súbita esperança. Um lapso como esse indício equivocado seria exatamente o tipo de detalhe que Jacob poderia ter esquecido de mencionar. "Não era sua colcha?"

"Tecnicamente, não foi hemorragia interna", ele rabisca. "Foi sangue acumulado entre a dura-máter que cobre o cérebro e a aracnoide, que é a camada média das meninges."

Reviro os olhos. "Obrigado, dr. Hunt", escrevo.

Jacob franze a testa. "Não sou doutor", responde.

— Vamos voltar um pouquinho — diz Helen. — O senhor falou com o réu antes de encontrar o corpo da srta. Ogilvy?

— Sim. Ao examinar a agenda da vítima, interroguei todas as pessoas que entraram em contato com ela no dia em que foi vista pela última vez, e as que deveriam se encontrar com ela naquele dia. Jacob Hunt tinha uma sessão de orientação com a srta. Ogilvy às 14h35, na tarde de seu desaparecimento. Eu o procurei para perguntar se essa sessão havia ou não ocorrido.

— Onde se encontrou com o réu?

— Na casa dele.

— Quem estava presente quando o senhor foi à casa dele naquele dia? — indaga Helen.

— Jacob Hunt e a mãe dele. Acredito que o irmão mais novo estivesse no andar de cima.

— O senhor já havia encontrado Jacob antes desse dia?

— Uma vez — diz o detetive. — Ele apareceu na cena de um crime em que eu estava trabalhando, alguns dias antes.

— O senhor achou que ele poderia ser um suspeito?

— Não. Outros policiais também já o tinham visto em outros lugares antes. Ele gostava de aparecer e oferecer conselhos sobre a análise da cena do crime. — Ele levanta os ombros. — Achei que era apenas um garoto querendo brincar de policial.

— Quando esteve com o Jacob pela primeira vez, alguém lhe disse que ele tinha síndrome de Asperger?

— Sim — diz Matson. — A mãe dele. Ela falou que o Jacob tinha muita dificuldade para se comunicar e que boa parte de seus comportamentos, que poderiam parecer atitudes culpadas para um observador externo, eram na verdade sintomas do autismo.

— Ela alguma vez lhe disse que o senhor não poderia falar com o filho dela?

— Não — responde Matson.

— O réu lhe disse que não queria falar com o senhor?

— Não.

— Ele lhe deu alguma indicação, nesse primeiro dia em que conversaram, de que não entendia o que o senhor estava dizendo ou quem o senhor era?

— Ele sabia exatamente quem eu era — diz Matson. — Queria conversar sobre ciência forense.

— O que discutiram durante esse encontro inicial?

— Eu lhe perguntei se ele havia encontrado a Jess para a sessão e ele disse que não. Também me disse que conhecia o namorado da Jess, Mark. Foi essencialmente isso. Deixei meu cartão com a mãe dele e pedi a ela que me ligasse se surgisse mais algum fato ou se o Jacob se lembrasse de algo.

— Quanto tempo durou essa conversa?

— Não sei, talvez uns cinco minutos — responde Matson.

A promotora assente com a cabeça.

— Quando o senhor soube que Jacob Hunt sabia mais sobre esse caso?

— A mãe dele ligou e disse que o Jacob tinha algumas informações novas sobre Jess Ogilvy. Aparentemente, ele havia se esquecido de nos contar que, quando esteve na casa dela, arrumou algumas coisas e pôs os CDs em ordem alfabética. O namorado da vítima tinha mencionado que os CDs haviam sido reorganizados e isso me fez querer conversar um pouco mais com o Jacob.

— A mãe do Jacob lhe disse que ele não entenderia se o senhor lhe fizesse perguntas?

— Ela disse que ele poderia ter dificuldade para entender perguntas que fossem formuladas de determinadas maneiras.

— Durante essa segunda conversa, o Jacob disse que não queria falar com o senhor ou que não entendia suas perguntas?

— Não.

— A mãe do réu teve que traduzir para ele ou lhe pedir para reformular suas perguntas?

— Não.

— E quanto tempo durou essa segunda conversa?

— Dez minutos, no máximo.

— O senhor teve outra conversa com Jacob Hunt? — indaga Helen.

— Sim, na tarde em que encontramos o corpo de Jess Ogilvy na galeria pluvial.

— Onde essa conversa com o réu aconteceu?

— Na delegacia.

— Por que Jacob foi conversar com o senhor outra vez?

— A mãe dele me ligou — diz Matson. — Ela estava muito nervosa, porque achava que seu filho tinha algo a ver com o homicídio de Jess Ogilvy.

De repente, Jacob levanta e vira para a galeria, de modo a poder ver Emma.

— Você achou isso? — pergunta, com as mãos fechadas em punhos nas laterais do corpo.

Emma parece ter levado um soco no estômago. Ela olha para mim em busca de ajuda, mas, antes que eu possa dizer ou fazer qualquer coisa, o juiz bate o martelo.

— Sr. Bond, controle seu cliente.

Jacob começa a agitar a mão esquerda.

— Preciso de um descanso sensorial!

Concordo imediatamente.

— Excelência, precisamos de uma pausa.

— Concedido. Cinco minutos — diz o juiz, deixando seu assento.

Assim que ele sai, Emma vem até nós.

— Jacob, escute.

Mas Jacob não está ouvindo; ele está emitindo um zumbido agudo que faz Helen cobrir os ouvidos.

— Jacob — Emma repete, e segura o rosto dele com as duas mãos, forçando-o a encará-la. Ele fecha os olhos. — *I shot the sheriff* — ela canta —, *but I didn't shoot the deputy. I shot the sheriff, but I did not shoot the deputy. Reflexes got the better of me... and what is to be must be.*

O oficial de justiça que está de pé dentro da sala lança a ela um olhar de desaprovação, mas a tensão vai deixando os ombros de Jacob.

— *Every day the bucket a-go a well* — ele canta, em seu tom plano. — *One day the bottom a-go drop out.*

— Isso, querido — Emma murmura.

Helen observa cada movimento, ligeiramente boquiaberta.

— Eu, hein — diz ela. — Meu filho só sabe a letra de "Dona Aranha".

— Que música para cantar quando se está sendo julgado por homicídio — o oficial de justiça murmura.

— Não ouça o que ele diz — Emma pede. — Escute a mim. Eu acredito em você. Eu acredito que você não fez aquilo.

É interessante que ela não olha Jacob nos olhos ao dizer isso. Mas ele jamais teria notado, porque também não está olhando nos olhos dela. No entanto, pela explicação da própria Emma ao detetive, se considerarmos que alguém que não olha nos olhos está mentindo ou está no espectro do autismo — e Emma não está no espectro do autismo —, o que isso significa?

Antes que eu possa levar adiante minha interpretação, o juiz volta, e Helen e Rich Matson reassumem seus lugares.

— Sua única tarefa aqui é manter a cabeça fria — sussurro para Jacob, enquanto o conduzo de volta à mesa da defesa. E, então, eu o vejo pegar um pedaço de papel, dobrá-lo como as pregas de um acordeão e começar a se abanar.

— Como o Jacob foi para a delegacia? — Helen pergunta.

— A mãe dele o levou.

Jacob se abana um pouco mais depressa.

— Ele estava sob mandado de prisão?

— Não — diz o detetive.

— Foi levado em uma viatura?

— Não.

— Algum policial acompanhou a mãe dele até a delegacia?

— Não. Ela trouxe o filho voluntariamente.

— O que o senhor disse quando o viu lá?

— Perguntei se ele poderia me ajudar com alguns casos.

— Qual foi a reação dele?

— Ficou extremamente animado e muito ansioso para ir comigo — diz Matson.

— Ele deu alguma indicação de que queria que a mãe dele fosse junto ou de que não se sentia à vontade sem ela?

— Muito pelo contrário. Ele disse que queria me ajudar.

— Onde o interrogatório aconteceu?

— Na minha sala. Comecei falando sobre a cena do crime em que ele havia aparecido uma semana antes, que envolvia um homem que morreu de hipotermia. Depois lhe disse que realmente gostaria de usar sua inteligência no caso de Jess Ogilvy, mas que isso era um pouco mais complicado, porque era uma investigação que ainda estava aberta. Disse que ele teria que renunciar a seus direitos de não falar sobre o caso e Jacob recitou para mim o Aviso de Miranda. Fui acompanhando no papel enquanto ele citava palavra por palavra, então pedi que ele lesse, rubricasse e assinasse no fim do documento para indicar que havia compreendido e não só memorizado palavras aleatórias.

— Ele foi capaz de responder às suas perguntas de forma inteligível? — pergunta Helen.

— Sim.

Helen apresenta o documento com o Aviso de Miranda assinado como prova.

— Sem mais perguntas, Excelência — ela declara.

Fico de pé e abotoo meu terno.

— Detetive, na primeira vez em que o senhor esteve com Jacob, a mãe dele estava presente, certo?

— Sim.

— Ela permaneceu o tempo todo?

— Sim.

— Muito bem. E quanto à segunda vez que o senhor conversou com Jacob? A mãe dele estava presente?

— Sim.

— E foi ela mesma quem o levou à delegacia, por solicitaçãu do senhor, correto?

— Exato.

— Mas, quando ela pediu se podia ficar com ele, o senhor recusou?

— Bem, sim — diz Matson —, já que o filho dela tem dezoito anos.

— Sim, mas o senhor também estava ciente de que o Jacob está no espectro do autismo, não é verdade?

— É verdade, mas nada do que ele havia dito anteriormente me levou a acreditar que não pudesse ser interrogado.

— No entanto, a mãe dele o havia avisado de que Jacob tinha dificuldade com perguntas. Que ele ficava confuso sob pressão e que não conseguia entender corretamente as sutilezas da linguagem.

— Ela explicou alguma coisa sobre a síndrome de Asperger, mas eu não prestei muita atenção. Para mim, ele parecia perfeitamente capaz. Conhecia todos os termos jurídicos imagináveis, meu Deus, e estava mais do que disposto a falar.

— Detetive, quando o senhor contou a Jacob o que acontece durante uma autópsia, ele não citou *O silêncio dos inocentes*?

Matson se agita na cadeira.

— Sim.

— E isso indica que ele realmente entendia o que estava fazendo?

— Eu achei que ele estava tentando ser engraçado.

— Não foi a primeira vez que Jacob usou uma citação de filme para responder a uma de suas perguntas, foi?

— Não lembro.

— Deixe-me ajudá-lo, então — digo, agradecido por Jacob ter se lembrado da conversa palavra por palavra. — Quando o senhor lhe perguntou se Jess e o namorado, Mark, tinham brigado, ele disse: *Hasta la vista, baby*, não foi?

— É, parece que sim.

— E ele citou uma terceira fala de filme para o senhor em um determinado ponto do interrogatório, não foi, detetive?

— Sim.

— Quando foi isso?

— Eu perguntei por que ele tinha feito aquilo.

— E ele respondeu...

— *Amar é nunca ter que pedir perdão.*

— O único crime que Jacob Hunt cometeu — argumento — foi fazer uma citação de um filme tão piegas como *Love Story*.

— Protesto — diz Helen. — Já estamos nos argumentos finais? Porque ninguém me mandou o memorando.

— Deferido — o juiz responde. — Sr. Bond, guarde os comentários para si.

Eu me volto para Matson.

— Como esse terceiro interrogatório, na delegacia, terminou?

— De forma abrupta — o detetive responde.

— Na verdade, a sra. Hunt chegou comigo, dizendo que o filho dela queria um advogado, não foi?

— Isso mesmo.

— E, assim que ela fez essa declaração, o que o Jacob disse?

— Que queria um advogado — responde Matson. — E foi quando eu parei de interrogá-lo.

— Sem mais perguntas — digo, e me sento outra vez ao lado de Jacob.

Freddie Soto é um ex-policial cujo filho mais velho é profundamente autista. Depois de trabalhar por anos para a polícia do estado da Carolina do Norte, ele voltou à faculdade e se formou em psicologia. Atualmente, é especialista em ensinar sobre autismo para autoridades policiais. Escreveu artigos para o *FBI Law Enforcement Bulletin* e para a revista *Sheriff*. Foi consultor da ABC News para um programa especial sobre autismo, direito e confissões falsas. Ajudou a desenvolver o currículo de 2001 do estado da Carolina do Norte sobre por que a polícia precisa reconhecer o autismo, um programa que está hoje em uso em departamentos policiais de todo o mundo.

Seus honorários para testemunhar como especialista são de quinze mil dólares, mais passagem aérea de primeira classe, o que eu não tinha. Mas começamos a conversar pelo telefone e, quando ele soube que eu havia sido ferrador, contou que era um dos donos de um cavalo de corrida que tinha ficado com os pés chatos. O cavalo era tudo para seu filho, então ele estava lutando para evitar que o animal fosse enviado para eutanásia. Quando eu sugeri almofadas para impedir que as solas ficassem machucadas, calços nos cascos com apoio de ranilha integrado e um material de revestimento inferior macio para realinhar os metacarpos, a fim de reduzir o peso sobre os calcâneos sem esmagar as cartilagens, ele disse que testemunharia de graça se eu concordasse em ir até a Carolina do Norte dar uma olhada em seu cavalo depois que o caso estivesse encerrado.

— Poderia nos dizer, sr. Soto, se alguém com síndrome de Asperger teria as mesmas dificuldades que um autista com os procedimentos policiais? — indago.

— Naturalmente, uma vez que o Asperger está no espectro do autismo. Por exemplo, uma pessoa com Asperger pode não se comunicar verbalmente. Pode ter dificuldade para interpretar a linguagem corporal, como uma postura de liderança ou uma atitude defensiva. Pode ter uma crise se confrontado com luzes piscando ou sirenes. Sua falta de contato visual pode levar um policial a achar que ele não está ouvindo. Ele pode parecer teimoso ou irritado. Em vez de responder a uma pergunta feita por um policial, pode repetir de volta o que o policial disse. Terá problemas para ver pela perspectiva de outra pessoa. E dirá a verdade, inexoravelmente.

— O senhor conheceu o Jacob, sr. Soto?

— Não.

— Teve a oportunidade de examinar seus registros médicos feitos pela dra. Murano?

— Sim, todos os quinze anos — diz ele.

— O que nesses registros médicos se encaixa nos possíveis indicadores de Asperger?

— Pelo que percebo — Soto responde —, é um jovem muito inteligente, que tem dificuldade para fazer contato visual, não se comunica muito bem, fala por meio de citações de filmes de vez em quando, exibe comportamento autoestimulatório, como balançar as mãos, e canta certas músicas repetitivamente como modo de se acalmar. Também não consegue decompor perguntas complexas, tem dificuldade para avaliar o espaço pessoal e interpretar a linguagem corporal e é extremamente sincero.

— Sr. Soto — pergunto —, teve também a oportunidade de ler os relatórios policiais e a transcrição das declarações gravadas de Jacob com o detetive Matson?

— Sim.

— Em sua opinião, Jacob compreendeu seus direitos de Miranda no momento em que eles lhe foram apresentados?

— Protesto! — diz Helen. — Excelência, o Aviso de Miranda tem a função de evitar violações propositais dos direitos do indivíduo garantidos na quinta emenda, porém não há nada que exija que a polícia conheça todo o funcionamento interno das capacidades desenvolvimentais de qualquer réu individual específico. O que está em teste em um pedido de exclusão de provas é se o policial cumpriu sua obrigação, e isso não deve ser invertido para perguntar se Jacob Hunt tem algum distúrbio desconhecido que o policial deveria ter identificado.

Sinto um puxão na ponta do terno e Jacob me passa um bilhete.

— Excelência — digo, e leio exatamente o que Jacob escreveu: — *O que está em teste sob o Aviso de Miranda é se o réu, consciente e voluntariamente, renunciou a seu direito de se manter em silêncio.*

— Indeferido — o juiz diz.

Dou uma olhada para Jacob, que sorri.

— É altamente duvidoso que o Jacob tenha realmente compreendido o Aviso de Miranda, dada a maneira como o detetive Matson se comportou. Existem coisas que as autoridades policiais podem fazer para garantir que pessoas autistas compreendam seus direitos nesse tipo de situação, e essas medidas não foram utilizadas — Soto responde.

— O quê, por exemplo?

— Quando vou a delegacias e trabalho com os policiais, recomendo que eles usem frases muito curtas e diretas e não tentem apressar as respostas às perguntas. Digo para evitar expressões figuradas, como *Está me achando com cara de palhaço?* ou *Está querendo me passar para trás?* Sugiro que evitem linguagem e comportamento ameaçadores, que esperem por uma resposta ou contato visual e que não pressuponham que uma falta de resposta ou de contato visual seja prova de desrespeito ou culpa. Digo a eles que evitem tocar a pessoa e que estejam cientes de uma possível sensibilidade a luzes, sons ou cães policiais.

— Apenas para deixar claro, sr. Soto, algum desses protocolos foi seguido, em sua opinião?

— Não.

— Obrigado — digo, e me sento ao lado de Jacob enquanto Helen se levanta para inquirir minha testemunha. Estou entusiasmado. Não, estou *mais* do que entusiasmado. Eu arrasei de verdade dessa vez. Sinceramente, quais são as chances de encontrar um especialista como este, em um campo de que ninguém nunca ouviu falar, que pode ganhar o caso para você?

— Que estímulos dentro da sala do detetive Matson teriam perturbado Jacob? — Helen pergunta.

— Não sei, eu não estava lá.

— Então o senhor não sabe se havia barulhos altos ou luzes brilhantes, não é?

— Não, mas estou para ver uma delegacia que seja um espaço agradável e acolhedor — diz Soto.

— Em sua opinião, sr. Soto, para interrogar efetivamente uma pessoa com síndrome de Asperger é preciso levá-la ao Starbucks e comprar-lhe um frappuccino de baunilha?

— É evidente que não. Só estou dizendo que existem medidas que poderiam ter sido adotadas para deixar Jacob mais confortável e, estando mais confortável, ele poderia ter mais consciência do que estava acontecendo no momento, em vez de se tornar sugestionável o bastante para dizer ou fazer qualquer coisa que pudesse tirá-lo dali o mais rápido possível. Um garoto com Asperger é particularmente suscetível a fazer uma falsa confissão se achar que é isso que a figura de autoridade quer ouvir.

Ah, quero abraçar Freddie Soto. Quero fazer seu cavalo de corrida correr outra vez.

— Por exemplo — ele acrescenta —, quando Jacob disse: *Já terminamos? Porque eu preciso ir*, essa é uma reação clássica à agitação. Alguém que soubesse sobre o Asperger teria reconhecido isso e recuado. Em vez disso, de acordo com a transcrição, o detetive Matson alvejou Jacob com uma série de perguntas que só o confundiram ainda mais.

— Quer dizer que o senhor espera que os policiais saibam o que perturba cada réu a fim de interrogá-lo efetivamente?

— Isso sem dúvida não seria ruim.

— O senhor sabe, sr. Soto, que, quando o detetive Matson perguntou a Jacob se ele conhecia seus direitos de Miranda, Jacob os recitou palavra por palavra em vez de esperar que o detetive os lesse em voz alta?

— Perfeitamente — Soto responde. — Mas Jacob provavelmente também poderia recitar todo o roteiro de *O poderoso chefão II*. Isso não significa que ele tenha algum entendimento real desse filme ou alguma ligação emocional com ele.

Ao meu lado, vejo Jacob abrir a boca para protestar e imediatamente seguro seu braço sobre a mesa. Surpreso, ele se volta para mim e eu sacudo a cabeça com força.

— Mas como o senhor sabe que ele *não* compreende seus direitos de Miranda? — pergunta Helen. — O senhor mesmo disse que ele é muito inteligente. E ele disse ao detetive que os compreendia, não é?

— Sim — Soto admite.

— E, em seu testemunho, o senhor não disse também que o Jacob é extremamente sincero?

Minha brilhante testemunha, minha descoberta estelar, abre e fecha a boca sem responder.

— Sem mais perguntas — diz Helen.

Estou prestes a dizer ao juiz que a defesa terminou quando, em vez disso, algo inteiramente diferente sai de minha boca.

— Sr. Soto — digo, levantando-me —, o senhor concorda que há uma diferença entre um entendimento verdadeiro da lei e uma memória fotográfica da lei?

— Sim. Essa é exatamente a diferença entre alguém com Asperger e alguém que verdadeiramente compreende os direitos de Miranda.

— Muito obrigado, sr. Soto, pode voltar ao seu lugar — digo, e me viro para o juiz. — Gostaria de chamar Jacob Hunt para depor.

Ninguém está contente comigo.

Durante o intervalo que pedi antes do depoimento de Jacob, eu lhe disse que tudo o que ele precisava fazer seria responder a algumas perguntas. Que ele podia falar em voz alta quando eu fizesse perguntas, ou se o juiz ou Helen Sharp fizessem perguntas, mas que ele não deveria dizer nada além das respostas a essas perguntas.

Enquanto isso, Emma ficou andando ao nosso redor em círculos, como se estivesse tentando encontrar o melhor ponto para enfiar uma faca em mim.

— Você não pode pôr o Jacob na frente do tribunal — argumentou ela. — Isso vai traumatizá-lo. E se ele desmoronar? Que impressão isso vai passar?

— Seria o melhor que poderia acontecer — eu disse.

Isso a calou no mesmo instante.

Agora, Jacob está visivelmente nervoso. Sentado na cadeira das testemunhas, está balançando o corpo e tem a cabeça inclinada em um ângulo estranho.

— Pode nos dizer seu nome? — pergunto.

Jacob faz que sim com a cabeça.

— Jacob, você tem que falar em voz alta. A estenógrafa está registrando suas palavras e precisa ouvi-lo. Pode nos dizer seu nome?

— Sim — diz ele. — Eu posso.

Suspiro.

— Qual é o seu nome?

— Jacob Hunt.

— Quantos anos você tem?

— Dezoito.

— Jacob, você sabe o que o Aviso de Miranda diz?

— Sim.

— Pode me dizer?

— Você tem o direito de permanecer calado. Qualquer coisa que diga pode e será usada contra você em um tribunal. Tem o direito de falar com um advogado e de ter

um advogado presente durante o interrogatório. Se não puder pagar um advogado, o Estado lhe indicará um.

— Agora, Jacob — pergunto —, você sabe o que isso significa?

— Protesto! — intervém Helen, enquanto Jacob começa a bater o punho contra a lateral da cadeira.

— Retiro a pergunta — digo. — Jacob, você sabe o que diz a segunda emenda à Constituição americana?

— *Sendo necessária uma milícia bem regulamentada à segurança de um Estado livre, o direito do povo de possuir e portar armas não deve ser infringido* — Jacob recita.

Grande garoto, penso.

— O que isso significa, Jacob?

Ele hesita.

— *Você vai atirar no seu olho, rapaz!*

O juiz franze a testa.

— Isso não é de *Uma história de Natal*?

— É — Jacob responde.

— Jacob, você não sabe o que a segunda emenda realmente significa, não é?

— Eu sei, sim: *Sendo necessária uma milícia bem regulamentada à segurança de um Estado livre, o direito do povo de possuir e portar armas não deve ser infringido.*

Olho para o juiz.

— Excelência, sem mais perguntas.

Helen já está pronta para dar o bote. Vejo Jacob se encolher no assento.

— Você sabia que o detetive Matson queria conversar com você sobre o que aconteceu com a Jess?

— Sim.

— Você estava disposto a falar com ele sobre isso?

— Sim.

— Pode me dizer o que significa renunciar a seus direitos?

Seguro a respiração quando Jacob hesita. E então, lentamente, belamente, o pulso direito que ele estava batendo na lateral de madeira se abre, se levanta sobre sua cabeça e começa a se mover para frente e para trás como um metrônomo.

Emma

Fiquei furiosa quando Oliver apareceu com essa jogada. Não foi ele mesmo que tinha dito que colocar Jacob no banco das testemunhas só prejudicaria o julgamento? Ainda que fosse apenas um juiz aqui, e não um corpo de doze jurados, Jacob ia sofrer na certa. Jogá-lo em uma situação que, com certeza, o faria ter uma crise apenas para poder dizer ao juiz: *Está vendo, eu lhe disse*, parecia cruel e inútil, o equivalente a pular de um prédio para atrair uma atenção que você estaria morto demais para aproveitar depois. Mas Jacob tirou de letra a situação — apesar dos movimentos repetitivos e dos tiques, é verdade. Ele não se apavorou, nem mesmo quando aquela bruxa da promotora começou a pressioná-lo. Nunca tive tanto orgulho dele.

— Ouvi todos os argumentos — diz o juiz Cuttings. — Observei o réu e não acredito que ele tenha renunciado voluntariamente a seus direitos de Miranda. Também considero que o detetive Matson estava ciente de que o réu tinha um distúrbio de desenvolvimento e, mesmo assim, não fez nada para lidar com essa deficiência. Vou deferir o pedido de exclusão das declarações do réu na delegacia.

Assim que o juiz sai da sala, Oliver vira para trás e bate a mão aberta na minha, enquanto Helen Sharp começa a guardar os papéis em sua pasta.

— Eu sei que você vai manter contato — Helen diz a Oliver.

— E agora, o que isso significa? — pergunto a ele.

— Ela vai ter que construir seus argumentos sem a confissão do Jacob. O que significa que o trabalho da promotoria ficou muito mais difícil.

— Quer dizer que é bom.

— É *muito* bom — diz Oliver. — Jacob, você foi perfeito lá na frente.

— Podemos ir? — pergunta ele. — Estou morrendo de fome.

— Claro — respondo. Jacob levanta e começa a seguir pelo corredor central. — Obrigada — digo a Oliver, antes de alcançar meu filho. Já estou na metade do corredor quando me viro para trás. Oliver está assobiando para si mesmo enquanto veste o casaco. — Se quiser vir almoçar conosco amanhã... A sexta-feira é do azul — eu lhe digo.

Ele me olha.

— Azul? Essa é difícil. Tirando mirtilos, e iogurte e gelatina azuis, o que sobra?

— Tortilla azul. Batata-roxa. Sorvete azul. Frango cordon bleu.

— Humm... acho que esse não é tecnicamente azul — Oliver observa.

— Verdade — respondo —, mas vale assim mesmo.

— Gatorade azul sempre foi o meu preferido — diz ele.

No caminho para casa, Jacob lê o jornal em voz alta, de seu lugar no banco traseiro.

— Estão construindo um novo banco na cidade, mas isso vai eliminar quarenta vagas de estacionamento — ele me conta. — Um cara foi levado para o hospital depois de bater com a motocicleta em uma cerca. — Ele vira a página. — Que dia da semana é hoje?

— Quinta-feira.

Sua voz se acelera de agitação.

— Amanhã, às três da tarde, o dr. Henry Lee vai dar uma palestra na Universidade de New Hampshire, e é aberta ao público!

— Por que esse nome me parece conhecido?

— Mãe, ele é simplesmente o mais famoso cientista forense de todos os tempos! Trabalhou em milhares de casos, como o suicídio de Vince Foster e o assassinato de JonBenét Ramsey, além do julgamento de O. J. Simpson. Há um número de telefone aqui para informações. — Ele começa a remexer minha bolsa à procura do celular.

— O que você vai fazer?

— Ligar para reservar ingressos.

Olho para ele pelo espelho retrovisor.

— Jacob, não podemos ir ver o dr. Lee. Você não tem permissão para sair de casa, quanto mais do estado.

— Eu saí de casa hoje.

— É diferente. Fomos para o tribunal.

— Você não entende. É *Henry Lee.* Essa é uma oportunidade única na vida. Não estou pedindo para ir ao cinema. Tem que ter alguma coisa que o Oliver possa fazer para conseguir uma licença ou algo assim, só para esse dia.

— Acho que não, querido.

— Você não vai nem tentar? Vai simplesmente supor que a resposta é não?

— Exatamente — digo a ele —, uma vez que ou você fica em prisão domiciliar ou é jogado de novo na cadeia. E também tenho cem por cento de certeza de que o juiz não lhe daria um dia de licença para ver a palestra de Henry Lee.

— Pois eu aposto que ele *daria*, se você lhe dissesse quem é Henry Lee.

— Sem discussão, Jacob — digo.

— *Você* saiu de casa ontem...

— Isso é completamente diferente.

— Por quê? O juiz disse que você tinha que me vigiar o tempo todo.

— Eu ou outro adulto.

— Está vendo? Ele já fez exceções para *você.*

— Porque não fui eu que... — Percebendo o que eu estava prestes a dizer, fecho imediatamente a boca.

— Que o quê? — A voz de Jacob é tensa. — Que *matou* alguém?

Viro o carro na entrada de nossa casa.

— Eu não disse isso, Jacob.

Ele olha para a janela.

— E nem precisava.

Antes que eu possa detê-lo, ele sai do carro enquanto ainda estou estacionando. Passa correndo por Theo, que está parado à porta da frente com os braços cruzados. Um carro estranho está estacionado junto à calçada, com um homem atrás do volante.

— Eu tentei fazer com que ele fosse embora — diz Theo —, mas ele falou que ia esperar você.

Tendo dado a informação, ele entra e me deixa frente a frente com um homem baixo e careca com um cavanhaque em forma de W.

— Sra. Hunt? — pergunta ele. — Sou Farley McDuff, fundador do Nação Neurodiversidade. Talvez a senhora já tenha ouvido falar de nós?

— Acho que não...

— É um blog para quem acredita que o desenvolvimento neurológico atípico é uma simples questão de diferença entre as pessoas e, como tal, deve ser celebrado em vez de curado.

— Olhe, este não é um momento muito bom...

— Todos os momentos são bons para a comunidade do autismo reivindicar o respeito que merece, sra. Hunt. Em vez de ver os neurotípicos tentando destruir a diversidade, acreditamos em um novo mundo em que a pluralidade neurológica seja aceita.

— Neurotípicos — repito.

— Outra palavra para o que é coloquialmente chamado de "normal". Como a senhora. — Ele sorri para mim, mas não consegue sustentar meu olhar por mais que um instante. Então me estende um folheto.

MAIORITISMO — Um distúrbio não reconhecido.

Maioritismo é um distúrbio de desenvolvimento incapacitante que afeta noventa e nove por cento da população em áreas de função mental que incluem autoconsciência, atenção, capacidade emocional e desenvolvimento sensorial. Os efeitos começam no nascimento e não podem ser curados. Felizmente, o número de afetados pelo maioritismo está diminuindo, conforme vem surgindo um entendimento melhor do autismo.

— Você deve estar brincando — digo, e passo por trás dele com a intenção de entrar em casa.

— Por que é tão enganoso pensar que uma pessoa que sente a aflição ou a dor de outra pessoa não se prejudica com esse excesso de emoção? Ou que imitar os outros a fim de se misturar à multidão é mais aceitável que fazer o que lhe interessa em cada momento? Por que não é indelicado olhar um estranho nos olhos ao encontrá-lo pela primeira vez, ou invadir seu espaço pessoal apertando sua mão? Não poderia ser considerado uma falha mudar de assunto em uma conversa com base em um comentário feito por alguém em vez de continuar no assunto original? Ou não perceber quando algo no ambiente muda, como uma roupa transferida de uma gaveta para um armário?

Isso me faz pensar em Jacob.

— Eu preciso mesmo ir...

— Sra. Hunt, nós achamos que podemos ajudar seu filho.

Eu hesito.

— É mesmo?

— A senhora sabe quem é Darius McCollum?

— Não.

— É um homem do Queens, em Nova York, que tem paixão por tudo que se relacione a trânsito. Não era muito mais velho que o Jacob na primeira vez em que tomou o controle do trem que ia do World Trade Center para a Herald Square. Ele roubou ônibus municipais só para ver como era dirigi-los. Acionou os freios de emergência de um vagão de metrô e fingiu ser um funcionário uniformizado para consertar ele mesmo o problema. Tentou passar por consultor de segurança ferroviária. Foi condenado mais de dezenove vezes. Ele também tem Asperger.

Um arrepio percorre minha espinha e não tem nada a ver com o frio.

— Por que está me dizendo isso?

— A senhora conhece John Odgren? Aos dezesseis anos, ele esfaqueou um estudante até a morte em um colégio de subúrbio em Sudbury, Massachusetts. Já havia tido facas e um revólver falso confiscados pela escola anteriormente, mas não tinha um histórico de comportamento violento. Ele tem Asperger, e um interesse especial por armas. Mas, como resultado do esfaqueamento, foi levantada a ligação entre Asperger e violência, quando, na verdade, especialistas médicos dizem que não existe nenhum vínculo conhecido entre Asperger e violência e que crianças diagnosticadas com o transtorno são muito mais frequentemente vítimas de bullying do que agressores. — Ele dá um passo à frente. — Podemos ajudá-la. Podemos convocar a comunidade de autistas para espalhar o caso. Imagine todas as mães que vão ficar do seu lado assim que perceberem que seus próprios filhos autistas poderiam ser novamente alvo dos neurotípicos, não apenas para ser "consertados" dessa vez, mas talvez para ser acusados de assassinato pelo que talvez seja um mal-entendido.

Quero dizer que Jacob é inocente, mas — Deus me perdoe — não consigo fazer as palavras saírem da minha boca. Não quero que meu filho seja símbolo de *nada*. Só quero que minha vida volte a ser como era antes.

— Sr. McDuff, por favor, saia de minha propriedade ou vou chamar a polícia.

— Que bom que eles já conhecem a rota mais rápida para cá — diz ele, voltando para o carro. Ele hesita antes de entrar no veículo, com um pequeno e triste sorriso levantando o canto da boca. — Este é um mundo neurotípico, sra. Hunt. Nós só estamos ocupando espaço nele.

Encontro Jacob no computador.

— Os ingressos custam trinta e cinco dólares — diz ele, sem olhar para mim.

— Você já ouviu falar de um grupo chamado Nação Neurodiversidade?

— Não. Por quê?

Sacudo a cabeça e me sento na cama dele.

— Por nada.

— De acordo com o MapQuest, são três horas e dezoito minutos para chegar lá.

— Lá onde? — pergunto.

— Universidade de New Hampshire, lembra? Dr. Henry Lee? — Ele gira na cadeira.

— Você não pode ir, Jacob. Ponto-final. Sinto muito, mas tenho certeza de que o dr. Lee fará outras palestras no futuro.

Será que você vai estar na prisão?

O pensamento pula para minha cabeça como um grilo em uma toalha de piquenique e é igualmente indesejável. Caminho até a mesa dele e o olho com firmeza.

— Preciso lhe perguntar algo — digo baixinho. — Preciso perguntar, porque ainda não fiz isso e preciso ouvir sua voz dizendo a resposta. A Jess está morta, Jacob. Você a matou?

Ele faz uma cara zangada.

— *Não.*

A respiração que eu estava segurando sem perceber sai em uma golfada. Envolvo Jacob nos braços e ele se enrijece no súbito abraço.

— Obrigada — sussurro. — Obrigada por isso.

Jacob não mente para mim. Ele não consegue. Ele tenta, mas é tão visivelmente óbvio que só preciso de um instante de silêncio para que ele desista e admita a verdade.

— Você percebe que me manter trancado nesta casa por semanas ou meses pode ser considerado comportamento criminoso, não é? Que bons pais tratam seus filhos como animais engaiolados?

— E você percebe que, mesmo se pedíssemos ao Oliver que procurasse o juiz e solicitasse uma exceção, a palestra do dr. Lee já teria terminado antes que o juiz agendasse a audiência? Com certeza será gravada, Jacob. Podemos ouvir o podcast.

— Não é a mesma coisa! — Jacob grita.

As veias em seu pescoço se destacam em relevo; ele está perigosamente perto de perder o controle outra vez. Modero a voz para que ela se espalhe como um bálsamo.

— Respire fundo. Seu Asperger está aparecendo.

— Eu odeio você — diz Jacob. — Isso não tem nada a ver com meu Asperger. Tem a ver com ser tratado como um escravo em minha própria casa. — Ele me empurra para o lado e vai na direção do corredor.

Uso toda a minha força para segurá-lo. Sei que é melhor não discutir, mas, às vezes, quando Jacob está sendo particularmente prepotente, ele não me deixa outra escolha.

— Se você sair por aquela porta, vai voltar para a cadeia hoje mesmo. E, dessa vez, juro que não vou tentar tirar você de lá. Posso ser quinze centímetros mais baixa que você e vinte e cinco quilos mais leve, mas continuo sendo sua mãe, e quando digo não é não.

Ele luta por alguns segundos para se livrar dos meus braços e, então, toda a resistência se vai. Quase facilmente demais, ele deita na cama e puxa um travesseiro sobre a cabeça.

Sem dizer mais nada, saio do quarto de Jacob e fecho a porta atrás de mim. Encosto na parede por um momento, com o corpo mole sob o peso do alívio que a resposta dele me trouxe. Vinha dizendo a mim mesma que a razão de ainda não ter perguntado diretamente a Jacob se ele havia matado Jess era o medo de que ele ficasse decepcionado comigo pelo fato de eu sequer cogitar essa possibilidade. Mas a verdadeira razão de eu ter esperado tanto é que eu tinha medo de ouvir a resposta. Quantas vezes, afinal, eu já havia feito uma pergunta a Jacob apenas na esperança de uma mentirinha bem-intencionada?

Eu tenho muitas rugas?

Acabei de cozinhar isso, é uma receita nova. O que você acha?

Sei que está bravo, mas você não queria de verdade *que seu irmão nunca tivesse nascido, não é?*

Hoje mesmo, no banco das testemunhas, o especialista que Oliver encontrou disse que crianças com Asperger não mentem.

No entanto...

Jacob me disse que Jess não falou com ele naquela terça-feira em que deveriam ter se encontrado, mas não contou que ela estava morta.

Jacob me disse que havia estado na casa de Jess, mas deixou de mencionar que havia encontrado o lugar todo bagunçado.

E nunca citou o fato de ter levado sua colcha colorida para lugar nenhum.

Tecnicamente, ele falou a verdade. E, ao mesmo tempo, mentiu por omissão.

— Mãe! — Theo grita. — Acho que pus fogo na torradeira...

Corro para baixo. Enquanto tento arrancar o pão calcinado de dentro da torradeira com duas facas, já convenci a mim mesma de que tudo o que Jacob *não* me contou foi por descuido, um típico efeito colateral do Asperger pelo fato de ele ter tanta informação que alguma sempre acaba sendo perdida ou esquecida.

Já convenci a mim mesma de que não pode ter sido proposital.

Jacob

Dizem que um prisioneiro pode enlouquecer na prisão se ficar enclausurado muito tempo.

Você pode atribuir minhas próximas ações ao fato de eu ter ficado louco por causa da prisão, ou então pode associá-las ao estímulo correto: o fato de que o dr. Henry Lee, meu ídolo, ia estar a 303,54 quilômetros de distância de mim e eu não poderia vê-lo. Apesar das afirmações de minha mãe de que, *se* eu fosse para a faculdade, teria que ser em algum lugar próximo, onde eu pudesse continuar morando em casa e me beneficiar de sua ajuda e organização, há muito tempo decidi que um dia ia me inscrever na Universidade de New Haven (não importa que, como aluno do último ano do ensino médio, eu já tenha perdido o prazo há mais de um mês). Faria o curso de criminalística que ele fundou lá e seria arrancado da obscuridade universitária pelo próprio dr. Lee, que notaria minha atenção a detalhes e minha incapacidade de me distrair com meninas ou festas ou música alta vindo das janelas dos alojamentos, me convidaria para ajudá-lo a resolver um caso em andamento e me consideraria seu pupilo.

Agora, claro, eu tinha uma razão ainda mais urgente para me encontrar com ele.

Imagine, dr. Lee, eu começaria, *que o senhor tenha montado uma cena de crime para apontar o envolvimento de outra pessoa e tenha acabado o senhor mesmo como suspeito.* E então nós analisaríamos juntos o que poderia ter sido feito diferente, para evitar que isso acontecesse na próxima vez.

Minha mãe e eu estamos sempre discutindo sobre as mesmas coisas, como por que ela se recusa a me tratar normalmente. Este seria um exemplo clássico, em que ela está pegando meu desejo de ver o dr. Lee e torcendo-o como um pretzel para fazer parecer que é um pedido desproposital de um Asperger, em vez de uma solicitação baseada na realidade. Há muitos casos em que quero fazer o que outros meninos da minha idade fazem:

1. Tirar carteira de motorista e dirigir um carro.
2. Morar sozinho na faculdade.
3. Sair com meus amigos sem que ela tenha que ligar primeiro para os pais deles e explicar minhas esquisitices.
a. Observação: É claro que isso se aplicaria a um momento em que eu *tivesse* amigos.
4. Arrumar um emprego, para poder ter dinheiro para os itens acima.
a. Observação: Ela me deixou arrumar emprego, mas infelizmente, até o momento, as únicas pessoas que decidiram me contratar eram tão imbecis que não conseguiam ver a situação de um ponto de vista mais amplo, como se estar cinco minutos atrasado para o seu turno fosse realmente causar uma catástrofe global.

Em vez disso, vejo Theo sair pela porta enquanto ela lhe dá um aceno de tchau. Ao contrário de mim, ele vai poder tirar sua carteira de motorista mais cedo ou mais tarde. Imagine que incrivelmente humilhante será para mim ser levado de carro para os lugares por meu irmão mais novo, a mesma criança que uma vez usou seu próprio cocô para pintar um mural na porta da garagem.

Minha mãe argumentou que eu não poderia ter as duas coisas. Não podia pedir para ser tratado como uma pessoa comum de dezoito anos e exigir roupas com as etiquetas cortadas e me recusar a beber suco de laranja por causa do nome. Talvez eu realmente achasse que poderia ter as duas coisas – ser deficiente em algumas ocasiões e normal em outras –, mas *por que* não poderia? Vamos dizer que Theo fosse péssimo para cultivar hortas, mas muito bom em boliche. Minha mãe poderia tratá-lo como um aluno ligeiramente deficiente se o estivesse ensinando a cultivar nabos, mas, quando chegasse às pistas de boliche com ele, deixaria a vozinha mansa para trás. Nem todos os seres humanos têm um único padrão, então por que eu deveria ter?

Seja como for, seja por ter ficado muito tempo confinado dentro de casa, seja por estar sofrendo de angústia mental aguda pela perspectiva de perder a oportunidade de ver o dr. Lee, faço a única coisa que parece justificável no momento.

Ligo para a emergência e digo que estou sofrendo maus-tratos de minha mãe.

Rich

É como uma daquelas fotografias nas revistas de celebridades que folheio na sala de espera do dentista: "Qual é a diferença?" A primeira foto mostra Jess Ogilvy com um grande sorriso no rosto e o braço de Mark Maguire em seus ombros. Nós a pegamos da mesinha de cabeceira dela.

A segunda foi tirada por minha equipe de investigadores e mostra Jess com os olhos fechados e rodeados de hematomas, a pele congelada em um azul pálido e sólido. Ela está enrolada em uma colcha de retalhos que parece a paleta de cores de um pintor.

Ironicamente, está usando o mesmo blusão nas duas fotos.

Há diferenças óbvias, sendo o trauma físico a maior delas. Mas há mais alguma coisa que não consigo especificar. Ela perdeu peso? Não, não é isso. Seria a maquiagem? Não, ela não estava maquiada em nenhuma das duas fotos.

É o cabelo.

Não o corte, o que seria fácil. Ele está liso na foto de Jess com o namorado. Na fotografia da cena do crime, porém, está cacheado e armado, uma nuvem em torno do rosto ferido.

Pego a foto e a examino mais de perto. Parece que os cachos eram o padrão natural de seus cabelos, uma vez que ela teria tido o trabalho de arrumá-los para sair com o namorado. O que significa que seus cabelos se molharam enquanto o corpo ficou exposto ao ar livre... algo fácil de supor, exceto pelo fato de que ela estava protegida da chuva e da neve pela galeria de concreto onde foi colocada.

Então seu cabelo estava molhado quando ela foi morta.

E havia sangue no banheiro.

Será que Jacob era um voyeur também?

– Capitão?

Levanto os olhos e vejo um dos policiais em pé à minha frente.

– Acabamos de receber um chamado de um garoto que disse estar sofrendo maus-tratos da mãe – diz ele.

– Você não precisa de um detetive para isso, não é?

– Não, capitão. É que... esse garoto... é o que o senhor prendeu por aquele homicídio.

A foto cai de minha mão.

– Só pode ser brincadeira – murmuro e levanto para pegar o casaco. – Vou cuidar disso.

Jacob

Imediatamente, percebo que cometi um erro colossal.

Começo a esconder coisas: meu computador, meu arquivo. Rasgo papéis que estão sobre a mesa e enfio uma pilha de periódicos de associações forenses dentro da banheira. Imagino que todas essas coisas possam ser usadas contra mim, e eles já levaram muito do que era meu.

Não acho que possa ser preso *de novo*, mas não tenho certeza absoluta. O princípio da dupla punição, ou *bis in idem*, só se refere ao mesmo crime e só depois de uma absolvição.

Isto eu posso dizer em favor dos caras de azul: eles são rápidos. Menos de dez minutos depois de minha ligação para a emergência, ouço uma batida à porta. Minha mãe e Theo, que ainda estão lá embaixo tentando reinstalar o alarme de incêndio que ele fez disparar com algum lanche que deu errado, são pegos completamente de surpresa.

É idiotice, eu sei, mas me escondo embaixo da cama.

Rich

— O que *você* está fazendo aqui? — Emma Hunt pergunta.

— Na verdade, recebemos uma ligação para a emergência.

— Eu não liguei para a emergência... Jacob! — ela grita, depois vira e sobe correndo as escadas.

Entro na casa e encontro Theo me olhando fixamente.

— Não queremos fazer nenhuma doação para a liga atlética da polícia — ele diz sarcasticamente.

— Obrigado. — Aponto para a escada. — Eu, hã... vou...?

Sem esperar que ele responda, dirijo-me ao quarto de Jacob.

— Maus-tratos? — Emma está gritando quando chego à porta. — Você nunca sofreu maus-tratos da minha parte nem um único dia da sua vida!

— Há maus-tratos físicos e maus-tratos mentais — Jacob argumenta.

Emma vira a cabeça em minha direção.

— Nunca encostei a mão nesse menino. Embora esteja me sentindo incrivelmente tentada agora.

— Tenho três palavras para você — diz Jacob. — Doutor! Henry! Lee!

— O cientista forense? — Não estou entendendo nada.

— Ele vai fazer uma palestra amanhã na UNH e ela diz que eu não posso ir.

Emma olha para mim.

— Você vê com o que preciso lidar?

Aperto os lábios, refletindo.

— Me deixe falar sozinho com ele por um minuto.

— Está falando sério? — Os olhos dela se ampliam. — Será que você *não* estava no mesmo tribunal que eu três horas atrás, quando o juiz lhe disse que seria preciso fazer adaptações para interrogar o Jacob?

— Não vou interrogá-lo agora — digo. — Não profissionalmente, pelo menos.

Ela joga as mãos para cima.

— Que seja. Façam o que quiserem. *Vocês dois.*

Quando seus passos somem no fim da escada, eu me sento ao lado de Jacob.

— Você sabe que não deve ligar para a emergência a menos que esteja em sério perigo.

Ele faz um som de desdém.

— Então me prenda. Ei, espere, você já fez isso.

— Já ouviu a história do menino que gritava "lobo"?

— Não falei nada de lobos — responde Jacob. — Disse que estava sofrendo maus-tratos, e estou. Esta é a única chance que tenho de ver o dr. Lee e ela não quer nem pensar na possibilidade. Se eu tenho idade suficiente para ser julgado como adulto, por que não tenho idade suficiente para viajar de ônibus para lá sozinho?

— Você tem idade suficiente. Só que vai acabar sendo enfiado na cadeia outra vez. É isso que você quer? — Pelo canto do olho, percebo um laptop espiando de dentro de uma fronha. — Por que seu computador está escondido?

Ele o pega e o aninha nos braços.

— Achei que você ia roubá-lo de mim. Como fez com as minhas outras coisas.

— Eu não roubei, eu tinha um mandado para levá-las. E você vai receber tudo de volta um dia. — Olho para ele. — Jacob, sua mãe só está protegendo você.

— Me trancando aqui dentro?

— Não, isso foi o juiz que decidiu. Ela o protege não deixando você descumprir as exigências da fiança.

Ficamos em silêncio por um segundo e então ele me espia pelo canto do olho.

— Não entendo sua voz.

— Como assim?

— Sua voz devia estar brava, porque eu fiz você vir até aqui. Mas não está. E não estava brava quando eu falei com você na delegacia também. Você me tratou como se eu fosse seu amigo, mas no fim me prendeu, e as pessoas não prendem os amigos. — Ele coloca as mãos unidas entre os joelhos. — Francamente, as pessoas não fazem sentido para mim.

Balanço a cabeça, concordando.

— Francamente, as pessoas não fazem sentido para mim também — digo.

Theo

Por que a polícia não para de vir até nossa porcaria de casa?

Quero dizer, depois que já prenderam Jacob, não deveriam deixar agora a cargo da justiça?

Certo, entendo que foi Jacob que os chamou desta vez. Mas um simples telefonema seria suficiente para fazê-lo cancelar o pedido de ajuda. Só que a polícia — esse cara em particular — vive aparecendo aqui. Ele leva minha mãe no bico com sua conversinha e, agora, posso ouvi-lo falando com Jacob sobre larvas que aparecem nos corpos já dez minutos após a morte.

Diga-me como, exatamente, isso tem alguma coisa a ver com a ligação para a emergência, hein?

O que eu acho é o seguinte: o detetive Matson nem está aqui para falar com Jacob.

Certamente também não está aqui para falar com a minha mãe.

Ele veio porque sabe que, para chegar ao quarto de Jacob, tem que passar pelo meu, e isso significa pelo menos duas olhadas para dentro.

Talvez alguém tenha dado queixa do desaparecimento do jogo de Wii que peguei.

Talvez ele só esteja esperando que eu não aguente mais, caia a seus pés e confesse que estive na casa de Jess Ogilvy pouco antes do meu irmão, para então ele poder dizer àquela promotora escrota que me chame para depor contra Jacob.

Por essas razões e uma dezena de outras em que ainda não pensei, fecho minha porta e a tranco, para que, quando o detetive Matson passar por ela outra vez, eu não tenha que olhá-lo nos olhos.

Jacob

Eu não teria achado isso possível, mas Rich Matson não é um total e completo imbecil.

Por exemplo, ele me contou que é possível saber o sexo de uma pessoa examinando o crânio, porque o crânio masculino tem o queixo quadrado e o queixo feminino é redondo. Contou que esteve na Body Farm, em Knoxville, no Tennessee, onde há meio hectare de terra coberto de corpos apodrecendo em diferentes estágios, para que antropólogos forenses possam medir os efeitos do clima e dos insetos sobre a decomposição humana. Ele tem fotos e prometeu me enviar algumas.

Isso ainda não compensa o dr. Henry Lee, mas é um prêmio de consolação decente.

Soube que ele tem uma filha que, como Jess, desmaia quando vê sangue. Quando lhe digo que Jess também era assim, o rosto dele se contorce, como se tivesse sentido um cheiro horrível.

Depois de algum tempo, prometo a ele que não vou mais chamar a polícia por causa da minha mãe, a menos que ela esteja me causando algum dano físico terrível. E ele me convence de que um pedido de desculpas para ela poderia ser muito bom agora.

Quando o acompanho para o andar de baixo, minha mãe está andando de um lado para o outro na cozinha.

— O Jacob tem algo para lhe dizer — ele anuncia

— O detetive Matson vai me mandar fotografias de corpos em decomposição — digo.

— Não isso. A outra coisa.

Projeto os lábios para fora e os puxo para dentro outra vez. Faço isso duas vezes, como se estivesse derretendo as palavras na boca.

— Eu não devia ter chamado a polícia. Impulsividade de Asperger.

O rosto de minha mãe congela, e o do detetive também. Só depois de ter falado eu me dou conta de que eles provavelmente estão imaginando que a morte de Jess foi impulsividade de Asperger também.

Ou, em outras palavras, falar sobre minha impulsividade de Asperger foi um pouco impulsivo demais.

— Acho que acabamos por aqui — o detetive diz. — Tenham uma boa noite.

Minha mãe toca a manga dele.

— Obrigada.

Ele a olha como se estivesse prestes a falar algo importante, mas diz apenas:

— Você não tem nada para me agradecer.

Quando ele sai, uma lufada de ar frio envolve meus calcanhares.

— Quer que eu prepare alguma coisa para você comer? — minha mãe pergunta. — Você não almoçou.

— Não, obrigado. Vou deitar — anuncio, embora só queira ficar sozinho. Aprendi que, quando alguém o convida para fazer algo que você realmente não quer, é mais recomendável não falar a verdade.

Ela examina o meu rosto.

— Está doente?

— Estou bem — digo. — Mesmo.

Posso sentir que ela me observa enquanto subo as escadas.

Não pretendo deitar, mas acabo deitando. E acho que adormeço, porque de repente o dr. Henry Lee está ali. Estamos agachados um de cada lado do corpo de Jess. Ele examina o dente no bolso dela, os arranhões que ela tem nas costas. Olha as cavidades das narinas.

— Ah, sim — diz ele, com perfeita clareza. — Eu entendo. Compreendo por que você teve que fazer o que fez.

CASO 8: UM EM SEIS BILHÕES

Nas décadas de 1980 e 1990, mais de cinquenta mulheres na área de Seattle-Tacoma, em Washington, foram assassinadas. A maior parte das vítimas eram prostitutas ou adolescentes que haviam fugido de casa, e a maioria dos corpos foi largada no rio Green ou perto dele. Apelidado de Matador do Rio Green, o assassino não foi descoberto até a ciência avançar as investigações.

No início da década de 1980, ao fazer a autópsia nas vítimas, patologistas e peritos médicos puderam recuperar pequenas quantidades de DNA no sêmen deixado pelo assassino. Essas amostras foram guardadas como provas, mas as técnicas científicas da época se mostraram inúteis, porque não havia material suficiente para os testes.

Gary Ridgway, preso em 1982 sob uma acusação envolvendo prostituição, era suspeito das mortes do rio Green, mas não havia nenhuma prova que o ligasse formalmente aos crimes. Em 1984, ele passou em um teste de polígrafo. Em 1987, durante uma busca em sua casa, o departamento de polícia de King County colheu uma amostra de saliva de Ridgway.

Em março de 2001, melhorias na tecnologia de tipagem de DNA permitiram identificar a fonte do sêmen no corpo das vítimas. Em setembro de 2001, o laboratório recebeu os resultados: eles conseguiram obter uma correspondência comparativa entre o DNA desse sêmen e o DNA da saliva de Ridgway. Um mandado de prisão foi emitido.

Os resultados do exame de DNA ligaram Ridgway a três das quatro mulheres listadas como vítimas na denúncia apresentada contra ele. As amostras de esperma colhidas de uma dessas vítimas, Carol Ann Chris-

tensen, foram tão conclusivas que apenas uma pessoa no mundo, excluindo gêmeos idênticos, exibiria aquele perfil de DNA específico. Ridgway foi acusado de mais três assassinatos depois que vestígios microscópicos de tinta encontrados nos corpos corresponderam à tinta existente em seu local de trabalho. Em troca de sua confissão de outros assassinatos do rio Green, Ridgway foi poupado da pena de morte e está atualmente cumprindo quarenta e oito sentenças de prisão perpétua, sem nenhuma possibilidade de liberdade condicional.

Oliver

Um mês depois, estou estendido no sofá da sala na casa dos Hunt e me percebo em um estranho *déjà vu*: enquanto examino as provas que me foram enviadas, que incluem os diários de Jacob sobre *CrimeBusters*, ele está sentado no chão à minha frente assistindo na TV exatamente ao mesmo episódio sobre o qual estou lendo.

— Quer que eu conte como termina? — pergunto.

— Eu já sei.

Não que isso o tenha impedido de escrever mais um item no diário, agora em um caderno novinho em folha.

"Episódio 49: Sexo, mentiras e iMovie

Situação: Depois que um bilhete de suicídio é inserido nos créditos de um filme em um festival de cinema, um diretor de filmes B é encontrado morto no banco traseiro de um carro — mas a equipe desconfia de crime.

Provas:

Trailer do festival

Sequências de filme obtidas no estúdio de edição — quem é a loira, e ela está mesmo morta ou só representando?

Disco rígido do computador do diretor

Coleção de borboletas raras do diretor — pista falsa, entomologia não envolvida

Ácido em canos

Solucionado: Por MIM! 0:24."

— Você resolveu o caso em vinte minutos?

— Sim.

— Foi o mordomo — digo.

— Não, na verdade foi o encanador — Jacob corrige.

Lá se foi minha piada.

Estabelecemos uma rotina: em vez de eu ficar em meu escritório durante o dia, faço minha preparação para o julgamento aqui, na casa dos Hunt. Desse modo, posso ficar de olho em Jacob se Emma precisar sair e tenho meu cliente disponível para responder a qualquer dúvida que apareça. Thor gosta disso, porque passa a maior parte do dia enrolado no colo de Jacob. Jacob gosta disso, porque eu trago o Wii comigo. Theo gosta disso, porque, se eu trago guacamole na Segunda-Feira Verde para seu irmão, também dou um jeito de incluir uma pizza brotinho de calabresa para ele.

Não sei na verdade se Emma gosta disso.

Theo passa por nós na sala e vai até um móvel de arquivo nos fundos.

— Ainda está fazendo sua lição? — Jacob pergunta.

Não há nenhuma provocação em seu tom, que é plano, como tudo o mais que Jacob diz, mas Theo mostra o dedo médio para ele. Geralmente é Theo quem termina a lição primeiro, mas hoje ele parece estar enrolando.

Espero que Jacob lhe diga para ir se foder, mas, em vez disso, ele apenas fixa novamente na televisão seu olhar inexpressivo.

— Ei — digo, aproximando-me de Theo.

Ele leva um susto, pega o papel que estava lendo e o enfia no bolso do jeans.

— Pare de ficar me espionando.

— O que você está fazendo aí, afinal? Esse não é o arquivo da sua mãe?

— E isso é da sua conta? — diz Theo.

— Não. Mas o Jacob é. E você deveria pedir desculpas.

— Eu também deveria comer cinco porções de salada por dia, mas *isso* raramente acontece — ele responde e volta para a cozinha para terminar a lição.

Conheço Jacob suficientemente bem agora para perceber as pistas que sinalizam suas emoções. O fato de ele estar balançando ligeiramente para frente e para trás significa que algo que Theo acabou de dizer o perturbou mais do que ele quer admitir.

— Se você contar para sua mãe que ele te trata assim — digo —, posso apostar que ele vai parar.

— Não dedure o seu irmão. Cuide dele. É o único que você tem — Jacob recita. — É uma regra.

Se eu pudesse fazer o júri ver como Jacob vive de um decreto para outro; se eu pudesse fazer a conexão entre um garoto que não quebra nem uma das regras de sua mãe, quanto mais a lei que governa o país; se eu pudesse, de alguma forma, provar que seu Asperger torna praticamente impossível para ele atravessar essa linha entre o certo e o errado... bom, eu poderia ganhar o caso.

— Ei, depois do almoço quero conversar com você sobre o que vai acontecer mais tarde esta semana quando nós...

— Shh — diz Jacob. — Terminou o intervalo.

Viro a página e vejo um item que não tem um número de episódio.

Começo a ler e minha boca se abre sem querer.

— Ah, merda — digo em voz alta.

Um mês atrás, depois da audiência de exclusão de provas, eu telefonei para Helen Sharp.

— Acho que você vai ter que desistir — disse a ela. — Você não pode provar o caso. Estamos dispostos a aceitar condicional por cinco anos.

— Posso ganhar sem a confissão dele na delegacia — respondeu ela. — Tenho todas as declarações que foram feitas na casa antes de o Jacob ficar sob custódia; tenho as provas forenses na cena do crime e provas testemunhais que sugerem o motivo. Tenho o histórico de violência e os diários do réu.

Na época, nem levei isso em conta. Os diários de Jacob seguiam padrões formulares e todas as outras provas que ela citou eram coisas que eu poderia eliminar na minha inquirição das testemunhas da acusação.

— Vamos seguir em frente — Helen disse, e eu pensei: *Boa sorte, então.*

Isto é o que o diário diz:

> "Na casa dela. 12/1/10.
> Situação: Moça desaparecida.
> Provas:
> Roupas empilhadas sobre a cama
> Escova de dentes faltando, batom faltando
> Bolsa e casaco da vítima continuam no local
> Celular faltando... tela cortada... marcas de bota do lado de fora que correspondem à do namorado."

— Meu Deus, Jacob — grito tão alto que Emma vem correndo da lavanderia. — Você escreveu sobre a Jess em seus diários do *CrimeBusters*?

Ele não responde, então me levanto e desligo a TV.

— Como assim? — indaga Emma.

Passo para ela a fotocópia do caderno.

— Onde você estava com a *cabeça*? — pergunto.

Jacob dá de ombros.

— Era uma cena de crime — diz ele, simplesmente.

— Você tem ideia do que a Helen Sharp vai fazer com isso?

— Não, e não me importa — Emma responde. — Quero saber o que *você* vai fazer com isso. — Ela cruza os braços e se aproxima de Jacob.

— Não sei, sinceramente. Porque, depois de todo o trabalho que fizemos para eliminar a declaração na delegacia, isso traz tudo de volta.

Jacob repete o que eu disse, depois repete outra vez:

— *Traz tudo de volta. Traz tudo de volta.*

Na primeira vez em que o ouvi fazer isso, achei que estivesse me imitando. Agora sei que é ecolalia; Emma me explicou que é apenas a repetição de sons. Às vezes Jacob faz isso recitando frases de filmes, e às vezes ecoando algo que acabou de ouvir. Só espero que ninguém o ouça fazer isso no tribunal, ou vão achar que ele está sendo petulante.

— Traz tudo de volta — Jacob diz de novo. — Traz tudo *o quê* de volta?

— Algo que vai fazer o júri supor que você é culpado.

— Mas é uma cena de crime — Jacob repete. — Eu só anotei as provas, como sempre.

— Não é uma cena de crime de ficção — ressalto.

— Por que não? — pergunta ele. — Fui eu que a criei.

— Ah, meu Deus — Emma soluça. — Vão achar que ele é um monstro.

Quero pôr a mão no braço dela e lhe dizer que vou conseguir evitar que isso aconteça, mas não posso fazer esse tipo de promessa. Mesmo tendo estado com Jacob este último mês como estive, ainda há coisas que ele faz que me parecem absolutamente assustadoras. Como agora, quando sua mãe está histérica e ele se vira sem demonstrar nenhum remorso e aumenta o volume de seu programa de TV. Júris, que deveriam se basear na razão, na verdade quase sempre se baseiam no coração. Um jurado que observe Jacob assistir sem expressão à reconstituição da morte de Jess Ogilvy deliberará sobre o destino dele com essa imagem gravada na mente e não há como isso não influir em sua decisão.

Não posso mudar Jacob, o que significa que tenho de mudar o sistema. É por isso que fiz uma petição, e é por isso que vamos ao tribunal amanhã, embora eu não tenha dado a notícia a Emma ainda.

— Preciso dizer uma coisa a vocês — falo, quando o relógio de Emma começa a apitar.

— Espere — diz ela. — Estou cronometrando o Theo em um desafio de matemática. — Ela olha para a cozinha. — Theo? Acabou o tempo. Jacob, abaixe esse volume. Theo? Você me escutou?

Como não há resposta, Emma vai até a cozinha. Ela chama outra vez, e então ouço seus passos no andar de cima, no quarto de Theo. Um momento depois, ela está de volta à sala, com a voz aflita.

— Ele não fez o desafio de matemática. E seu casaco, tênis e mochila sumiram. O Theo foi embora.

Theo

Só quero dizer que acho muita loucura um garoto de quinze anos, como eu, poder voar pelo país sozinho, sem o pai ou a mãe. A parte mais difícil era conseguir a passagem, o que acabou não sendo muito difícil, no fim. Não era nenhum segredo que minha mãe tem um cartão de crédito de emergência escondido em seu móvel de arquivo e, honestamente, isso não era uma emergência? Tudo que precisei fazer foi procurá-lo, copiar o número da frente e o código de segurança atrás e reservar minha passagem no Orbitz.com.

Eu também já tinha um passaporte (fomos de carro até o Canadá uma vez em uma viagem de férias que durou aproximadamente seis horas, quando Jacob se recusou a dormir no quarto do hotel porque havia um tapete cor de laranja), que estava guardado na pasta ao lado da que continha o cartão de crédito de emergência. E chegar ao aeroporto foi a coisa mais fácil do mundo; precisei de duas caronas, e só.

Gostaria de poder dizer que tinha um plano, mas não tinha. Tudo que eu sabia era que, direta ou indiretamente, aquilo era minha culpa. Não matei Jess Ogilvy, mas eu a vi no dia em que ela morreu e não contei para a polícia, ou para minha mãe, ou para quem quer que seja — e agora Jacob ia ser julgado por homicídio. Na minha cabeça, era como uma reação em cadeia. Se eu não estivesse nessa de invadir casas na época, se não tivesse entrado na casa de Jess, se meu olhar nunca tivesse cruzado com o dela... talvez a falta desse elo tivesse rompido a sequência de eventos que aconteceu depois. Não era segredo que minha mãe estava arrancando os cabelos, sem saber onde arrumar dinheiro para o julgamento de Jacob. Achei que, se eu quisesse tentar saldar minha dívida cármica, poderia muito bem começar encontrando uma solução para esse problema.

Daí a visita ao meu pai.

No avião, eu me sento entre um executivo que tenta dormir e uma mulher que parece uma vovó: tem cabelos brancos curtos e um blusão roxo-claro com a estampa de um gato. O executivo está agitado em seu assento, porque o menino atrás dele não para de chutar.

— Mas será o Benedito — ele murmura.

Já me perguntei por que as pessoas dizem isso. O que o Benedito tem a ver com a história?

— Empaquei nessa última — diz a vovó.

Tiro o fone do iPod do ouvido.

— Como?

— Não, essa não cabe. — Ela está dobrada sobre as palavras cruzadas na contracapa da revista de bordo. Já estava preenchida pela metade. Odeio isso; será que o imbecil que se sentou aqui no voo anterior não pensou que mais alguém poderia querer tentar fazer as palavras cruzadas sozinho? — A pista é *Desculpa.* E tem oito letras.

Theo Hunt, penso.

De repente, o executivo sai do assento e vira para trás.

— Minha senhora — diz ele para a mãe da criança —, se esse moleque não parar agora, garanto que não preciso de mais nenhum pretexto para reclamar com a aeromoça.

— É isso! — a vovó exclama. — Pretexto!

Então a vejo escrever a lápis: "pretesto".

— Eu, hã... acho que é com x — sugiro.

— Ah, perfeito — diz ela, apagando para fazer a correção. — Admito que sou um horror em ortografia. — Ela sorri para mim. — O que leva você à ensolarada Califórnia?

— Vou visitar uma pessoa.

— Eu também. Alguém que ainda não conheço. Meu primeiro neto.

— Uau — digo. — Deve ser irado.

— Supondo que isso indique uma coisa boa, sim, é mesmo. Meu nome é Edith.

— O meu é Paul.

Não sei de onde veio a mentira. Mas não deveria me surpreender. Afinal, já venho escondendo meu envolvimento com todo esse pesadelo há mais de um mês e estava ficando realmente bom em fingir que eu não era a mesma pessoa daquela tarde. Mas, assim que inventei o nome, o resto foi vindo. Eu estava em recesso escolar. Era filho único. Meus pais eram divorciados (Ha! Isso *não* é mentira!) e eu ia ver meu pai. Estávamos planejando fazer uma visita a Stanford para conhecer a universidade.

Em casa, não falamos sobre meu pai. Na aula de estudos mundiais, aprendemos sobre culturas indígenas que não falam mais os nomes dos que morreram. Bom, nós não falamos mais o nome da pessoa que foi embora quando as coisas ficaram difíceis. Eu não sei detalhes da separação dos meus pais, exceto que eu ainda era bebê quando aconteceu e, assim, claro, há uma parte de mim que acha que devo ter sido a última gota que fez transbordar o copo. Mas sei que ele tenta compensar sua culpa enviando o cheque da pensão alimentícia para minha mãe todos os meses. E sei também que ele substituiu meu irmão e eu por duas meninas que parecem bonecas de porcelana, que provavelmente nunca invadiram nenhuma casa nem tiveram crises de movimentos repetitivos em nenhum dia de sua curta vida. Sei disso porque ele nos envia um cartão de Natal todos os anos, que eu jogo fora se pego a correspondência antes da minha mãe.

— Você tem irmãos? — Edith pergunta.

Tomo um gole do refrigerante que comprei por três dólares.

— Não — digo. — Sou filho único.

— Pare com isso — o executivo diz, e, por um terrível momento, acho que ele vai contar a essa mulher quem eu sou de fato. Mas ele se vira para trás no assento. — Pelo amor de Deus — diz para a mãe da criança.

— O que você quer estudar em Stanford, Paul? — pergunta Edith.

Tenho quinze anos. Não tenho a menor ideia do que vou fazer da vida. Exceto consertar a bagunça que fiz com ela.

Em vez de responder, aponto para as palavras cruzadas.

— Quito — digo. — É a resposta do quarenta e dois horizontal.

Ela fica toda animada e lê alto a próxima pista. Penso em como ela vai ficar feliz se conseguirmos completar todas as palavras. Vai sair do avião e contar a seu genro, ou quem quer que vá pegá-la no aeroporto, sobre o jovem simpático que conheceu. Sobre como eu fui prestativo. Que orgulho meus pais devem ter de mim.

Jacob

Meu irmão não é tão inteligente quanto eu.

Não digo isso com maldade; só estou declarando um fato. Por exemplo, ele tem que estudar todas as palavras do vocabulário para ir bem em um teste; eu posso olhar para a página e já está tudo gravado em minha cabeça, pronto para ser recuperado facilmente depois dessa primeira olhada. Ele sairia da sala se dois adultos começassem a falar sobre coisas de adultos, como atualidades; eu puxaria uma cadeira e entraria na conversa. Ele não se preocupa em armazenar informações como um esquilo armazena nozes para o inverno; Theo só se interessa por aquilo que tem aplicação prática na vida real.

No entanto, não estou nem perto de ser intuitivo como meu irmão. É por isso que, quando começo a deixar escoar parte dessa informação armazenada – por exemplo, como Steve Jobs e Steve Wozniak lançaram o computador Apple I no Dia da Mentira, em 1976 – e a pessoa com quem estou falando começa a ficar com o olhar perdido e procurar desculpas, eu continuo falando, enquanto Theo leria facilmente as pistas e calaria a boca.

Ser um detetive tem tudo a ver com intuição. Ser um bom investigador de cenas do crime, porém, requer mais meticulosidade e inteligência. E é por isso que, enquanto minha mãe fica imobilizada de pânico pelo desaparecimento de Theo e Oliver faz coisas idiotas como dar tapinhas no ombro dela, vou até o computador dele.

Sou muito bom com computadores. Uma vez, desmontei o laptop de minha orientadora educacional e o montei de novo, placa-mãe e tudo mais. Provavelmente poderia configurar uma rede sem fio até dormindo. E esta é a outra razão de eu gostar de computadores: quando se está falando com alguém online, não é preciso ler expressões em rostos ou interpretar tons de voz. O que se vê é o que é, e isso significa que não é preciso fazer tanto esforço para interagir. Há salas de bate-papo e fóruns para Aspergers como eu, mas não os frequento. Uma das regras da casa é não entrar em sites que minha mãe não tenha examinado. Quando eu lhe perguntei o motivo, ela nos fez sentar juntos para assistir a um programa na televisão sobre predadores sexuais. Tentei explicar que o site que eu tinha escolhido para conversar não era desse tipo; que era só um punhado de pessoas como eu, que tentavam se conectar sem toda essa bobagem que faz parte das reuniões cara a cara. Mas ela nem quis saber. *Você não sabe como essas pessoas são, Jacob*, ela me disse. Na verdade, eu sabia. Eram as pessoas do mundo real que eu não entendia.

São só alguns poucos cliques para acessar o cache dele — embora ele ache que esvaziou tudo, a verdade é que nada jamais desaparece de um computador — e ver por onde ele andou navegando ultimamente. Orbitz.com, voos para San Jose.

Quando desço com a cópia impressa da página que contém as informações da passagem que ele comprou, Oliver está tentando convencer minha mãe a procurar a polícia.

— Não posso — diz ela. — Eles não vão querer me ajudar.

— Eles não podem escolher os casos...

— Mãe — interrompo.

— Jacob, agora não — diz Oliver.

— Mas...

Minha mãe olha para mim e começa a chorar. Vejo uma lágrima fazer uma curva em S ao descer por seu rosto.

— Quero falar com você — digo.

— Vou pegar o telefone — avisa Oliver. — Temos que ligar para a emergência.

— Eu sei onde o Theo está — digo a eles.

Minha mãe pisca.

— O quê?

— Achei no computador dele. — E entrego a ela a página impressa.

— Ah, meu Deus — minha mãe murmura, levando a mão à boca. — Ele foi atrás do Henry.

— Quem é Henry? — pergunta Oliver.

— Meu pai — respondo. — Ele nos abandonou.

Oliver dá um passo para trás e esfrega o queixo.

— Ele vai fazer conexão em Chicago — acrescento. — O avião sai em quinze minutos.

— Não temos como alcançá-lo antes que ele decole — diz Oliver. — O Henry sabe? Sobre o Jacob?

— Claro que ele sabe sobre mim. Ele envia um cheque todo ano no meu aniversário e no Natal.

— Eu quis dizer se o Henry sabe sobre a acusação de homicídio.

Minha mãe olha para a linha entre as almofadas do sofá.

— Não sei. Talvez ele tenha lido nos jornais, mas eu não falei nada — ela admite. — Não sabia como contar.

Oliver entrega o telefone a ela.

— Agora é o momento de descobrir — diz ele.

Não gosto de pensar em Theo em um avião; não gosto de aviões. Entendo o princípio de Bernoulli, mas, pelo amor de Deus, sejam lá quais forem as forças físicas que estão sendo exercidas nas asas para dar sustentação, a máquina pesa quinhentas toneladas. Para todos os efeitos, ela deveria cair do céu.

Minha mãe pega o telefone e começa a discar um número de longa distância. Parecem as notas da música-tema de um game show da televisão, mas não lembro qual.

— Meu Deus — Oliver murmura e olha para mim.

Não sei como devo responder.

— *Nós sempre teremos Paris* — digo.

Quando Theo tinha oito anos, ele se convenceu de que tinha um monstro morando embaixo de casa. Ele achava isso porque ouvia a respiração dele todas as noites, quando o aquecedor do quarto acionava e zumbia. Eu tinha onze anos e adorava dinossauros na época, e, por mais empolgante que fosse para mim imaginar que pudesse haver um saurópode entocado sob as fundações de nossa casa, eu sabia que isso não era possível:

1. Nossa casa foi construída em 1973.
2. Para construí-la, foi preciso fazer uma escavação.
3. A probabilidade de que o único dinossauro do mundo há muito desaparecido sobrevivesse à escavação e morasse debaixo do piso do porão era mínima.
4. Mesmo que ele tivesse sobrevivido, o que estaria comendo?

— Folhas de grama — respondeu Theo, quando eu disse a ele tudo isso. — Dãã.

Uma das razões de eu gostar de ter Asperger é que *não* tenho uma imaginação fértil. Para muitas pessoas, inclusive professores, orientadores educacionais e psicólogos, isso é muito ruim. Para mim, é uma bênção. O pensamento lógico evita que percamos tempo com preocupações, ou com esperanças. Evita decepções. A imaginação, por outro lado, só faz a pessoa ficar excitada por causa de coisas que nunca vão acontecer de verdade.

Como dar de cara com um hadrossauro quando se vai ao banheiro às três da madrugada.

Theo passou duas semanas entrando em pânico no meio da noite quando ouvia o zumbido do aquecedor em seu quarto. Minha mãe tentou de tudo: de leite quente antes de dormir, a um diagrama ilustrado do sistema de aquecimento da casa, a uma dose desnecessária de Benadryl infantil à noite para nocautear Theo, mas, como um relógio, ele começava a gritar no meio da noite, corria para fora do quarto e acordava nós dois.

Aquilo já estava ficando cansativo, francamente, e foi por isso que fiz o que fiz.

Depois que minha mãe me pôs na cama, continuei acordado com uma lanterna escondida sob o travesseiro e fiquei lendo até perceber que ela também tinha ido dormir. Então, peguei meu travesseiro, meus cobertores e o saco de dormir e acampei do lado de fora do quarto de Theo. Naquela noite, quando ele acordou gritando e tentou correr para o quarto de minha mãe e acordá-la também, acabou tropeçando em mim.

Ele ficou parado piscando por um segundo, tentando descobrir se estava sonhando.

— Volte para a cama — eu disse. — Não tem dinossauro nenhum aqui.

Percebi que ele não acreditou em mim, então acrescentei:

— E, se tivesse, ele ia me matar primeiro antes de chegar até você.

Isso funcionou. Theo voltou para a cama e nós dois dormimos de novo. Foi minha mãe que me encontrou estendido no chão na manhã seguinte.

Ela se apavorou. Imaginando que eu tinha tido uma crise, começou a me sacudir.

— Pare, mãe — eu disse, por fim. — Eu estou bem!

— O que você está fazendo aqui?

— Eu estava dormindo...

— No corredor?

— Não no corredor — corrigi. — Na frente do quarto do Theo.

— Ah, Jacob. Você estava tentando fazer com que ele se sentisse seguro, não é? — Ela me abraçou com tanta força que achei que *poderia* mesmo ter uma crise. — Eu sabia, eu sabia! Todos esses livros, todos esses médicos idiotas que disseram que crianças com Asperger não usam a teoria da mente e não podem se solidarizar com os outros... Você *ama* o seu irmão. Você quis protegê-lo.

Deixei que ela me abraçasse, porque parecia ser o que ela queria fazer. Atrás da porta do quarto do Theo, ouvi que ele começava a se movimentar.

O que minha mãe disse não era tecnicamente incorreto. O que todos aqueles médicos e livros dizem sobre como pessoas com Asperger como eu não podem sentir nada pelos outros é uma besteira total. Nós compreendemos quando outra pessoa está sofrendo; isso apenas nos afeta de forma diferente do que afeta outros humanos. Vejo isso como o próximo passo na evolução: se não posso eliminar sua tristeza, então por que devo demonstrar que a reconheço?

Mas eu não havia dormido na frente da porta do quarto do Theo porque queria protegê-lo. Eu dormi ali porque estava exausto depois de uma semana de gritos no meio da noite e só queria ter uma boa noite de sono. Estava pensando em meu próprio interesse.

Talvez se possa dizer, na verdade, que foi por isso que fiz o que fiz no caso de Jess também.

Oliver

Emma quer ligar para a US Airways e pedir que impeçam o avião de decolar, mas todo o sistema telefônico é automatizado. Quando finalmente conseguimos contatar um funcionário humano, ele está em Charlotte, Carolina do Norte, e não tem como falar com o portão de embarque em Burlington.

— É o seguinte — digo a ela. — Você pode chegar antes dele se voar direto para San Francisco. É quase a mesma distância para Palo Alto que do aeroporto de San Jose. — Eu a vejo olhar sobre meu ombro para a tela do computador, que mostra o voo que encontrei. — Com a conexão em Chicago que o Theo vai fazer, você ainda vai chegar uma hora antes dele.

Ela se inclina para frente e sinto o cheiro do xampu em seu cabelo. Seus olhos passam pelas informações do voo, esperançosos, e então... pousam na parte inferior da tela e no preço.

— Mil e oitenta dólares? Isso é ridículo!

— Tarifas para voos no mesmo dia não são baratas.

— Bom, isso não está no meu orçamento — diz Emma.

Clico no botão para comprar o bilhete.

— Está no meu — minto.

— O que você está *fazendo*?! Eu não posso pagar por isso.

— Tarde demais — dou de ombros. A verdade é que minhas finanças andam meio abaladas no momento. Tenho só uma cliente, e ela não tem dinheiro para me pagar e, pior, não me importo com isso. Com certeza eu perdi a aula de Como Sugar seu Cliente na faculdade de direito, já que todas as evidências apontam para mim como o modelo dos Advogados de Defesa Financeiramente Arruinados. Mas, ao mesmo tempo, estou pensando que posso vender minha sela... Tenho uma bela sela inglesa que está guardada embaixo da cantina. De que me serve ficar com ela se não tenho um cavalo?

— Vou acrescentar à conta — digo, mas nós dois sabemos que provavelmente não o farei.

Emma fecha os olhos por um momento.

— Não sei o que dizer.

— Então não diga nada.

— Você não precisava se envolver nessa confusão.

— Sorte sua que a única coisa que eu tinha para fazer hoje era organizar minha gaveta de meias — brinco, mas ela não ri.

— Desculpe — Emma responde. — Mas é que... eu não tenho mais ninguém.

Muito lentamente, muito deliberadamente, para que ela não se assuste ou fuja, enlaço meus dedos nos dela e aperto-lhe a mão.

— Você tem a mim — digo.

Se eu fosse um homem melhor, não teria escutado a conversa de Emma com seu ex-marido.

— Henry — disse ela. — É a Emma. Não, não posso ligar mais tarde. É sobre o Theo. Ele está bem. Quer dizer, acho que está. Ele fugiu de casa. Claro que eu sei. Ele está indo encontrar você. Sim, na Califórnia. A não ser que você tenha se mudado recentemente. Não, desculpe. Não quis ser irônica... Não sei por quê. Ele simplesmente pegou o avião. Ele usou meu cartão de crédito. Escute, podemos falar sobre isso quando eu chegar aí? Ah. Acho que esqueci de mencionar isso. Se tudo correr bem, vou aterrissar antes do Theo. Nos encontrar no aeroporto seria ótimo. Vamos os dois pela US Airways. — Há um momento de hesitação. — O Jacob? — ela responde. — Não, ele não vai comigo.

Está decidido que montarei acampamento aqui por esta noite para ser o adulto com mais de vinte e cinco anos que toma conta de Jacob enquanto Emma arrasta Theo de volta do outro lado do país. A princípio, depois que ela sai, parece que vai ser moleza: podemos jogar Wii. Podemos ver TV. E, felizmente, estamos na Quinta-Feira Marrom, o que é relativamente fácil: posso fazer hambúrguer para o jantar. Já faz uma hora que ela saiu quando me lembro da audiência de amanhã. Aquela que eu ainda não havia mencionado para Emma e para a qual vou ter que levar Jacob sozinho.

— Jacob — digo, enquanto ele está entretido com um programa de televisão sobre como uma determinada marca de chocolate em barra é produzida. — Preciso conversar com você um segundo.

Ele não responde. Seus olhos nem se desviam da tela, então entro na frente dele e desligo a TV.

— Só quero conversar um pouco. — Jacob não responde, então continuo falando. — Seu julgamento começa daqui a um mês, como você sabe.

— Um mês e seis dias.

— Certo. Bom, eu estive pensando em como talvez seja... difícil para você ficar no tribunal o dia inteiro e achei que precisaríamos fazer alguma coisa quanto a isso.

— Ah, não — diz Jacob, sacudindo a cabeça. — Não posso ficar no tribunal o dia todo. Tenho trabalho de escola para fazer. E preciso estar em casa às quatro e meia para ver *CrimeBusters*.

— Acho que você não está entendendo. Não é uma escolha sua. Você vai para o tribunal quando o juiz mandar e volta para casa quando ele decidir que você pode voltar.

Jacob reflete sobre essa informação.

— Isso não vai funcionar para mim.

— É por isso que você e eu vamos de novo ao tribunal amanhã.

— Mas minha mãe não está aqui.

— Eu sei, Jacob. Não planejei que ela estivesse fora. Mas o motivo de estarmos indo lá é algo que *você* me disse.

— Eu?

— Lembra o que você alegou quando decidiu que eu poderia entrar com a defesa por insanidade?

Jacob concorda com a cabeça.

— Que a Lei de Americanos com Deficiência proíbe discriminação pelo Estado ou pelo governo local, incluindo os tribunais — repete ele —, e que algumas pessoas consideram que o autismo é uma deficiência, embora eu não seja uma dessas pessoas.

— Certo. Mas, *se* considerarmos que a síndrome de Asperger é uma deficiência de desenvolvimento, então, segundo essa lei, você também tem direito a adaptações no tribunal que tornem a experiência um pouco mais fácil. — Deixo escapar um sorriso lento, como se tivesse uma carta escondida na manga. — Amanhã vamos garantir que isso aconteça.

Emma

Dos arquivos da coluna da Tia Em:

> *Cara Tia Em,*
> *Venho sonhando recentemente com meu ex. Devo considerar isso um sinal de um poder superior e ligar para ele para dizer "oi"?*
> *Insone em Strafford*
>
> *Cara Insone,*
> *Sim, mas eu não diria a ele que você telefonou porque ele vem protagonizando seus sonhos. A menos que, por acaso, ele fale: "Puxa, que estranho você ter ligado hoje, porque sonhei com você na noite passada".*
> *Tia Em*

Fui eu que convidei Henry para sair em nosso primeiro encontro, porque ele não parecia estar captando as dicas de que eu estava interessada. Assistimos ao filme *Ghost* e fomos jantar depois. Foi então que Henry me explicou que, cientificamente, fantasmas não poderiam existir.

— É física e matemática básicas — disse ele. — Patrick Swayze não poderia atravessar paredes *e* andar atrás da Demi Moore. Se fantasmas podem seguir alguém, isso significa que seus pés aplicam força contra o chão. Mas, se eles podem atravessar paredes, isso quer dizer que não têm nenhuma substância. Eles poderiam ser materiais ou imateriais, mas não as duas coisas ao mesmo tempo. Isso viola a lei de Newton.

Ele estava usando uma camiseta que dizia ORGULHO NERD, e seu cabelo claro e sedoso ficava caindo nos olhos.

— Mas você não gostaria que pudesse ser verdade? — perguntei a ele. — Não gostaria que o amor fosse tão forte que pudesse voltar para assombrá-lo?

Contei a ele a história de minha mãe, que, uma noite, acordou às 3h14 com a boca cheia de pétalas de violeta e um cheiro de rosas tão forte no ar que ela mal podia respirar. Uma hora mais tarde, foi despertada por um telefonema: sua mãe, que era florista, tinha morrido de ataque cardíaco às 3h14.

— A ciência não tem todas as respostas — eu disse a Henry. — Ela não explica o amor.

— Na verdade, explica — ele respondeu. — Já foram feitos estudos de todo tipo. As pessoas se sentem mais atraídas por quem tenha traços simétricos, por exemplo. E homens simétricos têm um cheiro melhor para as mulheres. Além disso, pessoas com traços genéticos similares se sentem atraídas entre si. Isso provavelmente tem algo a ver com evolução.

Comecei a rir.

— Isso é *horrível* — disse. — É a coisa menos romântica que já escutei.

— Eu não acho...

— Ah, por favor. Diga algo que possa me levar às nuvens — pedi.

Henry me olhou por um longo momento, até eu começar a sentir minha cabeça mais leve e um pouco tonta.

— Acho que talvez você seja perfeitamente simétrica — disse ele.

Em nosso segundo encontro, Henry me levou para Boston. Jantamos no Hotel Parker House, depois alugamos uma charrete para passear pelo parque. Era fim de novembro e a geada se aglutinava nos galhos nus das árvores; quando nos acomodamos dentro da charrete, o condutor nos deu um pesado cobertor de lã para pôr sobre o colo. O cavalo era fogoso, batia os pés e bufava.

Henry estava brincando de adivinhações.

— O que é pior que ser atingido por um raio?

— Desisto.

— Ser atingido por um diâmetro — disse ele. — Por que o livro de matemática cometeu suicídio?

— Não sei...

— Porque tinha muitos problemas.

— Essa piada não é muito científica — eu disse.

— Sou polivalente — Henry riu. — O que é um terapeuta?

Sacudi a cabeça.

— Mil e vinte e quatro gigapeutas.

Os trocadilhos não eram de fato engraçados. Mas, nos lábios de Henry, eles eram. Lábios que se curvavam nas extremidades e que sempre pareciam um pouco envergonhados ao sorrir, lábios que haviam me dado um beijo de boa noite em nosso primeiro encontro com surpreendente força e intensidade.

Eu estava olhando para os lábios dele quando o cavalo caiu morto.

Tecnicamente, ele não estava morto. Havia escorregado no gelo e as pernas da frente cederam. Ouvi um estalo.

Rolamos em câmera lenta para fora da charrete. Henry virou o corpo para amortecer minha queda.

— Você está bem? — perguntou ele, ajudando-me a levantar. Depois me enrolou no cobertor enquanto chegava a polícia e, em seguida, o controle de zoonoses.

— Não olhe — Henry sussurrou, e desviou meu rosto quando o funcionário responsável empunhou uma arma.

Tentei me concentrar nas palavras na camiseta de Henry, visíveis pela abertura de seu casaco: ESTE PRÓTON FAZ MINHA MASSA PARECER MAIOR? Mas o som foi como o mundo rachando ao meio, e a última coisa de que me lembro foi pensar quem usaria uma camiseta no inverno, e se isso significava que a pele dele era sempre morna, e se eu um dia iria senti-la em meu corpo.

Acordei em uma cama desconhecida. As paredes eram cor de creme e havia uma cômoda de madeira escura com uma televisão em cima. Era tudo muito claro e... empresarial. *Você desmaiou*, eu disse a mim mesma.

— O cavalo — falei em voz alta.

— Humm... — uma voz disse baixinho. — Deve estar naquele grande carrossel no paraíso.

Rolei na cama e vi Henry espremido contra a parede do lado oposto do quarto, ainda vestido com seu casaco.

— Você não acredita em paraíso — murmurei.

— Não, mas imaginei que você acreditasse. Está se sentindo bem?

Concordei com a cabeça, um pouco hesitante.

— O que foi? Você não vê mulheres desmaiando à sua volta o tempo todo?

Ele sorriu.

— Isso foi um pouco vitoriano de sua parte.

— Onde estamos?

— Em um quarto do Parker House. Achei que você precisava ficar um pouco deitada. — O rosto dele enrubesceu fortemente. — Mas eu, hã... não quero que você me interprete mal.

Então me levantei sobre um cotovelo.

— Não quer?

— Bem... n-não, a menos que você queira — ele gaguejou.

— E *isso* é um pouco gótico — eu disse. — Henry, posso lhe fazer uma pergunta?

— Claro.

— O que está fazendo aí tão longe?

Estendi a mão e senti o colchão ceder sob seu peso quando Henry subiu nele. Senti sua boca descer sobre a minha e percebi que esse relacionamento não seria como eu havia imaginado: eu bancando a professora do jovem tímido aficionado por computadores. Já deveria ter desconfiado ao observar Henry trabalhando no escritório: programadores agiam devagar e decididamente, depois esperavam para ver a reação. E, se não tinham sucesso na primeira vez, tentavam de novo e de novo, até conseguir penetrar naquela quinta dimensão e obter o efeito desejado.

Mais tarde, com a camiseta de Henry vestida em mim e os braços dele me envolvendo, a televisão ligada sem som em um programa sobre primatas no Congo e ele me alimentando com nuggets de frango do menu infantil do serviço de quarto, pensei em como havia sido esperta em ver além do que as outras pessoas viam em Henry. As camisetas com escritos bobos, a garrafinha de *Guerra nas estrelas* em que ele trazia seu café, a dificuldade que ele tinha para olhar uma mulher nos olhos... Por baixo daquela aparência, havia um homem que me tocava como se eu fosse feita de vidro, que focava em mim com tanta intensidade que às vezes eu precisava lembrá-lo de respirar quando estávamos fazendo amor. Nunca imaginei na época que Henry não seria capaz de amar nada mais além de mim... nem mesmo um bebê que ele havia feito. Nunca imaginei que toda aquela paixão entre nós iria se represar sob as fitas entrelaçadas do código genético de Jacob, apenas esperando a tempestade perfeita para firmar suas raízes, rebentar e florescer em autismo.

Henry está esperando por mim quando desço do avião. Caminho em sua direção e paro a um constrangido passo de distância. Eu me inclino para abraçá-lo bem no momento em que ele se vira para o monitor que registra as chegadas, o que significa que fecho meus braços no ar.

— Ele deve pousar em vinte minutos — diz Henry.

— Bom — respondo. — Que bom. — Olho para ele. — Sinto muito por isso.

Henry olha fixamente para o corredor vazio além da barreira de segurança.

— Você vai me contar o que está acontecendo, Emma?

Por cinco minutos, eu lhe conto sobre Jess Ogilvy, sobre a acusação de homicídio. Conto-lhe que tenho certeza de que a fuga de Theo teve algo a ver com toda essa situação. Quando termino, escuto a voz no alto-falante chamar um passageiro que está prestes a perder o voo e, então, reúno coragem para olhar Henry nos olhos.

— O Jacob vai ser julgado por *homicídio*? — ele diz, com a voz trêmula. — E você não me disse *nada*?

— O que você teria feito? — questiono. — Teria voado até Vermont para ser nosso protetor? Duvido, Henry.

— E quando isso chegar aos jornais daqui? Como vou explicar para minhas filhas de sete e quatro anos que o meio-irmão delas é um assassino?

Eu recuo como se ele tivesse me dado um tapa.

— Vou fingir que você não disse isso — murmuro. — E, se você conhecesse um pouco seu filho, se tivesse de fato passado algum tempo com o Jacob em vez de apenas enviar um cheque todos os meses para aliviar sua consciência, saberia que ele é inocente.

Um músculo treme no queixo de Henry.

— Lembra o que aconteceu no nosso quinto aniversário de casamento?

Essa época de minha vida, quando estávamos tentando todas as intervenções e terapias possíveis para fazer Jacob se conectar com o mundo outra vez, é um borrão escuro.

— Estávamos no cinema, a primeira vez que ficávamos sozinhos em meses. E de repente aquele homem estranho vem pelo corredor, agacha e começa a falar com você e, um minuto depois, você sai com ele. Eu fiquei ali pensando: *Quem será esse sujeito e para onde minha esposa está indo com ele?* E segui você até o saguão. Descobri que era o pai da nossa babá, e paramédico. A Livvie o havia chamado em pânico porque o Theo estava sangrando loucamente. Ele foi até a nossa casa, fez um curativo no Theo e veio nos chamar.

Olho fixo para Henry.

— Não lembro de nada disso.

— O Theo acabou levando dez pontos no supercílio — diz Henry. — Porque o Jacob tinha ficado bravo e derrubado o cadeirão dele quando a Livvie estava de costas.

Agora tudo começa a voltar em minha lembrança. O pânico ao entrarmos em casa, com Jacob em modo crise total e Theo chorando histericamente com um calombo do tamanho de seu pequenino pulso erguendo-se sobre o olho esquerdo. Henry correndo para o hospital enquanto eu ficava para acalmar Jacob. Eu me pergunto como é possível apagar algo tão intensamente de nossa lembrança e reescrever a história.

— Não acredito que esqueci disso — digo baixinho.

Henry desvia o olhar.

— Você sempre foi boa em ver só o que queria ver — ele responde.

E então, de repente, nós dois notamos nosso filho.

— Que merda é essa? — Theo diz.

Eu cruzo os braços.

— É exatamente o que eu quero saber — respondo.

É estranho estar em um aeroporto e não estar celebrando um reencontro ou uma despedida. E mais estranho ainda é estar sentada no banco traseiro do carro de Henry ouvindo-o conversar informalmente com Theo, como se Theo não fosse esperto o bastante para saber que, em algum momento, uma bomba colossal vai explodir.

Quando Theo foi ao banheiro no aeroporto, Henry veio com um plano.

— Me deixe falar com ele.

— Ele não vai te ouvir — eu disse.

— Bom, foi de *você* que ele fugiu — Henry lembrou.

As estradas aqui são claras e limpas. Não há rachaduras causadas pelo congelamento, como em Vermont. Reluzentes, felizes e novas. Não me surpreendo por Henry gostar daqui.

— Theo — digo —, o que passou pela sua *cabeça*?

Ele se agita no banco.

— Eu queria falar com meu pai.

Pelo espelho retrovisor, Henry olha para mim. *Eu não disse?*

— Nunca ouviu falar de telefone?

Mas, antes que ele possa responder, Henry vira em uma entrada residencial. A casa é coberta de telhas coloniais e tem um castelo de princesa de plástico no gramado da frente. Isso faz meu peito ficar apertado.

Meg, a nova esposa de Henry, vem correndo da porta.

— Ah, graças a Deus — diz ela, apertando as mãos uma na outra quando vê Theo no banco da frente. É uma loira miúda com dentes extrabrancos e um rabo de cavalo reluzente. Henry se aproxima dela, deixando que eu arraste minha própria bagagem para fora do porta-malas. Parados um ao lado do outro, com os olhos azuis e os cabelos dourados, eles parecem um pôster da família ariana exemplar.

— Theo — diz Henry, todo paternal, um pouco tarde demais —, vamos até a biblioteca conversar.

Quero odiar Meg, mas não consigo. Ela me surpreende de imediato quando me dá o braço e me leva para dentro.

— Você deve ter ficado doente de preocupação — diz ela. — Eu sei que ficaria.

Então me oferece café e uma fatia de bolo de limão, enquanto Theo e Henry desaparecem na casa. Imagino se o bolo simplesmente estava por ali, se ela é o tipo de mãe que se assegura de sempre ter um doce pronto no balcão da cozinha, ou se o enfiou no forno depois de Henry ter lhe dito que eu estava vindo. Não sei qual imagem me incomoda mais.

Suas filhas (bem, filhas de Henry também) passam correndo pela entrada da sala para dar uma espiada em mim. São pequenas fadinhas loiras. Uma está com um tutu de bailarina enfeitado de lantejoulas cor-de-rosa.

— Meninas — diz Meg —, venham conhecer a sra. Hunt.

— Emma — digo automaticamente. Fico me perguntando o que essas garotinhas imaginam de uma estranha que tem o mesmo sobrenome delas e se Henry alguma vez já lhes explicou.

— Esta é Isabella — Meg apresenta, tocando levemente o alto da cabeça da menina mais velha. — E esta é Grace.

— Oi — elas entoam juntas, e Grace enfia o polegar na boca.

— Oi — respondo, e não sei mais o que dizer.

Será que Henry sente que há algum equilíbrio nessa sua segunda vida, com duas meninas em vez de dois meninos? Grace puxa a saia da mãe e sussurra em seu ouvido.

— Ela quer mostrar a você o que faz no balé — diz Meg, meio se desculpando.

— Ah, eu adoro balé — digo.

Grace levanta os braços e une as pontas dos dedos. Então começa a virar em um círculo, desequilibrando-se um pouquinho. Bato palmas para ela.

Jacob costumava girar assim. Era um de seus movimentos repetitivos quando pequeno. Ele ia mais rápido e mais rápido, até bater em alguma coisa, geralmente um vaso ou qualquer outro objeto quebrável.

Já sei que isso não é verdade só de olhar para ela, mas, se a pequena Grace se revelasse autista, será que Henry ia fugir outra vez?

Como se eu o tivesse conjurado, Henry aparece na sala.

— Você estava certa — diz para mim. — Ele não quer falar sem que você esteja lá.

Qualquer pequena satisfação que isso possa ter me dado desaparece quando Grace vê o pai. Ela para de girar e se lança sobre ele com a força de uma tempestade tropical. Ele a levanta nos braços e, em seguida, afaga os cabelos de Isabella. Há uma tranquilidade em Henry que eu nunca tinha visto nele antes, uma segurança silenciosa de que este é o lugar a que ele pertence. Posso ver isso marcado em seu rosto, nas pequenas linhas que agora se ramificam das laterais de seus olhos, linhas que não estavam ali quando eu o amei.

Meg pega Grace no colo e segura a mão de Isabella.

— Vamos dar uma chance para o papai conversar com seus amigos — diz ela.

Amigos. Eu o amei, eu gerei filhos com ele, e é a isso que fomos reduzidos.

Sigo Henry por um corredor até a sala onde Theo está esperando.

— Sua família... — digo — Elas são perfeitas. — Mas o que estou realmente dizendo é: *Por que eu não mereci isso com você?*

Oliver

— Bem, sr. Bond — diz o juiz. — Aqui está o senhor novamente.

— Chato como um pica-pau — respondo sorrindo.

Jacob e eu estamos no tribunal outra vez, agora sem Emma. Ela havia telefonado tarde na noite passada e deixado uma mensagem dizendo que ela e Theo voltariam para casa hoje. Eu esperava ter boas notícias quando chegasse; Deus sabe o quanto ela precisaria de uma.

O juiz olha sobre as meias-luas dos óculos.

— Temos uma petição ao tribunal solicitando adaptações durante o julgamento de Jacob Hunt. O que está em seus planos, sr. Bond?

Consideração por um cliente que é ele mesmo incapaz de demonstrá-la pelos outros... mas não posso admitir isso. Depois da última explosão de Jacob no tribunal, cheguei a pensar em pedir ao juiz para deixá-lo assistir aos procedimentos de uma sala separada, mas preciso tê-lo em plena visão do júri para fazer meu trabalho de defesa. Se vou jogar a cartada da incapacidade, eles precisam conseguir ver o Asperger se manifestando em toda a sua glória.

— Primeiro, Excelência — digo —, o Jacob precisa de descansos sensoriais. Já ficou evidente aqui como os procedimentos do tribunal podem deixá-lo agitado. Ele precisa ter condições de se levantar e sair da sala quando sentir essa necessidade. Segundo, ele gostaria que sua mãe pudesse sentar ao seu lado na mesa da defesa. Terceiro, devido à sensibilidade de Jacob a estímulos, solicitamos que Vossa Excelência não use o martelo durante os procedimentos. Quarto, a acusação tem que fazer as perguntas de um modo bastante direto e literal...

— Ah, pelo amor de Deus — Helen Sharp suspira.

Dou uma olhada para ela, mas continuo falando.

— Quinto, solicitamos que a duração do dia no tribunal seja encurtada.

O juiz sacode a cabeça.

— Sra. Sharp, com certeza tem objeções a esses pedidos?

— Sim, Excelência. Não tenho nenhum problema quanto aos números um, três e cinco, mas os outros são absolutamente prejudiciais.

— Sr. Bond — diz o juiz —, por que está pedindo que a mãe de seu cliente se sente à mesa da defesa?

— Bem, Vossa Excelência já viu crises do Jacob. Emma Hunt é como um mecanismo que o ajuda a lidar com as situações. Acho que, dado o estresse de uma experiência no tribunal, ter a mãe ao lado dele pode ser benéfico para todos os envolvidos.

— No entanto, a sra. Hunt não está conosco hoje — o juiz observa. — E o réu parece estar se saindo bem.

— A sra. Hunt queria estar aqui, mas houve... uma emergência familiar — digo. — E, em termos de estresse, há uma enorme diferença entre vir ao tribunal para uma petição e vir para um julgamento por homicídio.

— Sra. Sharp — o juiz pergunta —, qual é a base para sua objeção a permitir que a mãe do réu se sente ao lado dele?

— São duas, Excelência. Há uma preocupação sobre como explicar ao júri a presença da mãe do réu ali. Ela vai depor como testemunha, portanto será claramente identificada como a mãe do réu, e, como é bem sabido, não é bom protocolo permitir que qualquer pessoa, além do advogado e do cliente, se sente à mesa. Dar a ela uma posição de destaque à mesa lhe concede mais importância aos olhos do júri, e este se torna um acontecimento inusitado que afeta negativamente o Estado. Além disso, já ouvimos aqui com muita frequência que a mãe do réu age como intérprete para ele. Ela intervém na escola com os professores, com estranhos, com policiais. Foi ela quem entrou intempestivamente na delegacia e disse ao detetive que precisava estar presente no interrogatório. Excelência, o que impede que ela escreva e passe um roteiro completo para Jacob ou sussurre em seu ouvido durante o julgamento para instruí-lo a dizer ou fazer algo que possa ser inadequado e prejudicial?

Eu a observo por um momento. Ela é boa *mesmo*.

— Sr. Bond? Como responde a isso? — o juiz pergunta.

— Excelência, a presença da mãe de Jacob na mesa da defesa é o equivalente a ter um cão-guia para um réu cego. O júri entenderá isso se lhe for dito que não é simplesmente um animal no tribunal, mas uma necessidade, uma adaptação feita para o réu, devido à sua deficiência. A mãe de Jacob, e sua proximidade com ele durante o julgamento, podem ser explicadas da mesma maneira. O que está em discussão hoje,

Excelência, são quais adaptações precisam ser feitas para garantir que meu cliente tenha um julgamento justo. Esse direito, e essas adaptações, lhe são garantidas pela Lei de Americanos com Deficiência e, mais importante ainda, pela quinta, sexta e sétima emendas à Constituição dos Estados Unidos. Isso significa fazer a Jacob algumas pequenas concessões que outros réus não recebem no tribunal? Sim, porque esses outros réus não têm que lidar com a dificuldade incapacitante de se comunicar efetivamente e de interagir com as outras pessoas, como acontece com Jacob. Para eles, um julgamento não é uma montanha gigantesca colocada entre eles e a liberdade sem que tenham ao menos as ferramentas básicas para começar a escalada.

Dou uma olhada rápida para o juiz e, no mesmo instante, tomo a decisão de baixar um pouco o tom.

— Então, como explicamos a posição da mãe de Jacob para o júri? Fácil. Dizemos que o juiz lhe concedeu o direito de se sentar à mesa da defesa. Dizemos que isso não é uma prática habitual, mas, nesse caso, ela tem o direito de estar ali. Quanto ao papel dela no julgamento, Excelência, vou instruí-la a não falar com Jacob e a se comunicar com ele apenas por escrito. Também me comprometo a entregar essas anotações ao juiz no final do dia ou a cada intervalo, para que a sra. Sharp veja exatamente sobre o que eles conversaram.

O juiz tira os óculos e esfrega os dedos no alto do nariz.

— Este é um caso incomum, com circunstâncias incomuns. Com certeza já tive em minha frente um bom número de réus com muita dificuldade para se comunicar... Mas, neste caso, temos um jovem enfrentando acusações muito sérias e um possível encarceramento pelo resto da vida, e sabemos que ele tem uma incapacidade diagnosticada para se comunicar... Portanto, seria uma falta de senso esperar que ele se comportasse em um tribunal como o resto de nós. — Ele olha para Jacob, que, imagino, não está olhando para ele. — O que seria um julgamento justo para esse réu talvez seja diferente do que é para outros, mas essa é a natureza de nosso país: abrimos espaço para todos, e isso é o que vamos fazer para o sr. Hunt. — Ele baixa os olhos para a petição diante de si. — Muito bem. Vou autorizar os descansos sensoriais. Pediremos que o oficial de justiça prepare uma sala especial nos fundos do tribunal e, sempre que o réu sentir necessidade de sair, ele deve passar uma nota escrita para o senhor, sr. Bond. Isso é satisfatório?

— Sim — respondo.

— Então o senhor poderá se aproximar e me solicitar um intervalo. Deverá explicar a seu cliente que ele não poderá deixar a sala até que o intervalo tenha sido anunciado e ele tenha sido dispensado do tribunal.

— Entendido, Excelência — digo.

— Quanto à sua terceira solicitação, não usarei o martelo durante esse julgamento. Mas não vou reduzir a intensidade das luzes. Isso envolve uma questão de segurança para os oficiais de justiça. Espero que os descansos sensoriais ajudem a compensar e não tenho objeções a que o réu apague as luzes na sala que será preparada para ele nos fundos do tribunal.

Jacob puxa meu casaco.

— Posso usar óculos escuros?

— Não — respondo laconicamente.

— Terceiro, encurtarei as sessões do tribunal. Dividiremos o julgamento em três sessões de quarenta e cinco minutos de manhã e duas à tarde, com intervalos de quinze minutos entre elas. Suspenderemos as sessões às quatro da tarde todos os dias. Presumo que isso será satisfatório, sr. Bond?

— Sim, Excelência.

— Concordo em autorizar que a mãe do réu se sente à mesa da defesa. No entanto, eles só poderão se comunicar por escrito e esses bilhetes deverão ser postos à disposição do tribunal a cada intervalo. Por fim, quanto à sua solicitação de que o questionamento da acusação seja direto e simples — diz o juiz —, eu a negarei. O senhor pode fazer as perguntas curtas e literais que quiser, sr. Bond, mas o réu não tem nenhum direito constitucional de direcionar como o Estado decide apresentar seu caso. — Ele coloca minha petição de volta em uma pasta. — Acredito que tudo isso seja satisfatório, não, sr. Bond?

— Claro — digo, mas por dentro estou dando piruetas. Porque todas essas pequenas peculiaridades e concessões são maiores que a soma de suas partes: o júri não pode deixar de ver que Jacob é diferente do réu habitual, do resto de nós.

E que deve ser julgado de acordo.

Theo

Acordo espirrando.

Quando abro os olhos, estou em um quarto cor-de-rosa e há penas fazendo cócegas em meu nariz. Sento de um pulo na caminha estreita e lembro onde estou: no quarto de uma das meninas. Há móbiles com estrelas brilhantes, e pilhas de animais de pelúcia, e um tapete estampado em tons de rosa.

Espirro outra vez e é quando percebo que estou usando um cachecol de penas cor-de-rosa.

— Que merda é essa? — digo, desenrolando-o do pescoço. Então ouço um risinho. Eu me inclino na lateral da cama e encontro a filha mais nova do meu pai, que acho que se chama Grace, escondida embaixo.

— Você falou uma palavra feia — ela me diz.

— O que você está fazendo aqui?

— O que *você* está fazendo aqui? — pergunta ela. — Este é o *meu* quarto.

Desabo de novo no colchão. Desde a hora em que meu voo chegou e da Conversa Séria, acho que não tive mais que quatro horas de sono. Não é surpresa que esteja me sentindo um lixo.

Ela sai de debaixo da cama e senta ao meu lado. É bem pequena, mas eu não sou bom com idades de crianças. Tem as unhas dos pés pintadas de roxo e está usando uma tiara de plástico.

— Por que você não está na escola? — pergunto.

— Porque é sexta-feira, seu bobo — Grace diz, embora isso não faça nenhum sentido para mim. — Seus pés são grandes! São maiores que o Leon.

Estou me perguntando quem seria Leon quando ela pega um porco de pelúcia e o coloca de encontro à sola do meu pé.

Meu relógio está na mesinha de cabeceira, ao lado de um livro sobre uma rata tão tímida que não fala seu nome para ninguém. Eu o li na noite passada antes de dormir. São só 6h42, mas vamos sair cedo. Temos um avião para pegar.

— Você é meu irmão? — Grace pergunta.

Olho para ela. Tento de verdade, mas não consigo ver um único traço em comum. E isso é bem estranho, porque minha mãe sempre me disse que eu lembrava meu pai. (A propósito, agora que eu vi por mim mesmo, isso não é verdade. Só sou loiro, só isso, e todas as outras pessoas na minha casa têm cabelo escuro.)

— Acho que podemos dizer que sim — respondo.

— Então por que você não mora aqui?

Olho em volta para o quadro de princesa na parede, o conjunto de chá de porcelana em uma mesa no canto.

— Não sei — digo, quando a resposta de verdade é: *Porque você tem outro irmão também.*

Isto é o que aconteceu ontem à noite:

Saí do avião e dei de cara com meus pais — os dois — me esperando na sala de desembarque.

— Que merda é essa? — exclamei, surpreso.

— É exatamente o que eu quero saber, Theo — respondeu minha mãe, curta e grossa.

E então, antes que ela pudesse me alvejar com mais algum comentário, meu pai disse que íamos para a casa dele discutir isso.

Ele foi conversando bobagens durante os vinte minutos no carro, enquanto eu sentia os olhos de minha mãe atrás de mim, perfurando meu crânio. Quando chegamos à casa dele, vi de relance uma mulher bem bonita mesmo que devia ser sua esposa, antes de ele me levar para a biblioteca.

Era tudo muito moderno e totalmente diferente da nossa casa. Havia janelas ocupando a parede inteira e o sofá era de couro preto cheio de ângulos retos. Parecia o tipo de sala que a gente vê nas revistas em consultórios médicos, e não um lugar onde se quer viver. O nosso sofá em casa era de um tecido vermelho à prova de manchas, mas, mesmo assim, havia uma mancha no braço onde eu derrubei suco de uva uma vez. Os zíperes de duas almofadas estavam quebrados. Mas, quando a gente queria se esparramar para ver TV, ele era perfeito.

— Então — meu pai começou, fazendo um sinal para que eu me sentasse —, isso é um pouco constrangedor.

— É.

— A questão é que, na verdade, eu não tenho muito direito de lhe dizer que é ridículo fugir de casa. E que você matou sua mãe de susto. E nem preciso lhe dizer que ela está furiosa...

— É, não *precisa* me dizer isso.

Ele aperta as mãos entre os joelhos.

— Enfim, estive pensando e não vou lhe dizer nada dessas coisas. — Ele olha para mim. — Imagino que você veio até aqui para que eu *ouvisse*.

Eu hesito. Há algo nele tão familiar para mim, o que é muito louco, porque só falo com ele duas vezes por ano, no Natal e no meu aniversário. Vai ver que é isso que o parentesco faz. Talvez permita que a gente recomece de onde parou, mesmo que tenha sido quinze anos atrás.

Quero lhe dizer por que estou aqui — a história da prisão de Jacob, a verdade sobre eu ter invadido casas, o telefonema do banco para minha mãe com o recado que nunca dei a ela sobre a recusa de seu segundo empréstimo de hipoteca —, mas todas as palavras ficam presas na minha garganta. As frases me sufocam até eu não poder mais respirar, até lágrimas virem aos meus olhos, e o que sai, por fim, não é nada disso.

— Por que eu não importava? — digo.

Não era isso que eu queria. Queria que ele me visse como o jovem responsável que eu me tornei, tentando salvar minha família, e queria que ele sacudisse a cabeça e pensasse: *Eu fiz merda mesmo. Devia ter ficado com ele, conhecê-lo melhor. Olha que menino incrível ele virou.* Em vez disso, estou aqui gaguejando, com o nariz escorrendo e o cabelo caindo nos olhos, e me sentindo tão cansado; de repente, estou terrivelmente cansado.

Quando se espera alguma coisa, é certo se decepcionar. Aprendi isso muito tempo atrás. Mas, se fosse minha mãe sentada ao meu lado, seus braços já estariam em volta de mim. Ela teria massageado minhas costas e dito para eu me acalmar, e eu teria me abandonado de encontro a ela até me sentir melhor.

Meu pai pigarreou e nem fez menção de me tocar.

— Eu, hã... não sou muito bom nesse tipo de coisa. — Ele se mexeu e eu enxuguei os olhos, imaginando que estivesse tentando se aproximar de mim, mas, em vez disso, ele tirou a carteira do bolso de trás. — Tome — diz ele, me estendendo algumas notas de vinte dólares. — Fique com isto.

Eu olho para ele e, antes de me dar conta, uma risada sai com força da minha garganta. Meu irmão está prestes a ser julgado por homicídio, minha mãe quer minha cabeça em uma bandeja de prata, meu futuro é tão obscuro quanto se eu estivesse enterrado em uma mina de carvão, e meu pai não pode nem me dar um tapinha nas costas e dizer que tudo vai ficar bem. Em vez disso, ele acha que sessenta dólares vão fazer tudo parecer melhor.

— Sinto muito — digo, rindo de verdade agora. — Muito mesmo.

Percebo que não sou eu quem deveria estar dizendo isso.

Não sei o que me passou pela cabeça de vir aqui. Não há soluções mágicas na vida, há apenas a longa e difícil escalada para fora do poço onde a gente se enfiou.

— Acho que é melhor você chamar minha mãe — digo.

Tenho certeza de que meu pai acha que eu sou louco, rindo desse jeito quando, um minuto antes, estava soluçando. E, quando ele se levanta, sem a menor dúvida aliviado por poder sair de perto de mim, percebo por que meu pai me parece familiar. Não é porque temos algo em comum, muito menos porque compartilhamos um código genético. É porque, com seu óbvio desconforto, o jeito como ele não olha para mim agora e o fato de não querer contato físico, ele me lembra muito o meu irmão.

Não falo com minha mãe durante todo o tempo em que meu pai está nos levando ao aeroporto. Não digo uma palavra quando meu pai lhe dá um cheque e ela vê o número escrito e fica sem fala.

— Pegue — diz ele. — Eu gostaria... gostaria de poder estar lá ao lado dele.

Isso não é verdade. O que ele realmente gostaria é de ser *capaz* de estar lá ao lado de Jacob, mas minha mãe parece compreender isso e, seja como for, qualquer dinheiro que ele tenha lhe dado é uma ajuda. Ela lhe dá um abraço rápido de despedida. Eu estendo a mão. Não cometo o mesmo erro duas vezes.

Não conversamos na sala de embarque, ou enquanto embarcamos, ou durante a decolagem. É só quando a voz do comandante surge no alto-falante para avisar sobre nossa velocidade de cruzeiro que eu viro para minha mãe e peço desculpas.

Ela está folheando uma revista de bordo.

— Eu sei — diz ela.

— Sinto muito mesmo.

— Tenho certeza disso.

— Por roubar o número do seu cartão de crédito. E todo o resto.

— E é por isso que você vai pagar essas passagens, inclusive as minhas, mesmo que demore até ter cinquenta e seis anos — diz ela.

A comissária de bordo passa perguntando se alguém quer comprar uma bebida. Minha mãe levanta a mão.

— O que você quer? — ela me pergunta, e eu digo suco de tomate. — E eu vou querer um gim tônica — ela pede à comissária.

— Sério? — Estou impressionado. Não sabia que minha mãe bebia gim.

Ela suspira.

— Momentos desesperados pedem soluções desesperadas, Theo. — Então ela olha para mim com a testa franzida, pensativa. — Quando foi a última vez que você e eu estivemos assim sozinhos?

— Humm... — respondo. — Nunca?

— É... — minha mãe diz, refletindo.

A comissária de bordo volta com nossas bebidas.

— Aqui estão. Vão descer em Los Angeles ou continuar até o Havaí?

— Quem me dera — diz minha mãe, e, quando vira a tampa da garrafinha de gim, o som parece de um suspiro.

— Quem dera a todos nós — a comissária de bordo ri, antes de continuar pelo corredor.

A página em que minha mãe parou em sua revista é mesmo uma propaganda turística de duas páginas do Havaí, ou pelo menos de algum lugar igualmente tropical.

— A gente podia ficar no avião e ir até lá — digo.

Ela ri.

— Usucapião. Desculpe, senhor, mas não vamos desocupar os assentos 15A e 15B.

— No fim da tarde, podemos estar sentados em uma praia.

— Tomando sol — minha mãe continua.

— Bebendo piña colada — sugiro.

Minha mãe levanta uma sobrancelha.

— Sem álcool para você.

Há uma pausa, enquanto nós dois imaginamos uma vida que nunca será nossa.

— Talvez — digo, depois de um momento — a gente pudesse trazer o Jacob. Ele adora coco.

Isso nunca vai acontecer. Meu irmão não vai entrar em um avião; ele teria a Crise das Crises antes que isso acontecesse. E não dá para ir até o Havaí remando. Sem mencionar o fato de que estamos decididamente falidos. Ainda assim...

Minha mãe apoia a cabeça em meu ombro. É estranho, como se eu fosse quem está cuidando dela, e não o contrário. A verdade é que já sou mais alto que ela, e ainda não parei de crescer.

— Vamos fazer isso — minha mãe concorda, como se tivéssemos alguma esperança.

Jacob

Eu tenho uma piada:

Dois bolinhos estão no forno.
Um deles diz: "Puxa, está muito quente aqui".
O outro dá um pulo e diz: "Ahh! Um bolinho falante!"

Isso é engraçado porque:

1. Bolinhos não falam.
2. Eu sou mentalmente são o bastante para saber disso. Apesar do que minha mãe, Oliver e praticamente todos os psiquiatras de Vermont parecem pensar, nunca conversei com um bolinho em toda a minha vida.
3. Isso ia ser muito bobo.
4. Você também entendeu a piada, certo?

Minha mãe disse que ia conversar com a dra. Newcomb por meia hora, mas já faz quarenta e dois minutos e ela ainda não voltou para a sala de espera.

Estamos aqui porque Oliver disse que precisávamos. Embora ele tenha conseguido todas aquelas concessões no tribunal para mim e embora tudo isso o ajude a provar sua defesa por insanidade para o júri (apesar de eu não saber como, uma vez que insanidade não é equivalente a deficiência, ou mesmo peculiaridade), parece que também temos que consultar uma psiquiatra que ele encontrou e que terá a tarefa de dizer ao júri que eles devem me deixar livre porque tenho Asperger.

Finalmente, quando já se passaram dezesseis minutos a mais do que minha mãe tinha dito – e quando eu já comecei a suar um pouco e minha boca ficou seca, porque estou achando que talvez minha mãe tenha esquecido de mim e eu vá ficar sentado nessa pequena sala de espera para sempre –, a dra. Newcomb abre a porta.

– Jacob? – diz ela, sorrindo. – Pode entrar.

Ela é uma mulher muito alta, com uma torre de cabelo mais alta ainda e a pele lisa e de uma cor intensa de chocolate amargo. Seus dentes brilham como faróis e eu fixo sem querer o olhar neles. Não vejo minha mãe na sala e sinto um som de gemido começar a subir pela minha garganta.

– Onde está minha mãe? – pergunto. – Ela disse que voltaria em meia hora e já se passaram quarenta e sete minutos.

– Demoramos um pouco mais do que eu esperava. Sua mãe saiu pelos fundos e está esperando você lá – responde a dra. Newcomb, como se pudesse ler minha mente. – Jacob, tive uma ótima conversa com a sua mãe. E com a dra. Murano.

Ela senta e faz um sinal para eu me sentar à sua frente. O estofamento da cadeira tem faixas como uma zebra e eu não gosto muito disso. Padrões em geral me deixam incomodado. Toda vez que olho para uma zebra, não sei dizer se ela é preta com listras brancas ou branca com listras pretas e isso me perturba.

– É meu trabalho examiná-lo – diz a dra. Newcomb. – Preciso enviar um relatório ao juiz, portanto o que você disser aqui não é confidencial. Você entende o que isso significa?

– *Que deve ser mantido em sigilo* – digo, citando a definição de "confidencial" e franzindo a testa. – Mas você não é médica?

– Sim, psiquiatra, como a dra. Murano.

– Então o que eu lhe disser deve ser mantido entre nós – digo. – Há uma relação de confidencialidade entre médico e paciente.

– Mas essa é uma circunstância especial em que vamos contar às pessoas o que você disser, por causa do caso no tribunal.

Todo esse procedimento está começando a parecer cada vez pior. Eu não só tenho que falar com uma psiquiatra que não conheço, como ela pretende sair por aí contando sobre a sessão.

– Então eu prefiro falar com a dra. Moon. Ela não conta para ninguém os meus segredos.

– Sinto muito, mas essa não é uma opção – a dra. Newcomb responde e então olha firme para mim. – Você tem segredos?

— Todo mundo tem segredos.

— O fato de ter segredos às vezes faz você se sentir mal?

Sento muito reto na cadeira, para que minhas costas não tenham que tocar aquele tecido confuso em ziguezagues.

— Às vezes, acho.

Ela cruza as pernas, que são longas como as de uma girafa. Girafas e zebras. E eu sou um elefante, que nunca esquece.

— Você entende que o que fez, Jacob, foi errado aos olhos da lei?

— A lei não tem olhos — digo a ela. — Tem tribunais, juízes, testemunhas e júris, mas não tem olhos. — Eu me pergunto de onde Oliver tirou essa mulher. *Sinceramente.*

— Você entende que o que fez era errado?

Sacudo a cabeça.

— Eu fiz a coisa certa.

— Por que foi certo?

— Eu estava seguindo as regras.

— Que regras?

Eu poderia contar mais, mas ela vai contar a outras pessoas e isso significa que eu não vou ser o único a ficar em apuros. Mas sei que ela quer que eu explique; isso é evidente pelo jeito como se inclina para a frente. Eu me encolho na cadeira, o que me faz tocar a estampa de zebra, mas esse é o menor de dois males.

— *Eu vejo gente morta* — digo, e a dra. Newcomb só fica olhando para mim. — É de *O sexto sentido* — explico.

— Sim, eu sei. — Ela inclina a cabeça. — Você acredita em Deus, Jacob?

— Nós não vamos à igreja. Minha mãe diz que a religião é a raiz de todos os males.

— Não perguntei o que a sua mãe pensa da religião. Perguntei o que *você* pensa.

— Eu *não* penso sobre isso.

— As regras que você mencionou... — a dra. Newcomb insiste.

Mas já não tínhamos saído desse assunto?

— Você sabe que existe uma regra contra matar pessoas?

— Sei.

— Você acha que seria errado matar alguém?

Claro que acho. Mas não posso dizer isso. Não posso porque admitir essa regra seria quebrar outra. Fico em pé e começo a andar, balançando para cima e para baixo sobre os dedos dos pés, porque isso às vezes me ajuda a pôr o cérebro e o corpo em sintonia.

Mas não respondo.

A dra. Newcomb, porém, não desiste.

— Quando esteve na casa da Jess no dia em que ela morreu, você entendia que é errado matar alguém?

— *Eu não sou má* — cito. — *Só fui desenhada assim.*

— Eu preciso muito que você responda a essa pergunta, Jacob. No dia em que esteve na casa da Jess, você sentiu que estava fazendo algo errado?

— Não — digo imediatamente. — Eu estava seguindo as regras.

— Por que você moveu o corpo dela?

— Eu estava montando a cena do crime.

— Por que limpou as provas na casa?

— Porque a gente deve limpar a própria bagunça

A dra. Newcomb escreve algo.

— Você tinha brigado com a Jess durante sua sessão de orientação alguns dias antes de ela morrer, não foi?

— Sim.

— O que ela disse para você naquele dia?

— "Dá um tempo."

— Mas você foi à casa dela na terça-feira assim mesmo?

Faço que sim com a cabeça.

— Sim, nós tínhamos uma sessão.

— A Jess estava obviamente aborrecida com você. Por que foi lá?

— As pessoas sempre dizem coisas que não são verdade. — Ergo os ombros. — Como quando o Theo me diz para *segurar a onda*. Isso não significa *segurar uma onda*, mas *se controlar*. Achei que a Jess estava fazendo a mesma coisa.

— Quais foram suas reações às respostas da vítima?

Sacudo a cabeça.

— Não entendo o que você está falando.

— Quando você chegou à casa da Jess, gritou com ela?

Houve um momento em que me inclinei diretamente sobre o rosto dela e gritei, para acordá-la.

— Sim — digo. — Mas ela não respondeu.

— Você entende que a Jess não vai voltar nunca mais?

Claro que entendo. Provavelmente poderia contar muitas coisas que a dra. Newcomb não sabe sobre decomposição de corpos.

– Sim.

– Você acha que a Jess estava com medo naquele dia?

– Não sei.

– Como você acha que teria se sentido, se você fosse a vítima?

Reflito por um momento.

– Morto – respondo.

Oliver

Três semanas antes de irmos a julgamento, começamos a seleção do júri. Seria de imaginar que, com o autismo sendo diagnosticado com a frequência com que tem sido atualmente, encontrar um júri de pares de Jacob, ou pelo menos pais que tenham filhos no espectro, não seria tão difícil assim. No entanto, os dois únicos jurados com filhos autistas que estão em nosso grupo inicial são aqueles contra os quais Helen usa seu direito de recusa peremptória.

Entre meus comparecimentos ao tribunal, recebo os laudos da dra. Newcomb e do dr. Cohn, os dois psiquiatras que examinaram Jacob. Sem surpresa, o dr. Cohn considerou Jacob totalmente capaz — o psiquiatra do Estado teria considerado uma *torradeira* capaz —, e a dra. Newcomb disse que Jacob era juridicamente incapaz no momento em que o crime foi cometido.

Mesmo assim, o laudo da dra. Newcomb não vai ser tão útil assim. Nele, Jacob está parecendo um autômato. E a verdade é que os jurados podem desejar ser justos, mas seus instintos em relação ao réu têm muito a ver com o veredicto apresentado. O que significa que é melhor eu dar um jeito de Jacob passar a impressão mais simpática possível, uma vez que não tenho intenção de deixá-lo depor. Com sua falta de entonação, seu olhar evasivo, seus tiques nervosos... isso seria um desastre.

Uma semana antes do início do julgamento, minha atenção se volta para preparar Jacob para o tribunal. Quando chego à casa dos Hunt, Thor sai correndo do carro para a varanda, com o rabinho balançando. Ele se apegou muito a Theo, ao ponto de eu às vezes me perguntar se já não deveria simplesmente deixá-lo passar a noite enrolado na cama do garoto, já que ele parece ter fixado residência lá mesmo. E Deus sabe quanto Theo precisa de companhia — depois de sua viagem pelo país, ele foi posto de castigo até os trinta anos —, embora eu sempre lhe diga que provavelmente vou conseguir encontrar um argumento para recorrer dessa decisão.

Bato, mas ninguém atende. Já estou acostumado a abrir a porta e entrar, então faço isso e vejo Thor subir a escada direto.

— Oi! — chamo, e Emma aparece com um sorriso.

— Chegou bem na hora — diz ela.

— De quê?

— O Jacob tirou nota máxima em uma prova de matemática e, como prêmio, deixei que ele montasse uma cena de crime.

— Isso é macabro.

— Apenas mais um dia em minha vida — responde ela.

— Pronto! — Jacob chama lá de cima.

Sigo Emma, mas, em vez de entrarmos no quarto de Jacob, seguimos para o banheiro. Quando ela abre a porta, eu levo a mão à boca, sem fôlego.

— O que... o que é isso? — consigo dizer.

Há sangue por toda parte. É como se tivéssemos entrado no covil de um serial killer. Uma longa linha de sangue se curva horizontalmente na parede branca do chuveiro. À frente, no espelho, há uma série de gotas em vários formatos alongados.

Mais estranho ainda é que Emma não parece nem um pouco perturbada ao ver as paredes do chuveiro, o espelho e a pia cobertos de sangue. Ela olha para o meu rosto e começa a rir.

— Relaxa, Oliver — diz ela. — É só xarope de milho.

Ela vai até o espelho, passa o dedo na sujeira e o leva aos meus lábios.

Não posso resistir ao desejo de provar o gosto dela. E, sim, *é* xarope de milho, imagino que misturado com corante vermelho.

— Parabéns por contaminar uma cena de crime, mãe — Jacob murmura. — Então, lembre que a parte mais fina da mancha de sangue geralmente aponta na direção em que o sangue estava escorrendo...

De repente, imagino Jess Ogilvy de pé no chuveiro e Jacob na frente dela, parado bem onde Emma está.

— Vou dar uma dica — Jacob diz a Emma. — A vítima estava bem aqui. — Ele aponta para o tapete entre o chuveiro e o espelho sobre a pia.

Posso facilmente imaginar Jacob com uma solução de água sanitária limpando o espelho e o boxe do chuveiro na casa de Jess Ogilvy.

— Por que no banheiro? — pergunto. — O que fez você escolher montar a cena do crime aqui, Jacob?

Essas palavras são suficientes para Emma compreender por que estou tão abalado.

— Ah, meu Deus — diz ela, virando-se. — Eu não pensei... não imaginei...

— Respingos de sangue fazem muita sujeira — responde Jacob, confuso. — Achei que minha mãe provavelmente não gritaria comigo se eu fizesse isso no banheiro.

Uma linha do laudo da dra. Newcomb vem à minha cabeça: *Eu estava seguindo as regras.*

— Limpe isso — digo, e saio dali.

— Novas regras — digo, quando nós três estamos sentados à mesa da cozinha. — Em primeiro lugar: não são mais permitidas montagens de cenas de crime.

— Por quê? — Jacob pergunta.

— Me diga você, Jake. Você vai ser julgado por homicídio. Acha que é inteligente criar um assassinato simulado uma semana antes do julgamento? E se houver vizinhos espiando através das cortinas?

— A, nossos vizinhos estão muito longe para enxergar pelas janelas e B, a cena de crime lá em cima não tinha nada a ver com o que aconteceu na casa da Jess. Essa aqui mostra o sangramento arterial no chuveiro e também o padrão do sangue lançado pela facada que matou a vítima, atrás dela, no espelho. Na casa da Jess...

— Eu não quero ouvir isso — interrompo, tampando os ouvidos.

Toda vez que acho que tenho uma chance de salvar a pele de Jacob, ele faz algo desse tipo. Infelizmente, hesito entre pensar se um comportamento como o que acabei de presenciar prova minha alegação (como ele poderia *não* ser considerado insano?) ou se é macabramente repugnante para um júri. Afinal, Jacob não está conversando com coelhos gigantes imaginários; ele está fingindo que matou alguém. Isso parece muito deliberado para mim. É como se fosse um treinamento para que tudo possa sair perfeito na realidade.

— Regra número dois: você precisa fazer exatamente o que eu lhe disser para fazer no tribunal.

— Já estive umas dez vezes no tribunal — diz Jacob. — Acho que já sei como é.

Emma sacode a cabeça.

— Ouça o que ele diz — ela intervém, com a voz baixa. — Agora, o Oliver é o chefe.

— Vou lhe dar uma pilha de post-its cada vez que entrarmos naquela sala — aviso. — Se você precisar de um intervalo, passe uma nota para mim.

— Que tipo de nota? — Jacob pergunta.

— Qualquer nota. Mas só faça isso se precisar de um intervalo. Também vou lhe dar um bloco de anotações e uma caneta e quero que você vá tomando notas. Como faria se estivesse vendo *CrimeBusters.*

— Mas não tem nada interessante acontecendo naquele tribunal...

— Jacob — eu lhe digo, com seriedade —, sua vida vai estar sendo decidida ali. Regra número três: você não pode falar com ninguém. Nem com sua mãe. Quanto a você, Emma — me viro para ela —, não pode dizer ao Jacob como ele deve se sentir, como deve reagir ou como deve parecer. Todos os bilhetes que passarem entre vocês serão lidos pela acusação e pelo juiz. Não quero que conversem nem sobre o clima, porque eles vão tentar dar interpretações a isso e, se acharem que qualquer coisa pareça suspeita, você vai ser retirada da mesa da defesa. Se quiser escrever *Respire*, sem problema. Ou *Está tudo bem, não se preocupe.* Mas isso é o mais específico a que pode chegar.

Emma toca o braço de Jacob.

— Entendeu?

— Entendi — diz ele. — Posso ir agora? Você tem ideia de como é difícil tirar o xarope de milho da parede depois que seca?

Eu o ignoro totalmente.

— Regra número quatro: você vai usar camisa social e gravata, e não quero ouvir que você não tem dinheiro, Emma, porque isso não é negociável.

— Nada de botões — Jacob anuncia, em um tom que não admite discussão.

— Por quê?

— Porque a sensação deles no meu peito é estranha.

— Está bem — digo. — Que tal uma blusa de gola alta?

— Não posso usar minha camiseta verde da sorte? — Jacob pergunta. — Eu estava com ela quando fiz meus exames avançados e tirei oitocentos na seção de matemática.

— Por que não vamos até seu guarda-roupa ver se temos algo adequado? — Emma sugere, e todos subimos as escadas outra vez, agora para o quarto de Jacob. Evito deliberadamente olhar para o banheiro.

Embora a câmara de vaporização ainda esteja com a polícia como prova, Jacob arrumou uma nova, feita com um vaso largo virado para baixo. Ele não é transparente como o aquário, mas deve estar funcionando, porque sinto cheiro de cola. Emma abre a porta do armário.

Se eu não tivesse visto com meus próprios olhos, não teria acreditado. Cromaticamente organizadas, as roupas de Jacob estão penduradas lado a lado, praticamente sem se tocar. Há jeans e calças de algodão na área azul e um arco-íris de camisetas de mangas longas e curtas. E, sim, na sequência correta, a camiseta verde da sorte. Parece um santuário do Orgulho Gay.

Há uma linha fina entre parecer mentalmente incapaz no tribunal e parecer desrespeitoso. Respiro fundo, refletindo sobre como explicar isso a um cliente que não consegue pensar além da sensação de uma fileira de botões na pele.

— Jacob — digo —, você precisa usar uma camisa com colarinho. E gravata também. Sinto muito, mas nenhuma dessas vai dar certo.

— O que a minha aparência tem a ver com você dizer a verdade ao júri?

— Eles vão ver você — respondo. — Então você precisa causar uma primeira impressão boa.

Jacob vira para outro lado.

— Eles não vão gostar de mim de nenhum jeito. Ninguém nunca gosta.

Ele não diz isso como se sentisse pena de si mesmo. É mais como se estivesse simplesmente me contando um fato, relatando como o mundo funciona.

Depois que Jacob sai para limpar a sujeira que fez, lembro que Emma está no quarto comigo.

— O banheiro, eu... não sei o que dizer. — Ela senta na cama de Jacob. — Ele faz isso o tempo todo, montando cenas para eu solucionar. É o que o deixa feliz.

— Bom, há uma grande diferença entre usar uma garrafa de xarope de milho para se divertir e usar um ser humano. Não preciso do júri imaginando qual é a distância para pular de um ao outro.

— Você está nervoso? — ela pergunta, virando-se para me encarar.

Concordo com a cabeça. Provavelmente não deveria estar admitindo isso para ela, mas não consigo evitar.

— Posso lhe fazer uma pergunta?

— Claro — respondo —, o que quiser.

— Você acha que ele matou a Jess?

— Já lhe disse que isso não importa para o julgamento. Vamos usar a defesa com a maior probabilidade de...

— Não estou perguntando a você como advogado do Jacob — Emma interrompe. — Estou perguntando a você como amigo.

Respiro fundo.

— Não sei. Se ele fez isso, não acredito que tenha sido intencional.

Ela cruza os braços.

— Eu só fico pensando que, se pudéssemos fazer a polícia reabrir o caso, investigar melhor o namorado da Jess...

— A polícia acha que já encontrou o assassino, com base nas provas. Se não achasse, não estaríamos indo para o tribunal quarta-feira. A promotora acha que tem provas suficientes para fazer o júri ver a situação do jeito dela. Mas, Emma, vou fazer todo o possível para evitar que isso aconteça.

— Tenho uma confissão a fazer — diz Emma. — Quando fomos ver a dra. Newcomb, eu deveria ficar com ela meia hora. Eu disse ao Jacob que voltaria em trinta minutos, mas, totalmente de propósito, continuei falando por mais quinze. Queria que o Jacob ficasse perturbado por eu estar atrasada. Queria que ele já estivesse um pouco fora de controle quando a encontrasse, para que ela pudesse escrever sobre todo esse comportamento em seu laudo para o tribunal. — Os olhos de Emma são escuros e profundos. — Que tipo de mãe eu sou?

Olho para ela.

— O tipo que está tentando salvar o filho da prisão.

Emma estremece. Ela vai até a janela, esfregando os braços, embora esteja calor dentro do quarto.

— Vou arrumar uma camisa social para ele — ela promete. — Mas fica a *seu* cargo convencer o Jacob a usar.

CASO 9: FESTA DO PIJAMA

Era cedo na manhã de 17 de fevereiro de 1970 quando os policiais de Fort Bragg, Carolina do Norte, atenderam a um chamado do médico do Exército Jeffrey MacDonald. Ao chegarem, encontraram sua esposa grávida, Colette, e as duas filhas pequenas mortas com múltiplos ferimentos. Colette tinha sido apunhalada trinta e sete vezes com uma faca e um picador de gelo, e a blusa de pijama rasgada de MacDonald estava enrolada nela. Na cabeceira da cama, havia a palavra PORCO escrita com sangue. O próprio MacDonald foi encontrado com pequenos ferimentos, ao lado da esposa. Ele disse que havia sido ferido por três homens e uma mulher de chapéu branco que cantava: "Ácido é bom, matem os porcos". MacDonald contou que, quando os homens o atacaram, ele subiu a blusa do pijama e a usou para bloquear os golpes do picador de gelo. Por fim, disse ele, acabou desmaiando.

O Exército não acreditou em MacDonald. A sala, por exemplo, não tinha sinais de luta, a não ser por uma mesa e um vaso virados. Fibras da blusa de pijama rasgada não foram encontradas no aposento em que ela teria sido danificada, mas nos quartos das filhas. Eles teorizaram que MacDonald havia matado a esposa e as filhas, depois tentado encobrir os assassinatos usando artigos sobre a família Manson de uma revista que foi encontrada na sala. O Exército acabou desistindo da acusação devido à má qualidade das técnicas investigativas e MacDonald recebeu uma exoneração honrosa.

Em 1979, MacDonald foi julgado em um tribunal civil. Um perito forense testemunhou que a blusa de pijama do médico, que ele disse que havia usado para bloquear os golpes dos agressores, tinha quarenta e oito furos limpos e cilíndricos que eram precisos demais para um ataque violento. Para fazer furos daquele tipo, a blusa precisaria ter estado imóvel, algo muito improvável se MacDonald estivesse se defendendo de alguém que o atacava. O perito também mostrou como, dobrando a blusa de determinada maneira, esses furos poderiam ter sido produzidos por vinte e um golpes — o número exato de vezes que Colette MacDonald tinha sido golpeada com um picador de gelo. Os buracos se alinhavam com o padrão dos ferimentos dela, indicando que a blusa do pijama havia sido colocada sobre ela antes de ela ser golpeada, e não usada em autodefesa por MacDonald. Ele foi sentenciado a prisão perpétua por três assassinatos e até hoje afirma que é inocente.

Theo

Não é a primeira vez que tenho que lutar com meu irmão para ele vestir paletó e gravata.

— Caramba, Jacob, pare com isso antes que acerte meu olho — murmuro, segurando as mãos dele sobre a cabeça e montado sobre seu corpo, que se debate como um peixe que de repente se vê fora da água.

Minha mãe está fazendo o possível para dar o nó na gravata, mas Jacob se contorce tanto que fica parecendo mais um nó de correr.

— Você precisa mesmo abotoar? — grito, mas duvido que ela possa me escutar. Jacob vence em decibéis. Aposto que os vizinhos estão ouvindo e imagino o que devem estar pensando. Provavelmente que estamos enfiando alfinetes em seus olhos.

Minha mãe consegue prender um dos pequenos botões do colarinho da camisa antes de Jacob morder sua mão. Ela solta um gritinho e afasta a mão do pescoço dele, deixando um dos botões ainda aberto.

— Já está bom assim — diz ela, bem no momento em que Oliver chega para nos pegar para o primeiro dia do julgamento.

— Eu bati — diz ele, mas é óbvio que não poderíamos ter escutado.

— Você está adiantado — minha mãe responde. Ela ainda está de roupão de banho.

— Bem, vamos ver o produto acabado — diz Oliver, e minha mãe e eu nos afastamos de Jacob.

Oliver o observa por um longo momento.

— Mas que droga é essa? — ele pergunta.

Certo, eu admito que Jacob não vai ganhar nenhum concurso de moda, mas está de paletó e gravata, que foram os critérios exigidos. Ele usa um terno de poliéster cor de gema de ovo que minha mãe encontrou em um brechó. E uma camisa amarelo-clara, com uma gravata dourada de malha.

— Ele parece um *cafetão* — Oliver define.

Minha mãe pressiona os lábios.

— Hoje é Quarta-Feira Amarela.

— Não me importa se é Domingo de Bolinhas! E nem ninguém mais naquele júri se importa. Esse é o tipo de terno que o Elton John usa em shows, Emma, não o que um réu usa em um julgamento.

— Foi um acordo — minha mãe insiste.

Oliver passa a mão pelo rosto.

— Não falamos em um blazer azul?

— Sextas-feiras são azuis — Jacob diz. — Vou usar o azul na sexta-feira.

— E, coincidentemente, vai usar hoje também — Oliver responde, e olha para mim. — Quero que você me ajude enquanto sua mãe vai se vestir.

— Mas...

— Emma, não tenho tempo para brigar com você agora — Oliver declara.

Minha mãe combinou usar uma saia cinza-escura muito simples com um blusão azul. Eu estava aqui quando Oliver examinou todo o guarda-roupa dela, dando vazão ao seu estilista interior, e escolheu algo que, segundo ele, era "escuro e conservador".

Zangada, minha mãe sai do quarto de Jacob de mau humor. Eu cruzo os braços.

— Acabei de enfiar essas roupas nele. De jeito nenhum que vou tirar agora.

Oliver dá de ombros.

— Jacob, tire essa roupa.

— *Com prazer* — Jacob explode, e arranca as roupas do corpo em segundos.

Oliver o segura.

— Pegue aquela camisa listrada, o blazer e a gravata vermelha — ele ordena, espiando para dentro do armário aberto de Jacob. Assim que faço isso, Jacob dá uma olhada nas roupas, que são de um estilo que ele odeia, *além* de serem da cor errada, e solta um grito de arrepiar. — Puta merda — Oliver murmura.

Seguro as mãos de Jacob e as prendo sobre a cabeça dele outra vez.

— Você ainda não viu nada — digo.

A última vez que tive de vestir meu irmão de terno e gravata foi para o funeral de meu avô. Minha mãe não estava bem naquele dia e talvez tenha sido por isso que Jacob não brigou tanto por causa das roupas quanto hoje. Nenhum de nós tinha terno e gravata, então minha mãe os havia tomado emprestados do marido de uma vizinha. Éramos mais novos na época e o terno de um adulto não servia em nós. Ficamos sentados na sala onde estava o caixão, com as roupas nadando à nossa volta, como se tivéssemos sido maiores antes de sermos abalados pelo luto.

Na verdade, eu não conhecia meu avô muito bem. Ele estava em uma casa de repouso desde que minha avó tinha morrido, e minha mãe nos arrastava para visitá-lo duas vezes por ano. O lugar tinha cheiro de xixi e eu ficava muito impressionado com os velhos em cadeiras de rodas, com a pele que parecia esticada demais e muito brilhante e apertada sobre os nós dos dedos e os joelhos ossudos. A única boa lembrança que tinha de meu avô era sentar em seu colo quando eu era bem pequeno e vê-lo tirar uma moeda da minha orelha. O hálito dele cheirava a uísque, e os cabelos brancos, quando eu os tocava, eram duros como palha de aço.

Ainda assim, ele estava morto, e eu achava que deveria sentir alguma coisa... porque, se não sentisse, isso significaria que eu não era melhor do que Jacob.

Minha mãe tinha nos deixado sozinhos enquanto recebia as condolências de pessoas cujos nomes ela nem sabia. Fiquei sentado ao lado de Jacob, que olhava fixo para o caixão à frente. Era preto e estava apoiado em cavaletes adornados, cobertos por mantos de veludo vermelho.

— Jacob — sussurrei. — O que você acha que acontece depois?

— Depois do quê?

— Depois... que a gente morre. Você acha que a gente ainda vai para o céu mesmo sem nunca ter ido à igreja? — Fiquei pensando nisso por um momento. — Você acha que a gente reconhece as pessoas no céu, ou é como se mudar para uma escola nova e começar tudo do zero?

Jacob olhou para mim.

— Depois de morrer, a gente se decompõe. Califorídeos chegam a um corpo minutos depois da morte. Essas moscas-varejeiras põem ovos em feridas abertas ou em orifícios naturais mesmo antes da morte e suas larvas eclodem em vinte e quatro horas. Então, embora as larvas não possam viver sob o solo, as pupas podem ser enterradas vivas com o corpo e fazem seu trabalho dentro do caixão.

Eu ouvi boquiaberto.

— Por quê? — Jacob me desafiou. — Você achava mesmo que esse embalsamamento para o enterro durava para sempre?

Depois disso, não lhe fiz mais nenhuma pergunta.

Depois de Jacob ser enfiado em seus novos trajes formais, deixo Oliver lidando com os resíduos da explosão e vou para o quarto de minha mãe. Ela não responde quando bato, então abro a porta um pouquinho e dou uma espiada lá dentro.

— Estou aqui — ela avisa do quarto de vestir.

— Mãe — digo, e sento na cama dela.

— Jacob está pronto? — Ela põe a cabeça na porta.

— Quase. — Fico mexendo em um fio de sua colcha.

Em todos esses anos que moramos aqui, minha mãe sempre dormiu do lado esquerdo da cama. A gente imaginaria que, nessa altura, ela já teria se espalhado e tomado posse de tudo, mas não. É como se ainda estivesse esperando que alguém entrasse do outro lado.

— Mãe — repito. — Tenho que falar com você.

— Claro, querido, mande ver — diz ela. — Onde eu enfiei aqueles sapatos pretos de salto?

— É meio importante. É sobre Jacob.

Ela vem e se senta ao meu lado na cama.

— Ah, Theo — ela suspira. — Também estou com medo.

— Não é bem que...

— Vamos fazer isso do mesmo jeito que sempre fizemos tudo com Jacob — ela promete. — Juntos.

Então me dá um abraço apertado, que só faz com que eu me sinta ainda pior, porque sei que não vou lhe dizer o que quero, o que *preciso* dizer.

— Como estou? — ela pergunta, afastando-se de mim.

Só então reparo no que ela está vestindo. Não a saia conservadora, o blusão azul e o colar de pérolas que Oliver tinha escolhido para ela, mas um vestido de verão totalmente fora de estação, amarelo vibrante. Ela sorri para mim.

— É Quarta-Feira Amarela — diz.

Jacob

O primeiro emprego de que fui demitido era em um pet shop. Não vou falar o nome da loja, porque não tenho certeza se isso pode ser divulgado e, neste momento, já tenho problemas suficientes com a justiça para durar uma vida inteira. Mas vou dizer, objetivamente, que fui o melhor funcionário que eles já tiveram e, apesar disso, eles me mandaram embora.

Mesmo que, quando alguém comprava um filhote de corgi, eu oferecesse fatos junto com a ração. (Ele é parente do dachshund! O nome é galês e significa cachorro anão!)

Mesmo que eu não tenha roubado da caixa registradora, como um dos meus colegas.

Mesmo que eu não tenha denunciado esse colega.

Mesmo que eu não fosse indelicado com os clientes e nunca resmungasse quando era minha vez de limpar os banheiros.

O que meu chefe (Alan, que tinha dezenove anos e era um candidato extremamente viável para um tratamento de pele) me disse foi que os clientes haviam reclamado da minha aparência.

Não, eu não tinha meleca escorrendo pelo nariz. Eu não babava. Eu não usava a calça abaixada quase até os joelhos, como o colega de que falei acima. Tudo o que eu fazia, senhoras e senhores do júri, era me recusar a usar o uniforme da loja. Era uma camisa azul de botões. Eu a vestia nas sextas-feiras, mas, sinceramente, já era suficientemente ruim ter que lidar com aqueles botões. Será que eu ainda tinha que aguentar usar cores nos dias errados também?

A propósito, ninguém tinha reclamado. E era fácil me identificar como funcionário, porque, mesmo quando eu não estava de uniforme, usava um crachá tão grande quanto a cabeça de um recém-nascido, que dizia: OI, MEU NOME É JACOB. POSSO AJUDAR?

O verdadeiro motivo de eu ter sido demitido foi que, depois de várias semanas arrumando desculpas para justificar a Alan por que eu não usava uniforme, a não ser que eu fosse escalado para trabalhar às sextas-feiras, finalmente contei a ele que eu era autista e tinha um problema com cores de roupas, sem falar dos botões. Então, apesar do fato de que os filhotes realmente me amavam e de que eu vendia mais do que qualquer outro funcionário dali; apesar do fato de que, no mesmo momento em que eu era demitido, uma funcionária estava mandando um torpedo para o namorado em vez de atender um cliente e outra estava flertando com Steve na seção de anfíbios — apesar de todas essas coisas, eu fui o bode expiatório por causa da minha deficiência.

É, estou usando a carta do Asperger.

Tudo o que sei é que, antes de eu contar para Alan que tinha Asperger, ele estava disposto a engolir minhas desculpas e, depois que contei, só queria me ver longe.

Essa é a história da minha vida.

Estamos indo para o tribunal no carro de Oliver. Minha mãe está no banco da frente e Theo e eu no banco de trás. Passo a maior parte do trajeto olhando coisas em que nem prestava atenção, paisagens que eu não via enquanto estava enfiado em prisão domiciliar: a lanchonete Colony, com seu letreiro luminoso estourado dizendo COMA NO COLO. A grande vitrine do pet shop onde trabalhei, com um emaranhado de filhotes em exposição. O cinema onde perdi meu primeiro dente e a cruz ao lado da rua onde um adolescente uma vez morreu a caminho da escola durante uma tempestade de neve. O outdoor do Grupo de Estudos da Bíblia da Igreja Restwood, que diz: CAFÉ GRÁTIS! VIDA ETERNA! A PARTICIPAÇÃO TEM SEUS PRIVILÉGIOS!

— Muito bem — diz Oliver, depois de estacionar e desligar o motor. — Aqui vamos nós.

Abro a porta e saio do carro. De repente, há mil sons me atingindo como flechas e tanta luz que tudo fica branco. Não consigo tampar os olhos e os ouvidos ao mesmo tempo e, de algum lugar em meio aos gritos, ouço meu nome e as vozes de minha mãe e de Oliver. Eles se multiplicam diante dos meus olhos, os microfones são como células cancerosas e estão chegando cada vez mais perto.

Oliver: Merda, eu devia ter previsto isso...

Mãe: Jacob, feche os olhos, querido. Está me ouvindo? Theo? Você está segurando ele?

E, então, sinto uma mão em meu braço, mas não sei se pertence ao meu irmão ou a um dos estranhos, esses que querem cortar minhas veias de cima a baixo e me sangrar até eu ficar seco, esses com olhos de faróis e bocas de cavernas que querem um pedaço de mim para enfiar no bolso e levar embora, até que não sobre nada.

Faço o que qualquer pessoa comum faria quando confrontada por uma horda de animais selvagens mostrando os dentes e brandindo microfones: eu corro.

A sensação é fantástica.

Lembre-se de que eu estive em uma prisão de seis por doze metros e dois andares de altura. Posso não ser tão rápido quanto gostaria, porque estou usando sapatos sociais e também sou desajeitado por natureza, mas consigo chegar suficientemente longe para não ouvir mais as vozes. Não ouço nada, na verdade, a não ser o vento assobiando em meus ouvidos e minha respiração.

E, de repente, sou derrubado no chão.

— Que merda — Oliver arqueja. — Estou velho demais para isso.

Mal posso falar, porque ele está deitado em minhas costas.

— Você tem... vinte e oito... — grunho.

Ele rola para o lado e, por um momento, estamos ambos esparramados na calçada, debaixo da placa de um posto de gasolina. SEM CHUMBO $2,69.

— Desculpe — Oliver diz depois de alguns instantes. — Eu devia ter imaginado que ia ser assim.

Eu me apoio nos cotovelos para olhar para ele.

— Muita gente quer ver o que vai acontecer com o seu caso — ele explica. — Eu devia ter preparado você para isso.

— Não quero voltar lá — digo.

— Jake, o juiz vai te jogar de volta na cadeia se você não for.

Rememoro a lista de regras em minha cabeça, aquelas que Oliver determinou para o comportamento no tribunal. Eu me pergunto por que ele não passou as mesmas regras para os repórteres, porque, claramente, enfiar um microfone no meu nariz não se qualifica como boa etiqueta.

— Quero um descanso sensorial — anuncio, o que é uma das respostas apropriadas para Oliver quando estivermos no julgamento.

Ele se senta e puxa os joelhos de encontro ao peito. Um carro para junto a uma bomba de gasolina alguns metros adiante e o rapaz que sai dele olha para nós com uma expressão estranha antes de passar o cartão de crédito.

— Vamos pedir um ao juiz assim que estivermos lá dentro. — Ele inclina a cabeça. — O que me diz, Jake? Está pronto para lutar junto comigo?

Mexo os dedos dentro da ponta dos sapatos sociais. Faço isso três vezes, porque dá sorte.

— *Adoro o cheiro de napalm pela manhã* — respondo.

Oliver desvia o olhar.

— Estou nervoso — ele admite.

Isso não parece uma coisa muito agradável de ouvir de seu advogado antes de entrar em um julgamento, mas gosto de ele não estar mentindo para mim.

— É bom você dizer a verdade — falo.

É um elogio, mas Oliver interpreta como uma instrução. Ele hesita.

— Vou dizer a eles por que você não é culpado. — Ele se levanta e bate a poeira da calça. — Então, o que me diz?

Essa frase sempre me pareceu capciosa. Na maioria das vezes, ela é pronunciada por uma pessoa quando você ainda não disse absolutamente nada, mas, claro, no minuto em que você comenta que não disse nada, você *disse*.

— Tenho que passar por todas aquelas pessoas outra vez? — pergunto.

— Sim — responde Oliver —, mas tenho uma ideia.

Ele me leva até a entrada do estacionamento, onde Theo e minha mãe estão esperando ansiosamente. Quero dizer algo a Oliver, mas até me esqueço diante do problema mais imediato.

— Feche os olhos — ele instrui, e eu obedeço. Depois, eu o sinto segurar meu braço direito, e minha mãe segura o esquerdo. Meus olhos ainda estão fechados, mas começo a ouvir o zunzum das vozes e, sem nem perceber, faço o mesmo som no fundo da minha garganta.

— Agora... cante!

— *I shot the sheriff... but I didn't shoot no deputy...* — Eu paro. — Ainda estou *ouvindo* as vozes.

Então, Theo começa a cantar. E Oliver, e minha mãe. Todos nós, um quarteto vocal sem a harmonia das vozes, subindo os degraus do tribunal.

E dá certo. Provavelmente por ficarem tão surpresos com o número musical, o mar Vermelho de repórteres se abre e passamos bem no meio.

Fico tão admirado que levo alguns momentos para lembrar o que estava preso em minha garganta como uma espinha de peixe antes de subirmos os degraus do tribunal.

1. Eu disse a Oliver a equação verbal que chamaremos de *p*: "É bom você dizer a verdade".
2. Ele respondeu com *q*: "Vou dizer a eles por que você não é culpado".
3. Na equação lógica dessa conversa, eu havia feito a pressuposição de que *p* e *q* eram equivalentes.
4. Agora, percebo que isso não é necessariamente verdadeiro.

Antes de Jess e eu começarmos a trabalhar juntos, eu tinha que ir à aula de habilidades sociais na minha escola. Ela era povoada em grande medida por crianças que, diferentemente de mim, não estavam particularmente interessadas em fazer parte da cena social. Robbie era profundamente autista e passava a maior parte das sessões alinhando lápis de cera pelo chão da sala. Jordan e Nia tinham problemas de desenvolvimento e passavam o tempo todo em educação especial em vez de ser integrados. Serafima talvez fosse a mais parecida comigo, embora tivesse síndrome de Down. Ela queria tanto ser parte da ação que subia no colo de um estranho e segurava o rosto dele entre as mãos, o que era muito meigo aos seis anos, mas não tanto aos dezesseis.

Lois, a professora, inventava todo tipo de jogos interativos e tínhamos que participar. Fazíamos encenação de papéis e precisávamos nos cumprimentar como se não estivéssemos sentados na mesma sala juntos há meia hora. Havia disputas para ver quanto tempo conseguíamos manter contato visual. Uma vez, ela usou um cronômetro para nos mostrar quando devíamos parar de falar sobre um tema para que outra pessoa pudesse ter sua vez na conversa, mas isso não durou muito, porque Robbie ficou histérico na primeira vez em que o apito tocou.

Todo dia tínhamos que terminar a sessão em um círculo, em que cada um fazia um elogio à pessoa sentada ao lado. Robbie sempre dizia a mesma coisa, não importa quem fosse seu vizinho: *Eu gosto de tartarugas de água doce.*

(E ele gostava mesmo. Sabia mais sobre elas do que qualquer pessoa que eu conhecia e que provavelmente vou conhecer e, se não fosse ele, eu ainda estaria confundindo tartarugas de água doce com tartarugas de jardim.)

Jordan e Nia sempre faziam elogios baseados na aparência. *Eu gosto do jeito como você penteia o cabelo. Eu gosto da sua saia vermelha.*

Um dia, Serafima me disse que gostava de me ouvir falar sobre DNA mitocondrial. Eu virei para ela e disse que *não* gostava que ela mentisse, já que, naquele mesmo dia, ela havia usado o sinal de mão que havíamos combinado em uma aula – um sinal de paz com os dedos levantados no ar – para avisar a Lois que estava cansada do tema, embora eu ainda não tivesse chegado na parte sobre como todos nós estamos relacionados neste mundo.

Foi então que Lois chamou minha mãe, e minha mãe encontrou Jess.

Eu também trabalhava elogios com Jess, mas era diferente. Para começar, eu realmente *queria* fazer os elogios a ela. Eu gostava *mesmo* do jeito como seu cabelo se parecia com aqueles fios finos que a gente tira da espiga de milho antes de colocá-la na água fervente, e do jeito que ela desenhava rostos sorridentes nas pontas brancas de borracha de seus tênis. E, quando eu começava a falar sem parar sobre ciência forense, ela não fazia um sinal de paz com os dedos no ar; em vez disso, fazia mais perguntas.

Era quase como se esse fosse seu modo de me conhecer: pelo jeito como a minha mente funcionava. Ela era como um labirinto; tinha-se que seguir todas as voltas e curvas para encontrar onde eu havia começado, e eu ficava surpreso por Jess estar disposta a dedicar esse tempo. Acho que eu não pensava realmente que minha mãe devia estar pagando para ela fazer isso, pelo menos até o comentário daquele idiota do Mark Maguire na cantina. Mesmo assim, não era como se ela estivesse sentada ali fazendo contagem regressiva dos minutos que ainda tinha que aguentar comigo. Qualquer um teria percebido isso se a visse.

Minha sessão favorita com Jess foi quando treinamos como convidar uma garota para o baile. Estávamos sentados em uma lanchonete porque chovia — tínhamos sido surpreendidos por um aguaceiro repentino. Enquanto esperávamos passar, Jess decidiu que podíamos comer alguma coisa, embora não houvesse muito fast-food sem glúten e caseína. Eu pedi duas batatas assadas e uma salada sem molho e Jess pediu um cheeseburger.

— Você não pode comer nem a batata frita?

— Não — respondi. — Tem a ver com a camada de fora e o óleo em que elas são fritas. A única batata frita de fast-food que não tem glúten é a do Hooters.

Jess riu.

— Haha, lá eu não vou levar você. — E deu uma olhada na minha batata sem recheio e na salada sem molho. — Não pode nem pôr um pouco de manteiga?

— Não, só se for de soja. — Dei de ombros. — A gente se acostuma.

— Quer dizer que isto — disse ela, girando o cheeseburger na mão — é o beijo da morte para você?

Senti meu rosto ficar vermelho como fogo. Não sabia do que ela estava falando, mas ouvi-la dizer a palavra *beijo* foi suficiente para eu sentir que havia comido uma borboleta em vez de um pepino.

— Não é como uma alergia — respondi.

— O que aconteceria se você comesse?

— Não sei. Acho que eu ficaria perturbado mais facilmente. A dieta simplesmente funciona, por alguma razão.

Ela olhou para o pão e pegou um grão de gergelim da casca.

— Talvez eu devesse entrar nessa dieta também.

— Não tem nada que perturbe você — eu disse.

— Você é que pensa — Jess respondeu, depois sacudiu a cabeça e voltou para o tema do dia. — Vá em frente. Convide.

— Hã... — murmurei, olhando para minha batata —, você quer ir ao baile comigo?

— Não — Jess disse, decidida. — Você tem que ser convincente, Jacob.

— Eu, hã... vou ao baile e achei que, como você talvez esteja lá também...

— Blá-blá-blá — interrompeu ela.

Eu me forcei a olhar diretamente para Jess.

— Acho que você é a única pessoa que me entende. — Engoli com força. — Quando estou com você, o mundo não parece um problema que eu não consigo desvendar. Por favor, vá ao baile comigo — eu disse —, porque você é a minha música.

Jess ficou boquiaberta.

— Uau, Jacob! — ela exclamou e, de repente, estava de pé, me puxando para cima e me abraçando, e eu senti o cheiro da chuva em seu rabo de cavalo e não me importei nem um pouco por ela estar invadindo meu espaço e próxima demais. Eu gostei. Gostei tanto que *aquilo* aconteceu, e eu tive que afastá-la antes que ela notasse ou (pior) sentisse a pressão.

Um casal idoso que estava sentado à nossa frente sorriu. Não tenho ideia do que eles pensaram de nós, mas as chances eram de que Garoto Autista com Orientadora de Habilidades Sociais não estivesse no topo da lista. A mulher piscou para Jess.

— Parece que este é um cheeseburger de que você não vai esquecer tão fácil.

Há muito sobre Jess de que eu não vou me esquecer. Como suas unhas estavam pintadas com esmalte roxo brilhante naquele dia. E como ela odiava molho barbecue. Como, quando ela ria, não era algo delicado e contido, mas um som que vinha de dentro dela.

A gente passa tanto tempo convivendo com pessoas de modo superficial. A gente lembra como se divertiu, mas nada muito específico.

Nunca vou me esquecer de um único detalhe sobre ela.

Oliver

Quando Jacob, Emma e eu chegamos à mesa da defesa, a sala do tribunal já está cheia e Helen Sharp está revisando suas anotações.

— A sala de brinquedos é incrível — diz ela, deslizando o olhar em minha direção. — Preciso arrumar uma dessas para mim.

Por *sala de brinquedos* ela se refere à área de repouso sensorial que foi montada nos fundos do tribunal. Há pesadas cortinas à prova de som que a isolam da galeria. Do lado de dentro, há bolas de borracha com protuberâncias, uma almofada vibratória, uma lâmpada de bolhas coloridas e algo que me lembra as longas tiras de tecido de um lava-rápido de carros. Emma jura que todas essas coisas funcionam como calmantes, mas, se quer saber, poderiam bem ter vindo de um cenário de filme pornô.

— Se pretende fazer um pedido ao gênio da lâmpada, Helen — sugiro —, comece pedindo um coração.

O oficial de justiça pede a atenção de todos e nos levantamos para a entrada do juiz Cuttings. Ele olha para quatro câmeras de televisão no fundo da sala.

— Gostaria de lembrar aos profissionais da imprensa que estão aqui apenas por concessão minha e que essa decisão pode ser revista a qualquer momento se perturbarem o andamento dos trabalhos. O mesmo se aplica à galeria. Não serão toleradas manifestações durante este julgamento. Senhores, aproximem-se, por favor.

Caminho em direção à mesa do juiz com Helen.

— Devido às experiências anteriores que tivemos durante sessões fechadas — diz o juiz —, achei que seria prudente conferir com o senhor antes de começarmos. Sr. Bond, como está seu cliente esta manhã?

Bom, ele está sendo julgado por homicídio, penso. *Tirando isso, está tudo bem.*

Passa rapidamente por minha cabeça a cena em que estou sentado no peito de Jacob para abotoar sua camisa, e depois ele correndo pelo meio da rua.

— Melhor do que nunca, Excelência — digo.

— Há algum outro problema de que devamos estar cientes? — indaga o juiz.

Sacudo a cabeça negativamente, mais animado pelo fato de que o juiz parece realmente se importar com o bem-estar de Jacob.

— Ótimo. Porque muitas pessoas estão assistindo a este julgamento e de forma alguma vou ficar aqui fazendo papel de idiota — ele avisa.

Lá se foi minha crença na caridade humana.

— Sra. Sharp? Está preparada?

— Cem por cento, Excelência — responde Helen.

O juiz balança a cabeça.

— Então vamos começar com a declaração inicial da promotoria.

Emma me oferece um sorriso cheio de coragem enquanto me sento do outro lado de Jacob. Ela se vira para trás para localizar Theo, que está enfiado nos fundos da sala, e olha para frente outra vez quando Helen começa a falar.

— Quatro meses atrás, Jess Ogilvy era uma garota linda e inteligente, cheia de esperanças e sonhos. Aluna de pós-graduação na Universidade de Vermont, estava se preparando para um mestrado em psicologia infantil. Combinava os estudos com trabalhos de meio período, como seu recente emprego para tomar conta da casa de um professor na Serendipity Way, número 67, em Townsend... além de oferecer monitoria para estudantes e orientação para jovens com necessidades especiais. Um de seus clientes era um rapaz com síndrome de Asperger, o mesmo jovem, Jacob Hunt, que está hoje sentado diante dos senhores como réu. Jess ajudava Jacob especificamente com habilidades sociais, ensinando-lhe como conversar, fazer amigos, interagir em público, tarefas que eram difíceis para ele. Jess e Jacob se encontravam duas vezes por semana, aos domingos e às terças-feiras. Mas, na terça-feira, 12 de janeiro, Jess Ogilvy não teve sua sessão de orientação com Jacob Hunt. Em vez disso, este jovem, o mesmo que ela havia tratado com gentileza e compaixão, a assassinou de forma brutal e cruel dentro da própria residência dela.

Atrás da mesa da promotoria, uma mulher começa a chorar baixinho. A mãe; não preciso me virar para entender isso. Mas Jacob se vira, e seu rosto se contorce ao registrar algo familiar nela: talvez o mesmo formato de queixo da filha, ou a cor do cabelo.

— Dois dias antes de sua morte, Jess levou Jacob para comer uma pizza na Main Street, em Townsend. Os senhores ouvirão no depoimento de Calista Spatakopoulous, a proprietária do restaurante, que Jacob e Jess tiveram uma discussão acalorada que terminou com Jess dizendo a Jacob para "dar um tempo". Ouvirão de Mark Maguire, namorado de Jess, que, quando ele a viu mais tarde naquela noite e na segunda-feira, ela estava bem, mas desapareceu na terça-feira à tarde. Ouvirão o detetive Rich Matson, do Departamento de Polícia de Townsend, lhes contar como os policiais procuraram pistas de Jess por cinco dias, imaginando que ela tivesse sido sequestrada, e por fim captaram um sinal de GPS em seu telefone celular e encontraram seu corpo machucado e maltratado jazendo sem vida em uma galeria pluvial a vários metros da casa dela. Ouvirão o médico-legista testemunhar que Jess Ogilvy tinha abrasões nas costas, marcas de estrangulamento em volta do pescoço, o nariz quebrado e hematomas no rosto, um dente quebrado... e que sua roupa íntima estava vestida ao contrário.

Examino o rosto dos jurados, cada um dos quais pensando: *Que animal faria isso com uma moça?* e olhando furtivamente para Jacob.

— E, senhoras e senhores, verão a colcha em que o corpo de Jess Ogilvy estava enrolado quando foi encontrado. Uma colcha que pertencia a Jacob Hunt.

A meu lado, Jacob começa a tremer. Emma põe a mão em seu braço, mas ele a afasta. Com um dedo, empurro um pouco mais para perto o bloquinho de post-it que coloquei na frente dele. Tiro a tampa da caneta que lhe dei, querendo que ele extravase seu incômodo por escrito em vez de ter uma explosão.

— As provas que apresentaremos mostrarão claramente que Jacob Hunt matou Jess Ogilvy premeditadamente. E, no final deste julgamento, quando o juiz os instruir a decidir quem é o responsável, estamos confiantes de que os senhores chegarão à conclusão de que Jacob Hunt matou Jess Ogilvy, uma jovem vibrante que se considerava sua professora, orientadora e amiga, e depois... — Ela caminha até a mesa da promotoria e arranca uma folha de papel de seu bloco de notas.

De repente, eu adivinho o que ela está prestes a fazer.

Helen Sharp amassa o papel em uma das mãos e o deixa cair no chão.

— Ele a jogou fora como lixo — diz ela, e, nesse momento, Jacob começa a gritar.

Emma

No minuto em que a promotora pega o bloco de notas, eu poderia terminar a frase por ela. Começo a me levantar da cadeira, mas é tarde demais; Jacob está fora de controle, e o juiz, que não está usando o martelo, bate o punho fechado na mesa.

— Excelência, podemos ter um rápido intervalo? — Oliver grita, tentando ser ouvido acima dos guinchos agudos de Jacob.

— *Nada... de cabides... de arame... nunca!* — berra Jacob.

— Vamos fazer dez minutos de intervalo — o juiz diz, e de repente um oficial de justiça caminha em direção aos jurados para conduzi-los para fora da sala e outro vem até nós para nos levar à sala de descanso sensorial. — Senhores advogados, aproximem-se da mesa.

O oficial de justiça é mais alto que Jacob e tem a forma de um sino, pesado nos quadris. Ele envolve com a mão carnuda o braço de Jacob.

— Vamos lá, garoto — diz ele, e Jacob tenta se livrar e começa a se debater. Ele dá um soco no oficial de justiça com força suficiente para fazê-lo gemer e, de repente, amolece o corpo, todos os seus oitenta e quatro quilos, e cai pesadamente no chão.

O oficial de justiça se abaixa para levantá-lo, mas eu me jogo sobre Jacob.

— Não toque nele — digo, consciente de que os jurados estão se esforçando para ver o que acontece ali enquanto vão sendo retirados da sala, e certa de que cada uma daquelas câmeras tem as lentes focadas em mim.

Jacob está chorando em meu ombro, fungando de leve a breves intervalos, como se estivesse tentando recuperar o ar.

— Está tudo bem, querido — murmuro em seu ouvido. — Você e eu vamos fazer isso juntos. — Eu o puxo até que ele comece a se sentar, depois o envolvo com os braços, lutando para aguentar a carga de seu peso enquanto nos levantamos. O oficial de justiça abre o portão para nós e nos conduz pelo corredor da galeria à sala de descanso sensorial. Enquanto passamos, todo o tribunal fica em silêncio mortal até estarmos abrigados dentro das cortinas pretas e, então, tudo que posso ouvir de fora é o som ondulante dos murmúrios: *O que foi aquilo?... Nunca vi nada parecido... O juiz não vai tolerar essas gracinhas... Um truque para ganhar simpatia, posso apostar...*

Jacob se enterra sob um cobertor com pesos.

— Mãe — diz ele, debaixo do cobertor. — Ela amassou o papel.

— Eu sei.

— Eu preciso arrumar o papel.

— O papel não é nosso. É da promotora. Esqueça isso.

— Ela amassou o papel — Jacob repete. — Precisamos arrumá-lo.

Penso na jurada que olhou para mim com uma detestável expressão de pena no momento em que eu era conduzida para fora da sala. *Isso é bom*, Oliver diria, mas eu não sou Oliver. Nunca quis que sentissem pena de mim por ter um filho como Jacob. Tive pena das outras mães, que podiam ir levando a vida amando seus filhos talvez apenas oitenta por cento do tempo, ou menos, em vez de lhes dar cada um de seus minutos todos os dias.

Mas eu tenho um filho que está sendo julgado por homicídio. Um filho que se comportou da mesma forma na tarde da morte de Jess Ogilvy e poucos minutos atrás quando viu um pedaço de papel ser amassado.

Se Jacob for um assassino, eu ainda o amarei. Mas odiarei a mulher em que ele terá me transformado: aquela de quem os outros falam pelas costas, aquela de quem as pessoas sentem pena. Porque, mesmo sabendo que jamais me sentiria assim por uma mãe cujo filho tem Asperger, eu *me sentiria* assim por uma mãe cujo filho tirou a vida da filha de outra mãe.

A voz de Jacob é como um martelo no fundo da minha cabeça.

— Precisamos arrumar isso — diz ele.

— Sim — murmuro. — Precisamos.

Oliver

— Esse deve ser um recorde, sr. Bond — diz arrastadamente o juiz Cuttings. — Conseguimos três minutos e vinte segundos inteiros sem uma crise.

— Excelência — digo, pensando enquanto falo —, não tenho como prever tudo que vai perturbar esse garoto. Esse é um dos motivos para o senhor ter autorizado a presença da mãe dele aqui. Mas, com todo respeito, não é uma questão de quantas horas o Jacob vai ocupar o tribunal. Ele tem direito ao tempo que precisar. É esse o propósito do nosso sistema constitucional.

— Puxa, Oliver, desculpe a interrupção — diz Helen —, mas você não está esquecendo da fanfarra e da bandeira que deveria subir agora?

Eu a ignoro.

— Eu peço desculpas, Excelência. Peço desculpas por antecipação se o Jacob levar o senhor a fazer papel de idiota, ou *me* levar a fazer papel de idiota, ou... — dou uma olhada para Helen. — Bom, como eu dizia, certamente não quero que meu cliente fique tendo ataques na frente do júri. Isso também não ajuda o meu caso nem um pouco.

O juiz olha sobre os óculos.

— O senhor tem dez minutos para acalmar seu cliente — ele adverte. — Depois vamos voltar e a promotoria terá a oportunidade de repetir o encerramento da apresentação.

— Mas ela não pode amassar o papel outra vez — digo.

— Parece-me que essa sua moção não foi aprovada — responde Helen.

— Ela está certa, sr. Bond. Se a sra. Sharp quiser amassar um carregamento inteiro de papel e seu cliente ficar histérico todas as vezes, o prejuízo será seu.

— Não tem problema, Excelência — diz Helen. — Não vou fazer isso de novo. De agora em diante, apenas papel dobrado. — Ela se abaixa, pega a pequena bola de papel que havia feito Jacob subir pelas paredes e a joga no cesto de lixo ao lado da mesa da estenógrafa.

Dou uma olhada no relógio. Pelos meus cálculos, tenho quatro minutos e quinze segundos para fazer Jacob se sentar ao meu lado, perfeitamente zen, à mesa da defesa. Sigo pelo corredor com passos decididos e me enfio entre as cortinas pretas da sala de descanso sensorial. Jacob está escondido sob um cobertor e Emma está sentada com o corpo dobrado sobre uma almofada vibratória.

— O que mais você não me contou? — pergunto. — O que mais o faz surtar? Clipes de papel? Quando o relógio marca quinze para o meio-dia? Pelo amor de Deus, Emma, tenho apenas um julgamento para convencer o júri de que o Jacob não teve um acesso de fúria e matou Jess Ogilvy. Como posso fazer isso se ele não consegue ficar nem dez minutos sem perder o controle?

Estou gritando tão alto que mesmo essas cortinas imbecis provavelmente não podem abafar minha voz e me pergunto se as equipes de televisão estão captando tudo com seus microfones.

Mas então Emma levanta o rosto e vejo como seus olhos estão vermelhos.

— Vou tentar mantê-lo mais calmo.

— Ah, merda... — digo, com toda a efervescência se dissipando em mim. — Você está chorando?

Ela sacode a cabeça.

— Não. Estou bem.

— Claro, e eu sou a Condoleezza Rice. — Ponho a mão no bolso, tiro um guardanapo da Dunkin' Donuts e o entrego a ela. — Você não precisa mentir para mim. Estamos do mesmo lado.

Ela desvia o rosto e assoa o nariz, depois dobra — dobra, não amassa — o guardanapo e o enfia no bolso de seu vestido amarelo.

Puxo o cobertor da cabeça de Jacob.

— Hora de ir — aviso.

Por um instante, acho que ele está vindo, mas então ele rola para longe de mim.

— Mãe — ele murmura. — Arrume aquilo.

Eu me viro para Emma, que pigarreia.

— Ele quer que Helen Sharp desamasse o papel primeiro — diz ela.

— Já está no cesto de lixo.

— Você prometeu — Jacob diz para Emma, elevando a voz.

— Meu Deus — murmuro. — Tá bom.

Desço o corredor do tribunal e procuro o papel no cesto de lixo, aos pés da estenógrafa. Ela me olha como se eu tivesse ficado louco, o que não é inteiramente impossível.

— O que está fazendo?

— Nem pergunte. — O papel está embaixo de uma embalagem de bala e de um exemplar do *Boston Globe*. Eu o enfio no bolso do paletó e volto para a sala de repouso sensorial, onde pego o papel e o aliso da melhor maneira que posso na frente de Jacob. — Isto é o melhor que posso fazer — digo-lhe. — Então... qual é o melhor que *você* pode fazer?

Jacob olha fixo para o papel.

— *Você me ganhou no oi* — ele responde.

Jacob

Odiei Mark Maguire antes mesmo de pôr os olhos nele. Jess havia mudado. Em vez de se concentrar apenas em mim durante nossas sessões, ela atendia o celular ou respondia rapidamente a uma mensagem de texto e, toda vez que fazia isso, ela sorria. Imaginei que fosse eu que a estivesse deixando distraída. Afinal, todo mundo parecia enjoar depressa de mim quando estávamos no meio de uma conversa e era mesmo provável que isso viesse a acontecer também com Jess, embora esse fosse o meu maior medo. Então, um dia, ela disse que queria me contar um segredo.

— Acho que estou apaixonada — ela disse, e juro que meu coração parou de bater por um segundo.

— Eu também — deixei escapar.

ESTUDO DE CASO 1: Vou fazer uma pausa para falar um pouco sobre os arganazes-da-pradaria. Eles são parte de uma minúscula fração do reino animal que pratica a monogamia. Eles se acasalam por vinte e quatro horas e então, simples assim, ficam juntos pelo resto da vida. No entanto, o arganaz-da-montanha, que é um parente próximo que compartilha noventa e nove por cento da configuração genética do arganaz-da-pradaria, não tem interesse em nada além de um fuc-fuc rápido e até a próxima. Como pode ser? Quando os arganazes-da-pradaria têm uma relação sexual, os hormônios oxitocina e vasopressina inundam seu cérebro. Se os hormônios fossem bloqueados, eles se comportariam mais como os promíscuos arganazes-da-montanha. Mais interessante ainda, se os arganazes-da-pradaria receberem injeções desses hormônios e depois forem impedidos de fazer sexo, eles se tornam ainda mais servilmente devotos ao potencial parceiro. Em outras palavras, é possível fazer um arganaz-da-pradaria se apaixonar.

O oposto, no entanto, não se aplica. Não se pode dar uma injeção de hormônios em um arganaz-da-montanha e torná-lo amoroso. Ele simplesmente não tem os receptores certos no cérebro. Mas ele recebe um fluxo de dopamina no cérebro quando acasala, o que seria o equivalente hormonal a *Cara, isso é bom.* Ele simplesmente não tem os outros dois hormônios, aqueles que ajudam a associar esse êxtase a um indivíduo específico. Claro que, se os roedores forem geneticamente modificados com a remoção dos genes que afetam a oxitocina e a vasopressina, eles não conseguem mais reconhecer outros roedores com que já se encontraram.

Eu sou um arganaz-da-pradaria preso no corpo de um arganaz-da-montanha. Se acho que me apaixonei, é porque examinei isso analiticamente. (Palpitações no coração? Confere. Ausência de tensão na companhia dela? Confere.) E essa me parece ser a explicação mais provável para o que sinto, embora eu não saiba realmente definir a diferença entre os sentimentos por alguém que me interesse romanticamente e os sentimentos por uma amiga próxima. Ou, no meu caso, minha única amiga.

E foi por isso que, quando Jess me disse que estava apaixonada, eu retribuí.

Os olhos dela se ampliaram, assim como o sorriso.

— Ai, meu Deus, Jacob! — disse ela. — Temos que sair de casais!

Foi quando percebi que não estávamos falando da mesma coisa.

— Eu sei que você gosta que a gente fique sozinhos nas nossas sessões, mas é bom para você conhecer pessoas, e o Mark quer muito conhecer você. Ele é instrutor de esqui em meio período em Stowe e pensou que talvez pudesse lhe dar uma aula grátis.

— Não acho que eu seria muito bom em esquiar. — Uma das características do Asperger é que mal podemos caminhar e mascar chiclete ao mesmo tempo. Estou sempre tropeçando nos meus pés ou na beira da calçada; podia facilmente me ver caindo de um teleférico ou rolando em uma bola de neve pela encosta de uma montanha.

— Vou estar lá para ajudar também — Jess prometeu.

E assim, no domingo seguinte, Jess me levou de carro para Stowe e me equipou com esquis, botas e capacete alugados. Saímos arrastando os pés e ficamos esperando perto da placa da escola de esqui até que uma mancha escura veio zunindo colina abaixo e nos cobriu de um tsunami de partículas de neve.

— E aí, linda — disse Mark, tirando o capacete para poder agarrar Jess e lhe dar um beijo.

Em um único olhar, eu já pude perceber que Mark Maguire era tudo que eu não era:

1. Coordenado
2. Atraente (para as garotas, claro)
3. Popular
4. Musculoso
5. Autoconfiante

Pude perceber também que eu era uma coisa que Mark Maguire não era:

1. Inteligente

— Mark, este é meu amigo Jacob.

Ele se inclinou bem diante do meu rosto e gritou:

— *E aí, cara, legal conhecer você!*

Eu gritei de volta:

— *Eu não sou surdo!*

Ele sorriu para Jess. Tinha dentes brancos e perfeitos.

— Você tem razão. Ele é *mesmo* divertido.

Jess tinha dito a ele que eu era divertido? Será que a intenção era dizer que eu a fazia rir porque contava boas piadas ou porque *eu* era uma piada?

Naquele instante, odiei Mark Maguire visceralmente, porque ele me tinha feito duvidar de Jess e, até aquele momento, eu sempre soubera, inequivocamente, que éramos amigos.

— Então, que tal a gente experimentar a pista de iniciantes? — Mark perguntou e me estendeu um bastão para poder me puxar até o cabo. — É assim — disse ele, me mostrando como segurar no cabo em movimento, e eu achei que tinha acertado, mas minha mão esquerda se atrapalhou com a mão direita e acabei me desequilibrando e caindo em cima de um menininho que vinha atrás de mim. O funcionário que acionava o cabo teve que desligá-lo enquanto Mark me ajudava a levantar.

— Tudo certo com você, Jacob? — Jess perguntou, mas Mark a afastou.

— Ele está indo muito bem — disse ele. — Relaxa, Jake. Eu ensino garotos retardados o tempo todo.

— O Jacob é *autista* — Jess corrigiu, e eu me virei tão depressa que me esqueci dos esquis e caí de novo.

— Eu não sou retardado — gritei, mas essa afirmação é um pouco menos convincente quando não se consegue sequer desemaranhar as próprias pernas.

Vou dizer isto em favor de Mark Maguire: ele me ensinou a desacelerar e a parar com eficiência suficiente para eu conseguir descer sozinho a pista de iniciantes duas vezes. Depois, perguntou a Jess se ela queria ir até a colina mais alta enquanto eu ficava treinando. Eles me deixaram na companhia de crianças de sete anos com roupas de neve cor-de-rosa.

ESTUDO DE CASO 2: Em estudos de laboratório, cientistas descobriram que, em questões de amor, uma parte muito pequena do cérebro está de fato envolvida. Por exemplo, a amizade aciona receptores em todo o córtex cerebral, mas isso não acontece com o amor, que ativa partes do cérebro mais comumente associadas a reações emocionais, como medo e raiva. O cérebro de uma pessoa apaixonada apresentará atividade na amígdala cerebelar, que está associada a emoções viscerais, e no núcleo accumbens, uma área associada a estímulos prazerosos que tende a estar ativa em usuários de drogas. Ou, recapitulando: o cérebro de uma pessoa apaixonada não parece o cérebro de alguém tomado por profunda emoção. Parece o cérebro de uma pessoa que andou cheirando cocaína.

Naquele dia em Stowe, desci a pista duas vezes com a ajuda de um menino que estava aprendendo snowboard, depois caminhei com cuidado até o teleférico principal. Eu me apoiei em um armário onde as pessoas podem deixar seus esquis enquanto entram no alojamento para tomar chocolate quente e comer nuggets de frango, e esperei Jess voltar para mim.

Mark Maguire está usando terno. Tem círculos escuros sob os olhos e quase me sinto mal por ele, porque também deve estar sofrendo com a falta de Jess, até me lembrar de como ele a machucou.

— Pode nos dizer seu nome? — a promotora pergunta.

— Mark Maguire.

— Onde mora, sr. Maguire?

— Green Street, 44, em Burlington.

— Qual é sua idade?

— Vinte e cinco anos — responde ele.

— Qual sua ocupação?

— Sou estudante de pós-graduação na UVM e instrutor de esqui em meio período em Stowe.

— Como conhecia Jess Ogilvy, sr. Maguire?

— Ela era minha namorada há cinco meses.

— Onde estava no domingo, 10 de janeiro de 2010? — Helen Sharp indaga.

— Na cantina da Mama, em Townsend. A Jess tinha uma sessão de orientação com Jacob Hunt e eu gostava de ir junto de vez em quando.

Isso não é verdade. Ele simplesmente não gostava que ela passasse tempo *comigo* e que não desistisse de mim por causa dele.

— Então o senhor conhece Jacob?

— Sim.

— O senhor o vê aqui no tribunal hoje?

Baixo os olhos para a mesa, para não sentir o olhar afiado de Mark.

— Ele está sentado ali.

— Que fique registrado que a testemunha identificou o réu — diz a promotora. — Quantas vezes, antes de 10 de janeiro, o senhor tinha encontrado Jacob?

— Não sei. Umas cinco ou seis.

A promotora caminha até o banco da testemunha.

— O senhor se dava bem com ele?

Mark está olhando para mim outra vez, posso senti-lo.

— Na verdade, eu não prestava muita atenção nele.

Estamos no alojamento de Jess vendo um filme na TV sobre o caso do assassinato de JonBenét Ramsey, que, claro, foi um dos que tiveram a participação do dr. Henry Lee. Digo a Jess o que é verdade e o que foi alterado por Hollywood. Ela não para de checar suas mensagens de voz, mas não há nenhuma. Estou tão entusiasmado com o filme que demoro um tempo para perceber que ela está chorando.

— Você está chorando — digo, o óbvio, e não entendo o motivo, porque ela não conhecia JonBenét, e geralmente as pessoas choram pela morte de alguém que conheciam muito bem.

— Só não estou muito feliz hoje — Jess responde e se levanta. Ao fazer isso, dá um gemido, como um cachorro que levou um chute. Ela tem que subir em uma cadeira para alcançar uma prateleira alta onde guarda o papel higiênico, saquinhos plásticos de embalagem e lenços de papel. Quando pega a caixa de lenços de papel, seu blusão sobe na lateral e eu os percebo, vermelhos, roxos e amarelos como uma tatuagem, mas tenho experiência suficiente de CrimeBusters *para reconhecer hematomas quando os vejo.*

— O que aconteceu com você? — pergunto, e ela diz que caiu.

Tenho experiência suficiente de CrimeBusters *para saber que é isso que as moças sempre dizem quando não querem confessar que alguém anda batendo nelas.*

— Pedimos pizza — diz Mark —, do tipo que o Jacob pode comer, sem trigo na massa. Enquanto esperávamos, ele convidou a Jess para sair. Como se fosse um encontro. Foi hilário, mas, quando eu ri dele, a Jess ficou irritada comigo. Eu não tinha que ficar ali sentado aguentando aquilo, então fui embora.

Pior ainda que o olhar de Mark, como descubro neste momento, é o de minha mãe.

— O senhor falou com Jess em algum momento depois disso? — Helen pergunta.

— Sim, na segunda-feira. Ela me ligou e implorou para que eu fosse lá naquela noite, então eu fui.

— E qual era o estado de espírito dela?

— Ela achou que eu estivesse bravo...

— Protesto — diz Oliver. — Especulação.

O juiz concorda.

— Deferido.

Mark parece confuso.

— Qual era o estado emocional dela? — indaga Helen.

— Ela estava aflita.

— Vocês continuaram discutindo?

— Não — responde Mark. — A gente se beijou e fez as pazes, se entende o que quero dizer.

— Então o senhor passou a noite lá?

— Sim.

— O que aconteceu na terça-feira de manhã?

— Estávamos tomando o café da manhã e começamos a brigar outra vez.

— Sobre o quê? — Helen Sharp pergunta.

— Nem lembro. Mas eu fiquei muito bravo e... meio que a empurrei.

— Está dizendo que a briga se tornou física?

Mark olha para as mãos.

— Não foi por querer. Mas estávamos gritando e eu a segurei e empurrei contra a parede. Parei na mesma hora e pedi desculpas. Ela me mandou ir embora e eu fui. Minhas mãos só estiveram nela por um minuto.

Levanto rápido a cabeça. Pego a caneta na minha frente e escrevo com tanta força no bloco de notas que rasgo o papel. "ELE ESTÁ MENTINDO", escrevo e empurro o bloco na direção de Oliver.

Ele olha para o bilhete e escreve: "?"

"HEMATOMAS NO PESCOÇO DELA."

Oliver arranca a folha de papel do bloco e a coloca no bolso. Enquanto isso, Mark cobre os olhos e sua voz falha.

— Liguei para ela o dia inteiro, para pedir desculpas de novo, e ela não atendia. Achei que estivesse me ignorando, e eu merecia, mas na quarta-feira de manhã estava ficando preocupado e fui até a casa dela, pensando em vê-la antes que ela saísse para a faculdade, mas ela não estava.

— Notou alguma coisa fora do comum?

— Encontrei a porta aberta. Entrei e o casaco dela estava pendurado, e a bolsa sobre a mesa, mas ela não respondeu quando chamei. Procurei em toda a parte, mas ela não estava em casa. Tinha roupas espalhadas pelo quarto e a cama estava desarrumada.

— O que o senhor pensou?

— Primeiro achei que ela podia ter ido viajar. Mas ela teria me dito. Além disso, a Jess tinha um exame naquele dia. Liguei para o celular dela e ninguém atendeu. Telefonei para os pais dela e para os amigos, e ninguém a tinha visto, e ela não tinha dito a ninguém que ia viajar. Então, fui à polícia.

— O que aconteceu?

— O detetive Matson disse que eu não poderia dar queixa de pessoa desaparecida antes de trinta e seis horas, mas foi comigo até a casa da Jess. Mas, para ser sincero, não achei que ele estivesse me levando a sério. — Mark olha para os jurados. — Faltei à aula e fiquei na casa, para o caso de ela voltar. Mas ela não voltou. Estava sentado na sala de estar quando percebi que alguém tinha organizado todos os CDs em ordem alfabética, e contei isso à polícia também.

— Quando a polícia começou as investigações formais — pergunta Helen Sharp —, o senhor cooperou no fornecimento de amostras forenses?

— Eu dei minhas botas para eles — responde Mark.

A promotora se vira e olha para o júri.

— Sr. Maguire, como descobriu o que havia acontecido a Jess?

Ele aperta a boca.

— Alguns policiais vieram ao meu apartamento e me prenderam. Quando o detetive Matson me interrogou, ele me contou que a Jess estava... estava morta.

— O senhor foi liberado pouco depois?

— Sim. Quando eles prenderam Jacob Hunt.

— Sr. Maguire, o senhor teve alguma coisa a ver com a morte de Jess Ogilvy?

— Absolutamente nada.

— O senhor sabe por que ela estava com o nariz quebrado?

— Não — Mark responde, tenso.

— Sabe por que ela estava sem um dente?

— Não.

— Sabe por que ela tinha abrasões nas costas?

— Não.

— O senhor a socou no rosto?

— Não. — A voz de Mark soa como se estivesse envolta em algodão. Ele estava olhando para o chão, mas, quando levanta o rosto agora, todos podem ver que seus olhos estão molhados, que ele está engolindo com dificuldade. — Quando a deixei, ela parecia um anjo.

Quando Helen Sharp termina, Oliver se levanta e abotoa o paletó. Por que advogados sempre fazem isso? Em *CrimeBusters*, os atores que interpretam os advogados fazem assim também. Talvez seja para parecerem profissionais. Ou porque precisam de algo para fazer com as mãos.

— Sr. Maguire, o senhor acabou de contar que chegou a ser preso pelo assassinato de Jess Ogilvy.

— Sim, mas eles tinham pegado a pessoa errada.

— Ainda assim... por algum tempo a polícia acreditou que o senhor estivesse envolvido, não é verdade?

— Imagino que sim.

— O senhor também contou em seu depoimento que agarrou Jess Ogilvy durante a briga, certo?

— Sim.

— Onde a agarrou?

— Nos braços. — Ele toca o músculo do bíceps. — Aqui.

— O senhor apertou o pescoço dela também, não foi?

Ele fica completamente vermelho.

— Não.

— O senhor sabe, sr. Maguire, que a autópsia revelou hematomas no pescoço de Jess Ogilvy e também em seus braços?

— Protesto — a promotora diz. — Testemunho indireto.

— Deferido.

— O senhor está ciente de que está testemunhando aqui hoje sob juramento?

— Sim...

— Então vou perguntar novamente se o senhor apertou o pescoço de Jess Ogilvy.

— Eu não apertei! — Mark afirma. — Eu só... pus as mãos no pescoço dela. Por um segundo!

— Enquanto estavam brigando?

— Sim — diz Mark.

Oliver levanta as sobrancelhas.

— Sem mais perguntas — ele declara e se senta novamente ao meu lado.

Eu baixo a cabeça e sorrio.

Theo

Eu tinha nove anos quando minha mãe me fez ir a um grupo de apoio para irmãos de autistas. Havia apenas quatro crianças ali: duas meninas com rostos que pareciam prestes a desmoronar, que tinham uma irmãzinha bebê que, aparentemente, nunca parava de gritar; um menino com um irmão gêmeo que tinha autismo severo; e eu. Todos tivemos que ficar em círculo e dizer uma coisa de que gostávamos em nosso irmão e uma coisa que realmente odiávamos nele.

As meninas foram primeiro. Elas disseram que odiavam que a bebê as deixasse acordadas a noite inteira, mas gostavam que a primeira palavra dela não tivesse sido *mamã* ou *papá*, mas *Sissy*. Depois fui eu. Disse que odiava quando Jacob pegava minhas coisas sem pedir e como ele não se incomodava de me interromper para falar algum fato sobre dinossauros que não interessava a ninguém, mas, se eu o interrompesse, ele ficava muito bravo e tinha uma crise. Gostava do jeito como ele às vezes dizia coisas que eram hilárias, embora ele não pretendesse que fossem, como quando um monitor no acampamento lhe disse que nadar ia ser sopa e ele se apavorou achando que ia ter que tomar sopa debaixo d'água e certamente ia se afogar. Então foi a vez do outro menino. Mas, antes que ele pudesse falar, a porta se abriu e seu irmão gêmeo entrou correndo e sentou em seu colo. Ele fedia, sem nenhum exagero. De repente, a mãe deles apareceu na porta da sala.

— Desculpe — disse ela. — É que o Harry não gosta que ninguém mais troque a fralda dele a não ser o Stephen.

Que droga ser o Stephen, pensei. Mas, em vez de ficar totalmente envergonhado, como eu ficaria, ou irritado, como eu ficaria também, Stephen apenas riu e abraçou o irmão.

— Vamos lá — disse ele, segurando a mão do irmão gêmeo e o levando para fora da sala.

Fizemos outras atividades naquele dia com a terapeuta, mas eu não estava me concentrando. Não conseguia tirar da cabeça a imagem de Harry, aos nove anos, usando uma fralda gigante, e Stephen limpando a sujeira. Havia mais uma coisa de que eu gostava em meu irmão autista: ele sabia usar o banheiro sozinho.

Na hora do almoço, eu me vi gravitando em direção a Stephen. Ele estava sentado sozinho, comendo fatias de maçã de um saco plástico.

— Oi — falei, sentando ao lado dele.

— Oi.

Abri o canudo do meu suco e o enfiei na caixinha. Olhei pela janela, tentando descobrir para onde ele estava olhando.

— Como você faz aquilo? — perguntei, depois de um momento.

Ele não fingiu não ter entendido. Pegou uma fatia de maçã no saquinho de plástico, mastigou e engoliu.

— Podia ter sido eu — ele respondeu.

Mama Spatakopoulous não cabe no banco das testemunhas. Ela se espreme e se contorce até que, por fim, o juiz pede ao oficial de justiça que providencie um assento mais confortável. Se fosse eu lá em cima, ia querer me esconder embaixo dessa cadeira imbecil de tanta vergonha, mas ela parece perfeitamente satisfeita. Talvez ache que isso é a prova viva de como sua comida é boa.

— Sra. Spatakopoulous, onde a senhora trabalha? — pergunta a Bruxa Má, vulgo Helen Sharp.

— Pode me chamar de Mama.

A promotora olha para o juiz, que dá de ombros.

— Está bem, Mama. Onde a senhora trabalha?

— Sou dona da Pizzaria Mama S., na Main Street, em Townsend.

— Há quanto tempo tem o restaurante?

— Vai fazer quinze anos em junho. É a melhor pizza de Vermont. Passe lá e eu lhe dou uma amostra grátis.

— É muito generoso de sua parte... Mama, a senhora estava trabalhando na tarde de 10 de janeiro de 2010?

— Eu trabalho todas as tardes e noites — responde ela, com orgulho.

— A senhora conhecia Jess Ogilvy?

— Sim, ela estava sempre lá. Uma boa menina, com uma cabeça boa em cima dos ombros. Ela me ajudou a espalhar sal na calçada uma vez depois de uma tempestade de neve, porque não queria que eu acabasse com as minhas costas.

— A senhora falou com ela no dia 10 de janeiro?

— Acenei quando ela entrou, mas o movimento estava uma loucura.

— Ela estava sozinha?

— Não, ela veio com o namorado e com o garoto que ela orientava.

— A senhora vê esse garoto no tribunal hoje?

Mama S. joga um beijo para o meu irmão.

— A senhora já tinha visto Jacob antes de 10 de janeiro?

— Ele veio uma ou duas vezes com a mãe pegar uma pizza. Tem doença celíaca, como o meu pai, que Deus o tenha.

— A senhora falou com Jacob Hunt naquela tarde? — pergunta a promotora.

— Sim. Quando eu levei as pizzas que eles tinham pedido, ele estava sentado sozinho à mesa.

— A senhora sabe por que Jacob Hunt estava sozinho?

— Bom, eles estavam todos brigando. O namorado estava bravo com o Jacob, a Jess estava brava com o namorado por estar bravo com o Jacob, e então o namorado foi embora. — Ela sacode a cabeça. — Aí a Jess ficou brava com o Jacob e *ela* foi embora também.

— A senhora ouviu por que eles estavam brigando?

— Eu tinha dezoito pedidos para viagem para atender; não estava escutando. A única coisa que ouvi foi o que a Jess disse antes de sair.

— O que foi, Mama S.?

A mulher aperta os lábios.

— Ela disse para ele dar um tempo.

A promotora se senta novamente, e então é a vez de Oliver. Eu não assisto a essas séries policiais. Na verdade, não assisto a nada, a não ser que seja *CrimeBusters*, porque Jacob monopoliza a TV. Mas estar no tribunal é mais ou menos como ver um jogo de basquete: um lado marca, depois o outro pega a bola e marca, e assim vai. E, como no basquete, aposto que tudo só se resolve nos últimos cinco minutos.

— Então, a senhora realmente não sabe o motivo da briga — diz Oliver.

— Não. — Ela se inclina para frente. — Oliver, você está muito bonito com esse terno elegante.

Ele sorri, mas parece que sem muita vontade.

— Obrigado, Mama. Então, a senhora estava prestando atenção em seus clientes.

— Eu tenho que ganhar a vida, não é? — diz ela, e sacode a cabeça. — Acho que você está emagrecendo. É essa história de sempre comer fora. O Constantine e eu estamos preocupados com você...

— Mama, eu preciso terminar com isso — ele sussurra.

— Ah, está bem. — Ela vira para o júri. — Eu não ouvi a discussão.

— A senhora estava atrás do balcão?

— Sim.

— Perto dos fornos.

— Isso.

— E havia outras pessoas trabalhando à sua volta?

— Três naquele dia.

— E havia barulho?

— O telefone, o pinball e o jukebox, tudo ao mesmo tempo.

— Então a senhora não pode ter certeza do que irritou a Jess em primeiro lugar?

— Não.

Oliver concorda com a cabeça.

— Quando o Jacob estava sentado sozinho, a senhora conversou com ele?

— Eu tentei. Ele não era muito bom de conversa.

— Ele em algum momento a olhou nos olhos?

— Não.

— Ele fez alguma coisa ameaçadora?

Mama S. sacode a cabeça.

— Não, ele é um bom menino. Eu o deixei ali em paz — diz ela. — Parecia que era isso que ele queria.

Em toda minha vida, Jacob sempre quis ser parte do grupo. Essa é uma das razões de eu nunca ter levado amigos para casa. Minha mãe teria insistido para incluirmos Jacob e, francamente, isso seria quase garantia do fim da amizade para mim. (A outra razão é que eu sentia vergonha. Não queria que ninguém soubesse como era minha casa; não queria ter que explicar as esquisitices de Jacob, porque, embora minha mãe insistisse que eram só peculiaridades dele, para o resto do mundo elas pareciam simplesmente ridículas.)

Mas, de vez em quando, Jacob conseguia se infiltrar em minha vida particular, o que era ainda pior. Era o equivalente social de quando eu, uma vez, construí uma casa de cartas de baralho usando todas as cinquenta e duas cartas e Jacob achou que seria engraçado cutucá-la com seu garfo.

No ensino fundamental, eu era um completo pária social por causa de Jacob, mas, quando fomos para o ensino médio, havia pessoas de outras cidades que não sabiam sobre meu irmão com Asperger. Por algum milagre, consegui fazer amizade com dois garotos chamados Tyler e Wally, que moravam em South Burlington e jogavam Ultimate Frisbee. Eles me convidaram para jogar depois da aula e, quando eu disse que tudo bem e nem precisei ligar para minha mãe para pedir autorização, isso só me fez parecer mais legal. Não expliquei que a razão de não precisar telefonar era que eu passava tanto tempo fora de casa quanto possível e minha mãe já estava acostumada a não me ver chegar antes de escurecer e, na metade do tempo, provavelmente nem notava que eu não estava lá.

Esse foi, e não estou falando só por falar, o melhor dia da minha vida. Estávamos jogando Frisbee no campo de softball e algumas meninas que tinham ficado depois da aula para o treino de hóquei vieram assistir, com suas saias curtas e o sol batendo nos cabelos. Eu pulava superalto, só para me exibir e, quando fiquei cansado, uma das meninas me deixou tomar um gole em sua garrafa de água. Pus a boca onde a dela havia estado um minuto antes, o que era praticamente como beijá-la.

E então Jacob apareceu.

Não sei o que ele estava fazendo ali. Aparentemente, tinha a ver com algum tipo de teste que era feito na minha escola e ele estava com uma auxiliar esperando minha mãe vir buscá-lo. Mas, no momento em que ele me viu e chamou meu nome, eu soube que era o fim. Primeiro, fingi que não ouvi, mas ele correu para dentro do campo.

— Amigo seu, Hunt? — perguntou Tyler, e eu só ri e joguei superforte o Frisbee na direção dele.

Para minha surpresa, Jacob, que não conseguia pegar nem *resfriado* se tentasse, segurou o Frisbee e começou a correr. Eu congelei, mas Tyler saiu correndo atrás dele.

— Ei, seu retardado — ele gritou para Jacob. — Vou acabar com você!

Ele era mais rápido que Jacob — grande surpresa — e derrubou meu irmão. Tyler levantou a mão para bater em Jacob, mas, nesse momento, eu já estava nas costas dele, puxando-o para trás e colocando uma perna de cada lado do seu corpo, enquanto o Frisbee rolava na rua.

— Não encosta nele, porra! — gritei no rosto de Tyler. — Se alguém tiver que bater no meu irmão, vou ser eu.

Eu o deixei no chão, tossindo, segurei a mão de Jacob e o levei para a frente da escola, onde não podia ouvir as meninas sussurrando sobre mim e meu irmão bobão, onde havia um monte de professores reunidos para impedir que Tyler e Wally pulassem em cima de mim para se vingar.

— Eu queria jogar — disse Jacob.

— Mas eles *não* queriam que você jogasse.

Ele chutou a terra do chão.

— Eu queria poder ser o irmão maior.

Tecnicamente, ele era, mas não era de idade que estava falando. Ele simplesmente não sabia como dizer o que estava sentindo.

— Podia começar não roubando o maldito Frisbee de outra pessoa — eu disse.

E então minha mãe chegou e baixou o vidro do carro, com um sorriso enorme.

— Achei que vinha pegar só o Jacob, mas veja só! Vocês dois se encontraram.

Oliver

Tenho certeza de que o júri não está absorvendo nada do que a investigadora Marcy Allston diz. Ela é tão absurdamente sensual que quase posso imaginar os mortos com que ela se depara se levantando ofegantes.

— Na primeira vez em que entramos na casa, procuramos impressões digitais e encontramos algumas no computador e no banheiro.

— Pode explicar o processo? — pergunta Helen.

— A pele dos nossos dedos, a palma das mãos e a sola dos pés não são lisas. Elas têm cristas de fricção, com linhas que começam e terminam e têm determinados contornos ou formas. Ao longo dessas linhas da pele há uma série de poros e, se eles se contaminarem com suor, sangue, sujeira, pó etc., deixam uma reprodução dessas linhas no objeto que for tocado. Meu trabalho é tornar essa reprodução visível. Às vezes é preciso uma lupa, outras vezes uma fonte de luz. Depois que a impressão fica visível, ela pode ser fotografada e, tendo essa fotografia, posso preservá-la e compará-la com uma amostra conhecida.

— De onde vêm essas amostras conhecidas?

— Da vítima, dos suspeitos. E do AFIS, o banco de dados de impressões digitais de todos os criminosos dos Estados Unidos que foram fichados.

— Como é feita a comparação?

— Examinamos áreas específicas e encontramos padrões, como deltas, verticilos, arcos e presilhas, e o núcleo, a parte mais central da impressão digital. Fazemos uma comparação visual entre a impressão conhecida e a desconhecida, procurando formas gerais que coincidam, depois examinamos os detalhes mais específicos, como cristas finais, ou bifurcações em que uma linha se divida em duas. Se ocorrerem aproximadamente dez a doze similaridades, uma pessoa treinada em identificação de digitais poderá determinar se as duas impressões vieram da mesma pessoa.

A promotora apresenta como prova um quadro que mostra duas impressões digitais lado a lado. Imediatamente, Jacob se apruma na cadeira.

— Esta impressão da direita foi encontrada no balcão da cozinha. A da esquerda é uma amostra conhecida obtida de Jacob Hunt quando ele foi preso.

Enquanto ela mostra as dez bandeirinhas vermelhas que indicam as similaridades entre as impressões, eu olho para Jacob. Ele está sorrindo como louco.

— Com base em sua comparação, a senhora chegou a uma conclusão? — pergunta Helen.

— Sim. Que a impressão digital na cozinha era de Jacob Hunt.

— Houve mais alguma coisa digna de nota em seu exame da casa?

Marcy faz um sinal afirmativo com a cabeça.

— A tela de uma janela da cozinha tinha sido cortada pelo lado de fora e a vidraça foi forçada e quebrada. Uma chave de fenda foi encontrada nos arbustos, debaixo da janela.

— Havia alguma impressão digital na vidraça ou na chave de fenda?

— Não, mas a temperatura naquele dia estava extremamente baixa, o que com frequência compromete as impressões digitais.

— Encontraram mais alguma coisa?

— Uma marca de bota sob a janela. Fizemos um molde de cera da pegada e conseguimos associá-la a uma bota no próprio local.

— A senhora sabe a quem essa bota pertencia?

— A Mark Maguire, o namorado da vítima — diz Marcy. — Ele mantinha essas botas na casa, já que frequentemente passava a noite lá.

— Encontraram algo mais na casa?

— Sim. Usando uma substância química chamada Luminol, encontramos traços significativos de sangue no banheiro.

Jacob escreve uma nota no bloco e a passa para mim:

"Água sanitária + Luminol = falso positivo para sangue"

— Em algum momento, foi recebida uma ligação para a emergência feita do celular da vítima? — indaga Helen.

— Sim. Na manhã do dia 18 de janeiro, atendemos a um chamado feito de uma galeria pluvial a mais ou menos trezentos metros da casa onde Jess Ogilvy estava morando e encontramos o corpo da vítima.

— Qual era a posição do corpo?

— Costas apoiadas na parede de cimento e braços cruzados sobre o colo. Ela estava totalmente vestida.

— Havia mais alguma coisa importante no modo como o corpo foi encontrado?

— Sim — responde Marcy. — A vítima estava enrolada em uma colcha de um padrão peculiar, feita à mão.

— A colcha que foi encontrada com a vítima naquele dia é esta? — a promotora pergunta, enquanto mostra a Marcy um rolo volumoso de tecido em todas as cores do arco-íris, com manchas marrom-escuras de sangue seco.

— É essa — diz Marcy e, quando a colcha é registrada como prova, ouço Emma inspirar fundo.

Helen agradece à testemunha e eu me levanto para dar início à minha inquirição.

— Há quanto tempo a senhora é investigadora criminal?

— Quatro anos — responde Marcy.

— Não muito tempo, então.

Ela levanta uma sobrancelha.

— Há quanto tempo *o senhor* é advogado?

— Já viu muitos corpos em cenas de crime?

— Felizmente, não tantos quanto teria visto se trabalhasse em Nashua ou Boston — diz Marcy. — Mas o suficiente para saber o que estou fazendo.

— A senhora disse que encontrou uma impressão digital na casa de Jess Ogilvy, na cozinha, que pertence ao Jacob.

— Exatamente.

— Poderia dizer que a presença dessa impressão digital o identifica como assassino?

— Não. Isso só o coloca na cena do crime.

— É possível que o Jacob tenha deixado a impressão lá em algum outro momento?

— Sim.

— Também foram encontradas marcas da bota de Mark Maguire sob a vidraça que tinha sido forçada — digo. — A senhora confirma?

— Sim.

— Foram encontradas marcas dos sapatos de Jacob em algum lugar do lado de fora da casa?

— Não — diz Marcy.

Respiro fundo. *Espero que saiba o que está fazendo*, penso, enquanto dou uma olhada rápida para Jacob.

— E o sangue no banheiro... foi possível determinar se ele pertencia à vítima?

— Não. Tentamos fazer um teste de DNA, mas os resultados foram inconclusivos. Havia vestígios de água sanitária no material e isso com frequência compromete os testes de DNA.

— Não é verdade, sra. Allston, que, ao ser borrifado sobre água sanitária, o Luminol dá uma leitura positiva?

— Sim, às vezes.

— Quer dizer que os traços de sangue que foram encontrados poderiam ser apenas traços de água sanitária.

— É possível — ela admite.

— E o suposto sangue no banheiro poderia ter sido simplesmente Jess limpando os azulejos com Clorox?

— Ou — diz Marcy — seu cliente limpando o sangue dos azulejos com Clorox, depois de tê-la assassinado.

Aperto os lábios e recuo imediatamente.

— Sra. Allston, é possível dizer muito sobre um corpo a partir do modo como a pessoa está posicionada ao morrer, não é?

— Sim.

— Houve algo que chamou sua atenção no corpo de Jess Ogilvy quando o encontraram?

Marcy hesita.

— Ela não foi simplesmente descartada. Alguém teve o trabalho de sentá-la recostada na parede e envolvê-la em uma colcha, em vez de apenas jogá-la ali.

— Alguém que gostava dela?

— Protesto — Helen interrompe e, como eu esperava, a objeção foi deferida pelo juiz.

— A senhora conhece meu cliente, sra. Allston?

— Na verdade, sim.

— Como?

— Ele é um fã de cenas de crime. Esteve em algumas cenas nas quais trabalhei e costumava dar palpites que não eram particularmente desejados ou necessários.

— A senhora já deixou que ele ajudasse em alguma dessas cenas?

— É claro que não. Mas é nítido o fascínio dele por tudo aquilo. — Ela sacode a cabeça. — Só dois tipos de pessoas aparecem em cenas de crime: assassinos seriais, para checar sua obra, e os malucos que acham que o trabalho da polícia é como nas séries de TV e querem ajudar a solucionar o crime.

Que ótimo. Agora ela fez o júri ficar pensando em qual dessas duas categorias Jacob se encaixa. Decido acabar com o prejuízo antes de implodir de vez.

— Muito obrigado, sra. Allston — digo, e Helen se levanta para fazer mais uma pergunta.

— Sra. Allston, Jacob Hunt apareceu na galeria pluvial quando vocês estavam examinando o corpo?

— Não — diz ela. — Não o vimos lá.

Helen levanta os ombros.

— Imagino que, dessa vez, não havia nada para ele solucionar.

Jacob

Se eu não me tornar um investigador de cenas de crime famoso em minha área, como o dr. Henry Lee, vou ser médico-legista. No fundo é o mesmo trabalho, exceto pelo fato de que o cenário é menor. Em vez de examinar uma casa inteira ou uma área de bosque para determinar a história do crime, tira-se a história da pessoa morta na mesa de autópsia.

Há muitas coisas que fazem corpos mortos serem preferíveis aos vivos:

1. Eles não têm expressões faciais, então não é preciso se preocupar para não confundir um sorriso com uma careta ou toda essa complicação.
2. Eles não ficam entediados se você estiver monopolizando a conversa.
3. Eles não se importam se você ficar perto demais ou longe demais.
4. Eles não falam de você quando você sai da sala, nem comentam com os amigos como você é chato.

É possível dizer, pelo exame de um corpo, a sequência de eventos ocorrida: se o ferimento de tiro no abdômen causou a peritonite e a septicemia; se essas complicações foram a causa da morte, ou se foi a síndrome de insuficiência respiratória resultante disso que representou o golpe final. É possível dizer se a pessoa morreu em um campo ou se foi deixada no porta-malas de um carro. Pode-se saber se foi baleada na cabeça antes de atearem fogo ao corpo ou vice-versa. (Quando o crânio é removido, dá para ver o sangue que começou a escoar como resultado do cozimento do cérebro, uma lesão térmica. Se não aparecer isso, geralmente é porque foi a execução que causou a morte, e não o fogo. Admita: você queria saber.)

Por todas essas razões, fico muito atento quando o dr. Wayne Nussbaum sobe ao banco das testemunhas para depor. Eu o conheço; já o vi antes em cenas de crime. Uma vez, escrevi uma carta para ele e consegui seu autógrafo.

Ele apresenta suas credenciais: Faculdade de Medicina na Universidade de Yale, seguida por residências em patologia e medicina de emergência antes de se tornar legista-assistente do estado de Nova York e, por fim, vinte anos como legista-chefe em Vermont.

— O senhor fez a autópsia em Jess Ogilvy? — perguntou Helen Sharp.

— Sim, eu fiz. Na tarde de 18 de janeiro. O corpo foi trazido à minha sala de manhã, mas teve que descongelar primeiro.

— Qual era a temperatura externa quando a vítima foi encontrada?

— Dez graus negativos, o que possibilitou uma preservação excelente.

— Como ela estava vestida?

— Calça de moletom, camiseta e um casaco leve. Estava de sutiã, mas a calcinha estava vestida ao contrário. Havia um dente embrulhado em papel higiênico no bolso da frente da calça, e o celular estava no bolso do casaco.

Geralmente, em *CrimeBusters*, quando um legista é chamado para depor, é um testemunho de cinco minutos, no máximo. Mas Helen Sharp faz o dr. Nussbaum repetir seus achados três vezes: primeiro oralmente; depois apresentando o diagrama de um corpo, onde ele desenha os achados com uma caneta marca-texto vermelha; e, por fim, com fotografias que ele tirou durante a autópsia. Estou adorando cada minuto. Não posso dizer o mesmo daquela senhora no júri, que parece prestes a vomitar.

— O senhor disse, doutor, que colheu amostras da urina, do sangue cardíaco e do humor vítreo dos olhos de Jess Ogilvy para fins de exame toxicológico?

— Exato.

— Qual é a finalidade desse exame?

— Ele nos permite saber quais substâncias estranhas estavam na corrente sanguínea da vítima. No caso do sangue cardíaco e do humor vítreo, o exame detecta isso na hora da morte.

— Quais foram os resultados?

— Jessica Ogilvy não tinha nenhuma droga ou álcool no corpo quando morreu.

— O senhor tirou fotos do corpo durante a autópsia?

— Sim — diz ele. — É o procedimento de rotina.

— O senhor observou alguma marca ou contusão não usual no corpo?

— Sim. A vítima tinha hematomas no pescoço compatíveis com estrangulamento e hematomas nos braços compatíveis com ter sido agarrada com força.

Os hematomas eram roxo-avermelhados e com bordas nítidas, o que sugeria que ocorreram até vinte e quatro horas antes da morte. Além disso, a pele na parte inferior das costas sofreu abrasões *post-mortem*, provavelmente como resultado de ter sido arrastada. É possível ver a diferença na fotografia, aqui, entre os dois tipos de lesões. A lesão *post-mortem* é amarelada e endurecida. — Ele apontou para outra fotografia, agora do rosto de Jess. — A vítima sofreu uma agressão violenta. Apresentava fratura na base do crânio, equimose em torno dos olhos e o nariz quebrado. E estava faltando um dente frontal.

— Foi possível identificar se essas lesões ocorreram antes ou depois da morte?

— O fato de terem se formado hematomas indica que a lesão foi anterior à morte. O dente, bem, isso não é possível dizer com certeza, mas parecia ser mesmo o que foi encontrado em seu bolso.

— É possível socar alguém no rosto com tanta força a ponto de fazê-la perder um dente?

— Sim, é possível — diz o dr. Nussbaum.

— Alguém que tivesse recebido um soco forte no rosto apresentaria o mesmo tipo de lesões que o senhor encontrou no corpo da vítima?

— Sim.

— Doutor, depois de ter terminado a autópsia e estudado os resultados do laboratório toxicológico, o senhor formou uma opinião, dentro de um grau razoável de certeza médica, sobre como ocorreu a morte?

— Sim, eu a classifiquei como homicídio.

— Qual foi a causa da morte de Jess Ogilvy?

— Traumatismo contundente na cabeça, que levou a hematoma subdural, ou hemorragia intracraniana, compatível com agressão ou queda.

— Quanto tempo é preciso para morrer de um hematoma subdural?

— A morte pode ser imediata, ou pode levar horas. No caso da vítima, foi relativamente logo depois da lesão.

— Os hematomas encontrados no pescoço e nos braços de Jess Ogilvy contribuíram para sua morte?

— Não.

— E quanto ao dente que foi arrancado?

— Não.

— E não havia drogas ou álcool em seu corpo?

— Não, não havia.

— Então, dr. Nussbaum — diz Helen Sharp —, a única lesão fatal encontrada pelo senhor em Jess Ogilvy durante a autópsia foi uma fratura na base do crânio que causou hemorragia intracraniana?

— Correto.

— A testemunha é sua — a promotora diz, e Oliver se levanta.

— Todas essas lesões encontradas no corpo de Jess Ogilvy — diz ele —, o senhor tem alguma ideia de quem as causou?

— Não.

— E o senhor disse que um hematoma subdural poderia ser causado por uma agressão *ou* por uma queda.

— Correto.

— Não é possível, doutor — pergunta Oliver —, que Jess Ogilvy tenha tropeçado, caído e sofrido um hematoma subdural?

O legista levanta os olhos e sorri um pouco.

É um desses sorrisos que eu odeio, o tipo que poderia significar *Você é tão esperto*, mas também poderia querer dizer *Você é um idiota*.

— É possível que Jess Ogilvy tenha tropeçado, caído e sofrido um hematoma subdural — o dr. Nussbaum responde. — Mas eu duvido muito que ela tenha tentado estrangular a si mesma, ou arrancado o próprio dente, ou vestido a roupa de baixo ao contrário, ou se arrastado por trezentos metros e se enrolado em uma colcha em uma galeria pluvial.

Eu rio alto. É uma fala tão boa que poderia ter sido escrita para *CrimeBusters*. Minha mãe e Oliver olham para mim, e *essa* expressão é fácil de interpretar. Ambos estão cem por cento furiosos.

— Talvez agora seja um bom momento para um descanso emocional? — indaga o juiz.

— Sensorial! — Oliver corrige. — É descanso *sensorial*!

O juiz Cuttings pigarreia.

— Vou considerar isso como um sim.

Na sala de descanso sensorial, deito embaixo do cobertor com pesos. Minha mãe está no banheiro e Theo apoiou a cabeça na almofada vibratória. Ele fala entre os dentes e soa como um robô.

— Faça cócegas, Elmo — diz ele.

— Jacob — fala Oliver, depois de um minuto e trinta e três segundos de silêncio —, seu comportamento no tribunal está me deixando muito zangado.

— Bom, o seu comportamento no tribunal está *me* deixando muito zangado — respondo. — Você ainda não falou a verdade para eles.

— Você sabe que ainda não é a minha vez. Já viu julgamentos na televisão. A promotoria vai primeiro, depois nós entramos para desfazer os danos que Helen Sharp causou. Mas, Jacob, pelo amor de Deus. Toda vez que você tem uma crise, ou ri de algo que uma testemunha diz, isso aumenta os danos. — Ele olha para mim. — Imagine que você seja um jurado e tenha uma filha mais ou menos da idade da Jess, e então o réu ri alto quando o médico-legista fala sobre a maneira terrível como ela morreu. O que você acha que esse jurado vai pensar?

— Eu não sou um jurado — digo —, então realmente não sei.

— O que o legista falou no fim *foi mesmo* bem legal — acrescenta Theo.

Oliver franze a testa para ele.

— Eu pedi sua opinião?

— E o Jacob pediu a sua? — Theo retruca e me joga a almofada. — Não ouça o que ele diz — ele me fala antes de sair da sala de repouso sensorial.

Oliver olha fixamente para mim.

— Você sente falta da Jess?

— Claro. Ela era minha amiga.

— Então por que não demonstra isso?

— Para quê? — pergunto e me sento. — Se eu sei que sinto, é o que basta. Você nunca olhou para alguém que fica histérico em público e se perguntou se é porque a pessoa está realmente sofrendo ou porque quer que os outros *saibam* que ela está sofrendo? A emoção meio que se dilui se você a exibe para o mundo inteiro. Fica menos pura.

— Bom, mas isso não é como a maioria das pessoas pensa. A maioria das pessoas, diante dos registros fotográficos da autópsia de alguém que elas amavam, fica perturbada. Talvez até chore.

— Chorar? Está brincando? — E imito uma frase que ouvi garotos dizerem na escola. — Eu seria capaz de *matar* para estar naquela autópsia.

Oliver desvia os olhos. Tenho certeza de que não o ouvi bem.

E você fez isso?

Rich

A piada do momento entre nós, que fomos sequestrados para o julgamento, envolve a sala de descanso sensorial. Se o réu pode ter acomodações especiais, por que não as testemunhas? Eu quero uma sala especial com comida chinesa. Digo isso a Helen Sharp quando ela vem me avisar que serei o próximo a depor.

— É cientificamente comprovado que rolinhos primavera melhoram o foco das testemunhas — digo. — E frango xadrez entope as artérias só o suficiente para aumentar o fluxo sanguíneo para o cérebro...

— E esse tempo todo eu achando que sua deficiência fosse só um pequeno...

— Ei!

— ... nível de atenção — completa Helen, antes de sorrir para mim. — Cinco minutos.

É só em parte brincadeira. Quer dizer, se o tribunal se dispôs a ceder à síndrome de Asperger de Jacob Hunt, quanto tempo vai demorar antes que isso seja usado como precedente por algum criminoso de carreira que insista que ir para a cadeia vai exacerbar sua claustrofobia? Sou a favor da igualdade de oportunidades, mas não a ponto de desgastar o sistema.

Decido fazer um xixi antes que a sessão recomece e acabo de virar em direção ao corredor onde estão os banheiros quando dou de cara com uma mulher andando na direção oposta.

— Opa — digo, equilibrando-a. — Desculpe.

Emma Hunt olha para mim com aqueles seus olhos impressionantes.

— Sei... — diz ela.

Em uma outra vida, se eu tivesse outro trabalho e ela tivesse um filho diferente, talvez estivéssemos conversando diante de uma garrafa de vinho, talvez ela estivesse sorrindo para mim, em vez de me olhar como se tivesse acabado de se encontrar com seu pior pesadelo.

— Como está?

— Você não tem o direito de me perguntar isso.

Ela tenta passar por mim, mas eu a bloqueio com o braço estendido.

— Eu só estava fazendo o meu trabalho, Emma.

— Tenho que voltar para perto do Jacob.

— Ouça, sinto muito por isso ter acontecido com você, porque você já teve que enfrentar tantas dificuldades. Mas, no dia em que a Jess morreu, uma mãe perdeu uma filha.

— E agora — diz ela — você vai me fazer perder o meu filho.

Ela empurra meu braço. Dessa vez, eu a deixo ir.

Helen passa dez minutos me fazendo apresentar minhas credenciais: minha posição de capitão, meu treinamento como detetive em Townsend, o fato de eu estar fazendo isso desde antes de Jesus nascer, blá-blá-blá, tudo o que um júri quer ouvir para saber que está em boas mãos.

— Como o senhor se envolveu na investigação da morte de Jess Ogilvy? — começa Helen.

— O namorado dela, Mark Maguire, foi à delegacia e informou seu desaparecimento em 13 de janeiro. Ele não a via desde a manhã do dia 12 e não conseguia fazer contato. Ela não tinha nenhuma viagem planejada e seus amigos e pais também não sabiam onde ela estava. A bolsa e o casaco de Jess continuavam na casa, mas alguns objetos pessoais tinham sumido.

— Por exemplo?

— A escova de dentes, o celular. — Dou uma olhada para Jacob, que levanta as sobrancelhas, em expectativa. — E algumas roupas em uma mochila — concluo, e ele sorri e abaixa a cabeça, aprovando.

— O que o senhor fez?

— Fui com o sr. Maguire até a casa e fiz uma lista dos objetos que tinham desaparecido. Também peguei um bilhete digitado que estava na caixa de correio, pedindo que a correspondência fosse guardada, e enviei ao laboratório para pesquisa de digitais. Depois disse ao sr. Maguire que teríamos que esperar para ver se a srta. Ogilvy aparecia.

— Por que enviou o bilhete ao laboratório? — pergunta Helen.

— Porque pareceu estranho digitar um bilhete para o carteiro.

— E recebeu os resultados do laboratório?

— Sim. Foram inconclusivos; nenhuma impressão digital foi encontrada no papel. Isso me levou a acreditar que talvez fosse um bilhete digitado por alguém suficientemente esperto para usar luvas ao manuseá-lo. Uma pista falsa, para nos fazer pensar que Jess tinha ido embora de livre e espontânea vontade.

— O que aconteceu depois?

— Recebi uma ligação do sr. Maguire no dia seguinte, dizendo que os CDs de uma estante tinham sido reposicionados em ordem alfabética. Não me pareceu um sinal claro de que houvesse algo errado. A própria Jess poderia ter feito isso. E, na minha experiência, criminosos não tendem a ser maníacos por organização. Mas abrimos uma investigação formal sobre o desaparecimento da srta. Ogilvy. Uma equipe de investigadores foi enviada à sua residência para coletar provas. Peguei a agenda eletrônica dela na bolsa, que estava na cozinha, e comecei a contatar as pessoas que ela havia encontrado antes do desaparecimento e as que estavam agendadas para aquele dia.

— Tentou contatar Jess Ogilvy durante essa investigação?

— Inúmeras vezes. Ligamos para o celular dela, mas caía direto na caixa postal, até que esta também ficou cheia. Com a ajuda do FBI, tentamos rastrear o telefone

— Como assim?

— O FBI tem um software que usa o GPS do celular para encontrar coordenadas com uma proximidade de um metro da localização física efetiva em qualquer lugar do mundo, mas nesse caso os resultados foram inconclusivos. O telefone precisa estar ligado para que o software funcione e, aparentemente, o de Jess Ogilvy não estava. Também analisamos as mensagens deixadas no telefone da residência dela. Uma era do sr. Maguire. Outra era de um vendedor, outra da mãe do réu e três eram chamadas perdidas originadas do número do celular da própria Jess Ogilvy. Com base nos horários da secretária eletrônica, isso sugeria que a srta. Ogilvy ainda estava viva em algum lugar no momento em que fez as ligações. Ou que estivéssemos sendo levados a acreditar nisso pela pessoa que estava com o celular.

– Detetive, quando o senhor se encontrou pela primeira vez com o réu?

– No dia 15 de janeiro.

– Já o tinha visto anteriormente?

– Sim. Em uma cena de crime, uma semana antes. Ele entrou no meio de uma investigação.

– Onde se encontrou com o sr. Hunt no dia 15 de janeiro?

– Na casa dele.

– Quem mais estava presente?

– A mãe dele.

– O senhor levou o réu em custódia nessa ocasião?

– Não, ele não era suspeito. Eu fiz perguntas sobre a sessão de orientação com Jess. Ele disse que tinha ido à casa dela para a sessão das 14h35, mas não a encontrou. Falou que voltou a pé para casa. E também revelou que Mark Maguire não estava presente quando ele chegou à casa da srta. Ogilvy. Quando lhe perguntei se ele já tinha visto Jess brigar com o namorado, ele disse: *Hasta la vista, baby*.

– O senhor reconheceu essa frase?

– Creio que é atribuída ao ex-governador da Califórnia – digo. – Antes de ele entrar para a política.

– O senhor perguntou mais alguma coisa ao réu naquele encontro?

– Não, eu fui... mandado embora. Eram quatro e meia da tarde, e a essa hora ele assiste a um programa na televisão.

– O senhor se encontrou com o réu novamente?

– Sim. Recebi um telefonema de Emma Hunt, mãe dele, avisando que Jacob tinha algo para me contar.

– O que Jacob disse nessa segunda conversa?

– Ele me mostrou a mochila desaparecida de Jess Ogilvy e algumas roupas dela. Admitiu que tinha ido à casa dela e encontrado sinais de luta, que ele limpou.

– Limpou?

– Sim. Arrumou os bancos caídos, recolheu a correspondência que estava espalhada no chão e guardou os CDs em ordem alfabética. Pegou a mochila porque achou que ela talvez pudesse precisar. E então me mostrou a mochila e todos os objetos que estavam dentro.

— O senhor levou Jacob em custódia dessa vez?

— Não.

— Levou a mochila e as roupas?

— Sim. Nós as examinamos no laboratório e os testes foram negativos. Não havia impressões digitais, nem sangue, nem DNA.

— O que aconteceu depois? — pergunta Helen.

— Fui me reunir com a equipe de investigadores na casa de Jess Ogilvy. Eles haviam encontrado traços de sangue no banheiro, uma tela cortada em uma janela da cozinha e uma vidraça quebrada. Encontraram também uma marca de bota do lado de fora da casa que parecia corresponder às botas usadas por Mark Maguire.

— O que houve depois disso?

Olho para os jurados.

— Na segunda-feira, dia 18 de janeiro, pouco depois das três da manhã, o Departamento de Polícia de Townsend recebeu uma ligação para a emergência. Todas as ligações para o serviço de emergência são rastreadas por tecnologia de GPS, para que seja possível chegarmos a quem quer que esteja fazendo a chamada. Essa ligação foi originada em uma galeria pluvial a cerca de trezentos metros da casa onde Jess Ogilvy morava. Eu atendi a ocorrência. O corpo da vítima, e seu telefone, foram encontrados lá, e ela estava enrolada em uma colcha. Uma equipe de televisão fez uma filmagem ali, que foi exibida no noticiário do meio-dia da WCAX... — Hesito, enquanto espero Helen pegar a fita de vídeo com a filmagem, registrá-la como prova e puxar o monitor para mais perto do júri para que eles possam ver a reportagem.

Há um profundo silêncio quando o rosto da repórter preenche a tela, seus olhos lacrimejando por causa do frio, enquanto os investigadores da cena do crime se movimentam atrás dela. A repórter muda um pouco de lugar e Helen congela a imagem.

— O senhor reconhece este cobertor, detetive? — pergunta ela.

É uma colcha multicolorida, nitidamente feita à mão.

— Sim, é o cobertor que estava enrolado no corpo de Jess Ogilvy.

— Então é o mesmo cobertor?

Ela segura a colcha, com as marcas de sangue arruinando o padrão de cores aqui e ali.

— Sim, é — digo.

— O que aconteceu depois disso?

— Com a descoberta do corpo, mandei alguns policiais prenderem Mark Maguire pelo assassinato de Jess Ogilvy. Eu o estava interrogando quando recebi outro telefonema.

— A pessoa se identificou?

— Sim. Era a mãe de Jacob Hunt, Emma.

— Como ela estava? — pergunta Helen.

— Estava muito agitada. Extremamente nervosa.

— O que ela lhe disse?

O outro advogado, aquele que parece ainda não ter saído do colégio, protesta.

— Isso é testemunho indireto, Excelência — diz ele.

— Senhores advogados, aproximem-se — o juiz pede.

Helen fala baixinho.

— Excelência, o que desejo argumentar é que a mãe telefonou porque tinha acabado de ver a reportagem com aquela colcha na tela e ligou o fato com seu filho. Por isso, Excelência, é uma exceção.

— O protesto está indeferido — diz o juiz, e Helen se aproxima de mim outra vez.

— O que a mãe do réu lhe disse? — repete ela.

Não quero olhar para Emma. Já posso sentir o calor de seus olhos, as acusações.

— Ela me disse que a colcha pertencia a seu filho.

— Com base nos resultados dessa conversa, o que o senhor fez?

— Pedi que a sra. Hunt levasse Jacob à delegacia, para que pudéssemos conversar melhor.

— O senhor determinou a prisão de Jacob Hunt pelo assassinato de Jess Ogilvy?

— Sim.

— O que aconteceu, então?

— Retirei todas as acusações contra o sr. Maguire. Também executei um mandado de busca na casa do réu.

— O que encontrou lá?

— Encontramos o rádio scanner de polícia de Jacob Hunt, uma câmara de vaporização improvisada para impressões digitais e mais de uma centena de cadernos escritos.

— O que havia nesses cadernos?

— Jacob os usava para registrar informações sobre os episódios de *CrimeBusters* a que assistia. Ele anotava a data em que o episódio tinha sido transmitido, as provas coletadas e se ele tinha ou não conseguido solucionar o crime antes dos detetives da televisão. Eu o vi escrevendo na primeira vez em que fui falar com ele em sua casa.

— Quantos cadernos o senhor encontrou?

— Cento e dezesseis.

A promotora registra um deles como prova.

— O senhor reconhece isto, detetive Matson?

— É um desses cadernos. O que tem os escritos mais recentes.

— Poderia virar até a página catorze desse caderno e nos dizer o que se encontra ali?

Leio em voz alta o texto.

"Na casa dela. 12/1/10.

Situação: Namorado notifica a polícia sobre moça desaparecida.

Provas:

Roupas empilhadas sobre a cama

Escova de dentes faltando, batom faltando

Bolsa e casaco da vítima continuam no local

Telefone celular faltando

Luminol no banheiro — sangue detectado

Mochila desaparecida com roupas e bilhete na caixa de correio — pistas falsas de sequestro

Tela cortada — marcas de bota do lado de fora que correspondem à do namorado

Celular rastreado por ligação para a emergência até localização do corpo em galeria pluvial"

— Há alguma coisa estranha nesse item em particular?

— Não sei se é algum episódio de *CrimeBusters*, mas é a cena de crime exata encontrada na residência de Jess Ogilvy. É exatamente como encontramos o corpo dela. E todos esses detalhes são informações que ninguém deveria ter — digo. — Exceto a polícia... e o assassino.

Oliver

Eu sabia que Jacob teria problemas quando aqueles diários fossem apresentados como provas. Eu não ia querer que o equivalente a meu diário fosse lido para um júri. Não que eu tenha um diário ou que fosse relatar as provas de uma cena de assassinato em um. Por isso já é esperado quando ele começa a balançar um pouco o corpo, assim que Helen apresenta o diário como prova. Posso sentir o enrijecimento de sua coluna, o modo como ele respira mais forte, o fato de que ele mal pisca.

Quando Jacob se inclina em direção à mesa, olho para Emma sobre a cabeça dele. *Agora*, ela diz movendo os lábios, e, nesse exato momento, Jacob enfia um pedaço de papel em minhas mãos.

"F#", está escrito.

Levo um momento para entender que ele me escreveu uma *nota* — uma nota musical —, como eu lhe disse para fazer se precisasse de um intervalo sensorial.

— Excelência — digo, levantando-me. — Poderíamos fazer um breve intervalo?

— Acabamos de ter um intervalo, sr. Bond — diz o juiz Cuttings, e então ele repara em Jacob, cujo rosto está muito vermelho. — Cinco minutos — ele anuncia.

Comigo de um lado e Emma agarrada do outro, puxamos Jacob pelo corredor até a sala de descanso sensorial.

— Aguente mais trinta segundos — Emma murmura. — Mais dez passos. Nove... oito...

Jacob entra e se vira para nós.

— Meu Deus! — ele exclama, com um sorriso enorme no rosto. — Isso não foi incrível?

Só fico olhando para ele.

— Era essa a ideia! Eles finalmente entenderam. Eu montei uma cena de crime e os policiais solucionaram tudo, até as pistas falsas. — Ele bate no meu peito com o dedo. — Você está fazendo um *ótimo* trabalho.

Atrás de mim, Emma começa a chorar.

Não olho para ela. Não consigo.

— Vou dar um jeito — digo.

Há um momento, quando me levanto para fazer minha inquirição do detetive Matson, em que penso que poderíamos estar em uma disputa pessoal. Ele dá uma espiada em Emma, que ainda tem os olhos vermelhos e o rosto inchado, depois aperta os olhos para mim, como se a condição dela fosse culpa minha e não dele. E isso só me faz querer afundá-lo ainda mais.

— Na primeira vez em que o senhor encontrou Jacob na casa dele, detetive — começo —, ele citou o filme *O exterminador do futuro*, certo?

— Sim.

— E na segunda vez em que o senhor encontrou Jacob... ele recomendou uma série de testes que poderiam ser feitos na mochila?

— Sim.

— Quantos?

— Vários.

Pego o bloco de notas que está na frente de Jacob.

— Ele recomendou um teste de DNA nas alças da mochila?

— Sim.

— E um teste AP na lingerie que estava dentro.

— Acho que sim.

— Luminol?

— Também.

— E quanto à ninidrina no cartão encontrado dentro da mochila?

— Escute, eu não me lembro de todos, mas provavelmente ele falou desse também.

— Na verdade, detetive — digo —, Jacob parecia conhecer seu trabalho melhor que o senhor.

Ele aperta os olhos.

— Ele certamente conhecia a cena do crime melhor do que eu.

— Esses cadernos que encontrou... o senhor leu todos eles?

— Sim.

— O que os outros cento e quinze cadernos continham?

— Sinopses — diz ele. — De episódios de *CrimeBusters*.

— O senhor sabe o que é *CrimeBusters*, detetive?

— Seria preciso viver numa caverna para *não* saber — responde ele. — É uma série de TV sobre procedimentos policiais que já deve ter sido vendida até para Marte.

— O senhor já assistiu?

Ele ri.

— Procuro não ver. Não é exatamente realista.

— Quer dizer que os casos não são crimes de verdade.

— Não, não são.

— Então é justo dizer que os cento e dezesseis cadernos que o senhor confiscou do quarto de Jacob estão cheios de descrições de cenas de crimes de ficção?

— Bem, sim — Matson admite. — Mas eu não acho que a cena que ele escreveu no caderno número cento e dezesseis fosse fictícia.

— Como o senhor sabe? — Dou alguns passos na direção dele. — Na verdade, detetive, houve cobertura da imprensa sobre o desaparecimento de Jess Ogilvy antes que o senhor pegasse esse caderno, não houve?

— Sim.

— O nome dela estava nos noticiários, os pais dela estavam pedindo ajuda para solucionar o crime?

— Sim.

— O senhor testemunhou que Jacob costumava aparecer em cenas de crime tentando ajudar, certo?

— Sim, mas...

— Ele já lhe ofereceu informações que lhe pareceram surpreendentes?

Matson hesita.

— Sim.

— Então não é possível, especialmente pelo fato de que ele conhecia essa vítima específica, que ele não estivesse usando o caderno para se vangloriar de um assassinato... mas, como fez com todos os episódios de *CrimeBusters*, que o estivesse usando para ajudar a solucionar o caso? — Eu me viro para o júri antes que ele possa responder. — Sem mais perguntas.

Helen se levanta da mesa da promotoria.

— Detetive Matson — diz ela —, poderia ler a anotação no fim da primeira página do caderno?

— Diz "Solucionado: por mim, vinte e quatro minutos".

— E quanto à anotação no fim da página seis?

— "Solucionado: por eles, cinquenta e cinco minutos... Muito bom!"

Ela caminha em direção a Matson.

— O senhor tem alguma ideia do que a anotação indica?

— O Jacob me contou na primeira vez em que o vi escrevendo os diários. Ele anota se conseguiu solucionar o crime antes dos detetives da TV e quanto tempo levou.

— Detetive — diz Helen —, poderia ler a anotação no fim da página catorze, no item com o título "Na casa dela", que o senhor leu para nós anteriormente?

Ele olha para a página.

— Diz "Solucionado: por mim".

— Mais alguma coisa digna de nota quanto a essa linha?

Matson olha para os jurados.

— Está sublinhada. Dez vezes.

Theo

No jantar, sou eu quem vê meu irmão roubando a faca.

Não digo nada a princípio. Mas é perfeitamente claro para mim o jeito como ele faz uma pausa no meio de seu arroz amarelo e de seus ovos mexidos para soltar os grãos de uma espiga de milho e, então, empurra a faca com os polegares para a borda da mesa, para que ela caia em seu colo.

Minha mãe continua falando sobre o julgamento. Sobre a máquina de café no tribunal que só serve café frio; sobre o que Jacob vai vestir amanhã; sobre a defesa, que fará sua apresentação de manhã. Não acho que nenhum de nós esteja ouvindo, porque Jacob está tentando não mexer os ombros enquanto enrola a faca em um guardanapo e eu estou tentando estudar cada movimento dele.

Quando ele começa a se levantar da mesa e minha mãe o detém com uma tosse seca e forçada, tenho certeza de que vai cobrar o talher roubado. Mas, em vez disso, ela diz:

— Não está esquecendo de nada?

— Vocês me dão licença? — Jacob murmura e, um minuto depois, já jogou no lixo o resto de comida de seu prato e está subindo para o quarto.

— O que será que ele tem? — minha mãe comenta. — Mal comeu.

Enfio o resto da comida na boca e murmuro um pedido de licença. Corro para cima, mas Jacob não está no quarto dele. A porta do banheiro também está totalmente aberta. É como se ele tivesse desaparecido.

Entro no meu quarto e, de repente, sou agarrado e empurrado contra a parede e há uma faca na minha garganta.

Bem, só vou dizer que é um tanto deprimente admitir que esta *não* é a primeira vez em que me encontro nesse cenário com meu irmão. Faço o que sei que funciona: mordo o punho dele.

Seria de imaginar que ele previsse isso, mas não é o que acontece; a faca retine no chão e eu empurro a barriga mole dele com meu cotovelo. Ele dobra o corpo e geme.

— Que merda você está fazendo? — grito.

— Treinando.

Pego a faca e a coloco na gaveta da minha escrivaninha, a que mantenho trancada, onde aprendi a guardar as coisas que não quero que Jacob pegue.

— Treinando assassinato? — pergunto. — Seu maluco. É por isso que você vai ser condenado.

— Eu não ia *machucar* você. — Jacob senta pesadamente em minha cama. — Tinha uma pessoa olhando para mim com uma cara estranha hoje.

— Acho que muitas pessoas naquele tribunal estavam olhando para você com uma cara estranha.

— Mas esse cara específico me seguiu até o banheiro. Preciso arrumar um jeito de me defender.

— Certo. E o que você acha que vai acontecer amanhã de manhã quando você entrar no tribunal e os detectores de metal começarem a apitar? E todos aqueles repórteres idiotas virem você tirando uma faca de carne de dentro da meia?

Ele franze a testa. Esse é mais um de seus planos Asperger sem pé nem cabeça, em que ele nunca pensa direito. Como quando ligou para a polícia para denunciar minha mãe dois meses atrás. Para Jacob, tenho certeza de que parecia perfeitamente lógico. Para o resto do mundo, nem tanto.

— E se não houver nada errado comigo? — diz Jacob. — E se a razão de eu agir assim e pensar assim for só porque sempre sou deixado de fora? Se eu tivesse amigos, sabe, talvez eu não fizesse coisas que parecem estranhas para os outros. É como bactérias que só crescem no vácuo. Talvez nem exista essa coisa de Asperger. Vai ver que tudo isso é o que acontece quando a gente não se encaixa.

— Não vá dizer isso ao seu advogado. Nesse momento, ele precisa que o Asperger exista em todo seu esplendor. — Olho para as mãos de Jacob. As cutículas dele estão mordidas até a pele; é comum ele morder até sangrar. Minha mãe costumava enrolar esparadrapo em volta de todos os dedos dele antes de mandá-lo para a escola. Uma vez, no corredor, ouvi duas meninas o chamando de Múmia. — Jacob — digo baixinho —, vou contar uma coisa para você que ninguém mais sabe.

Sua mão balança de encontro à coxa.

— Um segredo?

— É. Mas você não pode contar para a mamãe.

Eu quero contar para ele. Já faz muito tempo que quero contar para alguém. Mas talvez Jacob esteja certo: sem ter espaço no mundo, o que é deixado para trás vai ficando cada vez maior e mais irreconhecível. Aquilo bloqueia minha garganta, rouba todo o ar do quarto. E de repente estou chorando como um bebê; estou enxugando os olhos na manga da blusa e tentando fingir que meu irmão não está sendo julgado no tribunal; que meu irmão não vai para a cadeia; que isso não é um preço cármico que estamos pagando por todas as coisas ruins que fiz e por todos os pensamentos ruins que tive.

— Eu estive lá. — As palavras saem como uma explosão da minha boca. — Eu estive lá no dia em que a Jess morreu.

Jacob não olha para mim, e talvez assim seja mais fácil. Ele agita a mão um pouco mais rápido e então a leva até o pescoço.

— Eu sei — diz ele.

Meus olhos se arregalam.

— Você sabe?

— Claro que sei. Vi suas pegadas. — Ele olha por cima do meu ombro. — Foi por isso que tive que fazer aquilo.

Ah, meu Deus. Ela contou a Jacob que eu a estava espiando nua e que ela ia à polícia, e ele a fez se calar. Agora estou aos soluços. Mal consigo respirar.

— Sinto muito.

Ele não me toca, nem me abraça, nem me conforta como minha mãe faria. Como qualquer outro humano faria. Jacob só fica abanando os dedos e então diz: *Sinto muito, sinto muito*, como eu disse, um eco desprovido de música, como chuva sobre metal.

É repetição de sons. Faz parte do Asperger. Quando Jacob era pequeno, ele repetia perguntas que eu fazia e as jogava de volta para mim como um arremesso de beisebol em vez de responder. Minha mãe me disse que era como suas citações de filmes, um movimento repetitivo oral. Era o modo de Jacob de sentir as palavras em sua boca quando não tinha nada para dizer de volta.

Mesmo assim, eu me deixo fingir que é sua maneira robótica e monocórdica de pedir desculpas para *mim* também.

Jacob

Naquele dia, quando voltamos do tribunal para casa, em vez de assistir a *Crime-Busters*, eu escolho um vídeo diferente. É um vídeo caseiro de quando eu era bebê, apenas um ano de idade. Acho que era meu aniversário, porque há um bolo e estou batendo palmas e sorrindo e dizendo coisas como "mamã", "papá" e "mamá".
Cada vez que alguém diz meu nome, eu olho direto para a câmera.

Pareço normal.

Meus pais estão felizes. Meu pai está lá, e ele não está em nenhum vídeo que temos de Theo. Minha mãe não tem a linha de expressão entre os olhos que tem agora. A maioria das pessoas, afinal, faz vídeos caseiros para registrar algo que desejam lembrar, não um momento que prefeririam esquecer.

Esse não é o caso mais adiante no vídeo. De repente, em vez de enfiar os dedos em um pedaço de bolo e dar um grande sorriso melado, estou balançando o corpo na frente da máquina de lavar, olhando as roupas girarem em círculos. Estou deitado diante da televisão, mas, em vez de assistir ao programa, alinho peças de Lego. Meu pai não aparece mais; em vez disso, há pessoas que não conheço: uma mulher de cabelo loiro enrolado e um blusão com estampa de gato que senta no chão comigo e mexe minha cabeça para que eu foque um quebra-cabeça que ela montou. Uma mulher de brilhantes olhos azuis está conversando comigo, se é que se pode chamar aquilo de conversa:

Mulher: Jacob, você está animado para ir ao circo?
Eu: Estou.
Mulher: O que você quer ver no circo?
Eu: (sem resposta)

Mulher: Diga: no circo, eu quero ver...
Eu: Quero ver palhaços.
Mulher (me dá um M&M): Eu adoro palhaços. Você está animado com o circo?
Eu: Estou, eu quero ver palhaços.
Mulher (me dá três M&Ms): Muito bem, Jacob!
Eu: (enfio os M&Ms na boca)

Estes são os filmes que minha mãe usava como prova de que eu era agora uma pessoa diferente daquela com a qual ela começou. Não sei o que ela estava pensando quando os filmou. Com certeza não queria sentar e assistir a tudo isso repetidamente; seria o equivalente visual de um tapa na cara. Talvez os estivesse guardando na esperança de que, um dia, um executivo farmacêutico pudesse chegar inesperadamente para o jantar, ver os vídeos e lhe dar um cheque pelos danos causados.

Enquanto assisto, há uma súbita interrupção de estática prateada que me faz tapar os ouvidos, e então começa outro segmento de vídeo. Foi acidentalmente gravado em cima de meu filme de bebê autista digno de Oscar, e nele sou bem mais velho. Faz apenas um ano e estou me aprontando para o baile da escola.

Jess fez a filmagem. Ela veio naquela tarde enquanto eu me arrumava, para poder ver o resultado final de nossos preparativos. Ouço a voz dela. *Jacob*, diz Jess, *por favor, fique mais perto dela. Ela não vai morder você.* O filme balança como um brinquedo de parque de diversões e ouço a voz de Jess outra vez. *Opa, sou péssima nisso.*

Minha mãe está com uma câmera fotográfica tirando uma foto de mim com minha parceira de baile. O nome da garota é Amanda e ela está na minha escola. Está usando um vestido laranja e provavelmente é por isso que eu me recusei a ficar mais perto dela, embora geralmente faça o que Jess quer.

Na televisão, é como assistir a um programa de ficção, e Jacob não sou eu, é um personagem. Não sou de fato eu que fecho os olhos quando minha mãe tenta tirar uma foto no gramado na frente da casa. Não sou de fato eu que caminho até o carro de Amanda e entro no banco de trás, como sempre faço. *Ah, não*, soa a voz da minha mãe, e Jess começa a rir. *Esquecemos totalmente disso*, diz ela.

De repente, a câmera vira rápido e o rosto de Jess aparece em close total. *Oi, mundo!*, ela diz e finge que vai engolir a câmera. Ela está sorrindo.

Então uma linha vermelha se mexe para baixo na tela da televisão como uma cortina e, subitamente, tenho apenas três anos de idade outra vez e estou empilhando um bloco verde sobre um bloco azul sobre um bloco amarelo, como a terapeuta me mostrou. *Jacob! Muito bem!*, ela exclama e empurra um caminhãozinho de brinquedo em minha direção como recompensa. Eu o viro de cabeça para baixo e giro as rodas.

Quero que Jess esteja na tela outra vez.

— *Eu queria saber como te deixar* — murmuro.

De repente, meu peito parece que está encolhendo, como às vezes acontece quando estou com um grupo de pessoas na escola e me dou conta de que sou o único que não entendeu a piada. Ou que *eu* sou a piada.

Começo a pensar que talvez eu tenha feito algo errado. Muito errado.

Já que não sei como consertar, pego o controle remoto e volto o vídeo quase até o começo, para o tempo em que eu não era diferente das outras pessoas.

Emma

Dos arquivos da Tia Em:

> *Cara Tia Em,*
> *Como conseguir a atenção de um garoto? Sou péssima para paquerar, e existem tantas meninas mais bonitas e mais inteligentes do que eu. Estou cansada de nunca ser notada. Talvez eu possa me reinventar. O que posso fazer?*
> *Confusa em Bennington*
>
> *Querida Confusa,*
> *Você não precisa ser ninguém além de quem já é. Só tem que fazer o garoto olhar uma segunda vez. Para isso, há dois caminhos:*
>
> *1. Pare de esperar: tome a iniciativa e vá falar com ele. Pergunte se ele sabe a resposta para o problema número sete da lição de matemática. Diga que ele foi ótimo no* show *de talentos da escola.*
> *2. Comece a andar nua por aí.*
>
> *Mas a escolha é sua.*
> *Com amor,*
> *Tia Em*

Quando não consigo dormir, visto um casaco sobre o pijama, sento nos degraus da varanda e tento imaginar a vida que eu poderia ter tido.

Henry e eu estaríamos esperando, com Jacob, as cartas de aceitação de universidades. Poderíamos abrir uma garrafa de champanhe e deixá-

-lo tomar uma taça para comemorar quando ele fizesse sua escolha. Theo não estaria entocado em seu quarto, fazendo o máximo para fingir que não pertence a esta família. Em vez disso, ele se sentaria à mesa da cozinha e faria as palavras cruzadas no jornal diário. "Quatro letras", ele diria, antes de ler a pista: "Leva pessoas para o céu". E nós todos tentaríamos adivinhar — Deus? Nave? Amarelinha? —, mas Jacob é quem teria a resposta certa: NASA.

Nossos meninos estariam sempre na lista dos melhores na escola. E as pessoas olhariam para mim quando eu fosse ao supermercado, não por eu ser a mãe daquele menino autista, ou pior, do assassino, mas porque gostariam de ter tanta sorte quanto eu.

Não acredito em autopiedade. Acho que isso é para pessoas que têm tempo sobrando. Em vez de sonhar com um milagre, a gente aprende a fazê-lo. Mas o universo sabe como nos punir por nossos segredos mais profundos e escondidos; e, por mais que eu ame meu filho, por mais que Jacob tenha sido o astro em torno do qual eu orbitei, tive meus momentos de imaginar silenciosamente a pessoa que eu deveria ter sido, aquela que se perdeu, de alguma maneira, na atividade diária de criar um filho autista.

Tenha cuidado com o que você deseja.

Imagine sua vida sem Jacob, e isso pode acabar se tornando realidade.

Ouvi os depoimentos hoje. E, sim, como Oliver disse, ainda não chegou a nossa vez. Mas observei o rosto dos jurados quando eles olhavam para Jacob e vi a mesma expressão que já havia visto milhares de vezes antes. Aquele distanciamento mental, aquele reconhecimento sutil de que *há algo errado com esse garoto.*

Porque ele não interage como nós.

Porque não sofre do mesmo jeito que nós.

Porque não se mexe ou fala como nós.

Lutei tanto para que Jacob acompanhasse a escola tradicional, não apenas para que ele pudesse ver o jeito como as outras crianças se comportavam, mas para que as outras crianças o vissem e aprendessem que *diferente* não é sinônimo de *ruim.* Mas não sei dizer, sinceramente, se os colegas dele algum dia aprenderam essa lição. Eles davam a Jacob corda suficiente para se enforcar em situações sociais e depois jogavam toda a culpa nos ombros dele.

E agora, depois de todo esse trabalho para encaixá-lo em um ambiente escolar normal, ele está em um tribunal cheio de adaptações para suas necessidades especiais. Sua única chance de absolvição está em seu diagnóstico no espectro. Insistir que ele é como todo mundo, neste momento, seria garantir uma sentença de prisão.

Depois de anos me recusando a usar o Asperger de Jacob como uma desculpa, essa é a única chance que ele tem agora.

E de repente estou correndo, como se minha vida dependesse disso.

Já passa das duas horas da manhã e a cantina está escura, com a placa de "Fechado" pendurada na porta, mas, na pequena janela acima, há uma luz acesa. Abro a porta da escada estreita que leva ao escritório de advocacia, subo os degraus e bato.

Oliver atende, vestido com uma calça de moletom e uma camiseta com o desenho velho e desbotado de um homem com braços peludos de urso. APOIE A SEGUNDA EMENDA, diz o escrito. Seus olhos estão vermelhos e há manchas de tinta em suas mãos.

— Emma, está tudo bem?

— Não — respondo, passando por ele. Há embalagens de comida no chão e uma garrafa vazia de dois litros de água mineral ao lado. Thor, o cachorro, está dormindo com o queixo apoiado na garrafa de plástico verde. — Não, não está tudo bem. — Olho para ele outra vez, com a voz falhando. — São duas horas da manhã. Eu estou de pijama. Vim correndo até aqui...

— Você veio *correndo* até aqui?

— ... e meu filho vai para a prisão. Então, não, Oliver, não está tudo bem.

— O Jacob vai ser absolvido...

— Oliver — peço —, diga a verdade.

Ele afasta uma pilha de papéis do sofá e se senta pesadamente.

— Sabe por que estou acordado às duas da manhã? Estou tentando escrever minha declaração inicial. Quer saber até onde já cheguei? — Ele levanta o papel que está segurando. — *Senhoras e senhores, Jacob Hunt está...* — E para.

— Está o quê?

— Eu não sei — diz Oliver. Ele amassa o papel em uma bola e sei que está pensando na crise de Jacob, como eu. — Não tenho a mínima ideia.

Jacob Hunt está ferrado com um advogado que deveria ter continuado a ser ferrador, essa é a verdade. Eu não devia ter aceitado esse trabalho. Não devia ter ido à delegacia. Devia ter lhe dado o nome de alguém que estivesse acostumado a lidar com direito criminal até dormindo, em vez de fingir que um novato como eu poderia ter ao menos meia chance de se sair bem nessa.

— Se essa é sua maneira de tentar fazer com que eu me sinta melhor, não está dando certo — digo a ele.

— Eu lhe disse que sou péssimo nisso.

— Bom, pelo menos agora está sendo sincero. — Eu me sento ao lado dele no sofá.

— Você quer sinceridade? — diz Oliver. — Eu não tenho a menor ideia se o júri vai ficar convencido com a defesa. Estou morrendo de medo. Medo de perder, medo de que o juiz me ponha para fora do tribunal às gargalhadas por eu ser uma fraude total.

— Eu estou morrendo de medo o tempo todo — confesso. — Todos acham que eu sou a mãe que nunca desiste, que eu arrastaria o Jacob de volta do inferno uma centenas de vezes se fosse preciso. Mas, em certos dias, só quero enfiar a cabeça debaixo das cobertas e continuar na cama.

— Na *maioria* dos dias eu quero fazer isso — diz Oliver, engolindo um sorriso.

Estamos apoiados no encosto do sofá. A luz azulada dos postes de iluminação na rua nos transforma em fantasmas. Não estamos mais neste mundo; estamos pairando sobre ele.

— Quer ouvir uma coisa realmente triste? — sussurro. — Você é meu melhor amigo.

— É, tem razão. Isso *é* mesmo triste. — Oliver sorri.

— Não foi o que eu quis dizer.

— Ainda estamos brincando de fazer confissões? — ele pergunta.

— É isso que estamos fazendo?

Ele estende a mão e segura uma mecha dos meus cabelos entre os dedos.

— Eu acho que você é linda — diz Oliver. — Por dentro e por fora.

Ele se inclina para frente só um pouquinho e cheira meu cabelo em suas mãos, fechando os olhos, antes de deixá-lo cair novamente sobre meu rosto. Eu sinto o toque dentro de mim, como se tivesse levado um choque.

E não me afasto.

Não *quero* me afastar.

— Eu... não sei o que dizer — gaguejo.

Os olhos de Oliver se iluminam.

— *De todos os bares de todas as cidades no mundo todo, ela entra no meu* — ele cita. Então se move lentamente, de modo que sei o que vai acontecer, e me beija.

Eu deveria estar com Jacob, por ordem judicial. Já estou quebrando as regras mesmo. Que diferença faz uma a mais?

Os dentes dele seguram meu lábio. Ele tem gosto de açúcar.

— Bala de goma — ele murmura ao meu ouvido. — Meu maior vício. Depois disso.

Enfio as mãos nos cabelos dele. São espessos e dourados, revoltos.

— Oliver — murmuro, quando ele desliza as mãos sob minha blusa de alças. Seus dedos envolvem minhas costas. — Tenho certeza absoluta que você não pode dormir com clientes.

— Você não é minha cliente — ele diz. — E não sinto nenhuma atração pelo Jacob.

Ele afasta as laterais do casaco que estou usando. Minha pele está em brasas. Não consigo me lembrar da última vez em que algum homem me tratou como se eu fosse uma peça sagrada de museu que ele recebeu autorização para tocar.

Sem que eu me dê por mim, estamos deitados no sofá. Minha cabeça cai para o lado, assim como minhas melhores intenções, quando os lábios de Oliver se fecham sobre meu seio. Eu me vejo olhando diretamente para os olhos de Thor.

— O cachorro...

Oliver levanta a cabeça.

— Caramba. — Ele se levanta e pega Thor em um dos braços como se fosse uma bola de futebol. — Que hora, hein, parceiro? — Oliver abre um armário, joga um punhado de ração sobre uma almofada, coloca Thor lá dentro e fecha a porta.

Quando ele se volta, eu prendo a respiração. De alguma maneira, a camiseta que ele usava ficou perdida entre as almofadas do sofá. Seus ombros são largos e fortes, a cintura afilada, a calça baixa sobre os quadris. Ele tem a beleza tranquila de alguém jovem demais para pensar na sorte de ter aquela aparência sem nenhum esforço.

Eu, por outro lado, estou deitada em um sofá velho em um quarto atulhado, com um cachorro ciumento no armário próximo, com sardas e rugas e sete quilos a mais do que deveria e...

— Não faça isso — Oliver diz suavemente, quando junto as pontas do meu casaco outra vez. Ele se senta na borda do sofá ao meu lado. — Ou vou ter que matar o Thor.

— Oliver, você poderia ter qualquer garota que quisesse. Qualquer garota da sua idade.

— Sabe o que é vinho jovem? Suco de uva. Algumas coisas valem a espera.

— Esse argumento não é muito convincente vindo de alguém que acabou de esvaziar uma garrafa de água mineral...

Ele me beija outra vez.

— Cala a boca, Emma — ele diz carinhosamente e põe as mãos sobre as minhas nas laterais do casaco.

— Faz um século — digo, e as palavras soam baixas, abafadas contra o ombro dele.

— É porque você estava esperando por mim — diz Oliver, abrindo meu casaco de novo e beijando meu pescoço. — Emma, está tudo bem? — ele pergunta, pela segunda vez nesta noite.

Só que, agora, eu respondo que sim.

Eu devia ter me livrado da cama de casal. Há algo terrivelmente deprimente em só ter que arrumar metade dos lençóis a cada manhã, porque o outro lado continua intacto. Nunca cruzo a linha demarcatória de meu casamento para dormir, vez por outra, do lado de Henry. Deixei esse lado para ele, ou para quem vier ocupar seu lugar.

Esse alguém costumava ser Theo, durante as tempestades, quando ele sentia medo. Ou Jacob, quando estava doente e eu queria ficar de olho nele. Eu dizia a mim mesma que gostava do espaço a mais. Que eu merecia me esticar se quisesse, embora sempre tenha dormido encolhida do meu lado, como um broto de samambaia.

É por isso, imagino, que parece perfeito quando os dedos róseos da manhã tocam o lençol que Oliver jogou sobre nós em algum momento durante a noite e eu percebo que ele está enrolado em mim: uma vírgula, com os joelhos atrás dos meus e o braço em volta da minha cintura.

Eu me mexo, mas, em vez de me soltar, Oliver me aperta mais forte.

— Que horas são? — ele murmura.

— Cinco e meia.

Eu me viro em seu abraço para ficar de frente para ele. Há um começo de barba em seu rosto e em seu queixo.

— Oliver, escute.

Ele entreabre os olhos.

— Não.

— Não, você não vai ouvir? Ou não, você não é Oliver?

— Eu não vou ouvir — responde ele. — Isso *não foi* um erro e *não foi* só por uma noite. E, se você quiser continuar discutindo, vou te fazer ler as letras pequenas do contrato que você assinou, que dizem claramente que os serviços sexuais do advogado estão incluídos nos honorários.

— Eu só ia perguntar se você quer ir tomar café da manhã na minha casa.

Oliver pisca e olha para mim.

— Ah.

— Hoje é quinta-feira. Dia marrom. Rosquinhas sem glúten?

— Eu prefiro completo — ele responde, depois enrubesce. — Mas acho que isso já ficou bem óbvio esta noite.

Costumo acordar de manhã e ficar na cama mais trinta segundos, enquanto o sonho que acabei de ter ainda poderia ser possível, antes de lembrar que preciso levantar e fazer o café da manhã de acordo com o código de cores e de me perguntar se vou conseguir sobreviver ao dia sem nenhuma alteração da agenda, ou ruído, ou dificuldade social que desencadeiem uma crise. Costumo ter trinta segundos em que o futuro é algo previsto, não temido.

Ponho os braços em volta do pescoço de Oliver e o beijo. Mesmo sabendo que, em quatro horas e meia, o julgamento vai começar outra vez; mesmo sabendo que preciso correr para casa antes que Jacob dê pela minha falta; mesmo sabendo que provavelmente eu não devia ter feito o que fiz... encontrei uma maneira de estender esses trinta segundos de felicidade em um longo e delicioso momento.

Quatro letras: leva pessoas para o céu.

Vida.

Amor.

Dois.

Se isso aconteceu... bem, talvez qualquer coisa possa acontecer.

Ele segura meus ombros e me afasta gentilmente.

— Você não tem ideia de como me mata ter que dizer não, mas ainda tenho uma declaração inicial para escrever, e a mãe do meu cliente é... bem, muito exigente.

— Sem dúvida — digo.

Ele se senta, pega minha camiseta que estava sob sua cabeça e me ajuda a vesti-la.

— Isso é bem mais divertido ao contrário — comenta.

Nós nos vestimos, e então Oliver liberta Thor de seu confinamento e prende uma corrente em sua coleira, oferecendo-se para me acompanhar parte do caminho até minha casa. Somos as únicas pessoas na rua a essa hora.

— Eu me sinto uma idiota — digo, olhando para meus chinelos e minha calça de pijama.

— Você parece uma colegial.

Reviro os olhos.

— E você é um mentiroso.

— Quer dizer, um advogado, não é?

— Tem diferença? — Paro de andar e olho para ele. — Isso não pode acontecer na frente do Jacob.

Oliver não esconde que entendeu. Continua andando, puxando a coleira de Thor.

— Está bem — responde.

Nós nos separamos no parque dos skates e caminho rapidamente com a cabeça abaixada contra o vento e os olhares dos motoristas dos carros que passam. De vez em quando, um sorriso vem de dentro de mim e sobe à superfície. Quanto mais perto chego de casa, mais inadequado aquilo parece. Como se eu estivesse trapaceando, como se tivesse a audácia de ser algo além da mãe que se espera que eu seja.

Às seis e quinze, estou virando a esquina da minha rua, aliviada. Jacob acorda como um relógio às seis e meia; ele não vai perceber nada.

Mas, quando me aproximo, vejo que as luzes estão acesas em casa e meu coração dá um pulo. Começo a correr, em pânico. E se alguma coisa aconteceu com Jacob no meio da noite? Que idiota eu fui de deixá-lo.

Não escrevi um bilhete, não levei o celular e, quando abro a porta da frente, estou quase curvada sob o medo de haver algo errado.

Jacob está de pé junto ao balcão da cozinha, preparando seu próprio café da manhã marrom. Há dois lugares arrumados na mesa.

— Mãe! — ele exclama, entusiasmado. — Você nunca vai adivinhar quem está aqui.

E então, antes que eu tente adivinhar, ouço o barulho da descarga no banheiro, a água correndo da torneira e os passos do visitante, que entra na cozinha com um sorriso um pouco constrangido.

— Henry? — digo.

CASO 10: QUEM IMAGINARIA *ENSERRAR* O CASO ASSIM?

Em 19 de novembro de 1986, Helle Crafts, comissária de bordo da Pan Am residente em Connecticut, desapareceu. Seu marido foi considerado suspeito pouco depois do desaparecimento. Richard Crafts disse às autoridades que não havia saído de casa no dia 19 de novembro, mas o demonstrativo de seu cartão de crédito registrava que ele havia comprado roupas de cama novas. Pouco antes de sua esposa sumir, ele também tinha comprado um freezer grande e alugado um triturador de madeira.

Quando uma testemunha se lembrou de ter visto um triturador de madeira perto do rio Housatonic, a polícia fez uma busca na casa dos Crafts. O sangue encontrado no colchão correspondia ao de Helle. Uma carta endereçada a Helle foi localizada perto do Housatonic, e mergulhadores recuperaram uma serra elétrica e uma barra de corte para madeira, que ainda tinham cabelo e tecido humanos nas lâminas. Com base nisso, teve início uma busca mais minuciosa.

Eis o que eles encontraram:

2.660 fios de cabelo.

Uma unha do dedo da mão.

Uma unha do dedo do pé.

Uma coroa dentária.

Cinco gotas de sangue.

(A análise química de uma unha do dedo da mão encontrada em uma van alugada por Crafts também correspondia a um esmalte do banheiro de Helle, mas isso foi desconsiderado como prova no tribunal devido à falta de um mandado de busca.)

A partir dessas provas, em 1989 Crafts foi considerado culpado pelo assassinato da esposa e sentenciado a noventa e nove anos de prisão.

Esse caso fez o dr. Henry Lee ficar famoso. Só mesmo ele, um herói forense, para conseguir uma condenação por homicídio... mesmo sem a presença de um corpo.

Emma

Por apenas um momento, tenho a certeza de estar tendo uma alucinação. Meu ex-marido *não* está na minha cozinha, se aproximando para me dar um beijo desajeitado no rosto.

— O que você está fazendo aqui? — pergunto.

Ele olha para Jacob, que despeja leite de soja achocolatado em um copo.

— Pelo menos uma vez na vida, eu quis fazer a coisa certa — Henry responde.

Cruzo os braços.

— Não se vanglorie, Henry. Isso tem menos a ver com o Jacob do que com seu próprio sentimento de culpa.

— É, algumas coisas nunca mudam — ele diz.

— O que você quer dizer com isso?

— Ninguém pode ser melhor do que você na criação de filhos. Você tem que ser a melhor e, se não for, dá um jeito de diminuir os outros para garantir sua posição.

— Isso é muito engraçado, vindo de um homem que não vê o filho há anos.

— Três anos, seis meses e quatro dias — diz Jacob. Eu tinha esquecido que ele ainda estava ali. — Saímos para jantar em Boston porque você estava lá a trabalho. Você pediu filé e mandou de volta porque veio muito malpassado na primeira vez.

Henry e eu nos entreolhamos.

— Jacob — digo —, por que você não sobe e vai tomar seu banho antes dos outros?

— E o café da manhã?

— Você come quando descer de novo.

Jacob vai para cima, deixando-me sozinha com Henry.

— Você só pode estar brincando — digo, furiosa. — Acha que pode simplesmente aparecer aqui como um cavaleiro medieval para salvar o dia?

— Considerando que sou eu que preencho o cheque para o advogado — argumenta Henry —, acho que tenho o direito de conferir se ele está fazendo o trabalho direito.

Isso, claro, me faz pensar em Oliver. E nas coisas que fizemos e que não estavam relacionadas ao trabalho.

— Escute — diz Henry, com a irritação indo embora como a neve caindo de um galho de árvore. — Não vim aqui dificultar ainda mais a situação para você, Emma. Vim para ajudar.

— Você não pode começar a ser pai deles agora só porque sua consciência resolveu acordar. Ou se é pai vinte e quatro horas por dia, sete dias por semana, ou não se é nada.

— Por que não perguntamos aos meninos se eles querem que eu fique aqui ou vá embora?

— Ah, claro. Isso é como sacudir um jogo de videogame novo na frente deles. Você é uma novidade, Henry.

Ele sorri um pouco.

— Não me lembro da última vez em que fui acusado *disso*.

Há uma agitação quando Theo desce correndo as escadas.

— Uau, você está *mesmo* aqui — ele diz. — Que estranho.

— É por sua causa — responde Henry. — Depois que você teve o trabalho de ir até lá me ver, percebi que não poderia ficar sentado em casa e fingir que não estava acontecendo nada.

Theo dá uma risadinha.

— Por que não? Eu faço isso o tempo todo.

— Vou fazer de conta que eu não ouvi isso — digo, indo para a cozinha. — Temos que estar no tribunal às nove e meia.

— Eu também vou — avisa Henry. — Para dar apoio moral.

— Ah, *muito* obrigada — digo secamente. — Não sei como enfrentaria este dia se você não estivesse aqui. Ei, espere, eu enfrentei cinco mil dias sem você aqui.

Theo passa entre nós e abre a geladeira. Ele pega uma caixa de suco de laranja e bebe no gargalo.

— Puxa, somos realmente uma família feliz. — Ele dá uma olhada para cima quando o barulho de água corrente no banheiro para. — Sou o próximo no chuveiro — diz e volta a subir as escadas.

Eu me sento em uma cadeira.

— Então, como isso vai funcionar? Você vai se sentar no tribunal e fazer cara de preocupado enquanto sua família de verdade espera do lado de fora da saída de emergência?

— Isso não é justo, Emma.

— *Nada* é justo.

— Vou ficar aqui pelo tempo que for necessário. A Meg compreende que tenho uma responsabilidade com o Jacob.

— Certo. Uma responsabilidade. Mas, por algum motivo, ela esqueceu de convidá-lo para ir à ensolarada Califórnia conhecer suas meias-irmãs...

— O Jacob não entraria em um avião e você sabe disso.

— Então seu plano é simplesmente entrar na vida dele e sair de novo após o julgamento?

— Eu não tenho um plano...

— E depois?

— Foi por isso que eu vim. — Ele se aproxima de mim. — Se... se o pior acontecer e o Jacob não voltar para casa... Bom, eu sei que você vai estar aqui para dar apoio a *ele* — diz Henry. — Mas achei que *você* poderia precisar de alguém em quem se apoiar também.

Uma centena de respostas ríspidas passam pela minha cabeça, a maioria perguntando por que eu confiaria nele agora depois de seu histórico de me abandonar. Mas, em vez disso, só sacudo a cabeça.

— O Jacob vai voltar para casa — digo.

— Emma, você precisa...

Levanto a mão estendida para interromper suas palavras.

— Tome seu café da manhã. Eu preciso me vestir.

Eu o deixo sentado na cozinha e subo para o meu quarto. Através da parede, ouço Theo cantando no chuveiro. Sento na cama e aperto as mãos entre os joelhos.

Quando os meninos eram pequenos, tínhamos regras da casa. Eu as escrevia no espelho do banheiro enquanto eles estavam tomando banho, assim, na próxima vez em que o aposento ficasse cheio de vapor, as palavras apareceriam como mágica: mandamentos para um quase bebê e seu irmão autista terrivelmente literal, leis que não podiam ser desobedecidas.

1. Limpar a própria bagunça.
2. Falar a verdade.
3. Escovar os dentes duas vezes por dia.
4. Não se atrasar para a escola.
5. Cuidar do seu irmão; ele é o único que você tem.

Uma noite, Jacob me perguntou se eu também tinha que seguir as regras, e eu disse que sim.

— Mas — ele comentou — você não tem irmão.

— Então eu vou cuidar de vocês — respondi.

Mas não fiz isso.

Oliver vai trabalhar no tribunal hoje, e talvez no próximo dia, e no próximo, tentando conseguir o que eu tentei sem sucesso durante dezoito anos: fazer com que estranhos compreendam como é ser meu filho. Fazê-los sentir compaixão por um garoto que não consegue senti-la ele próprio.

Quando Theo termina o banho, eu entro. O ar ainda está espesso de calor e vapor, o espelho está embaçado. Não posso ver as lágrimas em meu rosto, mas é melhor assim. Porque eu posso conhecer meu filho, posso acreditar profundamente que ele não é um assassino. Mas as probabilidades de que os jurados vejam isso tão claramente quanto eu são mínimas. Porque, não importa o que eu diga a Henry — ou a mim mesma, na verdade —, sei que Jacob não vai voltar para casa.

Jacob

Theo ainda está se vestindo quando bato na porta do quarto dele.

— Que merda é essa, cara? — ele diz, tampando o corpo com uma toalha. Eu fecho os olhos até ele me dizer que posso abrir e então entro no quarto.

— Preciso de ajuda com a gravata — digo.

Estou muito orgulhoso de ter me vestido hoje sem nenhuma confusão. Fiquei um pouco aflito com os botões da camisa, que pareciam carvões quentes sobre meu peito, mas coloquei uma camiseta por baixo e agora já não está tão terrível.

Theo está na minha frente, de jeans e moletom. Eu queria poder também usar isso no tribunal. Ele endireita meu colarinho e começa a passar as pontas da gravata para esse lado e aquele, até que pareça uma gravata e não o nó esquisito que foi só o que consegui fazer duas vezes. A gravata é como um longo e fino lenço de malha; gosto bem mais dela do que daquela coisa listrada que Oliver me fez usar ontem.

— Pronto — diz Theo. Então ele levanta os ombros. — O que você pensa do nosso pai?

— Eu não penso no nosso pai — respondo.

— Quero dizer, sobre ele estar aqui.

— Ah. Acho que é bom.

(Na verdade, não penso que seja bom nem ruim. Não vai fazer muita diferença, afinal, mas parece normal que as pessoas tenham uma reação mais positiva ao ver um membro próximo da família, e ele viajou cinco mil quilômetros em um avião, então tenho que lhe dar crédito por isso.)

— Pensei que a mamãe fosse armar um barraco.

Não sei o que isso significa, mas concordo com a cabeça e sorrio para ele. Você ficaria surpreso em como isso pode ser útil em uma conversa quando se está completamente confuso.

— Você lembra dele? — Theo pergunta.

— Ele telefonou no meu aniversário e isso faz só três meses e meio...

— Não — ele interrompe. — O que quero saber é se você lembra dele do passado. Quando ele morava aqui com a gente.

Na verdade, eu lembro. Lembro de estar na cama entre ele e minha mãe e de colocar a mão no rosto dele enquanto ele dormia. A pele era áspera com a barba que começava a crescer e aquela textura me intrigava. Além disso, eu gostava do som que fazia quando ele a coçava. Lembro da pasta de trabalho dele. Havia discos flexíveis dentro de diferentes cores que eu gostava de arrumar de acordo com a ordem do espectro de cores, e clipes de papel em uma caixinha pequena, que eu alinhava no chão de seu escritório enquanto ele trabalhava. Mas às vezes, quando ele estava fazendo programação e ficava frustrado ou entusiasmado, ele gritava, e isso geralmente me fazia gritar também, e ele chamava minha mãe para me tirar de lá para que ele pudesse continuar trabalhando.

— Ele me levou para colher maçãs uma vez — digo. — Me deixou sentar nos ombros dele e me mostrou como os colhedores tiram as maçãs dos cestos sem machucá-las.

Eu mantive por algum tempo uma lista de fatos sobre maçãs conforme os ia aprendendo, porque o que me lembro de meu pai era que ele teve um interesse passageiro por pomologia, o suficiente para me levar para passar um dia em um pomar. Eu sei, por exemplo, que:

1. Os maiores produtores mundiais de maçãs são China, Estados Unidos, Turquia, Polônia e Itália.
2. São necessárias trinta e seis maçãs para produzir um galão de sidra.
3. Red Delicious é a variedade mais cultivada nos Estados Unidos.
4. É preciso a energia de cinquenta folhas para produzir uma única maçã.
5. A maior maçã já colhida pesava um quilo e meio.
6. Maçãs boiam porque um quarto de seu volume é ar.
7. Macieiras são parentes das roseiras.
8. Os arqueólogos encontraram indícios de que maçãs já eram consumidas em 6.500 a.C.

— Isso é legal — diz Theo. — Eu não lembro nada dele.

Eu sei por quê; é porque Theo tinha poucos meses quando meu pai foi embora. Não me lembro desse dia, mas me lembro de muita coisa que o levou a isso. Minha mãe e meu pai brigavam com frequência na minha frente. Eu estava ali, mas não estava — aqueles eram dias em que eu ficava completamente em transe diante da estática na tela da televisão ou da alavanca da torradeira. Meus pais supunham que eu não estivesse prestando atenção, mas não é assim que funciona. Eu ouvia, via, cheirava e sentia *tudo* ao mesmo tempo naquela época, e é por isso que tinha que focar tão intensamente para prestar atenção em apenas um dos estímulos. Sempre descrevi isso mais ou menos como um filme: imagine uma câmera que pode registrar o mundo inteiro de uma só vez, cada visão, cada som. Isso é muito impressionante, mas não é particularmente útil quando se quer especificamente ouvir uma conversa entre duas pessoas, ou ver uma bola vindo em sua direção quando se está na posição de batedor. No entanto, eu não podia mudar o cérebro com que nasci, então, em vez disso, aprendi como estreitar o mundo com viseiras improvisadas, até notar apenas aquilo que eu queria notar. Isso é autismo, para aqueles que nunca tiveram a experiência.

Seja como for, é também por isso que, embora meus pais talvez achassem que minha atenção estava ocupada com outra coisa, lembro das brigas que eles tiveram, palavra por palavra:

— Você se lembra de mim, Emma? Eu moro aqui também...

— Pelo amor de Deus, Henry. Não acredito que você tem ciúme do tempo que passo com seu próprio filho.

E:

— Não me importa como vamos pagar isso. Não vou deixar de experimentar um tratamento para o Jacob só porque...

— Porque o quê? Vamos, diga! Porque você acha que eu não ganho o suficiente?

— É você que está dizendo, não eu.

E:

— Eu quero vir da porra do meu trabalho, chegar na porra da minha casa e não ter dez completos estranhos no chão da minha sala de estar. É pedir demais?

— Esses estranhos vão trazer o Jacob de volta para nós...

— Acorda, Emma. Ele é o que é. Não há nenhum milagre dentro dele esperando para sair.

E:

— Você trabalhou até tarde todas as noites esta semana.

— Por que eu ia querer voltar para casa?

E:

— Como assim, você está grávida? Decidimos que não teríamos mais filhos. Que já tínhamos muito com que nos preocupar...

— Eu não fiquei grávida sozinha.

— Mas é você que toma pílula. Deveria saber.

— Está achando que eu enganei *você? Meu Deus, Henry, fico feliz em saber que você tem uma opinião tão boa de mim. Sai daqui. Agora.*

E, um dia, ele saiu mesmo.

De repente, meu pai bate na porta do quarto de Theo e a cabeça dele aparece na fresta.

— Meninos, como estão? — ele pergunta.

Nenhum de nós diz uma palavra.

— Jacob — ele me diz. — Podemos conversar?

Nós nos sentamos em meu quarto, eu na cama e meu pai junto à mesa.

— Tudo bem para você que eu... esteja aqui?

Olho em volta. Ele não está mexendo em nada na minha mesa, então concordo com a cabeça.

Acho que isso o faz se sentir melhor, porque seus ombros relaxam.

— Eu lhe devo um pedido de desculpas — ele diz. — Não sei bem como expressar em palavras.

— Isso também acontece comigo — conto a ele.

Ele sorri um pouco e sacode a cabeça. Theo se parece muito com ele. Foi isso que sempre ouvi minha mãe dizer, mas agora posso ver também que há muita coisa em meu pai que me lembra de mim. Como o jeito que ele abaixa a cabeça antes de começar uma frase. E como tamborila os dedos nas coxas.

— Eu queria te pedir desculpas, Jacob — ele continua. — Existem algumas pessoas, como sua mãe, que não desistem nunca. Eu não sou uma dessas pessoas. Não estou dizendo isso como uma desculpa, é só um fato. Eu me conhecia o suficiente, mesmo naquela época, para entender que essa não era uma situação que eu poderia enfrentar.

— *Essa situação* quer dizer *eu* — comento.

Ele hesita, mas concorda com a cabeça.

— Não sei tanto sobre Asperger quanto a sua mãe — ele diz. — Mas acho que talvez todos nós tenhamos algo que nos impede de conectar com outras pessoas, mesmo quando queremos.

Gosto desse conceito: de que o Asperger é como um tempero acrescentado a uma pessoa e, embora sua concentração em mim seja mais alta que em outras pessoas, se fizéssemos um teste, todo mundo teria traços dessa condição também.

Eu me forço a olhar nos olhos do meu pai.

— Sabia que maçãs podem ficar com ferrugem? — pergunto.

— Não — ele responde, com a voz mais suave. — Eu não sabia.

Além da lista de fatos sobre maçãs, fiz outra lista para o meu pai, de perguntas que eu poderia lhe fazer se surgisse oportunidade:

1. Se não fosse por minha causa, você teria ficado?
2. Você alguma vez se arrependeu de ter ido embora?
3. Você acha que um dia poderemos ser amigos?
4. Se eu prometesse me esforçar mais, você pensaria em voltar?

É interessante notar que, enquanto estávamos sentados no meu quarto, falamos sobre maçãs, sobre o depoimento do médico-legista ontem e sobre o artigo na revista *Wired* a respeito de o Asperger estar ou não em ascensão no Vale do Silício devido à preponderância de genes para matemática e ciências naquela região. No entanto, não lhe fiz nenhuma dessas perguntas, que continuam em uma lista no fundo da última gaveta, do lado esquerdo da minha escrivaninha.

Vamos todos juntos para o tribunal no carro alugado do meu pai. Ele é prateado e cheira a pinheiro. Estou sentado em meu lugar habitual no banco traseiro, atrás do meu pai, que está dirigindo. Minha mãe está ao lado dele, e Theo ao meu lado. Enquanto seguimos, olho para os espaços entre os cabos de eletricidade nos postes de telefone, que se estreitam nas pontas e alargam no meio, como canoas gigantes.

Estamos a cinco minutos do tribunal quando o celular da minha mãe toca. Ela quase o derruba antes de conseguir responder.

— Estou bem — diz ela, mas seu rosto fica vermelho. — Encontramos com você no estacionamento.

Imagino que eu deveria estar nervoso, mas na verdade estou animado. Hoje é o dia em que Oliver vai contar a todos a verdade sobre o que eu fiz.

— Jacob — minha mãe diz —, você se lembra das regras?

— Deixar apenas o Oliver falar — murmuro. — Passar uma nota para ele se eu precisar de um intervalo. Não sou nenhum tonto, mãe.

— Aí é questão de opinião — diz Theo.

Ela se vira no banco. Suas pupilas estão grandes e escuras e uma veia pulsa no oco da sua garganta.

— Vai ser mais difícil para você hoje — ela diz em voz baixa. — Você vai ouvir coisas a seu respeito que talvez não façam sentido. Coisas que talvez você até ache que não são verdade. Apenas se lembre de que o Oliver sabe o que está fazendo.

— O Jacob vai depor? — meu pai pergunta.

Minha mãe olha para ele.

— O que você *acha*?

— Eu só perguntei, calma.

— Você não pode entrar no terceiro ato e esperar que eu lhe conte tudo o que perdeu — ela rebate, e o silêncio enche o carro como gás sarin.

Começo a sussurrar a sequência de Fibonacci para tentar me sentir melhor, e Theo deve estar sentindo o mesmo, porque ele diz:

— Então... já estamos lá? — e ri histericamente, como se tivesse contado uma piada muito engraçada.

Quando entramos no estacionamento, Oliver está recostado em seu carro. É uma velha picape, segundo ele mais adequada para um ferrador que para um advogado, mas ainda consegue levá-lo do ponto A ao ponto B. Estamos nos fundos do tribunal, longe das câmeras e das vans dos programas de notícias da televisão. Ele levanta os olhos quando chegamos, mas, como não é o carro da minha mãe, não reconhece que somos nós. É só quando estacionamos e descemos do carro alugado que Oliver vê minha mãe e vem em nossa direção com um grande sorriso no rosto.

E é quando nota meu pai.

— Oliver — diz minha mãe —, este é meu ex-marido, Henry.

— Está brincando? — ele olha para minha mãe.

Meu pai estende a mão para cumprimentá-lo.

— É um prazer conhecê-lo.

— Hã... sim, é um prazer — responde Oliver, depois se vira para mim. — Santo Deus... Emma, não posso deixar o Jacob entrar no tribunal desse jeito.

Olho para baixo. Estou com uma calça de veludo cotelê marrom e uma camisa marrom, um blazer de tweed marrom e uma gravata de malha marrom que Theo colocou para mim.

— É quinta-feira e ele está de blazer e gravata — minha mãe diz secamente. — Você deve imaginar que esta manhã foi um pouco cheia para mim.

Oliver se vira para o meu pai.

— O que você acha que ele parece?

— Motorista da UPS? — meu pai diz.

— Eu estava pensando mais em *nazista*. — Oliver sacode a cabeça. — Não temos tempo para você voltar para casa e trocar de roupa, e você é muito grande para caber na minha... — De repente, ele para e mede meu pai com o olhar. — Vá trocar de camisa com ele no banheiro.

— Mas ela é *branca* — protesto.

— Exatamente. A aparência que estamos querendo não é a de um serial killer moderno, Jake.

Meu pai dá uma olhada para minha mãe.

— Viu? — ele diz. — Não está feliz por eu ter vindo?

No primeiro dia em que me encontrei com Jess para o treinamento de habilidades sociais, eu estava temendo por minha vida. Eu estava na classe de inglês da sra. Brulow naquele ano. Não era uma aula particularmente interessante e a sra. Brulow tinha o azar de ter um rosto que parecia um pouco uma batata-doce: longo e estreito, com alguns pelos espetados no queixo e bronzeado artificial alaranjado. Mas ela sempre me deixava ler em voz alta quando estávamos encenando peças, mesmo que às vezes eu tivesse dificuldade para lembrar o meu lugar. E, na vez em que esqueci o caderno no dia da prova com consulta, ela me deixou fazê-la no dia seguinte. Um dia, quando ela estava de licença por causa de uma gripe, um menino da classe chamado Sawyer Trigg (que tinha sido suspenso uma vez por levar comprimidos antigripais para vender na cantina da escola) ignorou a presença da professora substituta, arrancou uns raminhos de planta e grudou no queixo com cola. Depois enfiou papel amassado debaixo da camisa e começou a andar todo empinado no espaço entre as carteiras.

— Eu sou a sra. Bruxalow — ele dizia, e todos riram.

Eu ri também, mas só para ser igual aos outros. Porque a gente deve respeitar os professores, mesmo se eles não estiverem presentes. Então, quando a sra. Brulow voltou, eu contei a ela o que Sawyer tinha feito e ela o mandou para a diretoria. Mais tarde naquele dia, ele me empurrou de encontro ao armário e disse:

— Eu te mato, Hunt.

Bem, passei o resto do dia em pânico, porque ele *podia* me matar, eu não tinha dúvida disso. E, quando Jess chegou à escola para me encontrar pela primeira vez, eu estava com uma faca de manteiga no bolso, roubada da cantina. Foi o melhor que pude fazer assim de improviso, para o caso de Sawyer Trigg estar espreitando nas sombras dos corredores.

Ela me disse que tudo que eu falasse para ela seria confidencial e que ela não contaria para minha mãe nada que eu quisesse manter em segredo entre nós. Eu gostei disso, parecia algo como ter uma melhor amiga, pelo menos do jeito como é mostrado na televisão, mas eu estava nervoso demais para fazer esse comentário.

— Jacob? — Jess disse, quando me pegou olhando para trás por cima do ombro pela oitava vez. — Está tudo bem?

Foi então que contei a ela tudo sobre a sra. Brulow e Sawyer Trigg.

Ela balançou a cabeça.

— Ele não vai te matar.

— Mas ele disse...

— Esse é o modo dele de deixar claro que está furioso porque você o dedurou.

— Mas a gente não deve rir dos professores...

— E não deve dedurar os colegas também — disse Jess. — Especialmente se quiser que eles gostem de você. A sra. Brulow *tem* que ser boa com você; faz parte do contrato de trabalho dela. Mas você precisa *ganhar* a confiança dos seus colegas. E foi isso que você perdeu. — Ela se inclinou para frente. — Existem muitos tipos de regras, Jacob. Algumas delas são explícitas, como não rir dos professores. Mas outras são como segredos. São essas que você deve conhecer, mesmo que nunca sejam ditas.

Era exatamente isso que eu nunca consegui entender: essas regras não escritas que as outras pessoas pareciam captar como se tivessem um radar social que não existia no meu cérebro.

— Você riu quando o Sawyer tirou sarro da sra. Brulow?

— Sim.

— Ele achou que você estivesse do lado dele, que estivesse se divertindo com a brincadeira. Então imagine como se sentiu quando você o dedurou.

Fiquei olhando para Jess. Eu não era Sawyer, e eu estava seguindo uma regra, enquanto ele estava deliberadamente desrespeitando uma regra.

— Não consigo — eu disse.

Alguns minutos depois, minha mãe chegou para me pegar.

— Oi — disse ela, sorrindo para Jess. — Como foi?

Jess olhou para mim, para ter certeza de que eu estava prestando atenção. Depois se virou para minha mãe.

— O Jacob criou problemas para outro menino hoje. Ah, e roubou uma faca da cantina.

Senti o coração virar pedra dentro do peito, e minha boca ficou seca como algodão. Eu achei que aquela moça era minha amiga, que ia guardar meus segredos. E a primeira coisa que ela fez foi contar para a minha mãe tudo que aconteceu hoje?

Fiquei furioso; não queria vê-la nunca mais. E senti um vazio no estômago também, como se tivesse acabado de sair de um brinquedo em um parque de diversões, porque sabia que minha mãe ia querer continuar aquela conversa no carro, no caminho de volta para casa.

Jess tocou meu braço para ter minha atenção.

— Foi *assim* que o Sawyer se sentiu — ela disse. — E eu não vou fazer isso com você nunca mais. Você vai?

No dia seguinte, fui para a escola e esperei Sawyer perto do armário dele.

— O que você está fazendo aqui, imbecil? — ele perguntou.

— Desculpe — eu disse, e estava realmente falando sério.

Talvez tenha sido meu rosto, ou o tom da minha voz, ou simplesmente o fato de que eu o procurei, mas ele ficou ali, parado, com o armário aberto por um segundo, depois ergueu os ombros.

— Tudo bem — ele disse.

Achei que esse era seu modo de dizer obrigado.

— Você ainda está pensando em me matar?

Ele balançou a cabeça e riu.

— Não, acho que não.

Estou lhe dizendo: Jess Ogilvy foi a melhor professora que eu já tive. E ela teria compreendido, melhor que qualquer outra pessoa, por que eu tive de fazer o que fiz.

Oliver

O que aconteceu na noite passada foi a experiência mais marcante de meu histórico sexual, a menos que se considere a vez em que eu estava no segundo ano da faculdade e tive uma carta publicada na *Penthouse* — com a diferença, é claro, de que aquilo foi ficção, enquanto ontem à noite foi real.

Estive pensando sobre isso. (Tudo bem, estive pensando *apenas* sobre isso.) Depois que Emma e eu admitimos nossos maiores medos um para o outro, estávamos em pé de igualdade. A vulnerabilidade passa por cima da idade. Quando se está emocionalmente nu, o salto para estar fisicamente nu não é muito grande.

Acordei hoje de manhã com o cabelo dela solto sobre o meu braço e seu corpo quente encostado no meu, e decidi que não me importo se ela dormiu comigo por desespero, frustração ou mesmo distração — eu não ia perdê-la. Havia mapeado cada centímetro dela na noite anterior; queria retornar a esse território até conhecê-lo melhor que qualquer pessoa jamais o conhecera ou viria a conhecer.

O que significava que eu precisava conseguir que o filho dela fosse absolvido, caso contrário ela nunca mais ia querer me ver.

Por esse motivo, vim para o tribunal esta manhã com a intenção de dar a Jacob a melhor defesa da história do estado de Vermont. Estava concentrado, focado e determinado, até que a vi sair do carro de outro homem.

De seu *ex*.

Ele tem o direito de estar aqui, imagino, afinal é o pai de Jacob. Mas Emma havia me levado a acreditar que ele não era de fato parte do cenário.

Não gosto do jeito como Henry a segurou quando estávamos subindo os degraus do tribunal. Não gosto de ele ser maior que eu. Não gosto do fato de que, na única vez em que toquei o braço de Emma, quando estávamos prestes a entrar na sala do tribunal, Theo reparou e suas sobrancelhas subiram até a linha dos cabelos, fazendo-me fingir imediatamente que tinha sido um roçar acidental da mão.

E eu *realmente* não gosto do fato de estar preocupado com Emma quando deveria focar unicamente em seu filho.

Quando os jurados entram, sento em meu lugar ao lado de Jacob. Ele parece ter tomado sessenta xícaras de café. Está pulando sentado na cadeira à mesa da defesa. Emma está à sua direita, e juro que posso sentir o calor de sua pele mesmo com seu filho entre nós.

— Não gosto disso — Jacob murmura.

Somos dois, garoto, penso.

— Do que você não gosta?

— Do cabelo dela.

— De quem?

— Dela. — Jacob aponta para Helen Sharp, sem olhá-la.

Hoje, a promotora está usando o cabelo solto. É castanho-avermelhado e chega à altura dos ombros. Na verdade, isso até a faz parecer mais compassiva, embora eu saiba muito bem que é só impressão.

— Bom, podia ser pior — digo.

— Como?

— Podia ser mais comprido.

O que me faz pensar em Emma ontem à noite, com seus cabelos soltos descendo pelas costas. Eu nunca os tinha visto assim, por causa de Jacob.

— É um mau presságio — diz ele, e seus dedos começam a bater na coxa.

— Parece ter muito disso hoje — comento e me viro para Emma. — O que o Henry está fazendo aqui?

Ela sacode a cabeça.

— Ele apareceu hoje de manhã enquanto eu estava *correndo* — ela enfatiza e não me olha de frente. Fim de conversa.

— Diga a verdade — Jacob declara, e Emma e eu olhamos depressa para ele. Será que Jacob é mais intuitivo do que nós dois imaginamos que ele poderia ser?

— Todos de pé — diz o oficial de justiça, e o juiz entra de seus aposentos.

— Se a defesa estiver pronta para sua declaração inicial — o juiz Cuttings anuncia —, pode começar.

Eu preferia ter feito minha declaração inicial quando Helen fez a dela, para que, em todo o tempo que os jurados ficassem observando as reações de Jacob durante a fala da promotoria, eles pudessem ter pensado que seu comportamento inadequado se devia ao Asperger, e não a ele ser um assassino sociopata. Mas o juiz não me deu essa oportunidade, então agora preciso deixar uma impressão duas vezes mais profunda.

— A verdade — Jacob sussurra outra vez. — Você vai contar a eles o que aconteceu, certo?

Percebo que ele está falando sobre o júri; está falando sobre o assassinato de Jess. E há tanta coisa envolvida nessa única pergunta que, de repente, não tenho ideia de como responder a Jacob sem que isso se torne uma mentira. Hesito e respiro fundo.

— *Olá. Meu nome é Inigo Montoya* — murmuro para Jacob. — *Você matou meu pai. Prepare-se para morrer.*

Sei que ele está sorrindo quando me levanto e olho para o júri.

— Durante um julgamento, os advogados pedem aos jurados que vejam as nuances do caso. Os senhores devem olhar para ambos os lados de uma questão. Não devem prejulgar nada. Devem esperar até ter ouvido todos os argumentos para tomar uma decisão. O juiz os instruiu a fazer isso e os instruirá novamente nesse sentido no final do julgamento.

Caminho em direção a eles.

— Mas Jacob Hunt não sabe fazer isso. Ele não sabe ver as nuances. Para ele, o mundo é preto e branco. Por exemplo, se pedirem a Jacob para lhes dar uma mãozinha, ele vai lhes estender a mão. Parte do diagnóstico da síndrome de Asperger de Jacob significa que ele não compreende o conceito de metáforas. Para ele, o mundo é literal. — Dou uma olhada para Jacob, que está com os olhos fixos na mesa. — Os senhores também devem ter notado que ontem, durante este julgamento, Jacob não olhou as testemunhas de frente. Ou que ele não demonstrou muita emoção quando a promotoria enumerou os horrores de uma cena de homicídio. Ou que não consegue ficar sentado durante os depoimentos por longos períodos e que precisa de um intervalo naquela sala nos fundos. Na verdade, pode haver muitos momentos durante este julgamento em que pareça aos senhores que Jacob está agindo de forma rude, ou imatura, ou mesmo de um modo que o faça parecer culpado. Mas, senhoras e senhores, isso não está sob o controle de Jacob. Esses comportamentos são todos características da síndrome de Asperger, um distúrbio neurológico no espectro do autismo com que Jacob foi diagnosticado. Pessoas com Asperger podem ter QI normal ou mesmo excepcional, mas também apresentam deficiências sérias em habilidades sociais e comunicacionais. Podem ser obcecados por rotinas ou regras, ou por determinado tema. Não conseguem identificar expressões muito bem, assim como não conseguem interpretar a linguagem corporal. São excessivamente sensíveis a luzes, texturas, cheiros e sons. Os senhores vão ouvir dos médicos e da mãe de Jacob sobre suas limitações e como eles têm tentado, com muito empenho, ajudar Jacob a superá-las. Parte do que vão ouvir aqui diz respeito à noção muito concreta que Jacob tem do que é certo e do que é errado. No mundo dele, regras não são apenas importantes; elas são infalíveis. No entanto, ele não tem entendimento das bases dessas regras. Ele não saberia dizer como seu comportamento poderia afetar outra pessoa, porque é impossível para Jacob se colocar no lugar do outro. Ele pode ser capaz de recitar todas as falas do episódio quarenta e quatro de *CrimeBusters*, mas não sabe dizer por que a mãe está aflita na cena sete do programa ou como a perda de um filho afetou os pais nesse mesmo programa. Se perguntarem a Jacob, ele não saberá explicar. Não porque não queira, e não por ser um sociopata, mas porque o cérebro dele simplesmente não funciona desse jeito.

Caminho para trás da mesa da defesa e coloco a mão de leve sobre o ombro de Jacob. Imediatamente ele se esquiva, como imaginei que faria, sob o olhar atento dos jurados.

— Se os senhores passarem algum tempo com Jacob — digo —, provavelmente vão pensar que existe algo... diferente nele. Algo que não conseguem identificar com exatidão. Ele pode parecer estranho, ou excêntrico... mas provavelmente não vão pensar nele como insano. Afinal, ele é capaz de manter uma conversa; sabe mais sobre determinados assuntos do que eu jamais saberei; não corre por aí ouvindo vozes ou pondo fogo em animais. Mas a definição de insanidade *legal*, senhoras e senhores, é muito diferente do que habitualmente pensamos quando ouvimos a palavra *insanidade*. Essa definição diz que, no momento em que um ato foi cometido, o réu, como resultado de uma deficiência ou doença mental grave, era incapaz de avaliar que seus atos eram errados. O que isso significa é que uma pessoa com um distúrbio neurológico como o Asperger que comete um crime, uma pessoa como Jacob, não pode ser considerada responsável da mesma maneira como eu ou os senhores seríamos considerados responsáveis. E o que os senhores vão ouvir das testemunhas da defesa é prova de que ter síndrome de Asperger torna impossível para Jacob compreender como suas ações poderiam causar danos a outra pessoa. Vão ouvir como ter síndrome de Asperger poderia levar uma pessoa como Jacob a ter um interesse idiossincrático que se torna irresistível e obsessivo. E vão ver também, senhoras e senhores, que ter síndrome de Asperger prejudicou a capacidade de Jacob de compreender que o que ele fez com Jess Ogilvy foi errado.

Atrás de mim, ouço sussurros. De canto de olho, vejo uma dezena de bilhetes, empilhados do meu lado da mesa. Jacob está balançando para frente e para trás, com a boca apertada. Depois de um minuto, ele começa a escrever bilhetes para Emma também.

— Ninguém está sugerindo que a morte de Jess Ogilvy seja nada menos que uma tragédia, e expressamos nossos sentimentos à sua família. Mas não aumentem essa tragédia criando uma segunda vítima.

Aceno com a cabeça, indicando que terminei, e volto a me sentar. Os bilhetes são curtos e furiosos:

"NÃO."

"VOCÊ PRECISA DIZER A ELES."

"O QUE EU FIZ FOI CERTO."

Eu me inclino para o meu cliente.

— Apenas confie em mim — digo.

Theo

Ontem, eu estava sentado sozinho no fundo do tribunal, espremido entre uma mulher que tricotava um gorrinho de recém-nascido e um homem de terno de tweed que ficou o tempo todo enviando mensagens de texto no celular durante o depoimento. Ninguém sabia quem eu era, e eu gostava que fosse assim. Depois do primeiro intervalo de descanso sensorial de Jacob, quando fui até a pequena sala fechada por cortinas e o oficial de justiça me deixou entrar, minha identidade secreta já não era mais tanto um segredo. A mulher que tricotava, eu notei, se mudou para um lugar do outro lado da sala, como se eu tivesse uma doença contagiosa terrível em vez de apenas um sobrenome compartilhado com o réu. O homem de terno de tweed, no entanto, parou de mandar mensagens de texto e ficou me fazendo perguntas: *O Jacob já tinha sido violento antes? Ele estava interessado em Jess Ogilvy? Ela o rejeitou?* Não demorou muito tempo para eu adivinhar que ele era uma espécie de repórter e, depois disso, fui ficar de pé nos fundos, perto de um dos oficiais de justiça.

Hoje, estou sentado ao lado do meu pai, um cara que eu nem conheço.

Quando Oliver começa a falar, meu pai se inclina para mim.

— O que você sabe desse sujeito?

— Ele gosta de dar longas caminhadas na praia e é de escorpião — digo.

O que eu sei é isto: Oliver estava tocando o braço da minha mãe hoje. Não do jeito ah-você-ia-cair-está-tudo-bem?, mas no modo você-é-minha. Que porra é essa agora? Ele deveria estar salvando o pescoço do meu irmão, e não dando em cima da minha mãe.

Eu sei que deveria estar aliviado com a presença do meu pai, mas não estou. Fico sentado aqui me perguntando por que estamos assistindo a um julgamento de homicídio em vez de estarmos na primeira fila do estádio Fenway vendo um jogo do Sox. Estou pensando em como aprendi a dar um nó de gravata, como fiz para Jacob hoje, considerando que não foi meu pai que me ensinou. Estou pensando por que compartilhar o mesmo DNA com uma pessoa não o faz sentir automaticamente que vocês têm alguma coisa em comum.

Assim que Oliver termina sua apresentação, eu me viro para o meu pai.

— Eu não sei pescar — digo. — Não sei pôr uma minhoca no anzol, ou usar uma vara, nada disso.

Ele só olha para mim, franzindo um pouco a testa.

— Teria sido legal se a gente tivesse pescado — falo. — Naquela lagoa atrás da escola.

Isso, claro, é pura estupidez. Eu tinha seis meses de idade quando meu pai nos deixou. Mal podia sustentar meu próprio corpo, quanto mais uma vara de pescar.

Ele baixa a cabeça.

— Eu fico enjoado — diz. — Só de ficar de pé no cais. Sempre fui assim.

Depois disso, não conversamos mais.

Fui à dra. Moon uma vez. Minha mãe achou que seria uma boa ideia que eu conversasse com uma psiquiatra sobre os sentimentos que pudesse ter, já que meu irmão sugava todo o tempo e a energia da nossa casa, como um aspirador cármico gigante. Mas não posso dizer que lembro muito dela, só que ela tinha cheiro de incenso e que me falou que eu podia tirar os sapatos, porque ela mesma pensava melhor sem sapatos e talvez fosse assim para mim também.

Por outro lado, ainda me lembro do que conversamos. Ela disse que, às vezes, ia ser difícil para mim ser o irmão mais novo, porque eu teria que fazer tudo o que o irmão mais velho geralmente faz. Disse que isso poderia frustrar Jacob e deixá-lo furioso, o que o faria agir de modo ainda mais imaturo. Nisso, ela foi o equivalente psicológico de uma previsão do tempo: podia me dizer com precisão o que ia acontecer, mas estava totalmente desequipada para me ajudar a me preparar para a tempestade.

No banco das testemunhas, ela parece diferente do que no consultório. Por exemplo, está usando um conjunto executivo de saia e blazer, e seus cabelos longos e revoltos estão domados em um coque. Ah, e ela está de sapatos.

— A princípio, o Jacob foi diagnosticado com um transtorno geral dentro do espectro do autismo. Depois ajustamos esse diagnóstico para transtorno global do desenvolvimento. Foi só no sexto ano da escola que corrigimos seu diagnóstico para síndrome de Asperger, com base em sua incapacidade de interpretar pistas sociais e de interagir com os colegas, apesar do alto QI e da capacidade verbal. Para crianças da idade do Jacob, essa progressão de diagnósticos é muito comum. Não significa que antes ele não tinha Asperger. Ele sempre teve. Nós apenas não tínhamos a terminologia correta para definir o quadro.

— Pode dar uma definição da síndrome de Asperger para as pessoas que não estejam familiarizadas, doutora? — pede Oliver.

— Trata-se de um transtorno do desenvolvimento que afeta o modo como as informações são processadas no cérebro e se enquadra na extremidade superior do espectro do autismo. Pessoas com Asperger com frequência são muito inteligentes e muito competentes. Nisso, elas diferem de crianças com autismo profundo, que de fato não conseguem se comunicar. Mas têm dificuldades incapacitantes na área da interação social.

— Então alguém com Asperger pode ser inteligente?

— Alguém com Asperger pode até ter um QI de gênio. No entanto, quando se trata de conversas sociais, ele é totalmente inepto. É preciso lhe ensinar interação social como se fosse uma língua estrangeira, do mesmo modo como eu ou os senhores precisaríamos que nos ensinassem pársi.

— Advogados às vezes têm dificuldade para fazer amigos — diz Oliver, provocando algumas risadas entre os jurados. — Isso significa que todos nós temos Asperger?

— Não — responde a dra. Moon. — Alguém com Asperger quer desesperadamente se encaixar, mas não compreende comportamentos sociais que são intuitivos para o resto de nós. Não é capaz de ler gestos ou expressões faciais para avaliar o estado de humor da pessoa com quem está falando. Não consegue interpretar pistas não verbais, como um bocejo significando tédio, quando ele estiver monopolizando uma conversa. Não consegue compreender o que outra pessoa pensa ou sente; esse tipo de empatia não é natural para ele. Ele é o centro de seu próprio universo, e vai reagir com base nesse princípio. Por exemplo, tive um paciente que pegou sua irmã furtando em uma loja e a denunciou, não porque achasse ser sua responsabilidade moral avisar sobre o crime da irmã, mas porque não queria ser conhecido como o menino cuja irmã tinha um histórico criminal. O que quer que uma criança com Asperger faça, ela o faz porque está pensando em como aquilo afetará *a ela*, e não aos outros.

— Há outras características desse transtorno?

— Sim. Alguém com Asperger pode ter dificuldade para organizar e estabelecer prioridades entre regras e tarefas. Tende a focar detalhes em vez do quadro maior, e com frequência fica obcecado durante meses ou anos por um assunto específico, podendo falar sobre esse tema, mesmo que seja um assunto complexo, por horas a fio. Por essa razão, o transtorno é às vezes chamado de síndrome do "pequeno professor". Crianças com Asperger falam de um modo tão adulto que às vezes se dão melhor com os amigos dos pais do que com os próprios colegas da sua idade.

— O Jacob tem esse tipo de foco obsessivo em um único assunto?

— Ah, sim. Ele teve vários ao longo dos anos: cachorros, dinossauros e, mais recentemente, ciência forense.

— O que mais poderíamos notar em uma pessoa com síndrome de Asperger?

— Alguém com Asperger se prende como um escravo a rotinas e regras. É extremamente sincero. Não gosta de fazer contato visual. Pode ter hipersensibilidade a luz, barulhos, toque ou sabores. Por exemplo, neste exato momento, Jacob provavelmente está fazendo muito esforço para bloquear o zumbido das lâmpadas fluorescentes nesta sala, que nós mal escutamos. Em um momento, uma criança com Asperger pode se mostrar extremamente esperta, ainda que desajeitada, e, no momento seguinte, se sua rotina é interrompida, pode ter uma crise que dura de dez minutos a várias horas.

— É como um ataque de birra de uma criança pequena?

— Exatamente. Só que é muito mais debilitante quando a criança tem dezoito anos e pesa oitenta quilos — responde a dra. Moon.

Sinto meu pai olhando para mim e me viro para ele.

— Isso acontece muito? — ele sussurra. — As crises?

— A gente se acostuma — digo, embora não esteja muito certo disso. Na verdade, não se pode mudar o furacão. Só se aprende como ficar fora de seu caminho.

Oliver está caminhando em direção ao júri agora.

— O Jacob poderá ser curado do Asperger?

— No momento — diz a psiquiatra — não há cura para o autismo. Não é algo que se deixe para trás. É uma condição que se tem para sempre.

— Dra. Murano, quais dos sintomas que a senhora relatou aqui hoje o Jacob manifestou ao longo dos anos?

— Todos eles — diz ela.

— Mesmo agora, aos dezoito anos?

— O Jacob melhorou muito em segurar a barra se uma rotina é alterada. Embora ainda o perturbe, agora ele tem mecanismos para lidar com a situação. Em vez de começar a gritar, como fazia aos quatro anos, ele encontra uma música ou um filme e fica repetindo a letra ou as falas.

— Doutora, este tribunal permitiu que o Jacob fizesse intervalos de descanso sensorial quando necessário. A senhora pode explicar o que é isso?

— É uma maneira de o Jacob se afastar de estímulos excessivos que o estejam perturbando. Quando ele acha que está entrando em uma espiral e vai perder o controle, ele pode sair para um lugar que seja quieto e menos caótico. Na escola, há uma sala onde ele pode ficar até estar no controle de si novamente e, aqui no tribunal, ele tem esse mesmo tipo de lugar. Lá dentro há vários objetos que o Jacob pode usar para se acalmar: de cobertores com pesos a um balanço de corda ou lâmpadas de fibra óptica.

— A senhora disse que pessoas com Asperger têm afinidade com regras. Isso também se aplica ao Jacob?

— Sim. Por exemplo, o Jacob sabe que as aulas na escola começam às 8h12 e, por causa dessa regra, ele nunca se atrasa. No entanto, uma semana sua mãe lhe disse que ele chegaria mais tarde na escola porque tinha uma consulta no dentista. Ele teve uma crise, deu um soco na parede do quarto e não houve como acalmá-lo o suficiente para levá-lo ao dentista. Na cabeça de Jacob, sua mãe estava lhe pedindo para quebrar uma regra.

— Ele deu um soco na parede? Pessoas com Asperger têm propensão à violência? — pergunta Oliver.

— Isso é um mito. Na verdade, uma criança com Asperger tem maior probabilidade de *não* se comportar mal se comparada a crianças neurotípicas, simplesmente porque ela sabe que isso é uma regra. No entanto, uma criança com Asperger também tem um limiar de reação de "luta ou fuga" muito baixo. Se ela se sentir encurralada, verbalmente, fisicamente ou emocionalmente, pode fugir ou atacar às cegas.

— A senhora já viu o Jacob fazer isso?

— Sim — diz a dra. Moon. — Na escola, no ano passado, ele ficou de castigo por ter xingado um professor. Aparentemente, uma garota o havia enganado para que ele se comportasse de modo inadequado, dizendo que seria sua amiga se ele fizesse isso. Ele se vingou depois, a empurrando, e foi suspenso.

— O que desencadeou a reação violenta de Jacob?

— Ser humilhado, imagino.

— A senhora conversou com ele sobre esse episódio? — pergunta Oliver.

— Conversei.

— Explicou por que sua reação violenta não foi apropriada?

— Sim.

— Acha que ele compreendeu que o que ele fez foi errado?

Ela hesita.

— A noção de certo e errado de Jacob não é baseada em um código moral internalizado. É baseada no que lhe foi dito para fazer ou não fazer. Se você lhe perguntasse se é certo bater em alguém, ele diria que não. No entanto, também diria que é errado se divertir à custa de alguém e, na cabeça dele, a menina quebrou essa regra primeiro. Quando o Jacob a agrediu, ele não estava pensando que poderia machucá-la, ou mesmo em como suas ações estariam indo contra uma regra de comportamento. Ele estava pensando em como ela o havia machucado e simplesmente... reagiu.

Oliver se aproxima do banco das testemunhas.

— Dra. Murano, se eu lhe contasse que Jacob havia brigado com Jess Ogilvy dois dias antes de ela morrer e que ela lhe disse para dar um tempo, como acha que isso poderia ter afetado o comportamento dele?

Ela sacode a cabeça.

— A Jess era muito importante para o Jacob e, se eles brigaram, ele deve ter ficado extremamente perturbado. Ao ir à casa dela naquele dia, ele estava claramente manifestando que não sabia como se comportar. Manteve sua rotina, em vez de esperar qual seria o resultado da briga. É muito provável que a mente de Jacob tenha processado a briga da seguinte maneira: *A Jess me disse para dar um tempo. Já passou um tempo. Portanto, não preciso mais me importar com o que ela disse e posso continuar como se ela não tivesse dito nada.* O Jacob não teria entendido, pela linguagem da Jess, que talvez ela realmente não quisesse vê-lo ainda. É essa incapacidade de se colocar no lugar da Jess que separa o Jacob das outras pessoas. Enquanto outro garoto pode simplesmente ser desajeitado socialmente, o Jacob é inteiramente desprovido de empatia, e suas ações e percepções giram em torno de suas próprias necessidades. Ele nunca parou para imaginar o que a Jess estaria sentindo; tudo o que sabia era quanto ela o estava machucando por ter brigado com ele.

— O Jacob sabe que é contra a lei cometer homicídio?

— Sem dúvida. Com sua fixação em criminologia forense, ele provavelmente poderia recitar as leis tão bem quanto o senhor, sr. Bond. Mas, para o Jacob, a autopreservação é a regra mais inviolável, a que supera todas as outras. Assim, do mesmo modo como ele perdeu o controle com a menina da escola que o havia humilhado, e não entendeu de fato por que isso seria problemático, já que ela o agredira primeiro, bem... só posso imaginar que isso tenha acontecido com a Jess também.

De repente, Jacob se levanta.

— Eu não perdi o controle! — ele grita, enquanto minha mãe puxa seu braço para fazê-lo sentar de novo.

Claro que o fato de ele estar perdendo o controle neste exato momento meio que nega o que ele diz.

— Acalme seu cliente, sr. Bond — o juiz adverte.

Quando Oliver se vira, ele parece aqueles soldados nos filmes que chegam ao alto de uma colina e veem um exército de forças inimigas à sua frente... e percebem que, façam o que fizerem, não têm a menor chance.

— Jacob — ele suspira. — Sente-se.

— Preciso de um intervalo — Jacob grita.

Oliver olha para o juiz.

— Excelência?

E então, de repente, os jurados estão sendo conduzidos para fora e Jacob está praticamente correndo para a sala de descanso sensorial.

Meu pai parece completamente perdido.

— O que acontece agora?

— Esperamos quinze minutos.

— Será que eu... Você vai lá com eles?

Até agora, eu fui todas as vezes. Fiquei em um canto, brincando com umas bolas de borracha, enquanto Jacob botava a cabeça no lugar. Mas agora olho para o meu pai.

— Faça como quiser — digo. — Eu vou ficar aqui.

Em minha primeira lembrança, estou muito doente e não consigo parar de chorar. Jacob tem uns seis ou sete anos e não para de pedir à minha mãe, que passou a noite inteira acordada comigo, para preparar o café da manhã. É cedo; o sol ainda nem apareceu.

— Estou com fome — Jacob diz.

— Eu sei, mas preciso cuidar do Theo agora.

— O que ele tem?

— A garganta dele está doendo muito.

Há um momento em que Jacob absorve essa informação.

— Aposto que, se ele tomasse sorvete, a garganta dele ia melhorar.

— Jacob — minha mãe diz, encantada —, você está pensando em como o Theo se sente?

— Não quero que a garganta dele doa — Jacob responde.

— Sorvete! Sorvete! — eu grito. Nem é sorvete de verdade que estou pedindo. É à base de soja, como tudo o mais na geladeira e no freezer. Mas, ainda assim, é algo que parece uma guloseima, e não um café da manhã.

Minha mãe cede.

— Está bem. Sorvete — ela diz, e me prende na minha cadeirinha, diante de uma tigela de sorvete. Ela dá uma tigela a Jacob também e acaricia a cabeça dele. — Vou ter que contar à dra. Moon que você se preocupou com seu irmão — comenta.

Jacob toma seu sorvete.

— Finalmente — ele diz. — Paz e sossego.

Minha mãe ainda usa isso como um exemplo de Jacob transcendendo seu Asperger para demonstrar empatia por seu pobre irmãozinho doente.

Isto é o que eu vejo, agora que sou mais velho:

Jacob ganhou uma tigela de sorvete de café da manhã e nem teve que pedir.

Jacob conseguiu que eu parasse de fazer barulho.

Meu irmão não estava tentando me ajudar naquele dia. Ele estava tentando ajudar a si mesmo.

Jacob

Estou deitado debaixo do cobertor, que parece uma centena de mãos pressionando meu corpo, como se eu estivesse no fundo do mar e não pudesse ver o sol ou ouvir o que está acontecendo na praia.

Eu não perdi o controle.

Não sei por que a dra. Moon pensou isso.

Não sei por que minha mãe não levantou e protestou. Não sei por que Oliver não está dizendo a verdade.

Eu costumava ter pesadelos em que o Sol chegava muito perto da Terra e eu era o único que sabia disso, porque minha pele conseguia sentir uma mudança na temperatura com mais precisão que a de qualquer outra pessoa. Por mais que eu tentasse alertar as pessoas, ninguém me ouvia e, por fim, as árvores começaram a pegar fogo e minha família foi queimada viva. Eu acordava, via o sol nascendo e ficava apavorado outra vez, porque como poderia ter realmente certeza de que o meu pesadelo tinha sido mesmo um pesadelo, e não uma premonição?

Acho que a mesma coisa está acontecendo agora. Depois de anos imaginando que eu sou um alienígena neste mundo, com sentidos mais aguçados que os das pessoas normais, com padrões de fala que não fazem sentido para as pessoas normais e comportamentos que parecem estranhos neste planeta, mas que, em meu planeta natal, devem ser perfeitamente aceitáveis, isso de fato se tornou verdade. A verdade é uma mentira e mentiras são a verdade. Os jurados acreditam no que ouvem, não no que está bem diante de seus olhos. E ninguém está escutando, por mais alto que eu grite dentro da minha cabeça.

Emma

O espaço debaixo do cobertor parece ter um batimento cardíaco. No escuro, encontro a mão de Jacob e a aperto.

— Querido — digo —, precisamos ir.

Ele se vira para mim. Na escuridão, vejo o reflexo de seus olhos.

— Eu não perdi o controle com a Jess — ele murmura.

— Podemos conversar sobre isso mais tarde...

— Eu não a machuquei — diz Jacob.

Paro e fico olhando para ele. Quero acreditar. Ah, meu Deus, como quero acreditar. Mas então imagino aquela colcha feita à mão enrolada no corpo de uma garota morta.

— Eu não *queria* machucá-la — Jacob corrige.

Ninguém olha no rosto de um filho recém-nascido e imagina tudo o que vai dar errado na vida dele. Em vez disso, vemos apenas as possibilidades: seu primeiro sorriso, seus primeiros passos, a formatura, o baile de casamento, seu rosto quando estiver segurando seu próprio bebê. Com Jacob, eu estava constantemente revisando os marcos de desenvolvimento: quando ele me olha voluntariamente nos olhos, quando consegue aceitar uma mudança de planos sem que seu mundo desabe, quando veste uma camisa sem cortar meticulosamente a etiqueta atrás. Não se ama um filho pelo que ele faz ou deixa de fazer; se ama pelo que ele é.

E, mesmo que ele seja um assassino, por premeditação ou acidente, ainda é meu filho.

— Não se conectar com as outras pessoas — diz Helen Sharp. — Ser o centro do próprio universo. Autopreservação é a única regra inviolável.

Acessos de irritação e problemas de controle da raiva... Parece-me, dra. Murano, que Asperger é o novo nome dado para *egoísmo.*

— Não. Não é falta de vontade de levar em consideração os sentimentos de outra pessoa. É *incapacidade* de fazer isso.

— No entanto, esse é um diagnóstico relativamente novo, não?

— Apareceu pela primeira vez no manual *DSM-IV* em 1994, mas não era de forma alguma novo. Havia muitas pessoas com Asperger antes disso que simplesmente não tinham esse diagnóstico.

— Por exemplo?

— Steven Spielberg, o diretor. John Elder Robison, o escritor. Satoshi Tajiri, criador do fenômeno Pokémon. Peter Tork, da banda The Monkees. Todos foram diagnosticados formalmente com Asperger depois de adultos.

— E todos eles são extremamente bem-sucedidos, não é? — Helen pergunta.

— É o que parece.

— Levaram uma vida muito produtiva interagindo com outras pessoas?

— Imagino que sim.

— A senhora acha que algum deles tem problemas para se relacionar socialmente com os outros?

— Sim, eu acho.

— Acha que algum deles pode ter tido momentos em que foram hostilizados ou se sentiram marginalizados?

— Eu não sei, sra. Sharp.

— É mesmo? A senhora já viu o antigo corte de cabelo de Peter Tork? Aposto um braço que sim, eles foram hostilizados. No entanto, nenhum desses homens com Asperger está em julgamento por homicídio, está?

— Não. Como eu disse, não há uma ligação causal entre Asperger e violência.

— Se o Asperger não torna alguém violento, como essa pode ser uma desculpa para uma pessoa como Jacob cometer um pavoroso ato de violência?

— Protesto! — diz Oliver. — Isso é prejulgamento.

— Deferido — o juiz responde.

A promotora dá de ombros.

— Eu retiro. Dra. Murano, como a senhora formalizou seu diagnóstico do Asperger de Jacob?

— Solicitei um teste de QI e uma avaliação de capacidades adaptativas, para ver como Jacob lidava com certas situações sociais. Fiz entrevistas com Emma Hunt e com os professores dele, para ter uma ideia do histórico de comportamento de Jacob. O Asperger não aparece da noite para o dia. Vi vídeos dele antes dos dois anos de idade, quando ainda estava alcançando os marcos de desenvolvimento de crianças neurotípicas e, depois, o declínio subsequente em comportamento e conexões interpessoais. E o observei durante várias sessões, tanto no meu consultório como na escola dele, e em ambientes sociais.

— Não existe um exame de sangue, ou algum outro teste científico, que possa ser feito para verificar se uma criança tem Asperger, existe?

— Não. O diagnóstico se baseia na observação de comportamentos e interesses repetitivos e em uma falta de interação social que prejudica o funcionamento cotidiano, sem um atraso significativo na linguagem.

— Então... é um julgamento pessoal?

— Sim — diz a dra. Murano. — Um julgamento informado.

— Se Jacob tivesse consultado outro psiquiatra, não é possível que ele houvesse determinado que Jacob *não* tem Asperger?

— Duvido muito. O diagnóstico mais frequentemente confundido com Asperger é o transtorno de déficit de atenção com hiperatividade e, quando se põe uma criança com Asperger sob medicação para TDAH, ela não responde ao tratamento. Com frequência fica claro que o diagnóstico precisa ser revisto.

— Portanto, os critérios que a senhora usou para diagnosticar Jacob foram a incapacidade dele de se comunicar com outras pessoas, a dificuldade para interpretar pistas sociais, o desejo de rotina e estruturação e a fixação por determinados assuntos?

— Sim, basicamente isso — responde a psiquiatra.

— Digamos que eu tenha um filho de sete anos completamente obcecado por Power Rangers, que tome leite com biscoito todas as noites antes de dormir, que não seja muito bom em me contar o que acontece na escola no dia a dia ou em dividir seus brinquedos com o irmão mais novo. Meu filho de sete anos tem Asperger?

— Não necessariamente. Vamos supor que tenhamos duas crianças de três anos em uma caixa de areia. Uma diz: “Olha o meu caminhão”. A outra responde: “Eu tenho uma boneca”. Trata-se de brincadeira paralela, normal nessa idade. Mas, se estudarmos essas mesmas duas crianças aos oito anos e uma disser: “Olha o meu caminhão”, a resposta apropriada é algo como “Que legal” ou “Posso brincar com ele?”, ou alguma outra frase que dê continuidade à interação com a criança que iniciou a conversa. No entanto, uma criança com Asperger poderia continuar dizendo em resposta: “Eu tenho uma boneca”. Quando o coleguinha levantar e for embora, a criança com Asperger não vai entender a razão. Na cabeça dela, ela respondeu à frase inicial e continuou a conversa. Ela não compreende que o que disse não foi uma resposta válida.

— Ou — diz Helen Sharp — a criança com a boneca poderia apenas ser excessivamente autocentrada, certo?

— Com Asperger, é o que frequentemente acontece.

— Mas, sem Asperger, acontece ocasionalmente também. Meu argumento, doutora, é que o diagnóstico que a senhora faz e as ideias que tem sobre o Jacob não se baseiam em nada além de sua própria opinião. A senhora não está se apoiando em uma análise toxicológica, ou em ondas cerebrais...

— Há vários transtornos psiquiátricos em que a observação clínica é o único método de diagnóstico, sra. Sharp. Este é um deles. E qualquer psiquiatra neste país lhe dirá que a síndrome de Asperger é um transtorno válido. Pode ser difícil descrever em termos concretos, mas, quando vemos, sabemos o que é.

— Só para deixar claro, a senhora acha que a síndrome de Asperger afetou o comportamento do Jacob no dia em que Jess Ogilvy foi assassinada.

— Sim.

— Porque o Jacob não sabe lidar bem com situações sociais. E porque não demonstra empatia. E a frustração dele às vezes leva a problemas de controle da raiva.

— Sim — a dra. Murano responde.

— Que são traços encontrados em alguém com Asperger.

— Correto.

— Que coincidência — diz a promotora, cruzando os braços. — Esses traços também são encontrados em assassinos cruéis.

Uma vez, Jacob me disse que podia ouvir plantas morrendo. *Elas gritam*, ele disse. Achei que isso certamente era ridículo, até que conversei com a dra. Murano a respeito. Pessoas com Asperger, ela explicou, têm sensações que não podemos sequer imaginar. Sons e visões que nós conseguimos filtrar estão constantemente bombardeando o cérebro delas, e é por isso que, às vezes, parece que elas estão isoladas em seu próprio mundinho. Mas não estão, disse ela. Elas estão no *nosso* mundo, porém mais sintonizadas nele do que nós jamais estaremos.

Fui para casa naquele dia e procurei sobre morte de plantas na internet. Descobri que plantas sob estresse emitem gás etileno e que cientistas na Alemanha criaram um aparelho que mede a energia dessas moléculas como vibrações — ou sons.

Agora eu me pergunto se não acaba se tornando cansativo ser testemunha do último suspiro da natureza. Se não são apenas plantas que meu filho ouve, mas também o ranger de dentes de um oceano bravio. Um nascer do sol tímido. Um coração partido.

Oliver

A orientadora educacional do meu colégio, sra. Inverholl, uma vez me deu um teste vocacional para prever meu futuro. A recomendação de trabalho número um para meu conjunto de habilidades era investigador de acidentes de tráfego aéreo, profissão em que havia menos de cinquenta pessoas no mundo. A profissão número dois era curador de museu em estudos sino-americanos. A número três era palhaço de circo.

Tenho certeza absoluta de que *advogado* nem sequer estava na lista.

Depois que me formei na faculdade, fiquei sabendo que essa mesma orientadora havia se aposentado mais cedo e se mudado para uma comunidade utópica em Idaho, onde alterou seu nome para Bênção e cria alpacas.

Frances Grenville não parece correr nenhum risco de iniciar uma criação de lhamas no futuro próximo. Está vestindo uma blusa azul abotoada até o pescoço e aperta as mãos tão firmemente sobre o colo que imagino se suas unhas não estão deixando marcas na pele.

— Sra. Grenville — digo —, onde a senhora trabalha?

— No colégio local de Townsend.

— Há quanto tempo é orientadora educacional lá?

— Há dez anos.

— Quais são suas responsabilidades? — pergunto.

— Ajudo alunos a procurar e a escolher faculdades. Escrevo recomendações para que eles se candidatem. E trabalho com alunos que enfrentam problemas de comportamento durante o período escolar.

— A senhora conhece o Jacob?

— Sim. Como ele está em um programa de educação especial, participei ativamente da organização de seu cotidiano escolar, para acomodar suas necessidades especiais.

— Pode nos explicar em que consiste esse programa?

— Trata-se de um programa de educação individualizado — responde ela. — É um plano educacional exigido pela lei federal americana para melhorar os resultados educacionais de alunos com deficiências. É diferente para cada aluno. Para o Jacob, por exemplo, criamos uma lista de regras a serem obedecidas no ambiente escolar, porque ele funciona bem com limitações e rotinas.

— A senhora encontrou o Jacob por outras razões além das necessidades de aprendizado dele?

— Sim — responde a sra. Grenville. — Houve casos em que ele teve problemas com professores pelo comportamento em classe.

— Como assim?

— Em um caso, ele insistiu em dizer ao professor de biologia que ele estava errado em certas afirmações feitas em classe. — Ela hesita. — O sr. Hubbard estava ensinando a estrutura do DNA. Ele pareou adenina com adenina em vez de pareá-la com timina. Quando o Jacob lhe disse que aquilo estava incorreto, o sr. Hubbard ficou bravo. O Jacob não percebeu que o professor estava bravo e continuou apontando o erro. O sr. Hubbard o mandou para a diretoria por perturbar o andamento da aula.

— Ele explicou à senhora por que não sabia que o professor estava bravo?

— Sim. Ele disse que o rosto bravo do sr. Hubbard parece o de outras pessoas quando estão contentes.

— E parece?

A sra. Grenville aperta os lábios.

— Eu reparei que o sr. Hubbard tem uma tendência a sorrir quando está irritado.

— A senhora por acaso sabe se de fato *está* incorreto parear adenina com adenina?

— Sim, o Jacob estava certo.

Dou uma olhada para a mesa da defesa. Jacob está sorrindo de orelha a orelha.

— Houve algum outro incidente em que teve que ajudar o Jacob?

— No ano passado, ele teve problemas com uma menina. Ela estava muito irritada por causa de uma nota baixa e, de alguma maneira, comunicou ao Jacob que, se ele realmente queria ser amigo dela, teria de ir dizer ao professor de matemática para ir... — Ela baixa os olhos para o colo. — Fornicar consigo mesmo. O Jacob ficou de castigo por isso e, mais tarde, confrontou a menina e a segurou pelo pescoço.

— O que aconteceu depois?

— Um professor viu e o afastou da menina. O Jacob foi suspenso por duas semanas. Teria sido expulso se não fosse seu programa de educação especial e o entendimento de que ele havia sido provocado.

— O que a senhora fez para modificar o comportamento social do Jacob na escola?

— Ele frequentou aulas de habilidades sociais, mas depois Emma Hunt e eu consideramos que seria mais adequado ter uma orientadora particular para o Jacob. Achamos que assim ele poderia trabalhar melhor situações específicas que tendiam a perturbá-lo, para poder lidar com elas de maneira mais construtiva.

— Vocês encontraram uma orientadora?

— Sim. Entrei em contato com a universidade e eles puseram anúncios no departamento de pedagogia. — Ela olha para o júri. — Jess Ogilvy foi a primeira aluna a responder.

— O Jacob vinha se encontrando com ela?

— Sim, desde o outono passado.

— Sra. Grenville, desde que o Jacob começou sua orientação com Jess Ogilvy, houve algum incidente em que ele tenha perdido o controle?

Ela sacode a cabeça.

— Não, nenhum.

— Pode interrogar a testemunha — digo a Helen.

A promotora se levanta.

— O sr. Hubbard, o professor de biologia, estava bravo e o Jacob não percebeu?

— Correto.

— A senhora diria que essa é uma dificuldade para o Jacob? Saber quando alguém está bravo com ele?

— Pelo que sei do Asperger, sim.

— O outro incidente que a senhora citou envolveu Jacob xingando um professor após ter sido desafiado por uma aluna e, depois, agredindo a menina que o havia desafiado, certo?

— Sim.

— O Jacob já havia sido alertado anteriormente a não usar violência física para resolver problemas?

— Certamente — responde a orientadora. — Ele sabia que essa era uma regra escolar.

— Ele quebrou essa regra? — pergunta Helen.

— Sim.

— Apesar de ser muito importante para ele seguir regras, de acordo com o seu próprio depoimento?

— Apesar disso — diz a sra. Grenville.

— Ele lhe deu alguma explicação sobre o motivo de ter quebrado essa regra?

A sra. Grenville sacode a cabeça lentamente.

— Ele disse que simplesmente se descontrolou.

Helen reflete sobre isso.

— A senhora também disse, sra. Grenville, que, desde que iniciou as sessões de orientação em habilidades sociais, o Jacob nunca mais perdeu o controle na escola.

— Exatamente.

— Aparentemente, ele estava guardando isso para *depois* da escola — diz Helen. — Sem mais perguntas.

A sessão é suspensa mais cedo hoje porque o juiz Cuttings tem uma consulta médica. Enquanto a sala se esvazia, junto meus arquivos e objetos e os coloco na pasta.

— Gostaria de ir até sua casa para conversarmos sobre o seu depoimento — digo a Emma.

De canto de olho, vejo Theo e Henry vindo em nossa direção.

— Achei que já tínhamos falado sobre isso — Emma responde secamente.

Já falamos. Mas de jeito nenhum vou voltar para o meu escritório sabendo que Henry está sob o mesmo teto que ela.

— Nunca é demais — digo. — Estamos em dois carros. Não há necessidade de irem todos espremidos em um só. Alguém quer vir comigo?

Olho direto para Emma.

— É uma boa ideia — diz ela. — Jacob, por que não vai você?

E é por isso que acabo seguindo o carro alugado de Henry com Jacob sentado ao meu lado no banco do passageiro da picape, e só depois de uma pequena crise, porque ele prefere ir no banco traseiro, que eu não tenho. Ele mexe no rádio, que só pega estações AM, porque a caminhonete é tão velha que poderia ter sido construída por Moisés.

— Você sabe por que dá para sintonizar melhor estações AM à noite? — pergunta Jacob. — Porque a ionosfera reflete melhor os sinais de rádio quando o sol não está radiando tudo na atmosfera superior.

— Obrigado — digo. — Eu não ia conseguir dormir hoje à noite sem saber disso.

Jacob olha para mim.

— Sério?

— Não, estou brincando.

Ele cruza os braços.

— Você não ouviu o que disse no tribunal? Eu não entendo ironias. Sou totalmente autocentrado. Ah, e a qualquer momento posso ficar totalmente louco.

— Você não é louco — digo a ele. — Eu só estava tentando fazer o júri ver você como legalmente insano.

Jacob se afunda no assento.

— Não sou fã de rótulos.

— Como assim?

— Quando recebi meu diagnóstico, minha mãe ficou aliviada, porque achou que seria algo útil. Quer dizer, os professores não olham para crianças que leem textos oito níveis acima do que deveriam e fazem exercícios de matemática complexos no terceiro ano e pensam que elas precisam de alguma ajuda especial, mesmo que elas *sejam* hostilizadas o tempo todo. O diagnóstico me ajudou a obter um programa de educação personalizado, o que é ótimo, mas também mudou as coisas de um jeito ruim. — Jacob ergue os ombros. — Acho que eu esperava que fosse como aquela menina no meu ano que tem uma mancha da cor de vinho do Porto na metade do rosto. As pessoas vão direto para ela e perguntam o que é aquilo e ela diz que é uma marca de nascença e não dói. Fim da história. Ninguém pergunta se podem pegar aquilo como se fosse um vírus e ninguém deixa de querer brincar com ela por causa disso. Mas é só dizer para alguém que você é autista e eles passam metade do tempo falando mais alto com você, como se você fosse surdo. E as poucas coisas que me faziam receber algum crédito, como ser inteligente, ou ter uma memória excelente, de repente passaram a ser coisas que me faziam ainda mais estranho. — Ele fica quieto por um momento, depois se vira para mim. — Eu não sou autista, eu *tenho* autismo. Também tenho cabelo castanho e pé chato. Então não entendo por que tenho que ser sempre “o menino com Asperger”.

Mantenho os olhos na rua.

— Porque é melhor do que ser o menino que matou Jess Ogilvy — respondo, e depois disso não conversamos mais.

Henry por acaso apareceu em um dia em que a comida não é perceptivelmente de Asperger. Emma fez filé com molho, batatas assadas e brownies sem glúten. Se Henry repara na falta de algum vegetal verde, ou de qualquer coisa no prato que não seja marrom, ele não comenta.

— Então, Henry — digo —, você trabalha com programação?

— Sim. No momento, estou fazendo uma análise de XML para um aplicativo de iPhone com interface de apontar e clicar que vai temperar quatrocentos pratos étnicos contemporâneos com ervas e molhos chineses. — Ele embarca em uma exposição esotérica de quinze minutos sobre programação de computador que nenhum de nós consegue acompanhar.

— Parece que a maçã não cai longe da árvore — digo.

— Na verdade, não é a maçã. Eu trabalho para a Adobe — Henry comenta.

Theo e eu somos os únicos a achar isso engraçado. Eu me pergunto se Henry nunca foi diagnosticado.

— E você se casou de novo? — Olho para Emma quando pergunto isso.

— Sim. Tenho duas meninas — ele diz, e se apressa em acrescentar: — Além dos meninos, claro.

— Claro — respondo e quebro um brownie na metade. — E quando você vai embora?

— Oliver! — Emma exclama.

Henry ri.

— Bom, acho que depende de quanto tempo durar o julgamento. — Ele se recosta na cadeira. — Emma, o jantar estava ótimo.

Espere só até a Sexta-Feira Azul, penso.

— É melhor eu ir procurar um hotel. Estou acordado há trinta e seis horas, daqui a pouco vou entrar em curto-circuito — diz Henry.

— Você vai ficar aqui — Emma anuncia, e Henry e eu olhamos para ela, surpresos. — É bobagem ficar a meia hora de distância quando vamos todos para o mesmo lugar amanhã cedo, não é? Theo, seu pai pode dormir no seu quarto e você fica no sofá.

— O quê? — Theo protesta. — Por que eu tenho que ceder o meu quarto? E o do Jacob?

— Pense nestes termos — responde Emma. — Você prefere dormir no sofá ou me ajudar quando o Jacob tiver uma crise?

Ele empurra a cadeira para sair da mesa, irritado.

— Onde estão as drogas dos travesseiros extras?

— Eu não quero desalojar ninguém... — diz Henry.

— Emma — interrompo —, pode me dar alguns minutos?

— Ah, tudo bem. Você queria falar do depoimento, não é? — Ela se vira para Jacob. — Querido, pode limpar a mesa e pôr os pratos na lavadora?

Ele se levanta e começa a tirar os pratos da mesa enquanto levo Emma para cima.

— Precisamos de um lugar sossegado — digo e a conduzo ao quarto dela.

Nunca estive aqui. Tem uma atmosfera de paz, todo em tons suaves de verde e azul-mar. Há um jardim zen sobre a cômoda, com um rastelo e três pedras negras. Na areia, alguém escreveu S-O-S.

— A única parte que ainda está me deixando nervosa é a inquirição da promotora — Emma começa, e é tudo o que consegue dizer antes de eu agarrá-la e beijá-la.

Não é com gentileza. É o equivalente físico de despejar todos os sentimentos que não posso pôr em palavras.

Quando ela se afasta de mim, sua boca está rosada e intumescida, e isso me faz dar um passo em sua direção outra vez, mas ela põe a mão em meu peito para me deter.

— Meu Deus — diz ela, com um sorriso lento. — Você está com ciúme.

— O que foi aquela história de que "é bobagem você ficar a meia hora de distância..."?

— Mas *é* mesmo. Ele é o pai dos meninos, e não um estranho que acabou de chegar da rua.

— Quer dizer que ele vai dormir bem aqui do outro lado do corredor?

— *Dormir* é a palavra que define a situação — diz Emma. — Ele está aqui por causa do Jacob. Pode acreditar, o Henry não tem nenhuma outra intenção.

— Mas você o amava.

Ela ergue as sobrancelhas.

— Você acha que eu fiquei sentada aqui quinze anos chorando por ele? Esperando o momento em que ele entraria por aquela porta outra vez para que eu pudesse enfiá-lo em um quarto aqui em cima e seduzi-lo?

— Não — eu lhe digo. — Mas não sei quanto a *ele*.

Ela fica me olhando por um momento antes de começar a rir.

— Você não viu a esposa perfeita e as filhinhas perfeitas dele. Acredite, Oliver, eu não sou o grande amor da vida dele, aquela pessoa que ele nunca vai esquecer.

— Para mim você é — digo.

O sorriso some do rosto de Emma. Ela se ergue na ponta dos pés e me beija de volta.

— Era disso que você estava precisando?

Ao som da voz de Jacob, nós nos separamos depressa, pondo meio metro de distância entre nós. Ele está parado à porta, com uma das mãos ainda na maçaneta e a outra segurando minha pasta.

— Vocês estavam... — Ele hesita. — Vocês dois estão...

Sem dizer mais nada, ele joga a pasta com força contra mim, com tanta força que gemo ao segurá-la. Depois atravessa o corredor até seu quarto e bate a porta.

— O que ele viu? — Emma pergunta, frenética. — Quando ele entrou?

De repente, Henry está parado na porta, olhando interrogativamente para o corredor onde Jacob desapareceu e depois para Emma.

— Está tudo bem por aqui?

Emma olha para mim.

— Acho melhor você ir embora — ela diz.

Emma

Quando entro no quarto de Jacob, ele está debruçado sobre a mesa, cantarolando Bob Marley baixinho e escrevendo furiosamente em seu bloco de mesa verde:

"1, 1, 2, 3, 5, 8, 13, 21, 34, 55, 89, 144, 233"

Tiro o lápis de sua mão e ele vira na cadeira giratória.

— *Eu te deixo excitada, baby?* — diz, sarcástico.

— Sem citação de filmes — digo a Jacob. — Especialmente *Austin Powers*. Sei que você está chateado.

— Vamos ver. Minha mãe deveria estar treinando seu depoimento com meu advogado, mas em vez disso está com a língua enfiada na garganta dele. É, acho que isso poderia me deixar um pouco chateado.

Controlo o fluxo de irritação que sobe dentro de mim.

— Em primeiro lugar, estou completamente pronta para depor. E, segundo, eu não planejei beijá-lo. Simplesmente aconteceu.

— Coisas como essa não *acontecem simplesmente* — Jacob revida. — Ou você quer que elas aconteçam, ou não.

— Tudo bem então. Acontece que, depois de quinze anos sozinha, eu não acho ruim ser atraente para alguém.

— Não é *alguém* — ele diz. — É meu *advogado.*

— Ele está completamente focado no seu julgamento, Jacob.

— Não estou nem aí para ele. Quer dizer, se ele não estiver fazendo o trabalho dele direito, posso demiti-lo. Mas *você* — ele grita. — Como pôde fazer isso comigo justo agora? Você é minha *mãe*!

Fico frente a frente com ele.

— Sim, uma mãe que abdicou de toda a vida dela para cuidar de você — digo. — Que te ama tanto que trocaria de lugar com você em um piscar de olhos. Mas isso não significa que eu não mereça ser feliz também.

— Pois eu espero que você fique muito feliz quando eu perder esse julgamento porque você estava ocupada demais sendo uma vadia.

E, sem nem pensar, viro um tapa nele.

Não sei qual de nós dois ficou mais surpreso. Nunca bati em Jacob em toda a minha vida. Ele leva a mão ao rosto quando a marca vermelha dos meus dedos se eleva em sua pele.

— Desculpe. Ah, meu Deus, Jacob, desculpe — digo, as palavras se atropelando. Baixo a mão dele para poder ver o estrago que causei. — Vou buscar gelo — falo, mas ele está olhando para mim como se nunca tivesse me visto antes.

Então, em vez de sair, eu me sento na cama dele e o puxo para junto de mim, do jeito como costumava fazer quando ele era pequeno e o mundo ficava excessivo para ele suportar. Balanço o corpo, para que ele não precise fazê-lo.

Lentamente, ele relaxa de encontro a mim.

— Jacob — eu lhe digo —, eu não queria machucar você.

Só depois de ele assentir com a cabeça eu me dou conta de que repeti as mesmas palavras que Jacob me disse mais cedo sobre Jess Ogilvy.

Em todos os anos em que Jacob teve acessos, crises e ataques de pânico, eu o contive; sentei sobre ele, segurei-o como um torno, mas nunca bati nele. Conheço as regras não escritas: *Bons pais não batem. Recompensas funcionam melhor que castigos.* No entanto, só foi preciso um único momento de frustração, de perceber que eu não conseguia ser simultaneamente o que ele *precisava* que eu fosse e quem eu *queria* ser, para que eu estourasse.

É isso que acontece com Jacob também?

Oliver ligou quatro vezes esta noite, mas não atendi quando reconheci o número. Talvez essa seja a minha penitência; ou talvez eu simplesmente não saiba o que dizer.

Passa um pouco das duas da manhã quando a porta do meu quarto se abre devagar. Sento imediatamente, esperando ver Jacob. Mas quem entra é Henry. Ele está usando calça de pijama e uma camiseta que diz NÃO HÁ LUGAR COMO 127.0.0.1.

— Vi sua luz acesa — ele diz.

— Não consegue dormir?

Henry sacode a cabeça.

— E você?

— Também não.

Ele faz um gesto indicando a ponta da cama.

— Posso?

Mudo de posição para abrir espaço. Ele senta no meu lado da cama, mas vejo que olha para o outro travesseiro.

— Eu sei que isso deve parecer um pouco estranho — comento.

— Não... É que agora eu durmo do lado esquerdo da cama, como você. Só estava pensando como isso aconteceu.

Eu me recosto na cabeceira.

— Eu não sei a resposta para muitas coisas.

— Eu... não sei bem o que foi toda essa gritaria — Henry diz, com delicadeza. — Mas escutei.

— É, já tivemos noites melhores.

— Devo desculpas a você, Emma. Em primeiro lugar, por aparecer aqui assim. Eu devia pelo menos ter perguntado. Você já tem muitos problemas, não precisa que eu seja mais um. Acho que eu só estava pensando em mim.

— Por sorte, eu tenho muita prática com isso.

— Essa é outra coisa pela qual preciso pedir desculpas — diz Henry. — Eu devia estar aqui em todas as outras noites em que houve gritos ou... crises, ou tudo mais que tenha envolvido criar o Jacob. Acho que aprendi mais sobre ele hoje no tribunal do que nos dezoito anos de vida dele. Eu devia estar aqui para ajudar em todos os momentos ruins.

Sorrio um pouco.

— Acho que essa é a diferença entre nós. Eu gostaria que você estivesse aqui nos *bons* momentos. — Olho sobre o ombro dele, para o corredor. — O Jacob é um garoto doce, engraçado e tão inteligente que às vezes me deixa tonta. Lamento que você não tenha conhecido essa parte dele.

Ele estende o braço e aperta a minha mão.

— Você é uma boa mãe, Emma. — E isso me faz desviar os olhos, porque me lembro de minha discussão com Jacob.

E então Henry fala outra vez.

— Ele fez aquilo?

Eu me viro lentamente para ele.

— Isso importa?

Só consigo me lembrar de um caso concreto em que estourei com Jacob antes. Foi quando ele tinha doze anos e não reconheceu o fato de ser meu aniversário com um cartão, um presente ou mesmo um abraço, embora eu tenha dado muitas dicas nas semanas anteriores. Então, uma noite, depois de fazer o jantar, coloquei o prato na frente dele na mesa com mais força que de costume e esperei em vão, como sempre, que Jacob me agradecesse.

— Que tal um pouco de gratidão? — explodi. — Que tal um pouco de reconhecimento por eu ter feito algo para você?

Confuso, Jacob olhou para o prato, depois para mim.

— Eu faço seu jantar, dobro suas roupas limpas, levo você para a escola, vou buscar... Alguma vez você se perguntou *por que* eu faço tudo isso?

— Porque é seu trabalho?

— Não, é porque eu amo você, e, quando a gente ama alguém, faz coisas para essa pessoa sem reclamar.

— Mas você *está* reclamando — ele disse.

Foi quando me dei conta de que Jacob nunca compreenderia o amor. Ele teria me comprado um presente de aniversário se eu lhe tivesse dito explicitamente para fazer isso, mas não teria sido um presente realmente de coração. Não se pode obrigar alguém a nos amar; tem que vir de dentro, e Jacob não estava equipado para isso.

Lembro de ter saído irritada da cozinha e sentado na varanda por alguns momentos, sob a luz da lua, que não é luz de fato, apenas um pálido reflexo do sol.

Oliver

— Jacob — digo, assim que o vejo na manhã seguinte —, precisamos conversar.

Acompanho o passo dele enquanto atravessamos o estacionamento, deixando uma distância razoável entre nós e sua família para garantir a privacidade.

— Sabia que não há um termo exato para um homem vadio? — Jacob comenta. — Bom, tem gigolô, mas isso sugere dinheiro...

— Está bem, escute — suspiro. — Sinto muito por você ter nos surpreendido. Mas não vou pedir desculpas por gostar dela.

— Eu poderia demitir você — Jacob diz.

— Poderia tentar. Mas isso agora cabe ao juiz, já que estamos no meio do julgamento.

— E se ele descobrisse sobre a sua conduta inadequada com os clientes?

— Ela não é minha cliente — digo. — Você é meu cliente. E, se quer saber, meus sentimentos por sua mãe só aumentam minha determinação de ganhar esse caso.

Ele hesita.

— Não vou mais falar com você — Jacob murmura e acelera o passo até subir quase correndo os degraus na frente do tribunal.

Ava Newcomb, a psiquiatra forense contratada pela defesa, é a peça-chave do meu caso. Se ela não conseguir fazer o júri compreender que alguns dos traços associados ao Asperger poderiam ter levado Jacob a matar Jess Ogilvy sem realmente entender por que aquilo era errado, Jacob será condenado.

— Dra. Newcomb, qual é a definição legal de insanidade?

Ela é alta, elegante e profissional. O tipo perfeito. *Até aqui*, penso, *tudo bem.*

— A insanidade se configura se, no momento em que um ato foi cometido, o réu não era capaz de distinguir entre certo e errado, em razão de uma deficiência ou de uma doença mental séria.

— Pode nos dar um exemplo de deficiência ou doença mental que se qualifique?

— Algo que sugira um afastamento psicótico da realidade, como a esquizofrenia — responde ela.

— Esse é o único tipo de deficiência mental que constitui insanidade legal?

— Não.

— A síndrome de Asperger faz alguém ter afastamentos psicóticos da realidade?

— Não, mas há outros sintomas do Asperger que poderiam impedir alguém de distinguir o certo do errado em um determinado momento.

— Por exemplo?

— A intensa fixação em um assunto demonstrada por alguém com Asperger pode ser avassaladora e obsessiva, a ponto de interferir em seu funcionamento em atividades cotidianas ou mesmo transpor os limites da lei. Uma vez tive um paciente tão focado em cavalos que era constantemente preso por invadir um estábulo local. O interesse atual de Jacob é por análise forense e investigação de cenas de crime. Isso ficou evidente em minha entrevista com ele, bem como em sua obsessão pela série de TV *CrimeBusters* e pelos diários que ele escrevia com o enredo de cada episódio.

— Como uma fixação desse tipo poderia contribuir para alguma das provas apresentadas aqui neste tribunal? — pergunto.

— Ouvimos aqui que Jacob estava sempre aparecendo em cenas de crimes, graças a seu rádio scanner policial — diz a psiquiatra. — E a morte de Jess Ogilvy foi parte de uma elaborada cena de crime. As provas foram arrumadas para dar uma primeira impressão de sequestro, depois revelaram a vítima. É possível que a oportunidade de criar uma cena de crime, em vez de apenas observar cenas fictícias, tenha levado Jacob a agir de uma maneira que foi contra as regras, as leis e a moralidade. No momento, ele talvez estivesse pensando apenas no fato de estar criando uma cena de crime real que seria solucionada por policiais reais. Dessa maneira, uma fixação em análise forense associada ao Asperger teria levado Jacob à crença ilusória de que, naquele momento, a morte de Jess era uma parte necessária de seu estudo de ciência forense. Por mais assustador que isso pareça para nós, a vítima se torna um dano secundário durante a busca de um objetivo maior.

— Mas o Jacob não sabia que assassinato é ilegal?

— Sem dúvida. Ele é o garoto-modelo para seguir regras, para ver as coisas como certas ou erradas, sem circunstâncias atenuantes. No entanto, as ações de Jacob não teriam sido voluntárias nesse momento. Ele não tinha entendimento da natureza e da consequência de suas ações e não poderia ter parado se quisesse.

Franzo um pouco a testa.

— Mas também ouvimos aqui que Jess Ogilvy e Jacob eram extremamente ligados. Isso não o teria afetado?

— Na verdade, essa é mais uma razão pela qual podemos concluir que o Asperger desempenhou um papel no que aconteceu com Jess. Pessoas com Asperger têm uma teoria da mente muito prejudicada. Elas não conseguem se colocar na posição de outra pessoa e imaginar o que essa outra pessoa pode estar pensando ou sentindo. Para um leigo, isso é falta de empatia. Então, por exemplo, se Jess estivesse chorando, Jacob não tentaria confortá-la. Ele até poderia saber que uma pessoa com lágrimas nos olhos geralmente está triste, mas esse seria um julgamento cognitivo, não emocional. Para alguém com Asperger, essa falta de empatia é um déficit neurobiológico e afeta o comportamento. No caso de Jacob, teria reduzido sua capacidade de perceber o impacto de suas próprias ações sobre Jess.

— Ainda assim, doutora — digo, fazendo papel de advogado do diabo —, há uma grande diferença entre não emprestar um lenço quando ela está chorando e matá-la para poder usá-la como peça na montagem de uma cena de crime.

— Claro que há. — A psiquiatra se vira para o júri. — E esta provavelmente é a parte mais difícil para um leigo entender. Estamos sempre procurando um motivo em um crime horroroso como este. Refleti sobre isso em minhas conversas com Jacob e com a dra. Murano e acho que a resposta está na briga que Jess e Jacob tiveram no domingo antes da morte dela. O cartão de visitas do Asperger é interação social prejudicada. Isso significa que alguém com Asperger tem um entendimento muito ingênuo e limitado dos relacionamentos, o que poderia levá-lo a buscar contato de maneira inadequada. Isso leva à decepção, e mesmo à raiva, se um relacionamento não funcionar da maneira como ele previu. — Ela olha para Jacob. — Eu não sei o que foi dito entre Jacob e Jess na tarde da morte dela, mas acredito que Jacob tinha um interesse amoroso por sua orientadora. Ironicamente, seu rígido senso de certo e errado, que supostamente *impediria* um comportamento criminoso, pode ter tido, na verdade, o efeito contrário aqui. Se Jess tiver rejeitado os avanços de Jacob, ele talvez tenha sentido que ela fez algo errado para ele, que *ele* era a vítima.

— E aí? — pergunto.

— Ele se descontrolou. Atacou sem se dar conta de que estava reagindo fisicamente no momento em que o fez.

— Sem mais perguntas — digo e me sento. Olho para Jacob, que está me encarando furiosamente. Emma tem os olhos fixos à sua frente. Parece determinada a não reconhecer minha existência hoje.

Helen Sharp se levanta.

— Muitas crianças foram diagnosticadas com síndrome de Asperger. Então a senhora está nos dizendo que o mundo está cheio de bombas-relógio? Que a qualquer momento, se olharmos para um desses garotos do jeito errado, ele pode vir atrás de nós com uma faca?

— Não, na verdade é o oposto. Pessoas com Asperger não são propensas à violência. Como não têm uma teoria da mente ativa, elas não se sentem motivadas a magoar alguém; na verdade, nem pensam nos sentimentos da outra pessoa. Se alguém com Asperger se *torna* violento, é durante alguma busca focada de um interesse especial, durante um estado de pânico ou durante um momento de completa ignorância quanto à interação social apropriada.

— Não é verdade, doutora, que a maioria dos réus que alegam insanidade o faz em virtude de um afastamento psicótico da realidade?

— Sim.

— Mas o Asperger não é um transtorno psicótico, é? — pergunta Helen.

— Não. Ele se encaixaria mais na linha dos transtornos de personalidade, caracterizados por distorções perceptivas e interpessoais.

— Em termos jurídicos, a ausência de episódios psicóticos não sugere que o indivíduo é pessoalmente, e criminalmente, responsável por suas ações?

A psiquiatra se agita na cadeira.

— Sim, mas pode haver um espaço para o Asperger. Não podemos provar cientificamente que alguém com Asperger tem uma experiência da realidade subjetiva muito diferente de alguém que não tem Asperger, no entanto a sensibilidade extrema à luz, a sons, sabores, toques e texturas indica que esse é o caso. Se isso pudesse ser medido, haveria fortes paralelos entre Asperger e psicose.

Sinto um golpe forte em minha lateral quando Jacob me dá uma cotovelada e me passa um pedaço de papel em branco.

— Se isso fosse verdade — diz Helen —, não sugeriria que alguém com Asperger encontra muita dificuldade para ter consciência da realidade e de seu lugar nela?

— Exatamente. E é essa a razão pela qual o Asperger pode muito bem contribuir para insanidade legal, sra. Sharp.

— Mas a senhora não disse também que a fixação de Jacob por ciência forense o levou a usar a morte de Jess Ogilvy para criar sua própria cena do crime?

— Sim.

— E essa premeditação e cálculo não sugerem que ele sabia muito bem o que estava fazendo no momento?

A dra. Newcomb ergue os ombros.

— É uma teoria — diz ela.

— A senhora mencionou também a falta de empatia. — Helen se aproxima do banco das testemunhas. — Disse que é uma das características da síndrome de Asperger?

— Correto.

— A senhora consideraria que isso é uma medida emocional ou cognitiva?

— Emocional.

— Falta de empatia é parte do teste de insanidade legal, doutora?

— Não.

— Não é verdade que o que determina a insanidade legal é se o réu podia distinguir entre certo e errado no momento em que o ato foi cometido?

— Sim.

— Essa é uma medida emocional ou cognitiva?

— Cognitiva.

— Então falta de empatia significa simplesmente que alguém é frio, insensível, desprovido de remorso — diz Helen. — Mas não significa necessariamente que ele não tem consciência da natureza e da consequência de suas ações.

— As duas coisas frequentemente andam juntas — diz a dra. Newcomb.

— É mesmo? — pergunta Helen. — Um pistoleiro da máfia não tem empatia quando elimina suas vítimas, mas isso não faz dele uma pessoa legalmente insana, apenas psicopata.

Jacob me cutuca outra vez, mas já estou me levantando.

— Protesto — digo. — Há alguma pergunta embutida sob a grandiloquência da sra. Sharp?

— Se me permite — a dra. Newcomb diz, dirigindo-se ao juiz para pedir sua autorização. — A sra. Sharp parece estar fazendo todo o possível para traçar um paralelo entre alguém com Asperger e um psicopata. Mas pessoas com Asperger não procuram demonstrar um charme superficial, como os psicopatas fazem, nem tentam manipular os outros. Sinceramente, elas não têm habilidades interpessoais suficientes para fazer isso direito, o que geralmente faz delas presas para psicopatas, não predadores.

— No entanto — ressalva Helen —, Jacob tem um histórico de agressão, não tem?

— Não que eu saiba.

— Ele teve ou não uma discussão com Jess dois dias antes da morte dela, que alguns funcionários da cantina da Mama escutaram?

— Sim, mas não foi uma agressão física...

— Certo, e quanto ao fato de ele ter levado advertência no ano passado por tentar estrangular uma colega de classe?

Uma chuva de bilhetes em branco aterrissa à minha frente e, novamente, eu os ponho de lado.

— Espere aí — digo a Jacob por entre os dentes, e faço um sinal ao juiz. — Protesto.

— Vou reformular. A senhora sabia que o Jacob ficou de castigo por agredir fisicamente uma menina da classe dele?

— Sim, eu me lembro de a dra. Murano ter mencionado esse caso. Parece que o gatilho foi o mesmo: uma relação interpessoal que não correspondeu às intenções de Jacob. Ele se sentiu humilhado e

— Se descontrolou — a promotora interrompe. — Certo?

— Certo.

— E foi essa a razão de Jess Ogilvy ter sido morta.

— Na minha opinião, sim.

— Diga-me o seguinte, doutora — continua Helen. — O Jacob ainda estava fora de controle enquanto colocava a coleção de CDs em ordem alfabética na casa dela, depois de sua morte?

— Sim.

— E quando arrastou o corpo de Jess por trezentos metros até uma galeria pluvial atrás da casa?

— Sim.

— Ele também estava fora de controle quando a colocou sentada e a cobriu cuidadosamente com sua colcha e arrumou as mãos dela sobre o colo?

A dra. Newcomb move ligeiramente o queixo.

— E ainda estava fora de controle dias depois, quando voltou para visitar o corpo de Jess e telefonou para a emergência para que a polícia a encontrasse?

— Bem — disse a psiquiatra, em voz baixa —, creio que sim.

— Então me diga, doutora — conclui Helen Sharp. — Quando acabou essa falta de controle de Jacob?

Emma

— Eles estão mentindo — Jacob diz com veemência, assim que estamos sozinhos. — Todos estão mentindo.

Eu o estava observando ficar mais tenso a cada minuto da inquirição da psiquiatra forense pela promotoria; embora Jacob tenha passado muitos bilhetes para Oliver, ele não pediu um intervalo até Helen Sharp dar a estocada final. Eu, sinceramente, não sabia o que ia acontecer, se ele se recusaria a ficar comigo durante o intervalo por ainda estar magoado por causa do episódio de ontem à noite, mas, aparentemente, sou o menor de dois males na mesa da defesa e é por isso que tive autorização para entrar na sala de descanso sensorial e Oliver não.

— Já conversamos sobre isso, Jacob — digo. — Você se lembra? Dizer que você é legalmente insano não significa nada; só dá ao júri algo para justificar que você não seja considerado culpado. É uma ferramenta, é como dizer na delegacia de ensino que você tem Asperger. Isso não mudou quem você era... só facilitou que os professores compreendessem seu estilo de aprendizagem.

— O problema não é a defesa — Jacob argumenta. — O problema é o que as pessoas estão dizendo que eu fiz.

— Você sabe como o direito funciona. O ônus da prova é da promotoria. Se o Oliver encontrar testemunhas que mostrem outro cenário sobre o que pode ter acontecido, o júri pode achar que existe dúvida razoável e, nesse caso, não pode condenar. — Seguro a mão de Jacob. — É como dar um livro a alguém, querido, e dizer que pode haver mais de um final.

— Mas eu não queria que ela morresse, mãe. Não foi culpa minha. Eu sei que foi um acidente. — Os olhos de Jacob se enchem de lágrimas. — Sinto falta dela.

Minha respiração congela na garganta.

— Ah, Jacob — murmuro. — O que você fez?

— A coisa certa. Então por que não podemos dizer isso ao júri?

Quero bloquear as palavras dele, porque estou prestes a depor e isso significa que não posso mentir se a promotora me perguntar o que Jacob me contou sobre a morte de Jess. Quero correr até não ouvir nada além do fluir do meu sangue, em vez da confissão de Jacob.

— Porque — digo suavemente — às vezes a coisa mais difícil de ouvir é a verdade.

Oliver

O que eu sei é isto:

Antes de fazermos esse último intervalo de descanso sensorial, Jacob estava uma pilha de nervos.

Agora que estamos de volta à sessão, Emma está no banco das testemunhas e *ela* é uma pilha de nervos.

Depois de termos passado pelas perguntas básicas sobre sua identidade e sua relação com Jacob, caminho até o banco das testemunhas e finjo ter deixado cair minha caneta. Quando me inclino para pegá-la, digo a ela:

— *Respire.*

O que pode ter acontecido nos quinze minutos que eles ficaram fora?

— Qual sua ocupação, sra. Hunt?

Ela não responde, apenas fica olhando para o colo.

— Sra. Hunt?

Emma levanta a cabeça.

— Poderia repetir a pergunta?

Foco, querida, penso.

— Seu trabalho. O que a senhora faz?

— Eu escrevia uma coluna de conselhos em um jornal — ela diz baixinho. — Eles pediram que eu tirasse uma licença depois da prisão do Jacob.

— Como entrou nesse tipo de trabalho?

— Por desespero. Eu era uma mãe sozinha com um filho recém-nascido e outro de três anos que de repente começou a apresentar comportamentos autistas. — Conforme ela fala, sua voz fica mais alta e pega ritmo. — Havia terapeutas entrando e saindo da minha casa o dia inteiro para tentar impedir que o Jacob escapasse completamente de mim. Eu tinha que arrumar trabalho, mas não podia sair de casa.

— Como aconteceu o diagnóstico do Jacob?

— Ele era um bebê perfeitamente saudável e feliz — diz Emma, e olha para Jacob. Por um momento, ela não consegue falar e sacode a cabeça. — Nós lhe demos as vacinas e, no prazo de uma semana, esse menino afetuoso, interativo e falante deixou de ser a criança que eu conhecia. De repente, estava deitado de lado no chão, girando as rodas de seus caminhõezinhos de brinquedo em vez de fazê-los andar pela sala.

— O que a senhora fez?

— Tudo — responde Emma. — Pus o Jacob em análise do comportamento aplicada, terapia ocupacional, fisioterapia, fonoaudiologia. Estabeleci uma dieta sem glúten e sem caseína. Dei a ele todo um exército de vitaminas e suplementos que haviam apresentado bons resultados para outros pais de crianças autistas.

— E funcionou?

— Em alguma medida. O Jacob passou a não se isolar mais. Passou a funcionar no mundo, mas com limitações. Por fim, seu diagnóstico mudou de um transtorno no espectro geral do autismo para transtorno global do desenvolvimento e depois para Asperger.

— Há lados positivos nesse diagnóstico?

— Sim — diz Emma. — O Jacob tem um senso de humor objetivo que é incrível. É a pessoa mais inteligente que já conheci. E, se eu quiser que alguém me faça companhia quando tenho que resolver alguma coisa fora de casa, ou esvaziar a lavadora de louças, ou simplesmente dar uma caminhada, ele logo se oferece. Ele faz qualquer coisa que eu lhe pedir. E também *não* faz o que eu lhe pedir para não fazer. Provavelmente sou a única mãe que nunca precisou se preocupar se o filho está usando drogas ou consumindo bebidas alcoólicas antes da idade.

— Mas deve haver momentos em que é difícil para a senhora, como mãe.

— Todas as coisas que eu citei, que fazem do Jacob um menino perfeito, bem, são também as coisas que o fazem diferente da *média* dos garotos. Toda a sua vida, o Jacob quis se encaixar com os colegas e, toda a sua vida, eu o vi sofrer gozações ou ser rejeitado. Não dá para imaginar o que é forçar um sorriso quando seu filho ganha uma medalha na festa de encerramento da equipe de beisebol infantil por ter sido o que foi acertado mais vezes por lançamentos. É preciso fechar os olhos quando eu o deixo na escola e ele sai do carro usando um grande par de fones de ouvido para bloquear o barulho dos corredores cheios de gente e, enquanto ele se afasta, vejo outros garotos rindo pelas suas costas.

— Se eu chegasse à sua casa em uma terça-feira — digo —, em que repararia?

— Na comida. Se for terça-feira, a comida tem que ser vermelha. Framboesas, morangos e sopa de tomate. Atum para sushi. Fatias finas de rosbife malpassado. Beterraba. Se não for vermelho, o Jacob fica muito agitado e, às vezes, vai para o quarto e para de falar conosco. Há uma cor para cada dia da semana, para comidas e para roupas. No armário dele, as roupas estão penduradas pela ordem das cores do arco-íris, e cores diferentes não podem se tocar. — Ela vira para os jurados, como havíamos combinado. — O Jacob valoriza muito a rotina. Ele se levanta às seis e meia todas as manhãs, seja dia de escola ou fim de semana, e sabe exatamente a hora em que tem que sair para ir à escola e a hora em que vai estar de volta. Jamais perde um episódio de *CrimeBusters*, que passa na USA Network às quatro e meia da tarde todos os dias. Ele faz anotações em seus diários enquanto está assistindo, ainda que já tenha visto o mesmo episódio uma dúzia de vezes. Sempre coloca a escova de dentes do lado esquerdo da pia quando termina de usá-la e senta no banco atrás do motorista no carro, mesmo quando é o único passageiro.

— O que acontece quando a rotina do Jacob é alterada?

— Isso é muito perturbador para ele — responde Emma.

— Poderia explicar?

— Quando era pequeno, ele gritava ou tinha um acesso de raiva. Agora, é mais provável que se recolha em si mesmo. A melhor maneira de explicar isso é que a gente olha direto para Jacob e ele parece não estar ali.

— A senhora tem outro filho, não é?

— Sim. O Theo tem quinze anos.

— O Theo tem Asperger?

— Não.

— As roupas do Theo são arrumadas na ordem das cores do arco-íris?

Ela sacode a cabeça.

— Na maior parte das vezes, as roupas dele estão amontoadas numa pilha, no chão do quarto.

— Ele só come comida vermelha nas terças-feiras?

— Ele come qualquer coisa que puder levar à boca — diz Emma, e algumas das mulheres no júri riem.

— E há vezes em que o Theo não quer conversar com você?

— Claro. Ele é um adolescente como qualquer outro.

— Há alguma diferença entre o modo como o Theo evita o contato e o modo como o Jacob faz isso?

— Sim — diz Emma. — Quando o Theo não se comunica comigo, é porque não quer. Quando o Jacob não se comunica comigo, é porque *não consegue.*

— A senhora tomou providências para ajudar o Jacob a se adaptar melhor a situações sociais?

— Sim — responde Emma. Ela faz uma pausa e pigarreia. — Contratei uma orientadora particular para ajudá-lo a praticar essas habilidades. Jess Ogilvy.

— O Jacob gostava da Jess?

Os olhos de Emma se enchem de lágrimas.

— Sim.

— Como a senhora sabe?

— Ele se sentia à vontade com ela, e não há muitas pessoas com quem ele se sinta à vontade. Ela o ajudou a fazer... ela o ajudou a fazer coisas que ele não faria normalmente... — Emma para e cobre o rosto com as mãos.

Que porra é essa?

— Sra. Hunt — digo —, obrigado. Sem mais...

— Espere — ela interrompe. — Eu... eu não terminei.

Isso é novidade para mim. Sacudo a cabeça só um pouquinho, mas Emma está olhando fixamente para Jacob.

— Eu só... queria dizer que... — Ela olha para o júri. — O Jacob me disse que não queria que ela morresse, que não foi culpa dele...

Arregalo os olhos. Esse é um território inexplorado, um terreno perigoso.

— Protesto — exclamo. — Testemunho indireto!

— O senhor não pode protestar contra sua própria testemunha — diz Helen, exultante.

Mas também não preciso dar à minha própria testemunha corda para se enforcar, e ao resto de nós também.

— Então eu acabei — digo, sentando-me ao lado de Jacob, de repente com medo de que não esteja acabado só para mim.

Jacob

Ela disse para eles.

Minha mãe disse a verdade para eles.

Olho para os jurados, para o rosto em expectativa de cada um deles, porque agora eles devem saber que eu não sou o monstro que todas as outras testemunhas pintaram. Oliver interrompeu minha mãe antes que ela pudesse dizer o resto, mas com certeza eles entenderam.

— Antes de começarmos a inquirição da promotoria, senhores advogados — diz o juiz —, eu gostaria de compensar um pouco o tempo que perdemos ontem com o encerramento prematuro da sessão. Têm alguma objeção a concluirmos o depoimento desta testemunha antes de suspendermos a sessão por hoje?

É quando olho para o relógio e vejo que são quatro horas.

Temos que sair agora para eu poder estar em casa a tempo de ver *CrimeBusters*, às quatro e meia.

— Oliver — sussurro —, não concorde.

— Não podemos deixar essas últimas palavras da sua mãe na cabeça dos jurados durante todo o fim de semana — Oliver me responde. — Não sei como você vai lidar com isso, Jacob, mas vai ter que dar um jeito.

— Sr. Bond — diz o juiz —, poderia nos deixar a par de sua conversa?

— Meu cliente só estava me informando que não tem objeção ao prolongamento da sessão.

— Fico sem fala de tanta emoção — diz o juiz Cuttings, embora ele continue falando. — Sra. Sharp, pode começar.

A promotora se levanta.

— Sra. Hunt, onde estava seu filho na tarde de 12 de janeiro?

— Ele foi à casa da Jess para sua sessão.

— Como ele estava quando voltou para casa?

Ela hesita.

— Agitado.

— Como a senhora soube disso?

— Ele correu para o quarto dele e se escondeu no armário.

— Ele apresentou algum comportamento autodestrutivo?

— Sim — diz Emma. — Ele batia a cabeça contra a parede repetidamente.

(É interessante para mim ouvir isso. Quando tenho uma crise, não me lembro muito bem do que acontece.)

— Mas a senhora conseguiu acalmá-lo, não foi?

— Depois de algum tempo.

— Que técnicas a senhora usou? — pergunta a promotora.

— Apaguei as luzes e pus para tocar uma música de que ele gosta.

— Foi "I Shot the Sheriff", de Bob Marley?

— Sim.

(São 16h07 e estou suando. Muito.)

— Ele usa uma música chamada "I Shot the Sheriff" como técnica para se acalmar? — indaga Helen Sharp.

— Não tem nada a ver com a música em si. É uma melodia de que ele gostava e que o acalmava quando era pequeno e estava tendo um acesso. Por isso se manteve.

— Certamente combina com a obsessão dele por crimes violentos, não é?

(Eu não sou obcecado por crimes violentos. Sou obcecado por solucioná-los.)

— O Jacob não é violento — minha mãe diz.

— Não? Ele está sendo julgado por homicídio — Helen Sharp revida. — E no ano passado ele agrediu uma menina, não foi?

— Ele foi provocado.

— Sra. Hunt, tenho aqui o relatório do agente policial escolar que foi chamado depois desse incidente. — Ela leva o documento para ser carimbado como prova (agora são 16h09) e depois o entrega à minha mãe. — A senhora poderia ler o trecho marcado?

Minha mãe ergue o papel.

— *Uma jovem de dezessete anos afirmou que Jacob Hunt se aproximou dela, a empurrou contra os armários e a segurou pelo pescoço até que fosse arrancado à força por um professor.*

— Está querendo me dizer que isso não é um comportamento violento? — pergunta Helen Sharp.

Mesmo que a gente saia agora, chegaremos onze minutos atrasados para *CrimeBusters*.

— O Jacob se sentiu acuado — minha mãe diz.

— Não estou lhe perguntando como o Jacob se sentiu. A única pessoa que sabe como o Jacob se sentiu é ele mesmo. O que estou lhe perguntando é se a senhora categorizaria empurrar uma jovem contra um armário e segurá-la pelo pescoço como um comportamento violento.

— Essa *vítima* — minha mãe responde, com a voz irritada — é a mesma simpática garota que prometeu que seria amiga do Jacob se ele fosse dizer ao professor de matemática para se foder.

Uma das senhoras do júri sacode a cabeça. Não sei se é pelo que Mimi fez ou porque minha mãe disse *foder*.

Uma vez, durante um episódio para medição de audiência de *CrimeBusters* que foi transmitido ao vivo, como um show da Broadway, um figurante derrubou um martelo no pé e disse um palavrão. Como resultado, a rede de televisão foi multada. O pessoal da censura cortou o som da palavra, mas, durante algum tempo, ela ficou circulando pelo YouTube em toda a sua glória.

CrimeBusters começa em treze minutos.

Oliver cutuca meu ombro.

— Qual é o seu problema? Pare com isso. Você parece um louco.

Olho para baixo. Estou batendo a mão com força contra a lateral da minha perna, e nem tinha percebido que estava fazendo isso. Mas agora estou ainda mais confuso; achei que eu *deveria* parecer louco.

— Essa garota foi má com o Jacob. Acho que nós duas concordamos com isso, certo?

— Sim.

— Mas isso não nega o fato de que ele foi violento com ela.

— O que ele fez foi justo — minha mãe responde.

— Então, sra. Hunt, está dizendo que, se uma jovem disser algo ao Jacob que não seja muito gentil ou que o magoe, ele está justificado se agir com violência contra ela?

Os olhos da minha mãe faíscam, como sempre acontece antes de ela ficar muito, muito brava.

— Não ponha palavras na minha boca. Estou dizendo que meu filho é gentil e sensível e que não machucaria de propósito nem uma mosca.

— A senhora ouviu as provas deste caso. Está ciente de que Jacob discutiu com Jess dois dias antes de ela ter sido vista viva pela última vez?

— Isso é diferente...

— A senhora estava lá, sra. Hunt?

— Não.

Agora está passando o último intervalo comercial de *Law & Order: SVU*, que é a série que passa antes de *CrimeBusters*. Vão vir quatro comerciais de trinta segundos e, então, os primeiros acordes da música de abertura. Fecho os olhos e começo a fazer um zumbido com a boca.

— A senhora disse que um dos comportamentos que indicam o Asperger de Jacob é que ele fica pouco à vontade com pessoas ou em circunstâncias que não conhece, correto?

— Sim.

— E que ele às vezes se fecha e não se comunica com ninguém?

— Sim — minha mãe responde.

— Que ele tem dificuldade para expressar seus sentimentos em palavras?

— Sim.

Hoje é o episódio em que uma criança cai em um poço e, quando Rhianna é baixada para salvar o menininho, ela ilumina o poço com sua lanterna e há um esqueleto humano completo ali há pérolas há diamantes mas os ossos pertencem a um homem foi uma herdeira que desapareceu na década de 1960 e no fim ficamos sabendo que ela era na verdade ele...

— A senhora concordaria, sra. Hunt, que seu outro filho, Theo, apresenta esses mesmos comportamentos de vez em quando? Na verdade, que todos os adolescentes do planeta os apresentam?

— Eu não diria exatamente...

— Isso torna o Theo insano também?

São 16h32 são 16h32 são 16h32.

— Podemos ir embora agora, por favor? — digo, mas as palavras são pastosas como mel e não soam direito; e todos estão se movendo lentamente e também falando arrastado quando me levanto para conseguir atenção.

— Sr. Bond, controle seu cliente — ouço, e Oliver segura meu braço e me puxa para baixo.

Os lábios da promotora se afastam dos dentes como em um sorriso, mas não é um sorriso.

— Sra. Hunt, foi a senhora que contatou a polícia quando viu a colcha de Jacob no noticiário da televisão, não é verdade?

— Sim — minha mãe sussurra.

— E fez isso porque acreditava que seu filho tinha matado Jess Ogilvy, não foi?

Ela sacode a cabeça (16h34) e não responde.

— Sra. Hunt, a senhora achou que seu próprio filho tinha cometido um assassinato, não é verdade? — a promotora diz, com uma voz que é um martelo.

Sra. Hunt

(16h35)

Responda a

(não)

pergunta.

De repente, a sala fica imóvel, como o ar entre as batidas das asas de uma ave, e posso ouvir tudo rebobinando em minha cabeça.

Controle seu cliente.

Você parece um louco.

A coisa mais difícil de ouvir é a verdade.

Olho para minha mãe, bem no fundo de seus olhos, e sinto as unhas raspando na lousa do meu cérebro e da minha barriga. Vejo as câmaras de seu coração, e as células vermelhas de seu sangue, e os ventos revoltos de seus pensamentos.

Ah, Jacob, ouço, num replay instantâneo. *O que você fez?*

Sei o que ela vai dizer um minuto antes de ela dizer e não posso deixar que faça isso.

Então me lembro das palavras da promotora: *A única pessoa que sabe como o Jacob se sentiu é ele mesmo.*

— Pare! — grito o mais alto que posso.

— Excelência — Oliver diz —, acho que vamos ter que suspender a sessão por hoje...

Eu me levanto outra vez.

— *Pare!*

Minha mãe sai do banco das testemunhas.

— Jacob, está tudo bem...

— Excelência, a testemunha não respondeu à pergunta...

Cubro os ouvidos com as mãos porque todos estão falando tão alto e as palavras ricocheteiam nas paredes e no chão e eu estou de pé na cadeira e então na mesa e finalmente pulo bem na frente do juiz, onde minha mãe já está vindo em minha direção.

Mas, antes que eu possa tocá-la, estou no chão e o oficial de justiça está com o joelho nas minhas costas e o juiz e os jurados estão saindo depressa e de repente há silêncio e calma e não mais peso e uma voz que eu conheço.

— Está tudo bem, colega — diz o detetive Matson. Ele estende a mão e me ajuda a levantar.

Uma vez, em um parque, o Theo e eu entramos na casa dos espelhos. A gente se separou, ou talvez o Theo simplesmente tenha me deixado para trás, mas eu me vi andando de encontro a paredes e olhando em torno de quinas que não existiam e, por fim, sentei no chão e fechei os olhos. Isso é o que quero fazer agora, com todos olhando para mim. Como naquele dia, não há nenhuma saída que eu possa enxergar.

— Está tudo bem — o detetive Matson repete e me leva embora.

Rich

Na maior parte do tempo, se um policial da cidade entra no domínio do tribunal, tem início uma briga de poder: eles não querem que eu lhes diga como cuidar de seus assuntos, do mesmo jeito como eu não quero que eles se metam em minhas cenas de crimes. Mas, com Jacob fora de controle na sala do tribunal, eles provavelmente teriam dado boas-vindas à ajuda até da Guarda Nacional se ela estivesse disponível, e, quando pulo a cerca que separa a galeria e seguro Jacob, todos saem do caminho e me deixam lidar com a situação, como se eu realmente soubesse o que estou fazendo.

A cabeça dele está balançando para cima e para baixo, como se estivesse tendo uma conversa consigo mesmo, e uma das mãos se estica estranhamente de encontro à perna, mas pelo menos ele não está mais gritando.

Conduzo Jacob até uma cela de detenção temporária. Ele me dá as costas, os ombros pressionados nas barras.

— Você está bem? — pergunto, mas ele não responde.

Eu me apoio nas barras do lado de fora da cela, então ficamos praticamente de costas um para o outro.

— Teve um cara uma vez que se matou em uma cela de detenção temporária em Swanton — digo, como se essa fosse uma conversa normal. — Os policiais o ficharam e o deixaram lá para se recuperar de uma bebedeira. Ele estava de pé assim como você, mas com os braços cruzados. Usava uma camisa de flanela, de botões. Havia uma câmera de segurança nele o tempo todo. Acho que você não consegue adivinhar como ele fez.

A princípio, Jacob não responde. Então, ele vira ligeiramente a cabeça e diz:

– Ele fez uma forca amarrando as mangas da camisa em volta do pescoço. Assim, parecia que ele estava de pé de encontro às barras na câmera de segurança, mas na verdade já tinha se enforcado.

Dou risada.

– Caramba, garoto, você é bom mesmo.

Jacob se vira de frente para mim.

– Eu não devia estar falando com você.

– É, acho que não. – Olho firme para ele. – Por que você deixou a colcha? Você é esperto demais para isso.

Ele hesita.

– Claro que eu deixei a colcha. Senão como vocês iam saber que tinha sido eu que montei toda a cena? E você não notou o saquinho de chá.

Imediatamente, sei que ele está falando das provas na casa de Jess Ogilvy.

– Estava na pia. Não achamos nenhuma impressão digital na xícara.

– A Jess era alérgica a manga – diz Jacob. – E eu odeio o gosto.

Ele havia pensado em tudo. Não tinha se esquecido de esconder as evidências; ele as deixara de propósito, como um teste. Olho para Jacob, imaginando o que ele estaria tentando me dizer.

– Mas, tirando isso – ele diz, sorrindo –, você foi bem.

Oliver

Helen e eu estamos na frente do juiz Cuttings como colegiais indisciplinados.

— Não quero ver isso acontecer novamente, sr. Bond — diz ele. — Se precisar medicá-lo, faça isso. Ou o senhor mantém seu cliente sob controle pelo resto deste julgamento, ou vou ter que mandar algemá-lo.

— Excelência — diz Helen —, como o Estado pode ter um julgamento justo se houver um circo se desenrolando no palco lateral a cada quinze minutos?

— O senhor sabe que ela está certa, sr. Bond — o juiz responde.

— Vou solicitar a anulação do julgamento, Excelência — digo.

— Não pode fazer isso quando é o seu cliente que está causando problemas, sr. Bond. Certamente sabe disso.

— Certo — murmuro.

— Se houver alguma moção que algum dos dois pretenda fazer, pensem bem antes. Sr. Bond, vou ouvi-lo novamente antes de começarmos.

Corro para fora da sala antes que Helen possa dizer qualquer outra coisa que me enfureça ainda mais. E então, quando acho que não dá para piorar, encontro Rich Matson conversando com meu cliente.

— Eu só estava fazendo companhia a ele até você chegar — o detetive explica.

— Ah, aposto que sim.

Ele me ignora e se vira para Jacob.

— Ei, boa sorte.

Espero até não ouvir mais seus passos se afastando.

— O que é isso agora?

— Nada. Só estávamos falando sobre casos.

— Ah, que ótimo. Porque não foi uma ideia *muito* boa na última vez em que vocês dois resolveram sentar e bater um papo. — Cruzo os braços. — Escute, Jacob, você precisa se controlar. Se não se comportar direito, vai parar na cadeia. Ponto-final.

— Se *eu* não me comportar direito? *Schwing!*

— Você não tem idade para lembrar de *Quanto mais idiota melhor.* E, seja como for, não sou eu o réu. Estou falando muito sério, Jacob. Se você aprontar outra dessas, a promotoria vai jogar você dentro de uma cela ou então pedir a anulação do julgamento, o que significa passar por tudo isso outra vez.

— Você prometeu que a sessão seria suspensa às quatro horas.

— Tem razão. Só que, em um tribunal, o juiz é Deus, e Deus quis que ficássemos até mais tarde. Então não importa se vamos ficar aqui até as quatro da manhã, ou se o juiz Cuttings anunciar que vamos todos levantar e dançar o pintinho amarelinho. Você vai plantar a bunda na cadeira ao meu lado e ficar de boca fechada.

— Você vai dizer ao júri por que eu fiz aquilo? — pergunta Jacob.

— E *por que* você fez aquilo?

Sei que não deveria perguntar isso. Mas, nessa hora, não estou pensando em perjúrio. Estou pensando que Jacob e eu precisamos estar na mesma frequência de uma vez por todas.

— Porque não pude abandonar a Jess — ele diz, como se fosse óbvio.

Fico de queixo caído. Antes que eu possa fazer mais alguma pergunta — *Ela rejeitou você? Você tentou beijá-la e ela resistiu? Você a segurou perto demais e a sufocou acidentalmente?* —, um oficial de justiça aparece.

— Estão à espera.

Faço um sinal para que ele abra a cela. Somos os últimos a entrar na sala, com exceção do juiz e dos jurados. Emma olha direto para o filho.

— Está tudo bem?

Antes que eu possa colocá-la a par dos últimos acontecimentos, os jurados e o juiz retornam.

— Senhores, aproximem-se — diz o juiz Cuttings, sentando-se.

Helen e eu vamos até a mesa dele.

— Sr. Bond, conversou com seu cliente?

— Sim, Excelência. Não haverá mais interrupções.

— Mal posso me conter de alegria — ele diz. — Podem prosseguir, então.

Sabendo o que sei agora, a defesa por insanidade parece cada vez mais forte. Só espero que o júri receba essa mensagem, em alto e bom som.

— A defesa terminou — anuncio.

— O quê? — Jacob explode atrás de mim. — Não terminou, *não*!

Fecho os olhos e começo a contar até dez, porque tenho certeza de que não é uma boa ideia matar meu cliente na frente de um tribunal inteiro, e então um aviãozinho de papel pousa sobre meu ombro. É um dos bilhetes de Jacob, que abro:

"EU QUERO FALAR."

Eu me viro.

— De jeito nenhum.

— Algum problema, sr. Bond? — o juiz pergunta.

— Não, Excelência — respondo, ao mesmo tempo em que Jacob diz "sim".

Rapidamente, eu me viro para o juiz outra vez.

— Precisamos de um descanso sensorial.

— Mas a sessão recomeçou há dez segundos! — exclama Helen.

— O senhor terminou, sr. Bond? — pergunta o juiz Cuttings. — Ou há mais alguma coisa?

— Há mais — diz Jacob. — É a minha vez de falar. E, se eu quiser depor, vocês têm que me deixar.

— Você não vai depor — insiste Emma.

— Sra. Hunt, a senhora não tem autorização para falar! Sou a única pessoa aqui que sabe que estamos em um tribunal? — o juiz Cuttings esbraveja. — Sr. Bond, apresente sua última testemunha.

— Eu gostaria de um breve intervalo...

— Tenho certeza que sim. E eu gostaria de estar no Caribe em vez de estar aqui, mas nenhum de nós dois vai ter o que deseja — o juiz determina.

Sacudindo a cabeça, encaminho Jacob ao banco das testemunhas. Estou tão furioso que mal consigo enxergar direito. Jacob vai contar a verdade ao júri, como contou a mim, e vai cavar o próprio túmulo. Se não for com o teor do que disser, será com o estilo: não importa o que tenha sido dito até agora, não importa o que tenha sido falado pelas testemunhas, o que vai ficar na cabeça dos jurados é esse garoto desajeitado que fala em jatos de palavras, não para de se agitar, não registra as emoções apropriadas e não consegue olhá-los nos olhos — todas expressões tradicionais de culpa. Não importa o que Jacob diga, seus modos vão condená-lo antes mesmo que ele abra a boca.

Abro o portãozinho para ele passar ao banco das testemunhas.

— É seu funeral — murmuro.

— Não — diz Jacob. — É meu julgamento.

Posso dizer o instante em que ele se dá conta de que essa talvez não tenha sido uma ótima ideia. Ele faz o juramento e engole em seco. Seus olhos estão muito abertos e percorrem a sala.

— Diga-me o que acontece quando você fica nervoso, Jacob — começo.

Ele lambe os lábios.

— Eu ando na ponta dos pés ou fico subindo e descendo o corpo. Às vezes eu balanço as mãos, ou falo muito rápido, ou dou risada quando não é engraçado.

— Você está nervoso agora?

— Estou.

— Por quê?

Ele aperta os lábios em um sorriso.

— Porque está todo mundo olhando para mim.

— Só por isso?

— E também as luzes são muito brilhantes. E eu não sei o que você vai dizer em seguida.

E isso é culpa de quem?, penso.

— Jacob, você disse ao juiz que queria falar.

— Sim.

— O que você quer contar ao júri?

Jacob hesita.

— A verdade — ele diz.

Jacob

Há sangue por todo o chão e ela está ali deitada. Ela não responde mesmo quando eu chamo seu nome. Sei que preciso tirá-la dali, então a levanto e a levo para o corredor e, quando faço isso, sai mais sangue ainda de seu nariz e de sua boca. Tento não pensar que estou tocando seu corpo e que ela está nua; não é como nos filmes, em que a moça é linda e o rapaz aparece na penumbra; é só pele contra pele, e estou constrangido por ela, porque ela nem sabe que está sem roupa. Não quero sujar as toalhas de sangue, então limpo o rosto dela com papel higiênico e dou descarga no vaso sanitário.

Tem uma calcinha no chão, e um sutiã, e uma calça de moletom e uma blusa. Ponho o sutiã primeiro — sei como fazer isso porque assisto à HBO e já vi tirarem; só preciso fazer o contrário. A calcinha eu não entendo, porque há escritos em um dos lados e eu não sei se essa é a parte da frente ou de trás, então eu a visto nela de qualquer lado. Depois a blusa, a calça e, por fim, meias e botas Ugg, que são a parte mais difícil, porque ela não pode ajudar com os pés.

Eu a levanto sobre o ombro — ela é mais pesada do que imaginei — e tento levá-la para o andar de baixo. Há uma curva em um patamar da escada e eu tropeço em meus próprios pés e nós dois caímos. Aterrisso em cima dela e, quando a viro, um dente dela se solta. Sei que não doeu nela, mas ainda assim me revira o estômago. Os hematomas e o nariz quebrado, por alguma razão, não eram nem de perto tão ruins quanto vê-la sem o dente da frente.

Eu a sento em uma poltrona.

— Espere aqui — digo, e então rio alto, porque ela não pode me ouvir. Lá em cima, limpo o sangue com mais papel higiênico, o rolo inteiro. Mas ainda está sujo e molhado. No armário de produtos de limpeza, encontro água sanitária e despejo no chão, depois uso outro rolo de papel higiênico para enxugar tudo.

Passa pela minha cabeça que eu posso ser pego, e é então que decido não só limpar, mas fazer uma cena de crime que leve em uma direção diferente. Ponho algumas peças de roupa em uma mochila e pego sua escova de dentes. Digito um bilhete e o prendo na caixa de correio. Calço um par de botas grandes demais para serem dela e caminho pelo lado de fora, corto a tela, ponho a faca de cozinha na lavadora de louças e ligo no ciclo rápido. Quero que fique óbvio, porque o Mark não é muito inteligente.

Tomo o cuidado de remover as pegadas da varanda e do caminho até a rua.

Do lado de dentro, ponho a mochila nos ombros e me asseguro de não estar esquecendo nada. Sei que deveria ter deixado os banquinhos caídos e os CDs espalhados pelo chão da sala, mas não consigo. Então levanto os bancos, recolho a correspondência e organizo os CDs do jeito que acho que ela gostaria.

Tento carregá-la para o bosque, mas ela fica mais pesada a cada passo e, depois de um tempo, tenho que arrastá-la. Quero que ela esteja em algum lugar onde não fique exposta ao vento, à chuva ou à neve. Gosto da galeria pluvial porque posso chegar ali direto da estrada, em vez de passar pela casa dela.

Penso nela mesmo quando não estou ali; mesmo quando sei que a polícia inteira está à sua procura e eu poderia me distrair tão facilmente acompanhando o avanço ou a falta de progresso das investigações. É por isso que, quando volto para visitá-la, eu levo a minha colcha. É algo de que eu sempre gostei e acho que, se ela pudesse falar, teria se orgulhado muito de mim por tê-la usado para cobri-la. *Muito bem, Jacob*, ela teria dito. *É bom ver você pensando em outra pessoa para variar.*

Mal sabia ela que era *só* nisso que eu estava pensando.

Quando termino, o tribunal está tão silencioso que posso ouvir os estalos do aquecedor e das vigas do prédio. Olho para Oliver e para minha mãe. Espero que eles estejam muito satisfeitos, porque tudo deve fazer sentido agora. Mas não consigo interpretar a expressão deles ou a dos jurados. Uma mulher está chorando, e eu não sei se ela está triste porque eu estava falando de Jess ou se está feliz por finalmente saber o que de fato aconteceu.

Não estou nervoso agora. Se quer saber, tenho tanta adrenalina no meu sangue que acho que poderia correr até Bennington e voltar. Afinal, *puxa vida*, acabei de descrever como montei uma cena de crime com um corpo depois de enganar a polícia com sucesso, levando-a a pensar que tinha sido uma tentativa de sequestro. Liguei todos os pontos que o Estado apresentou como provas neste julgamento. É como o melhor episódio de *CrimeBusters* de todos os tempos, e eu sou o protagonista.

— Sr. Bond? — o juiz diz.

Oliver pigarreia. Ele apoia uma das mãos na grade do banco das testemunhas e não olha para mim.

— Certo, Jacob. Você nos contou o que fez depois da morte da Jess. Mas não contou como ela morreu.

— Não há muito para contar — digo.

De repente, percebo onde já vi aquela expressão que está no rosto de todos no tribunal. É a expressão do rosto de Mimi Scheck, e de Mark Maguire, e de todo mundo que acha que não tem absolutamente nada em comum comigo.

Começo a ter aquela sensação de queimação no estômago, aquela que vem quando percebo tarde demais que talvez tenha feito algo que não foi de fato uma ótima ideia.

E então Oliver me lança uma corda de salvação.

— Jacob, você está arrependido por ter matado a Jess?

Sorrio largamente.

— Não — digo. — É isso que venho tentando dizer para vocês o tempo todo.

Oliver

Estes são os dois lados da situação: Jacob se fez parecer mais insano do que eu jamais teria conseguido com o depoimento de uma testemunha. Só que também se fez parecer um assassino frio.

Ele está novamente sentado à mesa da defesa, segurando a mão de sua mãe. Emma está branca como um fantasma, e não posso culpá-la. Depois de ouvir o depoimento de Jacob — uma descrição detalhada em suas próprias palavras de como limpar a bagunça que ele próprio produziu —, eu me encontro na mesma posição.

— Senhoras e senhores — começo —, houve muitas provas trazidas aqui sobre a forma como Jess Ogilvy morreu. Não estamos discutindo essas provas. Mas, se estiverem prestando atenção neste julgamento, também saberão que não se pode julgar este livro pela capa. Jacob é um jovem com síndrome de Asperger, um transtorno neurológico que o impede de ter empatia pelos outros da mesma maneira que nós teríamos. Quando fala sobre o que fez com o corpo de Jess, e na residência de Jess, ele não vê seu envolvimento em um terrível assassinato. Em vez disso, como ouviram, ele se orgulha de ter montado uma cena de crime completa, uma cena de crime digna de ser incluída em seu diário, como um episódio de *CrimeBusters.* Não vou lhes pedir que o perdoem pela morte de Jess Ogilvy. Nós lamentamos com seus pais essa perda e não queremos de forma alguma reduzir a tragédia. No entanto, vou lhes pedir que reflitam sobre as informações que receberam sobre Jacob e seu transtorno, para que, quando se perguntarem se ele era criminalmente responsável no momento da morte de Jess, se ele compreendia o que era certo e o que era errado naquele momento da mesma forma como os senhores o fazem, não tenham outra escolha senão responder que *não.*

Caminho em direção aos jurados.

— O Asperger não é nada fácil. Os senhores ouviram muito a esse respeito nos últimos dias... e aposto que pensaram: *E daí?* Não se sentir à vontade em situações novas, querer fazer tudo do mesmo jeito todos os dias, ter dificuldade para fazer novos amigos... esses são desafios que todos nós já enfrentamos em um momento ou em outro. No entanto, nenhum desses traços prejudica *nossa* capacidade de fazer julgamentos e nenhum de *nós* está sendo julgado por homicídio. Talvez estejam pensando que Jacob não se encaixa em sua impressão de uma pessoa com transtorno neurológico diagnosticável. Ele é inteligente, não parece *louco* no sentido coloquial da palavra. Então como podem ter certeza de que a síndrome de Asperger é um transtorno neurológico válido e não apenas o mais recente rótulo da moda para um garoto com problemas? Como podem ter certeza de que o Asperger oferece uma explicação para o comportamento do réu no momento em que um crime foi cometido em vez de ser apenas uma elaborada desculpa legal?

Eu sorrio.

— Bem, vou oferecer um exemplo do juiz da Suprema Corte Potter Stewart. Nas décadas de 1950 e 1960, a corte esteve envolvida na decisão de uma série de casos de obscenidade. Como a obscenidade não é protegida pela primeira emenda, os juízes tiveram de determinar se uma série de filmes pornográficos se encaixava na definição legal de obscenidade e, para tanto, foi preciso projetá-los. Todas as semanas, no que ficou conhecido como Terça-Feira da Obscenidade, os juízes assistiam a esses filmes e tomavam decisões. Foi em Jacobellis *versus* Ohio que o juiz Stewart se tornou lendário no campo jurídico ao dizer que a pornografia explícita era difícil de definir, mas que, e aqui eu o cito, "eu conheço quando vejo".

Eu me viro para Jacob.

— Eu conheço quando vejo — repito. — Os senhores acabaram de ouvir especialistas e de ver laudos médicos e provas forenses. Também observaram e ouviram Jacob. E, com base apenas nisso, deve estar claro para os senhores que ele não é somente um garoto com alguns traços de personalidade esquisitos. Ele é um garoto que não se comunica particularmente bem e cujos pensamentos são, com frequência, confusos. Ele fala em um tom monocórdico e não demonstra muita emoção, mesmo quando pareceria justificado. No entanto, ele teve coragem bastante para se postar à frente dos senhores e tentar se defender contra uma das acusações mais sérias que um jovem como ele poderia enfrentar. O que ele disse, e o modo como disse, talvez lhes tenha sido perturbador. Chocante, até. Mas isso porque uma pessoa com Asperger, uma pessoa como Jacob, não é uma testemunha típica. Eu não queria que meu cliente depusesse. Vou ser honesto com os senhores. Eu não achava que ele conseguiria fazer isso. Quando se é testemunha em um julgamento, é preciso treinar para dizer as coisas de uma maneira que ajude a demonstrar seu argumento. É preciso se apresentar de uma maneira que seja simpática ao júri. E eu sabia que Jacob não ia poder, e nem querer, fazer isso. Meu Deus, já foi uma luta fazê-lo usar gravata aqui... Eu certamente não poderia fazê-lo expressar remorso, ou mesmo tristeza. Não poderia orientá-lo sobre o que deveria ou não dizer na frente dos senhores. Para Jacob, isso teria sido mentir. E, para Jacob, dizer a verdade é uma regra que precisa ser seguida.

Olho para os jurados.

— O que os senhores têm aqui é um garoto que não age de acordo com o sistema, porque ele é fisicamente e psicologicamente incapaz de agir de acordo com o sistema. Ele não sabe como atuar para ganhar a simpatia dos senhores. Ele não sabe o que vai ajudar ou prejudicar suas chances de absolvição. Ele simplesmente queria contar o seu lado da história, e foi o que ele fez. Essa é a prova que os senhores têm de que Jacob não é um criminoso que quer dar um jeito de escapar. Essa é a prova que têm de que o Asperger de Jacob pode perturbar o julgamento dele em determinados momentos, como ele demonstrou e continua demonstrando. Porque qualquer outro réu, qualquer réu *comum*, não teria vindo voluntariamente lhes contar o que Jacob contou. Senhoras e senhores, nós sabemos que o sistema jurídico norte-americano funciona muito bem quando nos comunicamos de determinada maneira, uma maneira segundo a qual Jacob *não pode* se comunicar. No entanto, todos neste país têm o direito a um julgamento justo, mesmo pessoas que se comunicam diferentemente do modo que funciona melhor no tribunal. — Respiro fundo. — Talvez, para que a justiça seja feita no caso de Jacob, simplesmente precisemos de pessoas que estejam dispostas a ouvir com um pouco mais de atenção.

Volto para o meu assento, e Helen se levanta.

— Quando eu era pequena, lembro que minha mãe comentava que não entendia por que antigamente a embalagem de papel higiênico trazia o escrito *papel medicinal*. Sabem o que ela dizia? Chamem do que quiser, mas todas as palavras do mundo não podem disfarçar o que ele é. Este não é o caso de um jovem que tem dificuldades para manter uma conversa, ou para fazer amigos, ou para comer algo que não seja gelatina azul às quartas-feiras...

Sextas-feiras, corrijo mentalmente. Jacob pega o lápis e começa a escrever um bilhete, mas, antes que ele possa fazê-lo, tiro o lápis de sua mão e o enfio no bolso.

— É o caso de um jovem que cometeu um assassinato a sangue frio e depois, usando sua inteligência e seu fascínio por cenas de crimes, tentou encobrir as pistas. Não contesto que Jacob tenha síndrome de Asperger. Também não espero que os senhores contestem. Mas isso não o absolve da responsabilidade por seu crime brutal e cruel. Os senhores ouviram os investigadores que foram à casa e encontraram traços do sangue de Jess por todo o chão do banheiro. Ouviram o próprio Jacob dizer que lavou o sangue com água sanitária e depois deu descarga no papel higiênico que usou para limpar. Por quê? Não porque exista uma regra sobre para onde deve ir o papel higiênico depois de usado... mas porque ele não queria que ninguém soubesse que havia limpado aquela sujeira. Ele lhes contou, senhoras e senhores, como montou toda a cena do crime e como planejou cada detalhe. Ele tentou deliberadamente levar a polícia a seguir a trilha errada, fazendo-a pensar que Jess tinha sido sequestrada. Cortou a tela e usou as botas de Mark Maguire para deixar pegadas, a fim de sugerir propositalmente que outra pessoa era responsável pelo crime. Arrastou o corpo de Jess pela distância de três campos de futebol e o deixou do lado de fora, para que fosse mais difícil encontrá-lo. E, quando se cansou de jogar seu próprio jogo de *CrimeBusters*, pegou o celular de Jess e discou para a emergência. Por quê? Não porque fosse mais fácil para ele interagir com um corpo morto do que com um vivo, mas porque tudo isso era parte do plano perverso de Jacob Hunt de descartar egoisticamente a vida de Jess Ogilvy para que pudesse brincar de detetive forense.

Ela encara os jurados.

— O sr. Bond pode chamar do que quiser, mas isso não muda a realidade: um jovem que cometeu um assassinato brutal e o encobriu ativamente, durante dias, tomando o cuidado de deixar pistas para confundir a polícia. Isso, senhoras e senhores, é o *modus operandi* de um assassino calculista, não de um garoto com síndrome de Asperger.

Emma

Dos arquivos da Tia Em:

> *Cara Tia Em,*
> *O que se faz quando todos os sinais apontam para o fato de que o mundo como o conhecemos está prestes a desmoronar?*
> *Atenciosamente,*
> *HumptyDumptyFoiDerrubado*
>
> *Caro Humpty,*
> *SOCORRO!*
> *Com amor,*
> *Tia Em*

Três dias depois, os jurados ainda estão deliberando.

Estabelecemos uma rotina: de manhã, Oliver traz Thor para o café da manhã. Jacob o leva para o quintal para brincar de bola, enquanto Henry e Theo se animam lentamente com cafeína. Henry está ensinando a Theo programação C# para que ele possa criar seu próprio jogo de computador, e Theo está fascinado com isso. À tarde, Oliver e eu jogamos Scrabble, e Jacob de vez em quando sugere alguma palavra estranha e válida do sofá, onde assiste a *CrimeBusters*: *Aca! Quid!* Não vemos os noticiários nem lemos o jornal, porque eles só falam de Jacob.

Não podemos sair de casa por duas razões: tecnicamente, Jacob ainda está em prisão domiciliar; além disso, precisamos estar em um lugar de onde possamos chegar ao tribunal em vinte minutos quando o júri retornar. Ainda é estranho para mim virar no corredor de minha própria casa e encontrar Henry. Eu imaginava que, a essa altura, ele já teria ido embora, com a desculpa de que uma de suas filhas está com infecção de garganta ou de que sua esposa precisa visitar uma tia moribunda, mas Henry insiste em ficar até o veredicto. Nossa conversa é cheia de clichês, mas pelo menos é uma conversa. *Estou tentando compensar o tempo perdido*, ele diz. *Antes tarde do que nunca.*

Nós nos tornamos uma família. Bem pouco ortodoxa e unida por força da tragédia de outra pessoa, mas, depois de anos sendo a mãe solitária dentro desta casa, aceito o que puder ter.

Mais tarde, enquanto os meninos se aprontam para dormir, Oliver e eu levamos Thor para dar uma volta no quarteirão antes de ele voltar para seu apartamento em cima da cantina. Conversamos sobre o cavalo que pisou no tornozelo dele e o quebrou, sobre como eu sonhava em ser escritora antigamente e sobre o julgamento.

Mas não conversamos sobre nós.

— É bom ou ruim que os jurados não estejam conseguindo chegar a um veredicto?

— Bom, eu acho. Provavelmente significa que alguém está resistindo a uma condenação.

— E o que vai acontecer depois?

— Se o Jacob for condenado — diz Oliver, enquanto Thor corre para frente e para trás diante de nós, abrindo o caminho —, ele vai para a prisão. Não sei se vai ser a mesma onde já esteve. Se ele não for condenado em razão de insanidade, o juiz provavelmente vai solicitar outra avaliação psiquiátrica.

— Mas então ele vai voltar para casa?

— Não sei — ele admite. — Vamos pedir que Ava Newcomb e a dra. Murano organizem um plano de tratamento ambulatorial, mas depende do juiz Cuttings. Ele pode considerar o fato de Jacob ter cometido homicídio e decidir que isso não pode ser ignorado e, assim, achar melhor isolá-lo do resto da comunidade.

Ele já tinha me dito isso antes, mas parece que não consigo absorver.

— Em um hospital psiquiátrico estatal — termino. Quando chegamos à porta de casa novamente, paro de caminhar e Oliver para também, com as mãos nos bolsos do casaco. — Lutei a vida inteira para que o Jacob fosse tratado como as demais crianças na escola, com uma programação normal — digo. — E agora sua única chance de se livrar da cadeia é jogar a cartada do Asperger.

— Sinceramente, não sei o que vai acontecer — diz Oliver. — Mas é melhor estar preparada.

— Ainda não falei com o Jacob.

Ele baixa os olhos para o chão.

— Talvez devesse falar.

Como se o tivéssemos conjurado, a porta se abre e a silhueta de Jacob aparece contra a luz, de pijama.

— Estou esperando você vir dizer boa-noite — diz ele.

— Já vou entrar.

Jacob olha para Oliver, impaciente.

— E então?

— Então o quê?

— Não vai dar logo um beijo de despedida nela?

Fico boquiaberta de surpresa. Desde minha briga com Jacob, Oliver e eu tivemos o cuidado de ficar longe um do outro em sua companhia. Agora, no entanto, Oliver me abraça.

— Não precisa falar duas vezes — ele diz e pressiona os lábios nos meus.

Quando Jacob era pequeno, eu costumava entrar em seu quarto depois da meia-noite e sentar em uma cadeira de balanço ao lado da cama para vê-lo dormir. Havia um maravilhoso pincel mágico que o pintava quando ele estava inconsciente. Em sua cama, eu não podia dizer que a mão aninhada sob as cobertas era a mesma que havia se agitado tão intensamente naquela tarde quando uma menina no parque entrou na caixa de areia onde ele estava brincando tão feliz sozinho. Eu não podia dizer que aqueles olhos, fechados, ficaram piscando quando eu lhe pedi para olhar direto para mim. Não podia observá-lo, tranquilo e relaxado em seus sonhos, e pensar que aquele era o mesmo menino que não conseguia se lembrar da sequência de palavras para dizer à moça que servia o almoço que queria suco de maçã em vez de leite.

Quando Jacob dormia, o quadro-negro de sua vida era apagado e ele poderia ter sido qualquer criança. Qualquer criança comum.

Em vez disso, durante as horas em que ele ficava acordado, ele era extraordinário. E essa realmente era a definição para ele: fora do perímetro da norma. Em algum ponto na evolução da linguagem, essa palavra havia adquirido conotações positivas. Por que não o Asperger?

Seria possível dizer que *eu* era diferente. Havia trocado de boa vontade meu próprio futuro pelo de Jacob, abdicando de qualquer fama ou fortuna que talvez pudesse ter alcançado para assegurar que a vida dele fosse melhor. Eu havia deixado escapar todos os relacionamentos, exceto o que eu construíra com Jacob. Tinha feito escolhas que outras mulheres não teriam feito. Pelo lado positivo, isso me tornou uma mãe determinada e lutadora; pelo lado negativo, me fez obstinada. No entanto, se eu entrava em uma sala cheia de gente, as pessoas não se afastavam misteriosamente de mim, como se houvesse um campo magnético invisível, uma reação polarizadora entre o meu corpo e o delas. As pessoas não se viravam para os amigos e gemiam: *Ah, meu Deus, me salve, ela está vindo para cá.* As pessoas não faziam expressões de desgosto pelas minhas costas enquanto eu estava falando. Jacob pode ter agido de modo estranho, mas nunca foi cruel.

Ele simplesmente não tinha autoconsciência suficiente para isso.

Agora, eu me sento naquela mesma cadeira em que costumava sentar anos atrás e observo Jacob dormir outra vez. Ele não é mais criança. Seu rosto tem as formas de um rosto adulto, suas mãos são fortes e seus ombros têm contornos definidos. Estendo a mão e afasto seus cabelos da testa. Em seu sono, Jacob se mexe.

Não sei que tipo de vida eu teria tido sem Jacob, mas não quero saber. Se ele não fosse autista, eu não poderia amá-lo mais do que já amo. E, mesmo se ele for condenado, eu não poderia amá-lo menos.

Eu me inclino, como costumava fazer, e o beijo na testa. Essa é a antiga e consagrada maneira de as mães verificarem se seu filho tem febre, de darem sua bênção ou dizerem boa-noite.

Então por que tenho a sensação de estar dizendo adeus?

Theo

Meu aniversário de dezesseis anos é hoje, mas não estou esperando muita coisa. Ainda estamos aguardando, seis dias depois, que os jurados cheguem a um veredicto. Na verdade, acho que minha mãe nem vai lembrar, e é por isso que me espanto a ponto de ficar sem fala quando ela grita "Café da manhã!", e eu desço com o cabelo ainda molhado do chuveiro e encontro um bolo de chocolate com uma vela.

Sim, é Quinta-Feira Marrom e o bolo com certeza é sem glúten, mas não dá para querer tudo.

— Feliz aniversário, Theo — diz minha mãe, e puxa o coro da música. Meu pai, meu irmão e Oliver acompanham. Tenho um sorriso largo e gordo no rosto. Até onde sei, meu pai nunca esteve em uma de minhas festas de aniversário, a menos que eu conte o minuto em que nasci no hospital, e isso não foi exatamente uma festa, imagino.

Valeu a pena?, uma vozinha dentro de mim se espirala como a fumaça da vela. *Valeu a pena tudo isso para ter uma família como as que você costumava espionar?*

Minha mãe põe o braço sobre os meus ombros.

— Faça um desejo, Theo — diz ela.

Um ano atrás, *isso* é exatamente o que eu teria desejado. O que *de fato* desejei, com ou sem bolo. Mas há algo em sua voz, como uma corda de aço, que sugere que há uma resposta certa aqui, o desejo de um único coração coletivo para todos nós.

Que, por acaso, está nas mãos de doze jurados.

Fecho os olhos e sopro a vela, e todos batem palmas. Minha mãe começa a cortar fatias do bolo e me dá a primeira.

— Obrigado — digo.

— Espero que goste — minha mãe responde. — E espero que goste disso também.

Ela me entrega um envelope. Dentro, há um bilhete escrito à mão.

"Sua dívida está paga."

Penso na minha viagem louca até a Califórnia para encontrar meu pai, em quanto aquelas passagens custaram, e por um segundo não sei o que dizer.

— Mas — ela continua —, se fizer isso outra vez, eu te mato.

Eu rio, e ela me abraça por trás e beija minha cabeça.

— Ei, tem mais. — Meu pai me dá um envelope, que contém um cartão cafona escrito "Para o meu filho" e quarenta dólares. — Pode começar a economizar para um roteador mais rápido — ele diz.

— Que máximo!

Então Oliver me entrega um pacote embrulhado em folhas de papel-toalha.

— Era isso ou uma caixa de pizza — ele explica.

Eu sacudo.

— É um calzone?

— Me dê um pouco de crédito — diz Oliver.

Rasgo o papel e encontro o Manual de Motorista de Vermont.

— Depois que o julgamento terminar, achei que você e eu podíamos marcar um horário no departamento de trânsito para tirar a carteira de motorista.

Tenho que olhar para a mesa, porque, se não fizer isso, todos vão perceber que estou a ponto de chorar. Lembro de como, quando eu era pequeno, minha mãe lia para nós aqueles ridículos contos de fadas em que sapos se transformavam em príncipes e mocinhas acordavam de um coma com um simples beijo. Nunca me liguei em toda essa bobagem. Mas quem sabe? Talvez eu estivesse errado. Talvez a vida de uma pessoa possa mesmo mudar em um instante.

— Espere — diz Jacob. Até agora, ele só esteve observando, com o rosto cortado por um sorriso, o que é um progresso. Em todas as minhas festas de aniversário, a regra implícita era que Jacob tinha que me ajudar a soprar as velinhas. Era mais fácil compartilhar meu momento do que vê-lo arruinar a festa com um surto. — Também tenho um presente para você, Theo.

Acho que nunca, em todos os anos desde que estou vivo, Jacob me deu um presente. Aliás, acho que ele nunca deu nenhum presente para *ninguém*, a não ser que se conte o perfume que eu comprei na farmácia no Natal e dei para minha mãe, depois de escrever o meu nome e o de Jacob no pacote. Dar presentes não entra no radar do meu irmão.

— O que será? — Oliver murmura, enquanto Jacob sobe correndo as escadas.

— Eu não sei — minha mãe responde.

Um minuto depois, Jacob está de volta. Tem nas mãos um pato de pelúcia com que costumava dormir quando era pequeno.

— Abra — ele diz, estendendo-o para mim.

Eu o pego e o viro nas mãos. Não há embalagem, nada para ser aberto.

— Hã... — digo, rindo um pouco. — Como?

Jacob vira o pato de cabeça para baixo e puxa um fio solto. A costura se desfaz um pouco e parte do enchimento cai. Enfio o dedo no buraco e sinto algo liso e duro.

— É *aí* que foi parar meu pote de cozinha? — diz minha mãe, quando eu o puxo para fora da cavidade peitoral do pato.

Dentro, há algo que não consigo identificar direito. Abro a tampa e me vejo olhando para um iPod Nano cor-de-rosa. Eu o pego um pouco hesitante, sabendo mesmo antes de virá-lo que o nome de Jess Ogilvy está gravado no metal na parte de trás.

— Onde você arrumou isso? — minha mãe sussurra, de algum lugar do outro lado do vácuo em que caí.

— Você queria isso, não queria? — diz Jacob, ainda entusiasmado. — Deixou cair quando saía da casa dela naquele dia.

Mal posso mover os lábios.

— Do que você está falando?

— Eu já lhe disse, eu sei que você esteve lá. Vi a marca da sola do seu tênis, o mesmo que usei aqui para montar a minha cena do crime. E eu sabia que você andava pegando coisas de outras casas...

— O quê?! — minha mãe exclama.

— Vi o jogo de videogame no seu quarto. — Jacob sorri para mim. — Na casa da Jess, eu limpei tudo para você, para ninguém saber o que você fez. E funcionou, Theo. Ninguém nunca descobriu que você matou a Jess.

Minha mãe engasga.

— O que está acontecendo aqui? — pergunta Oliver.

— Eu não matei a Jess! — exclamo. — Eu nem sabia que ela morava lá. Não achei que tivesse alguém em casa. Eu ia só dar uma olhada, talvez pegar um ou dois CDs, mas então ouvi água correndo no andar de cima e fui espiar. Ela estava nua. Estava nua e me viu. Fiquei apavorado, e ela saiu do chuveiro e escorregou. Ela bateu o rosto na pia e foi então que eu saí correndo. Tive medo que ela me pegasse. — Não consigo respirar, e tenho certeza de que meu coração se dissolveu como barro dentro do peito. — Ela estava viva no banheiro quando eu saí. E então, de repente, o jornal na televisão diz que ela morreu e que o corpo dela foi encontrado do lado de fora. Eu sabia que quem tinha tirado ela de lá não tinha sido eu... tinha sido alguma outra pessoa, provavelmente o assassino. Achei que talvez ela tivesse contado ao Jacob sobre mim, quando ele chegou para a aula. E que eles tivessem brigado por causa disso. E que o Jacob... Eu não sei. Eu não sei o que pensei.

— Você não matou a Jess — minha mãe diz.

Sacudo a cabeça, atordoado.

Minha mãe olha para Jacob.

— E *você* não matou a Jess.

— Só movi o corpo dela. — Ele revira os olhos. — Venho dizendo isso para vocês o tempo todo.

— Jacob — pergunta Oliver —, a Jess estava viva quando você chegou à casa dela?

— Não! Mas eu vi que o Theo tinha estado lá, então fiz o que era certo.

— Por que você não chamou sua mãe, ou uma ambulância? — meu pai pergunta. — Por que montar uma cena de crime para encobrir o Theo?

Jacob olha direto para mim. E isso dói, realmente dói.

— Regras da casa — ele diz simplesmente. — Cuide do seu irmão; ele é o único que você tem.

— Você precisa fazer alguma coisa — minha mãe diz para Oliver. — São fatos novos. O Theo pode depor...

— Ele pode ficar envolvido ou ser acusado de ocultar informações...

— Você precisa fazer alguma coisa — minha mãe repete.

Oliver já está pegando o casaco.

— Vamos — diz ele.

Jacob e eu somos os últimos a sair da cozinha. O bolo ainda está sobre a mesa, com meus outros presentes. Já é como uma peça de museu, intocado. Ninguém adivinharia que, cinco minutos atrás, estávamos comemorando.

— Jacob? — digo, e meu irmão se vira. — Não sei o que dizer.

Ele dá um tapinha no meu ombro, meio desajeitado.

— Não se preocupe — responde. — Isso acontece comigo o tempo todo.

Jacob

Hoje é 15 de abril. É o dia em que, em 1912, o *Titanic* afundou. É o dia em que, em 1924, a Rand McNally publicou seu primeiro atlas de estradas. É o dia em que, em 1947, Jackie Robinson jogou pela primeira vez pelo Brooklyn Dodgers. É também o aniversário de Leonardo da Vinci, do escritor Henry James, da menina que interpreta Hermione em *Harry Potter* e do meu irmão Theo.

Eu costumava ter inveja do aniversário do Theo. No meu, 21 de dezembro, a coisa mais impressionante que aconteceu foi a explosão do Voo 103 da Pan Am sobre Lockerbie, em 1988. Frank Zappa nasceu no dia do meu aniversário, mas, francamente, isso não se compara com Da Vinci, não é? Além disso, meu aniversário é o dia *mais curto* do ano no hemisfério norte. Sempre me senti lesado com isso. Provavelmente Frank Zappa também.

Mas, hoje, não estou com inveja do aniversário do Theo. Na verdade, mal podia esperar para lhe dar o presente que eu estava guardando.

Oliver diz que, no tribunal, Theo e eu vamos ter a oportunidade de falar. Aparentemente, não é suficiente para o júri saber, como o médico-legista atestou, que a equimose facial de Jess foi causada por uma fratura na base do crânio na região periorbital, com o sangue tendo extravasado pelos planos fasciais e criado a aparência de contusão. Ou, em outras palavras, o que parecia uma jovem que havia sido agredida poderia muito bem ser uma jovem que simplesmente caiu e bateu a cabeça. Aparentemente, os jurados — e o juiz — precisam ouvir Theo e eu explicarmos exatamente a mesma coisa com palavras diferentes.

Acho que não sou o único que nem sempre compreende o que é dito.

Minha mãe está dirigindo, com Oliver no banco do passageiro e eu no banco de trás com Theo. Meu pai está em nossa casa, para o caso de ligarem do tribunal nesse intervalo de vinte minutos que vamos levar para chegar la. Toda vez que o carro passa sobre uma elevação produzida pelo gelo na pista, isso me faz pensar em pular sobre um colchão, algo que eu e Theo fazíamos juntos quando éramos pequenos. Acreditávamos que, se pegássemos bastante impulso, pode ríamos chegar até o teto, mas acho que nunca conseguimos.

Depois de todos esses anos em que Theo segurou a barra para mim, eu finalmente consegui ser o irmão mais velho. Fiz a coisa certa. Não sei por que é tão difícil para esses jurados entenderem isso.

Theo abre a mão; dentro dela está o iPod cor-de-rosa que era de Jess. Do bolso, ele tira um emaranhado de fios: seus fones. Ele os coloca no ouvido.

Para todos aqueles especialistas que disseram que, como eu tenho Asperger, não posso sentir empatia:

Engulam essa.

Quem não pode sentir empatia certamente não tenta proteger as pessoas que ama, mesmo que isso signifique ter que enfrentar um tribunal.

De repente, Theo tira um dos fones do ouvido e o oferece a mim.

— Ouça — ele diz, e eu escuto.

A música de Jess é um concerto para piano que rodopia atrás dos meus olhos Eu inclino a cabeça na direção do meu irmão para que o fio alcance; para que, pelo resto da viagem, fiquemos conectados.

CASO 11: O GUARDIÃO DO MEU IRMÃO

Theo Hunt vem adotando um comportamento de risco. Suas escapadas voyeurísticas evoluíram para entrar em casas vazias e levar recordações: jogos eletrônicos e aparelhos de MP3. Na tarde de 12 de janeiro de 2010, ele entrou na casa de um professor da faculdade local. Sem que ele soubesse, a pessoa que tomava conta da casa — a estudante de pós-graduação Jess Ogilvy — estava no andar superior tomando banho. Ele preparou uma xícara de chá, então ouviu barulho no andar de cima e foi investigar.

É difícil saber quem ficou mais surpreso: Ogilvy, que deu de cara com um menino estranho no banheiro enquanto estava completamente nua, ou Theo Hunt, que percebeu que conhecia a moça no chuveiro, que era orientadora de seu irmão mais velho, Jacob. Ogilvy pegou uma toalha e saiu do boxe, mas escorregou e bateu a cabeça na borda da pia. Enquanto ela tentava se levantar, Theo Hunt saiu correndo e, durante sua fuga apressada, derrubou uma estante de CDs, vários bancos da cozinha e a correspondência que estava sobre o balcão.

Duas horas mais tarde, o irmão de Theo, Jacob, chegou para sua sessão de orientação semanal. Estudante de ciência forense, ele se surpreendeu ao notar uma pegada conhecida na varanda, que trazia a marca de um tênis Vans igual ao de seu irmão. A porta estava aberta e, quando entrou na casa, Jacob a encontrou toda desarrumada. Chamou sua orientadora, mas ela não respondeu. A investigação no andar superior levou à descoberta de Jess Ogilvy, caída nua em uma poça de sangue.

Supondo que seu irmão estivesse envolvido na morte — talvez durante uma discussão em meio a uma tentativa frustrada de roubo —, Ja-

cob resolveu alterar a cena do crime para que não apontasse para Theo. Então ele limpou e vestiu o corpo e o moveu para o andar de baixo (tropeçando uma vez na escada, o que resultou na perda post-mortem de um dente da frente de Ogilvy). Usando água sanitária, ele limpou o banheiro para remover os traços de sangue. Levantou os bancos que haviam sido derrubados, recolheu os CDs e a correspondência e passou a criar uma cena de crime que poderia ser interpretada pelas autoridades, à primeira vista, como sequestro e, depois, como uma tentativa de encobrimento preparada pelo obtuso namorado de Ogilvy, Mark Maguire. Para isso, Hunt teve que se colocar na mente de um idiota limítrofe que tentasse (muito mal) fazer um assassinato parecer um sequestro. Guardou algumas roupas e artigos de higiene de Ogilvy em uma mochila, mas se assegurou de que não fossem roupas rotineiramente usadas pela moça, o que alguém menos astuto (como Mark Maguire) nunca teria percebido. Deixou um bilhete digitado — supostamente pela própria Ogilvy — pedindo que a entrega da correspondência fosse momentaneamente suspensa, como se ela tivesse decidido viajar. Depois cortou com uma faca a tela de uma janela da cozinha, para criar uma pista falsa de invasão de domicílio. Por fim, caminhou do lado de fora sob essa janela usando as botas de Mark Maguire, para que a polícia pudesse associar a tentativa de "encobrimento" ao namorado de Ogilvy. Em seguida, Hunt carregou o corpo de Ogilvy até uma galeria pluvial a centenas de metros de distância da casa e esperou que os investigadores montassem o quebra-cabeça com as informações que ele lhes deixara.

Jacob Hunt não se deu conta, na ocasião, que poderia estar envolvendo a si mesmo no assassinato. Deixou de considerar a possibilidade de que a cena que ele encontrara (na pior das hipóteses, assassinato cometido por seu irmão e, na melhor, uma morte causada acidentalmente por Theo) poderia ser, em vez disso, uma morte por causas naturais: um piso escorregadio, uma fratura de crânio e um hematoma. Nada disso, porém, de fato importa.

Nos anos que se seguiram, a motivação de Jacob para reestruturar a cena do crime e mover o corpo foi calorosamente debatida. Alguns achavam que, da mesma forma como pode haver crime passional, também pode haver cenas de crime de amor fraternal. Outros consideravam que a fixação de Jacob por ciência forense foi determinante: ele queria expe-

rimentar a emoção que um assassino poderia sentir enquanto esperava que as autoridades desvendassem a trilha que ele havia deixado.

Pense o que quiser. A única coisa que realmente importa é isto:

Eu faria tudo outra vez.

Impresso no Brasil pelo Sistema Cameron da Divisão Gráfica da
DISTRIBUIDORA RECORD DE SERVIÇOS DE IMPRENSA S.A.